银杏树下

家传

张守富家文化研究集成系列

张守富 著

山东人民出版社
国家一级出版社 全国百佳图书出版单位

图书在版编目（CIP）数据

银杏树下/张守富著. —— 济南：山东人民出版社，
2017.4

ISBN 978-7-209-10566-8

Ⅰ．①银… Ⅱ．①张… Ⅲ．①电视文学剧本－
中国－当代 Ⅳ．①I235.2

中国版本图书馆CIP数据核字(2017)第069680号

银杏树下

张守富 著

主管部门 山东出版传媒股份有限公司
出版发行 山东人民出版社
社　　址 济南市胜利大街39号
邮　　编 250001
电　　话 总编室（0531）82098914
　　　　 市场部（0531）82098027
网　　址 http://www.sd-book.com.cn
印　　装 山东新华印务有限责任公司
经　　销 新华书店

规　　格 16开（210mm×285mm）
印　　张 28.5
字　　数 520千字
版　　次 2017年4月第1版
印　　次 2017年4月第1次
印　　数 1—2000
ISBN 978-7-209-10566-8
定　　价 79.00元
　　　　　如有印装质量问题，请与出版社总编室联系调换。

作者简介

张守富　笨·愚生

生于山东单县。

毕业于山东师大，就读于清华大学经管学院、北京大学哲学系。编审，教授。中国书法家协会会员、上海书法考级中心主任、中国书法家协会高级教官，文化部书法专业考官，中华诗词学会会员、编剧，中国写天下书法院院长，首富家文化研究院院长。

六岁习书法，九岁习音乐，十七岁从军。八年部队文艺专业，七年部队文化艺术研究与军事院校工作实践。

其艺术实践涉及多层面、多角度、多领域。军旅十五年，有丰富的一线军事生活创作经验；有省、市、县政府任职文化艺术实践及"三农"基地艺术生活实践经历。参与全国地方史志编修并主持历史文化大省山东修志工作，有深邃渊博的历史文化知识，有巨著典籍编纂经历，编纂文字达二千万字，个人著作数百万字。曾主持编纂《颜真卿志》《王羲之志》《孔子故里志》《泰山志》等多部有深厚艺术理论积淀的巨著典籍。曾数考西安碑林和孔庙、泰山碑林及全国博物馆院、祠堂、古墓、古庙、古碑、古帖以及全国重点人文遗存古迹，掌握了大量历史文献和人文资料，据有创作大型艺术作品的源泉与沃土，且是碑帖研究收藏的殿堂之主。特别通过主持编纂颜、王二志，与启功先生合力编审并拜启功先生为师，大大提升了中国文史、书法等艺术的修养造诣水平。

在上海任职十余年，运用大平台，贯通南北文化艺术交流，中西合璧，令艺术升华成效非凡。

个人著作数百万字，含大宗文学艺术出版物。代表作有：《墨流心语》《张守富诗词书法作品鉴赏》《修志随笔》《观念随笔》《观念决定命运》、张守富家文化研究集成之一《家道》、之二《家魂》《张守富诗词与书法》《观念智库》《翰墨人生》《中国书法大系年表》。影视三部曲：《牛》（一九九一年央视播出）、三十集电视连续剧《路》（《大路朝天》）以及三十集电视连续剧《银杏树下》。文艺创作的《八爱六水》和书法习练的《根变异》理论得到业界的高度评价。

数十年投入中华家文化的研发与创作，家道文化研究系列成果，已被社会高度认同，在北京、上海、山东、江西、福建、浙江、江苏等地进行家道讲坛，深受大众欢迎。

新作《家魂》是继《家道》之后又一经典之作，运用八种艺术手段丰富塑造了家文化的深邃内涵，将"家之魂"与"国之梦"有机融合，马克思列宁主义（七个字）与家（一个字）的系统融合达到了思想与艺术的新高度。本著将在弘扬中华优秀传统文化和实现中华民族伟大复兴的中国梦进程中起到积极的助推作用。

春华秋实，作者正在收获着文化艺术耕耘的丰硕成果。

目　录

引 子

家有时让人流着汗……有时让人流着泪……有时让人流着血……

家像一个八味瓶，酸甜苦辣香臭涩咸。

家，在中华大地上像一颗颗灿烂的明珠，传承着这个伟大民族的血脉和人生精髓，名门、大姓望族，在这里孕育。坐落在这棵三千岁银杏老神树旁的郯家大院的传承兴衰与家事，常常牵动着这位三千岁的神树爷爷的心神。

朝阳的金辉透过薄雾，天地间突然亮堂起来。

宽阔的沂河水，平展展地流淌在鲁南大地上。

水光森森，波漪闪闪，风帆片片。

沂河，北连蒙山，南接运河。上至京卫，下抵苏杭。

沂河东岸，泛着红色的石崖上，有一株硕大的银杏树，它雄姿伟岸，苍劲挺拔，树冠遮天。在一支粗壮的枝杈上，悬挂着一口古老的铜钟。

画外音："此树植于周朝，为郯国国君所植，距今已有三千年历史。它高四十余米，树冠八米，根部面积达六亩，系全国第一银杏雄树。它饱经沧桑，历经无数战火，天灾人祸，但依然郁郁葱葱，长势苗壮。当地老百姓称它为'老神树'……"

金色的太阳透过"老神树"高耸的树冠，把阳光洒在地上，形成无数道炫目的霞光。

"老神树"下发出银铃般的笑声。

一个模样灵秀、双目失明的四岁小女孩，一边笑一边伸展双臂丈量着"老神树"。

坐在马扎上的须发皆白的老人问："小莺子，你笑啥？"

这位耄耋老人名叫郯耀庭，穿着一身银灰色的绸布衣衫，虽然已年过古稀，但他那双炯炯有神的眼睛却格外矍铄。

小莺子："老爷爷，老神树咋一夜的功夫又长粗了？"

郯耀庭手捋银髯，"呵呵"地笑。

小莺子："真的！昨天，我量它是十三搂，今儿咋变成十四搂了？"

郯耀庭笑着说："准是你数错了呗。"

小莺子摸索着坐到老爷爷身边。

郯耀庭："小莺子，老爷爷年轻的时候，它就这么粗，六十多年过去了，它还是这么粗。"

小莺子："你骗人！"

郯耀庭："要是像你说的这样，一天长粗一搂，三千年了，这棵老神树还能在咱古码镇装得下吗？"

小莺子嘻嘻地笑。

郯耀庭："这棵老神树呀，是天上的西王母送给咱人世间的救命树。那个时候，人世间遭到了灭种之灾。天塌地陷，瘟疫四起，大地上冻成个冰疙瘩。西王母给了郯子四粒种子，让他用两粒熬水给郯国军民喝，剩下一公一母选一块风水宝地种下，让它繁衍生息。说来也真神奇啊，郯国军民每人只喝了一口用银杏熬的水，就觉得全身疼痛立止，咳喘顿消，痈疖即除，精神倍增，个个都能下地干活了！郯子又四处寻找风水宝地，就把另外两粒种子种在这沂河边上。"

小莺子："咱这里咋只有一棵呀？"

郯耀庭："另一棵雌树就在沂河西岸的浮来山上。"

小莺子："老爷爷，老神树治好了这么多人的病，咋治不好俺的眼呀？"

郯耀庭："孩子，别灰心，老神树会保佑你重见光明的。"

小莺子虔诚地说："俺信，俺信。"

郯耀庭："小莺子，老爷爷好些日子没听你

唱歌了。"

小莺子："老爷爷，俺这就给你唱！"

一只小船向南摇，
船头坐着小樱桃。
满船百果亮闪闪，

樱桃心里乐陶陶。
沂河更比银河好，
神仙妙笔也难描……

老神树的叶子在微风中沙沙作响。
夜莺般的歌声在晨曦中回荡……

第一集

1. 浩瀚的大海。

一艘"山丸号"客轮行驶在无垠的海面上。

郯银根伫立在甲板上。他二十余岁。清癯的面颊，宽阔的额头下面是一双睿智的眼睛。一身白色的西装更显得他身材修长。

"山丸号"客轮在行驶。

海浪拍击船头，溅起一层层雪白的浪花。

郯银根眺望着大海的彼岸，眼睛里闪烁着亢奋而坚毅的目光。

一行大雁鸣叫着飞翔在大海的上空。

2. 郯府。这是一座具有鲁南风格的豪宅之家。

庄严肃穆的门楼两旁，有两尊石狮，石狮外侧是上马石。

大门两端有一副对仗工整的隶书对联："忠厚传家远，诗书继世长"。

门楼的顶端雕刻着两个金色的楷书大字：郯府。

宅院内，前后左右有五个跨院，每个跨院皆有走廊相连。这是这个大家名门的主人们办公、会客及居住的地方。

大门内的影壁墙上，端庄地写着一个硕大的"家"字，上款题着"厚德承家"，下款题着"仁信孝爱"。

大家之门的每个跨院还配有小院，这是用人的住所。

宅院的最里端是后花园。假山溪水隐匿在银杏林间。走进月亮门，是一个幽静的院落。门上端雕有"杏林书斋"四个金色篆书大字。

3. 东院、客厅。

董兰君正襟端坐在红木椅上。她四十余岁，风姿绰约，雍容华贵。

大管家匆匆走进客厅："大奶奶，您有啥吩咐？"

董兰君："大少爷就要从日本回家，眼下正在船上，说到就到，你让用人赶紧把他的房间收拾好。"

大管家："怪不得这两天喜鹊一直在叫，敢情是大少爷回家来了！"

董兰君："你去'杏林书斋'，快给大爷说一声，他儿子就要回来了。"

大管家为难地说："大奶奶，我可不敢去大爷那个院子。"

董兰君："他还能把你吃了？"

大管家："大爷闭门读书，谁要是打扰了他，那可不得了！"

董兰君："老太爷在家吗？"

大管家："老太爷天天清晨，就去'老神树'下坐一阵子，雷打不动。"

董兰君："县城要的'祥茂商号'八十坛陈酒，'聚元隆商号'四十桶花生油，都送去没有？"

大管家："大奶奶放心，一切都办妥了。"

董兰君："天气越来越热了，你要仔仔细细地把前后宅院都检查一遍，该建的建，该修的修，雨季一到就措手不及了。"

大管家："大奶奶，你真是为这个家操碎了心呀！"

董兰君："命苦呀。大爷一天到晚只知读书，啥事也不管，我不替他撑着这个家又咋办？"

大管家："这次大少爷回来就好了，他可以把郯家这担子接过去了。"

董兰君顿时不悦地说："他小小年纪，懂个啥？"

大管家微微一怔："就是，就是。"

董兰君："你去忙吧！"

大管家："是。"欲出客厅。

董兰君："等等。这阵子，西院里二爷的身

体不好,你把这几盒'滋补养气丸'给他送去。"

大管家:"是。"接过药,走出客厅。

4. 郯家西院、卧室。

郯文博躺在睡榻上抽着大烟。他五十余岁,蓄着长辫,瘦长的脸上有几道很深的竖形纹。

肖毓芬将一盅清茶端到丈夫面前。她四十余岁,白皙的面颊上有一双和蔼的眼睛。

郯文博放下烟枪,呷了一口清茶。

肖毓芬立于丈夫身侧,轻轻地揉着他的双肩。

郯文博:"之儿呢?"

肖毓芬支吾地说:"他,他在自己房间里读书呢。"

郯文博:"你去把他叫来。"

肖毓芬未动。

郯文博:"去呀!"

肖毓芬仍未动。

郯文博:"他不在家?"

肖毓芬点头。

郯文博:"他又是一夜未归?"

肖毓芬点头。

郯文博大怒:"孽子!"

大管家走进卧室:"二爷,大奶奶让我给您送药来了。"

郯文博厌恶地说:"她盼我死呀?"

大管家:"二爷,您别生气,大奶奶也是一片好心呀。她听说您这阵子身体不太好,让我给您送来的是滋补药。"

肖毓芬忙接过:"你转告大奶奶,二爷谢谢她。"

大管家:"是。"离去。

郯文博抓起药扔出卧室。

肖毓芬又赶忙把药捡了回来。

5. 西院、门口。

蒋凤仙急匆匆走进院门。她虽然年近三十,但艳丽的容貌却似二十出头。可体的旗袍突显她身材的风韵,时髦的烫发透露着她的风骚。

大管家正与蒋凤仙碰个对面。

蒋凤仙:"哟,大管家,你咋有空到西院来呀?"

大管家:"我给二爷送药来了。"

蒋凤仙:"是大奶奶让你来的?"

大管家:"是。"

蒋凤仙:"大奶奶就是心细,她日夜这么操劳,还时刻惦挂着二爷。"

大管家:"大奶奶历来待人心善。别说是二爷,就连我们这些下人,她也都装在心里。"

蒋凤仙:"是呀,咱郯家上上下下几十口子人,我最敬重的就是大奶奶了。"

大管家:"二姨太,您还有事吗?"

蒋凤仙:"大管家,你年纪也大了,做事要悠着点干,别累坏了身子。"

大管家:"谢谢二姨太。"离去。

6. 西院、卧室。

郯文博闭目躺在卧榻上。

肖毓芬坐在丈夫身旁,给他扇凉。

蒋凤仙气冲冲地走进卧室。

肖毓芬起身迎上,递上一把扇子:"瞧你这一头汗,到哪儿去了?"

蒋凤仙:"火都上墙了,你们还这么清闲?"

肖毓芬:"出啥事了?"

蒋凤仙:"东院的大少爷就要回来了!"

肖毓芬笑:"这是件好事呀!三年多没见了,俺还挺想他的哩。"

蒋凤仙:"大姐,你让我说你啥好呀!现如今,咱郯家西院被东院给挤兑成啥了?地无一垄,钱无一文,连大气都不敢喘了!"

肖毓芬:"瞧你说的,眼下咱不是过得挺好的。"

蒋凤仙:"好个屁!"冲到郯文博面前:"二爷,让之儿去掌管酒厂和油坊的事,老爷子松口了没有?"

肖毓芬:"不行,这么大的家业,他可掌管不了。"

蒋凤仙:"啥叫不行?你咋连自己的亲生儿子都不相信呢?难道郯家里外的资产,都让东院给独吞了?二爷,你和大爷是亲兄弟,大爷是个书呆子,可家里还有你呢,为啥让个女人掌管着家业?再说,东院和西院应该是平起平坐的,家里的营生也应该各管一半。让之儿去掌管酒厂和油坊也是天经地义的事。二爷,一旦东院里大少爷回来，你再去争也争不过来了！"

郏文博缓缓坐起身，似在自语："根儿真的要回来了？"

蒋凤仙："这还能假的了，下人们正给他整理着房间呢！"

郏文博愠怒地说："怪不得这个臭女人，又给我送蜜糖来了！"抓起药扔在地上，用脚踩着。

肖毓芬："这是何苦呢？"

郏文博："给我换衣服！"

肖毓芬："你到哪儿去？"

郏文博："我找老爷子评理去！"

肖毓芬冲蒋凤仙说："都是你惹的事！"

蒋凤仙边给二爷换衣服边说："人善被人欺，马善被人骑。这件事早这么做就好了！"

肖毓芬："自打你进了这个门，郏家就没清静过！"

郏文博："别吵了！快去把你那个宝贝儿子给我找回来！"

7. 杏林书斋。

整个院落，绿树蔽日，鸟语花香，好一个世外桃源。

书房里，郏文渊边踱着步子边高声朗读《墨子·兼爱》。他五十余岁，皮肤细嫩，五官清秀，长长的辫子坠在身后。他身穿绸步长衫，脚踏云底布鞋，俨然是位书卷气浓郁的文人雅士。

郏文渊手捧书卷，朗声读道："'视人之国若视其国，视人之家若视其家，视人之身若视其身……视人之国若其国，谁攻？视人之家若其家，谁乱？视人之身若其身，谁贼？兼爱也……'墨子说得何等好啊！只有这样，才能做到国与国不相攻，家与家不相乱，盗贼无有，君臣父子皆能孝慈也……"

董兰君悄悄地走进书房，也随声朗读起来："顺天之意，何若？曰：兼爱天下之人……"

郏文渊惊喜地说："夫人，你何时来的？"

董兰君："我打扰你了。"

郏文渊亲昵地："夫人，你也读过《墨子·兼爱》？"

董兰君："我记得，在娘家的时候，为读《墨子·兼爱》，还挨过教书先生的板子呢。"

郏文渊饶有兴致地说："是怎么回事？"

董兰君："教我私塾的先生是尊孔的，他不容忍墨子对孔夫子的《仁爱》有任何相悖之处。正因为我读了《墨子·兼爱》，才使他勃然大怒。"

郏文渊精神专注地听着。

董兰君："孔夫子推崇的'仁爱'，是一种'报恩心'和'同情心'。报恩心指的是孝道，孝就是爱父母。因为人一出生首先享受到的就是父母的怀抱之爱，一个人基本的利益是父母给的，另一部分利益是社会和他人给的。如果能爱父母，就能推而广之地去爱其他人。如果不能爱父母，又怎么能去爱那些给我利益少于父母的人呢？"

郏文渊坐到妻子身边："你说下去。"

董兰君："墨子推崇的'兼爱'，是有功利含义的。'夫爱人者，人亦从而爱之；利人者，人亦从而利之。'这种爱，最终可以实现'投之以桃，报之以李'。"

郏文渊兴致极高："夫人，你真是博学多才呀！我虽然名曰清末秀才，但与你相比真是相形见绌。"

董兰君笑："大爷，你是在嘲笑我吧？"

郏文渊躬身施礼："三人行，必有我师焉。"

董兰君："羞死我了。"

郏文渊："莫非你忘记了'子师郏子'的故事吗？"

董兰君："我只是郏家的媳妇，怎敢和郏子相比呢？"

郏文渊："失言，失言。夫人不敢自比郏子，我与孔夫子也是差之千里呀！"

二人笑。

董兰君："大爷，我今儿来是要告诉你一个好消息的。"

郏文渊："是不是又有文人诗友要来咱家做客？"

董兰君："不是。"

郏文渊："那还能有什么好消息呢？"

董兰君："咱们的银根儿就要从日本回来了！"

郏文渊淡淡地："这事与我何干呀？"

董兰君："几年未见，你就不想他？"

郄文渊:"人非草木,孰能无情?我只是对读书之外的事情毫无兴趣。"

董兰君不由长叹一声。

8. 后院、正房。

这是老太爷郄耀庭的卧室。

郄文博匆匆走进后院,站在门外:"爹,爹!"

室内无人应。

郄文博走进卧室。

室内空无一人。

9. 前院、正厅。

这是郄耀庭处理公务和会客的地方。

董兰君走进前院,站在门外:"爹,爹!"

室内无人应。

董兰君走进客厅。

厅内空无一人。

10. 前院、院门。

董兰君刚走至院门口,正与匆匆走进门的郄文博相遇。

二人都不由得怔了一下。

郄文博干咳两声。

董兰君:"二爷,咱爹不在。"

郄文博不理会地走进客厅。

董兰君未离去,微笑地站在庭院中。

郄文博走出客厅。

董兰君:"二爷,你咋连我的话也不相信了?"

郄文博:"我听说根儿就要回来了,这可是真的?"

董兰君:"是真的,我正想去告诉你一声呢。"

郄文博:"他去日本有三年了吧?"

董兰君:"三年零两个月了。"

郄文博:"挺想他的,还是回家来看看好啊!"

董兰君:"我代根儿谢谢二爷的关心。"

郄文博:"根儿这次回来,让他在家多住一阵子,别屁股没坐热就又要走。"

董兰君:"他这次回来就不走了。"

郄文博:"是根儿说的?"

董兰君:"不,是咱爹决定的。"

郄文博:"你的意见呢?"

董兰君:"等根儿回来再说吧。"

郄文博:"也好,也好。"

11. 蔚蓝的天空,飘着几丝白云。

无垠的大海,"山丸号"客轮在行驶。

郄银根依然伫立在甲板上。

钱小漪跑上甲板,她二十余岁,身材修长纤细,模样俊俏艳丽。

郄银根:"小漪,你怎么跑到甲板上来了?"

钱小漪:"你站在甲板上已经大半天了,把我一个人扔在船舱里,你的心也太狠了!"

郄银根把钱小漪揽在身边。

钱小漪:"你在想什么?"

郄银根:"不知道。"

钱小漪甜甜地说:"脑子空白?"

郄银根:"很乱。"

钱小漪:"乱什么?"

郄银根:"归家之路,看不清路在何方?"

钱小漪笑着在郄银根眼前晃着手指:"你成傻瓜了?"

郄银根将钱小漪的手握在胸前:"聪明人比起傻瓜来,可艰难多了。"

钱小漪调皮地说:"傻瓜,听好了,本老师告诉你,咱们现在是在回国回家的路上。"

郄银根:"正因为是在回国回家的路上,我的心里才是一团乱麻!"

钱小漪诧异地问:"你变卦了?"

郄银根闪露着茫然的目光。

钱小漪:"你不是已经答应我,一同回上海吗?"

郄银根:"我是答应过,可那里不是我的故乡、我的家呀。"

钱小漪:"好男儿志在四方!只有在上海,才能发挥你的聪明才智。"

郄银根:"这样做,就有悖我到日本的初衷了。"

钱小漪:"你为什么非要回到那个既贫穷又闭塞的山区之家呢?"

郄银根:"正因为它是贫穷和闭塞的,我才执意要回家!"

钱小漪:"我真的搞不懂,你从那个山区里

走出来，却又要回到那个山区去，你这不是画了一个圆圈又回到起点了吗？"

郯银根："哈哈，不是一个圆点，而是一个'这个'。郯银根用笔在纸上画了一房顶，下面画了头猪。当初我是带着一脑门子问题走出山区的，可今天我正是为了要解决这些问题才决计回去！"

"房子下面有头猪？"钱小漪存疑地问。

郯银根心潮澎湃："对，房下有猪，家也。""小漪，我们在日本三年，不仅看到日本繁荣的今天，而且深知日本自明治维新后发展的历史。他们为了摆脱政治和经济的危机，以西洋为模式、为偶像、为价值取向，成群结队的留学生、官员纷纷被派往西方。所以，日本早于中国三十年就彻底改变了自己的命运。一个小小的岛国，竟能击败偌大的中国，甚至打败欧洲强国之一的俄国，使全世界大感震惊！这难道不令人深思吗？"

钱小漪："中国也曾搞过戊戌变法，不是也失败了吗？"

郯银根："日本乃外延，中国乃内核，故而日本易变，中国不易变。"

钱小漪："既然如此，那你回山区这个家又有什么用？"

郯银根："因为这个家是中国大家的最基层，只有改造基础，才能改变大厦！"

钱小漪："你执意要回这个家，那我怎么办呢？"

郯银根："小漪，你可以随我一道回去呀！绘画是你的生命，你可以回到大自然中，去捕捉创作的灵感，画出不朽的作品。"

钱小漪："去那里的家，我的父母是不会答应的。"

郯银根："事在人为，只要你愿意，我可以帮你做通老人们的工作。"

12. 沂水河畔、银杏园。
郁郁葱葱的银杏林。
金黄色的银杏果缀满枝头。
郯耀庭和小莺子蹲在银杏林间，捡着落在地上的银杏果。
小莺子："老爷爷，这片银杏林都是你栽的吗？"

郯耀庭笑："一个人可没有这么大的本事，这么一大片林子是几代人栽的。"

小莺子"老爷爷，俺也想栽，行吗？"

郯耀庭："行，咱祖祖辈辈都要栽下去。到那会儿，咱沂河边上就能有一眼望不到头的上万亩银杏林了。"

小莺子高兴地说："咱这里不就成了天底下最大的银杏园了？"

郯耀庭："是呀！到那会儿，天底下的人都会跑到咱这里，来看咱的银杏林，吃咱的银杏果了！"

小莺子："太好了，太好了！"

郯耀庭："小莺子，过来，你摸摸这棵银杏树。"

小莺子上前摸着银杏树。

郯耀庭："我给这棵银杏树取了个名字，叫'四世同堂'。"

小莺子摸着树："啥叫四世同堂呀？"

郯耀庭："就是四辈子人生活在一块儿！你摸的当中这棵最粗最高的树，就是老爷爷我。从它旁边根上长出的这两棵，是你大爷爷和二爷爷。再从它们旁边长出的这四棵，就是他们的四个儿子。一个在日本，两个在'北平大学'读书。"

小莺子："还有一个呢？"

郯耀庭："还有一个，是你二爷爷的儿子。"

小莺子："他干啥？"

郯耀庭："他呀，大事干不了，小事不愿干，是棵歪脖子树！"

小莺子笑："老爷爷，这才三辈人呀？"

郯耀庭："你再摸摸，在它们旁边不是又长出小树苗来了？"

小莺子摸着："真的，有好几棵呢！"

郯耀庭手拄银髯笑出声。

小莺子："老爷爷，你笑啥？"

郯耀庭："这叫'子孙满堂'啊！"

小莺子也咯咯地笑起来。

郯文博大汗淋漓地来到银杏园："爹，大热天的，你跑到这儿来干啥？"

郯耀庭："腿长在我身上，我愿上哪就上哪，碍你啥事了？"

郊文博："害得我到处找你！"

郊耀庭："你不会不找吗？"

郊文博："我找你有急事！"

郊耀庭："有啥急事？"

郊文博："爹，之儿的事，你考虑得咋样了？"

郊耀庭未语。

小莺子贴在郊耀庭耳边，轻声问："之儿是谁呀？"

郊耀庭也轻声地说："就是那棵歪脖子树。"

郊文博："总不能让他在家老这么闲着？"

郊耀庭："你说，他能干点啥呢？"

郊文博："我不是早给你说过了，就让他去掌管酒厂和油坊吧。"

郊耀庭："啥？"

郊文博："他是嫩点，我可以帮他呀！"

郊耀庭："就你那两下子，还帮他？"

郊文博："这个家在你眼里谁都不行，你心里只装着东院！"

郊耀庭愠怒："谁有本事，我就装着谁！"

郊文博吆喝着："本事也不是天生就有的！你不把担子放在他肩上，他永远也挑不起来！"

郊耀庭："你给我滚！"

郊文博抑制着情绪："爹，您别生气，听我把话说完行不？我是想，酒厂和油坊都是外姓人在那里主事，能不能让之儿跟着他们去学学本事，这也能收敛一下他的性子。爹，无论咋说，他毕竟也是你家亲孙子呀！"

郊耀庭："你这么说，还沾点谱。"

郊文博："爹，您老同意了？"

郊耀庭："这件事，我和你大嫂商量一下再说吧。"

郊文博又火起来："商量，商量，你啥事都和她商量！难道这个家，就成了她董兰君的了？"

郊耀庭大喝一声："滚，滚！"

郊文博转身离去。

小莺子："老爷爷，你别生气。"

郊耀庭："不肖子孙！"

小莺子："他就是歪脖树的爹吗？"

郊耀庭："对。"

小莺子："他的脖子也歪吗？"

郊耀庭："上梁不正下梁歪！"

小莺子："老爷爷，你干吗和他生气呀？你放心，俺把他的脖子捋直了！"

郊耀庭笑出声。

13. 沂水河畔、古码镇。

这里是沂水河码头所在地。

商号比肩接踵。

顾客熙熙攘攘。

街道上车水马龙。

一辆马车行驶在青石路面的街道上。

蒋凤仙坐在马车里。

14. 古码镇、鸳鸯楼。

这是一座豪华的妓院。

马车停在鸳鸯楼大门外。

蒋凤仙走进妓院。

鸨儿迎上："哟，是二姨太呀，您老咋大驾光临了？"

蒋凤仙："郊少爷呢？"

鸨儿："哪个郊少爷呀？"

蒋凤仙："郊银之！"

鸨儿："二姨太，你干吗发这么大火呀？"

蒋凤仙："他人呢？"

鸨儿："没见！"

蒋凤仙冲上楼，寻找。

鸨儿坐在客厅等待。

蒋凤仙气冲冲走回客厅。

鸨儿："二姨太，我没骗你吧？"

蒋凤仙掏出钱扔在桌上："我找他有急事！"

鸨儿收起钱，脸上堆着笑："你咋不早说呢，郊少爷在游船上。"

蒋凤仙转身离去。

鸨儿："二姨太，你常来玩呀！"

15. 沂水河上。

一只张灯结彩的游船行驶在河面上。

郊银之与妓女们饮酒作乐。他二十余岁，脸似刀削，身似麻秆。一身绸布衣衫，似挂在衣架上。脑后的发辫却是又粗又黑。

"黑牡丹"合着柳琴声，唱着"拉魂腔"：

春光明媚艳阳天，

歌女携琴过前川。
桃红李白花开艳，
行行绿柳垂金线。
鸳鸯戏水沂河欢，
黄鹂叫破杏林天……

16. **沂水河上。**
一只小舟朝着游船急速而来。
蒋凤仙站在船头，催促道："快划，快划！"
船夫使劲儿摇着橹。

17. **游船上。**
妓女"一品香""风摆柳"簇围在郏银之身边。
"黑牡丹"依然唱着。
一品香突然发现："郏少爷，你快看！"
郏银之惊愕，倏地将身子藏匿桌下。

18. **小舟已靠近游船。**
蒋凤仙大声喊："郏银之，你出来！"

19. **游船上。**
一品香："你吆喝啥呀？这里没有什么郏少爷！"

20. **小舟上。**
蒋凤仙："郏银之，你听着，你再不出来，我就上船了！"

21. **游船上。**
郏银之无奈地走到甲板上。

22. **小舟上。**
蒋凤仙："二爷发火了，叫你马上回去！"

23. **游船上。**
郏银之："我不回！"

24. **小舟上。**
蒋凤仙："那好吧，我让二爷亲自来请你！"

25. **游船上。**
郏银之："等等，你告诉我爹，我一会儿就回去！"

26. **小舟上。**
蒋凤仙："不行，马上跟我回去！"

27. **游船上。**
风摆柳妩媚地拉住郏银之。

28. **小舟上。**
蒋凤仙："你回不回？"

29. **游船上。**
郏银之仍在迟疑。

30. **小舟上。**
蒋凤仙恼怒："船夫，咱们走！"

31. **游船上。**
郏银之："好好好，我跟你回去还不行吗！"
他从游船攀缘到小船上。
黑牡丹喊道："郏少爷，你还没付钱呢！"

32. **小舟上。**
郏银之："先记到账上吧！"

33. **游船上。**
一品香："妈妈说，你再欠款就别来了！"

34. **小舟上。**
蒋凤仙狠狠地瞪了郏银之一眼。
小船掉转头，朝码头划去。

35. **华灯初上。**
整个上海滩灯红酒绿。
郏银根与钱小漪心情沉重地漫步在黄浦江畔。
钱小漪："今天的结果，早已在我的意料之中。我是爸妈的独养女儿，他们怎么肯让我离开上海呢？"
郏银根："不要灰心，我们要继续做他们的工作。"
钱小漪："银根，上海多么繁华呀，今后我们的家会很幸福，你为什么不喜欢它呢？"
郏银根："我很喜欢。"
钱小漪："那就留下吧？"
郏银根："小漪，你又犹豫了？"
钱小漪："银根，你听我说，我爸妈非常喜欢你，难道你还看不出来吗？只要你肯留下，在这个家，他们会把你当亲儿子相待的。"
郏银根："大上海繁花似锦，令人留连忘返。你的爸爸妈妈待我很好，我也心知肚明。但是我的志向已定，是不容更改的。"
钱小漪："一旦我爸妈的态度不变，咱们又该怎么办呢？"
郏银根："你放心，我会说服他们的！"
黄浦江上，一艘外国巨轮，鸣着长笛从中国船舷边上向前驶去。
郏银根双眉紧锁。

36. 月上梢头。

郯府、后花园、凉亭下。

大管家侍立在郯耀庭的身边。

郯耀庭："仲亭呀，坐下说话。"

大管家："谢老爷。"

郯耀庭："大奶奶还对你说了些啥呀？"

大管家："还说，大少爷年纪轻轻的，能懂个啥？"

郯耀庭："她这个人呀，心气很高，想做武则天啊，对自己的儿子也不肯放手半点权力。"

大管家："老爷，近些年，这个家也多亏了大奶奶撑着。"

郯耀庭："是啊，我那两个儿子，没一个能争气的。你那个大爷自从中了秀才，就像中了邪一样，一头扎在书堆里，龙三不管龙四。二爷呢，读书没读到正道上，学了一肚子坏心眼，一天到晚只盘算着祖上的家业，心术不正。大奶奶有见识，也有能力，不仅扩大了祖业，还能把后宅的事也料理得头头是道。可是，她毕竟姓董不姓郯呀，那个聪明绝顶的武则天不就是把江山给了她娘家人了吗？"

大管家："老爷，您心里是个啥章程呀？"

郯耀庭："我早就想好了，郯家的这份家业，只有一个人能承担！"

大管家："谁？"

郯耀庭："我的长孙银根！"

大管家忽地跪在地上说："老爷，这也是埋在我心里，一直没敢对外说的话呀！"

郯耀庭扶起大管家："仲亭，快起来。你跟着我也已经几十年了，郯家能发展到这一步，也有你的一份血汗呀！"

大管家："人心都是肉长的，老爷从来没有把我当外人。"

郯耀庭："大少爷这次回到这个家，我就把他交给你了。"

大管家："老爷，我会尽心尽力侍奉大少爷，为老爷您分忧解难。"

郯耀庭："这就好。"

大管家："老爷，还有一事你想过没有？"

郯耀庭："你是不是担心大少爷在家待不住，还要走啊？"

大管家："是。"

郯耀庭："他这回走不了了。"

大管家闪露出疑惑的目光。

郯耀庭："我要系根绳，把他牢牢地拴住！仲亭，你去请大奶奶到前院大厅，我在那里等她。"

大管家："是。"

37. 夜。

用人点亮纱灯。

郯府、西院、客厅。

郯银之只身跪在客厅里。

客厅的落地钟"滴答、滴答"地走着。

郯银之见四处无人，悄悄爬起，坐在椅子上按摩着双膝。

门外传来脚步声。

郯银之又慌忙跪倒在地。

蒋凤仙扭动着腰肢走进客厅。

郯银之把头扭到一边。

蒋凤仙站到郯银之身边，笑眯眯地问："恨我是吧？我是让你长个记性！"

郯银之不理。

蒋凤仙："别跪着了，起来吧。"

郯银之："不用你管！"

蒋凤仙："那就跪着吧。"

郯银之猛地站起，坐到椅子上。

蒋凤仙："还是没志气！"

郯银之："你算个什么东西？"

蒋凤仙："我是你的小妈！"

郯银之："呸！人面兽心！原本说得好好的，不要把这档子事告诉家里人，你不是也答应了吗？可你出尔反尔，还在我爹面前添油加醋！"

蒋凤仙："我要是不告诉二爷，你下回还会去找那些婊子！"

郯银之："这与你何干？"

蒋凤仙愤怒地站起身："这与郯氏家产有关！你呀，看看自个儿，还像个男人吗？眼睁睁地看着家产都流到了东院，难道你的心里就好受吗？难道你还能沉得住气，整天浑浑噩噩地活下去？难道你就这么心甘情愿地与东院善罢甘休？你再看看，现如今这个家咱西院又有什么呢？你不是连玩女人都得要赊账吗？你爹无能，你就更不争气！我在这个家里简直憋得喘不过气来，恨不得一拳头能把天捅个大窟窿！"

郯银之："我又有啥办法？"

蒋凤仙："眼下，就要想方设法，先把酒厂和油坊的'主事'夺到自己手里！"

郯银之："我爷爷能答应？"

蒋凤仙："你爹已经和老爷子摊牌了。你呢，这些日子，要谨言慎行，哪怕是装个样子也行，要给老爷子换个好印象。你大堂哥就要回来了，咱们要赶在他回来之前敲定这件事！"

郯银之："好吧，我听你的。"

蒋凤仙："记住，这段日子不能出去！"

郯银之："待在家里，会憋死人的！"

蒋凤仙："你要是待烦了，就找我说话去。"

郯银之："我可不敢。"

蒋凤仙："我还能吃了你？"

郯银之："我是怕我爹！"

蒋凤仙："你呀，只在外边有本事！"

38. 夜。

郯府、前院、正厅。

郯耀庭坐在太师椅上品着香茗。

大管家与董兰君走进："老爷，大奶奶来了。"

董兰君："爹。"

郯耀庭："坐吧。"

大管家欲退出。

郯耀庭："你也坐，有些事咱们一块商量商量。"

大管家给董兰君捧上香茶，然后坐在下座。

董兰君："爹，您找我有啥事？"

郯耀庭："今天，文博来找我，说银之年龄也不小了，想让我安排他做点事，我想听听你的意见。"

董兰君："我听爹的。"

郯耀庭："我想让他到酒厂和油坊，去向那里的掌柜学点本事，你看怎么样？"

董兰君："爹，不知您想给他安排个啥职务呀？"

郯耀庭："啥职务也不安，他只是个学徒。"

董兰君："爹，你这么做可是不妥。"

郯耀庭："你不同意？"

董兰君："爹，银之至今没有事情可做，这是我的过错，我应该向二弟道歉。"

郯耀庭："这不关你的事，是他不正干，怎么能怪你呢？"

董兰君："爹把这么大的产业交给我，是我工作的疏漏，才给二弟带来烦恼，也给您增添了心事。"

郯耀庭品了一口香茶。

大管家："大奶奶真是知书达理呀！"

董兰君："我赞同爹的想法，让银之到酒厂和油坊去。不过，要给银之安排个职务才行，他毕竟是这个家的主人呀。不然的话，于情于理都是说不过去的。"

郯耀庭："这不行，他有啥本事？"

董兰君："爹，虽说银之玩性大了点，这也是因为他无事可做闲出来的。银之聪明灵透，磨炼磨炼能成大器。"

郯耀庭："在这个家他能担当个啥呢？"

董兰君："少东家去，当然要担当'主事'。"

郯耀庭："不行不行，他不是这块料，这孩子是个没有定性的主啊！"

董兰君："爹，你放心，我会帮着他把关的。"

大管家："老爷，大奶奶说的在理。您只要给二爷把话说在头里，往后银之少爷凡决定酒厂和油坊的大事，都要经过大奶奶才行。"

郯耀庭："好，就这么办吧。"

董兰君："爹，还有事吗？"

郯耀庭："银根就要回来了，你是咋想的？"

董兰君："这孩子一直在外读书，虽说长了不少见识，可他的心也随之变野了，他在家里是待不住的。"

郯耀庭："你当母亲的，就不想把他拦住？"

董兰君："孩子大了不由娘，再说年轻人有年轻人的志向，我咋能拦得住他呢？"

郯耀庭："这回就不能由着他的性子来，说啥也要把他留在家里。他是我的长子长孙，近三十岁的人了，至今还没成个家，这让他三个弟弟咋办呢？再说，咱这个家里里外外地忙你一个人，也太辛苦了。我打算给银根早点娶个媳妇进门，也能给你当个帮手，至少可以帮你料理后宅的事吧？我想，在银根回来之前，马上给他订门亲事，等他一回来就成亲。"

董兰君的心里，似乎被蜇了一下。

郏耀庭："仲亭啊，你马上去找媒婆，要多找几个，这件事办得越快越好！"

大管家："是。"起身欲走。

董兰君赶忙制止住："等一等！"

大管家："大奶奶，您还有啥叮嘱的？"

董兰君走到郏耀庭面前："爹，您咋忘了，银根早就定亲了。"

郏耀庭："定亲了，我咋不知道？"

董兰君："订的是娃娃亲呀！银根五岁的时候，我和文渊抱着他回娘家，文渊见我大哥的女儿聪明伶俐，欢喜有加，当场就提出要亲上加亲，我大哥还为这事摆了酒席呢。"

郏耀庭一下怔在那里。

董兰君："爹，您忘了？我侄女还到咱家来过呢。她名叫董姝妹，长得身材高挑，模样俊俏，熟读四书五经，是个难得的女孩。"

郏耀庭半天没有说话。

董兰君："管家，咱们要按照老爷吩咐的办，你现在就去我娘家，告诉我哥，明天就换帖子。"

大管家："这……"

董兰君："爹，您的意见呢？"

郏耀庭："仲亭，就按大奶奶说的去办吧。"

大管家："是。"

39. 上海、码头。

一艘客轮停在码头。

码头上，乘客纷纷踏上客轮。

一报童边吆喝边兜售报纸："特大新闻：北京周口店又发现了一万八千年前的'山顶洞人'！"

一辆黑色轿车停驶在码头边。

钱小漪和郏银根从车上走下。

二人伫立在码头上，一时无语。

钱小漪伤感地问："你真的要走吗？"

郏银根："是的。"

钱小漪："不能挽回了吗？"

郏银根："不能挽回了。"

钱小漪："我不让你走！"

郏银根摇摇头。

钱小漪："我就像做梦一样。"

郏银根："可它是现实。"

钱小漪的眼睛里滚出热泪。

郏银根掏出手帕，擦掉她脸上的泪水。

钱小漪："银根，你不要忘记我。"

郏银根点头。

钱小漪："我等你。"

郏银根："那是无尽期的。"

钱小漪："无论多久，我都要等你。"

郏银根："明知不可为而为之，这么做必将是场悲剧。"

钱小漪："你的心为什么这样狠？"

郏银根："正是因为我爱你，我才忠实相告。"

钱小漪："你连一点念头都不给我留吗？"

郏银根："长痛不如短痛，没了念想就会很快过去的。小漪，你是个非常善良的女孩，心底就像一潭池水那么清澈，我平生能相识你这么一个妹妹，也就心满意足了。"

钱小漪："我不愿做妹妹，我要做你的妻子！"

郏银根把钱小漪紧紧地抱在怀里。

报童又吆喝着跑来："卖报，卖报！先生，买份报纸吧，特大新闻：北京周口店又发现了'山顶洞人'！"

郏银根买了一张报纸。

客轮发出一声长鸣。

郏银根从司机手中接过皮箱和一柄宝剑："小漪，我该上船了。"

钱小漪："你到家后，要马上给我写信来！"

郏银根："我会的。"

二人再次拥抱。

郏银根踏上客轮。

钱小漪恋恋不舍地目送着心上人。

客轮再次发出长鸣，朝着长江方向驶去……

40. 郏府、西院、卧室。

郏文博躺在卧榻上抽着大烟。

蒋凤仙在他身旁侍候着。

郏银之坐在椅子上，显得有些亢奋。

郏文博："这个女人，真是心计超群啊！她

在银之这件事情上，出手不凡，来了个一箭双雕，既当了好人又没有放弃丝毫的权力！"

郯银之："爹，你放心，只要我当了主事，我才不听她的呢！"

郯文博勃然大怒："你这是屁话！你呀，啥时候才能长个脑子？只要你违背了这一条，不用她摆弄你，你爷爷就得把你从椅子上拽下来！到那会儿，你一辈子也甭想再翻身了！"

郯银之："那我这辈子就被她攥在手心里了？"

蒋凤仙："你心急喝热粥，还不把嘴烫破了！大丈夫要能屈能伸，小不忍则乱大谋！她在老爷子面前，不得不同意你去酒厂和油坊，还假惺惺地给你安排了个'主事'。你以为她真的是要让你去主事呀？她不仅送了个干巴人情，还给你画了一个圈。她巴不得你当主事后自作主张，一旦被她抓住把柄，你就会立马倒在她的脚下！"

郯银之："你们说来说去，我到底是去还是不去呢？"

蒋凤仙："当然要去，老爷子松了口，这是咱打赢的第一仗！下一步就是以学徒的身份走马上任。你要做到不显山不露水，规规矩矩学本事。在暗中摸清虚实，排查人员亲疏，做好出击的准备。第三步就是搬石头、掺沙子。待你脚跟站稳以后，就把管事的主要成员一律换成咱自己的人。到那会儿，她就是有天大的本事，也无法控制你。酒厂和油坊，才能真正变成咱西院的家财！"

郯银之兴奋地说："小妈，我服了你！"

郯文博望着面前的这个女人，不由地脊梁骨冒出一股冷气。

蒋凤仙顿时感觉到了郯文博的反应，她由衷地说："二爷，我是不是说多了？我这可是对您，对银之的一片苦心啊！"

郯文博喃喃地说："是的，是的。"

41. 郯府、后院、卧室。

郯耀庭闷闷不乐。

大管家边将食盒里的饭菜摆到桌上，边说："老爷，您还在为大少爷的婚事不高兴呢？"

郯耀庭："我今儿就像吃了只苍蝇！"

大管家："通过今天这事，我看大奶奶的心思是够使的。既赞同老爷给大少爷定亲的事，又把自己娘家的侄女弄到身边，为自己增添了一臂之力，大奶奶真是个能人啊！不过，这事还得反过来看，主事的是老爷，胜算也牢牢地掌握在您的手里。既然在老爷心里，已经确定了大少爷是郯家今后的掌门人，那其他的人还不都是枉费心机吗？"

郯耀庭的脸上露出一丝笑意："仲亭，来陪我喝几盅。"

42. 金黄的太阳把大地炙烤得滚烫。

长江两岸不断地传来枯燥的蝉鸣。

客轮行驶在江面上。

滔滔江水流向东方。

浪遏飞舟，溅起层层浪花。

43. 客舱里。

郯银根看着报纸。

报纸的显著标题：《周口店又发现山顶洞人》。

同一舱室，两名乘客也在看着报纸。

乘客甲指着报纸："你看，'共军一军团与三军团在湖南永和会合，组成红一方面军。朱德任总司令，毛泽东任总政治委员。国军调动十万兵力对共军进行第一次围剿'。"

乘客乙："管这些干吗？咱还是挣钱要紧！"

郯银根："先生的话差矣，国家兴亡匹夫有责。没国哪有家呀，到哪去挣钱呀？"

乘客乙不高兴地说："你说谁呢？"

郯银根："我在说您。"

乘客乙："嘿，你少高谈阔论，国家兴亡关我屁事？别说我是个小小的老百姓，就连慈禧太后也没能挡住八国联军。后来建了民国，又咋样呢？更加乱了套！从民国元年到民国十七年，北京政府跟走马灯似地换了七个总统。干得最长的是袁世凯和徐世昌，也只是当政四年。干得最短的是张作霖，连一年都不到。国家能有个好？现如今已是民国十九年，仍然内战不止，老百姓遭殃。一旦八国联军再打来，中国不亡才怪哩！请问先生，你能扭转这个乾坤吗？"

郯银根："我不能，但万众一心就能办到！假如都像你这样麻木不仁，中国才真的没了希望！"

乘客乙欲再争执。

乘客甲阻止:"好了好了,人各有志,何必争得面红耳赤呢?"

一位穿着布衣长衫,戴着一副黑框眼镜的先生,默默地听着这场争论。

客轮在江面上行驶。

44. 郏府、东院、客厅。

两摞厚厚的账簿堆放在董兰君的面前。

酒厂、油坊的两位主事侍立在董兰君的身旁。

董兰君:"两个厂子的账簿都拿来了?"

两位主事:"都拿来了。"

董兰君:"你们辛苦了,坐吧。"

两位主事落座。

董兰君:"上茶。"

侍女给两位主事端上茶水。

董兰君:"今天请你们来,是老太爷让我转告你们一件事。银之少爷就要到酒厂和油坊去当主事了。"

两位主事顿时皱起眉头。

董兰君:"你们不欢迎?"

酒厂主事:"大奶奶,老太爷决定的事,我们咋敢不欢迎呢?只是银之少爷那禀性,我们侍候不了!"

油坊主事:"我们自个挨顿骂受点气是小事,怕就怕把一个好端端的厂子给踢腾了!"

董兰君:"你们的担心也不是多余的,我很理解。不过,老太爷还定了几条规矩。第一条,银之少爷虽然名义上是主事,但他是去学徒的,是向二位拜师学本事的。第二条,今后厂里无论决定什么事情,依然是由我把关。"

两位主事:"这样,我们就放心了。"

董兰君:"往后,你们该怎么干还怎么干。其他的事,就不用我多说了吧?"

两位主事:"我们明白。"

院子里,传来一串咯咯的笑声。

董兰君高兴地说:"是我的宝贝女儿回来了!"

两位主事站起身:"大奶奶,我们回去了。"

董兰君:"这些账簿,我看完后就派人给你们送回去。"

两位主事:"是。"离去。

郏杏花咯咯地笑着和堂姐郏杏琳跑进客厅。

郏杏花二十岁出头,眉清目秀,满面阳光。

郏杏琳年长两岁,仪态万方,端庄秀丽。

郏杏花伸展双臂抱住母亲:"娘,想死我了!"

郏杏琳彬彬有礼地叫了一声:"大妈!"

董兰君把两个孩子揽到面前:"让我好好看看。"

郏杏花:"娘,我渴坏了,我要吃西瓜!"

董兰君:"好好好,吃西瓜,吃西瓜。"吩咐侍女:"给小姐端西瓜来!"

郏杏花:"不,我要喝咖啡!"

董兰君:"好好好,喝咖啡,喝咖啡。"吩咐侍女:"给小姐冲咖啡!"

郏杏琳:"大妈,我大堂哥呢?"

董兰君:"还没到家呢。"

郏杏花:"我俩一接到你的信,立马就给学校请假回来了!"

董兰君:"我给你们二哥、三哥都写去信,也不知道能不能回来?"

郏杏花:"他们俩呀,肯定比俺俩还心急呢!"

侍女端上西瓜,又捧上咖啡。

董兰君拿起两片西瓜:"快吃吧。"

郏杏琳接过,慢慢地吃着。

郏杏花:"我咋又不渴了?"

董兰君:"不渴也要吃!"

郏杏花:"我不吃!"

董兰君:"天热容易上火,吃点西瓜有好处。"

郏杏花:"我不吃嘛!"

董兰君又把西瓜放回盘:"你呀,长这么大,性子一点也没变!"

郏杏花:"我的性子变了,就不是你的女儿了。"

董兰君:"今后在市面上做事,这种性子可要不得。"

郏杏花:"你想让我一生听别人的,我才不干呢!"

董兰君:"等摔了跟头,别哭鼻子就行。"

郯杏花："我压根就不知道眼泪是啥？"

郯杏琳："大妈，杏花在学校里可是样样拔尖的，校长还表扬过她呢！"

郯杏花："行了行了，你是不是也要我夸你几句呀？好姐，咱这是在家里，又不是在外边。"说完，冲堂姐做了个鬼脸。

郯杏琳捂着嘴笑。

董兰君冲女儿说："你呀，能赶上你堂姐一半就不错。"

郯杏花："好姐，你在家里的威信也比我高啊！"

董兰君拉着孩子们的手说："这回，你们要是都能回来就好了。你爷爷说，等你大哥一到家，就给他娶亲。"

郯杏花惊愕地："啊！我大哥要结婚了？"

董兰君："这有啥大惊小怪的？他要不是出国留学，早就当爸爸给咱这个家添丁了。"

郯杏花："我这个嫂子，是他带回来的吧？"

董兰君："又瞎说。"

郯杏琳："大妈，嫂子是哪儿的？"

董兰君："是你姝妹表姐。"

郯杏花："是我舅舅的闺女？"

董兰君："你们有啥意见？"

郯杏琳："姝妹表姐无论是长相还是学识，那可都是百里挑一的姑娘！"

董兰君："大妈的眼光不错吧？"

郯杏琳挑起大拇指："OK！"

郯杏琳："姝妹表姐和我堂哥，真是天生的一对！"

肖毓芬匆匆走进客厅："俺听说，孩子们回来了？"

郯杏琳忙迎上："娘！"

郯杏花："婶子！"说完，鞠了一躬。

肖毓芬高兴地对董兰君说："嫂子，你看咱郯家的闺女，个个长得都这么好看！"

郯杏花："婶子，咱郯家筐里没烂杏！"

肖毓芬笑。

董兰君："别跟你婶子没大没小的！"

肖毓芬："俺娘俩投缘，我最爱听俺杏花说话了。"

郯杏花："那好呀！我娘喜欢好姐，婶子喜欢我。好姐，咱俩换换吧？"

众笑。

董兰君："杏花，你和杏琳快去看望你爷爷吧，要不他会生气的。"

郯杏花从皮箱里拿出一顶礼帽："这是我给爷爷的礼物！"

董兰君笑："你爷爷能戴这个？"

郯杏花："我爷爷才爱赶时髦呢！"

肖毓芬问女儿："你没给爷爷买点啥？"

郯杏琳从皮箱里拿出一包药："爷爷常说腿疼，我给他买了几贴膏药。"

董兰君："还是杏琳的心仔细。"

郯杏花："瞧，好姐，我妈还是喜欢你吧？"

董兰君："你俩快去吧！"

郯杏花咯咯地笑着与堂姐离去。

董兰君："弟妹，你坐。"

肖毓芬："不了，我也先回去给她爹说一声。"离去。

客厅恢复了寂静。

董兰君打开账本，仔细地翻阅。

45. 长河落日，彩霞似锦。

水波浩渺，波光粼粼。

客轮已经驶入沂水河。

远处黛峦层层，近处两岸郁郁葱葱，好一幅伸卷万象。

46. 沂河、客轮甲板上。

郯银根深情地眺望着渐渐驶近的古镇码头。

那名穿布衣长衫，戴黑框眼镜的男子，与郯银根并肩而立。他清癯的面颊，棱角分明的五官，两道粗黑的剑眉格外醒目。

凉风习习。

男子掏出香烟："先生，请吸烟。"

郯银根："谢谢，我不会。"

男子吸着香烟："先生是当地人？"

郯银根："是的。"

男子："家在古码镇？"

郯银根："不，在银杏园。"

男子："先生姓郯？"

郯银根："你怎么会知道呢？"

男子："别说是古码镇，就连整个县城，哪有不知道银杏园的郯府？"

郯银根："请问先生，您尊姓大名，仙乡何处？"

男子："我叫刘之声，老家是外地。我曾在本县城谋职，现如今已辞职，想在古码镇寻个谋生之路。郯先生，您是刚从国外回来的吧？"

郯银根："之声兄真是个算命先生？"

刘之声笑："我是从郯先生身上的西装革履来测八字的。"

郯银根也呵呵地笑着："之声兄能洞察一切，目光很犀利啊！"

刘之声："您刚才在船舱的一席宏论令我十分钦佩，一语道破中国现状之症结。《论语》中，子贡问孔子：'一个国家要想安定、政治平稳需要哪几条呢？'孔子说：'只有三条：足兵、足食、民信。'国家要强大，必须有足够的兵力做保障；只有足够的粮食，老百姓才能够丰衣足食；老百姓对国家有信仰，才能有凝聚力，国家才能坚如磐石。子贡又问道：'假如逼不得已而去一项呢？'孔子曰：'去兵。'子贡接着又问：'再去一项呢？'孔子曰：'去食。自古皆有死，民无信不立。'没有粮食无非就是一死，从古而今谁不死啊？所以死亡是不可怕的，最可怕的是老百姓对这个国家失去了信仰以后的崩溃和涣散。"

郯银根："孔老夫子真是圣贤先哲啊，他的这种政治理念，在今天的日本已经得到了充分的论证。物质上的幸福仅是个指标，而真正从内心感到安定和对政权的认可，则是来自信仰。只有信仰带来的力量，才能够把国家真正凝聚起来！"

刘之声："中国的有志之士，应该为此而奋斗终生啊！"

郯银根："之声兄，我与您真是一见如故！"

刘之声："相见恨晚！"

二人的手握在一起。

郯银根："之声兄，您到古码镇做何打算呢？"

刘之声："先投奔'永昌商号'，樊掌柜是我的一个远房亲戚。至于工作一事，与他商量后再定。"

郯银根："之声兄若有需要小弟之事，尽管吩咐，我一定会尽微薄之力的。"

刘之声："我也一定会去府上拜访您的。"

客轮在河面上行驶。

古码镇码头近在咫尺。

郯银根："几年未回，这古码镇变得更加繁华了！"

刘之声："自古以来，古码镇就有'小苏杭'之称呀！"

47. 一辆马车驶进古码镇。

马车里发出咯咯的笑声。

郯杏花和郯杏琳坐在马车里。

48. 古码镇。

马车行驶在青石路面上。

49. 码头。

马车停驶在码头。

郯杏花和郯杏琳走下马车。

乘客们纷纷走下客轮。

郯杏花和郯杏琳站在码头上，眺望着乘客。

郯银根与刘之声并肩走下客轮。

郯杏花大声地吆喝着："大哥，大哥！"

郯银根惊喜地说："小妹！"

兄妹走到一起。

马夫接走皮箱，还有一柄宝剑。

郯杏花双手勾住大哥的脖子，撒娇地说："大哥，我太想你了！"

郯杏琳："堂哥！"

郯银根："杏琳，你也来了！"

郯杏花："大哥，你长得越来越帅，真是太有魅力了！"

郯银根轻声地说："放下手，当着这么多人。"

郯杏花："我不管！"

刘之声笑。

郯银根不好意思地说："之声兄，让你见笑了。"

郯杏花看了看刘之声，放下了手。

郯银根忙介绍："之声兄，这是我小妹杏花，这是我堂妹杏琳。"

郯杏花："大哥，他是谁呀？"

郯银根："他是我的朋友刘之声先生。"

郯杏花爽朗地说："你好！"

郯杏琳腼腆地说："先生，您好！"

刘之声："银根兄,你的两位妹妹,一个似火,一个如冰呀。"

郯杏花双目一瞪："你怎么这样说话呢?俺姊妹俩如同一母所生,怎么会是冰火不容呢?"

刘之声尴尬地说："这……"

郯杏琳忙说："先生,您别在意,我堂妹就是这么个性子。"

刘之声歉意地说："失言,失言。"

郯杏花扑哧笑出声。

刘之声更加窘迫。

郯银根见此状,也笑出声。

郯杏花："大哥,咱们快走吧,爷爷在家里都要望眼欲穿了!"

郯银根："之声兄,咱们后会有期!"

刘之声："再见!"

郯银根、郯杏花、郯杏琳上了马车。

刘之声目送马车驶去。

50. 通往乡村的古道。

马车行驶在古道上。

郯杏花喋喋不休地说着:"……舅舅送来了帖子,他和妹妹表姐也在家里等着你呢!"

郯银根："你说得是真的?"

郯杏琳："家里张灯结彩,还来了不少宾朋。"

郯银根愤懑地说:"荒唐!简直是荒唐!"

马车里顿时鸦雀无声。

郯杏花、郯杏琳都露出惊骇的目光。

郯银根抑制住情绪:"爷爷咋不事先跟我说一声,就办这种武断的事呢?"

郯杏花胆怯地问:"大哥,你不同意这桩婚事?"

郯银根闭目不语。

郯杏花:"你是不是已经有心上人了?"

郯银根依然闭目不语。

郯杏琳:"堂哥,你先别着急。婚姻是一生的大事,总不能委屈了自己。"

郯银根:"小妹,母亲是什么意见?"

郯杏花:"爷爷原本要请媒人去四处说媒,是母亲提议要亲上加亲,坚持要娶妹妹表姐进门的。"

郯杏琳:"大妈是番好意,亲上加亲不仅知根知底,而且妹妹表姐也是个才貌出众的女人,总比去找个陌生的人家好。"

郯银根苦笑一声,自语道:"母亲用心良苦啊!"

郯杏花:"大哥,这件事也没啥了不起的!你要是不同意,我去跟爷爷说,退了这门亲不就完事了!"

郯杏琳:"不能鲁莽从事,操之过急,会物极必反的,咱们还是想个稳妥的办法为好。"

郯银根:"杏琳说得对,这件事举足轻重。你俩放心吧,我会妥善解决的。"

马车行驶在古道上。

51. 郯府。

大管家站在大门口,迎接着来宾。

52. 郯府、前院客厅。

郯耀庭和董炎君交谈。

53. 东院、客厅。

董兰君拉着侄女董姝姝的手,亲如母女。

董姝姝,二十余岁。冰肌玉骨,姿色倾城。

董兰君:"姝姝,你愿意到这个家里来吗?"

董姝姝:"姑妈,这是我的福分。一个女人,做人妻为人母是天经地义的事,但像姑妈这样日夜操劳,经营万贯家产的女人,可谓凤毛麟角。我能进这个家门,在姑妈身边学而不尽,是我梦寐以求的事情。今天能如愿以偿,都是姑妈给予我的恩惠,这是我终生都不敢忘记的事情。"

董兰君高兴地说:"好,姑妈的心思没有白费呀!"

54. 银杏园。

马车行至银杏园。

郯银根:"停车!"

马夫随令而行。

郯银根:"咱们下车步行吧。"

郯杏花:"大哥,这儿离家还有好几里地呢。"

郯银根:"记着,往后咱们无论发展到何种地步,都务必要尊重故土的乡亲。一到此地,坐车要下车,骑马要下马,见了乡亲都要主动去致安问好。"

郯杏琳:"我们记住了。"

三人下车步行。

马夫赶着马车尾随其后。

路两侧，茂密的银杏树坠满金灿灿的银杏果。

郯银根摘下几粒，剥皮而食："你们知道吗，银杏树是从中国遍布世界各地的。如今在日本的东京、广岛随处可见。"

郯杏花："他们那里也有这么大的银杏园吗？"

郯银根："没有，他们只是把银杏树用来绿化城市和观赏。因为每年刚过正月，银杏树就能发出绿芽；待到漫天大雪的时候，它才落叶。"

郯杏琳："如果人和银杏树一样该多好呀！三十之前而立，待到老年依然充满活力！"

郯银根赞赏地看着堂妹。

郯杏琳："堂哥，我说得不对吗？"

郯银根："你说得非常好！我在异国他乡，每当看到银杏树，就会想到祖国，想到家乡，因为地球遭受第四纪冰川袭击后，银杏树就成了我国独存的珍贵树种。郭沫若先生说，银杏树是中国人文有生命的纪念塔，是随中国文化俱来的亘古证人，它应该被称为中国的国树。"

清风习习。

银杏园发出沙沙的声音。

郯银之骑马而来。

郯银根迎上。

郯银之翻身下马："堂哥！"

郯银根："银之，你好！"

郯银之："堂哥，爷爷着急了！宾客已经到齐，爷爷派我马上接你回去！"

郯银根紧锁双眉……

第二集

1. 郊府门外。

沿院墙搭起一个硕大的粥棚。

六口粥缸并列而立。

方圆几十里的贫穷人家及乞丐云集，争先恐后地喝着热粥。

乞食者甲高兴地说："这粥都能插住筷子了！"

乞食者乙："郊家老爷行善积德，必有好报……"

2. 郊府、前院客厅。

郊耀庭、董炎君和宾客们交谈。

马老太爷："郊家公富甲天下，人丁兴旺，真乃五福临门，富贵之人啊！"

郊耀庭："贤弟过奖了。长寿、富贵、康宁、好德、善终，合起来才称'五福'。人生在世，哪有十全十美的福啊？有的人长命百岁而贫困度日，有的人富贵却是短命；有的人虽然贫困但乐在其中，有的人身家百万却是日夜烦心。人生境遇各不相同，真是多得不胜枚举。只有五福临门，才是十全十美的福啊！"

马老太爷："依郊公所言，何谓五福之首啊？"

郊耀庭："五福当中，最重要的是第四福：'好德'。德是福的根本，福是德的结果。只有常年乐善好施，广积阴德，才能使其他四福不断增长。反之，必将不得善终。"

众宾客纷纷点头称赞。

大管家匆匆走进客厅："老爷。"

郊耀庭："有事么？"

大管家迟疑着。

郊耀庭："没外人，有事就说吧。"

大管家："马陵山的赵嬷嬷送来一份贺礼。"

郊耀庭愠怒："不收！"

大管家："是。"欲走。

董炎君："慢。郊公，你这么做可是不妥啊。赵嬷嬷这个土匪婆，手下有近百口人，几十条枪。你要是把她得罪了，必定会招惹横祸！"

郊耀庭："朗朗乾坤，土匪横行，难道堂堂国民政府竟保不了一方平安？再说，我与姚月亭县长尚有一份交情，我必将把此事告诉他，请他派兵消灭这股土匪。"

董炎君："官匪一家，他们何时管过老百姓的平安？"

郊耀庭："大清的灭亡，就在失信于民，难道民国也要走这条路？"

董炎君："一棵大树要是从根上烂掉，死亡是早晚的事。"

大管家："老爷，您看这事……"

董炎君："还是先收下为妥。"

大管家："老爷？"

郊耀庭长叹一声："就先这么办吧。"

大管家离去。

马老太爷："在咱沂河一带，何止赵嬷嬷一人，如此长久下去，绝没有咱们的安生之日。"

郊耀庭："真是扫兴！"

3. 郊府、东院、客厅。

董兰君帮着侄女把长辫盘成发髻。

董姝妹照着镜子："姑妈，我喜欢发髻，它能使女人显得那么端庄娴静。"

董兰君："女人盘上发髻，就要为人妻做人母了。"

董姝妹："这才是一个完整的女人。"

董兰君又给侄女换上旗袍。

董姝妹顿时判若两人。

董兰君赞赏地说："你穿上旗袍，显得更加丰臀酥胸，简直是个旷世佳人，姑妈都有些妒忌了。"

董姝妹在镜前欣赏着自己："太美了，简直

是东方的维纳斯！"

董兰君："维纳斯是谁呀？"

董姝妹："一百多年前，在爱琴海的一个岛上，有一个农民带着他儿子去耕地，在灌木丛中发现了一个大洞穴，走进山洞，一座优美绝伦的半裸女大理石雕像展现眼前，这就是罗马神话中爱与美的女神，断臂维纳斯像。有个侯爵以2.5万法郎买了它，偷偷运回法国，现珍藏在法国的罗浮宫。"

董兰君："你知道的知识真不少。"

董姝妹："表哥去国外留学，我要是不多读点书，就要被表哥嫌弃了。"

董兰君满意地："俺姝妹就是个有心人。"

董姝妹："姑妈，您才是我一生追逐的目标呢！"

董兰君："你刚才说，那个维纳斯没有手臂吗？"

董姝妹："是的。后人曾试图给她安上手臂，但总是令人感到不自然、不协调，没有断臂时那么美了，因为断臂给这位女神笼罩上一层美的神秘色彩。一百多年来，人们一直在争论着应不应该给她添上手臂？"

董兰君："正因为她是残缺的，才给她带来了永久的生命。你说，人世间什么是最美的？"

董姝妹殷勤地说："姑妈，是不是残缺的物件才最美呀？"

董兰君："是的，'花未全开月未圆'，这是人世间最好的境界。花一旦全开，马上就要凋谢了；月一旦全圆，马上就要缺损了。花未全开，月未全圆，就能使你的内心永远有所期待，有所憧憬。"

大管家匆匆走进大厅："大奶奶，您有啥吩咐？"

董兰君："前边的事都安排妥当了吗？"

大管家："一切都安排就绪了。"

董兰君："饭食是怎么搭配的？"

大管家："男客六桌，女眷四桌。除老太爷主桌的全席外，其余九桌都是四碟八碗。先上四个凉菜小碟，再先鸡后肉，陆续上四荤四素八大碗。碗的装法，是用白菜先装菜底，再用正菜做菜帽。"

董兰君："每个桌都要另外再加两个菜。一个用'老神树'鲜嫩的百果叶炒鸡蛋；另一个上蜜汁银杏果。这是咱郯家的发福菜，往后凡来贵客都要必上。"

大管家："是。"

董兰君："西院在忙啥呢？"

大管家："二爷躺在床上睡觉呢。"

董兰君："今天客人多，要请二爷出面帮着张罗才行。"

大管家："老太爷让我去请过二爷，二爷就是闭门不出。"

董兰君："老太爷知道吗？"

大管家："我怕老太爷生气，没敢禀报。"

董兰君："这咋行呢？二爷不到场，老太爷还以为是你没去请呢！"

大管家："大奶奶，我知道该怎么做了。"

董兰君："你去忙吧。"

大管家离去。

董兰君："姝妹，有件事，不知道你能不能办到？"

董姝妹："姑妈，什么事呀？"

董兰君："去'杏林书斋'，把你姑父请出来。"

董姝妹为难地说："我去合适吗？"

董兰君："你还没过门呢，他眼下还是你的姑父，有啥不合适的？再说，今天是你和银根一生的大事，来了这么多宾客，你姑父不出面咋行呢？"

董姝妹仍迟疑着。

董兰君："不敢去了？从小你姑父就喜欢你，别忘了，他还是你俩的月下老呢！"

董姝妹："我是在想用个啥计策？"

董兰君："你姑父是个书痴，你就来个'以文会友'呗。"

董姝妹笑着离去。

4. 西院、卧室。

郯文博闭目躺在卧榻上。

肖毓芬恳求丈夫："今天这个日子，你要是不露面，于情于理咱都说不过去呀！"

郯文博闭目不语。

外面传来阵阵喜庆的声音。

郯文博心烦地说："把窗关上！"

蒋凤仙："这么热的天，想把人闷死呀？"

郯文博："关上！"

蒋凤仙只好关上窗。

肖毓芬依然立在卧榻边恳求着："你还是听我劝，去一趟吧？"

郯文博："不去！你说得塌下天来，我也是不去！这个贪得无厌的臭女人，把自己的娘家侄女也安插进来了。她把别人都当成傻瓜，还画个圈让我钻。笑话！我在众亲朋面前不露面，就是要给她个颜色看看！"

肖毓芬走到蒋凤仙跟前："你说这事该咋办呢？"

蒋凤仙："二爷，大姐说得在理呀。你今天不露面，表面上看是争了口气，可实际上又能起啥作用？宾客们照常赴宴，郯董两家照样换'帖子'。依我看，你今天不仅要露这个脸，而且还要露个大的！你不想一想，老爷子为啥要急着给大少爷成亲？为的就是要把他的长孙拴在家里。你再想一想，他又为啥要把大少爷拴在家里？为的就是要他的长孙成为咱郯家的掌门人。可东院的那位大奶奶，她能善罢甘休吗？别说是娶了她娘家侄女，就是娶了她娘家妈，老爷子照样要把她从掌门人的位子上换下来！从眼下起，东院里的火就自个烧起来了，这个家呀，好戏还在后头呢！二爷，在这个时候，你可千万别节外生枝，惹火烧身！二爷，眼下你要做的就是跷起二郎腿，坐在城头，喝着大茶，悠闲自得地观山景吧！你要是有兴致，还可以给你那个大侄子呐喊助威！咱要眼睁睁地看着，他是怎么把他娘打入冷宫的！"

肖毓芬不悦地说："凤仙，你咋这么说话呢？"

郯文博翻身坐起："说得好，说得好！我要看的风景是，让他们两败俱伤！"

大管家匆匆而来："二爷，客人们都来了，您……"

郯文博："客人们都到了？你怎么不早说呢？告诉老太爷，我马上就到！"

肖毓芬："你告诉大奶奶，我们女眷也马上到东院去。"

大管家："是。"离去。

5. 郯府、杏林书斋。

董姝妹轻轻走进后花园。

溪水悠悠。

小鸟啾啾。

书房里，传出郯文渊朗朗的读书声："孔子曰：'……少之时，血气未定，戒之在色；及其壮也，血气方刚，戒之在斗；及其老也，血气既衰，戒之在得……'"

董姝妹走进书斋："姑父，你是在读《论语·季氏》里的'君子三戒'吧？"

郯文渊依然沉浸在书意中："何谓'君子三戒'啊？"

董姝妹："孔夫子说，人一辈子能活几十年，看似很长，但划分一下也就是三个阶段：少年、壮年、老年。每个阶段，都有一些必须注意的事情。只有君子，才能平安地越过这三道坎。"

郯文渊："哪三道坎呀？"

董姝妹："人在少年的时候，很容易冲动，要注意不要在男女之间出事；人到中年，虽然家庭、职业都稳定了，但是都还想再谋取更大的空间，这就极易与他人产生矛盾和争斗，争斗的结果必会两败俱伤。要时时告诫自己，与其他人斗不如跟自己斗，提高自己的内涵和修养；人到老年，心态走向平和。就像湍急的河流冲过山峦，终于到了大海的边缘一样，它就变得平缓和辽阔了。这个时候，要正确对待你得到的东西。不然的话，一生所得就会变成生命的隐痛、负累和烦恼。"

郯文渊喜悦地说："诠释清晰，功底深厚。"

董姝妹："我与姑父相比，相差甚远。对圣人的教诲尚能一知半解，但若论付诸实践却是相差千里。"

郯文渊："学而时习之，不亦说乎？人的眼睛有两种功能：一个是向外去，无限宽广地拓展天地；另一个是向内来，无限深刻地去发现内心。可惜的是，人的眼睛看外界太多，看心灵的太少了。"

董姝妹："是的。"

郯文渊："姝妹，你就要进郯府了，这不比你在家做姑娘时心底清闲，你到郯府后将如何处

·21·

置与他人之间的关系呢?"

董姝妹:"孔子的学生子游说:'事君数,斯辱矣;朋友数,斯疏矣。'如果你总是围在国君的身边,自己招惹羞辱就不远了;如果你与朋友亲密无间,但离疏远也就不远了。它不由使我想起一篇寓言:有一群豪猪,身上长满尖利的刺,大家挤在一起过冬。它们不知道应该保持怎样的距离才是最好?离远了,互相借不着热气;凑近了,尖利的刺就彼此扎着身体。经过多次磨合,才找到了恰如其分的距离。所以说,无论是对朋友还是对亲人,都应该把握一个分寸,得到的往往是海阔天空。"

郯文渊愈发高兴:"姝妹,你今后可以经常到书斋来。只有在这里,纷繁的天地才不至于俗不可耐。"

董姝妹:"我是多么有福气呀,今后可以经常来聆听姑父的教诲了。"

郯文渊推开窗户。

庭院中的那棵银杏树郁郁葱葱。

董姝妹跟随姑父走出书斋。

郯文渊抚摸着银杏树:"你知道'杏坛讲学'的趣闻吗?有一天,孔夫子家的小院里热闹非常,原来孔夫子正带领一群弟子垒土筑坛,并将一棵小银杏树栽在坛边。孔子抚摸着树干说:'银杏多果,象征着弟子满天下。树干挺拔直立,绝不旁逸斜出,象征着弟子们正直的品格。果仁既可食用,又可入药治病,象征弟子们学成后可以有利于社稷民生。此讲坛就取名杏坛吧。'"

董姝妹:"姑父,从今以后,我请您就在这棵银杏树下,给侄女传授学问,您说好吗?"

郯文渊风趣地说:"孔夫子杏坛讲学,可是没有女弟子呀?"

董姝妹:"他的女儿无违,不就是他的弟子吗?"

郯文渊:"对对对,无违既是他唯一的女儿,又是他唯一的女弟子呀。"

二人笑。

董姝妹:"孔夫子对夫人亓官氏恩爱有加,对他的女儿更是倍加疼爱。他女儿和公冶长的婚事,就是孔夫子一手操办的。姑父,今儿是郯府和董家'换帖'的日子,是我和银根一生的大

事,难道姑父把它给忘记了?"

郯文渊瞠目结舌。

董姝妹:"假如姑父不是忘记的话,是绝不会不管不问的。您说,是吗?"

郯文渊:"是的是的,我怎么把这么重要的事情给忘记了?"

董姝妹笑:"姑父,客人们正等着呢。"

郯文渊:"失礼失礼,咱们快去吧。"

6. 银杏园。

郯银根兄妹四人并肩而行。

果农们在银杏林间耕耘。

郯银根主动走上前,热情地问候:"大家辛苦了!"

一老叟迎上:"哎哟,大少爷回来了!"

众人围拢过来。

郯银根从包里捧出糖果,分散给众人。

大家兴高采烈地就地而坐。

郯银根:"大伯,你身子骨可壮实呀?"

老叟:"吃得下,睡得香,啥毛病也没有。"

郯银根:"看这满树的百果,今年是个好收成啊!"

老叟:"去年水大,还收了上百万斤百果,今年得翻番呀!再有个数月,咱古码镇码头就又要热火朝天了!"

年轻人甲:"大少爷,你是从东洋回来的吧?"

郯银根:"是的。"

年轻人乙:"东洋有白果树吗?"

郯银根:"有。"

年轻人丙:"大少爷,东洋是个啥样呀?听说人家那边可富了?"

郯银根:"是的。"

年轻人丁:"东洋人也吃煎饼吗?"

郯银根:"他们吃大米。"

郯银之着急地说:"堂哥,咱们快回家吧,爷爷等急了!"

郯银根:"不慌,时间还早着呢。"

老叟:"大少爷,你府上来了不少贵客,好像是办啥喜事?"

一匹枣红马由远处驰来。

郯银根眺望。

马身上坐着一位身穿红衣的女人。

郗银根："她是谁呀？"

老叟厌恶地说："土匪婆！"

郗银根愕然地说："土匪婆？"

郗银之："马陵山土匪头子赵嬷嬷的大女儿。"

郗银根："你认识她。"

郗银之："她本名叫潘芝莲，外人送她个绰号，叫'潘金莲'。"

郗银根："咋叫这个名字？"

老叟："这娘们谋害了亲夫，为了逃避官府的缉拿，就认了赵嬷嬷为干娘，落山为寇了。"

潘芝莲驰马来到郗银根身边，并未下马："你就是郗府的大少爷吧？"

郗银根："是的。"

潘芝莲："好英俊的男人！"

郗银之："大小姐有事吗？"

潘芝莲："我受老娘之命，刚去你府上送贺礼回来。大少爷，今儿个是你的好日子，你咋还在这里磨蹭，不赶紧地回家呢？大少爷，咱们一回生两回熟，往后可别忘了我呀！"说完，发出淫荡的笑声，驰马而去。

老叟冲其背影"呸！"了一声。

7. **郗府、大门外。**

大管家着急地朝远方眺望。

8. **郗府、东院客厅。**

董兰君心切地说："大少爷怎么还没到家呢？"

董姝妹："会不会是轮船晚点了？"

女佣："大管家一直站在门外等着呢。"

董兰君："银之少爷不是也去接了吗？"

女佣："是的，去了大半晌了。"

董兰君："你去告诉大管家，让他再派人去接！"

女佣："是。"离去。

9. **郗府、前院客厅。**

郗耀庭、董炎君、郗文渊、郗文博依然陪着宾客。

客厅里，宾客们在尴尬地等待。

郗耀庭已是坐立不安。

董炎君："郗公，莫性急，也许大少爷正急急忙忙地朝家赶呢。"

郗文渊抱歉地说："失礼失礼，让诸位久等了。"

董炎君："姐夫，诸君都是咱们两家的客人，不必客气。"

众宾客迎合着。

郗文博站起身："哥，你和爹陪客人说话，我再去看看。"离去。

10. **郗府、大门里。**

女佣正与大管家说着："大奶奶说，让你再派人去接！"

大管家："好，我这就再派人去！"

一男佣气喘吁吁地跑进门："大管家，大少爷到了！"

大管家忙迎出。

郗银根兄妹四人走至门前。

大管家："大少爷，全家人可把你盼回来了！"

郗银根谦和地说："仲亭叔，让你受累了。"

大管家激动地说："快进家吧，老太爷正急着要见你呢。"

郗银根："银之，你们先去吧。"

郗杏花："哥，你呢？"

郗银根："我先回自己房间。"

大管家愕然地说："大少爷，你……"

郗银根："仲亭叔，你也去忙吧。"说完，提着皮箱、握着宝剑，走回自己的房间。

郗文博急匆匆赶来："大管家，大少爷呢？"

郗银之："爹，我堂哥回他自己屋去了。"

郗文博不悦地说："哪有这么办事的？客人们都在等着他呢！"

郗杏琳轻声地说："爹，堂哥不愿去见客人！"

郗文博："你说啥？"

郗银之："你就别问了！"

郗文博："这咋行呢，客人们都是为他来的！"

郗杏琳："堂哥压根就不同意这门婚事！"

郗文博："啊？"

11. **郗府、郗银根住处。**

这是一处单独的四合院。

院里的苍松翠柏，伟岸挺拔，浓绿如染。

郯银根满腔抑郁走进房间，拴上房门，襟袍未解，和衣而卧。

12. 郯府、东院客厅。

大管家垂手而立。

董兰君阴沉着脸。

董姝妹在啜泣。

郯杏花、郯杏琳劝说着董姝妹。

大管家："大奶奶，你说这事该咋办呢？"

董兰君："老太爷知道了吗？"

大管家："我先到您这儿来了，还没来得及向老太爷禀报。"

郯杏琳："表姐，别哭了，这事也不能怪我堂哥。这么大的事，家里人竟然没有和他说一声。"

董姝妹："这是从小就定下的事，难道他不知道？"

郯杏花："孩提时候的事，咋能为准呢？表姐，俗话说，强扭的瓜不甜，这不见得是件坏事，反正你的脚还没迈进这个家的门槛，就凭你的条件，今后还能找不到如意的郎君？"

董姝妹哽咽地说："我心中只有大表哥，一生不嫁他人！"

董兰君："姝妹，别哭，这件事姑妈说了算，天塌不下来！再说，这件事已经闹得满城风雨，郯府上上下下也丢不起这个人！"

董姝妹："姑妈，我听您的。"

董兰君："大管家，你去告诉二爷和用人，谁也不准把大少爷的事张扬出去！"

大管家："是。大奶奶，那'换帖'的事……"

董兰君："你等我的回话。"

大管家："是。"离去。

董兰君对女儿说："你俩在这里陪你表姐，我一会就回来。"离去。

13. 郯府、西院卧室。

郯文博皱着眉头来回踱着步子。

肖毓芬深深地叹口气："这事该咋办呀？"

蒋凤仙妩媚地说："二爷，我不是对你说过了，你可以坐在城头上观山景了！"

郯文博："观个屁！东院里的那个娘们，巴

不得银根的婚事办不成！"

郯银之："爹，这是为啥？"

郯文博："只要你堂哥不成亲，你爷爷就不会把家业交给他，大权依旧在东院那个娘们手里！"

郯银之："爹，难道这门亲事还真的能吹了？"

蒋凤仙笑嘻嘻："吹不了！你们不想一想，银根为啥不同意这门婚事？这就是说，他在外边已经有女人了！不管是老爷子，还是东院里的人，都不会答应他去找外边的女人！更何况郯董两家的这门亲事，已经闹得沸沸扬扬，又怎么收这个场？眼下，无论银根同意还是不同意，他都没有退路了！二爷，这出戏开场了，到了你该擂鼓助阵的时候了，你要逼着老爷子，今天非把这'帖子'换了不成！"

郯文博茅塞顿开："对呀！"

大管家匆匆而来："二爷，大奶奶嘱咐您和银之少爷，千万别把大少爷的事声张出去。"

郯文博："笑话，纸里能包住火吗？"

蒋凤仙："大管家，你去告诉大奶奶，让她放心，我们西院的人压根就不知道大少爷回来的事。"

大管家："是。"离去。

郯文博："你这是啥意思？"

蒋凤仙："二爷，你咋这么糊涂呀？大少爷没回来，这'帖子'不是换得更顺当吗？"

郯文博顿悟："你这个女人的心眼，转得就是快！"

肖毓芬："哼，一肚子坏心眼！"

蒋凤仙："二爷，快去吧，老爷子正等着你去擂鼓呢！"

郯文博走出卧室。

14. 郯府、四合院、卧室门外。

董兰君来到四合院，敲着房门："根儿，开门。"

15. 卧室内。

郯银根依然躺在床上不动。

16. 卧室门外。

董兰君："根儿，你就是这样对待母亲的吗？"

17．卧室内。

郝银根打开房门。

董兰君走进。

郝银根向母亲深深一躬："娘，您好。"

董兰君："坐下吧。"

郝银根坐在母亲身边。

董兰君："男大当婚，女大当嫁，你已经到了成亲的年龄了。"

郝银根不语。

董兰君："你是长子长孙，你不成亲，你的几个弟弟又怎么办呢？"

郝银根不语。

董兰君："你和妹妹的婚事，是你父亲做主定下来的。妹妹不仅长得好，而且人品也好，还知书达理，是百里挑一的好女人。这门亲事也门当户对，你们两个是天生的一对，非常般配。"

郝银根不语。

董兰君："你应该在弟弟妹妹面前树个榜样，做个表率。只有这样，你才能在郝府建立威信，将来也才能承担起郝家的祖业。"

郝银根不语。

董兰君："你为啥不说话？"

郝银根依然不语。

董兰君："这么说，你是答应这门亲事了？"

郝银根："请母亲谅解，我是不会答应这门亲事的。"

董兰君愠怒地问："为什么？"

郝银根："婚姻是我一生的大事，家人应该在事前征求我的意见。"

董兰君："子女的婚姻，一切要遵照父母之命，媒妁之言，这是规矩！"

郝银根："大清有大清的规矩，民国有民国的章程。这种封建婚姻，早就应该废除了！"

董兰君大怒："这就是你出国留学，学回来的东西吗？"

郝银根："是的，这仅是其中的一部分。"

董兰君拍案而起："胡闹！我告诉你，这已经是既成的事实，咱们郝家怎么能反悔呢？今天客人们也都来了，你得马上跟我到前院去！"

郝银根："我不去。"

董兰君大声吼道："你说什么？"

郝银根："请母亲原谅。"

董兰君："你去还是不去？"

郝银根："不去。"

董兰君："既然如此，咱们就各行其便吧！"说完，拂袖而去。

18．**郝府、前院客厅。**

客人们依旧在等待。

郝文博："爹，银根贤侄至今未到，咱还要等下去吗？"

郝耀庭："不等咋办？"

郝文博："轮船又不是咱家开的，谁知道它啥时候到？它要是今天到不了，咱是不是再换个日子呀？"又走到董炎君面前："炎君兄，您的意见呢？"

董炎君未语。

郝文博又走到郝文渊身边："大哥，你拿个章程吧？"

郝文渊："子曰：'天何言哉？四时行焉，百物生焉。天何言哉？'今日是郝董两家'换帖'，根儿到与不到，又有何妨？"

郝文博："对对对，孔夫子的话真是言简意赅，天空什么时候说过话，四季不是照常轮回，万物不是照常滋生吗？今日是两家'换帖'，银根贤侄到与不到又有何妨？尽管银根贤侄未能到场，但诸位宾客的光临，使郝府蓬荜生辉，一派喜庆景象！我代贤侄向诸位道谢了！"抱拳施礼。

众人应对。

大管家走进客厅："老爷，大少爷一时半会回不来了。大奶奶说，请大家不要等了，换完帖子，就请客人们入席吧。"

郝耀庭："知道了。"

郝文博："大管家，吩咐下去，鸣鞭炮，奏喜乐！"

大管家："是。"离去。

郝文博高声朗道："欢声偕鱼水，喜气满门庭。今日，董郝两家结为秦晋之好，此乃天赐良缘。奏乐、换帖！"

郝文渊、董炎君交换喜帖。

乐声阵阵。

鞭炮齐鸣。

19. **郯府、四合院。**

郯银根如陷囚笼，摔碎了花瓶！

20. **郯府、东院客厅。**

董妹妹的脸上绽开笑容。

21. **夜。**

一轮残月悬挂中天。

郯府又恢复了昔日的宁静。

四合院卧室。

郯银根在灯下顾影自怜，他望着窗外的残月，心潮翻滚。继而，他挥毫泼墨，写下了唐朝诗人韦应物的诗句《滁州西涧》。

传来轻轻的敲门声。

郯银根不理。

敲门声继续。

郯银根立于窗内窥视。

郯杏琳站在窗外："堂哥，是我呀。"

郯银根打开房门。

郯杏琳走进。

郯银根："这么晚了，你来干什么？"

郯杏琳俯在案边，不由朗读起《滁州西涧》：

> 独怜幽草涧边生，
> 上有黄鹂深树鸣。
> 春潮带雨晚来急，
> 野渡无人舟自横。

这是唐朝滁州刺史韦应物的七绝《滁州西涧》，他描写春天雨中的景象，诗人从涧旁的一株寂寞的小草落笔，又加上'独怜'二字，无人驾驭的小舟，孤零、冷寂地横在渡口，更加显得愁苦凄凉。"

郯银根："然而，这首诗也抒发了诗人内心恬淡的襟怀和放荡不羁的个性。"

郯杏琳："可是，眼下堂兄的心里却只有愤怒的火焰和愁肠百结。"

郯银根："知我者，堂妹也。"

二人笑。

郯杏琳："堂哥今天的举动，令我钦佩！"

郯银根："我也是不得已而为之。"

郯杏琳："既然堂哥有了心上人，那为什么不把她领回家来呢？"

郯银根："是谁告诉你的？"

郯杏琳："是我猜想的。"

郯银根："她叫钱小漪，是我日本留学时最好的朋友。"

郯杏琳："她没有和你一起回国吗？"

郯银根："她已经回到了自己的家。"

郯杏琳："在哪儿？"

郯银根："上海。"

郯杏琳："她为什么不同你一起回来？"

郯银根："她的父母不同意。"

郯杏琳："她本人呢？"

郯银根："执意要我与她一起留在上海。"

郯杏琳脱口而出："这不行！男婚女嫁，妻随夫为家呀！"

郯银根："是的，我也没有答应。"

郯杏琳："你们今后怎么办呢？"

郯银根："不知道。"

郯杏琳："依我看，她不是真正的爱你！"

郯银根："不，我们彼此间的爱，都是纯真的！"

郯杏琳："不是的！你们俩都面临着父母的压力，你为了爱，可以不顾一切违抗父母之命；而她呢，不依然是屈从于她的父母吗？"

郯银根未语。

郯杏琳："既然是这样，你还是与她分手的好。"

郯银根痛苦地说："我也曾这么想过，但却做不到。"

二人一时无语。

郯银根愁苦地锁起双眉。

郯杏琳悄然地抹着眼泪。

郯银根："你怎么哭了？"

郯杏琳："我不愿意看到你痛苦的样子。"

郯银根："我没事，你放心吧。"

郯杏琳："堂哥，我给她写封信，好吗？"

郯银根："写什么？"

郯杏琳："就写今天家里发生的一切。"

郯银根："为啥要写这些？"

郯杏琳："我和她同样是个女人，假如我的未婚夫能有你今天这样的举动，我会幸福地流泪，激动地扑在他的怀里！"

郊银根："会有这么大的力量吗？"

郊杏琳："一定会的！"

郊银根："那好吧，这封信，我来写！"

郊杏琳："这才是我的好堂哥！"

郊银根坐在书案前。

郊杏琳将毛笔递到他的手上。

窗外的残月，从云隙间露出脸来。

22. 夜。

上海、黄浦江畔。

钱小漪心绪惆怅地徘徊在江畔，她仰望着天空中的残月，不时发出声声叹息。一辆紫红色轿车停驶在她的身边。

汤少爷走下车，献媚地说："钱小姐，你怎么一个人在这儿啊？"

钱小漪未理睬。

汤少爷："我陪陪你？"

钱小漪厌恶地走开。

汤少爷紧随身后："别走呀，我请你去喝咖啡？"

钱小漪乘上一辆黄包车，离去。

一身戎装的马副官下车，走到汤少爷身边，笑嘻嘻地问："吃窝脖了？"

汤少爷："这臭娘们，敢给我较劲？"

马副官："算了算了，上海滩有的是漂亮妞，你干吗死乞白赖地盯着她呢？"

汤少爷："她越是这样，越吊起我的胃口来了！"

马副官："汤司令不是已经派媒人到她家里去过了吗？"

汤少爷："她家至今没给个回话！"

马副官："少爷，咱回家，你找汤司令闹去！"

汤少爷："走，上车！"

马副官："咱回家？"

汤少爷："不，跟上她，我先到她家去闹，去会会我未来的老丈人！"

23. 夜。

上海、市区。

紫红色轿车，紧紧尾随着钱小漪乘坐的黄包车。

24. 夜。

钱小漪家。

这是一幢花园式洋房，二楼是客厅和卧室。

客厅里，钱运昌伫立在落地窗前，俯视着夜色中的弄堂。

钱太太将一盅银耳莲子汤捧给丈夫。

钱运昌："这么晚了，小漪怎么还不回来？"

钱太太讲上海话："今朝，汤司令又派人到阿拉屋里厢来了。"

钱运昌："不要理睬他！"

钱太太："气势汹汹，样子吓人来兮！"

钱运昌："他势力再大，总不能来抢婚吧？"

钱太太："啥人晓得依，要搞啥个花头景？"

钱运昌："现在市面乱得很，你怎么还让小漪到处乱跑呢？"

钱太太："阿囡心里厢烦，我哪能管得了依？"

25. 夜。

钱小漪家，门内、外。

钱小漪乘坐的黄包车停驶在门外。

紫红色轿车也尾随而至。

钱小漪匆匆下黄包车，走进家门。

汤少爷也紧跟到门口。

门内，钱小漪"砰"地一声关上楼门。

门外，汤少爷用力推门。

门内，钱小漪把大门拴牢。

门外，汤少爷边捶门边喊："开门，开门！"

门内，钱运昌、钱太太闻声跑下楼来。

钱小漪无声地止住父母。

门外，汤少爷依然捶着门。

门内，钱太太吓得依偎在丈夫怀里。

门外，气急败坏的钱少爷狠狠地朝门踹了一脚，离去。

门内，钱太太听着远去的汽车声，终于松了一口气。

26. 夜。

上海、市区。

马副官驾着轿车行驶着。

汤少爷："他娘的，真扫兴！"

马副官："少爷，你也太性急了。钱家在上海滩也是有脸的主，他家的棉纺厂也是数一数二的，钱老板在工商界是举足轻重的人物，连市政府都要高看他一眼。你这么闹，弄不好会给汤司令惹乱子的！"

汤少爷："有啥了不起的，自古以来谁敢惹扛枪的？老爷子是督军司令，谁也不敢碰！"

马副官："少爷，你不是想独占花魁吗？依我看，还是明媒正娶为好。"

紫红色轿车在行驶。

27. 夜。

钱小漪家、客厅。

钱运昌冲女儿发着脾气："从今天起，你在家给我好好待着，哪儿也不许去！"钱小漪："我不怕！现在是民国，每个公民都应该拥有民主、自由、平等的权利！"

钱运昌："这是在中国，永远不会有民主、自由和平等的！现如今更是时局不稳，战乱不息，军人当政，平民百姓随时都会招惹杀身之祸！"

钱小漪："姓汤的要是把我逼急了，我就到报社把这件事捅出去！"

钱运昌："这又有什么用？有多少仁人志士被杀害，诸多报纸也是铺天盖地的文章，最后还不是不了了之吗？咱家的这点小事与这相比，又算得了什么呀？难道报社发几篇文章，就能把重兵在握的汤司令拉下马？我的宝贝女儿，爸爸含辛茹苦创下了这份家业，实属不易呀！我每天都是在钢丝上走路，战战兢兢，诚惶诚恐。一旦有个什么闪失，咱们的家业就要付之东流呀！"

钱小漪："爸爸，难道你就让我屈从于他们的淫威吗？"

钱运昌："我何时要让你这么做了？姓汤的是个什么东西？名曰司令，实则是个军阀！我不会把自己的女儿送入虎口的！"

钱小漪："那我们该怎么办呢？"

钱运昌："不要急，爸爸会想出办法来的。"

钱太太："阿囡，侬要听爹爹的话，不可以瞎胡搞的。"

钱小漪不说话。

钱太太："阿囡，热水烧好了，侬去洗个澡，困觉。"

钱小漪走出客厅。

钱太太长叹一声："唉，养个女儿有啥意思？咱们要是养个儿子，哪能有这么些烦心的事体。"

28. 夜。

残月又被乌云所笼罩。

郯府、四合院、卧室。

郯银根凝视着钱小漪的相片，难以入眠。

29. 夜。

上海、钱小漪家、钱小漪卧室。

钱小漪坐在画板前，画着郯银根的油画肖像，脸上浸着泪水。

30. 夜。

钱小漪家、钱太太卧室。

夫妻二人躺在床上，谁也没有入睡。

钱太太不时发出叹息。

钱运昌索性起床，又点燃了一支雪茄。

突然，电话铃骤响。

二人被吓了一跳。

钱太太看着丈夫。

钱运昌："不接！"

铃声止。

钱太太："会不会是工厂里有啥事体寻侬？"

钱运昌："不会的，阿男是不会深更半夜打扰我的。"

钱太太："那会是啥人呢？"

钱运昌："肯定是姓汤的打来的！"

钱太太："汤司令？"

钱运昌拔掉电话线。

钱太太："勿来事！侬还是应付一下好，不然的话，他明朝又要找到屋里厢来了！"

钱运昌只好又按上电话线。

电话铃又响起。

钱运昌接电话："……是我……请你转告汤司令，此事不可操之过急，小女刚刚出国留学回来，家人尚未和她商量……好的，一旦有了结果，我会立刻给府上去电话。"说完，心情沉重地放下话机。

钱太太："催命鬼！勿要面孔的赤佬！"

钱运昌："真是欺人太甚！"

钱太太体贴地坐到丈夫身边："侬消消气，这会伤身体的。"

钱运昌又点燃雪茄。

钱太太："侬看看，这桩事体该哪能办呢？"

钱运昌："只有一个唯一的办法了。"

钱太太:"侬快讲。"

钱运昌:"咱们马上给女儿订婚!"

钱太太:"订婚?"

钱运昌:"对!只要咱们的女儿已经名花有主了,他还有什么话好说?"

钱太太:"让阿囡和谁订婚呢?"

钱运昌:"阿男。"

钱太太:"阿男?"

钱运昌:"对。阿男跟着我已经十几年了,我一直细心地观察他,也把一些重担子交给他。虽说他是个农村的孩子,但是业务熟练,脑筋灵活,办事精干,深受工人们的爱戴。再说,他从小失去父母,一直把我当作父亲对待。要是咱们的女儿与他订了婚,那就可以招婿入门,这不是两全其美的事吗?"

钱太太高兴地说:"哉,邋其哉!只怕阿囡勿同意,哪能办?侬心里厢还装着那个山东人呢。"

钱运昌:"我也很喜欢他,风度翩翩,谈吐高雅。可是,他就是不同意留在上海,又怎么办呢?咱们只有这么一个独养女儿,总不能把她嫁到山东去吧?"

钱太太:"阿囡是我心头肉,离开我一步也不行!"

钱运昌:"只好让女儿死了这条心了。明天你先给女儿通通气,要给她说清道理。要想摆脱汤家的纠缠,订婚这件事办得越快越好。"

钱太太:"依我的看法,明朝你就把阿男请到屋里厢吃饭,先让阿囡和他见个面再讲。"

钱运昌:"阿男到常熟去收购棉纱了,三天后才能回来。"

31. **晨**。

又是一个炎热的夏日。

郯府、四合院。

郯杏琳亢奋地走进小院:"堂哥,堂哥!"

郯银根从卧室走出:"有什么事?"

郯杏琳:"信写好了吗?"

郯银根:"写好了。"

郯杏琳:"快走呀!"

郯银根:"到哪儿去?"

郯杏琳:"我陪你到古码镇发信去!"

郯银根:"不行,我还没有去见爷爷呢?"

郯杏琳:"你见了爷爷还能走得了吗?"

郯银根:"再不去见,爷爷会生气的。"

郯杏琳:"两边都很重要!可是呢,一边是刻不容缓,另一边是晚个一天半日也无妨碍。先解决哪一边,你自己决定吧。"

郯银根思忖有倾:"好吧,咱们去古码镇,快去快回!"

32. **晨**。

郯府、大门口。

郯银之骑马而归。

郯银根、郯杏琳牵马走出大门。

郯银之赶忙匿身躲避。

郯银根、郯杏琳牵马远去。

郯银之匆匆走进大门。

33. **晨**。

郯府、西院、门口。

郯银之悄悄走进院门口。

蒋凤仙突然出现在他的面前。

郯银之被吓一跳。

蒋凤仙:"你又是一夜未归!"

郯银之:"没有,没有!"

蒋凤仙:"撒谎!你房间里的灯一夜未亮!"

郯银之:"你吃饱了撑的,老盯着我干啥?"

蒋凤仙:"说,是不是又去找那些婊子了?"

郯银之:"你管不着!"走开。

蒋凤仙:"那好,我去告诉二爷!"转身离去。

郯银之赶忙拦住:"着什么急呀,听我慢慢对你说……"

34. **晨**。

郯府、东院、客厅。

董殊妹:"姑妈,我想去见见表哥?"

董兰君:"不行。"

郯杏花:"娘,为啥不行?这是俺俩商量好的!表姐昨天夜里没有回家,就是为了要见我哥。人是有感情的,我哥见了我表姐,一定会转变看法的。"

董兰君:"可现在还不是时候,弓拉得太满就容易折了!妹妹,等你表哥的心平缓了以后,你们俩再见面就顺理成章了。"

35. 晨。

郯府、西院、卧室。

郯文博阴沉着脸，在室内缓缓地踱着步子。

郯银之站在父亲面前。

郯文博："你说得是真的？"

郯银之："是真的，我亲眼看见他们俩一块牵着马出去的。"

郯文博："一大早，他们俩会到哪儿去呢？"

郯银之："古码镇呗！"

郯文博："银根刚刚回来，他又去古码镇干什么？"

蒋凤仙："我想，他去古码镇必定和'换帖'的事有关联。"

郯文博："这有啥关联？"

蒋凤仙："昨天'换帖'，他死活不肯露面；今天一大早呢，他又急着去古码镇。你们说，他有啥事会这么着急呢？依我看，他这是急着要去告诉什么人！"

郯文博："瞎猜疑！他多年在外上学，又去了东洋三年多，在古码镇他压根就没熟人。"

郯银之："杏琳肯定会知道。"

郯文博："废话！这个臭丫头和你娘一样，胳膊肘总是朝东院拐！"

蒋凤仙突然一拍大腿："对，他一定是到古码镇邮信去了！"

郯银之："给谁邮信？"

蒋凤仙："给他心里边的那个女人！"

郯银之："你是说，我堂哥在外头已经有女人了？"

蒋凤仙像是发现了珍宝似地高兴："对！这出戏越唱越热闹了，东院里已经是乱成一锅粥了！"

郯文博："凤仙，你是孔明在世呀！"

蒋凤仙："二爷，天赐良机，你应该马上去找老爷子！"

郯文博："去说银根到古码镇邮信的事儿？"

蒋凤仙："不，你应该这么说……"

36. 晨。

旷野、通往古码镇的古道。

田连阡陌。

炊烟袅袅。

郯银根载着郯杏琳，骑马奔驰。

37. 晨。

郯府、前院客厅。

大管家垂手而立。

郯耀庭："仲亭，你是不是有事瞒着我呀？"

大管家："这……"

郯耀庭："大少爷是不是昨天就回来了？"

大管家："是的。老爷，您怎么会知道的？"

郯耀庭："言为心表，神为心声。你和二爷的一言一行，我早就看明白了。"

大管家："请老爷能体谅仲亭的苦衷，我也是万不得已才瞒着您的。一来，大奶奶有吩咐；二来，是怕老爷生气；最要紧的还是担心把'换帖'的事闹僵了，会给郯府的声誉带来伤害。"

郯耀庭："仲亭啊，你看到了吧，在'换帖'这件事情上，各人都有各人的心思呀！"

大管家："无论谁是啥心思，都逃不过老爷的眼睛。"

郯耀庭长叹一声："唉，我是一宿未合眼呀。"

大管家："我也是琢磨了一夜。老爷，您说大少爷为啥不肯露面呢？"

郯耀庭："这还用想？他在外头已经有女人了！"

大管家："有女人了？"

郯耀庭点点头。

大管家："这该咋办呢？"

郯耀庭："兵来将挡，水来土掩。他要是能把这个女人娶进家门，我是求之不得呀！假如，他想在外成家，我就斩断他的翅膀！看他还朝哪儿飞？"

郯文博匆匆走进客厅："爹，我找您说件事。"

郯耀庭："说吧。"

郯文博看了一眼大管家。

大管家欲走开。

郯耀庭："不用走。你说吧。"

郯文博："爹，我万万没有想到，银根贤侄昨天就回来了。"

郯耀庭："你是听谁说的？"

郯文博："我也是刚听说，昨天大奶奶还去

过他的房间呢。"

郏耀庭："大奶奶还去过他的房间？"

郏文博："是的。"

郏耀庭："他既然回来了，为啥不肯出面会客？"

郏文博："也许大奶奶知道。"

郏耀庭："仲亭，你去把大少爷叫来。"

郏文博："他不在家。"

郏耀庭愕然地说："不在家？"

郏文博："一大早就骑马出去了。"

郏耀庭："去哪儿了？"

郏文博："也许大奶奶知道。"

郏耀庭愠怒："仲亭，你去把大奶奶请来！"

大管家："是。"离去。

郏文博："爹，要是这么发展下去，咱郏府这个家可就没有规矩了。"

郏耀庭不语。

郏文博："爹，自古以来就是功高盖主，您可不要掉以轻心呀！您身边的人还没能做出什么来，就想把爹给架空了，真是居心叵测呀！"

郏耀庭不语。

郏文博："郏府的一草一木，都是爹的心血，谁要想把它窃了去，那是痴心妄想，我文博将会与她誓不两立！"

郏耀庭不动声色地说："我知道了，这也是你的一片良苦用心。有些事该怎么做，爹心里还是有数的。"

郏文博："爹心里明白，儿子也就放心了。"

郏耀庭："平日里不能只是贪吃醉睡，对这个大家的事要多动动心思。往后看到些什么，可以单独来给我说。"

郏文博："儿记住了。"

郏耀庭："忙你的去吧。"

郏文博："爹，我走了。"离去。

38. 古码镇、邮政局。

郏银根、郏杏琳骑马至邮政局门口。

刘之声拿着包裹从邮政局走出。

郏银根惊喜地说："刘先生！"

刘之声："哎呀，银根兄，是你呀！"

二人紧紧握手。

郏杏琳："刘先生，您好。"

刘之声："我没记错的话，她是你的堂妹，名叫郏杏琳。"

郏杏琳："刘先生真是好记性。"

郏银根："真没想到，昨日才分手，今日却又在这里见面了。"

刘之声："你到邮局有何贵干？"

郏银根："给朋友邮封信。"

刘之声："我等你，咱们今天要畅饮三杯！"

郏银根："好！"

39. 郏府、前院、客厅。

大管家与董兰君走进客厅。

董兰君："爹，儿媳给您问安。"

郏耀庭："坐吧。"

大管家给大奶奶捧上茶水后，离去。

郏耀庭："银根回来了？"

董兰君："根儿是昨天回来的。"

郏耀庭："他人呢？"

董兰君："我刚才听管家说，他到古码镇去了。"

郏耀庭："去干啥？"

董兰君："不知道。"

郏耀庭："对自己儿子的事情，一问三不知，你是怎么做母亲的？"

董兰君："我正想给爹说这件事呢，根儿不同意这门亲事。"

郏耀庭："那你为啥还催着'换贴'呢？"

董兰君反唇相讥："我是按爹的意思办的，只要把帖换了，这门亲事就成了事实，根儿也才能死心塌地待在家里了。"

郏耀庭："他的心已经变野了，屁股还没坐热就又出去了！"

董兰君："请爹放心，我会把他的性子将顺的。"

郏耀庭："那就好。我今天叫你来，是商量一下今年百果销路的事。再有个把月，果子就成熟了，今年的销路都安排好了吗？"

董兰君："我正在安排。今年老天帮忙，果子的收成能比去年翻一倍，光靠南方的客户就不够了，必须朝北边发展。货朝南走靠水路，有沂河到运河，直达苏杭。货朝北走就得靠旱路，几十万斤的果子得需要多少辆马车才行呀，我与

'泰记转运商号'的老板见了面，想把货运的事一揽子交给他。我粗算了一下，除去一切开支，咱至少也能获七成半的利。"

郏耀庭："果农的费用算进去没有？"

董兰君："算进去了。"

郏耀庭："好，就按你说的办吧。"

董兰君："是。"

郏耀庭："还有一件事，我想许久了，也不知道能不能成行？"

董兰君："爹，什么事呀？"

郏耀庭："银杏树全身是宝，可眼下只靠果子卖钱，能不能想个法子，再把其他的也变成钱呀？"

董兰君笑："爹，您可真敢想！"

郏耀庭："我不是当笑话说的，总有一天连银杏叶子都会变成钱的。"

董兰君笑。

40. 古码镇、沂水河畔的"间半楼"菜馆。

因其只有一间半楼的房间营业，故名。

菜馆生意兴隆，光顾菜馆的有军政要员、士绅名流和字号客商。

青楼小姐一品香、风摆柳、黑牡丹，在酒楼琴色相伴。

刘之声、郏银根、郏杏琳走进菜馆。

小伙计赶忙迎上："客人请！"

三人坐到二楼临窗的桌边。

窗外的下方，是水波浩渺的沂水河。

小伙计捧来茶水："先生们是第一次到咱'间半楼'吧？"

刘之声："久闻大名，不知道有什么可口的饭菜？"

小伙计："听口音，先生是外地人。这么对你说吧，'吃了古码镇的饭，走遍天下不用看'。"

刘之声："看来，我们今天是来对了。"

小伙计："请问，三位是用大餐呢还是来小吃？"

刘之声："大餐是什么？"

小伙计："是'四四席'。四个盘：香肠、变蛋、海蜇、鱼子。四小碗：干贝、腰花、鱿鱼、百合。四大碗：四喜丸子、坛子肉、皮肚、

清蒸鸡。一个大件：海参肘子。一个汤：榨菜蛋花汤。"

郏银根："小吃是什么？"

小伙计："糁，是咱古码镇的第一小吃。它是用鸡丝、麦米、姜、葱、胡椒煮制而成，喝上一碗，不但能祛风除寒，健胃怡神，而且营养丰富，肥而不腻，足令人馋涎欲滴，闻香下马，不吃上一碗实属遗憾。吊炉烤牌，它是咱古码镇的另一名吃。它两面焦黄，正面撒满芝麻，还配有油盐、花椒面，真是香味四溢、酥脆可口。烧牛肉，更是咱古码镇的名吃。那酱红的色泽，晶莹透明的凌子，玛瑙一般的筋头，馨香诱人，闻之馋涎泉涌，望而食欲大振，食后回味无穷。当您光临'间半楼'，切上一盘烧牛肉，来上半斤'郏记老窖'，再吃上几块刚出炉的吊炉烤牌，外加一碗辣乎乎、热腾腾的鸡丝糁，管保您肚圆腹饱，红光满面，顿觉如入仙境，飘飘然不知何处是他乡了！"

郏杏琳："让你这么一说，好诱人呀！"

刘之声："杏琳小姐，你想吃些什么？"

郏杏琳："客随主便。"

刘之声："今天你就是主客呀，我们俩都听你的。"

郏杏琳笑："那好吧，我们今天就品尝小吃。"

小伙计："小姐真不愧是位美食家呀！"

刘之声："就这么定了。"

小伙计边唱边跑下楼去："一盘牛肉一壶酒，吊炉烤牌三碗糁来！"

郏银根深有感触地说："像这样的服务，奄能不招揽顾客，生意又怎么会不兴隆呢？"

刘之声："可是，古码镇有数十家饭庄，又有几家能如此？大多数依然是浑浑噩噩，麻木不仁，生意冷冷清清，趋于凋敝。"

郏银根："你看看这些寻欢作乐的军政要员，猜拳行令的士绅名流，这就是当今的国情啊！"

刘之声："银根兄，我有一个想法，想和你商量一下。"

郏银根："请讲。"

刘之声取出邮包："这是我的朋友给我寄来的报刊和书籍，你要有兴趣的话，可以取些回去

一阅。"

郯银根："谢谢。"

刘之声："我这次来古码镇，是想兴办农村学校。对此事，不知你有何高见？"郯银根："好呀！只有兴办教育，才能唤醒民众！"

刘之声高兴地说："咱们俩是不谋而合呀！银根兄，不瞒你说，我在办学的经费上，遇到了一些困难。"

郯银根："之声兄，不必犯难，关于办学经费一事，由我来想想办法。"

刘之声喜出望外："银根兄真乃爽快人也！既然如此，此校的校长就是银根兄了。"

郯银根："不可，不可。你为校长。"

刘之声："银根兄不必推辞，你为校长，我为教务主任，这应是理所当然的事情。师资和教材，由我去张罗；办学经费，就仰仗老兄了。"

郯银根："你也太客气了，办学校是咱们俩的共同心愿嘛。"

小伙计托着菜盘，吆喝着跑上楼："上菜喽！"

41. 上海、钱小漪家、厨房。

钱太太帮着用人洗菜。

用人："钱太太，你上楼去休息吧，俺一个人就行。"

钱太太："侬会做'八宝鸭'吗？今朝我来教侬。"

用人："钱太太，今儿个来啥贵客呀，连你都下了厨房？"

钱太太笑吟吟地说："到辰光侬就晓得了。"

用人："你不说，俺也能猜个八九不离十。"

钱太太："侬讲讲看。"

用人："是不是给小姐相女婿呀？"

钱太太依然笑吟吟地："侬勿要瞎讲哟。"

用人："小姐长得跟仙女一样俊，要找就要找个唐伯虎！钱太太，你可要把眼珠子瞪得大大的！"

钱太太笑出声："眼珠子要是落下来，那可不得了哟！"

二人笑。

钱小漪走进厨房："妈，我要出去一趟。"

钱太太："勿可以！"

钱小漪："妈，你就让我出去一会儿吧？"

钱太太："瞎胡搞！侬爹爹不许你出去！"

钱小漪："我在家里都憋了好几天了！求求你，让我出去散散心吧！"

钱太太："今朝勿来事，明朝妈陪侬一道出去。"

钱小漪："今天我非出去不可！"

钱太太："侬给我回屋里厢去！"

用人："小姐，你要听太太的话，今儿个你要相女……"

钱太太赶忙打断："阿囡，回屋里厢去！"

钱小漪："不！"说完，走向楼门。

钱太太在楼门内拦阻："阿囡，侬爹爹让你今朝在家里陪客人，哪里也不许去！"钱小漪："烦不烦人呀，你们请客人，让我陪干啥呀？"

钱太太："侬这个小囡，讲的是啥话？侬不是屋里厢人呀？快，随妈上楼去！"钱小漪无奈地又回到自己的房间。

钱太太也跟了进去。

42. 钱小漪房间。

画板上，郯银根的肖像已经完成。

钱太太欣赏着肖像。

钱小漪："像他吗？"

钱太太："比侬本人还英俊。"

钱小漪："妈，你喜欢他吗？"

钱太太："喜欢，侬爹爹也喜欢侬。"

钱小漪："他是天底下最好的男人。"

钱太太："天底下的好男人多来兮！"

钱小漪："当然，还有我爸爸。"

钱太太随手用布罩起画板。

钱小漪又把布扯掉："妈，你这是干什么？"

钱太太："让外人看到不太好。"

钱小漪："我还要把它装上相框，挂到墙上呢！"

钱太太："阿囡，我晓得侬心里厢放不下侬，可又有啥用场？过生活是实实在在的，还是早点把侬忘掉吧。"

钱小漪哽咽地说："妈，你知道我是多么想他吗？"

钱太太把女儿揽在身边："妈哪能不晓得呢？阿囡呀，我和侬爹爹一定帮侬寻个更好的。"

钱小漪:"我不要!"

钱太太:"侬一辈子不嫁人?"

钱小漪:"我一辈要和妈妈一起过。"

钱太太:"傻瓜,侬会寻个如意郎君的。"

43. 上海、火车站。

一辆黑色轿车驶离火车站。

车内坐着钱运昌和阿男。

钱运昌:"阿男,你这趟常熟之行,辛苦了。"

阿男:"咱厂在常熟有很高的信誉,所以这次收购棉纱进行得很顺利。"

钱运昌:"很好!等货一到,咱厂的新车间就正式开工!"

阿男:"董事长,今年的市场一直看好,明年还会保持涨势,您应该认准时机,扩建个新厂了。"

钱运昌:"天下不太平,不敢投资呀。"

阿男:"正因为政局不稳,才是投资的大好机遇。我这次去常熟,沿途都在征兵,肯定在全国也都是如此。兵征得越多,棉布的需求量就越大,这正是扩建新厂的最佳时期。眼下,谁要是能储备起大量的货源,今后谁就必定会赚取巨额的利润!"

钱运昌认真地听着。

黑色轿车在市区行驶。

44. 十字路口。

黑色轿车转向右边马路。

轿车里。

阿男:"董事长,这是到哪儿去呀?"

钱运昌:"我请你到我家去吃饭。"

阿男:"董事长,我还是回工厂吧。"

钱运昌:"你伯母做好了饭菜,正等着咱们呢。"

黑色轿车在行驶。

45. 钱小漪家、客厅。

电话铃响起。

钱太太接电话:"喂,侬啥人?"

电话里传来马副官的声音:"我是汤司令的马副官,我要和钱老板讲话。"

钱太太惊恐:"侬不在家,侬有啥话就和我讲吧。"

钱小漪走进客厅,倾听。

马副官的声音:"钱太太,又三天过去了,怎么还没有个回话呢?司令家的少爷看上你家的女儿,是你们的福气,别人想巴结汤司令还巴结不上呢!我劝你,别敬酒不吃吃罚酒,最好还是乖乖地把女儿送到马府上来!不然的话,我会让你家赔了女儿又折兵的!你听见没有?"

钱太太:"我,我听见了。"

马副官的声音:"那好,三天后,我们就到府上去接人!"

钱太太无力地放下电话,瘫坐在沙发上。

钱小漪:"妈,你怎么了?"

钱太太仍在恐惧之中。

钱小漪:"妈,是不是姓汤的那个瘪三打来的电话?"

钱太太点点头。

第三集

1. **钱小漪家、客厅。**

钱太太闭着眼睛，斜倚在沙发上。

钱小漪愤怒地说："他要是恣意横行，我就敢闯司令部，去找汤司令评理！"

钱太太："阿囡，侬讲的是傻话，司令部是瞎闯的？侬的儿子是条疯狗，会胡乱咬人的！"

钱小漪："我不怕，他简直是无法无天了！他要人没有，要命有一条！"

钱太太："要是把关系弄僵了，侬爹爹的厂子可就遭殃了！再讲，社会上的青红帮都和侬拉有牵连，厉害得很，阿拉屋里厢的日子还哪能过？连生命也会保不住的！"哽咽。

钱小漪："妈！"

2. **钱小漪家门外。**

黑色轿车停驶在门口。

3. **钱小漪家、客厅。**

钱太太在啜泣。

钱小漪将茶水端给母亲。

传来门铃声。

钱小漪伫立窗内，俯视："妈，是我爸回来了。"

钱太太忙拭去脸上的泪水："阿囡，当着外人的面，可千万不要讲这桩事体。"钱小漪："我晓得。"

4. **楼门内。**

用人打开楼门。

钱运昌与阿男走上楼。

5. **客厅。**

钱太太和钱小漪迎上。

阿男："伯母，您好。"

钱运昌给妻子介绍："这就是阿男。小漪，你应该叫阿男哥。"

钱太太："阿男，欢迎侬到阿拉屋里厢拜相。"

钱小漪："阿男哥，请进客厅。"

钱运昌与阿男走进。

钱小漪："你请坐。"

阿男显得有些拘谨。

用人给主宾捧上茶水。

钱运昌："阿男，不要拘谨，你就像在自己家里一样。"

钱太太："阿男，侬是啥地方人呀？"

阿男："虞杭。"

钱太太："侬屋里厢还有啥亲人？"

阿男："我的父母双亡，就只有一个姐姐了。"

钱太太："侬屋里厢在啥地方？"

阿男："不知道，因为我从来没有见过她。听母亲生前说，姐姐三岁的时候，在战乱中丢失了。"

钱太太："侬没寻侬？"

阿男："我一直在寻找，至今下落不明。"

钱太太："真是太可怜人了。"

钱运昌："阿男呀，你一个人在上海，无亲无友，今后就常到家里来，你伯母和小漪都很欢迎你。"

钱小漪："阿男哥，今后就常来家玩吧。"

钱太太："对对对，这里就是侬的家。"

阿男："伯母，我一个农村的孩子来到上海，董事长待我恩重如山，我已无以报答。今天又把我领到家里，更是待如亲人，感激之情无以言表，我会终生都铭记在心的。"

钱太太："小漪，侬陪阿男说话，我有事体要同你爹爹讲。"说完，与丈夫走出客厅。

钱小漪："阿男哥，你怎么不喝茶呀？"

阿男忙应着："我喝我喝。小姐，你是刚从日本回来的吧？"

钱小漪："是的。"

阿男："日本纺织业的情况怎么样？"

钱小漪："我没有做过专门的调查，但从他们市场看，无论是服装还是布料，从织密度、花式品种到色染光泽，都远远地超出咱们中国。"

阿男："是呀，我在商店里看到的日本货也是如此。由此看来，日本有先进的设备和精湛的工艺。可是，咱们国家还在盲目地夜郎自大，如再不革新，终有一天，日货必将会摆满咱们国内的货架。"

钱小漪："阿男哥，你应该到日本去看一看，考察他们的设备，学会他们的工艺。只有这样，才能使咱们的工厂立于不败之地。"

阿男："不敢奢望。"

钱小漪："我会给爸爸建议的。"

阿男："钱小姐，你为什么不学纺织？"

钱小漪："我不喜欢。因为我一生所酷爱的，是绘画专业。"

阿男："我从小也喜欢绘画，可是没有这方面的天赋。我认为搞艺术的人，先天条件是决定因素。"

钱小漪："何止是艺术，各行各业都是如此。一个人的成功，先决条件都来自悟性，只是所从事的职业不同罢了。"

阿男："钱小姐，我能欣赏一下你的作品吗？"

钱小漪："当然可以。"

阿男跟随钱小漪走出客厅。

6. 钱小漪卧室。

二人走进卧室。

画板上，郏银根的肖像赫然醒目。

阿男欣赏道："这幅画真好，尤其这双眼睛炯炯有神，好像是在说他心里的话。钱小姐，你画的这个人是谁呀？"

钱小漪："他是我的未婚夫，在日本留学时的朋友。"

阿男："他也是个画家？"

钱小漪："不。尽管他的绘画和书法都很好，但他的专业却是社会学。"

7. 钱太太卧室。

钱运昌紧锁眉头："他在电话里还说了些什么？"

钱太太："就这些。"

钱运昌："姓汤的是在步步紧逼呀！"

钱太太："我看，阿男这个小孩人很好，侬快点把这桩事体定下来吧！"

钱运昌："是的，到了非定下来不可的时候了。我想阿男那边不会有啥问题，关键是咱们的女儿。你给小漪谈过了吗？"

钱太太："谈过了，但没有谈阿男。"

钱运昌："她态度怎么样？"

钱太太："侬总忘不掉那个人。"

钱运昌长叹一声："女儿太痴情了。"

钱太太："勿要管侬，事情发展到今天这个样子，也只好这么做了。"

门铃声。

钱太太心悸。

钱运昌："我去看看。"

8. 楼梯口。

用人跑上楼："小姐，您的信！"

钱小漪从卧室跑出，接过信，高兴地说："哎呀，他来信了！"

钱运昌："谁来信了？"

钱小漪："郏银根。"

钱运昌瞟了阿男一眼。

阿男走进客厅。

9. 钱小漪卧室。

钱小漪阅信。

郏银根的画外音："小漪，你好。回家才两日，犹如度过了几个春秋。使我万不曾想到的事情发生了，爷爷做主给我订婚，众宾朋皆来祝贺两家'换帖'仪式。我执意不从，也未曾露面。今后如何？不得而知。心乱如麻，特书此信。我身在山东，心却随着这封信已经飞到了你的身边……"

与画外音的同时，出现以下画面：

喜乐阵阵。

蝉鸣枯燥。

众宾客推杯换盏。

郏银根摔碎了花瓶。

残月当空。

郏银根孤独地伫立在四合院。

烛光摇曳，郏银根挥毫泼墨……

画外音和画面同时结束。

钱小漪手捧书信，已是泪流满面。

钱太太走进卧室，紧张地问："阿囡，出了啥事体？"

钱小漪："妈，你知道吗，郯银根的爷爷要逼他成亲了！"

钱太太放下悬着的心："我以为是出了啥大事体，吓得我心怦怦直跳。阿囡，依早晚是要走这一步的，依也一样。难过又有啥用场？依写封信劝劝依，这也是顺理成章的事体。"

钱小漪："妈，我要马上到山东去！"

钱太太："依讲啥？"

钱小漪："他现在很孤独，非常需要我，我应该马上到他身边去。"

钱太太："依发疯呀？依要是真的爱你，他为啥不肯留在上海？"

钱小漪："妈，你想没想过，这是说服他回上海的最好机会呀！我想，他为了爱，会改变初衷的。"

钱太太："依真的能回来吗？"

钱小漪："会的，一定会的。"

10. 上海、码头。

黑色轿车停驶码头。

阿男手提皮箱与钱小漪下车。

钱小漪登上客轮。

阿男挥手致意。

钱小漪朝阿男大声喊道："别忘了，给郯先生发电报！"

阿男点头。

客轮发出长鸣，驶离码头。

11. 郯府、四合院。

一张校舍的图纸摆在院里的石桌上。

郯银根修改着图纸。

郯杏琳："堂哥，你真聪慧，画得这个学校跟真的一样！"

郯银根："这算啥？钱小漪的绘画才栩栩如生呢。"

郯杏琳："那是当然，绘画就是她的专业嘛。"

郯银根："你说，她现在收到我的信没有？"

郯杏琳："应该收到了。"

郯银根："我为什么还没有接到她的回信呢？"

郯杏琳："你也太性急了，信要在路上走好几天呢。"

郯银根："现在的通讯太落后了。"

郯杏琳："比起原先可是快多了。一匹马最快一天也只能跑几十里，从上海到咱这里要有多少个驿站呀！"

郯银根："孙悟空一个筋斗就十万八千里，会不会有一天通讯也能变成这样？"郯杏琳："现在电话不就是这样了吗？"

郯银根："可是现在连古码镇，也只有一部电话。"

用人走进小院："大少爷，大奶奶请你去一趟。"

郯银根："我正忙着呢。"

郯杏琳："你应该去，堂哥。设计图画得再好，没有钱也盖不成房子。"

郯银根："对，我现在就去。"

12. 郯府、东院客厅。

郯杏花在母亲的辅导下剪纸，几次失败，她烦躁地把剪刀扔到一边。

董兰君："你耐不住性子怎么行呀？这是咱沂河女人祖传的工艺，不会剪纸是让人笑话的。"

郯杏花："太烦人了！今后我要发明一种机器，一扳开关就能剪出一摞剪纸！"董兰君笑："净说傻话！照你这么说，今后啥也不用动手了。想吃饺子，一扳开关，饺子就从机器里滚出来；想喝面条，一扳开关，面条就能从机器里滑出来了。"

郯杏花笑出声。

用人与郯银根走进客厅。

郯银根："娘，您找我？"

郯杏花："哥，你看我的剪纸好不好？"

郯银根接过剪纸："你剪得是个啥呢？"

郯杏花："鲤鱼跳龙门。"

郯银根："我咋看，剪得像块饼子呀？"

郯杏花一把夺过："啥眼神呀，饼子能有尾巴有眼睛吗？"

众笑。

董兰君："杏花，你找李妈接着学去，我和

你哥要单独说事。"

郯杏花冲大哥撅起嘴："啥眼神呀？把鲤鱼当饼子，还留学生呢？"与用人离去。

郯银根："娘，有什么事？"

董兰君："见过你爷爷了？"

郯银根："见过了。"

董兰君："他对你都说了些啥？"

郯银根："问我在日本读书的事情。"

董兰君："没有说起你的婚事？"

郯银根："没有。"

董兰君："是真的吗？"

郯银根："是的。"

董兰君："去看过你父亲没有？"

郯银根："也去过了。"

董兰君："他有没有说起你的婚事？"

郯银根："父亲是从来不过问我的事情的。"

董兰君不由长叹一声："唉，这个不想问，那个又不想管，把许多事情都压在我一个人身上了。根儿，你回来就好了，往后我总算是可以松口气了。"

郯银根："娘，我有件事，正要和您商量一下。"

董兰君："什么事呀？"

郯银根："我想办所学校。"

董兰君："办学校？"

郯银根："是的。"

董兰君："办学校干啥，不是有私塾吗？"

郯银根："私塾教的知识只涵盖社会学，对自然科学涉及甚少。再说，私塾也只是少数富家子弟能涉足的，众多的平民子弟哪有机会啊？"

董兰君："你想乐善好施，致力于公益事业？"

郯银根："不仅仅如此。"

董兰君："兴办这所学校，有多少人一块融资呀？"

郯银根："这是我自己想办的事情。"

董兰君："这么说，办学的全部经费，都由你一个人承担了？"

郯银根："是的。"

董兰君："根儿，你的想法很好，但只靠我们家是无能为力的。"

郯银根："为什么？"

董兰君："《红楼梦》里，凤姐对刘姥姥说：'外头看着虽是轰轰烈烈，殊不知大有大的艰难去处，说与人也未必信罢。'根儿，咱家的境况也是如此，稍不克俭就要入不敷出，咱哪里还有钱去兴办什么学堂？"

郯银根："娘，我虽然不经管家业，但就凭咱家的实力，办个学堂还是绰绰有余的。"

董兰君："你真会说笑，难道我不比你清楚？"

郯银根："娘，您就答应了我这份请求吧？"

董兰君："拿不出钱来，答应又有什么用？"

郯银根："就算是我借家里的，行吗？"

董兰君："根儿，你怎么越大越不懂事了？这么一大家子人，要是都来借怎么办？尤其是西院，也像你一样，我又该怎么办？"

郯银根："在我们这个家无论是东院还是西院，只要是办正经事，就都应该借！"

董兰君："在这个家啥是正经事？种植好银杏园，办好酒厂和酒坊，管理好镇上的店铺，这才是正事！其他的都是闲片的事！"

郯银根："不对，凡为国为民有利的事，是更大的正事！"

董兰君怒："一派胡言！"

郯银根："你不答应，我就去找爷爷！"

董兰君："这个家，只要我做主一天，谁也甭想胡作非为！"

站在窗外偷听的大管家匆匆离去。

13. 郯府、后院大厅。

大管家匆匆走进客厅。

郯耀庭："你见着大少爷了？"

大管家："大少爷和大奶奶吵起来了！"

郯耀庭："为了啥事？"

大管家："大少爷会来找您的。"

郯耀庭："到底为了啥事吗？"

大管家："好像是为了大少爷要兴办学校的事。"

郯耀庭："我明白了。"

大管家："老爷，大少爷要是来找您，您怎么答复他呢？"

郯耀庭："我自有办法。"

14. **郯府、后院。**

郯银根急匆匆走进后院。

15. **郯府、后院大厅。**

大管家："老爷，大少爷来了。"

郯耀庭："你去忙吧。"

大管家走出大厅，正与郯银根相遇："大少爷！"

郯银根："老太爷呢？"

大管家："在大厅呢。"离去。

郯银根走进大厅："爷爷。"

郯耀庭："根儿，坐爷爷身边来。"

郯银根坐在爷爷身边。

郯耀庭："你咋一脸不高兴呀？"

郯银根忙掩饰："没有。"

郯耀庭："没有就好。根儿，你回这个家几日了，心里有啥打算？"

郯银根："爷爷，我想办个学校。"

郯耀庭："好呀，这是件大好事。"

郯银根："爷爷，你支持我这么做？"

郯耀庭："当然支持。"

郯银根："谢谢爷爷。"

郯耀庭："这个学校啥时候办呀？"

郯银根："一时半会还办不了。"

郯耀庭："为啥呀？"

郯银根："因为没有经费。"

郯耀庭："大约需要多少钱？"

郯银根："三十多万吧。"

郯耀庭："不算多，这件事好办。"

郯银根："爷爷，怎么解决呢？"

郯耀庭："去向你母亲要，她掌管着郯府的全部家产。"

郯银根："爷爷，虽然是母亲主家，但她毕竟是要听爷爷的。"

郯耀庭："这话不对。咱府上有个规矩，谁主家谁就说了算！不然的话，这个家还不乱了套？"

郯银根语塞。

郯耀庭："根儿，你知道掌门人厉害了吧，这就是掌门人的权力，谁也不能更改，爷爷更不能给掌门人添乱！"

郯银根沉思。

郯耀庭："比方说，你来主这个家，也是一样。家里的大小事和一切经费开支，就都要听你的，爷爷也不能例外！"

郯银根凝视着爷爷。

郯耀庭："办学是件好事情，去告诉你母亲，她会支持你的。"

郯银根："她要是不同意呢？"

郯耀庭："那就不好办了。"

郯银根皱起眉头。

郯耀庭："自古以来，主家的应该是男人。可是，我已年过古稀，精力不支；你父亲自从中了秀才，就只迷恋读书；你二叔是麻袋做龙袍，又不是主家的料。万不得已，才让你母亲来主持这个家。虽说，她治家有方，业绩显赫，但她毕竟是个女人，在外事上有诸多不便。再说，这也不是个长久之计。根儿，你已经长大成人，应该协助爷爷想个妥善的解决办法。"

郯银根不语。

郯耀庭："根儿，爷爷的这番话，你听明白了吗？"

郯银根："我听明白了。"

郯耀庭："根儿，爷爷听说，你在外边已经有了女人？"

郯银根："是的。"

郯耀庭："你是怎么打算的？"

郯银根："我想把她娶进家来。"

郯耀庭高兴地说："你再说一遍！"

郯银根："我已经给她写去信，很快就有回音的。"

郯耀庭："好，好呀！"站起身，拴上了所有门窗，又点起蜡烛。

郯银根疑惑地看着爷爷。

郯耀庭从内室里抱出一只红木匣，从匣内取出一颗钻石。

钻石在烛光下熠熠生辉！

郯银之来到后院，他疑惑地看着大厅的门窗全部关闭，悄悄地走到窗前，朝大厅内窥视。

郯耀庭的眼里闪烁着亢奋的光芒："根儿，你知道这是什么吗？"

郯银根惊喜地看着："爷爷，这是块宝石吧？"

郗耀庭:"这是块重281.25克拉的金刚钻石,它价值连城啊!"

郗银根:"爷爷,您是咋得到它的?"

郗耀庭:"老天爷有眼呀,把这个宝贝赐给了我……"

郗银根认真地听着。

郗耀庭的画外音:"爷爷原本姓白,祖祖辈辈生活在定陶。我十六岁那年发大水,整个村子都没了。我死里逃生来到这里。你曾祖父膝下无子,就把我招婿入门。从此,我改姓郗。虽说家里并不富裕,可是全家人和和睦睦,两位老人又把我待如亲生,我就把整个心思扑在治家上。真是家和万事兴啊,咱郗家的日子就像芝麻开花,一年比一年兴旺。有一次我去金鸡山讨账,没想到在回来的山路上,看到半山腰有块发光的东西,我一爬上去就看见了它。看了半天,不知道它是块啥东西?后来我揣着它,到了县城珠宝店。老板看见它,眼睛都绿了,说这是天底下最大的一块金刚钻石。他要买,我不卖。他拉着我就是不让走,要用整个铺子来换我这块宝石。我一听,就更不卖了。他问我家在哪里,还要和我交朋友。我瞎说了个地名,就赶紧离开了县城……"

与画外音的同时,出现以下画面:

河堤决岸,滔滔洪水淹没整个村庄。

黄土高坡,十六岁的郗耀庭背井离乡。

火红高粱,郗耀庭在烈日下收割。

千年古刹,郗耀庭蜷缩在风雪之夜。

沂水河畔,郗耀庭招婿入赘。

四季变换,银杏园在延伸。

金鸡山岭,肩背布搭的郗耀庭发现了金刚钻石。

珠宝商店,老板笑容可掬地与郗耀庭攀谈。

乡间小路,郗耀庭大步流星地朝家走着……

画外音与画面同时结束。

16. 郗府、后院大厅、窗外。

郗银之听得目瞪口呆。

17. 大厅内。

郗耀庭:"这件事,在我心里已经憋了二十多年了,除了你之外,没有第二个人知道。"

郗银根点头。

郗耀庭:"后来,我又去过金鸡岭,可是再也没有找到过宝石。我想,这么大个山岭,难道真的就这么一块?我不信!"

郗银根:"爷爷,你是说有个矿就埋在山底下?"

郗耀庭点头:"根儿,我今天和你说这件事,就是想让你帮爷爷在那里建个矿!"郗银根:"这需要请地质专家,先进行勘探才行。"

郗耀庭:"你愿意干吗?"

郗银根:"愿意。"

郗耀庭与孙子耳语:"今天夜里……"

18. 郗府、西院卧室。

郗文博卧在睡榻上抽大烟。

蒋凤仙坐在他的身边。

郗银之气喘吁吁地跑进卧室:"爹,爹!"

郗文博:"你慌慌张张地干什么!"

郗银之:"爹,我要告诉你一件大事!"

郗文博:"我不听!"

郗银之:"爹!"

郗文博打断地说:"见着你爷爷了?"

郗银之:"没,没有。"

郗文博:"混账!我给你说过多少遍了,要你三天两头地去给爷爷讲讲酒厂和油坊的事,可你就是不听!"

郗银之:"爹,你听我把话说完行不行?"

郗文博:"滚出去!"

蒋凤仙:"二爷,看来银之是有重要的事,你还是听他讲完再说!"

郗文博不语。

郗银之关上了门窗,走到了父亲面前……

19. 夜。

月上梢头。

郗府、大门外。

郗耀庭、郗银根悄悄走出大门。

郗银之匿身暗处窥视。

郗耀庭、郗银根坐上马车,朝村外驶去。

20. 夜。

郗府、西院卧室。

郗银之走进卧室。

蒋凤仙:"走了?"

郗银之:"走了。"

蒋凤仙："几个人？"

郏银之："就他俩。"

郏文博："老爷子一辈子做事，贼快！"

郏银之："一个宝石矿，要顶多少个酒厂和油坊啊！不行，我要找爷爷评理去，为啥把这么天大的好事只交给老大？"

郏文博："交给你呀？狗屎不如！"

蒋凤仙走到郏银之身边："你现在急什么？俗话说，前人栽树，后人乘凉。现在咱就装作不知道，等他把矿建起来的那一天，谁还能瞒得住？到那会，咱可要正儿八经地和他理论理论了！"

郏银之："有道理！"

蒋凤仙："银之，我再问你一遍，你可要对我说实话。"

郏银之："啥事？"

蒋凤仙："你真的见到那块大宝石了！"

郏银之："这还能有假？我看得真真切切！"

蒋凤仙："好！你们想一想，建一个偌大的矿，是无法藏无法掖的，所以说它是放在明处；可是这块宝石呢，它却是放在暗处，老太爷说它有它就有，说它没有它就没有，他可以私下里随便给谁，咱们是一点辙也没有啊！"

郏文博："谁要有了这块宝石，谁就能有一辈子享受不完的荣华富贵！到了嘴边的肉，绝不能让东院里把它独吞了？"

蒋凤仙："这块宝石，争是争不来的。"

郏文博："我郏文博从来也没有吃过哑巴亏！"

蒋凤仙的脸上挂着阴冷的笑："那么，咱这次就让老太爷吃回哑巴亏！"

郏文博："哼，老爷子精明了一辈子，他能吃哑巴亏？"

蒋凤仙："老虎还有打盹的时候呢！"

郏银之："那你说咱该怎么办吧？"

蒋凤仙："先下手为强！"

郏银之："啥意思？"

蒋凤仙："一箭双雕！"

郏银之："一箭双雕？"

蒋凤仙："对！见过这块宝石的人，除老太爷之外，只有大少爷。一旦宝石丢失，老太爷不

仅无法声张，而且大少爷也就成了唯一的被怀疑之人。"

郏文博："妙！"

21. 烈日炎炎。

金鸡山半山腰。

郏银根与爷爷依然在寻找宝石。

郏耀庭已是挥汗如雨。

郏银根："爷爷，咱们歇会儿吧。"

二人坐在树荫下。

郏耀庭："我坚信，这里肯定有个宝石矿。"

郏银根："爷爷，这可是个大投资项目，没有百分之百的把握，是不敢贸然行事的。"

郏耀庭："到哪儿才能找到探矿的行家呢？"

郏银根："我去趟北平，银业和银国在北大读书，一定能请到专家的。"

郏耀庭："好！你今儿就去，我回家去等你的信儿。"

郏银根犯难地："爷爷，我今天不能去。"

郏耀庭："为啥呀？"

郏银根："这两天，我一直在等女朋友的信。"

郏耀庭："你的女朋友要是这两天不来信呢，你就一直等下去？"

郏银根："爷爷，我……"

郏耀庭："根儿，你放心地走吧，爷爷在家里给你守着，还不行吗？"

郏银根："可是……"

郏耀庭："根儿，爷爷打心眼里赞成你自己选的婚事，也盼着你俩早点成亲，到那会，爷爷会给你大办一场的。"

郏银根："谢谢爷爷。"

郏耀庭："根儿，我想问你几句话。"

郏银根："问吧。"

郏耀庭："你这辈子想不想干大事？"

郏银根："想。"

郏耀庭："你这辈子怕不怕吃苦？"

郏银根："不。"

郏耀庭："我再问你第三句。你有没有勇气来掌管这个家？"

郏银根："敢。"

郏耀庭："那好！你听着，在你成亲的第二

天，我就领你祭祖，当众宣布你是郏家的掌门人！"

郏银根："为啥要在成亲的第二天？"

郏耀庭："这是爷爷对你唯一的条件。根儿，你知道爷爷为啥给你起这个名字吗？为的就是要把郏家的根深深地扎在这块土地上！这也就是为啥要在你成亲的第二天，爷爷才当众宣布这件事！"

郏银根："爷爷，我明白了。可是，我要是成了掌门人，我母亲又该怎么办呢？"郏耀庭："她年纪大了，该享清福了。你要好好地孝敬她，让她颐养天年。"郏银根站起身，深深地给祖父鞠了一躬。

22. 郏府、大门外。

蒋凤仙似在等人，她警惕地左顾右盼。

23. 郏府、后院大厅。

大厅门已经上锁。

郏银之从一扇窗户里潜入厅内。

24. 大厅内。

郏银之神色紧张地四处翻找。

25. 大厅外。

大管家开锁，走进大厅。

26. 大厅内。

郏银之惊慌失措地躲藏在暗处。

大管家将竹制躺椅搬进大厅，又将敞开的窗户关闭，拴上插销，离去。

郏银之听脚步声远去，惊魂未定地拔开窗户的插销，匆匆爬出。

27. 大厅外。

大管家又搬着竹制的脚榻走回后院，再次开锁，进入大厅。

28. 大厅内。

大管家将竹榻摆放在躺椅前，他诧异地发现刚关好的窗户又被打开了，他警惕地寻查着大厅的每个角落。继而，再次关上窗户，拴上插销，锁门离去。

29. 郏府、大门外。

邮差骑车而来。

蒋凤仙凑上前。

邮差："太太，您是郏府上的人吗？"

蒋凤仙傲气凌人："你没长眼呀？"

邮差："咋说话呢？不问清楚了，这封电报是不能给人的。"

蒋凤仙："电报？哪儿来的电报？"

邮差："是从上海发来的。夫人，郏银根是你的啥人？"

蒋凤仙："我是他婶娘。"

邮差："他人呢？"

蒋凤仙："不在家。"

邮差迟疑着。

蒋凤仙："他呀，一天两天也回不来。你要是打算亲自交给他本人呢，那就再多跑几趟，啥时候碰上了就啥时候交给他。"

邮差犹豫片刻，脸上堆着笑："太太，我看你也不是他的外人，我就把电报交给你吧。"

蒋凤仙："你放心吗？"

邮差："看你说的，请你签个名字就行了。"

蒋凤仙："我不认识字，咋办呀？"

邮差："按个手印也行。"

蒋凤仙按手印，取走电报。

邮差离去。

蒋凤仙仔细地拆开电报，阅："银根，我已乘上去山东的客轮，请到古码镇码头接我。小漪。"

郏银之匆匆走出大门，走到蒋凤仙身后："看啥呢？"

蒋凤仙忙藏电报："哎哟，吓死我了！"

郏银之："又干见不得人的事了？"

蒋凤仙把脸一板："少废话！东西到手上了？"

郏银之："谁的电报？"

蒋凤仙："快走，回家再说！"

30. 古运河。

客轮行驶在古运河上。

远方，扬州城朦胧可见。

乘客们伫立在甲板上。

钱小漪的身旁是一对亲密无间的情侣。

身穿旗袍的女子手持望远镜，惊喜地说："哎呀，瘦西湖太美了！"

西装革履的男子为妻子撑着洋伞，侃侃而谈："如果说扬州是王冠，瘦西湖就是王冠上的一颗璀璨的明珠。清代诗人汪沆，将扬州的西湖与杭州的西湖做了对比，赋诗一首：

> 垂杨不断接残芜，
> 雁齿虹桥俨画图。
> 也是销金一锅子，
> 故应唤作瘦西湖。

瘦西湖才由此得名，至今名播中外。"
客轮在行驶。
钱小漪深情地眺望着运河的尽头。

31. 郯府、西院卧室。
郯文博看着电报："这么说，根儿的女人要来了？"
蒋凤仙："天赐良机呀！"
郯银之："管这些屁事干啥呢，还是快说说那块宝石咋办吧？"
郯文博："你简直是个愚才！你不是说宝石就放在后院大厅吗，它还能长了翅膀？"
郯银之："旮旮旯旯都翻遍了，我就是没找见！"
郯文博："一次不行就两次、三次，啥时候找见就啥时候算完！"
郯银之走到蒋凤仙身边："你咋不说话呀？"
蒋凤仙："你以为这是块红薯呀，老太爷能把它放到明眼处？"
郯银之："大厅总共那么大块地方，他能放到哪？"
蒋凤仙："这件事也急不得，只要老太爷健在，这块宝石就跑不了。你这次从窗户爬进大厅，有多悬呀！再说，那窗户也不会一直为你开着？当务之急，就是你要弄到大厅的钥匙！"
郯银之："这咋弄？"
蒋凤仙："你咋是根直肠子，就不能在大管家身上想想办法？"
郯银之："这个老奸巨猾的家伙，钥匙是从来不离身的！"
蒋凤仙："不怕贼偷，就怕贼惦记！只要你上心，总有下手的机会！"
郯文博："你小妈说得对，要想办法先弄到钥匙。记着，要心细，千万不能出半点纰漏。"
蒋凤仙从郯文博手里取回电报："我要去趟东院。"
郯文博："干啥？"
蒋凤仙："我要把这封电报交给大奶奶！"
郯文博："交给她？"
蒋凤仙阴冷地说："我还是那句话，你就坐在城楼上观山景吧！"离去。

32. 郯府、东院客厅。
郯杏花、郯杏琳在董兰君的指导下，剪窗花。
郯杏琳凝神而熟练地剪着"鸳鸯戏水"。
她手中的图案渐渐化成以下画面：
池塘边。
郯银根、钱小漪依偎在一起温习功课；
红豆树下。
郯银根、钱小漪追逐嬉戏。
无垠的大海。
郯银根、钱小漪在客轮的甲板上畅谈。
郯府大院。
郯银根、钱小漪穿红披纱喜拜天地……
画面消失。
郯杏琳手中的红纸，已剪成栩栩如生的鸳鸯戏水图。
董兰君赞不绝口："杏琳真是心灵手巧呀，这幅鸳鸯戏水图，就跟活的一样！"
郯杏花："堂姐，你这是春心萌动，想找婆家了吧？"
郯杏琳："去你的，我是给堂哥祝福呢！"
董兰君："好呀！杏琳，等你堂哥和你妹妹表姐成亲的时候，你就把这幅画送给他们。"
郯杏琳："嗳。"
郯杏花："娘，我给他俩送个啥呀？"
董兰君取过女儿剪得窗花："你这是剪得个啥呀？"
郯杏花："我本来想剪个'龙凤呈祥'，咋剪成'枯枝昏鸦'了？"
众笑。

33. 东院、门外。
蒋凤仙与大管家相遇。
大管家："二姨太去哪儿呀？"
蒋凤仙："去给大奶奶问安。"
大管家："二姨太的做人行事，就是有心

啊。"

二姨太："家和万事兴嘛。"说完，走进院门。

34. 东院、客厅。

董兰君手把手地教女儿剪窗花："瞧你这毛躁劲，要耐住性子才行。"

郯杏花一个劲地笑。

蒋凤仙扭动着腰肢，走进客厅："大奶奶，凤仙给您问安了。"

董兰君："二姨太来了，快请坐。"

郯杏琳："小妈。"

郯杏花："小婶。"

蒋凤仙："杏琳，你们俩也该返校了吧？"

郯杏花："婶子是想撵我俩走呀？"

蒋凤仙："瞧你说的，小婶愿天天和你们待在一块。"

郯杏花："哼，说得好听！"

蒋凤仙："大奶奶，我可不是这意思，我是怕耽误了她俩的功课。"

郯杏花欲争辩。

董兰君打断地说："好了好了，你俩回自己屋去吧，我要和二姨太说话。"

郯杏花、郯杏琳离去。

女佣给二姨太捧上茶，退去。

蒋凤仙："大奶奶，你知道银根到哪儿去了？"

董兰君："他哪儿也没去，就在自己房间里。"

蒋凤仙："你真的不知道？"

董兰君："你这是啥意思呀？"

蒋凤仙："他跟着老太爷走了！"

董兰君："去哪儿了？"

蒋凤仙欲说又止："不知道。"

董兰君："你就是来告诉我这件事的？"

蒋凤仙："今儿，我在大门口遇到了邮差，他交给我一封电报。"

董兰君："给谁的电报？"

蒋凤仙："给大少爷的。我找了他大半天，用人说他和老太爷出门了。"

董兰君："电报是啥内容呀？"

蒋凤仙："不知道。大奶奶，我哪敢拆大少爷的电报呢？"

董兰君："电报在哪？"

蒋凤仙从兜里掏出电报，递给董兰君。

董兰君拆阅，惊愕！

蒋凤仙："有啥大事吗？"

董兰君未语。

蒋凤仙："出了啥事？"

董兰君："也没啥大事。"

蒋凤仙："没啥事就好。"

董兰君："二姨太，谁还知道这封电报的事？"

蒋凤仙："大奶奶，你放心。除我之外，没人知道这封电报的事。"

董兰君点了点头。

蒋凤仙满怀感激地说："大奶奶呀，凤仙至死也不会忘记，我是怎么走进这个家门的。要不是你在老太爷面前替二爷说好话，凤仙至今还不依然是个风尘女子？"

董兰君："这都是过去的事了。"

蒋凤仙："我可是永远记在心里！大奶奶，无论到何时何地，我凤仙的一颗心永远都会和你贴在一起的！"

董兰君："我心领了。"

蒋凤仙："大奶奶，难道你不相信？"

董兰君："我怎么会不信呢？"

蒋凤仙："我的心可对日月，说的话句句是真！"

董兰君："人心都是肉长的，你敬我一尺，我就敬你一丈。凤仙呀，从今以后咱俩也改改称呼吧。妯娌之间就别再称呼大奶奶了，你就叫我嫂子，我叫你弟妹。"

蒋凤仙忙起身："凤仙不敢。"

董兰君："咱就这么定了。"

蒋凤仙："谢谢大奶奶！"

董兰君："瞧你！"

蒋凤仙："嫂子！"

董兰君："弟妹请坐。"

二人的心似乎贴在了一起。

35. 波光粼粼的沂水河。

客轮渐渐驶近古码镇码头。

钱小漪激动地眺望着码头。

36. **乡间古道。**

一辆马车在奔驰。

董兰君独自一人坐在马车上。

37. **古码镇、码头。**

客轮停靠在码头上。

38. **码头岸边。**

马车停驶在码头前。

董兰君走下马车。

39. **客轮。**

钱小漪走下客轮。

40. **岸上。**

董兰君凝视着登岸的乘客。

钱小漪手提皮箱，四处眺望。

董兰君迎了上去："你是钱小姐吗?"

钱小漪："您是?"

董兰君："我是银根的母亲。"

钱小漪："伯母，您好。"

董兰君："你一路辛苦了。"

钱小漪："银根呢?"

董兰君："天到中午了，咱们边吃饭边说话吧。"

41. **古码镇、沂水河畔的"间半楼"菜馆。**

董兰君、钱小漪走进菜馆。

小伙计迎上："二位请!"

董兰君、钱小漪随小伙计走上二楼，坐在临窗的雅座上。

小伙计："太太，二位想用点什么?"

董兰君："一壶上好的铁观音，还有咱古码镇的名吃。"

小伙计大声吆喝着："一壶上好的铁观音，一盘牛肉，两份烤牌，两碗鸡丝糁了!"离去。

钱小漪兴奋地眺望着窗外："青山如黛，水波浩渺，这山光水色尽收眼底，景色真是太令人陶醉了!"

董兰君："这条沂河，北连蒙山，南接运河。上至京卫，下抵苏杭。当金秋时节，银杏丰收。这沂河之上，千帆竞发，更是别有一番景致。"

钱小漪："太可惜了，我没能带来绘画工具。不然的话，我会把这美好的河山装进我的画框!"

董兰君："钱小姐是画家?"

钱小漪："绘画是我的专业，也是我的生命!"

小伙计捧来茶具，边斟边说："太太，您尝尝，这是福建安溪的铁观音，是谷雨至立夏采摘的春茶。它产于峰峦叠翠的群山，饱山岚之气，沐日月之精，得烟霞之霭，食之能疗百病。冲泡后，有天然的兰花香，滋味纯浓，回味无穷。"

董兰君："小师傅真是长了一张好嘴呀!"

小伙计："承蒙太太的夸奖，我这里谢谢您了!"

董兰君偿小费。

小伙计："谢谢!"继而大声喊道："太太偿小费一份!"离去。

董兰君："钱小姐，请用茶。"

钱小漪："伯母，您不用这么客气，就叫我的名字吧。"

董兰君："好。"

钱小漪："伯母，您还没有告诉我，银根怎么没有来呀?"

董兰君："他跟爷爷出去办事了。"

钱小漪："他没有接到我的电报吗?"

董兰君："不接到你的电报，我咋会来接你呀?"

钱小漪笑："他什么时候才能回来呢?"

董兰君："说不准。也许十天半月，也许是一个月也回不来。"

钱小漪不悦："他怎么能这样办事呢? 难道让我在这里等他一个月不成?"

董兰君："他让我转告你，不用等他了。"

钱小漪诧异地说："他说什么?"

董兰君："钱小姐，你千万不要着急，听我慢慢解释。我知道，你们两人都是一片痴情。但是，虚无的感情不能取代现实的生活。根儿思之再三，终于从痛苦中平静下来。他不想再这样长期地牵连你，才让家里给他提了这门亲事。"

钱小漪怔住了!

董兰君："他本想写信告诉你，但又碍于启齿，也只好由我代他转告了。"

钱小漪依然半信半疑。

董兰君："钱小姐，你听清楚我说的话了吗?"

钱小漪无语。

董兰君："你怎么不说话了?"

钱小漪讷讷地说:"这不是真的,不是真的。"

董兰君:"难道我还骗你吗?"取出喜帖:"你看,这是什么?"

钱小漪接过喜帖。

董兰君:"在我们沂河,只要是两家人换了喜帖,这门亲事就是铁板钉钉的事了!"

钱小漪:你们两家换帖这件事,我是知道的。对于这门亲事,银根压根就没有同意!"

董兰君心里不由咯噔一声,继而笑着问道:"相隔千里,你怎么能知道这边发生的事情?"

钱小漪把喜帖还给董兰君:"除非是银根亲口告诉我,我才能相信这是真的!"

董兰君愠怒:"钱小姐,你太不识趣了,银根的婚事已成事实,你干吗还要从中捣乱呢?"

钱小漪:"伯母,你言重了,我只不过是要从银根的嘴里,得到一个明确的态度。"

董兰君:"我刚才说的就是他的态度!"

钱小漪摇摇头:"我要他亲口对我说。"

董兰君:"他不在家!"

钱小漪:"我等他。"

董兰君:"他要是一个月都不回来呢?"

钱小漪:"我就等他两个月!"

董兰君语塞。

小伙计捧着食盘,吆喝而来:"饭菜来了!"

董兰君掏出钱,放在桌上,转身而去。

钱小漪茫然地望着离去的董兰君。

42. 江天水阔的沂水河。

孤帆只影。

浪花千叠。

43. 长河落日。

沂水河空蒙浩渺。

钱小漪手提皮箱,形单影只,徘徊在沂水河畔。

44. 夕阳笼罩着银杏园。

黄灿灿的银杏叶,在夕阳的映照下,发出一片金色。

一辆马车朝郯府快速行驶。

马车上坐着董姝妹。

大管家不时挥着马鞭。

董姝妹:"大管家,我姑妈接我去,有什么

急事吗?"

大管家:"不知道。大奶奶只是嘱咐我快些接你到郯府。"

董姝妹满脸疑惑。

马车在行进。

45. 黄昏。

郯府、东院客厅。

董兰君烦躁不安,不时走到门外眺望。

46. 黄昏。

郯府大门外。

大管家驾驭马车停驶在大门外。

董姝妹下车。

大管家、董姝妹匆匆走向东院。

躲在暗处的蒋凤仙窥视着一切。她站麻木了的腿,险些使她栽倒。

47. 黄昏。

郯府、东院客厅。

董兰君焦急地挥动着纸扇。

大管家、董姝妹走进客厅。

董姝妹:"姑妈!"

大管家:"大奶奶,您还有事吗?"

董兰君:"没事了,你去歇息吧。"

大管家走出客厅。

48. 黄昏。

客厅外。

蒋凤仙急忙匿身。

大管家离去。

蒋凤仙俯身门外,偷听。

49. 黄昏。

古码镇、碧露春旅店、客房。

钱小漪孤独地伫立窗前,眼角上挂着泪珠。

老板娘送来西瓜。

钱小漪赶忙拭去泪痕:"谢谢。"

老板娘:"小姐,您这是第一次来古码镇吧?"

钱小漪:"是的。"

老板娘:"这旅店,是古码镇最好的一家了,南来北往的达官贵人,都愿意住在咱这里。"

钱小漪:"是呀,既干净又舒适,是挺好的。"

老板娘:"您这是要去哪儿呀?"

钱小漪："银杏园离这里有多远？"

老板娘："有十几里地呢。"

钱小漪："你知道有个郯府吗？"

老板娘："方圆上百里，哪有不知道郯府的？小姐，您是要去郯府吗？"

钱小漪点头。

老板娘："您是他家的亲戚？"

钱小漪："是的。"

老板娘："哎哟，真是大水冲了龙王庙，自家人不认识自家人了。自打您走进这个店门，我就瞅着您这一身打扮，就知道您不是一般人家的闺女。小姐，你知道吗，咱这家旅店就是郯府开的！"

钱小漪："是吗？"

老板娘："在咱古码镇的这条正大街上，郯府的商号就有十几家呢！"

钱小漪："我怎样才能去郯府呀？"

老板娘："您咋没让郯府的人来接呢？"

钱小漪："我是不想给他们增添麻烦。"

老板娘："这好办，咱旅店有马车，明天我就把您送去。"

钱小漪："谢谢。"

老板娘："客气啥，咱都是一家人了！"笑着离去。

50. 夜幕降临。

湛蓝的天空，月明星稀。

沂水河在月光下，泛着银色的波漪。

51. 夜深沉。

碧露春旅店、客房。

一缕月光透过窗棂射入室内。

钱小漪心绪烦乱，彻夜未眠。

东方出现鱼肚色。

远处传来雄鸡的啼鸣。

钱小漪昏昏沉沉地进入梦乡：

古码镇、码头。

钱小漪跑下客轮。

郯银根伸展双臂迎向钱小漪。

二人拥抱在一起。

瞬间，郯银根消失得无影无踪。

钱小漪惶恐不安，大声地呼喊！

郯府、庭院。

钱小漪跟跟跄跄地追进庭院。

郯银根正与一个陌生女子喜拜天地。

钱小漪发疯般地冲了上去！

董兰君指挥郯府的人，把她推开！

钱小漪呼喊着郯银根的名字！

郯银根似乎全然不知，与陌生女子进入洞房。

钱小漪只觉着天旋地转。

晴天白日，天空却突然划过一道闪电，炸响一个霹雳！

钱小漪在睡梦中惊醒，她一骨碌从床上坐起，额头上浸满汗珠。

52. 朝霞如画。

沂水河飞珠溅玉。

绵延的河水在朝阳的辉映下，好似一幅长长的锦缎。

53. 晨。

银杏园。

一辆马车朝古码镇疾驶。

董姝妹坐在马车上，不断催促："快，快！"

马夫挥鞭。

马车疾驶。

远处，郯银之骑马尾随。

54. 古码镇、碧露春旅店、客房门外。

老板娘走近客房。

细听，无声。

推门，无应。

悄然离去。

55. 古码镇。

董姝妹乘坐的马车驶进古码镇。

郯银之骑马紧跟后面。

56. 碧露春旅店、门外。

董姝妹走进旅店。

郯银之走进旅店对面的茶楼。

57. 碧露春旅店、客房内。

钱小漪头疼欲裂，斜倚在床上。

58. 客房外。

老板娘轻轻扣动房门："小姐，郯府有人来了。"

59. 客房内。

董姝妹在老板娘的陪同下，来到客房。

钱小漪打开房门。

董姝妹站立门外。

二人相视，都不由怔在那里，彼此被对方的容貌所折服。

董姝妹热情地说："钱小姐还没用早餐吧？老板娘，你把早餐给钱小姐送到房间来。"

钱小漪："不用了，就泡两杯清茶吧。"

老板娘离去。

二人仍伫立门口。

董姝妹："钱小姐，咱俩就站在这里说话吗？"

钱小漪："您请进。"

董姝妹走进房间："钱小姐，让您受委屈了，孤身一人住在这个小旅店里，实在是不好意思。"

钱小漪："没什么，我很喜欢这个小店。"

董姝妹："我们虽然没有见过面，但我对钱小姐已是耳熟能详。怪不得钱小姐讨男人喜欢，没想到您的容貌是如此丰姿卓绝。"

钱小漪："您过奖了，您才是天生丽质、端庄秀丽。"

老板娘送茶水后离去。

钱小漪："小姐，咱们说了半天话，我还不知道该怎样称呼您呢？"

董姝妹："我叫董姝妹，是郯银根的妻子。"

钱小漪惊诧："郯银根并没有结婚呀？"

董姝妹笑："钱小姐是上海人，怎么能知道这里的习俗呢？只要女人的'帖子'交给了男方，她一生就再也不能嫁给别的男人了。"

钱小漪的眼里露出了茫然的目光。

董姝妹温存地说："钱小姐，请用茶。"

钱小漪心不在焉地应着。

董姝妹怜惜地说："钱小姐，今天我是鼓足了勇气，才来找您的。我知道，你和银根在日本留学期间相识、相知、相爱，还彼此相许要结成终身伴侣。为此，银根不顾家人的反对，执意不参加'换帖'仪式。他的这个举动把郯府搅得天翻地覆，年过古稀的爷爷也被气得差些丢掉性命！"

钱小漪喃喃地说："原来是这样。"

董姝妹："我曾痛苦过，怨恨过，也曾有过轻生的念头。是上苍拯救了我！你们回国后，各

分东西，虽然你们的心依然连在一起，但现实生活却成了你们不可逾越的障碍。银根在万般无耐之下，才从痛苦中走出来，最终还是接受了这桩婚事。郯府的一场风波，也随之平息了。没想到，钱小姐又千里迢迢从上海赶来，这必然会再次掀起郯府更大的风浪，年过花甲的老人再也经不起折腾了！钱小姐，您是一位有学识有修养的人，己所不欲，勿施于人呀！"

钱小漪不语。

董姝妹："钱小姐，我们都是女人，您的痛楚同样刺痛我的心，更使我夜不能寐。我后悔，压根就不该来到这个世界上，假如世上没有我该有多好啊……"哽咽起来。

钱小漪心乱如麻，无一对答。

董姝妹拭去眼泪："钱小姐，我的失态，让您见笑了。可是，我真的不知道该如何是好呀？"

钱小漪："你走吧，让我静下来好好地想一想。"

董姝妹站起身，欲走又回："钱小姐，我明天再来看您。"

钱小漪："不，我明天也许就要回去了。"

董姝妹："这怎么行呢？银根不在家，我要替他来照顾您！"

钱小漪："您说，我还能见到他吗？"

董姝妹："我想会的。"

钱小漪："要等多久？"

董姝妹："等多久也不要紧，我会天天来陪您的！"

钱小漪赶忙说："不用了，不用了，我还是回去吧。"

董姝妹："钱小姐执意要回去的话，我明天就替银根来送您。"

钱小漪："不，我要自个儿走……"眼里不由地流出了泪水。

60. 上海、钱小漪家、客厅。

钱运昌与钱太太共进早餐。

钱太太呆呆地坐在餐桌边。

钱运昌："你怎么不吃呀？"

钱太太："我吃不下去。"

钱运昌："不吃饭怎么行呢？"

钱太太："自从阿囡走后，我就一直心神不

宁。侬讲，阿囡现在会哪能呢?"钱运昌:"难呀!假如他能来上海，上次他就不会拒绝咱们了!"

钱太太:"这回，也许阿囡能说服侬呢?"

钱运昌:"那就要看小漪的命运了。"

传来急促的门铃声。

女佣惊慌地跑上楼:"太太，不好了，姓汤的瘪三又来了!"

钱太太惊骇!

女佣:"他还带了十几个马弁!"

钱运昌大怒，拍案而起!

第四集

1. **上海、钱小漪家、门外。**

几辆军车停在路边。

汤少爷和手提礼品盒的马副官，站在门外。

不远处，十几名马弁持枪而立。

门开，钱远昌独自一人走出。

马副官迎上："钱先生，我来给您介绍一下，这位是大名鼎鼎的汤司令的公子，汤少爷。"

钱运昌："不知汤少爷前来有何贵干？"

马副官："钱先生，汤少爷是来接钱小姐的。"

钱运昌抑制着愤怒："她不在家。"

马副官："不在家？"

钱运昌："出远门了。"

马副官："咋着，她刚刚出远门回来，又出远门了？"

钱运昌："腿长在她的身上，她愿去哪就去哪。"

汤少爷冲马副官："啰唆啥呀？进门去喝口茶再说！"

马副官一挥手："进！"

钱运昌被马弁推到一边。

汤少爷、马副官及马弁冲进家门。

2. **钱小漪家、客厅。**

汤少爷等人走进客厅。

钱太太惶恐地蜷缩在沙发里。

马副官冲马弁使了个眼色。

马弁们闯进各个房间。

汤少爷："钱太太，你不要害怕，往后咱们就是亲戚了。"

马副官："对对！钱太太，你好有福气呀，找了个有钱有势的女婿，你这个丈母娘在上海滩，可就要一步登天了！"

马弁们先后回到客厅，示意无人。

马副官："钱太太，钱小姐到哪儿去了？"

钱太太吓得浑身战栗。

钱运昌踉踉跄跄地冲进客厅，他护住妻子，厉声道："有啥事找我，她啥也不知道！"

马副官："钱先生，你是个明白人，今儿咋变得这么糊涂了？只要钱小姐嫁给汤少爷，您就是汤司令的亲家！你在上海滩，别说是开纱厂，你就是开军火厂，也没人敢管呀！"

钱运昌："我们是平民百姓，不想高攀！"

马副官："这件事可就由不得你了！钱先生，我奉劝你别自讨苦吃。快说吧，你女儿呢？"

钱运昌："我说过了，她出远门了。"

马副官："她到哪里去了？"

钱运昌："不知道。"

汤少爷冲马副官："你又啰唆啥呀！既然钱先生啥也不知道，那就留下几个人，在这里看家护院就行了！"

马副官："是！"

汤少爷："走！"

众人离去。

3. **钱小漪家、门口。**

两个马弁持枪而立。

其余人员乘上军车离去。

4. **钱小漪家、客厅。**

钱太太惊魂未定："吓死了，吓死了。"

钱运昌把妻子抱在怀里："不要怕，不要怕。"

钱太太："侬快点拿个章程，这桩事体该哪能呢？"

钱运昌悲愤地吼道："这就是当今世道啊！一个小家，老百姓何以信哉？"

钱太太依窗俯视，见两个马弁持枪伫立大门两侧："侬看看，这成啥样子了？"钱运昌在室内踱着步子，极力镇定着自己的情绪。

钱太太走近丈夫："侬快点想个办法呀！"

钱运昌："这件事,我只有求助商会的虞会长了!"

钱太太："好呀!"

钱运昌拿起电话……

5. 古码镇、码头。

钱小漪悲凄地登上客轮。

董姝妹远远地窥视。

郯银之躲在暗处,注视着这一切。

客轮发出一声长鸣,徐徐启动。

董姝妹乘上马车。

客轮驶离码头。

马车驶出古码镇。

郯银之走进鸳鸯楼。

6. 客轮、甲板上。

钱小漪眺望着渐渐远去的古码镇,怅然若失。

7. 北平、北平大学校门口。

郯银根走进校门。

8. 郯府、后花园、石亭。

大管家仁立在郯耀庭身边。

郯耀庭："是大奶奶让你亲自去接的人?"

大管家："是的。我把董小姐接回来的时候,天已经擦黑了。"

郯耀庭："你说,大奶奶为啥这么急呢?"

大管家："不知道。大奶奶只是问过,大少爷到哪儿去了?"

郯耀庭："你咋对她说的?"

大管家："大少爷跟老爷去哪,我咋能知道呀?"

郯耀庭："西院里有啥动静?"

大管家："好像跟大奶奶走动得很勤。"

郯耀庭警觉地说:"噢?"

大管家："这事也挺反常的。"

郯耀庭："是你亲眼看见的?"

大管家："是的。"

郯耀庭："不是个好苗头呀!"

大管家："我寻思着,这也许是件好事呢。"

郯耀庭："你错了。"

大管家："错了?"

郯耀庭："东、西院的心越是拧到一块,才越是可怕的事情呀!"

大管家似有所悟地点点头。

郯耀庭："放心吧,江山易改禀性难移,她们的心是拧不到一块的。依我看呀,这脸上又要鼓出疖子来了!"

大管家长叹一声:"唉,啥时候也甭想有个清净日子。"

郯耀庭："仲亭呀,有件大事,我忘问你了。"

大管家："啥事呀?"

郯耀庭："有邮差来过吗?"

大管家："没有。"

郯耀庭："你这些天要上点心,要是有信来,就直接交给我。"

大管家："我记住了。"

9. 北平、全聚德烤鸭店、包间。

郯银根、郯银业、郯银国宴请程四光先生。

程四光极感兴趣地问:"郯先生,真的是有人捡到了一颗重281.25克拉的金刚钻石吗?"

郯银根："是的。"

程四光："这可是目前世界上最大的一颗金刚钻石了!"

郯银业："大哥,程四光先生是我国著名的地质学家,只要有程先生出面,关于建矿的事,就一定会万无一失的。"

程四光："郯先生,您能告诉我捡到这颗砧石的人,是谁吗?"

郯银根："不知道。"

程四光："您是道听途说的?"

郯银根："不,这是我亲眼所见的!"

程四光笑:"我明白了,是郯先生不便告诉我此人的名字。"

郯银根："请程先生见谅。"

程四光："假如真的像郯先生所言,那么在捡到这颗钻石的金鸡山上,就很有可能会有一座地下矿藏。"

郯银根："程先生,我受祖父委托,前来北平聘请专家,没想到能相识程先生,我真是三生有幸啊!我敬先生一杯!"

众人捧杯。

程四光："要说三生有幸,应该是我才对。是郯先生给我送来了这么一个特大喜讯,这在全世界也是一次难得的机遇！我要敬郑先生一杯！"

众人捧杯。

郑银国站起身："大哥，你从日本回国的时候，我和二哥接到了母亲的来信，本该回去与你团聚，只是没能请下假来，请大哥体谅。"

郑银业也起身端酒："大哥，三弟说的是实情，请大哥不要怪罪。"

郑银根站起身："银业、银国，你们不必多礼。你俩不回去是对的，对于你们来说，目前最重要的是学业，只有掌握好知识，将来才能报效祖国呀！来，咱兄弟三人一块干杯！"

程四光："等一等。"端起酒杯："我看到你们兄弟三人，不由使我想起天下的学子，假如人人都有一颗报效祖国的赤心，那我们的国家就真的有希望了！干杯！"

众人碰坏。

10. 郑府、西院、卧室。

郑文博："常言道，虎毒不食子。可是，在这个家呀，东院里的这个娘们，连自己亲生儿子也不放过。为了自己的利益，她是什么缺德的事都能干得出来！"

蒋凤仙："那当然！自古以来，天底下，从皇帝到老百姓，有哪一个不是为自己而活着的？就连傻子，他饿了也要吃饭！"

郑银之："咱这次终于抓住了她的把柄！等堂哥回来，我要原原本本地把事情讲给他听，也让他知道在这个家他娘是个什么东西！"

蒋凤仙："不行，你千万不能说出董姝妹的事情来。"

郑文博："为什么？东院里用心最歹毒的，就是让董姝妹出面这件事！"

蒋凤仙："二爷，你放心，纸里包不住火，在这个家的两个院里咱不讲也会有人讲的！"

郑银之："这还不是都一样？"

蒋凤仙："不一样。"

郑银之："咋不一样呢？"

蒋凤仙："你见过天底下，有说自己是贼的吗？"

郑银之："对对对，不能让她再抓住咱的把柄。"

蒋凤仙："银之，等你堂哥回来，你应该这

么做……"

11. 郑府、门房。

大管家朝门房走来。

男佣从门房迎出："大管家，您老有什么吩咐？"

大管家："我特地来嘱咐你一件事。"

男佣："啥事？"

大管家："你要记住，只要是有邮差来，就赶紧禀报我。"

男佣："是。"

大管家："无论是给谁来的信，一律交给我。"

男佣："是。"

大管家离去。

男佣走进门房，似乎想起什么，又追了出来："大管家，我想起了一件事。"

大管家："啥事？"

男佣："前几天，邮差曾送来过一封电报。"

大管家："噢，电报呢？"

男佣："让西院的二姨太，直接从邮差的手里拿走了。"

大管家："电报是从哪里发来的？"

男佣："我好像听邮差说，电报是从上海来的。"

大管家："这件事情是真的？"

男佣："没错。"

大管家："我知道了。"疾步离去。

12. 郑府、东院、客厅。

董兰君拉着董姝妹的手，亲昵地说："俺姝妹就是机灵，把这件事办得利利索索。"

董姝妹："是姑妈指挥得好！不然的话，准会出大乱子！"

董兰君："现在也不能掉以轻心。尽管她走了，但仍然是个祸害。你和银根一天不成亲，她就一天不给你安生！"

董姝妹："我明白。"

董兰君："妹妹，你今天就赶回去，让你爹明天就来催婚！在这个家只要你俩拜了天地，这件事才能一了百了啊！"

董姝妹："姑妈，我的心比你还着急呢。"

董兰君："走吧，姑妈等你爹的消息。"

董姝妹离去。

13. 银杏园、"四世同堂"银杏树前。

郯耀庭坐在马扎上，边和小莺子说话，边捡着地上的落果。

小莺子："老爷爷，你好几个早晨没去老神树了？"

郯耀庭："老爷爷出了一趟门。"

小莺子："你到哪儿去了？"

郯耀庭："老爷爷不能告诉你。"

小莺子："我不问了。"

郯耀庭："小莺子是个好孩子。"

小莺子："我每天早晨去老神树，见不着你，心里边挺想你的。"

郯耀庭从口袋里取出一个物件："小莺子，老爷爷给你带回来一件东西，你摸摸是啥呀？"

小莺子接过，摸着："是只小鸟！"

郯耀庭："你对着它的嘴，用力吹！"

小莺子吹着。

小鸟发出清脆的叫声。

小莺子高兴地："小鸟叫了，小鸟叫了！"

郯耀庭："它叫得好听吗？"

小莺子："它叫得可好听了！"

郯耀庭："这个玩具叫'泥响呗'，要是再给它灌上水呀，它叫得声音就更好听了！"

小莺子边吹边高兴地跳起来："飞呀，飞呀！"

郯耀庭："小莺子变成小鸟了！"

小莺子："我变成小鸟了，我要飞到天上去了！"

银杏园里，回荡着一老一小的笑声。

大管家气喘吁吁地跑来："老爷，有件重要事情要向您禀报！"

郯耀庭："说吧。"

大管家："刚才，门房的人跟我说，前几天邮差曾送来过一封上海的电报，让西院的二姨太给拿走了。"

郯耀庭惊诧："坏事了，那是给大少爷的电报呀！"

大管家："我现在就去找二姨太，把电报取回来！"

郯耀庭："对，越快越好！"

银杏园中的道路上，一辆马车朝园外驶去。

郯耀庭眺望着："仲亭，那是咱家的马车吧？"

大管家："是的。"

郯耀庭："这是谁出门呀？"

大管家："有布帘挡着，看不清。"

郯耀庭："你回去问问门房的人，就知道了。"

大管家："是。"

郯耀庭："告诉门房，这段日子里要睁大眼，给我好好盯着！"

大管家："是。"离去。

小莺子："老爷爷，你家出啥事了？"

郯耀庭牵着小莺子的手，走到"四世同堂"树前，长叹一声："这几棵树不让我省心啊！"

小莺子摸着"四世同堂"树。

14. 上海、码头。

钱小漪手提皮箱走下客轮。

15. 钱小漪家、大门外。

持枪的马弁已经撤离。

钱小漪乘黄包车来到家门，她按响门铃。

女佣将门打开，惊喜地说："哎呀，是小姐回来了！"接过皮箱，冲楼上喊："太太，小姐回来了！"

钱太太闻声跑下楼："阿囡！"

钱小漪茫然地看着母亲。

钱太太："侬哪能不来电话，屋里厢好派人去接侬？"

钱小漪眼里涌出泪水。

钱太太："阿囡，侬这是哪能了？"

钱小漪："妈，我很累，我要休息。"走上楼去。

钱太太与女佣随之上楼。

16. 钱小漪家、客厅。

钱小漪接过皮箱，走进自己房间。

钱太太："吴嫂，快给小姐烧洗澡水！"

女佣应声离去。

钱太太走进女儿房间。

17. 钱小漪卧室。

钱小漪凝视着郯银根的画像。继而，用白布将画像遮起。

钱太太看着女儿的举动，不安地问："侬还是不肯来上海？"

钱小漪不语。

钱太太："阿囡，到底出了啥事体呀？"

钱小漪不语。

钱太太："阿囡，侬要讲话呀，憋在心里厢要生毛病的！"

钱小漪："妈，我很累，你让我休息一会儿吧！"

钱太太无奈地离开了女儿的房间。

18. 郯府、后院、大厅。

大管家匆匆走进大厅："老爷，二姨太说，她把那封电报交给大奶奶了。"

郯耀庭："能有这种事？"

大管家："我还一连问了好几个用人，他们说大奶奶和董姝妹，先后都去过古码镇。"

郯耀庭神情凝重地说："误大事了！"

大管家："误啥大事了？"

郯耀庭："你去请大奶奶，让她马上到我这里来！"

大管家离去。

19. 古码镇、码头。

郯银根手提皮箱走下客轮。

20. 郯府、后院、大厅。

大管家走进大厅："老爷，大奶奶来了。"

董兰君走进大厅："爹。"

郯耀庭："坐吧。"

大管家给大奶奶捧上茶，离去。

董兰君："爹，您找我有什么事？"

郯耀庭："听说，有封给根儿的电报？"

董兰君平静地说："是的。"

郯耀庭："是从哪儿发来的？"

董兰君："上海。"

郯耀庭："是谁发的？"

董兰君："根儿在日本结识的女朋友，名叫钱小漪。"

郯耀庭："是啥内容呀？"

董兰君："她从上海来找根儿，让根儿去码头接她。"

郯耀庭："派人去接了没有？"

董兰君："我亲自去的。"

郯耀庭："接着钱小姐了？"

董兰君："接着了。"

郯耀庭："这就好，这就好！"

董兰君诧异地说："根儿给您说起过钱小姐的事？"

郯耀庭把话岔开："钱小姐人呢？我回来咋没见到过她呢？她没住在家里？"

董兰君："她走了。"

郯耀庭："走了？到哪儿去了？"

董兰君："回上海了。"

郯耀庭着急地说："你咋能让她走了呢？"

董兰君："爹，钱小姐见根儿不在，说啥也不肯等。我苦苦挽留，她执意要走，我又有啥办法？"

郯耀庭："不会吧？人家千里迢迢来到这里，就是为了要见根儿，她咋能会一天也不等就走了呢？"

董兰君："爹是在怀疑我撒谎吧？"

郯耀庭："假如她真像你说的一样，那你为啥还要派董姝妹去呢？"

董兰君刹那间乱了分寸："这……"

郯耀庭怒："钱小姐明明是被你们逼走的！"

董兰君一时无语。

郯耀庭："根儿一旦知道了这件事，我看你怎么向他交代？"

董兰君渐渐平静下来："爹，这件事，还是不让根儿知道的好。"

郯耀庭："你害怕了？"

董兰君："我是为爹着想。"

郯耀庭："这与我何干？"

董兰君："关系大着呢！第一，根儿是被您叫走的，他要是在家，哪还会发生这种事？第二，钱小姐这次来，是要根儿跟随她回到上海，去成家立业。倘若一旦成行，爹的一番心思不是全部都落空了吗？为了您，为了咱郯家的祖业，我才不得已而为之！爹，您说这件事能与您无关吗？"

郯耀庭语塞。

董兰君难过地说："您说，我这是何苦呢？我这样做又图个啥呢？我万没想到，一颗赤心竟招来两头唾骂，我真是太愚钝了……"哽咽。

郯耀庭蔑视儿媳一眼，长叹一声说："这件事也只好如此了。告诉家人，谁也别在根儿面前，再提起电报的事情了。"

董兰君："爹，这种事，是瞒不住的。"

郯耀庭："要是让根儿知道了电报的事，那将如何是好？"

董兰君："爹，您放心。您只要推说不知就行了，其他的事由我来办。"

郯耀庭又长叹了一声："你走吧。"

董兰君离去。

郯耀庭痛苦地自语："根儿，爷爷对不住你呀！"

大管家兴冲冲地跑进客厅："老爷，大少爷回来了！"

郯耀庭高兴地说："快，快让他到儿来！"

21. 上海、钱小漪家、客厅。

钱运昌匆匆赶回家："女儿呢？"

钱太太赶忙关好客厅的门："侬在屋里厢困觉呢。"

钱运昌急切地问："山东的事情，办得怎么样了？"

钱太太摇摇头。

钱运昌锁起眉头。

钱太太："姓汤的瘪三又去厂里寻麻烦了？"

钱运昌："没有。"

钱太太："虞会长真是帮了大忙，侬要好好谢谢侬。"

钱运昌："这也只是暂时的，姓汤的是决不会死心的！"

钱太太："我一想起那天的事，心脏就怦怦地跳！"

钱运昌："事已至此，没有别的路好走了，只有赶快给女儿成亲才行！"

钱太太："侬讲得对！阿男也是个好青年，侬要是到了阿拉屋里厢，又是女婿又是儿子！"

钱运昌："我只是担心女儿肯不肯答应。"

钱太太："勿管侬！山东一头勿来事，这头汤家又逼婚，侬不肯也没啥好商量的！"

钱运昌："也只能这样做了！"

22. 郯府、后院、大厅。

郯耀庭亢奋地说："这么说，程四光教授很快就能来了？"

郯银根："他正忙着组建勘探组，一旦成行，就直奔金鸡山。"

郯耀庭："太好了！根儿，你为咱郯家的祖业立了大功啊！"

郯银根："程教授预测，金鸡山很有可能埋藏着一个金刚石矿藏！"

郯耀庭："这是这个家祖宗修下的荫德，才让咱祖孙二人有此福分！根儿，一旦得到程教授启程的日期，爷爷和你一起提前赶到金鸡山！"

郯银根："爷爷，我嘱托您的事，没忘了吧？"

郯耀庭显露出不易察觉的愧疚："你是说信的事，对吧？"

郯银根："对。"

郯耀庭："这件事，爷爷比你还心急呢！"

郯银根："有信吗？"

郯耀庭："我回来以后，天天去问门房，可是一直没有你的来信。"

郯银根心情沉重地说："她为啥不给我回信呢？"

郯耀庭："会不会是发生了变故？"

郯银根："不会的。即使是发生了变故，她也会写信告诉我的。"

郯耀庭："根儿，你也太实诚了。爷爷一辈子行事，都是碌碡砸碾盘，实（石）打实的，你也应该这样。你不想一想，如今的男女之事，哪有个定数？即使你们彼此始终不渝，但远隔千里，又咋能成亲呢？是她来呢，还是你去？你们即便是成了亲，也总不能去过那种牛郎织女的生活吧？依我看，还是本本分分地在家里找一个妥当。董姝妹的人品也不错，你们俩能早一日成亲，我也就早一天了却了心事。因为爷爷急等着要领你去祭祖，咱郯府也已经到了更换'掌门人'的时候了！"

郯银根诧异地说："爷爷，你的态度怎么又变了？"

郯耀庭："我是为你好，也是为了郯家的祖业啊！"

大管家匆匆走进客厅："老爷，董家大爷来了！"

郯耀庭："他来干什么？"

大管家："他正在东院和大奶奶说话呢。大奶奶让我给您禀报一声，董家大爷一会就过来。"

郯银根："爷爷，我不想见他。"

郯耀庭："根儿，你舅父定是为你的亲事而来的。"

郯银根："爷爷，我走了。"

郯耀庭："回去后，要好好想想爷爷的话。"

郯银根："爷爷，关于我投资办学的事情，您考虑得咋样了？"

郯耀庭："等你成亲后再说吧。"

郯银根走出客厅。

郯耀庭："仲亭，你去告诉董家大爷，我在这里等他。"

大管家："是。"

23. 夕阳笼罩着郯府大院。

四合院、卧室。

郯银根愁绪万千地躺在床上。

夕阳的余晖射进窗棂，依然是那么炙热灼人。

郯银之轻轻叩响房门。

郯银根未理。

郯银之走到窗外："堂哥，我是银之呀。"

郯银根打开房门："银之，你咋来了？快进屋。"

郯银之走进："堂哥，我是来给你问安的。"

郯银根："兄弟之间，咋变得生分起来了？"

郯银之："自打你从日本回来，我就见不着你的人影。一直想坐下来，叙叙咱兄弟间的情谊，可我又怕打扰了你。实在太想你了，我才冒昧而来，也不知堂哥有无空闲？"

郯银根："银之，坐下，咱兄弟二人好好聊聊。"说完，给郯银之冲上咖啡："这是我带回来的速溶咖啡，你尝尝。"

郯银之呷了一口，连声说："啥味呀？喝不惯，喝不惯。"

郯银根笑："刚开始，我也喝不惯，等习惯了就离不开它了。"

郯银之又呷了一小口，还是咧着嘴。

郯银根："银之，你咋跟爷爷一样，还留着个长辫子呀？"

郯银之："就跟喝茶一样，祖祖辈辈习惯了呗。"

郯银根："我刚去日本的时候，人家笑话我们头上的长辫子，我还不服气，差点动手打了日本人。可在那里生活久了，自己也觉着既碍事又难看，索性自己动手把它剪了！回国前，还以为就我自己是短发哩，没想到在大上海，男人们都把辫子剪掉了，这就是与时俱进的潮流啊！"

郯银之端详着郯银根："是洋气！"

郯银根："银之，把辫子剪了吧？"

郯银之："堂哥，你是见过世面的人，我听你的！"

郯银根："好，我帮你剪！"取出剪刀，又给郯银之围上毛巾，细心地剪着辫子。

郯银之："堂哥，你还会剃头呀？"

郯银根："天下无难事，只怕有心人呀！"

郯银之长吁一口气："堂哥，我这些年太憋屈了！你呢，在日本；二哥和三弟又在北平读书，咱兄弟四个只剩下我自己在家里。做事没人帮，说话没人理，真是太孤单了！"

郯银根："现在好了，眼下咱俩为伴；用不多久，银业和银国也大学毕业回来了。到那时，咱兄弟四人又可以朝夕相处了。"

郯银之："我是日日盼着这一天呀！"

郯银根："银之，爷爷就是咱们的榜样。他历尽千辛万苦创下了家业，咱这一辈人不仅要守住它，而且还要有更大的抱负才行啊！银之，听堂哥的话，要改掉孩童时的劣习，把心用到正道上，要做一个堂堂正正的男人！"

郯银之："堂哥，我早已不是从前的银之了！我这辈子，铁了心地跟着你干！"郯银根高兴地说："好弟弟，我相信你！"

二人笑。

郯银根："剪好了，你对着镜子看看，漂亮不？"

郯银之照镜子："哎呀，真是改头换面了！"

郯银根又取出一套西装和一副领带："这是我送给你的礼物，穿上看看合适不？"

郯银之脱掉长衫，换上西装，兴奋地说："我自己都不认识我自己了！"

郯银根："这才像个时代青年嘛！"

郏银之："堂哥，我走了！"

郏银根把长衫交给郏银之："你要当心呀，二爸看见你这个样子，会骂人的！"郏银之："我才不理他呢！"离去。

24. 月亮升上天空。

四合院、院门。

郏银之高高兴兴地走出院门，他突然想起什么，猛地一拍脑门："瞧我这猪脑子，怎么把大事给忘掉了！"他又急匆匆走了回去。

25. 月夜。

四合院、卧室。

郏银根在清扫着地上的头发。

郏银之走进屋。

郏银根："你怎么又回来了？"

郏银之："堂哥，我忘了告诉你一件事。"

郏银根："什么事？"

郏银之："等嫂子来的时候，我和你一块到码头去接她。"

郏银根疑惑地说："你说啥呀，我咋听不明白？"

郏银之："大妈没有给你说？"

郏银根："什么事？"

郏银之："前些日子，上海给你来了一封电报，说钱小姐要来。堂哥，她就是我未来的嫂子吧？"

郏银根惊诧地说："真的有一封电报？"

郏银之："没错！"

郏银根："电报呢？"

郏银之："二姨太亲自送到了大妈的手上。"

郏银根："来电报的时候，爷爷在家吗？"

郏银之："不在。"

郏银根紧锁双眉。

郏银之："堂哥，我支持你！婚姻是咱一辈子的大事，当然要自己做主才行。父母之命，媒妁之言，早已过时了，咱们自己的事，干吗要由别人来给做主呢？"

郏银根："银之，你给哥说实话，电报之事到底是不是真的？"

郏银根："我以脑袋担保！"

郏银根："钱小姐来过没有？"

郏银之："不，不知道。"

郏银根："有没有人去接？"

郏银之："不知道。"

郏银根发火地说："你怎么啥也不知道呀？"

郏银之："电报在大妈手上，我咋知道她是怎么安排的？"

郏银根："我现在就去找母亲，问个明白！"欲走。

郏银之拦阻："堂哥，天太晚了，你明天再去吧！"

郏银根："再晚也要去，我不会等到明天的！"愤然离去。

郏银之大声地说："堂哥，你可千万别发火呀！"

26. 月夜。

上海、钱小漪家、钱小漪卧室。

室内气氛异常沉闷。

钱小漪冲母亲发着火："你们这样做，是对我不负责任！"

钱太太："阿囡，依爹爹这样做，还不都是为侬好吗？"

钱小漪："他是为了自己的工厂！"

钱太太："侬哪能这样讲呢？依爹爹开工厂又是为了啥？"

钱小漪："我不要！我只要自己的幸福！"

钱太太："阿拉不是已经给侬机会了吗？侬不肯从山东来上海又哪能办呢？"

钱小漪："我去！"

钱太太："侬讲啥么子？侬连自己的爹妈也不管了吗？"

钱小漪无语。

钱太太："再讲，侬在山东已经订婚，侬再去又算个啥？侬就是把婚退了，与侬结婚，侬又怎么和她的家人相处呢？"

钱小漪眼里闪着泪花。

27. 月夜。

郏府、东院、客厅。

厅内气氛异常沉闷。

郏银根冲母亲发着火："尽管你是我的母亲，但我也不得不说，你这样做是不道德的！"

董兰君："住嘴！你没有资格这样对我说话！对钱小姐，我已经尽到一个做母亲的责任。我再说一遍，她傲慢得很，根本不把我放在眼里！我几乎是在哀求她，可她任凭自己的性子，拦都拦不住。我要不是为了自己的儿子，根本就不会理睬她的！"

郯银根："笑话，你真的是为了我吗?"

董兰君："你不相信自己的母亲?"

郯银根："母亲，你要是真的为了我，你同意我和她结婚吗?"

董兰君语塞。

郯银根："你不敢回答我，因为你问心有愧！爷爷逼我成亲，你就要表妹嫁给我！我在你的眼里，不仅是个儿子，更重要的是你把我当成了手中的一颗棋子！钱小姐的到来，给你造成了很大的威胁，你就千方百计地把她赶走！母亲，钱小姐走了，还可以回来；可是你一旦失去了儿子，就再也找不回来了！"

董兰君一阵心悸。

28. 月夜。

上海、钱小漪家、卧室。

钱太太："阿囡，阿妈晓得侬心里厢难过，可又有啥办法呢? 侬还是要听爹爹的话，和阿男成亲吧。阿男是个蛮好的男人，侬屋里厢啥人也没有，侬会把心全扑到侬身上，扑到阿拉屋里厢的。"

钱小漪不语。

钱太太："侬讲话呀！"

钱小漪："妈，你告诉爹爹，再给我一些时间，我会把决定告诉你们的。"

钱太太："蛮好蛮好。阿囡，侬要快些，商会的虞会长对侬爹爹说，夜长梦多，军界的人咱是惹不起的！"

钱小漪："我晓得了。"

29. 月夜。

郯府、东院、客厅。

董兰君语重心长地说："根儿，你长大了，也明白事理了。你的话虽然刺痛了娘的心，但句句在理呀。我做事太糊涂了，你能原谅娘吗? 这件事，娘已经想过来了。你赶紧给钱小姐写封信，让她再回来一趟，假如你俩真诚相爱，娘再也不阻止了。"

郯银根疑惑地说："你说得可是真心话?"

董兰君："是真心话。"

郯银根激动地说："娘，儿子谢谢您了！"深深一躬。

30. 月夜。

郯府东院客厅的窗外。

在窗外偷听的郯银之，急速离去。

31. 残月已挂西天。

郯府、四合院、卧室。

郯银根走进房门，一阵头晕目眩，栽倒在地。

32. 夜。

郯府西院、客厅。

郯文博诧异地说："这个娘们，她咋说变就变了呢?"

蒋凤仙冷笑道："假的！都是假的！"

郯银之："我可是听得真真切切！"

蒋凤仙："她这是欲擒故纵！"

郯文博："言之有理。"

郯银之："咱该咋办?"

蒋凤仙："咱就来个将计就计！"

郯银之："你说具体点，行不?"

蒋凤仙："董兰君不是真戏假唱吗，咱就给她来个假戏真唱。咱要想方设法，把她的这出戏唱成真的，极力促成大少爷和钱小姐的婚事！"

郯文博："妙！"

33. 日。

郯府、四合院、卧室。

郯银根昏昏沉沉躺在床上。

老中医给他把脉。

郯耀庭愤懑地坐在中厅。

大管家："真悬呀，要不是您让我来请大少爷，说不定他还躺在地上呢！"

郯耀庭愠怒地说："一个好端端的根儿，让她折腾成啥样了！"

大管家："大少爷连日奔忙，也许是劳累过度。"

郯耀庭："根儿病倒的事，不要告诉任何人！"

大管家："我明白。"

老中医走出卧室。

郯耀庭："先生，不要紧吧?"

老中医："大少爷是火气攻心，吃几副药调理一下就好了。"开药方。

郏耀庭："仲亭，让大少爷住到我那儿去，有我守着才放心。"

大管家："是。"

34. 银杏园。

一匹快马朝郏府疾驶。

马背上，邮差挥动着马鞭。

35. 郏府、门房。

邮差匆匆走进门房："甲级电报！"

门房："你等一下，我去叫大管家！"

36. 郏府、后院、卧室。

昏睡的郏银根醒了过来，他诧异地观察着四周："我这是在哪儿呀？"

郏耀庭赶忙走到床边："根儿，你已经昏睡了两天了。"

郏银根："爷爷。"欲翻身坐起。

郏耀庭阻止："躺下，不许起来。"

郏银根只好躺在床上："爷爷，我没事。"

郏耀庭："没事也要给我躺着。"

郏银根欣慰地说："爷爷，我娘已经同意我和钱小姐相爱了。"

郏耀庭："太阳能从西边出来？"

郏银根："因为她不愿失去我这个儿子。"

郏耀庭："你信她的话？"

郏银根："信。"

郏耀庭："你做何打算呢？"

郏银根："我要给钱小姐写封信，把这个好消息告诉她，请她再来一趟，商量婚期的事情。"

郏耀庭："钱小姐肯嫁到咱们这儿来吗？"

郏银根："我会说服她的。"

郏耀庭："她能答应？"

郏银根："能！"

郏耀庭："你这么自信？"

郏银根："因为我是您的孙子！"

郏耀庭："小子，好样的！"

大管家急匆匆走进卧室："老爷，我找您有点事。"

郏耀庭："说吧。"

大管家为难地说："这……"

郏银根："爷爷，您去吧，仲亭叔要和您单独谈。"

郏耀庭与大管家走出卧室。

37. 郏府、后院、客厅。

郏耀庭："仲亭，啥事呀？"

大管家取出电报："这是钱小姐给大少爷的甲级电报！"

郏耀庭拆阅："父母给我已定婚期，如五日内接不到你的来信，将后悔莫及！"大管家："老爷，怎么办？"

郏耀庭思忖片刻，果断地说："要如实地告诉根儿！"

38. 夜，月已西沉。

郏府、四合院、卧室。

郏银根在疾书……

画外音："小漪，接到电报，心急如焚。你要恳请双亲，婚事千万不可操之过急。此信给你传去喜讯，我的母亲已经答应了我俩相爱之事。请你接信后速来，商定婚期。黑夜即将过去，朝阳又要升起。千言万语，难以抒怀。一行书信千行泪，情在相逢终有期。地角天涯未是长，驾云携雨情依依……"

与画外音同时出现以下画面：

四合院、卧室。

郏银根挑灯疾书。

上海、钱小漪家。

马副官带马弁再次来到钱宅。

郏府、东院客厅。

董兰君与其兄董炎君秘谈。

上海、钱小漪家。

钱运昌夫妇与阿男交谈。

郏府、后院客厅。

董炎君向郏耀庭催问婚期。

上海、钱小漪家。

钱运昌书写婚礼请柬。

钱太太倚立在丈夫的身旁。

郏府、四合院卧室。

郏银根将写好的信笺装入信封……

画外音与画面同时结束。

39. 一轮朝阳冉冉升起。

郏府、大门口。

郏银根、郏银之牵马而出。

郯银之欲上马。

郯银根阻止。

二人牵着马走进银杏园。

40. 银杏园。

果农们肩挑人拉，正忙碌着给银杏树浇灌最后一遍水。

郯银根不时给果农们打着招呼。

一辆马车朝郯府驶来。

郯银根、郯银之牵马前行。

马车突然停在郯银根面前。

郯银根诧异地止住脚步。

程四光等人走下马车。

郯银根惊喜地说："程先生，是您呀！"

程四光："我正是来找您的！"

郯银根："您怎么也不先来个信，我好去接您？"

程四光："心情急迫呀！"

郯银根："快，咱们回家再谈！"

郯银之："堂哥，你不去古码镇了？"

程四光："郯先生，你有急事？"

郯银根："没事，没事。"取出信，交给郯银之："银之，你去镇上把信发了。"郯银之接过信，揣进口袋。

郯银根又把信替他重新装好："别丢了。"

郯银之："丢不了。"

郯银根："到镇上，先发信再去别处。"

郯银之："知道了。"

郯银根："上马吧！"

郯银之驰马而去。

41. 郯府、后院、客厅。

郯耀庭盛宴程四光一行。

42. 古码镇。

郯银之驰马进入古码镇。

一辆妓院的马车迎面而来。

锦缎围幔里，坐着黑牡丹、一品香、风摆柳。

她们发出淫荡的笑声。

一品香："你们快看，那不是郯少爷吗？"

风摆柳："是他吗？"

黑牡丹："停车！"

马车挡在郯银之的马前。

黑牡丹探出身："郯少爷，俺姐儿仨正等着您呐！"

郯银之眼里放出亮光："想我了！"

一品香："俺姐儿仨都想得睡不着觉了！"

郯银之："是想我的钱吧？"

一品香："没良心，俺姐儿仨想得是人！"

郯银之："本少爷办完事，就去会你们。"

黑牡丹轻声地说："千万别让他溜了！"

一品香跳下车，撒娇地说："郯少爷，你咋换了装束了？"

郯银之："好看吗？"

一品香："成洋人了！"

郯银之："大城市的男人都这样！"

一品香："更迷人了！"

郯银之："你这个妖精！"

一品香："我不让你走！咱们玩完了，你再去办事！"

郯银之："宝贝，我一会儿就回来！"

一品香："不嘛，不嘛！我就是不让你走嘛！"

郯银之无奈地说："好好好，本少爷先跟你们去。"

43. 郯府、前院、大厅。

郯耀庭与客人们品茶。

程四光："郯公，咱们能不能今天就赶到金鸡山呀？"

郯耀庭："程教授鞍马劳累，歇息一天再去不迟。"

程四光："我是一刻也不想等呀！"

郯耀庭："根儿，你说呢？"

郯银根："恭敬不如从命。程先生公务繁忙，时间也是非常宝贵的。"

程四光："不知所需物资能否备齐？"

郯耀庭："下人们正在准备。"

程四光："有关政府的手续是否已经完备？"

郯耀庭："若能建矿，再办不迟。"

程四光："金鸡山太令我神往了，我恨不得即刻投入她的怀抱！"

郯耀庭："程教授的敬业精神，令人钦佩！根儿，你去察看一下，物资一旦备齐，咱们马上启程！"

郯银根："是!"

44. 古码镇、妓院、二楼房内。

黑牡丹、一品香、风摆柳，簇围在郯银之身边，饮酒作乐。

一品香："郯少爷，你是天底下最有福分的人了!"

郯银之："是吗?"

一品香："你有我们姐儿三个陪着，还不知足呀?"

郯银之："知足，知足，我比神仙还快乐!"

风摆柳："我再陪少爷喝一杯!"

郯银之已微醉。

黑牡丹："郯少爷，你这西装是租来的吧?满头的汗水，也舍不得脱了?"

郯银之："我是让你们开开眼!"

黑牡丹："少爷这么靓，可别把我们的眼给闪了。"

一品香："我帮你脱!"说完，帮郯银之脱去上装。

一封信从口袋滑落。

一品香悄悄地把信收起，向黑牡丹使个眼色。

二人走进卧室。

郯银之："你俩干啥去?"

风摆柳坐到郯银之的腿上："郯少爷，这里还有我呢!"

45. 妓院、卧室。

一品香："大姐，这是他给谁的信?"

黑牡丹接过信："上海，钱小漪，好像是个女人的名字?"

一品香："拆开看看!"

黑牡丹："合适吗?"

一品香："管它呢!真要是个女人，她把财神给勾跑了，咱往后吃啥?"

黑牡丹拆阅。

一品香："写些啥?"

黑牡丹："果真是个女人!姓郯的还想和她成亲呢!"

一品香一把夺信，撕碎，扔到窗外："成个屁!"

46. 银杏园。

七匹马、五辆马车，浩浩荡荡驶离银杏园。

47. 日挂西天。

沂水河在夕阳下彩色斑驳。

48. 黄昏。

古码镇。

郯银之心足意满地骑马驰离古码镇。他猛然想起邮信之事，翻遍口袋也未找见。他调转马头，又回到妓院。

49. 妓院、二楼客房。

郯银之匆匆走进客房。

一品香："郯少爷，你咋又回来了?"

郯银之："我有一封信不见了!"

一品香："快，咱一块帮着找找。"

郯银之："我没有去别的地方呀?"

一品香："要是落在这里，可丢不了。"

黑牡丹寻找着："没有呀!"

风摆柳："郯少爷，你会不会掉在路上了?"

郯银之已急得满头汗水。

一品香不冷不热地说："急啥呀，再重写一封不就得了?"

郯银之烦躁地说："这是我替堂哥发的信!"

黑牡丹惊愕："啊?"

一品香："这就更好办了。给你堂哥说，你已经把信发走了，不就完事了?"郯银之跌坐在椅子上。

50. 黄昏。

金鸡山。

程四光与先来的人员会合。

人们卸下设备，扎起帐篷。

郯耀庭、郯银根陪同程四光巡视。

51. 烈日炎炎。

上海、外白渡桥。

钱小漪在绘画。

52. 金鸡山。

程四光与队员们分头勘探。

郯银根提着开水，送到队员们的身边。

53. 夜幕降临。

上海、钱小漪家。

钱小漪肩背画夹走进家门。

女佣迎上。

钱小漪："吴嫂，今天有我的信吗?"

女佣："没有。"

钱小漪疲惫地走上楼。

54. 蝉声咕噪。

金鸡山。

程四光挥汗如雨，他细心地敲击着每块岩石。

郏耀庭送来西瓜："程教授，您歇会再干吧。"

程四光："郏公，您偌大岁数，就不必跟着了。"

郏耀庭："坐不住啊!"

郏银根把西瓜送到每个队员的面前。

55. 雷声隐隐。

吴淞口。

钱小漪眺望着长江入海处，在画板上涂抹重重的油彩。

56. 乌云密布。

金鸡山。

程四光与队员们继续勘探。

57. 夜幕降临。

上海、钱小漪家。

天气分外闷热。

钱小漪肩背画夹走进家门。

女佣迎上。

钱小漪："吴嫂，今天有我的来信吗?"

女佣："没有。"

钱小漪沮丧地走上楼。

58. 晨。

金鸡山。

乌云格外低沉。

蝉声更加咕噪。

程四光与队员们又开始了一天的工作。

59. 晨。

上海、城隍庙。

行人挥汗如雨。

钱小漪在绘画。

画板上是一幅飞檐走壁的亭台楼阁。

60. 日沉西山。

金鸡山。

黑云压顶。

树梢纹丝不动。

程四光依然是一无所获。他走进帐篷，舀了一碗生水灌下肚。

郏银根："程先生，您怎么喝生水呀?"

程四光："心里边热得很!"

郏银根："难道金鸡山不存在这种矿藏?"

程四光："假如281.25克拉的金刚钻石，真的是在金鸡山捡到的，那这里必定会有此矿! 因为，这么大一块金刚钻石的出现，它绝不会是孤立存在的!"

61. 华灯初上。

上海、钱小漪家。

钱小漪肩背画夹走进家门。

女佣迎上。

钱小漪："吴嫂，今天有我的信吗?"

女佣："没有。"

钱小漪："今天已经是第五天了。"

女佣："也许信在路上呢，再等等吧。"

钱小漪心灰意冷地走上楼。

62. 起风了!

雷声隐隐。

金鸡山。

程四光与队员们已是赤膊工作。

郏耀庭坐在山石上，愁眉不展。

郏银根劝说道："爷爷，您回家吧，这里有我呢!"

郏耀庭："我就是豁出这条老命，也要亲眼看着把矿石找出来! 根儿，这些天程教授太累了，你回家去拿些补品来，给他加上。"

郏银根："好。"

郏耀庭咳嗽起来："这鬼天气，雨下不来，快闷死人了!"

63. 闪电过后，紧接着是一声炸雷。

上海、钱小漪家。

钱小漪肩背画夹匆匆走进家门。

女佣迎上。

钱小漪："吴嫂，今天有我的信吗?"

女佣："没有。"

钱小漪愠怒："去他的吧!"愤懑地走上楼。

雷声过后，大雨而降。

64. 雨夜。

旷野。

郯银根在大雨中骑马奔驰在回家的路上。

65. 雨夜。

郯府、后院、客厅。

蒋凤仙潜入厅内，四处寻觅金刚钻石。

66. 雨夜。

旷野。

雨越下越大。

郯银根骑马奔驰。

67. 雨夜。

郯府、西院、客厅。

郯文博与大管家对弈。

大管家心不在焉地应对着。

郯文博："仲亭兄，你怎么举棋不定呀?"

大管家："二爷，我该走了!"

郯文博："下雨夜，还有事?"

大管家："我要到各处转转，看看有没有漏雨的房子?"

郯文博："不忙，下完这一盘再说。"

68. 雨夜。

郯府、后院、卧室。

蒋凤仙俯身床下寻找。

69. 雨夜。

银杏园。

郯银根骑马奔驰。

70. **郯府、后院、卧室。**

蒋凤仙轻轻地敲着四处墙壁。

71. 雨夜。

郯府、大门外。

郯银根叩动门环。

男佣将大门打开。

郯银根牵马走进大门。

72. 雨夜。

郯府、后院。

蒋凤仙狼狈地离开卧室。

郯银根走进后院。

蒋凤仙急忙躲避。

郯银根开锁进门。

蒋凤仙慌忙逃走。

大管家匆匆而来，见厅内灯光，惊诧!

73. 雨夜。

郯府、后院、客厅。

郯银根发现地上的积水，赶忙关上敞开的窗户。

大管家神色恐惧，轻轻走进客厅。

二人彼此惊吓不已!

大管家舒了一口气："大少爷，是你呀!"

郯银根："爷爷让我回来取些补品。"

大管家帮大少爷取出人参。

郯银根："还要带些人丹和甘草。"

大管家又从药匣里取出人丹、甘草。

郯银根将药品包扎好。

大管家："大少爷，你赶紧洗个澡，换身干衣裳!"

郯银根："不用了，我还要连夜赶回去呢!"

大管家："这么急?"

郯银根："爷爷心里比我还急呢!"

大管家取出蓑衣，给郯银根披在身上："大少爷，你刚病愈，可要注意身体呀!"郯银根："仲亭叔，银之在家吗?"

大管家："整天见不着他人影!刚才，二爷还问起过他呢?"

郯银根："你见着，他替我问一声，信发出去没有?"

大管家："知道了。"

郯银根："我走了。"欲走又回："仲亭叔，你再检查一遍窗户，都关好了没有?"大管家："都关好了。"

郯银根："我进门的时候，这扇窗户就敞开着。"

大管家："不会吧?"

郯银根："你看这地上溜进来的雨水。"

大管家愕然。

郯银根消失在雨夜里。

此时，大管家又发现了通往卧室的地上，有一串湿漉漉的脚印。

74. **雨夜。**

上海、钱小漪家、客厅。

钱运昌回到家。

钱太太给丈夫端上茶水。

钱运昌心烦地说："这雨一连下几天了，真

让人心烦！"

钱太太高兴地说："侬晓得吧，阿囡表态了！"

钱运昌："她答应了？"

钱太太点头："侬答应和阿男结婚！"

钱运昌一下抱起太太，转了一圈。

钱太太："一场噩梦终于过去了。"

钱运昌："不会再有啥变化了吧？"

钱太太："不会了。阿囡今朝回来，是侬主动给我讲的。"

钱运昌："这件事，不可大意。咱要趁热打铁，马上给他俩举办婚事！"

钱太太："对！反正啥事体都准备妥了，定个日期就行哉。"

钱运昌："事不宜迟，后天就给他们举办婚礼！"

钱太太："我去告诉阿囡！"

75. **雨夜。**
钱小漪家、钱小漪卧室。

钱太太来到女儿房门外，轻轻扣着房门："阿囡，阿囡。"

室内无人应。

钱太太："阿囡，阿妈有话要同你讲。"

室内无人应。

钱太太："阿囡，侬困觉了？阿妈有重要事体！"

室内无人应。

钱太太："侬要听好，我同侬爹爹商量好了，后天就给侬和阿男举办婚礼！"室内无人应。

钱太太："侬没啥意见，阿拉就发请柬了？"

室内依然无人应。

钱太太："就这么定了！"离去。

76. **雨夜。**
钱小漪卧室内。

钱小漪躺在床上，泪流满面……

第五集

1. **晨。**

金鸡山。

雨后的金鸡山显得格外苍翠。

程四光与助手们在勤奋地工作。

2. **金鸡山、帐篷内。**

郯耀庭煮着银杏山参汤。

郯银根心绪紊乱,在床上辗转反侧。

郯耀庭:"折腾啥,你一宿没睡还不困?"

郯银根索性坐起:"睡不着!"

郯耀庭走到孙儿身边,用手拭着他的额头:"是不是淋雨着凉了?"

郯银根:"爷爷,没事。"

郯耀庭:"是为钱小姐的事烦心吧?"

郯银根点头。

郯耀庭:"你娘不是答应了你俩的婚事吗?"

郯银根:"我已经给她写去了信。"

郯耀庭:"根儿,你想过吗,一旦钱小姐那头变了卦,你是个啥心思呀?"

郯银根:"因为这种事不会发生,所以我从未想过。"

郯耀庭:"你还是想想好,天底下啥事不会发生呀?"

郯银根拿马扎,坐在灶火前。

郯耀庭:"人这一辈子呀,无论遇到啥事,都得要拿得起放得下才行。这就如同划个一寸长的口子,你说这算大伤还是小伤呢?如果是一个娇滴滴的小姑娘,她能邪乎十来天;如果是一个粗粗拉拉的大小伙子,他可能从受伤到伤好,一直都不知道。根儿,在你的心里,究竟是做一个娇滴滴的小姑娘呢,还是做一个粗粗拉拉的大小伙子?人一生啊,会遇到有许许多多不如意甚至不合理的事,也许凭自己的力量无法改变,但可以改变自己的心态,因为一个人心中有什么,他看到的就是什么。"

郯银根尊敬地看着爷爷。

郯耀庭:"凡是天下的豪杰,都有过人之节呀!他们能够忍受像韩信那样的胯下之辱,才成就辅佐刘邦扫平天下的大业。爷爷这辈子虽不敢比韩信,但也是这么走过来的,才有了郯家的这份产业。根儿,你要成就大业,就要能经得起风风雨雨,坎坎坷坷,更不能以儿女情长为重。要像三千年的老神树那样,它的根扎了六亩多地,它的冠才能遮天蔽日!"

郯银根:"爷爷,我懂了!"

山腰里传来欢呼声!

郯耀庭、郯银根冲出帐篷。

3. **金鸡山、半山腰。**

众人围拢着程四光。

郯耀庭、郯银根跑了上去。

程四光的脸上绽放着亢奋的欢笑:"郯公,要让咱们的子孙记住这一天,咱终于找到了中国的第一座金刚石矿藏!"

4. **上海、钱小漪家、钱小漪卧室。**

钱太太与抱着婚纱的裁缝立于门外:"阿囡,婚纱做好了,侬快试试合身不?"室内无人应。

钱太太:"侬听到没有呀?"

室内无人应。

裁缝:"钱太太,小姐不试穿,我咋能晓得改不改呀?"

钱太太:"阿囡,开门!"

室内无人应。

钱太太:"侬气死我了!快把门打开!"

钱运昌走来,大声吼道:"把门打开!你太不懂事了,难道你就这么忍心让你妈在门外站着?"

钱小漪打开门。

众人走进。

5. 钱小漪卧室、室内。

钱小漪躺在床上。

钱运昌余怒未消："这门婚事是你同意的，我们才定了婚期发了请柬！你要反悔也行，但要想到它的严重后果！"一把推开窗户，把女儿拉到窗前："你看！"

钱小漪俯视楼下。

大门外，又有两个马弁持枪而立。

钱小漪心悸。

钱太太："阿囡，你想把阿妈逼疯吗？"

钱小漪无语。

裁缝："小姐，试婚纱吧？"

钱小漪表情木讷地试穿着婚纱。

6. 郯府、后院、大厅。

大管家指挥木匠，整修着窗户。

门房的男佣匆匆跑来："大管家，这是给大少爷的电报！"

大管家拆阅："我的婚礼定于七月十日，敬请光临。钱小漪。……"

大管家："今天是几号？"

男佣："七月八日。"

大管家："只剩下两天了！"

男佣："大少爷不在家，又咋办呢？"

大管家："备马，我去送！"

7. 银杏园。

大管家骑马疾驰。

一辆马车迎面而来。

大管家勒住缰绳，翻身下马。

马车停在他的面前。

董兰君探出身来，问："管家，你这是到哪儿去呀？"

大管家："我……"

董兰君："你对我还有不好说的事吗？"

大管家忙说："没，没有。"

董兰君："那就说吧。"

大管家："我去给大少爷送份电报。"

董兰君："又是从上海发来的？"

大管家："是的。"

董兰君："拿给我看看。"

大管家把电报交董兰君。

董兰君看后，揣进口袋。

大管家："大奶奶，您……"

董兰君："我交给大少爷就行了。"

大管家："大奶奶，要是今天送不到大少爷手上，就来不及了！"

董兰君："我知道。"

大管家："只剩下两天了！"

董兰君："这件事，你就不用管了。"

大管家心急如焚。

董兰君对马夫说："回家。"

马夫挥动马鞭。

马车向郯府行驶。

大管家骑上马，依然朝前而驰。

董兰君撩起布缦，大声喝道："站住！"

大管家勒住马。

董兰君："你到哪里去？"

大管家："我……"

董兰君："跟我回家！"

大管家只好调转马头，尾随马车而行。

8. 金鸡山、帐篷内。

隆重而又简单的宴会正在进行。

程四光："郯公，金刚石矿藏的发现，您功不可灭呀！我敬您一杯！"

郯耀庭："哪里哪里？程教授，要不是您慧眼金睛，金刚石就会永远埋在金鸡山里了！我应该敬您一杯！"

程四光："咱们一起干杯！"

郯银根："程先生，在金鸡山建矿，是我爷爷最大的愿望。对于这么一项技术含量很高的工程，还请您一如既往，能给予大力扶持啊！"

程四光："这是我义不容辞的责任，我会鼎力相助的。"

郯银根："我敬先生一杯！"

程四光取出一份图纸："这是我来之前，绘制的一张《金刚石矿设计图》，供你们参考。"

郯耀庭郑重地接过："太好了，真是一图千金啊！"说完，从包里取出一份合同书："程教授，我起草了一份合同，请您过目。"

程四光接过，阅："不可不可！我怎么能享有矿上的股份呢？"

郯耀庭："这是理所当然的事情。等矿建成后，除国家征收的外，程教授也应该是劳有所得!"

程四光:"我个人是万万不接受的!"

郯银根:"作为先生的科研经费总可以吧?"

程四光:"好!我们这些搞科研的,就像没娘的孩子,时下,国家的经费一文不文。不少科学家一腔热血地回到祖国,可又无可奈何地离去了,太令人伤心了!"

郯耀庭:"国这个家呀人心散了,不好治了。一棵大树要是从根上烂掉,遇到一阵大风就会倒掉了!"

郯银根:"索性连根拔掉,重新栽树!"

郯耀庭:"那是别人的事情,咱还是说说建矿的事吧。"

程四光:"郯公,当务之急是向政府申请立项,能否批准,还尚在两可。"

郯耀庭:"当下政局不稳,战火四起,政府既无精力更无实力再来过问这些事情,这正是咱们的大好时机。再说,沂河县令姚月亭和我素有交情,他不会有意刁难我的。"

程四光:"郯公,你把这些人想得太好了。他们从上到下,都是一丘之貉!"郯耀庭:"不会的,我今天就去找他!"

程四光:"郯公,如遇困难,我在北平再想别的办法。"

郯耀庭:"谢谢!"

9. 沂河县衙。

郯耀庭走进县衙。

10. 古码镇、码头。

程四光等人登上客轮。

郯银根伫立岸边,招手致意。

客轮渐渐远去。

11. 古码镇、永昌商号。

这是一家经营丝织品的商号。

郯银根走进永昌商号。

小伙计迎上:"先生,您需要买点什么?"

郯银根:"我找樊掌柜。"

小伙计:"不知先生有何贵干?"

郯银根:"我是樊掌柜的朋友。"

小伙计赶忙端上茶:"请您稍等。"离去。

郯银根察看着货柜上的样品:素绢、罗底布、包头纱、打花线……

樊掌柜从后院走来:"哪位先生找我?"

郯银根:"樊掌柜,我是来找刘之声先生的。"

樊掌柜:"您是?"

郯银根:"我姓郯,家在银杏园。"

樊掌柜惊喜:"您是郯府的大少爷,郯银根先生?"

郯银根:"你怎么知道我的名字?"

樊掌柜:"之声兄常把您挂在嘴边,我奄能不知?"

郯银根:"他在吗?"

樊掌柜:"他去三友铁厂了,一会就回来。"

郯银根:"我在这里等他,如何?"

樊掌柜:"当然可以!之声兄也正想去找您呢!郯先生,我先领您到后院去转转。"

12. 永昌商号、后院。

后院设缫丝作坊。

五十余口大锅排列整齐。

每只大锅二人操作。

百余名缫丝工人把蚕茧浸在大锅的热水里,抽出蚕丝。

樊掌柜陪同郯银根边参观边介绍:"这里是咱商号的缫丝作坊。"

郯银根:"规模不小啊!"

樊掌柜:"咱商号还创办了一所蚕业学校,培养出一批植桑养蚕的专门人才。"郯银根:"经商者要具备三商:胆商、智商、情商。樊掌柜是兼而有之。"

樊掌柜:"郯先生过奖了。"

郯银根:"樊掌柜若是无胆无识,怎能兴办学校呢?正因为你抓住了根本,才使商号走上了良性循环。"

樊掌柜:"经商跟种地一样,人误地一时,地误人一年呀!就以收购蚕茧来说吧,'小满麦满,蚕山见茧'。小满几天后,蚕茧大量上市,就必须抓紧购进。咱商号每年要购买二十多万斤蚕茧。按每天每斤蚕茧缫丝一两计算,每口大锅能缫丝五斤左右。"

郯银根:"当前市场行情是怎样的?"

樊掌柜:"市场上蚕茧的价格,每斤二至三角。每两丝的价格为四至五角。仅缫丝作坊,每年可赢毛利四万元左右。"

郯银根:"再把缫丝加工成成品,利润可就要翻几倍了!"

樊掌柜:"郯先生,咱再到东院去看看吧,那里是咱商号的丝织作坊。"

刘之声与石大柱兴冲冲走进后院:"郯先生!"

郯银根疾步迎上:"之声兄!"

二人紧紧握手。

刘之声:"我给你介绍一下,这位是三友铁厂的石大柱!"

郯银根:"石先生,你好!"

石大柱:"啥先生?咱就是一个打铁匠!"

樊掌柜:"你这个铁匠可是了不起,光手下的能工巧匠就有几十口人呀!"

刘之声:"今天我做东,咱兄弟四人去间半楼,好好地畅谈一番!"

13. 沂河县衙、客厅。

姚月亭:"郯公,你这不是件小事,我可不敢做主啊!"

郯耀庭:"姚县长,这是件于国于民都有利的事情,您为啥不敢做主呢?"

姚月亭:"这是件好事,但矿产应属国家所有,我一个小小的县令是不敢批的。"郯耀庭:"现如今的民办煤窑不是比比皆是吗?"

姚月亭:"郯公,你这可不是煤窑呀?"

郯耀庭:"它们还不都是矿产吗?"

姚月亭:"郯公,不是我不愿帮你,只是责任太重大了,还请你见谅。"

郯耀庭:"难道就真的一点办法也没有了吗?"

姚月亭:"没有了。"

秘书走进客厅:"县长,专员来电话,说他即刻就到。"

姚月亭:"郯公,真是对不起了,本想请你吃顿便饭,没想到专员要来,我就不能奉陪了。"

郯耀庭沮丧地离开县衙。

14. 沂水河畔。

万木竞秀、浓绿如染。

郯银根、刘之声漫步在长堤上。

一个卖水汉肩挑一对大木桶沿堤级而上,边走边唱道:

石级层层滑溜溜,
上上下下度春秋。
南风吹掉破草帽,
热坏情郎许大头……

刘之声:"这个许大头终年靠卖水度日,至今已四十余岁了,尚未娶上个媳妇。"郯银根:"之声兄来古码镇不多日子,就认识了许多的朋友呀!"

15. 河中心的游船上。

郯银之与黑牡丹、一品香、风摆柳饮酒作乐。

16. 沂水河堤岸。

郯银根、刘之声缓缓地边走边交谈着。

游船上传来卖唱女的歌声:

二八佳人七九郎,
满树梨花压海棠。
织女有情嫌夜短,
牛郎有意恨天长……

刘之声:"真是朱门酒肉臭,路有冻死骨啊!"

郯银根愤瞒地赋诗一首:

冷暖轮回四季中,
世情也有夏和冬。
几多今夕狂欢客,
牵挂人间未大同。

刘之声:"好!郯先生的这首诗,不亚于南宋诗人林升的诗篇:

山外青山楼外楼,
西湖歌舞几时休?
暖风熏得游人醉,
直把杭州作汴州。"

郯银根:"南宋至今已一千多年,今日又重蹈覆辙,何其悲哉!"

刘之声取出一份《红色鲁南》报刊："郯先生，这上面转载了中共一大代表王尽美先生的文章，剖析了当前的社会状况。你带回去读一下，会受益匪浅的。"

郯银根郑重地接过："您上次给我的报刊，我都认真地读过了。孙中山先生倡导'三民主义'，共产党信仰'共产主义'，这都是一种政治理念，因为只有信仰的力量，才可以把一个国家真正凝聚起来！"

刘之声："郯先生一语中的！我们要想迅速传播这种信仰，就必须尽快把学校办起来！郯先生，您是否在筹措经费上遇到了困难？"

郯银根："是的。"

刘之声："你不必为难，我再另想办法。"

郯银根："你放心，我会竭尽全力筹齐这笔资金的！"

17. 河中心的游船上。

郯银之玩兴正浓。

鸨儿走进船舱："郯少爷，玩得高兴吗？"

郯银之："谢谢妈妈了！"

鸨儿："你光嘴甜有啥用呀？我和女儿们都等着穿衣吃饭呢！"

郯银之不悦地说："你这是什么意思？"

鸨儿："郯少爷是个明白人，还要我把话挑明吗？"

郯银之："又是钱的事，对不？"

鸨儿："对。"

郯银之："本少爷从没有把钱放在眼里！"

鸨儿："您是大户人家的公子，拿钱不当回事。可我们不行，没钱咋生活呀？郯少爷，我们连饭都快吃不上了！"

黑牡丹："妈妈说得是。您每次来都要我们姐儿仨相陪，谁都没空去陪别的客人。这倒好，别说挣不到您的小费，就连您应该付的钱都不朝外掏，您让我们姐儿仨去喝西北风呀？"

一品香、风摆柳也应声附和。

郯银之："好了好了！给本少爷结账！"

鸨儿掏出账本："郯少爷，您总共欠四万捌仟捌佰陆拾元。"

郯银之惊愕："这么多？"

鸨儿："郯少爷，您要是只来了一次，当然花不了这么多，可是您有多少日子没付款了？您吃的、喝的、玩的、打牌输的、包游船花的，一笔笔都记在账上呢，请您仔细过目。"

郯银之翻看账目。

鸨儿："哪回不都是您签的字？郯少爷，账上没错吧？"

郯银之："我认账！"

鸨儿："我就知道郯少爷是个爽快人！老规矩，请您在总账上签个名吧。"

郯银之无奈地签上名字。

鸨儿："郯少爷，您打算啥时候还钱呀？"

郯银之："我会尽快还的。"

鸨儿："这不行！客人要都像您一样，我们还咋做买卖呀？鸳鸯楼在古码镇还能待得下去吗？"

郯银之："我一时拿不出钱来，又咋办呢？"

鸨儿："既然郯少爷把话说到这份上，就别怪我做一回恶人了！"说完，拍了拍巴掌。

两名文身的彪形大汉闯进客舱！

郯银之色厉内荏地说："你们想干什么？"

大汉甲一挥手，一把匕首扎进船板！

大汉乙从腰间抽出一根拇指粗的麻绳！

郯银之顿时吓得浑身颤抖。

鸨儿："郯少爷，我这也是让您给逼得！要么，您三天内还钱；要么，您就从这里神不知鬼不觉地到河里边玩去！"

郯银之："我……"

鸨儿使了个眼色。

大汉甲用匕首顶住了郯银之的喉咙。

大汉乙把绳子绕在郯银之的脖子上，用力勒着。

郯银之已喘不过气来。

鸨儿又使了个眼色。

大汉乙松了手。

郯银之瘫坐在甲板上。

鸨儿："郯少爷，您这是何苦呢？年纪轻轻的，好日子还在后头呢！"

大汉乙又抓住了绳子。

郯银之："我，我三天之内，一定把钱还给你。"

鸨儿："郯少爷，您要记住，我这个人可是

讲信用的。三天之内，您不把钱全部还上，我就带着她们到府上去讨债！"

郯银之惶恐地说："别，别，我一定还，一定还！"

鸨儿顿开笑颜："女儿们，还愣着干啥？重新摆酒，给郯少爷压惊！"

18. 郯府、后院、卧室。

郯耀庭病卧在床上。

郯银根急切来到祖父的床前："爷爷，爷爷！"

郯耀庭睁开眼："根儿，程教授他们走了。"

郯银根点点头："爷爷，咱分手的时候你还好好的，您怎么一下子就病倒了呢？"

郯耀庭："我心里憋住了一口气啊！"

郯银根："建矿的事遇到了麻烦？"

郯耀庭："我好话说尽，可是县里还是不给审批呀！"

郯银根："您着急有什么用？咱再想想办法。"

郯耀庭摇摇头："我听姚县长的口气，啥希望也没有了。"

郯银根宽慰地说："不会的！您不是常说，活人还能给尿憋死？爷爷，你要是放心，就把这件事交给我来办吧！"

郯耀庭："你行？"

郯银根："有个金刚钻，就敢揽瓷器活儿，更何况咱家有这么大的一个金刚石矿呐！"

郯耀庭："好小子，是爷爷的孙子！"

大管家端汤药走进："大少爷回来了！"

郯银根："仲亭叔，大夫是咋说的？"

大管家："老爷是内火攻心，胸闷气滞。需要疏风清热，宜肺化痰。吃几服药调理一下就痊愈了。"

郯银根帮爷爷服药。

大管家："大少爷，你收到电报了吗？"

郯银根："电报？"

大管家："钱小姐给你发来的电报。"

郯银根急切地说："在哪？"

郯银根："大奶奶没交给你？"

郯银根："我还没见母亲。"

大管家："糟了，来不及了！"

郯银根："啥事来不及了？"

大管家："钱小姐请你去参加她的婚礼！"

郯银根大惊："哪一天？"

大管家："就是今天。"

郯银根发怒地说："你为啥才告诉我？"

大管家："我收到电报，就想马上给你送去。可大奶奶说，她要亲自交给你！"

郯银根怒不可遏地说："我去找她！"欲走。

郯耀庭："站住！"

郯银根止住脚步。

郯耀庭："你找到她又有啥用？当务之急，你要马上赶到镇上，去给钱小姐通个电话！"

郯银根："对！"

郯耀庭："快去吧！"

郯银根离去。

郯耀庭露出了称心的笑："东院里真是精过了头，娘俩心里的这个结，怕是一时半会儿解不开了！"

大管家："老爷，换班子的事该到时机了吧？"

郯耀庭摇摇头："还不到瓜熟蒂落的时候。"

大管家愕然地看着郯耀庭。

郯耀庭："你想想，居家过日子，当爹娘的为啥要打孩子？"

大管家："准是孩子做了错事呗。"

郯耀庭："对呀，要是孩子没有把柄，老人就朝孩子抡巴掌，别说家里人不满意，就连左邻右舍也会议论纷纷的。"

大管家心有所悟地点点头。

郯耀庭："再说，根儿不成亲，我心里头的石头就落不了地。一旦他再撒腿跑了，我可就成了孤家寡人了！"

大管家："老爷做的每件事，都是万无一失啊！"

19. 乡间大道。

郯银根骑马奔驰。

20. 上海、教堂。

钱运昌为女儿举办着盛大的婚礼。

钱小漪挽着父亲，走上红地毯。

21. 古码镇、邮政局。

郯银根骑马而来。

22. 上海、教堂。

阿男、钱小漪站立在神父面前。

23. 古码镇、邮政局。

郊银根打着电话。

24. 上海、钱小漪家、客厅。

电话铃响个不停。

半晌，女佣走进客厅，接电话："你是谁呀？"

郊银根："我是郊银根。"

女佣："郊银根是谁呀？"

郊银根："我在山东，是钱小漪的男朋友。"

女佣："钱小姐与阿男到教堂成亲去了！老爷、太太和亲朋好友都去了！"

郊银根："你快去告诉她，不要结婚！"

女佣："你胡说啥呀？"

郊银根："我要娶她！"

女佣："你疯了？"

郊银根："我求求你，快去告诉她吧！"

女佣："傻瓜，你早干啥来？现在已经来不及了！"挂死电话。

25. 古码镇、邮政局。

郊银根无力地放下电话，他步态踉跄地走出邮政局。

26. 古码镇、聚元隆商号。

这是一处经营食用油的商铺和作坊。

郊银之板着脸，气哼哼地坐在一边。

油坊主事："少爷，不是我不借给您钱，确实柜上拿不出来！"

郊银之："你糊弄谁呀？我看你是干腻歪了！"

油坊主事："您就是把我撤了，我也变不出钱来呀！"

郊银之："我就不信，账上一个子也没有！"

油坊主事拿来账本："请少爷过目。"

郊银之把账本扔到一边："我看你是不给我这个面子了？"

油坊主事："少爷，我是变戏法的跪下了，确实没招了！"

郊银之愤怒而去。

27. 古码镇、祥茂商号。

这是一处经营酒类的商铺和作坊。

郊银之走进商号。

伙计殷勤地迎上："东家来了！"

郊银之："你们的主事呢？"

伙计："到益都一带收购麸子去了。"

郊银之："啥时候回来？"

伙计："最快三天，最慢五日。"

郊银之："店里的生意怎么样？"

伙计："好着呢！"

郊银之："说给我听听。"

伙计："咱的'家道老白干'和'古郊陈酿'简直是供不应求呀！账房先生忙坏了，大把大把的票子天天进账，昨天就进了一笔大的！"

郊银之："怎么个大法呀？"

伙计："河西的马家，一次就划过来三万多块！"

郊银之："还有呢？"

伙计："我听主事说，咱后院的作坊不够使了，打算明年再扩大两倍！"

郊银之："我问得是还有多少进账？"

伙计："具体数，咱当伙计的说不清。反正是除了大笔进项外，小笔进项天天不断！"

郊银之："账房先生呢？"

伙计："在账房拢账呢。"

郊银之："忙你的去吧。"

伙计："东家，您无论有啥事就吩咐，我竖着耳朵听着呢！"

郊银之走进账房。

28. 祥茂商号、账房。

账房先生熟练地打着算盘。

郊银之走进。

账房先生赶忙起身："少东家来了！"

郊银之："你忙，你忙。"

账房先生给郊银之斟上茶水："少东家今儿咋有空呀？"

郊银之："我虽然主管着酒厂和油坊，可我不愿常来。有你们在，我就放了一百个心。为这，常受我爷爷和大奶奶的训斥，说我在其位就要谋其政才行。"

账房先生："老东家和大奶奶说得对，少东家是应该常来。"

郊银之："今天要不是爷爷逼着，我才不来

呢!"

账房先生："老东家有什么事吗？"

郯银之神秘地关上门窗："你可千万不要对外说！"

账房先生点头。

郯银之："我爷爷要建一个矿，需要大笔资金。这个矿一旦建成，咱郯家就成了沂河一带的首富！"

账房先生："老东家就是出手不凡呀！"

郯银之："今天，我就是来提款的。"

账房先生："提多少？"

郯银之："五万。"

账房先生："行啊！"

郯银之高兴地说："你快取款吧！"

账房先生站着不动。

郯银之："你怎么不动呀？"

账房先生："手续。"

郯银之："啥手续？"

账房先生："大奶奶亲自签字盖章的手谕。"

郯银之："这……"

账房先生："少东家，没有大奶奶的手谕，谁也不敢动一分钱！"

郯银之："胡闹，我是这里的主管！"

账房先生摇摇头。

郯银之："你胆子不小呀，眼里只有大奶奶，连老东家的话也不听了？"

账房先生："这是规矩。"

郯银之："规矩也是老东家定的！"

账房先生："少东家，你就别为难我了。"

郯银之："我看你是不想在郯府干下去了！"

账房先生："这……"

郯银之站起身："好吧，我回去如实地告诉爷爷，你明天就卷铺盖卷滚蛋！"账房先生胆怯地说："不，不，少东家，你抬抬手我就过去了。"

郯银之又坐下来："我看你也是郯府的老人了，就饶了你这一次。"

账房先生："谢谢少东家。"

郯银之："死心眼！我给你写张字据不就行了？有啥事我顶着，你怕啥？你还怕我跑了？"

账房先生："话虽这么说，要是真的出了事，

我可就全完了！"

郯银之："你把心放肚里！别说还有老东家，就是本少爷在里站着，谁也不敢动你一根毫毛！"

账房先生："是。"

郯银之："取笔砚来！"

账房先生取过纸砚。

郯银之书写字据。

29. 郯府、东院、客厅。

郯杏花、郯杏琳在激烈地争论。

郯杏花："我喜欢唐诗，就是不喜欢宋词！"

郯杏琳："我既喜欢唐诗，又喜欢宋词！"

郯杏花："唐诗好，李杜的诗作登峰造极！"

郯杏琳："宋词也很好，苏轼的词就绝世无双！"

董兰君："好了好了。二位小姐，做学问，不仅要知其然，更要知其所以然。杏花，你说给娘听听，为什么只喜欢唐诗而不喜欢宋词呢？"

郯杏花："诗庄词媚。诗言志，词至情。诗为正道，词为艳科。是文人墨客用来描述男女私情和离愁别恨的，它只能是歌舞宴席上的一种艺术形式，不能登大雅之堂。"

董兰君："杏琳，你为啥喜欢宋词呀？"

郯杏琳："妹妹说得有些道理。自晚唐五代，'花间派'的词作流行以来，数百年间形成了一种程式化的，专写艳情和绮靡的格调。但到了北宋初年，词就发生了很大的变化，尤其是苏轼在'积贫积弱'的时代里，毅然举起了'有为而作'的大旗，闯出了一条'以诗为词'的新路，使词'无意不可入，无事不可言'。无论是他的《江城子·密州出猎》，还是他的《念奴娇·赤壁怀古》，都堪称绝世之作。"

董兰君："你们俩说得都不错。唐诗宋词是历史上流传下来的瑰宝，在这片艺术苑林里，名家辈出，流派竞秀。熟读唐诗宋词，可以了解多彩的生活，领略美好的自然，丰富深厚的文化，陶冶高雅的情操。你俩应该向你大哥学习，他七岁就开始背诵唐诗宋词。他读私塾的时候，就能写诗作词了。"

郯杏琳："堂哥天资聪慧，才华横溢。我小时候背诵的第一首诗《中秋月》，就是他教的。那是个中秋节的晚上，他指着天上的月亮，一句

一句地教我：

圆魄上寒空，
皆言四海同。
安知千里外，
不有雨兼风。

他说，唐代诗人李峤借中秋节的月亮，来说明世上的事不是一成不变的。正如八月中秋，并非到处都有明月一样。十多年过去了，我不但牢牢地记住了这首诗，而且现实生活使我更加理解了这首诗的含义。"

郊杏花："娘，我大哥到哪去了？好些日子没见他了，我和堂姐都挺想他。"董兰君叹口气："他在哪，我也不知道。"

郊银根气冲冲走进客厅。

郊杏花高兴地迎上："大哥，我们正在说你呢！"

郊杏琳："堂哥，这么热的天，你到哪儿去了？"

郊银根："你俩回自己屋吧，我有话要和母亲说。"

郊杏琳、郊杏花欲走。

董兰君："你俩不用离开。根儿，你有话就说吧。"

郊杏琳、郊杏花又坐回到椅子上。

郊银根抑制着怒气："母亲，钱小姐来的电报呢？"

董兰君取出电报，交给儿子。

郊银根声色俱厉地问道："母亲，您不是亲口允诺过我和钱小姐的婚事吗？"

董兰君平静地说："是的。"

郊银根："可你做的却是另外一回事！"

董兰君："你是这样看待母亲的吗？"

郊银根："己所不欲，勿施于人。你的所作所为，不得不让我有这样的看法！"

董兰君："你这是对母亲极大的不敬！"

郊银根："政者正也！你要想让儿女敬重，就必须要有一颗对子女坦诚的心！"

董兰君："你指责母亲不能坦诚对你，有何凭据吗？"

郊银根挥动着电报："这就是凭据！遇到了这么紧急的事情，您为什么把电报隐瞒下来？"

董兰君："你让我怎么告诉你？"

郊银根："你应该把电报及时送到我的手上！"

董兰君："我想这么做，可你人在哪呢？我又怎么能送到你的手上呢？"

郊银根："即使是你不知道我在哪，可仲亭叔要去，你为什么又要阻止他呢？"

董兰君："笑话！你和老太爷在哪，连我都蒙在鼓里，一个用人竟然会知道？"

郊银根："也许呢？"

董兰君拍案而起："住嘴！一派胡言！你这样讲，是对你爷爷的亵渎！老太爷怎么会瞒着我，而去告诉一个下人呢？他若真是这么做了，不是妒贤嫉能、胸襟狭隘又是什么？"

郊银根哑然。

郊杏花："大哥，母亲说得对。你刚离开家的时候，我和堂姐曾到处找过你，也曾问过仲亭叔，他亲口对我俩说，他也不知道你和爷爷到哪儿去了？"

郊银根一时有口难辩。

董兰君："根儿，你怎么能相信一个用人的谎话，而不相信自己的母亲呢？"叹口气："钱小姐突然要结婚，我也很难过，但又有什么办法？祸兮福所倚，福兮祸所伏，这也许并不是一件坏事。生死由命，福贵在天。尽管你和钱小姐情投意合，但今生无缘也是枉然。更何况，你爷爷把家族的希望都寄托在你的身上。你们姊妹六个的名字，都是爷爷给起的：根、业（叶）、国（果）、之（枝）、琳（林）、花，每个名字都跟银杏树紧紧地联系在一起，就是要你们六个都要记住郊家的银杏园，都不能离开这片故土！"

郊银根将手中的电报攥成了纸团！

30. 古码镇、鸳鸯楼。
郊银之气哼哼走进鸳鸯楼。
鸨儿并不理会地应酬着别的客人。
郊银之一拍台子："来人！"
鸨儿冲到郊银之面前，怒目相对："你是来搅盘子的吧？"
郊银之："我是来找人伺候的！"

鸨儿面露冷笑："又想吃白食呀？"

郯银之把皮包扔到桌上。

鸨儿疑惑地打开皮包。

皮包里装满钞票。

鸨儿惊喜不已！

郯银之："这是五万，够用吗？"

鸨儿把皮包紧抱怀里，满脸堆笑："够用，够用！"

郯银之一把夺过皮包："我写的欠条呢？"

鸨儿："郯少爷，您稍等，我马上去取。"

郯银之："狗眼看人低！"

鸨儿："您骂得对，骂得对！郯少爷，公狗的眼是看人低，我这双母狗的眼可是专看男人的！"

郯银之破怒为笑："老妖精！"

31. 郯府、后院、客厅。

郯耀庭把写好的书信交给郯银根："根儿，你说这件事能办成吗？"

郯银根："爷爷，我会尽心去办的。"

郯耀庭又将一张支票交给孙儿："虽说，我和姚县长有些交情，可那是在他当县长之前，现如今可大不一样了。"

郯银根："他是怎么当上县长的？"

郯耀庭："他也难呀，朝里无人，只好卖房子卖地，上上下下地打点，总算有了这么一个位置。"

郯银根："像他这种人，是不会做亏本生意的。用不了几年，他就能大大地赚上一笔！"

郯耀庭长叹一声："遭罪的，永远是平民百姓！"

郯银根："爷爷，你既然把这件事交我，就要给我一些权力才行。"

郯耀庭："你大胆去做，爷爷信得过你！"

郯银根："好，我走了。"

郯耀庭："快去快回，我等着你的好消息！"

32. 古码镇、祥茂商号。

酒厂主事风尘仆仆地回到商号。

伙计赶忙迎上："掌柜的，您辛苦了！"

主事："这鬼天气，快热死我了！"

伙计端上茶，又打来洗脸水。

主事边洗着脸边问："这几天，店里没啥事吧？"

伙计："没啥事，一切照常。"

主事："河西的马家没来人？"

伙计："来了，把钱也送过来了。"

主事："我最挂心的就是这笔货款。"

伙计："掌柜的，您这次去益都，事办得顺利吧？"

主事："我多亏早去了一天！不然的话，麸子就全让青岛给收走了！"

伙计："掌柜的真是料事如神呀！"

主事端着茶杯，走进账房。

33. 祥茂商号、账房。

账房先生依然在打着算盘。

主事："忙着呐？"

账房先生忙起身："姐夫，你回来了。"

主事："我本想在益都歇息一天，可是不敢呀！咱要是不赶紧地把钱打过去，到手的麸子也会被别人抢走了！"

账房先生："你是说，这次是先付款后交货？"

主事："对，一年一个行情。明天，你就赶紧地把钱送过去！"

账房先生："钱不凑手呀？"

主事："河西马家不是把钱送来了吗？"

账房先生："送是送来了，可是又被取走了。"

主事："被谁取走了？"

账房先生："郯少爷。"

主事："哪个郯少爷？"

账房先生："郯府西院的，郯银之少爷。"

主事："有大奶奶的手谕吗？"

账房先生："没有。"

主事怒："没有大奶奶的手谕，你怎么敢让他把钱取走呢？"

账房先生取出郯银之的字据，交给主事："这是他写的字据。"

主事："这个管个屁用！"

账房先生："他说是老太爷建矿需要钱。"

主事："他要说上天买个太阳，你也信？"

账房先生："这……"

主事："这什么这！平时看你老实巴交，三

棍捧不出一个闷屁，没想到这种事你办得挺快！你这回给我惹大祸了！"

账房先生："要不，我拿着字据，去找大奶奶？"

主事："你想让我卷铺盖卷走人呀？亏你想得出来！大奶奶是何等人？谁要是违反了她的章程，翻脸不认人！连老太爷都要让她三分！尤其是对西院里，她长了六只眼，这回咱算是撞到枪口上了！"

账房先生："这该咋办呢？"

主事跌坐在椅子上："完了，全完了！"

账房先生："姐夫，怪我，这全怪我！"

主事："你说这些有什么用啊！"

账房先生："还有补救的办法吗？"

主事："别说了！你让我静下来想一想，想一想。"

34. 沂河县、县衙。

郯银根走进县衙。

35. 沂水河、游船上。

黑牡丹、一品香、风摆柳陪着郯银之饮酒作乐。

36. 郯府、西院、卧室。

郯文博躺在卧榻上抽大烟。

蒋凤仙依偎在身边。

女佣走进："老爷，酒厂的主事要见您。"

郯文博："不见！"

女佣："是。"欲走。

蒋凤仙："等一等。"

女佣又回。

蒋凤仙："你让他到客厅候着。"

女佣："是。"离去。

蒋凤仙："二爷，你还是见见他好。"

郯文博："不见！"

蒋凤仙："如今银之管着酒厂和油坊的事，多和他们聊聊就能多掌握些情况。"

郯文博："我没这份心思，要见你去见！"

37. 沂河县县衙、客厅。

姚月亭看着书信。

郯银根耐心地等待。

姚月亭："郯少爷，咱们是第一次见面吧？"

郯银根："晚辈打扰了。"

姚月亭："关于建矿的事，我已经和郯公说得明明白白了，实在是不好办呀！"郯银根："这确实是件让县长为难的事，晚辈这次来就是想和您再商量商量。"姚月亭："还有啥可商量的？"

郯银根："这些年，我在外结识了几个朋友，也许他们能帮上这个忙。"

姚月亭不悦地说："既然如此，你去找他们不就行了？"

郯银根："晚辈觉着，要是瞒着您去这么做，就是对大人的不尊敬。"

姚月亭："多虑了，你只要把事办成就行了。"

郯银根："谢谢县长的宽宏大量，我明天就赶赴南京，去找政府要员汪先生的公子汪一川。"起身欲走。

姚月亭："等一等。"

郯银根止住脚步。

姚月亭："郯少爷，我要是没听错的话，你刚才说的，可是政府大员汪公？"郯银根："是的。"

姚月亭："请坐，请坐。"

郯银根："县长公务繁忙，晚辈不敢再打扰了。"

姚月亭："哪里哪里，我最愿和年轻人交谈了。"

郯银根客气地坐回椅子上。

姚月亭大声吩咐道："秘书，上茶！"

秘书给郯银根端上茶水、退去。

姚月亭打量着西装革履的郯银根："郯少爷从日本回来，果然是气度不凡呀！"

郯银根："姚县长过奖了。"

姚月亭："郯少爷走南闯北，常年在外，肯定结识了不少名门望族的子弟吧？"

郯银根："姚县长真是目光犀利呀！虽说我认识的不多，但也有几个。"

姚县长颇感兴趣地说："说说看！"

郯银根："南京政府要员汪先生的公子汪一川，省政府梁主席的公子梁震乾，组织部高部长的公子高文雄，还有几个军界、商界的子弟。他们都是我在北平大学读书和在日本留学期间，结交的朋友！"

姚月亭："哎呀，郯公子有这么多的关系，这是一笔巨大的财富呀！"

郯银根："对于我来说，他们仅是我的同学和朋友而已。"

姚月亭："郯少爷，你就不想走仕途？"

郯银根："不想。我的志向，是在家乡做些事情。"

姚月亭："是啊是啊，人各有志。"

郯银根："姚县长如有用我之处，尽管吩咐。"

姚月亭："来日方长啊！"

郯银根站起身："姚县长，我走了。"

姚月亭："郯少爷，郯公的那份建矿报告呢？"

郯银根："既然姚县长很为难，就不给您添麻烦了。"

姚月亭："那要看是谁家的事情？郯公的事，就是再为难我也要尽力去办。"

郯银根将报告交姚月亭："我一定把您的情谊，转告爷爷。"

姚月亭："不必客气，谁让我和郯公是多年的交情呢！"

郯银根掏出支票："姚县长，这是我爷爷的一点心意，请您笑纳。"

姚月亭："不可如此，不可如此！"

郯银根："您要是拒收，我回家咋对爷爷交代？"

姚月亭把支票塞回郯银根的袋中："贤侄，我这样称呼你可以吗？"

郯银根："晚辈我高攀了。"

姚月亭："一家人不说两家话，等这件事情办成后，请贤侄在你的朋友面前说一声就行了。"

郯银根："我定当重谢！"

38. 郯府、西院、客厅。

蒋凤仙气得青筋直暴，在室内来回踱着步子。

主事："二姨太，此事非同小可，一旦让大奶奶知道了，我滚蛋是小事，郯少爷可就吃罪不起了！"

蒋凤仙："他是个浑蛋！"

主事："二姨太，您光生气也不是个办法，总得拿出个章程来才行呀！"

蒋凤仙走到主事面前，斩钉截铁地说："第一，你自己首先必须要沉得住气。第二，这件事不准再对任何人讲。第三，我尽快地把钱给你追回来！"

主管："二姨太，咱就像坐在地雷上，说不定啥时候它就响，您手脚可要快点！再说，益都那边还急等着货款呢！"

二姨太："你走吧，别让人看见。"

主事："我明白。"

39. 沂河、游船上。

郯银之发出阵阵笑声。

一品香："郯少爷，我们姐儿仨，你最喜欢谁呀？"

郯银之看看这个，又看看那个："我都喜欢！"

风摆柳："郯少爷是天底下最有能耐的男人！"

郯银之津津乐道："黑牡丹，娴静素雅，柔情似水。风摆柳，情窦初开，少女红唇。就数你一品香是个吃人的妖精，玉臂酥胸，红颜祸水！"

众笑。

一品香："郯少爷，你既然哪个都不舍得，那就把我们姐儿仨都娶进府上，白黑地伺候你一个人！"

郯银之："总会有那么一天的！"

众笑。

40. 沂河。

一只小舟靠近游船。

41. 沂河、游船。

风摆柳发现地："郯少爷，你那个小妈又来了！"

郯银之惊诧！

42. 沂河、小舟。

蒋凤仙冲游船，大声喊道："郯银之，我不想和你废话，你自己明白做了什么？这件祸事已经翻船了！你要想保命，就马上跟我回去！"

小舟掉头而去。

43. 沂河、游船。

郯银之冲船夫嚷："快回码头！"

游船向码头驶去。

44. 郏府、后院、客厅。

郏银根取出支票："爷爷，完璧归赵。"

郏耀庭："他连钱也没收?"

郏银根："他不是不想收，而是不敢收!"

郏耀庭接过支票。

郏银根："对这种人，就要以其人之道还治其人之身! 他这种人，你把钱和权同时摆在他的面前，他还是要权的。因为权越大，他就越能搜刮到更多的钱!"

郏耀庭依然喜忧参半："根儿，你真的有这么多的朋友吗?"

郏银根笑："爷爷，连县长大人都不怀疑，您怎么却提心吊胆了?"

郏耀庭："姚月亭一旦知道了这是假的，那可就要惹乱子了!"

郏银根："爷爷，您就放心吧! 第一，这些政府大员和他们的公子都是真的。第二，我和这些公子虽然没有什么交情，但也有一面之交。第三点最重要，一个小小的县令，他是不敢去找这些大员核实的!"

郏耀庭："他要是向你张口，有求于你怎么办?"

郏银根镇定自若地说："兵来将挡，水来土屯!"

郏耀庭感慨地说："根儿，爷爷也是在大风大雨中闯过来的人，可是远不如你呀!"

郏银根："当今社会，是把真当作假，把假当作真，孔夫子的'仁、恕'之道是行不通的!"

郏耀庭赞赏地看着孙子："根儿，爷爷想跟你商量件事。"

郏银根："是不是要我成亲的事?"

郏耀庭："你该担起郏家的祖业了。"

郏银根："我成不成亲，与这事无关!"

郏耀庭："可它在我心里，就是一回事!"

郏银根："爷爷，您不想一想，我要是真想离开家的话，钱小姐也就不会结婚!"

郏耀庭："话虽这么说，可爷爷一辈子都是摸着石头过河，你只有在家里成了亲，我这颗心才能落地。"

郏银根执拗地说："爷爷，无论您怎样说，我现在不想成亲!"

郏耀庭："还惦着钱小姐?"

郏银根："不惦了。"

郏耀庭："你又为啥不成亲呢?"

郏银根："您就别逼我了!"

郏耀庭："好小子，就凭这驴脾气，真是我的孙子!"

45. 郏府、西院、客厅。

郏银之气喘吁吁地走进客厅。

蒋凤仙大吼一声："把门窗关上!"

郏银之乖乖地关上门窗。

蒋凤仙怒气未消："你有种就别回来!"

郏银之急切地问："我的事，家里人都知道了?"

蒋凤仙："你也知道害怕了?"

郏银之："快告诉我，到底是咋了?"

蒋凤仙："酒厂主事找到家里，要不是我拦着，早就满城风雨了!"

郏银之："这个王八蛋，竟敢找到家里来!"

蒋凤仙："你胆子也太大了! 你知道这么做的严重后果吗?"

郏银之："铺子里挣了钱，就是给人花的!"

蒋凤仙："给你自己花的? 整个郏府里里外外开销大着呢!"

郏银之："你少给我来正经的，你比我还黑呢!"

蒋凤仙气得瞠目结舌，扭头要走。

郏银之赶忙拦住："你去告我?"

蒋凤仙："我没那闲工夫，我不管了!"

郏银之："你真的不管了?"

蒋凤仙："闪开!"

郏银之悠闲地坐到椅子上："你不管，我就清心了。"

蒋凤仙："你等着吧，大奶奶不是吃素的，老太爷的家法也不会饶过你!"欲开门而去。

郏银之又赶忙拦住："你干吗生这么大气呀? 小妈，我错了，行吧?"

蒋凤仙："少废话，赶紧把钱拿出来!"

郏银之："钱，没了，让我全花了!"

蒋凤仙惊骇："五万块钱全花了?"

郏银之："对，钱一到手，我就还账了!"

蒋凤仙："还给谁了？"

郏银之："鸳鸯楼。"

蒋凤仙发火："几个臭婊子，也敢要你五万块？"

郏银之："这是长年累月积攒的！我也是没办法才这么做的，我要是不还老鸨钱，她就让'青帮'要我的命！"

蒋凤仙怒不可遏："走，跟我一块去把钱追回来！"

郏银之："要去你去，我不去！"

蒋凤仙不容置辩地说："快走！"

46. 郏府、四合院、卧室。

郏银根撕碎了钱小漪的照片，扔到了窗外。

47. 四合院、院内。

郏杏琳正巧走进小院，她把撕碎的照片又一片一片地捡起，然后走进卧室。

48. 四合院、卧室。

郏银根的脸上浸着泪水。

郏杏琳将手帕递给堂哥。

郏银根佯装笑容："你来了？"

郏杏琳将撕碎的照片摊在桌上，一片片地又拼凑起来。

郏银之走到她的身边："你在做什么？"

郏杏琳依然无声地拼凑着照片。

郏银根一下把照片划到地上。

郏杏琳俯下身，又无声地捡着照片。

郏银根："杏琳，你捡它干什么？"

郏杏琳："它是无辜的。"

郏银根："我不想再看到她！"

郏杏琳："她也是无辜的。"

郏银根双手捧着头，坐到床边上。

郏杏琳："在这件事情上，钱小姐是没有过错的，她做了自己所能做的一切。固然大妈做的不对，但你更有不可推卸的责任！"

郏银根："我错在哪里？"

郏杏琳："事业和爱情，在你天平的砝码上发生了严重的倾斜！女人是把爱看得高于一切的，哪怕是一名不检点的女子，她为了自己所爱的人，连命都能豁得出去。而男人呢，却恰恰相反，哪怕是他最爱的女人，也要她去服从自己的意志。堂哥，你的错，就在这里！"

郏银根："杏琳，你说这件事还能挽救吗？"

郏杏琳："你不觉得钱小姐结婚，来得太突然了吗？她为什么不给你回信？又怎么会突然来了这封电报？"

郏银根："她会不会没有收到我的信？"

郏杏琳："不会的。你能收到她的，她就能收到你的。"

郏银根："你是说，她是在考验我？"

郏杏琳："堂哥，你应该马上去邮政局，给她发封电报，详细地寻问一下情况。"郏银根："对，我现在就去！"

49. 古码镇、鸳鸯楼门外。

马车停在鸳鸯楼门前。

蒋凤仙下车。

郏银之坐在车上不动。

蒋凤仙："你磨蹭啥，快下车！"

郏银之还是不动。

蒋凤仙一把将他拉下车。

50. 鸳鸯楼内。

蒋凤仙、郏银之走进鸳鸯楼。

鸨儿迎上。

蒋凤仙气冲冲地问："郏少爷给了你五万块钱，是吗？"

鸨儿："没错。"

蒋凤仙："你也太讹人了吧？小小的鸳鸯楼也竟敢收五万？"

鸨儿笑："二姨太，你说错了。鸳鸯楼是小点，可鸳鸯楼里的人却见过大世面。别说是五万，就是十万八万也不稀奇！再说，郏少爷仔细地察看了每一笔欠账。假如其中有一笔不实，郏少爷也不会认账啊！"

郏银之："妈妈说得对，没有一笔账是错的。"

蒋凤仙："你闭嘴！"

鸨儿："二姨太，你要是没有别的事情，我就不奉陪了。"

蒋凤仙："你别走，我的话还没说完呢！"

鸨儿："我洗耳恭听。"

蒋凤仙："既然少爷说账没有错，那我也就认了。我只是想和你商量一下，能不能把这笔账再宽限些日子？"

鸹儿："二姨太是想把钱再拿回去？"

蒋凤仙："这五万块钱，是少爷背着家人，私自从柜上取走的。眼下，柜上的资金一时周转不过来。请你帮个忙，我先用这个钱去应应急。你放心，过不了几日，我会亲自把钱再给你送回来的！"

鸹儿："按说，这个忙是应该帮的，谁能不碰到个坎啥的？唉，我只是爱莫能助呀，我已经把这笔钱填了窟窿，还请二姨太多多包涵了。"

蒋凤仙："这么说，你是不给我这个面子了？"

鸹儿："二姨太别生气！俗话说，瘦死的骆驼比马大，堂堂郯府从脚丫巴缝里漏掉的，也不只十万八万呀！"

蒋凤仙："我是好话说尽，你是一口回绝。你这是敬酒不吃吃罚酒呀，你可别怪我蒋凤仙翻脸不认人了！"

鸹儿："二姨太，你可别吓唬我，我从小就是个胆小的人。"

蒋凤仙拍案而起："那你就等着吧！"

鸹儿："你想把我咋着？"

蒋凤仙："我去官府告你！"

鸹儿笑："告我？你告我啥？我的手续一切完备，鸳鸯楼是堂堂正正的买卖家！再说，欠债还钱，这也是天经地义的！二姨太，我劝你别在我面前要这一套，老娘不吃这个！你听好了，我在家里喝着大茶等着，你去告吧！滚！"

蒋凤仙大怒，欲冲上前。

两名彪形大汉走进客厅，威逼在蒋凤仙的面前。

郯银之拉着蒋凤仙快速地离开了鸳鸯楼。

51. 古码镇、十字路口。

郯银根骑马而来，正与蒋凤仙乘坐的马车相遇。

郯银之不由地叫了一声："堂哥！"

郯银根正欲说什么。

蒋凤仙冲马夫："快走！"

马夫挥动马鞭，马车疾驶而去。

郯银根愕然地望着远去的马车。

52. 乡间大道。

马车在疾驶。

马车上。

蒋凤仙恼怒地指责郯银之："你是个猪脑子？你刚才哟嚷啥？你想让天底下的人都知道呀？"

郯银之："我把这茬给忘了。"

蒋凤仙："呸！"

郯银之："这回，你也知道鸳鸯楼厉害了吧？我说不让你来你偏要来，咋样？还不是碰了个钉子！该死心了吧？"

蒋凤仙："你算个什么东西？我倒成了犯事的，你成了局外人？竟然还说起风凉话来了？"

郯银之："好好好，我不和你吵，行了吧？"

蒋凤仙气得闭上眼睛。

郯银之旁若无其事地哼起小曲：

二八佳人七九郎，
满树梨花压海棠。
织女有情嫌夜短，
牛郎有意恨天长……

蒋凤仙大喝一声："别唱了！"

郯银之被吓一跳："女愁哭，男愁唱。你知道不？"

蒋凤仙厌恶地说："你真让我恶心！"

郯银之："行了！你说这事，下步该咋办吧？"

蒋凤仙闭目不语。

第六集

1. 古码镇、邮政局。

郏银根把填写好的电报文交给营业员。

营业员诧异地问："你发这么长的电报文?"

郏银根："是的。"

营业员："这要花很多钱!"

郏银根："我知道。请你给我发甲级电报。"

营业员："好的。"

2. 郏府、西院、客厅。

蒋凤仙坐在椅子上,闭目不语。

郏银之着急地说："你咋不说话了?"

蒋凤仙不语。

郏银之走到蒋凤仙面前："睡着了?"

蒋凤仙："你烦不烦呀?"

郏银之："我这不是着急吗?"

蒋凤仙："我比你还急呐!"

郏银之："你得急出个办法来呀!"

蒋凤仙又闭上了眼睛。

郏银之把茶杯捧到蒋凤仙面前："先喝口茶清凉清凉。"

蒋凤仙烦躁地一挥手："走开!"

茶杯打翻在地。

茶水溅到蒋凤仙的旗袍上。

蒋凤仙："你……"

郏银之赶忙用手帕擦着旗袍。

蒋凤仙："成事不足,败事有余!"

女佣走进："二姨太,二老爷请你去一趟。"

蒋凤仙一怔："噢?"

郏银之惊慌地说："我爹是不是也知道了?"

蒋凤仙问女佣："二爷没说什么事吗?"

女佣："没有。"

蒋凤仙："我知道了,你去吧。"

女佣离去。

郏银之："你说,我爹叫你去,会干吗呢?"

蒋凤仙："我咋知道?"欲走。

郏银之急忙拦住："你先别走呀,咱还没说好呢!"

蒋凤仙："说啥?"

郏银之："他要是问起这件事,你怎么办?"

蒋凤仙："我就如实地告诉他。"

郏银之："不行!他还不得打死我呀!"

蒋凤仙："你说怎么办?"

郏银之扑通跪地说："我求求你,救救我吧!"

蒋凤仙："起来!"

郏银之："你不答应,我就不起来!"

蒋凤仙："你呀,惹得这个乱子太大了!一旦事发,你这个酒厂和油坊的主事,就要一抒到底,我和你爹的一番苦心,也必将付之东流!咱西院,就再也没有出头之日了!"

郏银之扇了自己两个耳光："我该死,我该死!"

蒋凤仙："唉!为了能保住西院这块天地,我也只有这一步路好走了!"

郏银之："哪步路?"

蒋凤仙："从现在开始,你必须要听我的!"

郏银之："我听,我一定听!"

蒋凤仙："你马上再赶回古码镇,把酒厂主事偷偷地请到这里。"

郏银之："叫他来干啥?"

蒋凤仙："我自有安排!"

郏银之："他要是不来呢?"

蒋凤仙："你就说是让他来取钱的。"

郏银之："好,我现在就去!"

3. 银杏园。

郏银根牵着马走进银杏园。

郏银之骑着马离开郏府。

兄弟二人在银杏园相遇。

郯银之未下马:"堂哥!"

郯银根:"你干啥去?"

郯银之:"去古码镇。"

郯银根:"你不是刚回来吗?"

郯银之支吾地说:"我,我再去办点事。"慌张地骑马而去。

郯银根甚是诧异。

4. 日挂西山。

火红的夕阳把郯府涂上了一层古铜色。

5. 一轮弯月升起。

郯府、四合院、卧室。

郯银根挑灯夜读《红色鲁南》。

报刊显著标题《中国社会之现状》署名:王尽美。郯银根闭卷默诵:

沉浮谁主问苍茫,

古往今来一战场。

潍水泥沙挟入海,

铮铮乔有看沧桑。

感慨地:"王尽美先生的文章写得何等好啊,深刻而精辟!"

6. 夜色朦胧。

郯府、西院、客厅。

桌子上摆着酒菜。

蒋凤仙身穿黑缎旗袍,在烛光下显得格外妩媚。

郯银之与酒厂主事悄然走进客厅。

蒋凤仙起身相迎:"这么晚了把你请来,真是不好意思。"

酒厂主事:"我明白,白天人多眼杂,容易惹是生非,还是神不知鬼不觉地把这件事情办妥为好。"

蒋凤仙:"快请坐。"

酒厂主事:"请二姨太把钱给我,我马上就赶回去。"

蒋凤仙:"忙啥?少爷给你添了这么大的麻烦,我还没好好谢你呢!"

酒厂主事:"谢啥呀?把钱填上就完事了。"

郯银之:"你就别客气了,这也是二姨太的一番心意!"

蒋凤仙:"请入座。"

郯银之:"你们先喝着,我去取钱。"

蒋凤仙给郯银之暗使眼色。

郯银之心领神会,离去。

蒋凤仙顺手关上房门。

酒厂主事显得有些惶惶然。

蒋凤仙斟满酒:"这第一杯酒,给你压惊。"

二人干杯。

酒厂主事赶忙接过酒壶斟酒。

蒋凤仙端起酒杯:"这第二杯酒,向你感谢。"

二人干杯。

酒厂主事又斟满酒。

蒋凤仙再次端起酒杯:"这第三杯酒,是咱逢凶化吉。"

二人干杯。

酒厂主事再次斟满酒:"二姨太,您这三杯酒是在折我的阳寿啊!我一个小小的主事,怎敢受用东家的敬意?为了表达我对您的敬意,自罚一杯。"

蒋凤仙:"三杯!"

酒厂主事:"好,我自罚三杯。"说完,连干三杯酒。

7. 月夜。

郯府、西院、客厅窗外。

郯银之在窃听。

8. 月夜。

郯府、西院、客厅内。

蒋凤仙笑:"主事也太顶真了。"

酒厂主事:"像我们这些下人,啥时候都应该记着给我们饭碗的人。"

蒋凤仙:"听你话音,你还想敬我酒不成?"

酒厂主事赶忙说:"当然,当然。不知您能否赏我这个脸?"

蒋凤仙:"尽管我不能饮酒,可今天我也破个例!"

酒厂主事:"我也敬您三个酒。"

蒋凤仙:"太多了,太多了。"

酒厂主事:"按礼数,我应该回敬您六个才对。"

蒋凤仙:"我不能喝酒,还是三个吧。"

酒厂主事端起酒杯:"第一杯酒,感谢您!"

蒋凤仙:"咋能感谢我呢?"

酒厂主事:"这回是少爷把天捅了个窟窿,是您力挽狂澜,又把天补上了!该不该感谢您呀?"

蒋凤仙:"好,我喝了。"

二人干杯。

酒厂主事斟满酒,又端起酒杯:"第二杯酒,我要感谢少爷!"

蒋凤仙:"还要感谢他?"

酒厂主事:"要不是少爷惹了这个祸,我哪有福分和您坐在一块喝酒呀?"

蒋凤仙:"在理,我喝。"

二人干杯。

酒厂主事已有酒意,他再次端起酒杯:"我再敬你一杯!"

蒋凤仙手撑着头:"不能喝了,我有些头晕。"

酒厂主事:"这杯酒,我非敬不行!"

蒋凤仙:"为啥呢?"

酒厂主事:"这,这是我的忠心酒!"

蒋凤仙:"忠心酒?"

酒厂主事:"您这么看得起我,我要报答您!"

蒋凤仙:"咋报答呀?"

酒厂主事:"从这件事上,我不光看到您做事的能力,还让我看到您是个重情谊的人!从今往后,我听您的,您吩咐我干啥我就干啥!"

蒋凤仙:"这杯酒,我要喝。"

二人干杯。

9. **月夜。**

郊府、西院、客厅窗外。

郊银之极度困乏,不住地打着哈欠。

10. **月夜。**

郊府、西院、客厅内。

蒋凤仙将一根筷子滑落在地:"我喝多了,连筷子都拿不住了。"

酒厂主事:"你别动,我来捡。"俯身到桌下。

一条雪白的大腿呈现在主事的眼前。

酒厂主事顿时心慌意乱。

蒋凤仙:"看到了吗?"

酒厂主事心不在焉地说:"看,看到了。"

蒋凤仙又提了一下旗袍:"怎么还没捡上来呀?"

酒厂主事:"我,我……"

蒋凤仙:"那就仔细找吧。"说着,将雪白的腿伸到主事的身上。

酒厂主事一下把腿抱在了怀里。

11. **夜深沉。**

弯月已升中天。

郊府万籁无声。

郊府、西院、客厅外的石亭下。

郊银之睡着了。

12. **深夜。**

郊府、西院、客厅。

酒厂主事发疯般地抱住蒋凤仙。

蒋凤仙欲大声喊叫。

酒厂主事捂住了她的嘴。

13. **深夜。**

郊府、西院、客厅外的石亭下。

郊银之已然入睡。

14. **深夜。**

郊府、西院、客厅内。

蒋凤仙狼狈不堪,躺在客厅右间的床上。

酒厂主事满足而害怕地坐在蒋凤仙的身边。

蒋凤仙愤怒地扇了主事两个耳光,大声吼道:"你这个畜生!"

15. **深夜。**

郊家、西院、客厅外的石亭下。

郊银之突然惊醒,他冲进客厅!

16. **深夜。**

郊家、西院、客厅内。

郊银之见状,大惊!

蒋凤仙暴怒:"你死到哪儿去了!"

郊银之冲到酒厂主事面前:"你他娘的还真敢上!"抡起椅子:"我砸死你!"

蒋凤仙:"住手!"

酒厂主事跪在蒋凤仙面前:"我该死!我该死!"

郊银之问蒋凤仙:"你发话吧!"

酒厂主事磕头如捣蒜:"求求您,饶我这一

回吧！"

蒋凤仙咬牙切齿地说："吩咐下人，把他装到麻袋里，拖到沂河边上，乱棍打死！"

郯银之："好，我去办！"

酒厂主事一下挡在门内："二姨太，少爷，你们就饶了我吧！我上有老，下有妻儿老小呀！"

郯银之："你真是吃了豹子胆了，敢占我小妈的便宜！"

蒋凤仙："我好酒好菜招待你，没想到你是个狼心狗肺的人！"

酒厂主事："我再也不敢了！"

郯银之："咋着，你还想有下回？"

酒厂主事："不敢，不敢！"

蒋凤仙："好了！事情既然这样了，那就写个保证吧！"

酒厂主事："这……"

郯银之："我看你是贼心不死啊！"

酒厂主事："我写，我写！"

郯银之取出纸墨。

酒厂主事写了保证，交给蒋凤仙。

蒋凤仙："这一页就掀过去了。"

郯银之："真是便宜了你这个狗东西！"

酒厂主事："谢谢二姨太，谢谢少爷！"

蒋凤仙问郯银之："你取的钱呢？"

郯银之："钱？"

蒋凤仙："五万块钱！"

郯银之："噢，没取来。"

蒋凤仙："咋回事？"

郯银之："原本说得好好的，可到了拿钱的时候，他又变卦了！"

蒋凤仙："他怎么能说变就变了呢？"

郯银之："现如今，天下的事还不都是这样？咱眼前的这个狗东西，不是也说变就变了吗？"

酒厂主事细心地观察着这一切。

蒋凤仙问酒厂主事："你说这事该怎么办吧？"

酒厂主事不语。

郯银之："你耳朵聋了？"

酒厂主事："我听着呢。"

蒋凤仙："我想，你会想出办法来的。"

酒厂主事："这……"

蒋凤仙："我知道，账房先生是你的内弟，如何把账面处理好，就不用我多说了吧？"

酒厂主事："眼下最着急的，是益都的货款？"

蒋凤仙："古码镇上的商铺多如牛毛，你就不能想想办法？"

酒厂主事不语。

郯银之："问你话呢！"

酒厂主事："我都听明白了。"

蒋凤仙晃着保证书："咱们之间的两笔账，就这样抹平了，你说行吗？"

酒厂主事恍然大悟。

郯银之："你又哑巴了？"

酒厂主事："也只好如此了。"

郯银之："痛快！快拿出来吧！"

酒厂主事："啥呀？"

郯银之："装啥糊涂？我给你写的那张欠条呢？"

酒厂主事迟疑着。

郯银之："账都抹平了，快把欠条还给我！"

酒厂主事翻遍了口袋，也没找见欠条。

郯银之发火："你没带来？"

酒厂主事："我带来了，咋找不见了呢？"

郯银之："你小子想给我耍滑头呀？"

酒厂主事："我真的是带来了！"

蒋凤仙："甭着急，再好好找找。忘记带也不要紧，等找见了，再送过来。"郯银之："不行！这狗东西比猴还精，他要是不送回来又咋办？"

蒋凤仙："不会的。从今往后，咱们都是自己人了。主事，你说对吗？"

酒厂主事："对，对。"

蒋凤仙："我没看错，主事也是个明白人。虽说少爷是犯了点事，即使大奶奶知道了，又能咋样？少爷毕竟是郯家的骨血！可你就不同了，竟敢睡郯府的女人！其后果，不是被乱棍打死也要给送进官府！孰重孰轻，你就掂量着办吧！"

酒厂主事："我明白，我明白。"

蒋凤仙吩咐郯银之："天不早了，你备马送主事回去。"

酒厂主事："不用了，我自己走。深更半夜

·83·

的，弄出动静来就不好了。"离去。

郯银之关上门："我的欠条还在他手上呢！"

蒋凤仙从枕头下取出欠条，交给郯银之。

郯银之惊喜："我真服你了！"

蒋凤仙凄楚地说："我的命苦啊，为了西院，我啥都献出来了……"

17. 东方出现鱼肚色。

一轮朝阳冉冉升起。

沂水河畔、老神树下。

郯耀庭坐在马扎上拔着树干周围的草。

十几个男佣挑水到树下浇灌。

郯耀庭对一男佣说："你把这担水放这里，除完草，我来浇。"

男佣："是，老爷。"离去。

小莺子持拐杖，欢快地跑来："老爷爷，老爷爷！"

郯耀庭："小莺子，你跑慢点儿！"

小莺子跑到郯耀庭身边："老爷爷，你给老神树浇水呢？"

郯耀庭："天热了，人要喝水，它也渴呀！"

小莺子笑："人会出汗，才口渴。树又不出汗，它咋还口渴呢？"

郯耀庭："它不光会出汗，还会喝水、吃饭、喘气、睡觉呢。"

小莺子："真的？"

郯耀庭："它跟人一样，还能生儿育女呢。"

小莺子："你骗人！"

郯耀庭："小莺子，还记着老爷爷给你讲的那个郯子吗？"

小莺子："记的。这棵老神树，还有河西的那一棵，都是他栽的。"

郯耀庭："对。经过老郯子的精心培育，这两棵银杏树像吹了气一样，咻咻地叫着往上长，五年就有水桶那么粗了！就是有一条，一个果也没结。老郯子急得在树下烧香摆供，嘴里还叨念着：

> 玉果女、玉果男，
> 俺向你俩问一言。
> 风水宝地安顿你，
> 浇水施肥不停闲。

渴饮沂河水，
饥餐黄豆饭。
五年不结果，怎把子孙传？

当天夜里，玉果树就托梦给郯子说：

> 本应结籽来报答，
> 只有一事口难言。
> 你们人间生儿女，
> 定要婚配结良缘。
> 我们果树也如此，
> 跟你人间是一般。
> 要想结籽传后代，
> 一根红线两头拴。

郯子醒来后，就和老伴一起，扯了三丈三尺红布，抖下这棵老神树的花粉，撒到河西那棵雌树的花蕊中。你猜怎么着，到了秋天，河西的雌树一下子就结了几十万粒种子！老郯子高兴地敲响了这口大钟，把种子分给乡亲们！从此，咱沂河两岸就长满了银杏树！"

小莺子趴在老爷爷的膝盖上，听得入了迷……

大管家兴冲冲而来："老爷，快回家吧！"

郯耀庭："啥事呀，这么高兴？"

大管家："您猜，谁到咱府上来了？"

郯耀庭："谁呀？"

大管家："姚县长！"

郯耀庭惊喜："真的？"

大管家："大少爷陪着他，在客厅等着您呢！"

郯耀庭："走，回家！"刚走几步，又回转身："小莺子，别走开，一会儿我派人来给你送好吃的。"

小莺子："还是肉丸子吗？"

郯耀庭："好吃吗？"

小莺子："俺奶奶说，好吃！"

郯耀庭："你没吃？"小莺子点点头。

郯耀庭："走，跟我回家。"牵着小莺子的手，离开了老神树。

18. 郯府、前院、客厅。

郯银根："姚县长大驾光临，顿使全家蓬荜生辉。"

姚月亭："贤侄言重了。我与贵府情谊甚笃，前来看望郯公还不是应该的吗？"

郯银根："爷爷片刻即到，我代他向您表示感谢！"

姚月亭："贤侄不必客气。"

郯银根："姚县长，请用茶。"

姚月亭品茶："你们在日本期间，也是喝茶吗？"

郯银根："日本人是非常喜欢喝茶的，只是一道道程序，比咱们麻烦多了。"

姚月亭："他们的喝茶习惯，是从咱中国流传过去的。"

郯银根："如今的日本青年，已经改喝饮料和咖啡了。"

姚月亭："你和你的朋友呢？"

郯银根："我是喜欢喝茶的，可汪一川像他爸爸一样，无论是吃的还是喝的，都改成日本人的胃口了。"

姚月亭："你也认识他爸爸？"

郯银根："他很喜欢我们，还多次请我们吃饭。"

姚月亭："真是后生可畏呀！贤侄，你上次还曾说起过，有一个同学叫高文雄，是咱省政府组织部长的公子？"

郯银根："是的。"

姚月亭："你和他也有交情吗？"

郯银根："我们俩的交情更是亲密无间。"

姚月亭："为什么？"

郯银根："在异国他乡，我俩是山东老乡呀！"

姚月亭："对对对，月是故乡明，人是故乡亲。老乡见老乡，两眼泪汪汪呀！"

二人笑。

姚月亭："他目前在哪里任职？"

郯银根："在北平大学任教。"

姚月亭："他也不肯走仕途？"

郯银根："非也！这只是他走上仕途的敲门砖。他的心劲大着呢，最小也要做个省府的要员！"

姚月亭："不得了，不得了！"

郯银根："姚县长，请用茶。"

姚月亭又品了一口茶："我这个人呀，最愿和年轻人交朋友！"

郯银根："您上次对我说过了。"

姚月亭笑："是吗？可见我的诚心呀！贤侄若是方便的话，就把我给你的朋友引荐一下，怎么样？"

郯银根："能为县长做点事，我感到很荣幸。"

姚县长从公文包里取出"申请建矿报告"："贤侄，这份建矿报告的手续基本上办完了，只是还差一道程序。我担心郯公着急，就先来告之一声。等一切手续齐备，就可以动工了！"说完，又把报告放进公文包。

郯银根心领神会："我未曾想到此事办得如此神速，多谢姚县长的大力相助！若是我的朋友知道了此事，不仅会为我高兴，而且还会为沂河县有一个为民操劳的县长而感到兴奋！"

姚月亭："你当真要告诉他们？"

郯银根："正如他们把诸多事情告诉我一样。"

姚月亭："好好好，也让他们知道，你还有一个县长朋友！"

二人笑。

郯耀庭高兴地走进客厅。

大管家跟随其后。

郯耀庭："姚县长，让您久等了！"

姚月亭："有贤侄相陪，我们言犹未尽呀！"

郯耀庭吩咐管家："让厨师多做几个菜，今天我要陪县长多喝几杯！"

大管家："是。"离去。

姚月亭："郯公，您好有福气啊！"

郯耀庭："托县长的吉言！"

姚月亭："您的这个孙子不得了啊，前途无量！"

郯耀庭："还请县长多提携！"

姚月亭："不敢当，不敢当。我与贤侄相识，也是上天赐给的一种缘分！"

郯耀庭："他高攀了！"

姚月亭："郯公，您四世同堂了吧？"

郯耀庭："他是长孙，至今还未成家呢！"

姚月亭："噢？要不要我做个媒人呀？"

郯耀庭："他已经换帖了！"

姚月亭："好！贤侄，到成亲的那天，我可要来喝杯喜酒呀！"

郯银根："当然，当然。"

众笑。

19. 上海、钱小漪家。

黑色轿车停驶门前。

钱运昌下车，走进家门。

20. 钱小漪家、客厅。

钱太太迎到门口，接过丈夫的公文包，又把凉茶端到丈夫面前："今朝能热死人，侬先吃杯凉茶。"

钱运昌接过凉茶，一饮而尽："女儿呢？"

钱太太："今朝是阿男的生日，我让侬去订蛋糕了。"

钱运昌："女儿表现不错嘛！"

钱太太："侬心里厢，总归不痛快。"

钱运昌："她能这样做，就不错了。"

钱太太："阿男真是有福气，他做梦也想不到能娶咱阿囡当老婆。"

钱运昌："一个人一个命啊！"

钱太太边替丈夫擦着脸上的汗，边说："一个女婿顶半拉儿子，可阿男把自己全当成是咱们的儿子了。"

钱运昌："他在厂里做得也不错，兢兢业业地工作，新扩建的车间，能提前半个月投产！"

钱太太："这个乡下人不得了，既老实又有志气！"

钱运昌："你只讲对了一半。阿男有志气不假，但也狡猾得很！"

钱太太："我哪能没看出来？"

钱运昌："他现在是夹着尾巴做人，一旦时机成熟，他的变化不知要比城里人大多少倍！"

钱太太："侬讲得怪吓人的！"

钱运昌："阿男很精明，连做梦都会说恭维话。"

钱太太："精明总比戆头好！只要侬对阿囡好，对阿拉好就行，侬管侬啥做梦不做梦哩！"

钱运昌呵呵地笑着："好太太，你放心，只要你的老公在，阿男就会乖乖地当咱们的儿子的。"

钱太太："依哪能没和你一起回来呀？"

钱运昌："姓汤的又在暗中捣乱，工商局、税务局来一帮人要查账，我让阿男去伺候他们了。"

钱太太："依啥辰光才回来？"

钱运昌："快了。"

钱太太："依知道今朝是依生日吗？"

钱运昌："他好像不知道。"

钱太太："依为啥不告诉依？"

钱运昌："让他来个惊喜不更好吗？"

钱太太长叹一声："我听依讲，依从小还没过过生日哩！"

21. 钱小漪家、大门外。

钱小漪乘黄包车回到家，她提着蛋糕走下车。

女佣打开门。

钱小漪正欲进家。

一辆自行车急速停在她的面前。

邮差喊住钱小漪："小姐，请止步。"

钱小漪："有事吗？"

邮差："请问，钱小漪住这里吗？"

钱小漪："我就是。"

邮差："钱小姐，有你的一封甲级电报。"取出电报交给钱小漪。

钱小漪看电报，惊喜！

邮差："请你签字。"

钱小漪签字。

邮差离去。

女佣接过蛋糕："小姐，是他来的电报？"

钱小漪高兴地点头，急速跑上楼去。

女佣紧随其后。

22. 钱小漪卧室。

钱小漪跑进自己房间，关上门。

23. 客厅。

女佣捧蛋糕走进客厅。

钱太太："阿囡回来了？"

女佣："小姐回自己房间了。"

女佣："太太，把蛋糕放哪？"

钱太太:"摆到餐厅的桌子上。"

女佣:"是。"欲离去。

钱太太:"吴嫂,叫阿囡到客厅来。"

女佣:"太太,小姐正忙着呢。"

钱太太:"侬刚回来,忙啥子?"

女佣走到钱太太身边,轻声地说:"太太,那个山东人给小姐来了一封电报!"

钱太太警觉地说:"啥辰光?"

女佣:"就在小姐进门的时候。"

钱太太:"电报是啥内容?"

女佣:"不知道。"离去。

钱太太走到丈夫身边:"侬看看,哪能办?屋里厢刚刚消停下来,那个山东人又来捣乱了!"

钱运昌:"他们毕竟是同学,有书信来往又有啥呢?"

24. 钱小漪卧室。

卧室已经变成新房。

床的上方,挂着阿男与钱小漪的结婚照片。

一色的红木衣柜显得格外耀眼。

钱小漪坐在梳妆台前,双手捧着电报,眼角滚着热泪……

郯银根的画外音:"……由于母亲作梗,我接到你结婚的电报,是在你结婚的当日,我心急如焚却又无可奈何?我乞求上苍,但愿这是一场虚惊!因为,我寄信于你,但一直未见到你的复信,或许是你在气愤之中,给我的一种惩罚。无论这种惩罚有多么严厉,我都能坦诚地接受,因为这种惩罚毕竟是虚假的。古人常用红豆象征爱情与相思,唐代诗人王维就有一首五言绝句:

红豆生南国,
春来发几枝?
愿君多采撷,
此物最相思。

我的家乡虽然没有红豆,但漫山遍野的银杏,更是纯洁爱情的象征:

沂河两岸银杏花,
春绿秋黄尽奇葩。
碧清河水波漪动,

两眼望穿江南家。

小漪,我的爱人,沂河水流淌着我的思念,岸边缀满枝头的银杏眺望着水中的波漪……"

与画外音的同时,出现以下画面:

邮政局。

郯银根书写电报文。

郯府、东院、客厅。

郯银根与母亲在争执。

旷野。

郯银根纵马驰骋。

郯府、四合院、卧室。

郯杏琳与堂哥畅谈。

沂水河岸。

郯银根默默地凝视着东去的河水。

画面与画外音同时结束。

钱小漪的脸上洒满泪水。

25. 钱小漪卧室、门外。

钱太太推门不开,轻声地喊道:"阿囡,阿囡,侬在做啥?"

钱小漪猛地把门打开,声色俱厉地质问:"郯银根的来信呢?"

钱太太愕然:"侬讲啥么子?"

钱小漪:"你们为啥不把他的来信交给我?"

钱太太:"侬啥辰光来过信?"

钱小漪挥动着手中的电报:"你还要欺骗下去吗?"

钱太太也发了火:"侬瞎讲!是侬在欺骗侬!"

钱运昌、女佣都闻声赶来。

钱太太气得浑身发颤:"吴嫂,侬见过来信吗?"

女佣:"小姐,我真的没有见到过来信!"

钱太太冲女儿:"侬听到没有!"

钱运昌:"小漪,你怎么连自己家里人也不相信了呢?"

钱小漪泣声地说:"我真没有想到,你们为了达到自己的目的,竟合起伙来坑害自己的女儿!"说完,"砰"的一声关上房门。

门外的人,面面相觑。

26. 钱小漪卧室内。

钱小漪抱头痛哭。继而，她又取出郄银根的油画像，揿去布罩，相拥而泣。

27. 华灯初上。

钱小漪家、大门外。

阿男醉态朦胧地走下黄包车，按响门铃。

女佣打开门："姑爷，您咋喝成这样了？"

阿男醉眼乜斜地走上楼。

28. 钱小漪家、客厅。

阿男强打精神，走进客厅："爸，妈，我回来了。"

钱太太："侬吃老酒了？"

阿男点头。

钱太太："侬不是不会吃老酒吗？"

阿男："税务局那帮混蛋，不喝酒是办不成事的！"

钱运昌："事情解决了？"

阿男："爸，您放心吧，没事了，我和他们都交成朋友了！"

强忍着胃的难受。

钱运昌："太为难你了。"对夫人："快给他喝杯浓茶，会好受些的。"

阿男："不用了，我去睡一会儿就好了。"离去。

29. 钱小漪卧室。

阿男步态蹒跚地走到门外，推门不开，轻声地喊着："小漪，小漪。"

室内无人应。

阿男："你睡了？"

室内无人应。

阿男无声地依偎在门外，朦胧地睡去。

30. 郄府、东院、客厅。

大管家匆匆来到客厅："大奶奶，您找我？"

董兰君："大少爷呢？"

大管家："一大早，就和老太爷出去了。"

董兰君："他们干啥去了？"

大管家："我听说，老太爷带着大少爷，到酒厂、油坊，还有咱府上的其他商号转去了。"

董兰君："转什么呀？"

大管家："老太爷是让大少爷，去熟悉一下各店铺的情况呗。"

董兰君："是想接班了？"

大管家："老太爷从没对下人说起过。"

董兰君："这么大的事，总该和我商量商量吧？"

大管家："大奶奶，您多心了。郄府这么大的家业，除了您谁还能支撑得了啊？"

董兰君："我才懒得操这份心呢，最好有个人来替代我。"

大管家："难呀！大奶奶，这份苦您还得受着。"

董兰君："唉，我命苦呀，上辈子准是欠他郄家的！"

大管家笑。

董兰君："等大少爷回来，让他到我这里来一趟。"

大管家："是。"离去。

31. 古码镇、聚元隆商号。

铺面和油坊联在一起。

郄耀庭、郄银根走下马车，进了商号。

油坊主事迎上："老爷，这么个大热天，您咋来了？"

郄耀庭："我陪着大少爷到各商号转转。"

油坊主事："大少爷，您好！"

郄银根："你辛苦了。"

油坊主事吩咐伙计："快上茶！"

郄银根搬张凳子，坐在一侧。

油坊主事："这哪成？大少爷，您坐椅子上。"

郄银根："我爷爷和你坐椅子，我坐凳子就行了。"

油坊主事："这可不行，咱不能破了规矩。虽说我年纪比您大，可您是东家，我是雇员。"

郄银根："咱这里不分东家和雇员，只论辈分。再说，你一天到晚脚不离地，最累的是你呀！"

郄耀庭对主事："别争了，快坐吧，大少爷是个懂事理的人。"

油坊主事坐到椅子上："大少爷令我钦佩呀！"

郄银根："我今天来，是向你学习的。对榨油，我是一窍不通。而你却有几十年的丰富经验，是位名副其实的榨油专家呀！"

油坊主事："不敢当，不敢当。"

郏耀庭："我坐在这里喝茶，你陪大少爷去边看边讲吧。"

油坊主事："老爷，我先给您看样宝贝，您再回来喝茶！"

郏耀庭："宝贝？"

油坊主事："老爷，请！"

32. 后院、榨油作坊。

工人们两人一组，抱着近丈长的木椎，边喊着号子，边用力地撞击榨油。

黄澄澄的食油汩汩地流着。

油坊主事领着郏耀庭、郏银根走到作坊的尽头。

一名榨油工人守在一旁。

金黄透亮的食油兀自流个不绝。

郏耀庭惊喜地说："好香呀！"

油坊主事把食油沾在两指间："老爷，您看，这油竟能拉出长长的线来，细若蛛丝，极富弹性。浓度、色泽、质地、香味俱佳呀！"

郏耀庭："真是好油啊！"

郏银根："它和别的油，在生产工艺上有啥区别吗？"

油坊主事："这就是咱聚元隆商号的私藏绝方呀！"

郏耀庭："我咋不知道呢？"

油坊主事扑哧笑出声："花油匠，你快给老爷讲讲吧！"

花油匠憨厚地笑了两声，说："那天，碾花生的时候我睡着了，等一觉醒来，花生被碾成了泥。花生泥咋焙炒呀？可把我急坏了！没法子，也只好硬着头皮做。焙炒、蒸制、包箍、上榨就一味地敷衍了。我上了第一道榨，抱着木椎狠命地撞，可连一个油星也不见。我又加了一道榨，继续狠命地撞，可仍旧不见油淌出来。我又加了第三道榨，抱着木椎狠命地撞！奇迹突然出现了，只撞了一下，就闻到一股从未有过的奇香扑面而来！别的油是边撞榨边流，可这油也不再需要撞击，却是又浓又黏地流个不停！我简直跟做梦一样，看着看着就哭起来了……"

郏耀庭高兴地说："花师傅，你立了个大功

呀！"

郏银根："这件事说明了一个道理，只有动脑筋，不断地改善生产工艺，才能给产品带来新的活力！"指着一拉溜的老工艺，对主事说："咋不把这些都改成这样呢？"

油坊主事："不敢呀！等有了把握，再改不迟！"

郏银根："你胆子也太小了！已经吃过螃蟹了，你还怕它夹着手呀？"

众笑。

油坊主事："要不，再改两台试试？"

郏银根："不，至少要改掉三分之二！"

油坊主事看着郏耀庭。

郏耀庭："就按大少爷说的办！"

33. 祥茂商号、账房。

账房先生满头汗水地拨着算盘。

酒厂主事心急火燎地走进："你咋这么笨呢，这笔账就摆不平了？"

账房先生："姐夫，这可不是个小数目呀！"

酒厂主事："把账本给我！"

账房先生将账本交给主事。

酒厂主事翻看着账本："去年的账本呢？"

账房先生又找出去年的账本。

酒厂主事思量半天，说："先把河西马家的账挂起来，再把去年的这两笔老账划过来。这么一弄，也就大差不差了。"

账房先生："可益都的货款怎么办？"

酒厂主事："先给他一半。"

账房先生："一半也没有啊！"

酒厂主事："我去找油坊的主事通融一下。假如不成，你就把咱这几年积攒的钱先垫上，以后想办法再弄回来！"

账房先生："也只好如此了。"

酒厂主事："你赶紧作账，我去找油坊主事。"

伙计匆匆跑来："掌柜的，老东家和大少爷来了！"

酒厂主事惊骇："在哪？"

伙计："他的马车刚停到门口。"

酒厂主事："我知道了。"

伙计离去。

酒厂主事对账房先生说："快把账放起来！"

账房先生慌里慌张地把账本藏起。

酒厂主事："你从后门出去，天黑前别回来！"

账房先生离去。

34. 祥茂商号、门前。

郏耀庭、郏银根走下马车。

酒厂主事赶忙迎了上去。

35. 郏府、西院、卧室。

郏文博躺在睡榻上。

蒋凤仙坐在身边，给他扇凉。

郏银之走进："爹，你找我有事？"

郏文博："这些天，你俩进进出出的，在忙啥呀？"

郏银之："没忙啥呀。"

郏文博："撒谎！酒厂的主事不是也来过吗？"

郏银之一怔："这……"

蒋凤仙赶忙说："对，是我请他来的。"

郏文博："他来干什么？"

蒋凤仙："还不是为了少爷？"

郏银之不悦地说："为我？"

蒋凤仙："你别紧张，我还没把话说完呢。"

郏文博："甭管他，你说！"

蒋凤仙："我问他，这些日子，少爷去没去酒厂？他在那里的表现又怎么样？"

郏文博："他怎么说的？"

蒋凤仙："我万没想到，他把少爷夸奖成一朵花了！"

郏文博："溢美之词多了，就是假的。"

蒋凤仙："起初，我也是这么想，就又亲自去了趟酒厂，向伙计们了解情况。二爷，你猜怎么着？大家异口同声地夸奖少爷好！您说，这还能是假的？"

郏文博："我咋觉着不是这回事？"

郏银之："爹，你总是在门缝里看我！"

蒋凤仙："俗话说，浪子回头金不换。咱少爷，可真是越来越有出息了！"

郏银之："爹，这回你该信了吧？你儿子是谁，原先是英雄没有用武之地。只要给我一个位子，我就能给你扬眉吐气！"

郏文博："果真是这样，我会比谁都高兴的！"

蒋凤仙："就是嘛，打虎亲兄弟，上阵父子兵！"

郏文博："凤仙呀，银之也得好好谢你，为了他的事，你也操了不少的心。"蒋凤仙："我还不是为了二爷您吗？"

郏文博："你是为了郏府的家产！"

蒋凤仙："这难道也有错吗？"

郏文博："没错，没错。"

蒋凤仙："今儿一大早，老太爷又和大少爷出去了，听说还要建什么矿？咱西院也应该沉下心来，想想对策了！"

郏文博："你不是让我喝着大茶，坐在城楼上观山景吗？前边的事，有你就行了！"

蒋凤仙："您放心？"

郏文博："我这个人呀，历来是用人也疑，疑人也用。"

蒋凤仙："你这是啥意思？"

郏文博笑："和你说着玩的，你就大胆地干吧！"

36. 黄昏。

古码镇、祥茂商号、账房。

账房先生陪着酒厂主事喝酒。

酒厂主事："今儿白天，可真把我吓了一大跳！我还以为是五万块钱的事犯了，老太爷是来查账的呢！"

账房先生："我也吓得一整天没敢回来！"

酒厂主事："这都是你给我惹的乱子！这回该知道，在社会上混不容易了吧？"

账房先生叹口气："现如今的人咋都这样？连亲爹娘都不敢相信了！"

酒厂主事不悦地说："你这是什么话？"

账房先生忙改口："嘿嘿，咱家的人除外。"

酒厂主事："往后无论说啥话，都要先掂量掂量再张口！"

账房先生不服气地说："你说别人一套一套的，可你自己做的呢？"

酒厂主事一怔，心虚地说："我，我咋了？"

账房先生："你就不该把那张欠条还给他们！"

酒厂主事放下心："你是说这个呀？"

账房先生："没了欠条，咱干吃哑巴亏！"

酒厂主事："我没那么傻！"从口袋里取出借据："你看，这是什么？"

账房先生接过，惊喜地说："你没还给他？"

酒厂主事："还了。"

账房先生："这是咋回事？"

酒厂主事："这是张真的，还给他的是张假的。"

账房先生："那是张假的？"

酒厂主事："我去的时候，长了个心眼，生怕吃亏上当。就请人比着葫芦画瓢，又弄了张假的。我揣着两张借据进了郏府。没想到，二姨太这个臭婊子，果真和我斗心眼，她也不想想我是谁？玩这个，她还嫩点！"

账房先生挑起大拇指："姐夫，你真行！"

酒厂主事："你明天就去郏府，找郏银之催账！他要是不还，你就说，要把借据交给大奶奶。再不然，二姨太亲自到商号来一趟也行。无论是他吼叫还是辱骂，你一概不接腔，扭头就走！记住了吗？"

账房先生："记住了！"

酒厂主事："我要让这个臭婊子知道，到底是谁最厉害！"

账房先生："姐夫，益都的货款，筹集得咋样了？"

酒厂主事："我还没去找油坊的主事呢。"

账房先生："你可真沉得住气！"

酒厂主事："我是没敢去！"

账房先生："没敢去？"

酒厂主事："今儿白天，老太爷能突然杀到咱这里，难道就不会到他那里？一旦碰上，我又说啥呢？"

账房先生："对，你啥时候去？"

酒厂主事："吃完饭就走。夜里去谁也碰不见，神不知鬼不觉地就把事情办了。"

账房先生："好。反正咱的钱，我也准备好了。一旦不行，咱就先垫上。"

酒厂主事："留得青山在，不怕没柴烧！"一扬脖，干了杯中酒。

37. **夜。**

郏府、四合院、卧室。

郏银根在书案前挥毫泼墨。

董兰君在女佣的陪同下，来到儿子的住处。

郏银根将母亲迎入房内，对女佣说："你走吧，待会我送母亲回去。"

女佣离去。

郏银根给母亲捧上香茶。

董兰君立在书案边，观看着儿子的书法："根儿，你的书法大有长进啊！"

郏银根："让母亲见笑了。"

董兰君："行书，是介于楷书和草书之间的书体。它比楷书要宽松的多，点画之间有较多的映带、连笔，字形也有较多的斜侧变化。行笔简便、流畅，既轻盈又通俗易识。根儿，你何时从楷书改为行书的？"

郏银根："在日本读书期间，由于生活节奏的加快，我便不习惯楷书而改学行书了。"

董兰君："这么说，生活能改变一切？"

郏银根："是的。我喜爱书法，就是在母亲的手把手中学起的。我小时候听父亲说，书圣王羲之最初是跟父亲学书法，后来又拜女书法家卫夫人为师。我的启蒙老师，就是母亲。"

董兰君："你外公酷爱王羲之，他的字那才真是好呐，方圆数百里堪称神笔！他最喜欢的是你爹爹的字，可你爹爹酷爱的是王献之。有一次，你外公问你爹爹，二王的字哪一个好呀？你爹爹没正面回答，只是说了王献之对宰相谢安提出的同样问题：'你的字与你父亲的比较起来怎么样？'王献之回答说：'当然是我的字比他好。'果然，王献之的一幅行草《鸭头丸帖》，征服了天下！父子二人开辟了晋代以'韵'胜出的书体新风！"

郏银根兴奋地说："母亲，您今天又给我上了生动的一课！"

38. **夜。**

古码镇、聚元隆商号。

酒厂主事推门而进。

油坊主事惊诧地说："哪阵香风把老哥给刮来了？"

酒厂主事："多日不见，我想老弟了！"

油坊主事："上茶！"

伙计捧上茶。

油坊主事："老哥，你这是到哪儿逍遥去了？"

酒厂主事："一天到晚忙得够呛，哪还有那心思？"

油坊主事："你不给老弟说实话！"

酒厂主事："我真的哪儿也没去。"

油坊主事："你的脸告诉我了，喝得红红的，还说哪儿也没去？"

酒厂主事："我这张脸不争气，一杯酒下肚它也红！"

油坊主事："好呀，里外透明！"

酒厂主事："老弟，今天老太爷来过吗？"

油坊主事："也到你那儿去了？"

酒厂主事："在你这儿都说了些啥？"

油坊主事："只是让大少爷熟悉一下油坊的情况。"

酒厂主事："这是一个信号呀！"

油坊主事："啥信号？"

酒厂主事："你不想想，老太爷为啥领着大少爷到处视察？看来，大奶奶就要大权旁落了！"

油坊主事："你瞎猜疑啥呀？人家是亲娘俩，谁干不一样？"

酒厂主事笑着摇摇头。

39. 夜。

郯府、四合院、卧室。

董兰君读着书案上的字：

> 银杏之王千余年，
> 雌雄株异别洞天。
> 历尽沧桑今未老，
> 根系黄土叶茂繁。

"根儿，母亲在你的书韵中，看到了你的悲伤。钱小姐在你的心里挥之不去，母亲也为你难过。月有阴晴圆缺，人有悲欢离合，你不能因儿女情长而英雄气短。你是郯家的长子长孙，理应支撑郯家的门面。前些年，因你年幼，又外出求学，我不得已替你挑着这副重担。如今，你已经学业期满，也已成人，就应该尽孝悌之心，早些把担子接过去，也让母亲颐养天年。"

郯银根诧异地看着母亲。

董兰君："根儿，这也不仅是我一个人的意愿，你爷爷也早有此意。虽然说郯家的事千头万绪，人心各异，但你尽管放心，母亲会帮助你的。"

郯银根不语。

董兰君："你怎么三缄其口呀？"

郯银根："我正在听母亲的教诲。"

董兰君："这就跟学书法一样，光看不练是不行的。为了让你尽早地挑上这副重担，我想把你放出去，先磨炼磨炼。"

郯银根依然不语。

董兰君："当前，市面上棉布紧缺，市场上的需求量也会越来越大。我想在咱古码镇建一个大的纺织厂，垄断沂河两岸的棉布销售。这样一来，就需要大量的棉纱。我派你到江南去，设立一个长久性的棉纱收购站。必要的话，建个公司也行！根儿，你意下如何？"

郯银根："母亲处处为我着想，真是用心良苦呀。不过，事关重大，还是告之爷爷，由他定夺吧。"

董兰君："只要你同意，我会去找老太爷商议的。"

郯银根："又要让您操心了。"

董兰君："已经很晚了，我该回去了。"

郯银根："我去送母亲。"持纱灯，搀扶母亲走出卧室。

40. 夜。

古码镇、聚元隆商号。

油坊主事："老哥无事不登三宝殿，有啥事就直说吧。"

酒厂主事："我是来请你帮忙的。"

油坊主事："帮啥忙？"

酒厂主事："我在益都订购了一批麸子，账上的资金一时周转不过来，我想请你帮老哥一把。"

油坊主事笑："老哥是在逗我玩吧？你没钱，谁信呀！"

酒厂主事："晴天还有下雨的时候，谁能保证一辈子不遇到点难处？"

油坊主事："多少？"

酒厂主事："五万。"

油坊主事："数不小啊！"

酒厂主事："借期一个月，到时本利还清。"

油坊主事："老哥，我不是不想借你，可一时拿不出钱来呀！"

酒厂主事："别给我来这一套！痛快点，借还是不借？"

油坊主事："这是老哥第一次向我张嘴，我能不借吗？"

酒厂主事："好兄弟！"

油坊主事："只是需要缓些日子。"

酒厂主事："缓几天？"

油坊主事："十天半月，个月二十天？"

酒厂主事火："黄花菜都凉了！"

油坊主事："你要是急用，我可就不好办了。"

酒厂主事拍案而起："你这个滑头！"

油坊主事："老哥，你别生气，我说得句句是实话！"

酒厂主事："不借了！"甩门而去。

油坊主事站立门口，露出疑惑地目光。

41. 烈日炎炎。

银杏园。

账房先生大汗淋漓，大步流星地朝郏府走着。

42. 郏府、后院。

董兰君走进后院。

43. 郏府、大门口、门房。

账房先生在门房里等待。

郏银之跟随男佣走进门房。

44. 郏府、后院、客厅。

郏耀庭静静地听着。

董兰君："爹，这是一次最好的商机！南方，以生产细布为主。咱呢，就生产粗布、土布、家织布。南方有南方的优势，咱有咱的强项。城里的市场再大，它也大不过咱农村。再说，咱的成本也比城里低得多，仅工人的开销，最多也只是他们的三分之一，甚至还会更低。爹，这是个千载难逢的好机会，咱应该下决心建个纺织厂了！"

郏耀庭："这是个好主意！"

董兰君："您同意了？"

郏耀庭："厂子一旦开工，就需要大量的棉纱，咱从哪里解决？"

董兰君："这件事，我也想好了。咱可以派人坐镇江南，设立收购站。"

郏耀庭："你打算派谁去呀？"

董兰君："根儿。"

郏耀庭恍然："噢。"

董兰君："您不同意？"

郏耀庭不语。

董兰君："根儿不仅聪慧睿智，而且也见多识广。再说，远隔千里，独掌财权，非自己人不可。所以，派根儿去是最合适的。"

郏耀庭依然不语。

董兰君："爹，此事刻不容缓，您要是没啥意见，我即刻着手去办！"

郏耀庭："除了根儿的事之外，其他的我都同意，你去看着办吧。"

董兰君哑然。

郏耀庭："我有些累了，想歇一会儿。"

董兰君神态沮丧。

45. 郏府、大门外。

郏银之把账房先生拽到大门外，发着火："你大白天地跑来干啥？还当着外人胡说八道？"

账房先生："我不是着急吗？"

郏银之："有屁快放！"

账房先生："郏少爷，你可把我害苦了！你要是再不把钱还上，我可就要把你的借据，交给大奶奶了！"

郏银之笑："你吓唬谁呀？本少爷从来没借过你账上的钱！"

账房先生："郏少爷，你别自欺欺人了！我实话对你说吧，你拿到的那份借据是假的，真的还在我姐夫手上呢！"

郏银之蒙了一下。

账房先生："这次，就是他让我来的！我姐夫说，要么马上还钱，要么让二姨太亲自到商号去一趟，还可以再商量个办法。"

郏银之勃然大怒："借据是假的？他糊弄小孩呢？老子不信他这一套！"

账房先生平静地说："好好好，我不和你吵，信不信由你。"

郯银之："你告诉那个混蛋，他这只馋猫要是再想吃腥的话，我就掐死他！"

账房先生："你这是啥意思？"

郯银之："滚！"

账房先生："郯少爷，我可告诉你，三天为限。不然的话，别说我们兄弟俩对你不客气！"

郯银之："滚！"

账房先生："我滚，我滚，咱走着瞧！"匆匆离去。

郯银之气得咬牙切齿："呸！"

46. 郯府、后院、客厅。

郯银根随大管家走进客厅。

郯耀庭："根儿，坐到爷爷身边来。"

郯银根坐到郯耀庭身边。

郯耀庭："你知道我为啥叫你来吗？"

郯银根："为办纺织厂的事。"

郯耀庭："你母亲对你说过了？"

郯银根："是的。"

郯耀庭："你是个啥意见？"

郯银根："我对母亲说，事关重大，要有爷爷定夺。"

郯耀庭："我对此事，有八个字。"

郯银根："哪八个字？"

郯耀庭："此事可办，用心不善。"

郯银根露出一丝不易察觉的微笑。

郯耀庭也已看在眼里："根儿，你说此事，还能不能办成呀？"

郯银根："说实话？"

郯耀庭："当然！"

郯银根："办不成了。"

郯耀庭笑："你小子，是爷爷的孙子！"

郯银根："爷爷是何许人也？是如来佛，手掌大着呐！仲亭叔，你说是不是呀？"

众笑。

郯耀庭："你母亲智力超人，她提出兴办纺织厂，是件绝顶聪明的事情。我们不仅要办，还要把它办好，办大！"

郯银根兴奋地说："我也是这么想的！"

郯耀庭："根儿，你给银业和银国写信去了？"

郯银根："他俩应该收到了。"

郯耀庭："你是咋说的？"

郯银根："我让他们结业后即刻回来，共创家业！"

郯耀庭："说得好！等他俩回来，你们兄弟三个把心拧到一块，甩开膀子大干一场！"

大管家："老爷，咱郯府是喜气盈门呀！"

郯耀庭："根儿，站到我身边来，让爷爷再好好看看！"

郯银根诧异地站到爷爷身边："爷爷，我有啥好看的？"

郯耀庭自语道："好看，是好看。"

郯银根："爷爷，您说啥呀？"

郯耀庭："仲亭，我让你准备的家什呢？"

大管家取出理发工具。

郯耀庭："根儿，把爷爷的辫子剪掉！"

郯银根惊诧："爷爷，您说啥？"

郯耀庭："把爷爷的辫子剪掉！"

郯银根："真的？"

郯耀庭："爷爷也是个赶潮流的人！剪！"

47. 郯府、西院、客厅。

郯银之余怒未消："真是气死我了！"

蒋凤仙："他还的那张借据呢？"

郯银之："我把它撕了！"

蒋凤仙："撕了？"

郯银之："留着它干啥？我一看见它就脊梁骨发怵！"

蒋凤仙："你把它扔到哪儿了？"

郯银之："后窗户外头。"

蒋凤仙："快，快把它捡回来！"

郯银之站着不动。

蒋凤仙跑出客厅。

48. 西院、客厅外的后窗下。

蒋凤仙仔细地寻找着碎纸片。

49. 郯府、后院、客厅。

郯耀庭已经剪去辫子："仲亭，杏花给我买的那顶礼帽呢？"

大管家："我去取。"

郯耀庭站在穿衣镜前欣赏。

大管家取来礼帽。

郯耀庭将礼帽戴在头上："你们说，咋样？"

郏银根："爷爷，您已经判若两人了！"

郏耀庭："我跟姚县长的穿着打扮，没啥两样了吧？"

大管家："您比他神气多了！"

众笑。

郏耀庭："根儿，他上次已经向你开口了，你打算咋办？"

郏银根笑："爷爷，等我二弟回信后，就有办法了！"

50. 郏府、西院、客厅。

蒋凤仙将残缺不全的纸片拼凑在一起："你看看，这是你的笔迹吗？"

郏银之："是啊！"

蒋凤仙："你看仔细点！"

郏银之仔细地看着，不由惊讶："不对，这不是我写的！"

蒋凤仙紧张起来："你可要认准了！"

郏银之："没错，这是张假的！"

蒋凤仙跌坐在椅子上。

第七集

1. 古码镇、祥茂商号、账房。

酒厂主事手捧小茶壶品着茗茶，仔细地听着内弟的叙说。

账房先生："这小子以为咱是在吓唬他，醉死不认这壶酒钱！"

酒厂主事："他是煮熟的鸭子嘴巴硬，他心里虚得很！"

账房先生："他还说……"

酒厂主事："说什么？"

账房先生："他说，你是只馋猫，要是再想吃腥，他就掐死你！"

酒厂主事心里咯噔一声。

账房先生："姐夫，他这话是啥意思？"

酒厂主事："甭听他胡啰啰！"

账房先生："你说，他这是啥意思呀？"

酒厂主事："啥意思？这还不是明摆着，逼他还钱的事呗！"

账房先生："姐夫，我可要给你提个醒，绝不能做对不起我姐的事！"

酒厂主事："你瞎猜啥呀？我是那种人吗？"

账房先生："那他为啥说这种话？"

酒厂主事："好了！嘴长在他脸上，我能管得了？我看你是吃饱了撑的！"

账房先生闷声不语。

酒厂主事："你呀，听见风就是雨，这还没刮风呢，你就打起伞来了！你不想想，我和你姐是啥关系？那是恩爱夫妻！古书上说柳下惠是坐怀不乱，我是连女人都不看一眼！"

账房先生："哼，现如今，人说的话，在北平说的，你得到南京听去！"

酒厂主事："你哪这么多毛病？我是这里的主事，我在这里说的，你就得在这里听！"

账房先生又欲说什么。

酒厂主事打断地："别说了！你今天就去益

都，要好好对人家讲，货款付一半。"

账房先生："人家要是不愿意呢？"

酒厂主事："你刚才的本事呢？"

账房先生不语。

酒厂主事："你把钱全带上，要是死缠硬磨也不行，最后就把货款全付给他。"

账房先生："钱咋办？"

酒厂主事："油坊那边不肯借，郯银之这边也一时半会还不上，那就把咱的钱先垫上吧。"

账房先生："我啥时候动身？"

酒厂主事："现在就走！"

2. 郯府、西院、客厅。

室内气氛沉闷。

郯银之："咱俩就这么憋着？"

蒋凤仙不语。

郯银之："要是能憋出个办法，把事情解决了也行！"

蒋凤仙不语。

郯银之："你一宿没睡，我也是噩梦不断！"

蒋凤仙不语。

郯银之："这件事，你怎么能光怪我呢？我还不是从你手里，接过的那张借据吗？"

蒋凤仙不语。

郯银之："那混蛋让你去一趟，也或许还能商量出个办法来。"

蒋凤仙把身体拧向一边。

郯银之："我知道，这个臭流氓没怀好意。可你要是不去，咱就真的一点希望也没有了！"

蒋凤仙不语。

郯银之："还要我给你下跪吗？你去一趟又有啥？再说，你身子早已经掉到井里了，还差这两只耳朵吗？"

蒋凤仙："你给我滚出去！"

郯银之："好，我走，我走！去与不去，你

自个掂量着办吧!"

蒋凤仙:"滚!"

郯银之走出客厅。

3. 乡间大道。

郯银根纵马奔驰。

4. 沂河县衙。

郯银根走进县衙。

5. 县衙、客厅。

郯银根在客厅里等待。

用人把茶端到郯银根面前。

秘书走进:"郯先生,姚县长正在处理公务,请您稍等,他片刻就到。"

郯银根:"请你转告姚县长,北平的高公子给他写来一封信。"

秘书:"我一定禀报。"离去。

6. 银杏园。

一辆马车朝古码镇行驶。

蒋凤仙独自一人坐在马车上。

7. 县衙、客厅。

姚月亭匆匆走进客厅:"贤侄,让你久等了。"

郯银根:"您公务在身,我又来打扰,真是不好意思。"

姚月亭:"这是什么话,我愿意你能天天来。请坐,请坐。"

郯银根:"您请坐。"

姚月亭:"贤侄太客气了。"

二人入座。

姚月亭:"郯公好吗?"

郯银根:"我来的时候,爷爷嘱托我向您问安。"

姚月亭:"不敢当,不敢当。"

二人一时无语。

姚月亭尴尬地笑笑:"我听秘书说,有一封什么信?"

郯银根:"我这次来,就是给您送这封信的。"

姚月亭:"是高公子写给我的?"

郯银根:"我按照您的嘱托,先给他写了一封信,详细地向他讲述了县长您的政绩。没想到,他即刻便给我写来了回信。其中有一页信

笺,是专门写给您的。"

姚月亭:"贤侄办事真是神速啊!"

郯银根:"我是被姚县长以诚待人的精神所感动。俗语说,你敬我一尺,我敬你一丈,俩好才能轧一好呀!"说完,并未掏信。

姚月亭心领神会,忙从公文包内取出建矿报告:"贤侄,这份报告的手续,一切齐备。本想给郯公送去,只因公务缠身,未能如愿。正巧你来了,就省了我的事了。"说完,却把报告放到了公文包上。

郯银根取出信:"请姚县长过目。"

姚月亭接过信。

信封的右端,"北平大学"四个字赫然在目。

姚月亭抽出信笺,阅。

画外音:"姚县长台鉴:挚友银根兄来信,颂扬其沂河县的升平景象,老百姓安居乐业,此皆姚县长之政绩,可敬可贺。另谈及建矿一事,又承蒙您的鼎力相助,才能事遂人愿,既欣慰又感激。沂河县人能有这样的县长,实乃幸事。民国能有这样的基石,实乃幸事……"

与画外音同时,出现以下画面:

郯府、四合院、卧室。

郯银根伏案疾书。

北平大学、校院。

郯银业、郯银国阅信。

北平大学、宿舍。

郯银业、郯银国书写复信。

县衙、客厅。

郯银根细心地观察姚月亭的反映。

姚月亭的眼里闪露着亢奋的目光。

画面与画外音同时结束。

姚月亭连声说道:"惭愧,惭愧!"

郯银根:"高公子不仅是我的同学,而且还是挚友。我的话,他是确信无疑的。"姚月亭:"贤侄,对于你的溢美与引荐,我甚是感激!"

郯银根:"姚县长又客气了。您不是说,咱们来日方长嘛!"

姚月亭装起信笺,送还郯银根。

郯银根:"这是给您的信,我怎么好带走呢?"

姚月亭高兴地收起,然后把报告交给郯银

根："贤侄，等此矿开业时，我可要到场祝贺呀！"

郯银根："我分发的第一份请柬，就是给您的！"

8. 古码镇、祥茂商号、账房。

蒋凤仙走进账房。

酒厂主事笑脸相迎。

蒋凤仙冷冷地说："我来了，咱开始商量办法吧？"

酒厂主事轻声地说："在这里不行，隔墙有耳。"

蒋凤仙："在哪儿行呀？"

酒厂主事："我在碧露春旅店有间包房，你到那儿等我。"

蒋凤仙离去。

9. 县衙、后宅、餐厅。

姚月亭设家宴，款待郯银根。

姚太太："郯少爷真是一表人才呀"

姚月亭："那是自然。在咱沂河县，出洋留学的，就贤侄一人。"

郯银根取出一只精致的小礼盒："姚太太，这是我母亲的一点心意，请您笑纳。"姚太太接过，打开礼盒："呀！好漂亮的一对耳坠和一枚戒指呀！"边说边佩戴，又取出化妆镜，欣赏着："又大方又高贵，这才是真东西！比丁乡长送的好多了，我太喜欢了！"

姚月亭赶忙把话岔开："贤侄，咱爷俩干一杯！"

姚太太："郯少爷，代我谢谢你母亲！"

郯银根："我母亲说，还要请您到府上去玩呢。"

姚月亭对夫人说："你应该去，那里有三千年的老神树，还有一眼望不到头的银杏园！"

姚太太："那敢情好，我一定去！郯少爷，你咋不带家眷一起来呀？"

郯银根："我还没成家呢。"

姚太太："啧啧啧，像你这年纪，该做爸爸了！"

郯银根被触动了心弦，脸上露出一丝苦笑。

姚月亭向夫人使了个眼色。

姚太太端起酒杯："郯少爷，我敬你一杯酒！"

郯银根赶忙站起："不敢当，不敢当。"

10. 上海、钱小漪家、钱小漪卧室。

钱小漪伏案疾书。

郯银根的油画像伫立在案边。

钱小漪一张张地写，又一张张地撕碎，扔在脚下。

地上已堆满撕碎的纸团。

钱小漪凝视着画像，潸然泪下。

电风扇吹散了案上的信笺，最后一张也随风飘至窗外。

钱小漪全然不理，她将杯中的红酒一饮而尽。

知了咕噪。

钱小漪关闭了窗户。

11. 沂河县衙、门口。

郯银根走出县衙，骑马而去。

12. 古码镇、碧露春旅店、包房。

蒋凤仙指着桌上的酒菜："这就是你要商量的办法？"

酒厂主事："莫性急，咱们边吃边说。"

蒋凤仙："我没有这种闲情雅致！"

酒厂主事："我有啊。"

蒋凤仙："与我无关！"

酒厂主事："我有，你就得有。"

蒋凤仙："放肆！你怎么能这样对东家说话？"

酒厂主事："你搞错了，眼下我是东家，你是雇员。因为，不是我欠你的，而是你欠我的！"

蒋凤仙愤怒地说："我不吃！"

酒厂主事："有来无往非礼也。上次你请我喝酒，我欣然前往；今天我请你喝酒，你也应该赏我一个脸呀！"

蒋凤仙："那张借据呢？"

酒厂主事："在我手上。"

蒋凤仙："带来了吗？"

酒厂主事："带来了。"

蒋凤仙："在哪？"

酒厂主事："信不过我？"从兜里取出借据："我没撒谎吧？"

蒋凤仙："还给我！"

酒厂主事:"咱俩还没商量个办法,我咋能还给你呢?"

蒋凤仙坐到餐桌边:"我吃!"

酒厂主事入座:"这就对了。"斟酒。

蒋凤仙:"你说咋喝法?"

酒厂主事:"咱别破了规矩,就按上回那种办法喝。"

蒋凤仙连干了三杯。

酒厂主事:"爽快!"

蒋凤仙:"你不觉得这样做,太小人了吗?"

酒厂主事:"名师出高徒啊!我要好好地向你学习,保证做到青出于蓝而胜于蓝!"

蒋凤仙:"卑鄙!"

酒厂主事:"学生敬老师三杯!"

蒋凤仙:"一起喝!"

二人连干三杯。

酒厂主事把喝进口中的酒,偷偷地吐在擦脸的毛巾上。

蒋凤仙:"再喝三杯怎么样?"

酒厂主事:"果然海量!"

蒋凤仙:"干!"

二人又干了三杯。

酒厂主事看看桌下,佯装口齿不清地说:"今儿,怎么还没有掉筷子呀?"

蒋凤仙气愤地将一根筷子划落在地。

酒厂主事赶忙说:"我来捡,我来捡!"俯身桌下。

一条雪白的大腿呈现在眼前。

酒厂主事抱住了大腿。

蒋凤仙将他推开:"借据呢?"

酒厂主事取出借据。

蒋凤仙将借据揣进口袋,欲逃。

酒厂主事将她扔到了床上。

13. 大道上。

郏银根纵马奔驰。

14. 古码镇、碧露春旅店、包房。

酒厂主事睡在蒋凤仙身边。

蒋凤仙轻轻爬起,整理衣衫,刚欲出门。

酒厂主事突然问道:"要走吗?"

蒋凤仙被吓一跳。

酒厂主事挡在她前面:"宝贝,要是想我了,

还到这儿来找我!"

蒋凤仙愤怒地抡起了巴掌。

酒厂主事抓住了她的手腕:"宝贝,你怎么变脸比提裤子还快呢?"

蒋凤仙怒不可遏地冲出房间。

15. 古码镇。

郏银根驰马进了古码镇。

16. 碧露春旅店、门口。

蒋凤仙走出旅店大门。

郏银根骑马而至。

二人相遇。

蒋凤仙大吃一惊:"大少爷!"

郏银根翻身下马:"二姨太,你到这里干啥来了?"

蒋凤仙支吾地:"我,我来看一个朋友。"

郏银根:"客人呢?"

蒋凤仙:"不巧得很,他已经走了。"

郏银根:"我也是来看一个朋友的。"

蒋凤仙:"你去忙吧。"乘上马车,急速离去。

17. 碧露春旅店内。

老板娘伫立门内,偷听着他们的对话。

18. 碧露春旅店外。

郏银根疑惑地望着马车,又信步走进旅店。

19. 马车上。

蒋凤仙偷望着郏银根,见他走进旅店,更加惊慌失措,朝马夫催促着:"快走!"

20. 碧露春旅店内。

郏银根走进。

老板娘迎上:"哟,今儿是咋了,二姨太前脚刚走,大少爷后脚就来了?"

郏银根:"二姨太干啥来了?"

老板娘:"来看他一个朋友。"

郏银根:"她的朋友呢?"

老板娘:"今儿一大早就走了,二姨太扑了个空。"

郏银根:"你辛苦了。"欲走。

老板娘:"大少爷,你连口茶水也没喝,咋说走就走呢?"

郏银根:"我还有事,你忙吧。"离去。

酒厂主事站在楼梯上窃听,吓了一身冷汗。

老板娘走到他身边："咋谢我呀?"

酒厂主事掏出钱："够朋友!"

21. 古码镇、永昌商号。

郏银根走进商号。

樊掌柜热情相迎。

郏银根："之声兄在吗?"

樊掌柜："他去县城了。"

郏银根："哎呀,我刚从县城回来。"

樊掌柜："你找他有急事?"

郏银根："我想请他到府上做客。"

樊掌柜："我一定转达。上茶!"

22. 乡间大道。

马车在疾驰。

蒋凤仙依然失魂落魄。

23. 晚霞似锦。

用人们又点燃了郏府的纱灯。

24. 郏府、后院、客厅。

郏耀庭拿着建矿报告,脸上笑成一朵菊花:"根儿,你为咱郏家办了一件大事!祖宗在九泉之下,也会高兴地合不拢嘴。我要给你好好地庆贺一下!"

郏银根："值得庆贺的应该是爷爷,要不是您发现了宝石,哪有这份报告呀!"郏耀庭走到门口,喊道:"仲亭!"

大管家应声而到:"老爷。"

郏耀庭："马上准备香案,我要到老神树下焚香叩拜!"

大管家："是。"离去。

25. 郏府、西院、客厅。

蒋凤仙坐在桌边,头疼欲裂。

郏银之匆匆走进,急不可待地说:"把借据要回来了?"

蒋凤仙不予理睬。

郏银之："快把它给我!"

蒋凤仙仍不理睬。

郏银之："你端什么架子,我都快急死了!"

蒋凤仙："你这个人还有没有良心?"

郏银之："我咋了?"

蒋凤仙："我的头都快裂开了,你问过一声没有?"

郏银之："我咋知道呢?"

蒋凤仙："你还是个人吗?"

郏银之赶忙端上茶水:"你喝茶,我帮你揉揉。"双手按摩蒋凤仙的太阳穴。蒋凤仙:"这回可把我吓死了,到现在我的心还怦怦直跳!"

郏银之："他把你咋着了?"

蒋凤仙："我碰到大少爷了!"

郏银之："啊?"

蒋凤仙："我俩是在旅店门口碰上的。"

郏银之："你去旅店干啥呀?"

蒋凤仙："是那个狗东西约定的地方!"

郏银之："真他娘的臭流氓!"

蒋凤仙："我前脚刚走,大少爷后脚就进了旅店。"

郏银之惊骇:"莫非是他知道了咱的事?"

蒋凤仙："吓得我呀,这颗心一路上怦怦直跳!"

郏银之："这件事,要是让他知道了,可就全毁了!"

蒋凤仙："那就撕破脸,破罐子破摔!反正咱把借据要回来了,他没有凭证,咱死活不承认,他就一点办法也没有!"

郏银之："快把借据给我!"

蒋凤仙取证据,她翻遍口袋,也未找见!

郏银之："他是给你了?"

蒋凤仙："是给我了!"

郏银之："仔细想想,你把它放哪儿了?"

蒋凤仙："我记得清清楚楚,就放在旗袍口袋里了!"

郏银之："口袋有洞吗?"

蒋凤仙翻看:"好好的!"

郏银之着急地:"那咋就会没了呢?"

蒋凤仙："你别吵,让我静下心来想一想。"

郏银之："快想,快想呀!"

蒋凤仙："你快到马车上,去仔细找找!"

郏银之急速离去。

蒋凤仙像过筛子一样,回想着在旅店的情景:

蒋凤仙将借据揣进口袋,欲逃。

酒厂主事将她扔到床上。

蒋凤仙挣扎。

酒厂主事强行解开她旗袍上的纽扣,人压在

了她的身上……

蒋凤仙轻轻爬起，整理衣衫，刚欲出门。

酒厂主事突然问道："要走吗？"

蒋凤仙被吓一跳。

酒厂主事挡在前面："宝贝，要是想我了，还到这儿来找我！"

……

闪回的情景消失。

蒋凤仙呆呆地伫立在桌边。

郯银之匆匆赶回："我找遍了，马车上没有！"

蒋凤仙喃喃地说："马车上不会有的。"

郯银之："你想起来了？"

蒋凤仙："还在他手上。"

郯银之："啊？"

蒋凤仙："我自有办法！"

26. 一抹朝霞染红东边天际。

滔滔沂河水流向太阳升起的地方。

老神树下。

郯银根陪同爷爷给老神树焚香叩拜。

小莺子也跪在一旁磕了三个头。

郯银根搀起爷爷。

郯耀庭坐在马扎上，把小莺子揽在腿边："根儿，咱这个家就是在这里，改姓郯的。"

郯银根细心地听着。

郯耀庭："当年，我逃荒，就是在这里遇见了你太爷。上百口子饿疯了的人，涌到了这个村，你太爷敲响了这口大钟！村里的人呼啦啦来了一片，眼看就要出事。你太爷站在这个高坡上大声说，乡亲们，饥荒像一只张开血盆大口的狼，要吞吃咱穷人！咋办呢？天下穷人是一家，穷不帮穷谁帮穷？一个窝头两人吃，一张炕上俩人睡。有多大的力，就尽咱多大的力吧！"

小莺子："老爷爷，后来呢？"

郯耀庭："人心齐，泰山移呀。家家都领回了逃荒的人！"

郯银根看着树上悬挂着的大钟，无限感慨地说："我为太爷感到骄傲！"

郯耀庭："你太爷见我饿昏了，从怀里掏出一个饼子，掰得碎碎的，一块块地塞到我嘴里。一个饼子救了我一条命，我爬起来就要给他磕

头。他拦住我说，要磕头就给老神树磕，要谢就谢老神树。我给老神树磕了三个头。你太爷对我说，你孤苦伶仃的，你要是愿意的话，就到我家招婿入赘。我直愣愣地看着他，不知该咋回答？你太爷又说，我膝下无子，只有一个闺女。你要是愿意到我家，就改姓郯，你又是女婿又是儿。我说，我愿意。你太爷拉着我的手，跪在老神树下，高兴地说，老神树呀老神树，是您给我送来了一个儿子，俺郯家祖祖辈辈忘不了您的恩德呀！打那，咱郯家的日子越过越兴旺，这都是老神树对咱家的庇护啊！"

小莺子："老爷爷，俺给老神树唱支歌吧！"

郯耀庭："好，好！"

小莺子唱：

早春三月银杏花，
清风飘香送俺家。
树高花密根又大，
风调雨顺好庄稼。
沂河两岸银杏林，
千年神树传佳话……

歌声在沂河两岸的银杏林间回荡。

27. 郯府、东院、客厅。

女佣走进客厅："大奶奶，董家大小姐来府上了。"

董兰君高兴地说："人在哪？"

董姝妹："姑妈，我来看您了！"

女佣赶忙接过绣花包袱，又给董姝妹捧上茶。

董兰君拉着侄女的手，坐到自己身边："你爹妈好吗？"

董姝妹："挺好的，他们都问您好！"

董兰君："我也挺想他们的，本想回去看看，就是脱不开身。"

董姝妹："我表妹呢？"

董兰君："她和杏琳回学校了。"

董姝妹："她俩咋走了？她们应该在家里给您做寿。"

董兰君："做寿？"

董姝妹："姑妈，您连自己的生日都忘了？"

董兰君："有老太爷健在，我从来就没做过生日。"

董姝妹："我不管别人，我今天来就是给姑妈做寿的。"站起身："祝姑妈寿比南山，福如东海！"说完，又给姑妈深深地鞠了一躬。

董兰君心里热乎乎地说："难得你这份孝心。"

董姝妹边解着包袱，边说："前些日子，我跟爹爹去了趟省城，给姑妈买了几件旗袍和几双皮鞋，也不知道您穿上合身不？"

董兰君笑："傻闺女，姑妈咋能穿这个呀？"

董姝妹："姑妈，城里的女人早就改穿旗袍了。就您，还像个老古董。"

董兰君："是呀，别说是城里人，咱府上的二姨太也早就改穿旗袍了！"

董姝妹："您干吗还穿这些老掉牙的衣裳？"

董兰君："好，姑妈听你的，也赶个时髦！"

董兰君拿着旗袍和鞋子，走进里间。

董姝妹轻声问女佣："大少爷在家吗？"

女佣："在。他跟老太爷去祭拜老神树了，一会就回来。"

董兰君身着黑缎旗袍，脚穿半高跟皮鞋，从里间走出。

董姝妹："姑妈，您真是太美了！"

女佣："真好看！"

董兰君也站在穿衣镜前，欣赏着自己。

董姝妹打开一个精美的小礼品盒："姑妈，我还给您买了一副金耳坠和一枚金戒指呢！"双手捧给姑妈。

董兰君又佩戴上首饰。

董姝妹："您看，这戒指上是啥字？"

董兰君："哟，是个'寿'字。"

董姝妹："这是请咱家商行里的杜师傅，专门给您定做的。"

董兰君深情地握着侄女的手："我有福气啊，能有你这么个孝顺的儿媳妇。"董姝妹腼腆地说："我听爹说，我表哥对您才孝顺呢！"

董兰君不由叹口气。

董姝妹细心地看在眼里。然后对女佣说："这里没事了。"

女佣："嗳。"欲走。

董兰君："等大少爷回来，让他立刻来见我。"

女佣："是。"离去。

董姝妹："姑妈，我看您黯然神伤，心里有什么不痛快的事吗？"

董兰君："没有，没有。"

董姝妹："没有就好。"

董兰君："不用多久，我就彻底省心了。"

董姝妹："姑妈，您这是啥意思？"

董兰君："按老太爷的意愿，根儿就要支撑家业了。"

董姝妹恍然，继而笑道："姑妈，我看您呀，永远也不会省心的。"

董兰君："那为啥？"

董姝妹："离开您，谁也挑不起这副重担。因为姑妈的智慧和辛苦操持才使得郯氏家族蒸蒸日上。也是因为姑妈修身、齐家的过人本领，才使得郯府亲和得如同一人。姑妈在郯府的上上下下树立了崇高的威望，这是任何人也无法比拟的。表哥即使成了掌门人，也必定会事事向姑妈求教，郯府的诸事也必定会有姑妈做主，大权依然牢牢地掌握在姑妈的手中。"

董兰君顿时愁云尽散，佯叹一声："唉，我就是这么个苦命！"

董姝妹："我愿意看到姑妈天天高兴！"

董兰君："那就快嫁过来吧，那咱娘俩就可以天天在一起了。"

董姝妹："我也盼着这一天呐！"

28. 古码镇。

一辆马车驶进古码镇。

马车上坐着蒋凤仙。

29. 郯府、东院、客厅。

董兰君和董姝妹紧紧坐在一起，手拉着手亲切交谈。

董姝妹："姑妈，您讲得可都是真的？"

董兰君点头。

董姝妹："从那以后，表哥和钱小漪还有书信来往吗？"

董兰君："没有了。"

董姝妹："您说，钱小漪是不是真的结婚了？"

董兰君："不知道。"

董姝妹："依我看，她是真的结婚了！"

董兰君："你这么肯定？"

董姝妹："是的。"

董兰君："为什么？"

董姝妹："她要是虚晃一枪的话，别说是来信，连她人也应该早就来了！"

董兰君："可根儿的心里，还一直惦念着她。"

董姝妹："光听蝼蛄叫，就不种庄稼了？"

董兰君："根儿心里一定难过。"

董姝妹："姑妈，咱这么软弱可不行，表哥原本就是我的！"

女佣匆匆走进客厅："大奶奶，大少爷回来了！"

董兰君："你告诉他了吗？"

女佣："告诉了。"

董兰君："他人呢？"

女佣："他说一会就来。"

30. 古码镇、碧露春旅店、包房。

蒋凤仙走进包房。

酒厂主事："宝贝，我就知道你会回来的。"

蒋凤仙冷冷地："我劝你，不要把事情做得太绝了！"

酒厂主事："我又做错啥了？"

蒋凤仙："你在做贼！"

酒厂主事哈哈大笑："你做得不也是梁上君子吗？"

蒋凤仙："你真让我恶心！"

酒厂主事："宝贝，别生气。今天，你是不是又为借据而来的？"

蒋凤仙："做贼心虚！"

酒厂主事："打住！借据，是你走后，我在门口捡到的！要不是我，这张借据就落到大少爷手里了！"

蒋凤仙后怕地说："他看见你了？"

酒厂主事："看见了！"

蒋凤仙惊骇："你说啥？"

酒厂主事："我对他有啥可说的？这间屋，是大奶奶给我的住处呀！"

蒋凤仙："他没问你别的？"

酒厂主事："问了！"

蒋凤仙："问啥？"

酒厂主事煞有介事地说："他问我，二姨太来干啥了？"

蒋凤仙紧张起来："你咋回答的？"

酒厂主事："我说，二姨太是来看客人的。"

蒋凤仙："对，对！"

酒厂主事："他又问，二姨太的客人呢？"

蒋凤仙："你又是咋回答的？"

酒厂主事："二姨太的客人，一清早就走了，她们俩没碰上面。"

蒋凤仙："对，对！你和我回答的一模一样！"

酒厂主事："看来，我是你肚子里的一条虫呀！"

蒋凤仙松了一口气："吓死我了！"

酒厂主事："你打算咋谢我呀？"

蒋凤仙："我凭啥要谢你呢？要不是你使坏，我压根就不会到这里来！"

酒厂主事："你这种人翻脸不认人，天底下少有！"

蒋凤仙："把借据还给我！"

酒厂主事："还给你可以，不过咱得按老规矩办！"

蒋凤仙："你休想！"

酒厂主事："那好呀，咱就各行其便吧！"

蒋凤仙强忍愤怒："好，我答应你！你要先把借据还给我才行！"

酒厂主事："这不行，因为我不相信你！"

蒋凤仙："你到底给不给？"

酒厂主事："没有商量的余地！"

蒋凤仙："我不要了！"

酒厂主事："好呀，你请回吧！"

蒋凤仙走到门口，又止住脚步："你说话算数？"

酒厂主事："当然！"

蒋凤仙朝床走去。

酒厂主事："这就对了！"

31. 郯府、东院、客厅。

郯银根走进客厅。

客厅里，只有董姝妹。

二人相视，都不由怔在那里，彼此被对方的容貌所吸引。

董姝妹走上前几步："表哥！"

郯银根："你是……"

董姝妹："我是姝妹呀！"

郯银根惊喜地说："你是姝妹？"

董姝妹："是呀！"

郯银根："我都认不出你了！"

董姝妹："你以为我还是那个黄毛丫头呀？那会儿，你也只比我高出半个头。"

郯银根："我记得，在你家的石亭下，咱们俩抢着背诵诗词。"

董姝妹："我总是抢不过你！你最喜欢背诵苏轼的词，《赤壁怀古》《密州出猎》《水调歌头》。"

郯银根不由地又背诵起来：

明月几时有，
把酒问青天。
不知天上宫阙，
今夕是何年。
我欲乘风归去，
又恐琼楼玉宇，
高处不胜寒。
起舞弄清影，
何似在人间。

董姝妹接着背诵：

转朱阁，
低绮户，
照无眠。
不应有恨，
何事长向别时圆？
人有悲欢离合，
月有阴阳圆缺，
此事古难全。
但愿人长久，
千里共婵娟。

二人的心，在诗词背诵中，又融入童年的情谊里。

董姝妹："舅父把我揽在腿上问：根儿，你说，'但愿人长久，千里共婵娟'是啥意思呀'？"

董姝妹："你眨巴眨巴眼睛，回答不上来，我就跑到姑父面前说：'我表哥丢丢丢，这么小就想娶媳妇了！'"

郯银根："舅父笑得前仰后合！"

董姝妹："姑父对我爹说，根儿挺喜欢姝妹的，咱两家就亲上加亲，订个'娃娃媒'吧！"

郯银根："舅父还为此大摆宴席！"

董姝妹："咱俩手拉着手，给每桌的客人行了鞠躬礼。"

两人的手牵在了一起，又像触电似的把手分开。

董姝妹："后来，我们慢慢长大了，彼此间也变得越来越生分了。"

郯银根长叹了一声。

董姝妹："我听姑妈说，你在日本读书期间，有了一个心爱的女人，是吗？"

郯银根："是的。"

董姝妹："你想和她结婚吗？"

郯银根："想。"

董姝妹："我祝福你们！"

郯银根："你不恨我吗？"

董姝妹："恨！因为她把你从我身边抢走了！"

郯银根："是呀，咱们两家已经换了喜帖。"

董姝妹："换喜帖不是换心呀！男女之间的爱是心之爱，它不是换帖所能取代的。表哥，我和你所爱的钱小姐都是女人，我失去你，心里难过，而钱小姐不也是一样吗？只要你能得到真正的幸福，我就高兴，因为我是爱你的。"说话的声音有些哽咽了。

郯银根不由地对表妹产生了敬意。

32. 古码镇、碧露春旅店、包房。

酒厂主事鼾声如雷。

蒋凤仙翻遍了他衣服上的口袋，仍未找着借据。

酒厂主事依然酣睡。

蒋凤仙将他推醒："借据呢？"

酒厂主事睡眼惺忪："啥？"

蒋凤仙大吼一声："借据！"

酒厂主事嘻嘻一笑："我没带来。"

蒋凤仙："你说什么？"

酒厂主事："我替你保管着，不是更好吗？"

蒋凤仙："你马上把借据还给我！"

酒厂主事："放在我这里更安全。"

蒋凤仙已恨之入骨："看来，你是不打算把借据还给我了？"

酒厂主事："宝贝，这张借据是根纽带，它把咱俩紧紧地拴在一块，这有多好呀！"

蒋凤仙极力抑制着心中的烈火，继而平静地说："那好吧，把借据放在你手上也行，可千万别弄丢了。"

酒厂主事："你放心，我已经把它藏到一个谁也找不见的地方了。"

蒋凤仙："那就好。"

酒厂主事："宝贝，你天天陪着那个大烟鬼，多可惜呀，咱俩才是天生的一对呢！"

蒋凤仙："不过，咱俩得换个会面的地方了。在这里再碰上郯府的人，麻烦可就大了！"

酒厂主事："换到哪？"

蒋凤仙："换到我那儿，才最安全呐。"

酒厂主事："不行不行！我进进出出的，不更惹眼呀？"

蒋凤仙："当然不能走正门，晚上我在后门等你。"

酒厂主事："宝贝，真有你的！"

蒋凤仙："我走了，咱们后天晚上见！"离去。

酒厂主事从床下的鞋壳里取出借据，躺在床上哼起小曲。

33. 郯府、四合院、卧室。

董姝妹伏在案边，捧着《红色鲁南》认真地读着："表哥，你从哪儿得到这些文章？"

郯银根："是一个朋友借给我的。"

董姝妹："他是谁呀？"

郯银根："他叫刘之声，是一名教员。"

董姝妹："你的这位朋友，非同一般呀！"

郯银根："怎见的？"

董姝妹："他是一个非常有思想的人。他向你推荐的这些文章，是世间少有的好文章。观点犀利，切中时弊！"

郯银根："你也喜欢？"

董姝妹："百读不厌！王尽美先生的《中国社会之现状》这篇文章，写得多好呀，不仅抨击了民国政府的腐败，而且入木三分地剖析了老百姓对这个国家失去信仰以后的崩溃和涣散。并指出，中国的有志之士，应该为国家的复兴而奋斗终生！"

郯银根："对！我留学日本，亲眼看见了日本经过明治维新，国情所发生的彻底变化，日本从一个弹丸小国发展成一个世界强国！而中国呢，虽然也有过戊戌变法，但它却以失败而告终。固然有各种原因，但其首要因素，就是民众对国家失去信仰后的精神崩溃和民心涣散。农村是咱们国家的最基层，也是支撑着国家的柱石！所以，刘之声先生与我共同商议，要尽快兴办农村学校，以此来唤醒民众！"

董姝妹："兴办农村学校，于国于民都是一件大好的事情呀！"

郯银根："没有经费，也是枉然。"

董姝妹："你为什么不对我姑妈说呢？"

郯银根："此事已被母亲一口回绝了！"

董姝妹："你别着急，我回家对爹爹言明此事，他会帮助你的。"

郯银根："不会成功的。"

董姝妹："为什么？"

郯银根："因为舅父一向对我母亲言听计从。"

董姝妹："表哥，我听姑妈说，老太爷就要立你为郯府的掌门人了，这是一次多么好的机遇啊！"

郯银根："我也正为此事而尽力为之。但我一想到母亲的感受，心里就又多了几分犹豫。"

董姝妹："表哥，在这件大事上，你应该当仁不让，千万犹豫不得呀！"

郯银根未语。

董姝妹："假若你不在这个位置上，你的一切美好愿望，都会化成泡影的！"

郯银根感激地望着董姝妹。

董姝妹："表哥，姝妹的心，是永远和你贴

在一起的!"

郯银根:"谢谢你!"

34. **夜。**

郯府、西院、客厅。

蒋凤仙阴沉着脸。

郯银之鼓起牙咬肌。

蒋凤仙:"我们太小瞧这个人了,他的心肠比蛇蝎还要狠毒三分!"

郯银之:"没想到,咱俩栽到了他的手上!"

蒋凤仙:"咱被他攥在手心里,他想咋捏就咋捏!"

郯银之:"我恨得牙根都痒痒!"

蒋凤仙:"他随时都会把咱俩置于死地的!"

郯银之:"你说该咋办吧?"

蒋凤仙:"还记得,你对账房先生说过的那句话吗?"

郯银之:"哪句话?"

蒋凤仙:"这只馋猫要是再想吃腥,你就要掐死他!"

郯银之:"我说过!"

蒋凤仙:"这个淫棍只要他活着一天,咱俩就甭想过一天安生的日子!"

郯银之胆怯地:"你是说,要把他灭了?"

蒋凤仙:"只有这样,才能一了百了!"

郯银之惊骇!

蒋凤仙:"怎么不说话了?"

郯银之不语。

蒋凤仙:"遇到真事,就害怕了?"

郯银之仍不语。

蒋凤仙:"既然这样,你就心甘情愿地让他把刀架到脖子上,一刀一刀地割你,直到把血流光了为止!"

郯银之:"这可是人命关天的大事呀!"

蒋凤仙:"呸!窝囊废!"

郯银之:"一旦让官府知道了,咱也就没命了!"

蒋凤仙:"你咋这么傻呢?干这种事,你还要敲锣打鼓呀?我早就盘算好了,只要肯花钱,就能神不知鬼不觉把他给杀了!"

郯银之:"我听你的!"

蒋凤仙:"这就对了!"

郯银之:"你具体说,这事该咋办吧?"

蒋凤仙警觉地走到门外察看,然后走回,插上门拴……

35. **夜。**

郯府、东院、客厅。

董姝妹轻轻地给姑妈揉着肩膀。

董兰君:"看你这高兴的样子,就知道你俩处得不错。"

董姝妹:"我没想到表哥长得既伟岸又潇洒,真是一个堂堂正正的男子汉。"

董兰君:"被他迷住了?"

董姝妹:"更令我敬重的,是他对您的孝心。"

董兰君:"他说什么了?"

董姝妹:"为了母亲,他是死活不肯做郯府掌门人的。"

董兰君:"他真是这么说的?"

董姝妹:"我问他,要是爷爷执意安排你做呢?"

董兰君:"他又说了什么?"

董姝妹:"他反问我,应该怎样去做?"

董兰君:"你是咋回答的?"

董姝妹:"我说,即使爷爷这样安排了,你能推则推,确实推不掉的话,也要事事听取姑妈的意见。"

董兰君:"他赞成吗?"

董姝妹:"他不仅赞成,而且还说,不是听取母亲的意见,而是要按照母亲的意见去做!"

董兰君高兴地说:"我的好儿子!"

董姝妹:"姑妈,您有这样的儿子,应该放宽心了吧?"

董兰君:"我不光有个好儿子,我还有个好儿媳!"

董姝妹:"我有个好姑妈,表哥有个好母亲!"

董兰君:"姝妹,明天我就去找老太爷,给你们俩确定一个成亲的日子!"

董姝妹:"又让姑妈费心了。"

二人笑。

36. **夜。**

郯府、四合院、卧室。

郯银根躺在床上，眼前总挥不去董姝妹的倩影：

郯银根走进客厅，与董姝妹相视。

郯银根、董姝妹背诵苏轼的词《水调歌头》。

董姝妹认真地阅读《红色鲁南》。

郯银根、董姝妹亲切交谈……

37. 夜。

上海、钱小漪家、钱小漪卧室。

阿男、钱小漪躺在床上。

阿男已经入睡。

钱小漪的眼前，也总晃动着郯银根的身影：

日本、樱花树下。

郯银根给钱小漪拍照。

山丸号巨轮的甲板上。

钱小漪依偎在郯银根的身边。

上海、南京路。

郯银根、钱小漪漫步在霓虹灯下。

黄浦江畔。

钱小漪目送郯银根踏上江轮，面颊上洒满泪水。

38. 烈日当空。

郯府、后院、客厅。

郯耀庭戴着老花镜，仔细地看着《建矿设计图》。

郯银根走进客厅："爷爷，您找我？"

郯耀庭："程教授的这张设计图，我咋看不明白？"

郯银根对爷爷讲解着："程教授说，这只是一张参考草图。开采金刚石矿，不同于开采煤矿，它要求的科技含量更高。要想建这样的矿，还必须请专家重新设计。"

郯耀庭："到哪里去请这样的专家呀？"

郯银根："上海同济大学，程教授还给我留下了信。"

郯耀庭："这么说，你要到上海去请他们？"

郯银根："是的。"

郯耀庭："早知这样，我就不让仲亭去上海了。"

郯银根："仲亭叔去上海干什么？"

郯耀庭支吾地说："我让他去办另外的一件事情。"

郯银根警觉地说："爷爷，是不是为了我的事？"

郯耀庭："根儿，你咋会想到的？"

郯银根："因为您一直在惦记着我的婚事。"

郯耀庭："你应该成亲了！"

39. 上海、钱小漪家。

大管家乘坐黄包车，带着重礼来到钱家门口。

女佣开门相迎："您找谁？"

大管家："这是钱小姐的家吗？"

女佣："对。"

大管家："钱小姐在家吗？"

女佣："小姐和她丈夫去纱厂了。"

大管家："她结婚了？"

女佣："是呀。"

钱太太在楼上大声问："啥人呀？"

女佣："太太，这位先生是来找小姐的。"

钱太太："请侬到屋里厢来。"

女佣："先生，请进吧。"

大管家走进家门。

40. 郯府、后院、客厅。

郯耀庭："这么说，你再也没有接到钱小姐的回信？"

郯银根："没有。"

郯耀庭："人家是不是生你气了？"

郯银根："也许是她真的结婚了。"

郯耀庭："这是你猜想吧？"

郯银根："我在邮政局给她打过一个电话。"

郯耀庭："她对你是咋说的？"

郯银根："是用人接的电话。她说，钱小姐和她的未婚夫去教堂了。"

郯耀庭："你说啥了？"

郯银根："我让她要马上转告钱小姐，我爱她，我在等她！"

郯耀庭："这就好，这就好，钱小姐一定会等你的！"

郯银根："但愿如此。"

郯耀庭："钱小姐要是不肯嫁到咱这里，你又做何打算呢？"

郯银根："她是独生女，家庭阻力很大。我想，只要见了面，我会说服她的。"

女佣走进客厅："老爷，大奶奶来了。"

郯耀庭收起图纸。

董兰君走进："爹。"

郯银根："母亲。"

董兰君："根儿，你去忙吧，我有事要和你爷爷商量。"

郯银根离去。

女佣捧上茶后，离去。

郯耀庭："有啥事呀？"

董兰君："我来是和爹商量，给根儿定一个成亲的日子。"

郯耀庭："你和根儿商量过吗？"

董兰君："没有。"

郯耀庭："这咋行呢，你知道他心里是个啥想法？"

董兰君："虽说我没有找他商量过，可我知道他心里是咋想的。昨天，他和妹妹交谈了一天，两人谈得很是融洽。"

郯耀庭："噢？"

董兰君："爹，您还是尽早地把日子定下来吧。"

郯耀庭："这件事，既要抓紧办，又不能操之过急。等我和根儿商量后，再定日子吧。"

董兰君："不要再拖下去了！"

郯耀庭："你咋突然为这事着急起来了？"

董兰君："您心里不是比我还着急吗？"

郯耀庭："咱俩急得不一样。"

董兰君："还不都是为了根儿的婚事？"

郯耀庭不悦地说："你是他的母亲，由你做主就行了！"

董兰君："您是一家之主，当然要听您的。"

郯耀庭："既然这样，我自有安排。"

董兰君："就按爹说的办吧。"

郯耀庭："银之去了酒厂和油坊，他在那里是个啥情况呀？"

董兰君："还行吧。"

郯耀庭："你就从来没有过问？"

董兰君："碍于二弟的因由，我盯得太紧会伤和气的。"

郯耀庭："这咋行呢？怎么能把家业和面子搅到一块呢？银之是个不定性的孩子，一旦出个

差错，你再过问就晚了！"

董兰君："好吧，这两天我就分别找酒厂和油坊的主事，摸摸情况再说。"

郯耀庭："也要找银之好好谈谈。"

董兰君："我知道了。"

41. 郯府、西院、客厅。

郯银之气喘吁吁地走进客厅。

蒋凤仙赶忙关上房门。

郯银之大口地喝着水。

蒋凤仙："都安排妥了吗？"

郯银之："安排妥了！"

蒋凤仙："你找的人可靠吗？"

郯银之："可靠！"

蒋凤仙："找的谁呀？"

郯银之："马陵山赵嬷嬷手下的人！"

蒋凤仙："你咋找土匪呢？"

郯银之："只有这些人才心狠手辣！"

蒋凤仙："和这些人打交道，风险太大了！"

郯银之："你就放心吧！这些人只认钱不认人！"

蒋凤仙："记着，你一定要做到万无一失！"

郯银之一楞："听话音，你不去？"

蒋凤仙："我不便露面。"

郯银之："这不行！人命关天的大事，我一个人干不了！"

蒋凤仙："你不想一想，我一个女人家，深更半夜地去掺和这种事，合适吗？"

郯银之："这有啥不合适的？我可把话说到头里，要去咱就一块去，你要不去，咱就拉倒！"

蒋凤仙："好，明天晚上，我和你一块去！"

42. 夜。

银杏园。

月亮被乌云遮盖，时而在云隙间露出脸来，乍明乍暗。

蒋凤仙、郯银之与潘芝莲和几名土匪隐身在树丛中。

潘芝莲不耐烦地说："郯少爷，你提供的情报准确吗？"

蒋凤仙："没错！"

潘芝莲："雷子咋还没出现呢？"

蒋凤仙："他一定会来的！"

潘芝莲："在这个熊地方，蚊叮虫咬的，挣这俩钱不值！"

郯银之："潘队长，你就将就一下吧！"

潘芝莲摸着郯银之的脸蛋："小书生，你挺秀气的！"

土匪甲也顺手摸了一下蒋凤仙的屁股。

蒋凤仙将他的手打掉。

土匪乙："你们听，来了！"

远处，隐约传来马蹄声。

43. **夜。**

乡间大道。

酒厂主事骑马而来。

44. **银杏园。**

土匪甲拉紧了绊马绳。

酒厂主事骑马将至。

潘芝莲："是他吗？"

郯银之："是！"

土匪甲拉高绊马绳。

酒厂主事骑马而至。

马被绊倒。

酒厂主事摔下马来。

潘芝莲与两名土匪一拥而上，用麻绳勒死了酒厂主事。

潘芝莲冲郯银之："验货！"

郯银之腿已吓软，对蒋凤仙说："你去看看吧！"

蒋凤仙走到酒厂主事身边，冷笑一声："你也有今天！"说完，翻着他所有口袋，也未曾找到借据。

断了气的酒厂主事，呈现出一张恐怖的脸。

蒋凤仙："把他装进麻袋，坠上石头，扔到沂河里去！"

潘芝莲欣赏地看着蒋凤仙："行，有种！"

土匪甲、乙把酒厂主事装进麻袋，扔到马背上。

潘芝莲与土匪牵着马扬长而去。

45. **夜。**

郯府、后门。

蒋凤仙轻轻打开后门。

郯银之胆战心惊地溜进后门。

蒋凤仙锁门，随后离去。

46. **夜。**

郯府、西院、客厅。

蒋凤仙、郯银之轻轻走进客厅。

二人谁也没有说话。

半明半暗的月光，透过窗棂射出室内。

沉寂的气氛更加令人可怕。

蒋凤仙喃喃地说："这会儿，该把他扔到河里了吧？"

郯银之没有反映。

蒋凤仙走到他的身边："你咋全身还在抖呀？"

郯银之瘫软在她的怀里。

蒋凤仙一摸他的额头："啊，你发烧了！"

郯银之不语。

蒋凤仙惊慌地说："快，快回到你屋去！"搀扶着郯银之走出客厅。

47. **夜。**

郯府、西院、郯银之卧室。

蒋凤仙将郯银之搀扶进屋。

郯银之躺在床上。

蒋凤仙帮他喝水，又将湿毛巾捂在他额头上："在这个节骨眼上，你可不能病倒呀！"

郯银之发起高烧："快，快，快把他赶出屋去！"

蒋凤仙："小声点，小声点。"

郯银之依偎在她的怀里，不时发着吃语。

第八集

1. 日。

郏府、西院、郏银之卧室。

肖毓芬给儿子喂着汤药。

蒋凤仙伫立在一边。

肖毓芬:"之儿,你觉着咋样了?"

蒋凤仙用手拭着他的额头:"退烧了。"

肖毓芬长叹一声:"这是中了哪门子邪呀?"

蒋凤仙:"他本来就身子骨弱,如今一天到晚又忙着铺子上的事,一下子就累倒了。"

肖毓芬冲蒋凤仙:"你就不该给他揽这一摊子事!"

郏银之:"娘!"

肖毓芬:"居家人在一起过日子,和和睦睦的该多好呀,干吗非要弄得你争我夺的?"

蒋凤仙:"大姐,你说这话,也有理也没理。谁不愿意和和睦睦地过日子呀?可是人家得让你过才行。人家打了你左脸,咱总不能再把右脸递上去吧?当家人要是不把一碗水端平,水就得洒在地上。居家人过日子,谁愿意掉在地上呀?"

肖毓芬:"你这都是些歪理!别人不说,就说你吧,自从你进了这个家门,是缺你吃了还是缺你穿了,你还想要啥?"

蒋凤仙:"树活一张皮,人争一口气。我要的就是这口气,我要的就是这张脸,我要的就是和东院里平起平坐!"

肖毓芬:"我真不明白,你这么心高气盛的到底是为了啥呢?话再说回来,十个指头哪有一般齐的?人的能力也是有大有小呀!东院里的大爷,还有咱的二爷,哪一个能理家?只有大奶奶才有这个本事。再说,之儿他们兄弟四个,老太爷还不都是一样的对待?从小供他们上学,根儿兄弟仨都金榜题名,只有之儿贪玩,才名落孙山,这又能怪谁呢?"

蒋凤仙:"要是照你这么说,同在一个屋檐

下的人,有的能腰缠万贯,有的就应该一文不文了!"

肖毓芬长叹一声:"说一千道一万,还是一个钱字!天底下的人都是为了它,才啥事都干得出来!"

2. **银杏园。**

一辆马车朝古码镇驶去。

马车上坐着董兰君和两个女佣。

3. **古码镇、祥茂商号。**

账房先生风尘仆仆地回到商号。

伙计迎上:"您回来了!"

账房先生:"快,渴死我了!"

伙计赶忙端上茶。

账房先生一饮而尽。

伙计:"这么大热的天,你就不能在路上买个西瓜吃?"

账房先生:"没钱呀。"

伙计:"别逗了,管钱的人还能没钱?"

账房先生:"柜上的钱,一个子也不能动!"

伙计:"哟嗬,您可是小葱拌豆腐,分得是一清二白呀!"

账房先生一连喝了几杯茶。

伙计:"益都的货啥时候到?"

账房先生:"你管这么多干啥?"

伙计:"作坊的师傅都催问了好几遍了!"

账房先生:"主事呢?"

伙计:"没来。"

账房先生:"他去哪儿了?"

伙计:"也许还没起床吧?"

账房先生着急地说:"我去找他!"离去。

4. **古码镇。**

董兰君乘坐的马车驶进古码镇。

5. **古码镇、碧露春旅店。**

账房先生急匆匆走进旅店。

老板娘迎上："哟，财神爷来了！"

账房先生："我姐夫呢？"

老板娘："他不在。"

账房先生："他到哪儿去了？"

老板娘："他昨儿一宿就没回来！"

账房先生："奇怪，他会到哪儿去呢？"

老板娘抿嘴一笑。

账房先生："你笑啥？"

老板娘："咋着，连笑都不行了？"

账房先生："瞧你这皮笑肉不笑的样，你肯定知道我姐夫去哪了？"

老板娘笑："我就是知道，也不能告诉你。"

账房先生："为啥？"

老板娘："不为啥。"

账房先生："别闹了，我有急事找他！"

老板娘："腿长在他身上，谁知道他去哪儿了？"

账房先生跑上二楼。

老板娘哼了一声："还以为你姐夫是个啥好东西呢？"

账房先生从二楼跑下。

老板娘不理睬地走进柜台。

账房先生纳闷地说："他到底去哪儿了呢？"

6. **古码镇、祥茂商号。**

董兰君在女佣的搀扶下，走进商号。

伙计一怔，望而生畏地迎上前去："大奶奶，您来了！"

董兰君："叫你们的主事过来。"

伙计战战兢兢地说："他不在。"

董兰君："到哪儿去了？"

伙计："不知道。"

董兰君："他经常不在铺子里吗？"

伙计："不，就今天没来。"

董兰君："账房先生呢？"

伙计："他也不在。"

董兰君勃然大怒："把铺子扔下都不管了？"

伙计："账房先生刚从益都订货回来，就去找主事了。"

董兰君："哼，我在这里等他！"

伙计："快上茶！"

董兰君："不喝！"

伙计吓得退到一边。

女佣给大奶奶扇扇。

伙计："大奶奶，我去找他俩吧？"

董兰君："你知道他们在哪吗？"

伙计："可能是在碧露春旅店。"

董兰君拍案而起说："天都晌午了，还撅着屁股睡呐？"

伙计："大奶奶，您别生气，我马上把他俩叫来！"匆匆离去。

7. **古码镇、碧露春旅店。**

老板娘陪着账房先生喝茶。

伙计大汗淋漓地跑进旅店："快回去，大奶奶发火了！"

账房先生大惊："她啥时候来的？"

伙计："你前脚走，她后脚就来了！"

老板娘忐忑不安地说："你快回去吧！可千万别让她到这里来！"

账房先生："我姐夫不在，我回去有啥用？"

伙计："总比你俩都不在强！"

账房先生心虚地说："我，我不能回去！"

老板娘："你咋怕成这样了？"

账房先生喃喃地说："我，我不回去，不回去。"

伙计："这咋弄呢？"

账房先生："你就说，没找见我！"

老板娘着急地说："别别别，我求求你还是回去吧！"

账房先生发火地说："你瞎掺和啥？"对伙计说："你走吧，我不去！"

董兰君一步迈进屋里。

众人惊骇！

董兰君无声地坐到椅子上，虎视眈眈地盯着账房先生。

账房先生的额头上浸满汗珠。

董兰君："你不愿去见我，我就亲自来见你，行吗？"

账房先生："我，我……"

董兰君："你是不是做了见不得人的事了？"

账房先生："没，没有。"

董兰君："不会吧？"

账房先生："大奶奶，真的没有！"

董兰君：“那又为啥不敢见我呢？”

账房先生：“我只管账上的事，大奶奶要是问起买卖上的事，我又答不上来，怕惹您生气。”

董兰君：“那好吧，你就把账给我送过来看看！”

账房先生：“是。”欲走。

董兰君：“等一等。”

账房先生：“大奶奶还有什么吩咐？”

董兰君：“银之少爷经常到店里来吗？”

账房先生的心提到了嗓子眼。

女佣：“大奶奶问你呢？”

账房先生喏喏道：“不，不经常来。”

董兰君：“你怕什么，有啥说啥！”

账房先生：“是。少爷是来过两次，都是我姐夫接待的，我啥事也不知道。”

董兰君疑惑地看着账房先生：“你今天的神色，怎么不对呀？”

账房先生更加慌乱：“大奶奶，我说的都是实话呀！”

董兰君：“你去取账本吧。”

账房先生：“是。”与伙计离去。

老板娘端上茶：“大奶奶，这是上好的铁观音，是专门侍候您的。”

董兰君：“你知道主事到哪儿去了吗？”

老板娘：“回禀大奶奶，主事昨天一宿都没回来。”

董兰君：“他经常夜不归宿吗？”

老板娘：“这倒没有。”

董兰君：“你说的是实话？”

老板娘：“我不敢对您撒谎。”

董兰君：“有谁经常来找他？”

老板娘语塞。

董兰君：“不好说？”

老板娘：“是下人不敢说。”

董兰君：“天还能塌下来？”

老板娘：“主事挺谨慎的，很少与人有来往。就是最近这些日子，府上的二姨太来过两次。”

董兰君一怔：“她来干什么？”

老板娘：“说是来会个什么朋友。”

董兰君：“是来会主事的吧？”

老板娘：“他俩是见过面。”

董兰君：“银之少爷来过吗？”

老板娘：“没有。”

董兰君双眉紧锁。

8. 祥茂商号、账房。

账房先生汗如雨下，他忐忑不安地翻看着账本。

9. 碧露春旅店。

董兰君已经离去。

老板娘惊魂未定。

女店员：“老板娘，您刚才不该说出二姨太的事。”

老板娘：“我是不想说，可不说不行呀！大少爷在店门口碰到过二姨太，我咋能瞒得住呢？再说，咱在这里混口饭吃容易吗，干吗要为她们背黑锅呀？”

女店员：“是这么个理儿。”

老板娘：“闺女，你在外头混事，要学会掂分量。看谁说了算，谁就是你的娘，不管她对与错都要听她的。其他的人，应付一下就行。因为这种说话不顶事的人，对咱没啥用场。你要是把分量掂错了，跟错了人，那你离着丢饭碗也就不远了！”

女店员眨巴眨巴眼说：“县官不如现管，俺心里只有老板娘！”

老板娘高兴地说：“好闺女，往后呀，你进步快着呢！”

账房先生抱着账本，匆匆回到旅店：“大奶奶呢？”

老板娘：“她去油坊了，让你把账本送到那里去。”

10. 聚元隆商号、后院、作坊。

油坊主事正汗流浃背地与工人一道，把一桶桶食用油装上马车。

董兰君与女佣走进后院。

油坊主事仍与工人们干着活。

董兰君高兴地走到他的身后：“忙着呢？”

油坊主事惊喜地说：“哎哟，是大奶奶呀，您咋来了？”

董兰君：“这是朝哪发货呀？”

油坊主事：“县城。”

董兰君愕然地说：“县城只有一家客户，咋

运这么多呀?"

油坊主事:"大奶奶,自打咱改变了工艺,油的销路越来越好。县城里的几家老字号饭庄,都改用咱的油了。这不,正给他们发货呢!"

董兰君:"这油好香呀!"

油坊主事领着董兰君,走到新榨油机边:"大奶奶,这是用咱的新工艺榨出来的油,它不仅成色好,产量也增加了三成。前些日子,老太爷和大少爷来的时候,咱才有一台新工艺,如今已经换了大半了,要是全换了,产量还得增加。"

董兰君高兴地:"你干得不错。"

油坊主事:"是大奶奶调理的好。"

董兰君:"老太爷和大少爷来的时候,都说了些啥呀?"

油坊主事:"我正想去给您汇报呢,听老太爷的话音,好像今后要由大少爷来主这里的事。"

董兰君:"老太爷是咋说的?"

油坊主事:"老太爷没明说,只是让我给大少爷详细地介绍了油坊的生产和销售情况。当时我就纳闷,这是大奶奶管的事,干吗要向大少爷说这些事呀?"

董兰君:"要是大少爷来主事,你是咋想的?"

油坊主事只是笑笑,未语。

董兰君:"怎么,你不欢迎大少爷来吗?"

油坊主事:"下人不敢。我只是觉着,买卖上的事可不同于读书,不是任何人都能干得了的。这些年走过来,在我心里只认准了一个理,能管理好郊府家业的,非大奶奶莫属!"

董兰君看着油坊主事,点了点头。

油坊主事:"大奶奶,作坊里太热,咱到屋里去说话吧。"

11. 聚元隆商号、客厅。

油坊主事陪同董兰君、女佣,走进客厅。

小伙计平缓地拉着布扇。

油坊主事给董兰君斟上茶水。

董兰君满意地看着这一切:"你管理的井井有条呀!"

油坊主事:"谢谢大奶奶的夸奖。"

董兰君:"银之少爷来过吗?"

油坊主事脱口而出:"没有。"

董兰君:"一次也没来过吗?"

油坊主事:"一次也没来过。"

董兰君:"不像话!他管这里的事,却一次也不来!"

油坊主事:"大奶奶,您请喝茶。"

董兰君:"二姨太来过吗?"

油坊主事:"她来干啥?"

董兰君:"也是一次没来过?"

油坊主事:"是的。"

董兰君:"你和酒厂的主事经常碰面吗?"

油坊主事:"平时各忙个的,哪有时间碰面呀?"

董兰君:"他那里的事,你一概不知晓了?"

油坊主事:"大奶奶别怪罪,我这个人做买卖呀,是自扫门前雪,不管他人瓦上霜呀!"

董兰君又满意地点点头。

酒厂的账房先生急匆匆而来:"大奶奶,我把账本给您送来了。"

董兰君接过,翻阅了几页:"这两笔账是怎么回事?"

收房先生看账本,支吾地说:"这,这……"

董兰君怒:"这两笔,明明是去年的账,你怎么又把它划到今年的账上了?"

账房先生赶忙说:"我太粗心了,粗心了!这些日子天太热,我头昏脑涨地把账弄错了!"

董兰君:"你很细心,也很清醒!你是看我年纪大了,记性也差了,就想着蒙混过去!我说得对吗?"

账房先生:"不敢,不敢!"

董兰君:"我谅你也不敢,可是有敢的!你姐夫呢?"

账房先生:"他还没回来。"

董兰君:"你告诉他,今天无论多晚,都必须到银杏园找我!"

账房先生:"是,是。"

油坊主事主动地把账本捧到董兰君面前:"请大奶奶过目。"

董兰君接过,交给女佣:"走!"与女佣离去。

油坊主事问账房先生:"你姐夫到哪儿去了?"

账房先生："不知道。"

油坊主事："你们也不看看大奶奶是何许人也？你们的胆子也太大了，这事能骗得了她吗？这个乱子，你们惹的太大了，赶紧回去想办法吧！"

账房先生："他娘的，都是那个郯银之给惹的乱子！"

油坊主事惊愕："这事和他还有关系？"

账房先生："他动用了账上的钱！"

油坊主事立即想起郯银之来向他借钱的事，不由说道："真悬啊！"

账房先生："可不嘛，当初就不该借给他！"

油坊主事："有借据吗？"

账房先生："在我姐夫手上！"

油坊主事："赶紧地把借据给大奶奶呀！"

账房先生："我连俺姐夫都找不见了！"

油坊主事："快去找吧！"

12. 郯府、西院、郯银之卧室。

蒋凤仙神情慌张地走进："不好了，大奶奶到古码镇去了！"

郯银之一骨碌从床上坐起："她去干啥？"

蒋凤仙："还能干啥？到铺子上去呗！"

郯银之惊悚："咋办呢？一旦露了馅，咱俩可就彻底玩完了！"

蒋凤仙："别着急，让我静下来好好想一想！"

郯银之："光想有狗屁用？你就是有天大的本事，人也不会死而复生了！"

蒋凤仙："你少说两句行不行？"

郯银之："当初我就不该听你的，拿着人命当儿戏，如今成了个杀人犯！"

蒋凤仙："还不都是你一手造成的？"

郯银之："虽说，死人口里无对证，可借据呢，至今也没拿到手啊！这件事，早晚得翻船！"

蒋凤仙踱着步子在思考。

郯银之："他娘的，我真后悔！这辈子玩啥不行，干吗非玩女人呢？我还没活够呀，年纪轻轻的，就栽到女人手里了！"

蒋凤仙仍在思考。

郯银之："老天爷，保佑保佑我吧！假如我这回能逢凶化吉，我再也不沾女人边儿了！"

蒋凤仙突然眼睛一亮："我有办法了！"

郯银之跳下床："啥办法？"

蒋凤仙："携款潜逃！"

郯银之疑惑地说："谁携款潜逃？"

蒋凤仙："还有谁？就是那个淫棍！"

郯银之："他人都死了，还能携款潜逃？"

蒋凤仙："对！现如今是活不见人，死不见尸，一旦查出账上的欠款，那就是他做贼心虚，携款潜逃了！"

郯银之："好办法，你这是金蝉脱壳之计呀！"

蒋凤仙："你要马上到酒厂去，以查账的名义，把这个风赶快放出去！"

郯银之："好！"

13. 日落西山。

被烈日炙烤了一天的大地，更加闷热。

郯府、后院、客厅。

大管家手提皮箱，走进客厅："老爷，我回来了。"

郯耀庭："仲亭，你辛苦了！"

大管家把皮箱交还郯耀庭。

郯耀庭诧异地说："你咋又把它带回来了？"

大管家："老爷，钱小姐结婚了。"

郯耀庭："唔？"

大管家："您让我带去的这些聘礼，我原封不动地带回来了。"

郯耀庭："唉！天意难违呀！"

大管家："这么一来，大少爷也就死心了！"

郯耀庭："仲亭，你还没吃饭吧？"

大管家："我在古码镇吃过了。"

郯耀庭："你一路上劳累，快回房歇息去吧。"

大管家关心地说："老爷，您身体还好吗？"

郯耀庭："挺好的。"

大管家："家里出了这么大的事，我真担心您气坏了身体。"

郯耀庭疑惑地："家里没出啥事呀？"

大管家："您还不知道？"

郯耀庭："不知道。"

大管家："古码镇所有的店铺，几乎都传遍了，祥茂商号的掌柜携款潜逃了！"

郏耀庭："不会吧？"

大管家："开始我也不信，就专程到了祥茂商行。伙计告诉我，他们掌柜的已经一天一夜不见踪影了！"

郏耀庭惊骇："大奶奶知道吗？"

大管家："我听铺子里的伙计说，大奶奶把帐本都拿走了！"

郏耀庭发火地说："出了这么大的事，她怎么不给我说一声呢？"

大管家："西院的二姨太在出事前也去过，银之少爷是在出事后去的。"

郏耀庭："事不宜迟，赶快把根儿叫到这里来！"

大管家："是。"离去。

14. 夜幕降临。

郏府、四合院、卧室。

建矿设计图纸，展在郏银根面前。

郏银根手摇着纸扇，边查阅相关书籍，边在图纸上圈点。

大管家走进："大少爷！"

郏银根："仲亭叔，你回来了！"

大管家："老爷叫你过去一趟。"

郏银根："现在吗？"

大管家："老爷正等着你呐！"

郏银根："走。"

二人走出卧室。

15. 夜。

郏府、东院、客厅。

董兰君的额头上浸着汗珠，聚精会神地查阅账目。

女佣捧上湿巾。

16. 夜。

乌云遮月。

银杏园。

郏银根骑马朝码头镇疾驰。

17. 夜。

西院、郏银之卧室。

蒋凤仙陪郏银之饮酒。

郏银之："我敬你一杯酒！"

蒋凤仙："咋想起敬我酒了？"

郏银之："说心里话，你真的是让我佩服得

五体投地！"

蒋凤仙："是真心话？"

郏银之："这还有假？"

二人干杯。

郏银之："你这些坏心眼子，是天生就有的吧？"

蒋凤仙："你胡说啥呀？"

郏银之："是你爹妈教的？"

蒋凤仙："我从小就没有爹，是跟着娘过着半掩门子生活。"

郏银之："啥叫半掩门子？"

蒋凤仙："你天天逛妓院，难道连半掩门子也不懂？"

郏银之："噢，你娘也是窑姐呀？"

蒋凤仙："呸！你就不能不说这俩字呀？"

郏银之："这有啥？怪不得你生就的勾魂摄魄、风情万种呢！"

蒋凤仙："我从小呀，就又恨又羡慕有钱的人，更想做个腰缠万贯，叫别人羡慕的人！"

郏银之："所以，你才嫁给了我爹。"

蒋凤仙："没想到进了你们家，仍旧要看别人的脸色行事。万贯家产对于我来说，也只是镜中花，水中月。为了实现我的梦，我就像一条泥鳅一样，在石头缝里钻来钻去。好不容易给西院争得了一席之地，万没想到你又惹了这么一场大乱子。我的命，咋就生来这么苦呀……"声音哽咽了。

郏银之无地自容，不知该如何做是好。

蒋凤仙哭得更加伤心。

郏银之生就的怜香惜玉，他把蒋凤仙紧紧抱在怀里。

蒋凤仙顿时骨酥肉麻、如醉如痴。

18. 夜。

乌云密布。

古码镇。

郏银根驰马进入古码镇。

19. 夜。

沉雷滚滚。

古码镇、碧露春旅店。

郏银根敲开了旅店的大门。

老板娘胆战心惊："大少爷，半夜三更的，

有啥急事?"

郏银根:"主事回来没有?"

老板娘:"没有。"

郏银根:"你真的不知道他去哪儿了吗?"

老板娘:"我真的不知道。"

郏银根:"他是什么时候离开旅店的?"

老板娘:"昨天晚上。"

郏银根:"具体点!"

老板娘:"傍黑天的时候。"

郏银根:"昨天白天,谁来找过他?"

老板娘:"银之少爷。"

郏银根:"他们说什么了?"

老板娘:"他们在二楼房间里说话,我咋能知道呢?"

郏银根:"二姨太经常来吗?"

老板娘:"最近她只来过两次。"

郏银根:"来找谁?"

老板娘:"她说,是来会一个朋友的。"

郏银根:"我问的是你!"

老板娘:"我,我……"

郏银根:"事到如今,你要是耽误了我的大事,你应该知道自己的后果!"

老板娘:"我说!二姨太是来和酒厂主事约会的!"

郏银根:"把二楼的那间屋,给我打开!"

老板娘:"我没钥匙。"

郏银根:"砸锁!"

老板娘拿着锤子,随同郏银根走上二楼。

女店员挑灯前行。

20. **夜**。

一道闪电划破夜空。

碧露春旅店、二楼、酒厂主事卧室外。

郏银根抡起锤子,把锁砸开。

21. **夜**。

雷声愈来愈近。

碧露春旅店、二楼、酒厂主事卧室内。

老板娘点亮灯。

郏银根翻箱倒柜,细心搜查。

一无所获。

郏银根对老板娘:"你亲自去祥茂商号,把账房叫来!"

老板娘:"他要是不肯来呢?"

郏银根:"他不敢!"

老板娘应声而去。

郏银根对女店员说:"你把这些东西都归复原样,我到楼下等他们。"离去。

女店员归拢着东西。当她扫地时,不经意地发现了床底下布鞋里的借据,因不识字,只好拿着它跑到楼下。

22. **夜**。

又是一道刺眼的闪电。

碧露春旅店,一楼客厅。

女店员跑下楼:"大少爷,您看这张条有用吗?"

郏银根接过,阅,惊骇:"你在哪儿找到的?"

女店员:"在床底下的鞋里。"

郏银根把借据装进口袋。

女店员:"写的啥?"

郏银根:"没啥,是一封信。"

女店员转身上楼。

郏银根:"等一等。"

女店员止住脚步:"大少爷,您有啥吩咐?"

郏银根:"记住,对谁也不准提起刚才这封信的事!"

女店员点点头。

郏银根掏出钱,塞进女店员口袋:"去忙吧。"

女店员跑上楼。

郏银根又掏出借据,仔细地看着。

23. **夜**。

一个炸雷过后,天空淅淅沥沥地下起雨来。

24. **雨夜**。

碧露春旅店、一楼客厅。

老板娘浑身湿漉漉地跑回:"大少爷,账房先生也不见了!"

25. **雨夜**。

外面的雨越下越大。

26. **雨夜**。

聚元隆商号。

油坊主事坐立不安,在他的眼前出现了以下场景:

日。

郯银之来商号借款。

油坊主事回绝。

夜。

酒厂主事来商号借款。

油坊主事回绝。

日。

酒厂的账房先生来到商号。

油坊主事细心地听着郯银之取款一事。

日。

董兰君突然来到商号。

酒厂的账房先生战战兢兢地送来账本。

一个炸雷打断油坊主事的思路。

油坊主事心乱如麻。

伙计给主事端来饭："掌柜的，你一整天都没吃饭了。"

油坊主事："吃不下。"

伙计："掌柜的，你说酒厂的主事，真的是携款潜逃了吗？"

油坊主事："你听谁说的？"

伙计："满大街的商铺，没有不议论这事的！"

油坊主事："这真是，画猫画狗难画虎，知人知面不知心呀！"

伙计："掌柜的，眼下到了你该出头露面的时候了！"

油坊主事："啥意思？"

伙计："你应该去找大奶奶，揭发酒厂主事和银之少爷来咱商号借钱的事！"

油坊主事："不行，不行，哪有这么做人的？"

伙计："掌柜的，你是要做人呢，还是要做买卖？"

油坊主事："我既要做人，又要做买卖！"

伙计："眼下的世道，做人就是做买卖！"

油坊主事哑然。

伙计："咱是买卖人，多想本本分分地做生意呀，能行吗？要是不打点好大大小小官场上的人，能让你安安生生地做生意吗？哪怕是得罪了一个管苍蝇的，他也要想方设法地让你做不成生意！当前是，对阎王，要送钱；对判官，要请吃饭；对小鬼，还得要送盒烟呢！这些个人际关系，不就是在做买卖吗？"

油坊主事："有理，有理。"

伙计："酒厂出了这么大的事，大奶奶的心正乱着呐。眼下，她多么需要有一个人用真心对她呀。在这节骨眼上，你去了，不仅表示了自己的真心，而且还能表明自己的清白。"

油坊主事："你小子行呀，大爷今后亏待不了你！"

伙计："掌柜的，该吃饭了吧？"

油坊主事："不，你去给我备马！"

伙计："您现在就去？"

油坊主事："有句行话说得好呀：'做成大买卖，认准行情下手快！'"

27. 雨夜。

乡间大道。

油坊主事纵马驰骋在雨中。

28. 雨夜。

郯府、后院、客厅。

大管家："老爷，都后半夜了，您去歇一会吧。"

郯耀庭："我要等根儿回来。"

大管家："我等大少爷，您去躺会儿吧。"

郯耀庭："睡不着呀！"

大管家又给郯耀庭端上新茶。

郯耀庭："仲亭，你也跟着受累了。"

大管家："老爷，您可别这么说，这还不是我分内的事吗？"

郯耀庭："仲亭呀，你说说，一个原本好端端的人咋说变就变了呢？"

大管家："世道变了，有的人也就一块跟着变了呗。"

郯耀庭："刚开始办酒厂那功夫，他是多好的一个人呀，没白没黑地跟着我东奔西跑。这些年过去了，酒厂也越办越大了。我看着他做出的成绩，心里还打算赠送给他些股份，可万没想到他竟做出这种事来！"

大管家："我琢磨着，这其中必有缘由。"

郯耀庭："我思来想去，也没有对不住他的地方呀？"

大管家："老爷，您太善良了，这个缘由不

在您。就像个爆竹一样，要想炸，一是自身得有药，二是得有引爆捻子。现如今的人呀，见利忘义，成了正常的事；舍生取义，反而成了不正常的举动。一切是非都弄得颠倒了！"

郏耀庭："一个人要是没了良心，那还叫人吗？"

一个闪电过后，接着是一个炸雷。

29. 雨夜。

郏府、西院、郏银之卧室。

蒋凤仙、郏银之并躺在床上。

郏银之被炸雷吓得惊叫了一声。

蒋凤仙紧紧地抱着郏银之。

郏银之嗫嚅着："吓死我了！"

蒋凤仙："你胆子太小了，一个雷就把你吓成这个样子了。"

树影在窗棂上晃动。

郏银之又惊叫起来："你看，窗户上是谁？"

蒋凤仙看窗户，也不由吓出了一身冷汗。

郏银之跪在床上，连声说："我知道你死的冤，可这不是我的主意呀！冤有头债有主，你可要认清谁才是杀死你的人啊！"

蒋凤仙一把将郏银之推倒："你就是杀死他的人！冤有头，债有主，这个'头'和'主'不是别人，就是你！"

郏银之："你这是血口喷人！"

蒋凤仙："你竖起耳朵听好了，既然你做事无情，那也就别怪我做事无义了！"

郏银之："你也竖起耳朵，好好给我听着！我不懂什么是情，也不懂什么是义，我只知道脑袋掉了就不能再长出来！眼下，咱俩是爹死娘嫁人，个人顾个人吧！"

蒋凤仙冲郏银之，抬手就是一耳光！

二人凝视，鸦雀无声。

窗外又是一个震耳发聩的炸雷。

半晌，二人突然又抱在一块，哭在一起。

30. 雨夜。

郏府、东院、客厅。

账簿摊在董兰君面前，她阴沉着脸。

女佣："酒厂他兄弟俩，胆子也太大了，一下子就贪污了五万块！"

董兰君："这件事要是让老太爷知道了，一

定会定我'用人不当'和'管理不善'两项罪。撤换我，他就有了足够的理由！"

女佣："大奶奶，这事怎么能怪您呢？虽说是您管家，但也不能白黑地守着一个人呀？"

董兰君："你不懂！这件事，我是无法推诿的，因为想找个替身都没有。"

女佣："咋没有呀？旅店的老板娘不是对您说过，二姨太就去和他约会过吗？"

董兰君："我也想过这事，可那只不过是男女之间的苟且之事，很难与这事挂钩，撑破天，她也只是为了让主事能给银之少爷多说好话。"

女佣："他要是把钱给了二姨太呢？"

董兰君："真要是这样，他还会逃跑吗？"

女佣："可也是呀。"

突然传来轻轻的敲门声。

女佣："大奶奶，您听，有人敲门。"

敲门声继续。

女佣走到门前："谁呀？"

门外回答："我找大奶奶有急事！"

董兰君："是油坊的主事。快开门！"

女佣打开房门。

油坊主事浑身湿漉漉地走进客厅。

董兰君对女佣："快用毛巾给他擦擦。"

女佣把毛巾递给油坊主事。

董兰君："下着这么大的雨，你有啥急事呀？"

油坊主事："大奶奶，我是来向您认错的！"

董兰君："你做错啥事了？"

油坊主事："今儿白天，您问了我许多事，我一时糊涂，有的事对您撒了谎。"

董兰君："哪些事？"

油坊主事："为了情谊，我包庇了银之少爷和酒厂的主事！"

董兰君："咋包庇的？"

油坊主事："有一天，银之少爷来铺子里，要借五万块钱，我拒绝了，他冲我发了一阵火后走了。可没多久，酒厂的主事在夜里也来找我，说他的账上没钱了，急需支付益都的货款，要向我借五万块钱。因为没有您的批示，我也没有借给他。今天，您把他们的账簿拿走后，他内弟急得像热锅上的蚂蚁，才对我说了实话。他说，他们账上亏空的五万块，是被银之少爷拿去还了妓院的账，借据就在他姐夫手里，可他连姐夫的影子也找不见了！"

董兰君急切地问："你说的可都是实情？"

油坊主事："句句是实情！大奶奶，您平时待我恩重如山，我不能对您做半点违心的事。今天别说是下雨，就是下刀子，我也一定要赶来见您！"

董兰君激动地说："你来得好，来得好呀！"

沉雷滚滚。

董兰君的心里，一块石头落了地，她长吁一口气，似在自语："老太爷呀老太爷，我即使长了千只眼，也是家贼难防呀？"

油坊主事："大奶奶，我说完了，该回去了。"

董兰君："不，你今天别回去了。就在这里，把你刚才说的这一切都写下来！"

油坊主事："是。"

董兰君对女佣："上茶！"

女佣："是。"

油坊主事伏在案边写材料。

董兰君亢奋地推开了窗户。

外面的雨下得更大了。

31. 雨夜。

乡间大道。

郯银根纵马驰骋在雨中。

32. 雨夜。

郯府、后院、客厅。

郯耀庭依然在等待。

落地钟的时针指在凌晨三点上。

传来急促地脚步声。

大管家："老爷，大少爷回来了！"

郯耀庭快步迎到门口。

郯银根不停地打着喷嚏。

郯耀庭："仲亭，姜汤呢？"

大管家早已把准备好的姜汤捧在手里："大少爷，快把它喝了！"

郯银根大口地喝着姜汤。

大管家又拿来来浴巾和干衣服。

郯耀庭："根儿，快到里屋把衣服换了。"

郯银根接过浴巾和干衣服，走进里屋。

大管家把食盒里的酒菜摆到桌上。

郯银根从里屋走出："爷爷，酒厂的事，咱得朝最坏处想啊！"

郯耀庭："先喝口酒暖暖身子再说。"

大管家赶忙斟酒。

郯耀庭："仲亭，坐下来咱们一块吃。"

三人入座，干杯。

郯耀庭："根儿，酒厂主事真的是携款潜逃了？"

郯银根："不仅他不见了，连他内弟也不见了。"

郯耀庭："噢？"

郯银根："还有，我母亲也过问了此事。"

郯耀庭："这么说，她早就知道这件事？"

郯银根："她还取走了酒厂和油坊的账簿。"

郯耀庭："她回来咋没有对我说呢？"

郯银根："还有一件事，母亲是不知道的。"

郯耀庭："哪件事？"

郯银根取出借据，交给爷爷。

郯耀庭看后，大怒："孽子！"

郯银根："这张借据是在主事床底下的鞋里找见的。"

郯耀庭看着借据在凝思。

郯银根："爷爷，一个携款潜逃的人，身上既无款，又不把借据带走，您不觉得这事奇怪吗？"

郯耀庭："他没有逃走？"

郯银根："他压根就没想过要逃走！"

郯耀庭："噢？"

郯银根："爷爷，您想想，他既没有把五万块钱装进自己兜里，手里又有你郯家少爷的借据，他干吗要躲要逃呀？"

郯耀庭："可是，他连个人影也没有了？"

郯银根："这就是令人最担心和最可怕的事情！"

郯耀庭的神色也不由紧张起来："你是说……"

郯银根："爷爷，您再想想，五万块钱的事一旦被追查起来，谁承担的干系最大呢？"

郯耀庭："当然是银之。"

郯银根："假若债权人扬言，如不还钱，就

把借据上交给我母亲呢?"

郏耀庭倒吸一口凉气:"杀人灭口……"

郏银根点点头。

郏耀庭:"不会的,不会的!虽说银之是个混账东西,但他不至于做出这种伤天害理的事情来!"

郏银根:"是的,他自幼胆小,不敢造次,可是他身边的人呢?"

郏耀庭未语。

郏银根:"爷爷,此事非同小可,您应该追查个水落石出才对呀!"

郏耀庭依然未语。

33. 烈日炎炎。

郏府、前院、大厅。

郏府在家人员,全都在座。

郏耀庭坐在正中的太师椅上。

东、西两院的人,各坐一边。

众人的心态各异。

郏耀庭:"全家人许久没有坐到一块了,最近家里出了大事,要在这里议一议。"

郏文博诧异地说:"家里出了什么大事,我咋不知道?"

董兰君:"酒厂主事携款潜逃了!"

在座的人,有的惊讶,有的高兴,有的漠然,有的胆怯。

郏文博:"嫂子,这可是你分内的事,请你给全家做个交代吧。"

董兰君:"银之,这件事,你不该不知道吧?"

郏银之心虚地说:"他携款潜逃,我怎么能知道呢?"

蒋凤仙:"大奶奶,你的问话太不合乎情理了。难道贼偷主人家的东西,还要事先给主人说一声吗?"

郏文博笑:"嫂子,马失前蹄,人有过失,这是难以避免的。这件事该是谁的责任,谁就应该承担起来。强硬地推到孩子身上,于情于理都是说不过去的。"

董兰君:"银之,你向铺子上借过钱没有?"

郏银之:"没有。"

董兰君:"你想好了再说。"

郏银之:"就是没有!"

董兰君:"那好吧,我给你看一样东西。"

郏银之:"啥东西?"

董兰君:"这是油坊主事写的证词,你要看吗?"

郏银之一把夺过,阅:"他这是瞎说!"欲撕。

郏耀庭:"住手!"

董兰君:"你把它交给老太爷吧。"

郏银之把证词交给爷爷。

郏耀庭接过,未看,放在桌上。

董兰君:"银之,你到底向铺子里借过钱没有呀?"

蒋凤仙:"大奶奶,银之都回答你几遍了,你咋还问呢?你是相信自家人的话,还是相信外人的瞎说呢?"

董兰君:"银之,我再给你看一样东西。"

郏银之:"我不看!"

董兰君:"好,你不看,我来替你说。这是鸳鸯楼专门为你设的账簿,不到一年的功夫,你就欠了妓院四万捌仟捌佰陆拾元。这不会有假吧?"

郏银之垂下头。

郏文博大怒:"畜生!"起身欲打。

郏耀庭大喝一声:"你给我坐下!"

郏文博又坐回椅子上。

董兰君:"四万捌仟捌佰陆拾元,可不是个小数呀,可你一次就还给了妓院五万块!银之,你这钱是从哪儿来的呀?"

郏银之一时语塞。

蒋凤仙:"这是我多年的积蓄。银之去妓院是错了,欠了人家的钱也是真的。可他又不敢向二爷要,我这个当小妈的能不管吗?"

董兰君:"说得好!二姨太,你给了银之多少钱?"

蒋凤仙:"五万!"

董兰君:"他欠债四万多,你却给了他五万,你是想让他用剩余的钱,继续去妓院吗?"

蒋凤仙:"这……"

董兰君:"这是咱祥茂商号的账簿,上面的亏空是五万,二姨太给银之的钱也是五万,天底

· 120 ·

下能有这样巧合的事情吗?"

二姨太:"天下之大,无奇不有。大奶奶,你是认准了银之动用了柜上的钱,这么大的数目,能没有借据吗?大奶奶,借据呢?你把借据拿出来呀!"

郯文博:"言之有理!没有证据,只凭猜疑,是难以服众的!"

郯文渊:"好了好了,己所不欲,勿施于人。不要因为区区五万块钱,就伤了全家人的和气。"

蒋凤仙走到郯耀庭身边:"老爷子,您可不能只听一面之词呀!这是油坊主事和酒厂主事串通一气,先是想方设法赶走银之,拔掉老爷的耳目。见事情败露,又使出栽赃陷害的恶劣手段!老爷子,自从您让银之进酒厂和油坊主事以来,他是恪尽职守,兢兢业业,不敢有丝毫懈怠,真是食不甘味,夜不能寐呀!老爷子,您要赏罚分明,严惩这些心怀叵测的小人啊!"

郯文博冲二姨太:"回到你座位上去!喋喋不休地说个没完,咱爹心里比你明白,当爷爷的不会冤枉自己孙子的!"

郯银之:"爷爷,您要为我做主呀!"

郯耀庭拍案而起:"跪下!"

众人愕然。

郯银之跪在祖父面前。

郯耀庭把借据扔给郯银之。

郯银之看借据,大惊失色!

郯耀庭吼道:"回答我,这是不是你写的借据?"

郯银之的额头上滴下了汗珠。

郯耀庭:"说!"

郯银之:"是。"

众人惊骇!

蒋凤仙突然发疯般地冲到郯银之跟前:"我真没想到你是这样一个人,我好心没有得到你的好报!你这样做,也把我给害苦了!"

郯银之恼怒地说:"你!"

蒋凤仙双眦紧绷,大喝一声:"住嘴!"

郯银之被震慑住。

蒋凤仙:"大奶奶,我可真是有口难辩呀!"

董兰君厌恶地说:"你冷静点,老太爷的话还没问完呢。"

蒋凤仙惴惴不安地又坐回椅子上。

郯银之哭泣着:"爷爷,我错了!"

郯耀庭:"你好大的胆子,不仅敢私自动用店铺里的巨款,而且还敢编造谎言,嫁祸于人!"

郯银之:"爷爷,您饶了我吧,我再也不敢了!"

郯耀庭:"只要你老老实实地说出酒厂主事的下落,我就可以对你重罪轻罚!"

郯银之:"爷爷,酒厂主事确实逃跑了!"

郯耀庭:"家法伺候!"

两名家丁持夹板,虎视眈眈走进大厅。

一直未说话的郯银根护住了郯银之:"四弟,你年纪轻轻,千万不要因一时糊涂,而贻误了自己的前程!"

郯银之恐惧地说:"我说,我说!"

郯耀庭:"若再有半句谎言,我决不轻饶!"

郯银之:"爷爷,我会把一切真相都告诉你的!"

蒋凤仙再次站起:"银之,你可不能胡说八道呀!"

郯文博:"坐下!"

蒋凤仙神经质地说:"二爷,你要为我做主,关于酒厂的事,我一概不知,都是银之所为,我是清白的!"

郯文博:"坐下!"

郯银之再次陷入紊乱。

郯银根:"四弟,你不可再犯傻了,要把真相如实地告诉爷爷。"

郯耀庭:"你说还是不说?"

郯银之:"我说,我说……"

董兰君对家丁:"退下!"

两名家丁离去。

董兰君:"根儿,你也回到自己座位上去。"

郯银根入座。

董兰君走到郯耀庭身边:"爹,不必再节外生枝地追问下去了。咱只要弄清楚酒厂主事没有携款就行了。至于他不辞而别,流落何方,与咱郯家毫不相干。他的家人就是找到府上,她也是无理取闹。即使是告到官府,她也无凭无据,对郯家也是奈何不得!爹,您说,是不是这么一个道理呀?"

众人闻听此言，不胜惊诧！

蒋凤仙、郯银之无限感激地望着董兰君。

郯耀庭顿然醒悟。

郯银根百思不得其解："母亲……"

董兰君并未理睬儿子。

郯耀庭："家里发生的这件大事，终于水落石出，也给全家人敲响一次警钟！在这件事上，我也是有责任的，不该轻率地答应让银之去管理酒厂和油坊的事。悔之晚矣！从今以后，银之在家反省，不准再过问店铺里的事情！"

董兰君："爹，固然银之触犯了家规，但他毕竟还年轻，决不能一棍子打死。吃一堑长一智，他一定会在跌倒的地方再爬起来的。再说，在这件事上，我应承担的责任更大，犯了用人不当和管理不善两条过错。假如要受惩罚的话，首先应该是我。我这个当长辈的，决不能让孩子代我受过。"

众人又被董兰君的一席话震撼。

肖毓芬站起身："嫂子，谢谢你的宽宏大量！银之，还不赶快给爷爷和大妈磕头！"

郯银之给祖父和伯母磕头。

郯耀庭："文博！"

郯文博站起。

郯耀庭："子不教，父之过。你这个做父亲的，应该好好教育自己的儿子！"

郯文博："是。"

郯耀庭："还有，银之动用的五万块钱，要从你们西院的开销中扣除！"

郯文博："是。"

郯银根的眉宇之间，早已拧成了疙瘩。

郯耀庭看在眼里。

34. 郯府、四合院、卧室。

郯银根如困兽般地在房间里走来走去。

窗外传来烦躁的知了声。

郯府沉闷的空气压得郯银根喘不过气来。

郯银根冲出卧室。

35. 沂水河畔。

郯银根纵马驰骋。

36. 沂水河。

在狂风的呼啸下，河水失去了往日的平静，被狂风卷起的波浪，击打着堤岸。

37. 沂水河畔的银杏树下。

郯银根陷入沉思，家人们的面孔又跳入他的眼帘：

祖父威严的脸。

郯银之沮丧的目光。

蒋凤仙惶恐的举动。

父亲的麻木不仁。

母亲狡黠的面目……

38. 河水击打堤岸，发出哐哐的声响！

郯银根双手捧着头，仰天长啸！

39. 月夜。

郯府、四合院。

郯银根挥舞三尺宝剑，边舞边吟：

> 三尺龙泉铸彩虹，
> 青霜紫电伐不公。
> 几时斫却贫山水？
> 长济苍天求民生。

40. 夜深沉。

郯府、四合院、卧室。

郯银根挥毫泼墨，书写了舞剑时吟唱的诗句，取名为《剑》。

郯耀庭在大管家的搀扶下，走进卧室。

郯银根冷冷地说："爷爷。"

郯耀庭走到案边："仲亭，给我念念。"

大管家读诗：

> 三尺龙泉铸彩虹，
> 青霜紫电伐不公。
> 几时斫却贫山水？
> 长济苍天求民生。

"大少爷满腔激愤，胸怀壮志。好诗！"

郯银根不语。

郯耀庭："根儿，还在为白天的事心烦呀？"

郯银根："在我心目中，爷爷不应该是这样的人！"

郯耀庭："我应该是哪样的人呀？"

郯银根："应该是一个匡扶正义，惩恶扬善的人！"

郏耀庭只是深深地长叹一声。

郏银根:"爷爷,那是一条鲜活的生命啊!"

郏耀庭情感真挚地说:"我比你更清楚!他跟了我近二十年,我给他成的亲,置的地,建的房。他有一个刚懂事的儿子,还有一个双目失明的娘!"

郏银根:"就因为您做了善事,郏府的人便可以草菅人命吗?"

郏耀庭:"杀人偿命,天经地义。我原本也是想这么做的!你母亲的一席话提醒了我,做事情不可顾此失彼呀!二姨太和银之,一个是主谋,一个是帮凶。即使把他们查个水落石出,那死去的人还能复活吗?一旦把此事张扬出去,官府能轻饶咱郏家吗?到那时,咱郏家必定会招致万民唾骂,与死者家人结下的冤仇也就要代代相传了!"

郏银根:"你们这样做,正义何在?公理何在呢?"

郏耀庭又长叹一声:"为了让死者在九泉之下得以安息,我已经做好了安排。郏府将厚待他的家人,把他的儿子抚养成才。"

大管家:"大少爷,这是老爷平生第一次做违心的事,他也是不得已而为之呀。"

郏银根:"第一次违心的事,就是一条鲜活的生命!"

郏耀庭取出银票:"根儿,兴办学校,是你的一个心愿,爷爷就用它来弥补我良心上的愧疚吧。"

郏银根情感复杂地看着爷爷。

41. 黎明前。

郏府、西院、客厅。

郏银之精疲力竭地跪在地上。

蜡烛摇曳着昏暗的光。

42. 拂晓。

郏府、西院、地下室。

蒋凤仙被关在一间黑暗的小屋里。

漆黑的房间,透进一丝亮光。

蒋凤仙有气无力地捶着门,她渐渐地瘫倒在门内。

43. 东方出现鱼肚色。

郏府、西院、卧室。

郏文博躺在睡榻上。

肖毓芬站立身边,向丈夫哀求着:"之儿已经跪了一宿,你就让他起来吧?"

郏文博不语。

肖毓芬:"我怎么也不会想到,他们竟敢做出这种伤天害理的事情来!"

郏文博不语。

肖毓芬:"人命关天呀!这回若不是大奶奶发话,之儿怕是连命都保不住了!"

郏文博不语。

肖毓芬:"我恨死那个妖精了!都是她把之儿给带坏的!"

郏文博不语。

肖毓芬:"这个扫帚星一天到晚惹是生非,你赶紧把她撵走吧!"

郏文博不语。

肖毓芬:"她把家都搅成这样了,你还舍不得吗?"

郏文博不语。

肖毓芬:"我说了半天,你听见没有呀?"

郏文博终于睁开眼,缓缓地说:"你今天再去趟东院,代我谢谢嫂子。"

肖毓芬:"要去,你就亲自去!"

郏文博点点头。

44. 清晨。

郏府、东院、客厅。

董兰君在用早餐。

女佣走进:"大奶奶,油坊主事要见您。"

董兰君:"请他进来吧。"

稍倾,油坊主事走进客厅:"大奶奶。"

董兰君:"你用过早餐了吗?"

油坊主事:"我吃过了。"

董兰君:"昨天夜里,还睡得好吗?"

油坊主事:"挺好的。"

董兰君:"打算回去了?"

油坊主事从口袋里掏出辞呈书:"请大奶奶过目。"

董兰君接过,阅:"怎么,你要辞呈?"

油坊主事:"是的。"

董兰君:"为啥呀?"

油坊主事:"我辜负了大奶奶的期望,无颜

再继续做下去。"

董兰君："这恐怕不是你的真心话吧?"

油坊主事："请大奶奶明示。"

董兰君："你看到酒厂主事出了这么大的事,生怕有朝一日,同样的命运会降落到你的头上,故而你才提出辞呈。"

油坊主事："大奶奶目光犀利,能洞察一切。"

董兰君："有的人,一朝被蛇咬,十年怕井绳。可你呢,仅仅看到蛇晃动了一下,你就害怕井绳了!"把辞职书又交还油坊主事:"我心里清亮的很,你和他不是一样的人。我早就说过,无缝的蛋不招蛆。正因为他身上有缝,蛆才爬到他身上,而你不依然是干干净净的吗?"

油坊主事："大奶奶真是知人善任。"

董兰君把油坊和酒厂的两本账簿,都交给了油坊主事:"拿去吧!"

油坊主事愕然:"大奶奶,您咋把酒厂的账簿,也交给我了?"

董兰君："从今天开始,两个铺子都由你管,年薪双份!"

油坊主事惊呆了!

董兰君："我相信你都会管好的!"

油坊主事扑通跪地:"大奶奶如此信任,我倍加感激!为了报答您的知遇之恩,我将为大奶奶鞠躬尽瘁,死而后矣!"

董兰君露出满意的笑容。

第九集

1. **烈日。**

乡间大道。

郏银根纵马古码镇。

2. **古码镇、碧露春旅店。**

郏银根走进旅店。

老板娘迎上："大少爷，您来了？"

郏银根："你知道酒厂主事的家在哪吗？"

老板娘："我好像听他说过一次，在临海县的一个小渔村。"

郏银根："叫啥名字？"

老板娘："叫个啥瞳？"

女店员："丁家瞳。"

老板娘："对，临海县的丁家瞳。"

郏银根："没记错吧？"

老板娘："没错，要不他咋姓丁哩？"

3. **临海县、丁家瞳。**

这是一个傍山靠海的贫穷小渔村。

账房先生风尘仆仆，走到一个石垒的小院门前："海娃，海娃！"

一个五六岁的男孩，跑出院门："舅舅！"

账房先生："你娘呢？"

海娃："下地了。"

账房先生："你爹回来过吗？"

海娃："没有。"

账房先生："快领我去见你娘！"

4. **丁家瞳、山坡上一块巴掌大的玉米地。**

丁嫂汗流浃背，在玉米地里锄草。

海娃领着舅舅跑来："娘，俺舅舅来了！"

丁嫂走出玉米地。

账房先生："姐！"

丁嫂："你咋来了？"

账房先生："海娃，你去玩吧，我和你娘有话说。"

海娃："俺也要听。"

丁嫂："听你舅的话，到一边玩去！"

海娃离去。

账房先生："姐，我姐夫没回来过？"

丁嫂："没有呀。"

账房先生："他会躲到哪儿去呢？"

丁嫂担心地说："出啥事了？"

账房先生："姐，你先别着急，听我慢慢说。"

5. **山坡上。**

海娃掰下一个鲜嫩的玉米，熟练地架上火上烧烤。

6. **山坡上、玉米地旁。**

丁嫂神情紧张地听着。

账房先生："打那儿，就再也找不见我姐夫了！"

丁嫂惊骇："一个大活人，咋说没就没了呢？"

账房先生："我还以为他跑回家里来了呢！"

丁嫂："不行，咱得向郏家要人去！"

账房先生："姐，你咋这么糊涂呀？郏家还向咱要人呢！"

丁嫂："他凭啥向咱要人？"

账房先生："账上亏空了人家五万块钱！"

丁嫂："你不是说，有郏家人的借据吗？"

账房先生："借据在我姐夫手上！"

丁嫂："这个该死的，他跑哪儿去了？"

账房先生："咱要是拿不出借据，就得还人家五万块钱！"

丁嫂："天呐，咱一辈子也还不起呀！"

账房先生："姐，在找不到俺姐夫的情况下，咱还是先躲一躲好！"

丁嫂："上哪儿躲呀？"

账房先生："你和孩子先躲到咱家住一阵子吧！"

丁嫂："孩子他奶奶咋办？她啥也看不见，一个人咋生活呢？"

账房先生："那就一块搬过去！"

丁嫂："这地里的庄稼呢？"

账房先生："哪还顾得了这么多呀？"

丁嫂："这可不行，它可是全家人一年的口粮呀！"

账房先生："那你说咋办？"

丁嫂："等收了棒子再去吧，说不定你姐夫还能回来。"

账房先生摇摇头："凶多吉少呀！"

丁嫂："他要是有个三长两短，俺家的日子可咋过呀？"失声痛哭。

海娃听到哭声，害怕地跑到娘的身边，泣声地："娘，娘，你咋了？"

丁嫂搂着孩子，哭得更加伤心。

账房先生："姐，别哭了，这事传出去可不好！"

丁嫂："这老的老，小的小，你姐夫要是真有个好歹，姐就不想活了。"

账房先生："姐，不管出了啥事，为了孩子，你也应该过下去。天无绝人之路呀！"

丁嫂点着头。

账房先生："姐，我走了，我回去先给咱爹说一声。秋收一过，我就来接你们。"

丁嫂："嗳。"

7. 古码镇、永昌商号。

刘之声热情地接待着郯银根。

樊掌柜边倒茶边说："上次郯先生来看你，你到县城去了。"

郯银根："咱俩是擦肩而过呀。"

刘之声："那天，你也去了县城？"

郯银根："是的。"

刘之声："我到县衙去找姚县长，要求成立县总工会的事情。"

郯银根："真是巧得很，我也去了县衙。"

刘之声："我怎么没有见到你？"

郯银根："你在前院，我是在后院。"

刘之声："这么说，银根兄和姚县长相识了？"

郯银根："我爷爷和他尚有一份交情。"

刘之声："太好了！今后会有许多事，还要请银根兄相助！"

郯银根："我随时听从之声兄的吩咐。"

刘之声："不敢，不敢。"

郯银根："之声兄，你猜猜看，我给你送什么来了？"

刘之声："肯定是件好事情。"

郯银根取银票，交给刘之声："这是我筹集的办学经费。"

刘之声惊喜："银根兄，你这是雪中送炭呀！在古码镇，你做了一件功德无量的事情！"

郯银根："关于校址、师资、教材等事宜，就要劳驾之声兄了！"

刘之声："郯校长，你就等着走马上任吧！"

众笑。

郯银根："我要告辞了。"

樊掌柜："这咋行，今儿中午在间半楼，咱们要好好庆祝一下！"

郯银根："确实不能奉陪了，我还要赶到临海县去。"

刘之声："公务缠身？"

郯银根："去看望一个亲戚。小弟告辞了！"

刘之声、樊掌柜送至门外。

郯银根骑马远去。

8. 郯府、西院、卧室。

郯文博睡在床上。

肖毓芬："快起来吧，咱还要去东院呢。"

郯文博："去了，怎么张口呀？"

肖毓芬："你还想要强呀？"

郯文博："这个畜生把我的脸面丢尽了！"

肖毓芬："让咱摊上了，又有啥法子？再说，冰冻三尺，也非一日之寒。往后，再慢慢地调教吧。"

郯文博："这回算是栽给东院了，往后我在这个家里，再也抬不起头来了！"

肖毓芬帮着丈夫穿着衣服："别再争个你高我低了，和和睦睦地过日子有多好呀！"

郯文博："你不懂。今天到了东院，你说就行了。"

女佣急匆匆走进："老爷，我看见大奶奶朝咱西院来了！"

郊文博惊愕："她来干啥？"

肖毓芬摇头。

郊文博："她会不会又变卦了？"

董兰君已走到门口："二弟，我可以进来吗？"

郊文博冲妻子："快，快！"

肖毓芬迎到门口："嫂子，快请进！"

董兰君走进卧室。

郊文博从里间走出。

董兰君："二弟，我来的不是时候，打搅你休息了。"

郊文博："上茶！"

女佣应声而去。

三人一时无语。

郊文博忐忑不安。

肖毓芬面露尴尬。

董兰君镇静自如。

郊文博干咳两声。

董兰君："我来是看望你俩的，别为孩子的事气坏了身子。"

郊文博放下了悬着的心。

肖毓芬："谢谢嫂子。"

郊文博："怎么还没上茶呀？"

董兰君："不着急，我刚喝过。"

肖毓芬："嫂子，文博一直对我说，这次多亏了嫂子。银之造了这么大的孽，要不是嫂子，还不知是个啥下场！"

董兰君："事情过去了，就不再谈它了。"

肖毓芬："文博和我本要过去看望嫂子，没想到你又走在了头里。"

董兰君："咱姊妹之间，谁看谁不一样啊？"

女佣送茶后，离去。

董兰君："二弟怎么不说话呀？"

郊文博窘迫地笑笑："毓芬都说了，毓芬都说了。"

董兰君："你是不是对我有意见啊？"

郊文博被将一军："哪里，哪里。自打嫂子进了郊家，不仅是我哥的幸事，更是郊家的幸事。你的日夜操劳，才换来郊家的兴隆。我和毓芬都从心里佩服嫂子。"

董兰君："我一个妇道人家，就是有天大的

本事，也难撑起这么大的一个家呀！俗话说，人心齐，泰山移。要是全家人各揣着一条心，咱郊家早就分崩离析了。"

肖毓芬："家和万事兴嘛！"

董兰君："弟妹说得对，家和日子旺，国宁万事兴啊！往大处说，各朝各代都有自己的君主，有自己的宰相；往小处说，居家人过日子，也得有自己的主心骨。咱爹把我放到这个位置上，就得靠全家人的扶持才行啊。"

郊文博："做个主心骨不易呀！时时事事，不仅被全家人盯着，而且还得把一碗水端平。嫂子在处理银之这件事上，就让我和毓芬口服心服呀！"

董兰君："只要二弟和弟妹满意，我也就心安了。"

肖毓芬："满意，满意！"

董兰君："银之在哪呢？"

肖毓芬："还在客厅里跪着呢！"

董兰君："这是何苦呀？"

肖毓芬："谁求情也不行，跪了整整一宿又半天了！"

董兰君："胡闹，这样会把孩子弄出病来的！"站起身："弟妹，快领我去！"

郊文博："嫂子，你别管他！"

董兰君未理，走出客厅。

9. 郊府、西院、客厅。

郊银之依然跪在地上，汗水浸透了他的衣衫。

董兰君、肖毓芬先后走进。

郊银之目光痴涩地看着董兰君。

董兰君紧走几步，把郊银之抱在怀里："之儿，之儿！"

郊银之虚弱地说："大妈！"

董兰君对女佣说："快去熬碗参汤来！"

女佣离去。

董兰君："弟妹，咱俩把他架回房间去。"

10. 盘山路上。

郊银根纵马驰骋。

11. 郊府、西院、郊银之卧室。

郊银之躺在床上。

董兰君给他喝着参汤。

肖毓芬："之儿，你这辈子可不能忘了你大妈呀，这回是大妈救了你的命！"

郯银之："大妈，我错了！"

董兰君："知错就好。大妈心里跟明镜一样，你干不出那些杀人放火的事，这都是让人教唆坏的！"

郯银之："我今后一定好好做人。"

董兰君："好。你歇两天就去酒厂和油坊，替大妈长住眼。那些人干得再好，但毕竟都是外姓人！"

郯银之："大妈，我听您的。"

董兰君："弟妹，二姨太呢？"

肖毓芬："给关在地下室里了！"

董兰君："二弟咋舍得了？"

肖毓芬："要是依我的话，早就把她赶出家门去了！"

董兰君："像这种女人，关几天也好，让她静下心来，好好地反省反省。"

12. 临海县、丁家疃。

郯银根骑马进了丁家疃。

13. 丁家疃、丁嫂家。

郯银根在村民的引领下，来到丁嫂门前。

村民："丁嫂，你家来客人了！"

丁嫂走出，诧异地看着郯银根。

郯银根："丁嫂，我是丁大哥的朋友呀！"

丁嫂："他咋没回来呀？"

郯银根："他抽不开身，让我顺路来家看看。"

丁嫂："他挺好的？"

郯银根："挺好的。"

丁嫂喜出望外："快进家说话。"

郯银根将马拴在门外，走进院门。

14. 丁嫂家、院子里。

这是一处用石头垒成的院落。

三间茅草房已很陈旧。

院中央，有一棵硕大的板栗树，上面缀满果实。

树下，堆放着用白柳编织的筐、篓。

丁母坐在树荫下，熟练地用白柳编着筐子。

丁嫂："娘，咱家来客人了！"

丁母："谁呀？"

郯银根："我是你儿子的朋友。"

丁母："他没回来呀？"

郯银根："没有。"

丁母："快请客人到屋里说话。"

郯银根："大娘，院子里风凉，咱就在这里说话吧。"

丁母："快给客人焖茶。"

丁嫂："先生，让你笑话了，家里没茶叶，你就喝碗白水吧。"

郯银根："别客气，我平时就不喝茶。"

海娃跑回家，怯生生地看着郯银根。

丁嫂："海娃，快叫大爷！"

海娃："大爷。"

郯银根从包里拿出点心和糖果："海娃，快吃吧。"

海娃接过一块点心，塞到丁母嘴里："奶奶，你吃。"

丁母："真好吃！这是啥点心呀？"

郯银根："蜜食。"又拿起一块给丁母："大娘，你再尝尝这块。"

丁母："真香！这叫啥呀？"

郯银根："到口酥。"

丁母："让你破费了。"

郯银根："海娃，你也吃呀！"

海娃又把点心塞到娘的嘴里。

郯银根看着海娃的举动，心里酸酸的。

海娃接过一块点心，舍不得地一点点地吃着。

郯银根："大娘，这棵板栗树有年头了吧？"

丁母："这是海娃他爷爷栽的。"

郯银根："每年收不少果子吧？"

丁母："没个定数。收的多了，到春上就少挨几天饿；收的少了，还不够塞牙缝的。"

郯银根："就不换点钱花？"

丁母："这里闭塞，谁肯大老远地来买呀。"

郯银根："大娘，您编的这些筐子挺好看的。"

丁母："俺这里家家户户都会编，是祖辈传下来的。"

郯银根："有人买吗？"

丁母："一年半载的，就能有人来收一点。"

郯银根："海娃，你几岁了？"

海娃："六岁。"

郯银根："喜欢上学吗？"

海娃："俺这里没学校。"

郯银根："我带你回去，到学校里读书，你愿意吗？"

海娃看着娘。

丁嫂尚未开口。

丁母插话说："不去！"

郯银根："为啥呀？"

丁母："等孩子他爹回来再说吧。"

郯银根笑："大娘，您是信不过我呀。您老人家要是同意的话，就全家人一块搬过去。"

丁母："那就更使不得了。"

郯银根："好吧，这事以后再说。"掏出钱给丁母："大娘，这是你儿子的薪水，他让我给您捎来了。"

丁母用手摸着："这么多呀？"

郯银根："他干得挺好，东家给他加了薪水。"

丁母把钱给儿媳："快去割点肉，打点酒，招待客人吃饭。"

郯银根站起身："大娘，我还有事，要急着赶路呐！"

丁母："说啥也要吃了饭再走！"

郯银根："不了，咱娘俩以后还会见面的。"说完，走出院门。

15. 丁嫂家、院门外。

郯银根骑马远去。

丁嫂搀着婆婆相送在院门口。

海娃恋恋不舍地追出很远。

16. 郯府、西院、地下室。

面容憔悴的蒋凤仙坐在床边，她依然把头发梳理得整整齐齐。

女佣送来饭。

蒋凤仙慢条斯理地吃着："小翠，我现在的样子挺难看，是吧？"

女佣："挺好看的。"

蒋凤仙："别看我现在是落架的凤凰，可等我出去，依然是说话算数的二姨太！"

女佣："是的。"

蒋凤仙："你帮我做件事，行吗？"

女佣："啥事呀？"

蒋凤仙："你把我这张纸条交给银之少爷。"

女佣："我不敢。"

蒋凤仙："谁也不知道，你怕啥？"掏出钱："拿着，买件衣裳穿。"

女佣："谢谢二姨太。"

蒋凤仙把纸条交女佣："等我出去后，我不会亏待你的。"

女佣把纸条装进口袋。

17. 郯府、西院、郯银之卧室。

郯银之躺在床上百无聊赖，哼唱着黑牡丹的"拉魂腔"：

> 春光明媚艳阳天，
> 歌女携琴过前川。
> 桃红李白花开艳，
> 行行绿柳垂金线。
> 鸳鸯戏水沂河欢，
> 黄鹂叫破杏林天……

女佣悄悄走进卧室："少爷！"

郯银之被吓一跳："你这鬼丫头，吓死我了！"

女佣嘻嘻一笑。

郯银之："你来得正好，陪少爷说说话。"

女佣："少爷，你可真是好了伤疤忘了疼呀！"

郯银之长叹一声："我如今是虎落平川，龙困沙滩。"

女佣："你咋和二姨太说的差不多呀？"

郯银之来了精神："二姨太咋样了？"

女佣："她恨死你了！"

郯银之："恨我？"

女佣："你躺在屋里舒舒服服睡大觉，她却囚在地下室里受煎熬。"

郯银之："她骂我了？"

女佣取出纸条："都在这上边写着呢！"

郯银之接过纸条，阅。

女佣："写的啥呀？"

郯银之："你不是早看过了？"

女佣:"看是看了,可是它认识我,我不认识它呀!"

郯银之:"你不识字?"

女佣:"我要是识字,二姨太敢把它交给我吗?"

郯银之:"可也是。我念给你听听。"

女佣:"我才不听呢!"转身离去。

郯银之读纸条:"银之,我想你!快来吧,我今晚等着你!"

18. **月上东山。**

郯府、西院、地下室。

蒋凤仙在刻意地梳妆打扮。

19. **月明星稀。**

郯府、西院、郯银之卧室。

郯银之在穿衣镜前整理着装。

寂静的夜晚,传来一片蟋蟀的叫声。

20. **月夜。**

郯府、西院、地下室。

蒋凤仙翘首等待,细心地聆听着室外的动静。

21. **月夜。**

郯府、西院、郯银之卧室。

郯银之穿戴整齐地躺在床上,手捧着纸条,犹豫不定。

22. **月夜。**

郯府、西院、地下室。

蒋凤仙已望眼欲穿,她渐渐地烦躁起来。

23. **月夜。**

郯府、西院、郯银之卧室。

郯银之在室内来回踱着步子,继而又躺在床上,在他的眼前出现了以下画面:

父亲因愤怒而扭曲的脸。

母亲因疼爱而流出的慈母泪。

大妈因伤心而闪露着温柔又严厉的目光。

画面消失。

郯银之把手中的纸条撕碎,倒头便睡。

24. **月挂西天。**

郯府、西院、地下室。

蒋凤仙沮丧地离开窗户,倒在床上。继而,她又一骨碌爬起,咬牙切齿地说了一声:"总有一天,我要把你们一个一个地都给杀了!"

25. **清晨。**

银杏园。

清新的空气沁人心肺。

小莺子吹着灌了水的"泥响呗",发出了悦耳的鸟叫声。

银杏园里,小鸟的叫声响成一片。

小莺子高兴地跳着,喊着:"真好听,真好听!"

郯耀庭也呵呵地笑。

大管家:"老爷,你看今年的果子格外密,产量能比去年要提高几成!"

郯耀庭:"今年要早下手才行,人力、车辆、船只,都要尽早地定下来。不然的话,到了跟前再定就来不及了。"

大管家:"去年,都是大奶奶一手经办的,您今年打算让谁来主管这事呀?"

郯耀庭:"让根儿去办!"

大管家:"大奶奶能应允吗?"

郯耀庭:"我会跟她说的。"

小莺子:"老爷爷,你光和他说话,咋不和我玩了?"

郯耀庭牵着小莺子的手,走到"四世同堂"树下:"小莺子,你猜猜,咱走到哪儿了?"

小莺子摸了一下:"'四世同堂'树。"

郯耀庭:"小莺子说对了!"

小莺子高兴地摸着树。

郯耀庭:"你再给我说说,这几棵树都是谁呀?"

小莺子边摸边说:"中间这棵最大的是老爷爷,边上这两棵是两个爷爷,这四棵是四个叔叔,这树丫丫是还没出生的小弟弟。我说得对吗?"

郯耀庭:"哪一棵是大叔叔呀?"

小莺子摸着,说:"这棵最直最粗的!对吗?"

郯耀庭高兴地说:"小莺子又说对了!"

小莺子:"老爷爷,你干吗总喜欢这棵树呀?"

郯耀庭:"这棵树,往后就是郯家的栋梁啊!"

小莺子:"啥叫栋梁呀?"

郯耀庭:"栋梁呀,就是当家人。"

小莺子笑:"你骗人,树咋能当家呀?"

郯耀庭笑。

大管家笑。

小莺子:"傻笑!没理了吧?"

郯耀庭:"不是老爷爷没理,是咱小莺子还不明白这个理。"

小莺子撅起嘴:"俺不和你玩了!"又蹦又跳地吹起"泥响呗"。

郯耀庭哈哈地笑着。

大管家:"老爷,该到了'那个'时候了吧?"

郯耀庭:"你说呢?"

大管家:"应该到了!"

郯耀庭:"通过酒厂发生的这件事,我更加喜欢他了!"

大管家:"大少爷真是个走得正,坐得直,大义凛然的男子汉!"

郯耀庭:"我想,等秋收一过,就给他完婚!在婚礼上,我就向众人宣布,根儿是郯府的掌门人!"

缀满枝头的银杏果,在太阳的照射下,黄澄澄,金灿灿。

林间鸟儿的叫声此起彼伏。

小莺子吹着"泥响呗",在林间欢跑着。

郯耀庭在小莺子后面紧紧地追逐。

大管家欢欣地看着丛林中的一老一小。

小莺子和郯耀庭的笑声,回荡在银杏园。

26. 郯府、后院、客厅。

郯银根随大管家来到客厅。

郯耀庭戴着老花镜看着一本花名册。

郯银根:"爷爷,您找我?"

郯耀庭:"回来了?"

郯银根:"我去看望了一个朋友。"

郯耀庭:"你去做善事了吧?"

郯银根一怔,忙把话岔开:"爷爷,我在朋友那里,看到有两件事,在咱这里是可行的。"

郯耀庭:"哪两件事呀?"

郯银根:"一件是栽植板栗。咱这里也是沙丘地带,完全适合板栗的生长。它不仅像银杏一样,具有很高的经济价值,而且还能起到加固河堤的作用。"

郯耀庭:"左手是银杏,右手是金果,携金带银,好!另一件事呢?"

郯银根:"咱这里遍地是琅琊草,用它可以编织许多物件。咱可以请一批能工巧匠,建一个编织厂,这又是一桩一本万利的买卖!"

郯耀庭赞赏地看着孙子:"慧眼!"

郯银根:"您要是同意,咱秋收过后先把编织厂建起来。等明年开春,咱再大面积地栽植板栗树!"

郯耀庭高兴地走到郯银根身边:"好小子,你是爷爷的孙子!"

郯银根:"爷爷,我这叫关公面前耍大刀呀!"

郯耀庭拉着孙子的手,坐到自己身边:"根儿,眼下你要先去做一件大事。"

郯银根:"收销银杏?"

郯耀庭:"你咋知道呢?"

郯银根笑而不答。

大管家嘿嘿一笑说:"老爷,是我告诉他的。"

郯耀庭瞪了大管家一眼:"你呀,猴腮里藏不住一颗枣!"

众笑。

郯耀庭:"咋样?这是客户的花名册,都是多年的关系了。"交郯银根。

郯银根:"爷爷,往年每到这个季节,咱沂河两岸的银杏,大批地发往江南。江南的客商,早就摸透了咱的脉搏,才使得价格始终抬不上去。今年,咱能不能变个法子?给江南客商发少量的货,一是继续保持住原有的客户,二是又不让他们吃饱,吊着他们的胃口。同时,咱要下力气打开北方的销路,再建立一个新的销售网。谁要是最先占领这个市场,谁就能获得最大的商机!"

郯耀庭:"能打开北方市场吗?"

郯银根:"当初,南方市场是怎么打开的?咱这次把这些当初打开南方市场的元老全部调回来,让他们再去攻克北方市场!"

大管家:"这个办法行!"

郯银根:"还有,我在日本读书期间,发现日本人把银杏当成神果，还流传着咱中国的谚语：'天天吃银杏，没灾也没病'；'银花加神果，心静不上火'。可是在日本银杏树稀少，故银杏价格昂贵。我想请日本的学友帮助，把咱们的货发往日本。不仅销售银杏果，咱还要销售银杏苗。这个渠道一旦成行，这将是一桩千秋大业！"

郯耀庭惊骇地看着孙子："你还要打开东洋市场啊？"

郯银根："是的。但要承担一定风险的。"

郯耀庭："不怕！要想做个大买卖人，要具备三条才行呀！一是要胆大，二是要有心计，三是要有感情和诚信。根儿，依爷爷看，你这三条都有啊！"

郯银根："我曾听日本的宫崎教授说过，人的性格纵有千差万别，但大体上可以分为两类：一类是进攻型的；一类是防守型的。进攻型的，成功者居多；防守型的，无所作为者居多。他还说，人类都有亲缘基因：近代相远，隔代相近。由此看来，我和爷爷禀性相近，都属创业人！"

郯耀庭大喜："根儿，你说到我心里去了！"

女佣走进："老爷，大奶奶有事找您，不知您有没有空？"

郯耀庭："请她来吧。"

女佣离去。

郯耀庭："我料定，是来和我商量秋收的。"

郯银根："爷爷，我先走了。"

郯耀庭："不，你到里屋待一会儿，听你母亲说些什么。"

郯银根："这样做不好吧？"

郯耀庭："那你就坐在这儿听。"

郯银根："我还是不参与好。"走进里屋。

郯耀庭："仲亭，你也在这里听听吧。"

27. 郯府、西院、地下室。

女佣打开锁，走进地下室。

蒋凤仙一骨碌从床上坐起："小翠，你把那张纸条交给少爷没有？"

女佣："交了。"

蒋凤仙："真的交给他了？"

女佣："这还有假？"

蒋凤仙又取出一张纸条："你再把这一张交给他！"

女佣："不用了。"

蒋凤仙再次掏出钱："我看你是离开钱不办事呀？"

女佣："二姨太，你误会了。"

蒋凤仙冷笑一声："误会？"

女佣："你现在就可以出去了！"

蒋凤仙又冷笑一声："你想拿我取乐子？"

女佣："真的！二姨太，二爷正在卧室里等你呐！"

蒋凤仙惊喜！

女佣："二姨太，你还愣着干啥？快去吧！"

蒋凤仙刚冲出地下室，又回："小翠，我脸色挺难看，是吧？"

小翠掏出粉盒、口红，交给蒋凤仙："二姨太，俺下人用的化妆品都是最差的，不过它也能应急呀！"

蒋凤仙对着窗户上的玻璃，仔细地化妆："小翠，往后只要你和我一条心，我就让你啥都用最好的！"

女佣笑："二姨太的这番话，我小翠得到沂河西去听！"

蒋凤仙："从现在开始，我说过的话就算数！"掏出钱给小翠："你今儿就去买套好化妆品！"

女佣激动地说："二姨太，你对我来真格的，我小翠从眼下起就像膏药一样，贴上你了！"

蒋凤仙化妆完毕，扭动着腰肢，走出地下室。

28. 郯府、后院、客厅。

董兰君："爹，刚才我说的人力、车辆、船只的数量，够用吗？"

郯耀庭："你想得很细。"

董兰君："秋收，是咱郯府一年一度的大事。地里，要抢收抢种。银杏园，更是耽误不起，就怕果子刚上场，就遇到下雨，那可真是叫苦不迭。"

郯耀庭："今年银杏的销路，你是咋想的？"

董兰君："这倒不用多费心，客户都是现成的，到时给他们发货就行了。"

郯耀庭："还是去年的价位吗？"

董兰君："随行就市呗。今年不仅果子丰收，而且沂河两岸的种植户又增加了很多，可市场还是那么大，看来今年的价位有下滑的趋势。"

郏耀庭皱起眉头。

29. 郏府、西院、卧室。

蒋凤仙袅娜地走进卧室。

郏文博从睡榻上站起，走近蒋凤仙，怜惜地："你怎么才来呀？"

蒋凤仙扭身走到一边，哽咽地说："你的心也太狠了！"

郏文博："你们做的孽也太大了！"

蒋凤仙："我这么做是为了自己吗？"

郏文博："无论为谁，都不能伤害人命！"

蒋凤仙："只要他活着，咱就甭想活得安生！"

郏文博："好了，别再提他了！一提他，我脊梁骨都发麻！"

蒋凤仙："是你先提的！"

郏文博："这回多亏了东院，才化危为安。"

蒋凤仙："这个女人厉害着呐！既把咱揭了个底朝天，又让咱服服帖帖地感恩她一辈子。在老爷子那头，她更是落了个好人！这件事，她是早就预谋好了的！"

郏文博："对呀，她既然要把这件事捂起来，又干吗要把这件事当众挑出来呢？"

蒋凤仙："她狠就狠在这里！"

郏文博恍然："这个臭娘们，肚子里长牙，吃人不吐骨头！"

蒋凤仙："这回可随她心愿了，她说啥咱就得听啥，她说屁是香的，咱也得跟着闻！"

郏文博："她做梦！二爷不吃这一套！"

蒋凤仙："这就对了！你告诉银之，别在她面前像个龟孙子，要挺着腰板走路，要放开喉咙说话。进了郏府大门，整个院子依然有咱西院的一半！"

郏文博："对！"

30. 郏府、后院、客厅。

董兰君："爹，只要您定个日子，整个秋收的事，您就甭操心了。"

郏耀庭突然把话锋一转："酒厂的事，处理得咋样了？"

董兰君："总算把这件事按下去了。"

郏耀庭："你想过没有，事情虽然暂时按下去了，但是账房又不见了，他的家人肯定是要来闹事的。更严重的是，酿酒的糟糠已经储备不多，益都的麸子又没能进来，弄不好就要停产。一旦形成这个局面，赔钱是小事，酒厂对客户的信誉就会一落千丈，咱郏府在市面上的面子就跌尽了！"

董兰君："我已经派油坊的主事，去解决这些问题了。"

郏耀庭："不行，你要亲自己去处理！"

董兰君："秋收已迫在眉睫，我咋能分的开身呀？"

郏耀庭："是呀。关于这事，我正想找你商量。你可以专心致志地去处理好酒厂和油坊的事，秋收这件事就有根儿去办理吧。"

董兰君："爹，根儿一直在外读书，他哪能熟悉这方面的业务？"

郏耀庭："你不也是从干中学会的吗？"

董兰君："这么一件大事交给他，我是不放心的。我宁可多吃点苦，也不能让秋收受到损失。"

郏耀庭："酒厂和秋收都是大事，你心系两头，哪一件都做不好。你放心，在秋收上，我会帮助根儿的。"

董兰君不悦地："爹是醉翁之意不在酒吧？"

郏耀庭："秋天里树就要落叶，不然到了春天，树叶又往哪里长呢？"

董兰君："既然这样，您就看着办吧。"

郏耀庭："这件事，就这么定下来了！"

董兰君站起身："爹，您还有别的事吗？"

郏耀庭："你去忙吧。"

董兰君离去。

郏银根从里间走出。

郏耀庭："根儿，你都听到了吧？"

郏银根："母亲为什么总不放心我呢？"

郏耀庭："人都是有欲望的，在这个家呀，你母亲最大的欲望就是权力。"

31. 郏府、东院、客厅。

董兰君心乱如麻。

女佣端上茶。

董兰君一挥手，茶杯落地。

女佣胆怯地：“大奶奶，都是我不好！”

董兰君：“滚出去！”

女佣捡起破杯，匆忙离去。

董兰君愤懑难抑，她接连摔碎了几件东西。

32. **夜。**

郏府、四合院、卧室。

郏银根伏案疾书。

大管家提食盒走进：“大少爷，老爷让我给您送夜宵来了。”

郏银根未起身：“谢谢爷爷。”

大管家：“您吃了再写吧。”

郏银根：“明天一早，我就要把信分别发给二弟和日本的同学。”

大管家：“我不打搅您了。”离去。

郏银根继续伏案疾书。

33. **夜。**

郏府、西院、蒋凤仙卧室内。

蒋凤仙浓妆艳抹，依窗而立，注视着小径上的动静。

34. **夜。**

卧室外。

郏银之悄然走近卧室。

35. **夜。**

卧室内。

蒋凤仙将窗关死，吹熄纱灯。

36. **夜。**

卧室外。

郏银之轻轻叩门。

室内无动静。

郏银之轻声说：“开门，是我。”

室内无动静。

郏银之：“我有重要事要对你说！”

室内无动静。

郏银之：“我知道你压根没睡，快开门吧！”

室内无动静。

郏银之：“生我气呢？见了面咋都行！”

室内无动静。

郏银之：“你到底是开不开门呀？”

室内无动静。

郏银之：“你再不开门，我就走了？”

室内无动静。

郏银之：“我走了！”

37. **卧室内。**

蒋凤仙一直站在门内谛听。

半晌，门外寂静无声。

蒋凤仙走到窗边，轻轻打开窗。

窗外杳无人影。

蒋凤仙急忙把门打开。

郏银之突然冲进屋里，一把蒋凤仙紧紧地抱在怀里。

二人如胶似漆。

蒋凤仙娇媚地：“还没关门呢！”

郏银之关上门窗。

蒋凤仙点燃纱灯。

郏银之被眼前的美人倾倒。

蒋凤仙更加妩媚地说：“你干吗这样看着我呀？”

郏银之：“你太美了！”

蒋凤仙：“三天没见，就馋成这样了？”

郏银之：“因为你勾着我的魂！”上前欲拥抱。

蒋凤仙将他推开，把脸一板：“你少给我耍花枪，我算看透你了！你这个人呀，为了保自个，连亲娘老子都能搭上去！”

郏银之：“你咋这么说话呢？出了这么大的事，我压根就没提你一个字！”

蒋凤仙：“你还有脸说？要不是你大妈把话接过去，你早吓得竹筒倒豆子，全都抖搂出来了！”

郏银之：“你这是瞎猜疑，我郏银之绝不是那种人，我的牙关紧着呐！”

蒋凤仙：“说你啥好呢，你就是煮熟的鸭子嘴巴硬！”

郏银之：“有硬的地方，就比全软好！”

蒋凤仙：“你爹找你谈过了？”

郏银之：“我不赞成他那一套！”

蒋凤仙：“为啥？”

郏银之：“这一回要不是大妈，咱都得玩完！”

蒋凤仙：“可笑！她为啥不能把这件事，放在暗处来解决？”

郏银之：“这么大的事，她能瞒得住吗？再

说，杀人偿命，我不仅没被送进官府，连家法也没惩受。大妈还力排众议，继续让我到酒厂和油坊主事，这是天大的情义啊！我郊银之再浑，也能分出个黑白来！"

蒋凤仙："你简直是朽木不可雕也！"

郊银之："你把我看错了，我是块不怕虫啃蛇咬的银杏木！"

蒋凤仙："那咱就骑驴看唱本，走着瞧吧！"

郊银之："人之初，性本善。性相近，习相远。这是我小时候背诵的《三字经》，直到今天，我才悟出点它的意思。从现在开始，我要改头换面，做出个样来给全家人看看！"

蒋凤仙："话不投机半句多，郊少爷请回吧。"

郊银之："怎么，你要下逐客令了？"

蒋凤仙："对，我要休息了！"坐到了床边。

郊银之："你不是让小翠给我送纸条，要让我来陪你吗？"

蒋凤仙："你如今已经是正人君子了。"

郊银之："人也，'食、性'二字也，这与'性本善'完全是两回事！"说完，把蒋凤仙按在床上。

38. 艳阳高照。

无垠的田野。

金灿灿的谷穗在秋风的吹动下，掀起此起彼伏的波浪。

郊银根与爷爷来到地头。

大管家紧随其后。

郊耀庭摘下一支谷穗，在手里捻着："该动镰了！"

郊银根："有的还未熟透呢？"

郊耀庭："九成熟，十成收；十成熟，一成丢。"

郊银根认真地听着。

39. 阡陌纵横。

黄澄澄的玉米长势喜人。

郊银根与爷爷、大管家，望着遍地玉米，心花怒放。

大管家："老爷，今年照您的吩咐，这玉米地才多锄了一遍，这棒子就长得比以往哪一年都好！"

郊耀庭："锄头底下有三好，防旱防涝又防草。"

郊银根仔细地听着。

郊耀庭："根儿，要记着，伺候庄稼，是三分种七分管，十分收成才保险。"

郊银根："我记住了。"

郊耀庭掰下一个玉米，观看成色："芒种三天要上场，立秋三天镰刀响。还有三天就要立秋了，该下手了！"

40. 银杏园。

银杏林闪烁着一片金黄色。

密密匝匝的叶片下，一串串鹅黄色的银杏挂满枝头，把胳膊粗的枝条都拽弯了。

郊银根与爷爷、大管家又来到银杏园。

郊耀庭："根儿，这银杏是咱郊家的祖业，你要把主要精力放在里面！"

郊银根："我明白。"

郊耀庭："人力、车辆、船只都准备好了吗？"

郊银根："都准备好了。"

郊耀庭："北边的市场咋样了？"

郊银根："我让在南方搞营销的人，抽出了主力直接去了东北、张家口和天津，这两天就能有回音了。"

郊耀庭："要是一时打不开销路呢？"

郊银根："也不能把货再马上发往江南。我在古码镇建了仓库，把晒干的果子暂时先储存起来。要抻它一阵子，把'推货'变成'抢货'，价格就自然而然地抬起来了。到那时，要是北方市场还没打开的话，再把货发往江南也不迟。"

郊耀庭："日本那头有消息吗？"

郊银根："咱这里通讯太不方便了，我已交代给二弟，让他在北平直接和日本联系。"

郊耀庭："你打算哪天开始收果子呀？"

郊银根："万事俱备，就等着听爷爷的钟声响了！"

郊耀庭："好，那就定在立秋后的第三天！"

41. 晨。

晴空万里。

沂河岸边的老神树下。

郊府的人除董兰君之外，全都到齐。

不少乡亲也聚拢在树下。

郯耀庭："家人都到齐了吗？"

大管家："除大奶奶外，人都到齐了。"

郯耀庭："她为啥不来？"

大管家："她的用人说，大奶奶身体不适。"

蒋凤仙与郯文博对视了一眼。

郯文渊："根儿，去叫你的母亲！"

郯耀庭："不用了！鸡打鸣天亮，鸡不打鸣天照亮！"

42. 郯府、东院、客厅。

董兰君神情郁闷地茗饮香茶。

女佣走进："大奶奶，董小姐看您来了。"

董兰君："她人呢？"

董姝妹一步跨进客厅："姑妈！"

董兰君："你咋突然来了？"

董姝妹："秋收就要开始了，每年这个时候您最累，我是特地来伺候您的。"

董兰君："今年呀，姑妈最轻快了！"

董姝妹疑惑地说："咋了？"

董兰君："老太爷不让我过问秋收的事了。"

董兰君："这么一大摊子事，谁能主得了呀？"

董兰君冷笑一声："老太爷把根儿看得过重了！"

董姝妹："啥，老太爷让我表哥挂帅了？"

董兰君愠怒地说："他这是在拔苗助长！"

董姝妹着急地说："这咋行呢？我表哥从来没干过，这不是把他放在火上烤吗？姑妈，您赶紧去帮帮我表哥吧！"

董兰君冷冷地说："姝妹，你来得正好，我正闲得无聊，你就陪姑妈下盘棋吧。"

董姝妹乞求地说："姑妈，我表哥毕竟是您的儿子，您不能看着不管呀？"

董兰君对女佣说："拿棋盘来！"

女佣："是。"端来棋盘。

董姝妹："姑妈！"

董兰君："下棋！"

董姝妹和董兰君都心不在焉地下着围棋。

43. 老神树下。

大管家摆上供果。

郯耀庭焚香，率全家人叩拜。

乡亲们叩拜。

郯耀庭怀着敬意地拉动钟绳。

大铜钟发出三声巨响！

鞭炮齐鸣！

浑厚的钟声，回荡在田野的上空。

44. 金灿灿的谷地里。

人们挥动着镰刀。

45. 黄澄澄的玉米田。

女人们掰着玉米。

男人们挥动着砍刀。

46. 银杏园。

金黄色的银杏，厚厚地铺满园地。

果农们把背箕里的银杏装入麻袋。

郯银根挥汗如雨。

47. 村头、硕大的场院。

剥皮后的银杏果，白桦桦地铺满整个场地，就像撒满海滩的珍珠，在太阳的映照下发出耀眼的光芒。

郯银根扬着木掀，翻晒着银杏。

48. 皓月当空。

谷米地里。

农工们仍在收割。

49. 月夜。

玉米地里。

掰下的玉米堆成丘。

砍下的玉米秸摞成山。

50. 银杏园。

汽灯高悬。

果农依然在挑灯夜战。

51. 乡间大道上。

长长的车队在行进。

马车上、独轮车上都载着装满银杏的麻袋。

行进的车队，甚为壮观。

郯银根挥动着马鞭。

52. 古码镇、沂水河码头。

码头工人将装有银杏的麻袋载入一只只帆船。

纤夫拉动帆船，驶入河面。

沂水河上，舟舶填塞，帆桅错动，舟载银杏，扬帆南下。

郯银根头戴斗笠，伫立码头，目送着远去的

船队。

大管家匆匆跑来："大少爷,张家口和天津都来信了,他们都急着要货!"

郏银根:"东北呢?"

大管家:"没信息。"

郏银根:"吩咐下去,马上给张家口和天津发货!"

大管家:"是!"急速离去。

53. 聚元隆商号、后院、作坊。

郏银之穿着粗布衣衫,和工人们一起在榨油。

清香的油汩汩地流着。

郏银之不时地询问。

师傅们详细地向他讲解。

油坊主事走来:"少爷,进屋喝茶去吧。"

郏银之依然和工人一起,抱着木椎撞击榨塞。

油坊主事:"少爷,这不是你干的活。一身油一身汗的,你受不了!"

郏银之:"是你受不了吧?"

油坊主事:"我是心疼你。"

郏银之:"你是怕我把你顶了!"

油坊主事:"你咋好坏话不分呢?"

郏银之:"我只是好坏话不分,可你是四六不通!"

油坊主事:"我真没见过像你这样的少爷!"

郏银之:"我这次就让你开开眼,见见从高台阶里走出来的少爷是啥样的!"

伙计跑来:"掌柜的,鸳鸯楼的老板来了。"

郏银之笑:"你也好这一口呀?"

鸨儿朝油坊主事走来:"掌柜的,你真不赖,亲自下手啊?"

油坊主事:"找我有事吗?"

鸨儿:"我来,一是给你送钱;二是再订半年的油。"

油坊主事:"都是老主户了,我这回一定给你最好的油!"

鸨儿发现了郏银之:"这是谁呀?"

郏银之不理。

鸨儿:"这不是郏少爷吗?"

郏银之继续干活。

鸨儿:"犯事了?"

郏银之瞪了鸨儿一眼。

鸨儿:"怪不得不见你人影了,原来是在这里下苦力呀。"

郏银之憋着火气。

鸨儿:"郏少爷,我那三个闺女可想死你了!"

郏银之:"你问问她们,本少爷没钱,还想不?"

鸨儿:"你可真会讲笑话!我要是没钱,能从这里把油提走吗?"

郏银之愤怒地说:"你竖起耳朵给我听着,本少爷用钱擦屁股,也绝不花给你鸳鸯楼一分!"

鸨儿笑:"郏少爷,你要是不去,咱鸳鸯楼可就要关门了!"

郏银之指着鸨儿的鼻子,吼道:"你简直是个势利小人!"

鸨儿也瞪起眼:"请你站远点,别弄我一身油腥子!"

郏银之又逼前一步!

油坊主事赶忙劝阻。

鸨儿嘟嘟囔囔地离去。

郏银之:"他娘的!门口竖个讨饭棍,至亲好友无人问;门口竖个大旗杆,七姑八姨都来攀!"

一工人递给郏银之一块毛巾:"少爷,擦把汗!你和咱大伙在一块,长见识了!这回你该知道世态炎凉,人情冷暖了吧?"

郏银之冲着鸨儿走去的方向:"呸!"

54. 古码镇、沂水河码头。

又一排车队,来到码头。

郏银根指挥码头工人装船。

刘之声匆匆赶来:"郏先生!"

郏银根惊喜:"之声兄,你怎么来了?"

刘之声:"我听说,这几天你一直忙碌在码头上,我就跑来看望您了!"

郏银根:"学校的事情,进行得怎么样了?"

刘之声:"校址就定在古码镇的郏子庙,虽然年久失修,但框架依然完好,花少量的钱就可以把房舍修整一新。再清理掉院内的杂草和石块,就是一所很好的学校了!"

郯银根："师资呢？"

刘之声："我正要和你商量这件事。你还记得我给你的《红色鲁南》报吗？"

郯银根："当然记得。"

刘之声："编辑部的几位先生都是我的朋友，我想把他们的编辑部搬过来。他们在这里既可以办报，又可以担任学校的老师。郯先生，你意如何？"

郯银根："这还商量啥？是件大好事，就照之声兄的意见办！"

大管家又气喘吁吁地跑来。

郯银根："仲亭叔，您一连几天来回地跑，可把您累坏了！"

大管家："你白黑地长在码头上，比我累得多！"

刘之声："郯先生，你太忙了，我就不打扰了！"离去。

郯银根："仲亭叔，看您这高兴劲，准是又有大喜事！"

大管家："二少爷从北平发来电报，老爷让我赶紧把它送到你手上！"

郯银根接过电报，阅："太好了，日本市场终于打开了！"

大管家："大少爷，咱库存的银杏已经不多了！"

郯银根在思考着。

大管家："老爷说，能不能中断向江南发货？"

郯银根："不能！他们不仅是咱的老客户，而且失去诚信就会波及咱整个市场！"

大管家："那咋办呢？"

郯银根："仲亭叔，马上把布告贴到四邻八乡！"连徐州那边也可送贴收购。

大管家："贴布告？"

郯银根："对！咱要大量收购银杏！"

大管家："可沂河两岸的果农，年年都把银杏发往江南呀！"

郯银根："只要咱出的价格略高于江南，谁还会舍近求远，卖低不卖高呀！"

大管家："大少爷，你脑子真好使！"

郯银根："日本人的脑子才好使呐！"指电

报："你看，日本人不光要银杏，更想买的是银杏树，连树的标准都写得清清楚楚：离地一米处直径达五至十公分的树苗，数量为五万株。这就是说，他们也要开发银杏园。等这些树结了果，他们就再也不会进口咱的银杏了！"

大管家不以为然："这是多少年之后的事了！"

郯银根："日本人做事，总是考虑到他们的子孙后代；难道咱们做事，就只顾眼前的利益吗？"

大管家："你的意思是不给他发树苗？"

郯银根："不发树苗，恐怕他们就不要咱的银杏了。"

大管家："这咋办？"

郯银根："少发！"

大管家："发多少？"

郯银根："三千株。我再让二弟电告他们，直径五公分以下的，还可以再多发一倍。"

大管家："好，我马上去组织货源，咱尽早地把货发出去！"

郯银根："仲亭叔，天气炎热，你要多注意身体。"

大管家："没事，我的体格棒着哩！"离去。

郯银根继续指挥着工人们装船。

55. 临海县、丁家疃。

账房先生赶着马车进了丁家疃。

56. 丁嫂家。

全家人在树荫下，围坐在大笸箩周围，搓着刚收获的玉米。

账房先生走进小院："姐！"

海娃迎上："舅舅！"

账房先生从手中的篮子里取出葡萄："吃吧。"

丁母："娃他舅来了？"

账房先生："表大娘，你挺好吧？"

丁母："壮实着呐。快坐！"

丁嫂给弟弟端来水："咱爹好吧？"

账房先生："挺好的。"

海娃："舅舅，你是来帮俺搬家的，对不？"

丁母："搬家？"

丁嫂瞪了儿子一眼。

账房先生赶忙说:"俺爹想接你过去玩几天。"

丁母:"这敢情好!可是家里一大摊子事,挪不动窝呀!"

丁嫂:"前些日子,你姐夫的一个朋友来咱家了。"

账房先生:"哪儿的?"

丁嫂:"古码镇的。"

账房先生:"他姓啥?"

丁嫂:"不知道。"

丁母:"光顾说话,忘了问他了。"

海娃:"他还要带我去上学呢,可是奶奶不答应。他还说,把俺全家都接了去!"

丁嫂:"他还捎来了你姐夫的薪水。"

账房先生:"他还送钱来了?"

丁母:"人挺好的,连顿饭也没吃就走了。"

账房先生:"他长得啥模样?"

丁嫂:"高高的个子,浓眉大眼,白白净净,像个教书先生。"

账房先生:"是郯府的大少爷!"

丁嫂:"他是你姐夫的朋友吗?"

账房先生在凝思。

海娃:"舅舅,俺娘问你呢!"

账房先生仍在凝思……

57. 郯府、大门口。

一辆马车驶来,停在门外。

董炎君走下马车。

蒋凤仙走出大门。

二人相遇。

蒋凤仙:"哟,是炎君哥呀!"

董炎君:"二姨太要出门呀?"

蒋凤仙:"是来看我大嫂的?"

董炎君:"我是来看望老太爷的。"

蒋凤仙笑:"您是来向老太爷催婚的吧?"

董炎君:"秋收过了,应该给两孩子成亲了。"

蒋凤仙:"我和二爷也为这事着急上火呐!"

董炎君:"谢谢二爷和您,都为孩子的事操心。"

蒋凤仙:"这还不是应该的?炎君哥,快把妹妹嫁过来吧,眼看大少爷就要主事了,他身边没个帮衬咋行呀?"

董炎君只是笑笑。

蒋凤仙:"您快去吧。"

董炎君致意后,离去。

蒋凤仙待董炎君走远,她又返转身,走进大门。

第十集

1. 郏府、后院、客厅。

郏耀庭手捧账簿，亢奋地连声说："不得了，不得了！"

大管家："大少爷说，尚有几家大客户的款未到，还没入帐。"

郏耀庭："仅账面上的进项，就比往年翻了一番！"

大管家："这里边，日本的汇款，就占了六成！"

郏耀庭："以往我总是不服老，总以为年轻人的观念远不如我。如今和根儿相比，我才知道自己老了。"

大管家："老爷，大少爷的学没有白上啊！"

郏耀庭："上学固然重要，但事业上的成功，还在于心！"

大管家："心？"

郏耀庭："我年轻的时候，听老人讲过这么一件事。河西马家商人，有一个斗蟋蟀为生的朋友。他们二人走在路上，斗蟋蟀的人突然说，你听林子里有只大蟋蟀。马家商人说，我咋没听见？斗蟋蟀的人跑进林子里，捉回来一只大蟋蟀。马家商人问，你咋知道是只大蟋蟀？斗蟋蟀的人说，个头大的蟋蟀叫声缓慢，有时几个小时才叫两三声。小蟋蟀叫得勤叫得快。各种颜色的蟋蟀，都有不同的叫声。比如黄蟋蟀的叫声里，就带有金属声。这些区别，你只有用心才能分辨出来。二人边说边走，马家商人突然弯腰拾起一块银圆，而斗蟋蟀的人依然在大踏步地向前走着。这件事说明了一个道理，你的心在哪里，你的成功就在哪里，你的财富就在哪里。"

大管家："太对了！斗蟋蟀的心在蟋蟀那里，他就能听见蟋蟀的叫声。马家商人的心在钱那里，所以他能听得见银圆的响声。"

郏耀庭："三岁看大，七岁看老。我断定根儿这辈子必定是个成功者，因为他是用心在做事的。"

大管家："这是老爷您大半辈子行善积德修来的，是咱郏府的福气啊！"

董炎君走进客厅："表叔，我来看望您了！"

郏耀庭忙起身："炎君，快请坐。"

大管家接过礼物，又端上茶。

董炎君："一场秋收，把您累坏了吧？"

郏耀庭："今年比往年，我是又省心，又放心，又开心！"

董炎君笑："表叔，您今年不仅得了个好收成，而且还多收获了'三个心'！"

大管家："今年呀，连大奶奶都能睡个安稳觉了！"

董炎君："妹妹回家都对我说了，表叔把这么重的担子交给了根儿，没想到他干得是如此出色！"

郏耀庭："妹妹来过了？"

董炎君："每年秋收都是她姑妈最忙的时候，她本想来伺候姑妈几天，没想到陪着她姑妈下了一天的棋。"

郏耀庭："这孩子还挺有孝心的。"

董炎君："表叔，秋收也忙过去了，您看是不是把这俩孩子的婚事办了？"

郏耀庭："好哇，我也正有此意。"

董炎君："您就定个日子吧。"

郏耀庭："你姐知道此事吗？"

董炎君："我还没去找她呢。"

郏耀庭："仲亭，你去把大爷和大奶奶请到这儿来。"

大管家："是。"离去。

2. 郏府、西院、卧室。

郏文博躺在睡榻上吸大烟。

蒋凤仙坐在一旁扇凉。

郯文博："看来这门亲事，是铁板钉钉了？"

蒋凤仙："董炎君这次来，肯定是和老太爷商量婚期的！"

郯文博："你说，成了这门亲事，对咱们来说，是件好事呢还是件坏事？"

蒋凤仙："当然是件坏事！"

郯文博："不，这是件好事！"

蒋凤仙："好事？"

郯文博："对，是件好事！这些日子，东院里就跟霜打了一样，蔫了！大权旁落，她已感到末日就要来临了！她非常清楚谁是自己的对手？对手就是自己亲生的儿子！董妹妹虽说是她的娘家侄女，可成亲后就变成了郯银根的妻子！一指不如四指近，孰近孰远不就昭然若揭了吗？她想当郯家的慈禧太后，可郯银根不是光绪，更何况还有个道光帝在后边坐镇呢！到那会儿，她就成了一个众叛亲离的可怜虫！眼下的这桩亲事，办得越早越好，我恨不得明天就能看到东院里的这个女人悲惨的下场！"

蒋凤仙："二爷，你咋还把眼睛盯在东院里呢？咱们的对手也已经变了！当然，你和东院里斗了大半辈子，可后半辈子呢？咱西院要想有出头的那一天，就得靠咱银之。要想让银之出头，对手就是郯银根！要想和郯银根斗，就得和东院携起手来！你不是给我讲过三国的故事吗？咱家眼下就是一个小三国呀！"

郯文博凝视着蒋凤仙。

3. 郯府、后院、客厅。

郯耀庭、董兰君、董炎君，各怀着自己的心思，商议着两家的婚事。

只有郯文渊心平如镜。

郯耀庭："咱董郯两家早已换了喜帖，本该早就定下孩子们成亲的日子，可是由于诸事烦杂，拖到了今日。炎君这次来就是催问婚期的，我把你夫妻俩叫来，就是商量这件事的。"

董兰君冷冷地："爹说咋办就咋办呗。"

郯耀庭："还是商议一下好。"

郯文渊："爹，自古以来子女的婚事，都是父母之命，媒妁之言。此事，由您定夺即可。"

董兰君："爹，此事您和根儿商议过吗？"

郯文渊："和他商量干什么！"

董兰君："咱们的根儿和其他后生可不一样，不仅见多识广，如今已是郯府的半个掌门人了！不和他商量怎么行呢？"

郯耀庭不悦地说："他就是成了整个掌门人，不还是你的儿子吗？"

董兰君笑："我这个儿子，从来就没把我这个母亲放在眼里，他心里只有一个爷爷！"

郯文渊："兰君，你怎么这样对爹说话？"

董兰君："爹叫咱们来是商议事情的，难道还我要三缄其口吗？"

郯耀庭抑制着情绪："好，你想说啥就说啥吧。"

董兰君不语。

郯耀庭："你怎么又不说了？"

董兰君："我十七岁进了这个家，把一颗心全扑到了这个家上。上侍奉公婆，下相夫教子，还要协助爹料理家事。三十多年过去了，我看到这个家，产业发达，人丁兴旺，就把一切烦恼的事，一股脑儿地全忘光了！可又有谁知道，我遭受过多少白眼，遇到过多少坎坷，付出过多少心血呀？我有时病了，都不肯言语一声，支撑着身子操持着家务……我是有四个子女，他们长大以后都离家求学去了，我想他们，念他们，终于有一个回到了我的身边，可我万没想到他竟然与我离心离德！我伤心，我难过！此时此刻，有谁能替我说句话？又有谁能为我撑一下腰呢？即使这样，我依然兢兢业业地打理着家里家外的事。更让我始料不及的，在秋收大忙季节，竟然无缘无故地把我甩到了一边，不让我管事了！白日我面对蓝天，夜晚我独守孤灯，只能把苦涩的泪水咽进肚里……我盼着妹妹能快点走进这个家门，因为我太孤独了，要有一个和我说话的人呀……"哭泣着离去。

郯文渊："兰君，兰君！"追至门口。

郯耀庭："不要叫她了。我早就料定，她早晚会说这番话的！"

郯文渊回到座位上。

董炎君："表叔，都是我不好，给您惹了这个乱子。"

郯耀庭："这咋能怪你呢？只是你姐太过虑了，难道连自己的儿子也信不过吗？"

董炎君："根儿是个懂孝悌的孩子。"

郏文渊："爹，兰君有失做儿媳的礼节，还请您包涵。"

郏耀庭："都是自家人，没那么多礼数，还是商议一下成亲的日子吧。"

董炎君："表叔，我本不该参与您家的事，但我还是要说一句，您做的是对的。妹妹进了这个家，您可要严加管教呀。"

郏文渊："我很喜欢妹妹，睿智聪慧，知书达理，是个女才子呀！她与根儿成亲后，府上又多了一个读书人！"

郏耀庭："我想把日子定在中秋节的前三天，你们看咋样呀？"

董炎君："很好！"

郏文渊："我听爹的！"

4. 古码镇、祥茂商号、后院作坊。

郏银之和工人一样在酿酒。

工人们热情地回答着他的提问。

郏银之腰酸背痛，咬牙坚持。

5. 祥茂商号、前厅。

账房先生忐忑不安地走进店铺。

伙计惊讶："你咋回来了？"

账房先生："先给我喝口水。"

伙计端上茶："你到哪儿去了？主事在到处找你！"

账房先生："我姐夫回来了？"

伙计："咱这里的主事换了。"

账房先生："换成谁了？"

伙计："油坊的掌柜到咱儿来主事了！"

账房先生："油坊那边呢？"

伙计："两头都是他。"

账房先生："我姐夫还是杳无音信吗？"

伙计轻声地说："他犯了事，你也不知道？"

账房先生："他犯了啥事？"

伙计："携款潜逃！"

账房先生："这是没影的事！"

伙计："没影？证据确凿，账上少了五万块！"

账房先生："他一分也没动！"

伙计："见鬼了！钱还能自己长腿了？"

账房先生："这钱不是他拿的！"

伙计："你知道这档子事？"

账房先生："都怪我，是我害了他呀！"

伙计："是你拿的？"

账房先生："不，是我亲手交给了一个人。"

伙计："你有凭证吗？"

账房先生："有！"

伙计："这就好办了！你赶快把凭据交给东家，不就全没事了吗？"

账房先生："凭据在我姐夫手上！"

伙计："这就奇怪了，你姐夫手上有凭据，还干吗要逃跑呢？"

账房先生："我也是弄不明白！"

伙计："这当间肯定有猫腻！"

账房先生："我心里也一直犯嘀咕！"

伙计："这可是件要命的事，你应该马上去找东家，把这件事情挑开！"

账房先生："我这次就是为这事来的。"

伙计："去找大奶奶？"

账房先生："我去找大少爷，我觉着他才是个正派人！"

伙计："没错！"

郏银之满脸汗水，从后院走进前厅。

账房先生和郏银之都不由怔在那里。

伙计赶忙说："少爷，您请坐！"

郏银之惴惴不安地问："你怎么来了？"

账房先生压抑着怒火："我是这里的账房。"

郏银之："早把你开除了！"

账房先生："是大奶奶发的话吗？"

郏银之："你姐夫和你串通一气，携款潜逃，我正要找你们算这笔账呢！"

账房先生："少爷，我正等着呐。"

郏银之冲伙计："你给我听好了，从今以后绝不能让贼走进祥茂商号一步！"

账房先生："少爷，我可以不进店铺，但你说话要干净！账上的五万块钱是被人偷走了，但不是我们！总有一天，我会把这个贼抓出来的！"愤然而去。

郏银之："晦气！"

伙计："少爷，您干吗和他一般见识呀？"

郏银之："他给你都说了些什么？"

伙计："问他姐夫回来没有？"

郯银之："你是怎么说的?"

伙计："这还咋说? 谁也没见他个人影呀!"

郯银之："偷钱逃跑,他还敢回来?"

伙计："就是,就是。"

油坊主事走进店铺："少爷,您又和工人一块干活了?"

郯银之："我问你,这里的账房换了没有?"

油坊主事："换了。是我从聚元隆商号调过来的。"

郯银之："可靠吗?"

油坊主事："当然。"

郯银之："把账簿拿给我看看。"

油坊主事："不行。"

郯银之："不行?"

油坊主事："对。"

郯银之："为什么?"

油坊主事："这是铺子里的规矩。"

郯银之："我不仅是东家,还是这里的主管,有权力查看铺子的账簿!"

油坊主事："这两个铺子的账簿,只有大奶奶才能过目。"

郯银之："你把账簿拿来!"

油坊主事："不能拿。"

郯银之："拿来!"

油坊主事："不行!"

郯银之："你到底拿不拿?"

油坊主事："不拿!"

郯银之拍案而起："我就不信这个邪!"欲冲进账房。

油坊主事抢先一步,拦在门口,冲屋里喊:"把门给我插上!"

屋里插上了门。

郯银之恼羞成怒,一巴掌扇在油坊主事的左脸上!

油坊主事不动声色地又把右脸递上:"少爷!"

郯银之气急败坏:"你!"

油坊主事凝视着郯银之,眼里闪烁着火星。

6. 郯府、四合院、卧室。

郯银根剪着画报。

董姝妹走进:"表哥!"

郯银根:"姝妹,你啥时候来的?"

董姝妹:"这不,刚止住脚步。"

郯银根:"你是从我母亲那边过来?"

董姝妹:"我是从家里过来。"

郯银根:"找我有事?"

董姝妹:"我爹找老太爷有事。"

郯银根:"你是和舅父一起来的。"

董姝妹:"我是和爹各自来的。"

郯银根:"我怎么越听越糊涂了?"

董姝妹笑:"表哥,我爹是来找老太爷,商议咱俩事的。他前脚走,我后脚就赶来了。"

郯银根:"你为啥不和舅父一起来?"

董姝妹:"他不肯呗。"

郯银根:"你呀,还是小时候的样子,想干件事就非干成不可!"

董姝妹取出一张银票:"给你!"

郯银根:"银票?"

董姝妹:"三十万,办学校够吗?"

郯银根感动地说:"姝妹,你一直没有忘记这件事?"

董姝妹:"我爹说,假若不够,我再到家里取。"

郯银根:"谢谢舅父,更谢谢你!"

董姝妹笑:"还挺客气的,快收起来吧!"

郯银根把银票又还给董姝妹:"不用了,我爷爷已经给了我五十万。"

董姝妹:"真的?"

郯银根:"真的。"

董姝妹:"学校设在哪里?"

郯银根:"古码镇的郯子庙。"

董姝妹:"何时开学?"

郯银根:"我的朋友正在筹建。"

董姝妹收起银票,看着桌上的剪画:"表哥,你剪这些有啥用吗?"

郯银根:"这些画册都是日本人用麦秸编织的工艺品,花篮、草帽、挎包、拖鞋,还有儿童玩具。"

董姝妹:"你喜欢草织品?"

郯银根:"我想向母亲提议,就地取材,建个草织品厂。"

董姝妹:"表哥,你不觉得这是枉费心机

吗?"

郊银根:"你认为这件事不可行吗?"

董姝妹:"事情虽好,但我姑妈是不会答应的。"

郊银根:"为什么?"

董姝妹:"我姑妈的个性太强了,她一辈子都不允许别人能胜过她。"

郊银根:"建草织品厂,是个一本万利的项目,难道这不是一件好事情吗?"

董姝妹:"因为你有'班门弄斧'之嫌疑。"

郊银根:"姝妹,你说'班门弄斧'是个褒词呢,还是个贬词?"

董姝妹:"当然是个贬词。历来被人们说成在行家面前卖弄本领。连唐代诗仙李白,登上黄鹤楼观光,都吟唱出'眼前有景道不得,崔颢题诗在上头'。"

郊银根:"我却不这样认为。真金不怕火炼,只有到班门去弄斧,才能知道自己的本领如何?是不是千里马,也只有到伯乐跟前遛遛,才能显出真假。譬如下棋,厮杀一番,输给了高手,也高兴;如果赢了臭棋篓子,还眉飞色舞,那是盲目乐观,与向高手讨教不可同日而语。"

董姝妹:"表哥,你为啥要建一个草织品厂呢?"

郊银根:"咱农村祖祖辈辈是靠粮食穿衣吃饭的,可是你家却是靠玉石,我家是靠银杏发家的。我在鲁迅先生的书中,读到这么一句名言:'地上本没有路,走的人多了,也便成了路'。我发现这句名言也可以这样理解:'前面本来有路,走的人多了,便没有了路'。试想你我两家,假如也和众人一样,靠走粮食的道路,能有今天的辉煌吗?"

董姝妹仔细地听着。

郊银根:"我听宫崎教授讲过这样一个故事:两个青年一同开山。一个把石头砸成石子卖给建房人;另一个把石头卖给了花园,因为这里的石头都是奇形怪状的,他认为卖重量不如卖造型。五年后,卖怪石头的青年在村里第一个盖起瓦房。"

董姝妹:"真聪明!"

郊银根:"后来,国家不许开山了,只许种树,于是这儿成了果园。每到秋季,漫山遍野的水果招来八方商客,他们把成筐的水果运往东京、大阪。此时,卖过怪石头的青年卖掉果树,开始种柳,因为他发现来这里的客商,不愁买不到上好的水果,只愁买不到盛水果的筐。五年后,他成为第一个在城市里买房的人。"

董姝妹:"具有超人的智商!"

郊银根:"美国一家著名公司来日本,听说这个人后,马上决定寻找这个人。当美国人找到他时,他正在自己的店门口,与对面的店主吵架。原来,他店里的西装标价800元一套,而对面同样的西装标价才750元;他标价750元,对门就标700元。一个月下来,他仅批发出八套,而对面的客户越来越多,一下子批发了八百套。美国人一看这情形,对此人失望不已。但当他们弄清真相后,又惊喜万分,当即决定以百万年薪聘请他!原来,对面的那家店也是他的!"

董姝妹:"真是奇人!"

郊银根:"无论任何社会,任何行业,任何时候,商品供大于求,就会贬值赔本。满足个性需求的多元商品,都有无限空间。创新的路子,就是发生在本无路的地方。"

董姝妹敬仰地看着郊银根,又取出银票:"表哥,这个草织品厂一定要建!一旦被姑妈拒绝,你就用它把厂子建起来!"

郊银根感激地接过银票。

门房走进:"大少爷,酒厂的账房先生要找您?"

郊银根:"是酒厂的哪个账房先生?"

门房:"前任的账房先生。"

郊银根:"快请他到这儿来!"

门房:"是。"离去。

董姝妹:"表哥,你忙吧,我去看望姑妈。"离去。

稍倾,账房先生走进:"大少爷!"

郊银根:"快坐。"端上茶水。

账房先生:"听俺姐说,您到丁家疃去了?"

郊银根:"我代你姐夫,去看看家人。"

账房先生:"我姐夫有音信了?"

郊银根:"没有。"

账房先生扑通跪地:"大少爷,我姐夫冤枉

啊！铺子里的五万块钱，确实不是他拿的！"

郊银根扶起账房先生："坐下慢慢说。"

7. 郊府、东院、客厅。

董兰君依然泪眼婆娑。

董姝妹走进："姑妈！"

董兰君被惊吓一跳，忙拭去眼角的泪痕："姝妹！"

董姝妹："姑妈，您这是咋了？"

董兰君长叹一声："你到哪儿去了？"

董姝妹一怔："姑妈，我刚来呀！"

董兰君："不是和你爹一块来的？"

董姝妹："我爹也来了？"

董兰君："来了。"

董姝妹："他人呢？"

董兰君："正和老太爷商议你和根儿的事。"

董姝妹："商议啥事？"

董兰君："成亲的日子。"

董姝妹："您咋没去？"

董兰君："我刚回来。"

董姝妹："日子定下来了？"

董兰君："不知道。"

董姝妹担心地说："姑妈，是不是又发生了不愉快的事？"

董兰君点头。

董姝妹："是我和表哥的婚事？"

董兰君摇摇头。

董姝妹放下心："到底是为了啥事呀？"

董兰君哽咽地："姝妹，姑妈心里难受呀！"

董姝妹："姑妈，我看见您这个样子，心里就像刀割一样。"

董兰君忙拭去泪花："都是姑妈不好。"

董姝妹："不，我知道您心里委屈，可在这个家里，您又能和谁说说心里话呀？"

董兰君的泪水再次涌出眼眶。

董姝妹："姑妈，您是不是还在为秋收的事伤心啊？"

董兰君："这些天我心里憋得实在难受，今天当着老太爷的面，就一股脑儿地全说出来了！"

董姝妹："姑妈！"

董兰君："我这个人，一辈子都不愿意让别人看到我有难过的事！"

董姝妹："老太爷又说了些啥？"

董兰君："他能说啥？只有默默地听着！"

董姝妹："姑妈，我有几句话，不知您愿听不愿听？"

董兰君："愿听。"

董姝妹："您不觉得，今天做得过于鲁莽了吗？"

董兰君："这是被他逼的！"

董姝妹："您这样做，也不过是只图了一时的痛快。不仅解决不了问题，而且更增添了老太爷的疑心！"

董兰君认真地听着。

董姝妹："此事要是换成我，就不会这样做了。"

董兰君："你会怎么做？"

董姝妹："现在呀，人和人之间，都是拧着的。话朝反处听，心朝歪处想。你说是白的，他就说是黑的；你说要他朝东边走，他偏要向西行。总觉着对方心里有鬼！姑妈，在这件事情上，假如您能抢先一步，主动去找老太爷，说自己年纪大了，啥事也不想做了，把一切事务都推给我表哥。老太爷听了，疑心定会全释，也绝不会出现类似秋收这样的事情了！姑妈，您说是不是这个道理？"

董兰君："是呀，我今天的举动太草率了。"

董姝妹："咱再退一万步说，老太爷就算把权力全给了我表哥，可他毕竟是您的儿子，肥水也没有流到外人田呀？他要是不听您的，还有我这件贴身小棉袄呢？姑妈，我说得对吗？"

董兰君脸上露出笑容："姝妹，快把你娶过来吧，我觉着好像越来越离不开你了！"

董姝妹亲密地："姑妈！"

董兰君握着董姝妹的手："你比我的亲生女儿还亲呀！"

董炎君走进客厅。

董姝妹："爹！"

董炎君："你咋来了？"

董兰君："她就不能来吗？"

董姝妹在父亲面前仰起头。

董炎君："姐，您今天在老太爷面前……"

董兰君打断地说："我错了，我会向老太爷

赔罪的。"

董炎君："这就好。"

董兰君："日子定了吗？"

董炎君："定下来了。"

董兰君："哪一天？"

董炎君："中秋节的前三天！"

董兰君："妹妹，你听见了吗？"

董妹妹："姑妈！"

依偎在董兰君的怀里。

8. 郯府、四合院、卧室。

账房先生已泪流满面。

郯银根："这么说，二姨太一直在过问这件事？"

账房先生："那天晚上，我姐夫心急火燎地要出门，我问他干啥去？他说去找二姨太要钱。打那，我姐夫就失踪了！"

郯银根凝思："原来是这样。"

账房先生："我怀疑是二姨太使的坏！"

郯银根："她一个女人，怎么能对付得了一个大男人？"

账房先生："你那堂弟更不是个好东西，我要把他俩一块告上官府！"

郯银根："当然可以告，可是你有证据吗？"

账房先生："证据？"

郯银根："打官司是要凭证据的，更何况你上诉的是一桩杀人案。"

账房先生："我到哪儿去找证据呀？"

郯银根："你没证据，他们就能反过来告你。"

账房先生："告我？"

郯银根："对，不仅上诉你是诬告，而且还要你赔偿五万元的欠款！"

账房先生瞠目结舌。

郯银根："事到如今，你首先要想的事情，应该是你姐夫一家人，今后怎么生活下去？"

账房先生长叹一声："大少爷，您也去过他家了，我姐夫要真是有个三长两短，他那个家可就全完了！"

郯银根："是呀，他年迈的母亲双目失明，孩子又小，只靠巴掌大点的地，怎么能糊口呢？"

账房先生："大少爷，您是个好人，您给他

家还送去了钱，可只能救一时急呀，往后她们可怎么生活呢？"

郯银根："我有一个打算，想和你商量商量。"

账房先生："啥打算？"

郯银根："祥茂商号出了这么大的事，你也回不去了，我想让你领着去建一个草织品厂，把你姐全家人也都接过来，我看到她们编的东西，都是心灵手巧的人。你再招聘一些能工巧匠，就用咱当地的琅琊草，编织花篮、草帽、挎包、拖鞋等工艺品。你看咋样？"

账房先生疑惑地说："大少爷，您让我领头？"

郯银根点头。

账房先生："我不是在做梦吧？"

郯银根笑着摇摇头。

账房先生的眼泪夺眶而出，再次跪地："大少爷，您在俺全家危难之际，不仅给了条生路，而且还把这么重的担子放心地交给我，我纵有千言万语也难表达我对您的感恩之心！俺全家人给您磕头了！"

郯银根双手搀起账房先生，又把剪的画报递到他的手上："你尽快地把人员先组织起来，我请专家教她们工艺，厂址就设在古码镇！"

9. 旷野。

列车在奔驰。

郯银业、郯银国坐在车厢里。

郯银国："二哥，别看书了，咱俩说说话不好吗？"

郯银业："好！咱俩说啥呢？"

郯银国："说啥都行。"

郯银业："你说吧，我洗耳恭听！"

郯银国："毕业论文答辩呀？"

郯银业正襟端坐："郯银国同学，你认为中国的出路在哪里？"

郯银国："教育。"

郯银业："一千三百多年前，孔子就致力于教育，中国不依然是个贫穷落后的国家吗？"

郯银国："一千多年来，中国所从事的是封建文化的教育。"

郯银业："你呢？"

郊银国："我要用新文化教育民众。"

郊银业："什么是新文化？"

郊银国："应是唤醒民众的文化。李大钊先生曾说：'知识是引导人生到光明与真实境界的烛光。'胡适先生的《我们走那条路》一文中提出：'要铲除打倒的是贫穷、疾病、愚昧、贪污、扰乱五大仇敌。'他还说：'那些提倡尊孔祭天的人，固然是不懂的现实社会的需要；那些迷信军国主义或无政府主义的人，就可算是懂的现实社会的需要吗？'"

郊银业："可胡适先生还说过，'空谈主义是容易的，空谈外来进口的主义是没有用的，空谈纸上的主义是危险的'。"

郊银国："不知郊银业先生有何高见？"

郊银业："依我之见，中国的出路在于振兴工业。凡当今世界列强，无一不是具有雄厚的工业基础。"

郊银国："可中国是一个农业大国。"

郊银业："这正是它贫穷落后的症结所在！"

郊银国："本学生不敢苟同！"

郊银业："本教授对于你的毕业论文，同样给予不及格！"

二人笑。

列车在奔驰。

10. 郊府、西院、郊银之卧室。

郊银之百无聊赖地躺在床上。

蒋凤仙袅娜地走进："少爷，你在干啥呢？"

郊银之未语。

蒋凤仙："问你呢？"

郊银之："我烦着呐，不愿意说话！"

蒋凤仙："你吃枪药了？"

郊银之："好，我说！我想你行了吧？"

蒋凤仙哼了一声："想我？郊少爷是酒厂和油坊的堂堂主事，哪还有心思想我呀？"

郊银之忽地坐起："你在我面前，少提酒厂和油坊的事！"

蒋凤仙笑："怎么，没干几天就累草鸡了？我早对你说过，那不是你去的地方。天天一身油一身汗，你能吃得消吗？"

郊银之："再苦再累，我都能咬牙顶过去！"

蒋凤仙："那你干吗当逃兵呀？"

郊银之："我是受不了那份窝囊气！"

蒋凤仙："大奶奶熊你了？"

郊银之："还小奶奶呢！"

蒋凤仙："那会是谁呀？"

郊银之："是那狗日的主事！"

蒋凤仙："他对你咋了？"

郊银之："他狗眼看人低，压根就没把我当成一回事！"

蒋凤仙笑："你知道这是为啥吗？"

郊银之："他是狗仗人事！"

蒋凤仙："说得对！他手上握着尚方宝剑，想砍谁就砍谁！"

郊银之："他敢！我是代表东家的主事，还管着他呢！"

蒋凤仙："我的少爷，你别犯傻了！大奶奶给你的这个官，是有职无权，名不副实的虚官！"

郊银之："虚官？"

蒋凤仙："你是能支配钱呢，还是能调配人呢？"

郊银之无言以对。

蒋凤仙："好在你一无本事，二不能吃苦，她才放心地让你去。假如你是个真有能耐的人，她连这个虚官也不会给你的！"

郊银之哑然。

蒋凤仙："更何况你还是个负罪之人？先忍着吧，这才是开头，过不了几天，就连你这个虚官也会被撸掉的！"

郊银之："为什么？"

蒋凤仙："你还在稀里糊涂呢？大少爷就要成亲了，老太爷立马就会立他为掌门人，连大奶奶都要变成落架的凤凰了！银业、银国学业期满，正在回家的路上，大少爷肯定会把他俩当成自己的左膀右臂！他们兄弟仨捆在一块，哪里还有你的份呀？"

郊银之："不至于吧？我堂哥不是像大奶奶那样的人，他待人宽厚，不会把我一脚踢开的！"

蒋凤仙："你还要做梦呀？"

郊银之嬉皮笑脸地说："只要你睡在我身边，我就不会做梦了！"

11. 古码镇、码头。

郊银根与男佣侍立岸边眺望。

客轮徐徐停靠码头。

郲银业、郲银国手提皮箱走下客轮。

郲银根迎上。

男佣接过皮箱离去。

郲银业："大哥!"

郲银国："大哥!"

郲银根："可把你们盼回来了!"

兄弟三人边走边谈。

郲银国："我们的学业一结束，连一天也没耽搁，就立刻赶回来了!"

郲银业："三弟本想留北平工作，在大城市发展。我说当前时局很乱，还是要听大哥的话，先回家乡!"

郲银国："最后，二哥把你搬出来了。他说，你留北平也可以，但必须要经过大哥同意!"

郲银业："我不这样做，你能回来呀?"

郲银根："还是回来的好。家里有一大摊子事情，正等着你俩去做呢!"

郲银国："真的?"

郲银根："当然是真的!第一，咱们要在金鸡山建一个金刚石矿。第二，在古码镇创建一所学校。第三，咱还要先后建草织品厂和纺织厂。第四，咱不仅要扩大银杏园，还要开辟一个百亩板栗园。除此之外，咱的油坊、酒厂、旅店都要进行扩建和改造。再加上农田的播种、管理、收获，这是多么大的一摊子事啊，够咱忙活半辈子的!"

郲银业兴奋地说："大哥，把工业一摊子交给我吧!"

郲银国："我热衷教育，可以去办学!"

郲银根笑："你俩去哪，我可做不了主，咱回到家再跟爷爷商量吧!"

三人乘上马车。

男佣挥动鞭子，马车朝前疾驶。

12. 郲府、东院、客厅。

董兰君在穿衣镜前，换穿着各色旗袍。

女佣："大奶奶，今儿二少爷和三少爷回来，看把你高兴的!"

董兰君："斗转星移，时光过得真快呀，当初他们走的情景，好像就在我的眼前。"

女佣："少爷们走的时候，你一连哭了好几天，连饭都不吃。"

董兰君："世上当娘的都是这毛病，就像老母鸡用翅膀护着小鸡一样，哪一个都不想让它离开。天天盼着孩子长大，孩子真的长大了，当娘的也就变老了。"

女佣："大奶奶，您才不老呢!您在镜子里看看，细皮嫩肉的，脸上哪里有一个褶子?"

董兰君矜持地端详着自己："这模样还不算难看。"

女佣："大奶奶，是个大美人!"

董兰君笑。

女佣："等大少爷成了亲，您再抱上个孙子，就更笑得合不拢嘴了!"

董兰君的脸上，掠过一丝令人不易察觉的凄凉的笑。

女佣却看在了眼里，忙把话岔开："大奶奶，您这几件旗袍，穿在您身上哪一件都好看!"

董兰君："今天穿哪一件好呀?"

女佣："按喜庆，穿紫红的;按端庄，穿黑丝的。"

董兰君："那好吧，我把这两件都套上。"

二人笑。

蒋凤仙走进客厅："大奶奶，你今天真漂亮啊!"

董兰君："二姨太来了。"

蒋凤仙："几天不见，挺想你的。"

女佣端上茶。

蒋凤仙："大奶奶，您哪像四十多岁的人呀?素腰袅娜，娴静端庄!您要是和大少爷出去，人家还以为你俩是姐弟呢!"

董兰君："二姨太真会说笑话。当初，二爷把你领回家的时候，我真的是眼前一亮，这是从哪儿飘来个仙女呀?娇艳欲滴，姿色倾城!"

蒋凤仙："大奶奶，您可是第一次这样夸我!"

董兰君："不管怎么说，咱们也是妯娌呀。"

蒋凤仙："大奶奶，我咋敢和您这么论呀?我出身贫苦，也没上过学，更没见过大世面，凭着这张脸蛋在市面上生活。自从跟了二爷，进了郲府，才知道啥是大户人家。出身越贫苦的人，心里越要强呀，我生怕你们瞧不起，就千方百计地想争个位子，干了一些愚事。通过酒厂这件事，才使我从梦中惊醒！大奶奶不仅心地宽厚，而且处理起事来果断磊落，这才是女人真正的楷模呀！我对您佩服得五体投地，您是郯府名副其实的当家人，没有您的掌舵，咱这个大家庭还不知道会成个啥样子呢？"

董兰君自语般地说："老太爷要是能听到这些就好了。"

蒋凤仙佯装诧异地说："老太爷还会有别的想法吗？"

董兰君未语。

蒋凤仙："人呀，越老疑心越大，老太爷可千万别做糊涂事。大奶奶，我和二爷都铁了心了，今后无论发生什么事，俺俩都是大奶奶的人！"

董兰君不露声色地说："茶凉了，快喝茶吧。"

蒋凤仙从包里取出一个礼品盒："大少爷就要和妹妹小姐成亲了，我这个做长辈的也表示点心意呀！"打开礼品盒："这是一副乾隆年间的玉镯，送给妹妹做份礼物吧。"

董兰君接过："太漂亮了！这是一副秋梨色的和田玉玉镯，和田玉有各种颜色，黑皮子、鹿皮子都是上等白玉，如带有秋梨等皮色，价值就更加昂贵了。二姨太，这么贵重的礼物，还是你亲手交给妹妹吧。"

蒋凤仙"也好，就作为我和新娘子的见面礼吧。"

13. 乡间大道。

马车在行驶。

郯银业："大哥，这是我俩的毕业证书。"

郯银根接过。

郯银国："二哥的毕业论文，被学校当作应届毕业生的范文。"

郯银根："好呀！你俩要亲手把毕业证书交给爷爷！"

郯银国："大哥，咱父亲是个秀才，咱兄弟三个是不是举人呀？"

郯银业："何止是举人，我们可称得上翰林院的学子了！"

三人笑。

郯银根："爷爷说，他今天要亲自给你们二人设宴接风！"

郯银国："规格不低呀！"

郯银根："爷爷在我的心目中，是位伟大的农民。他也是一个穷苦人家的孩子，来到郯家时也并不富裕。他自己认不得几个字，却含辛茹苦地把父亲兄弟二人，还把咱们兄妹六人都培养成了高等学位的人！这不仅要有过人的胆识，而且要有一种百折不挠的吃苦精神！"

郯银国："假如几亿农民都像爷爷这样，中国之现状将会发生天翻地覆的变化！"

郯银根："所以说，财富是靠智慧和勤劳积累起来的！"

马车在行驶。

14. 郯府、东挎院。

用人们忙碌地整理着房间。

董兰君高兴地走来。

女佣小翠迎上："大奶奶！"

董兰君："我来看看房间整理得怎么样了？"

女佣小翠陪着大奶奶走进房间："这是二少爷的房间。"

董兰君满意地点头。

小翠："隔壁是三少爷的房间。"

董兰君又走进另一房间。

小翠："这间只是少了个衣橱。"

董兰君："这咋行呢？"对男佣："去把东院客厅里的衣橱搬来。"

男佣："是。"离去。

董兰君："这两间屋，许久未住人了，赶快点上熏香，再摆些西瓜和水果。"

小翠："是。"

董兰君的贴身女佣匆匆跑来："大奶奶，二少爷和三少爷回来了！"

董兰君："他们人呢？"

女佣："大少爷领着他俩到后院，去拜见老太爷了！"

董兰君有些不悦地转身离去。

15. 郯府、后院、客厅。

郯银业、郯银国向爷爷行鞠躬礼。

郯耀庭高兴地说："坐吧。"

郯银业、郯银国向爷爷捧上毕业证书。

· 149 ·

郊耀庭戴上老花眼镜，仔细地看着。

大管家给三位少爷端上茶水。

郊银根："仲亭叔，我们自己来吧。"

大管家："老爷做梦都盼着这一天呀！"

郊耀庭："是呀，你们的翅膀都长硬了，该鹏程万里了！"

郊银国："爷爷，您想让我们再飞走啊？"

郊耀庭："臭小子，咱沂河两岸就够你飞的了！"

郊银国："也就是百十里地呀！"

众笑。

郊耀庭："人活一辈子，在于本事，不在于地方。"

郊银国："爷爷，您只说对了一半！人活一辈子，既在于本事，又在于地方！"

郊耀庭："北平地方大，不是也有要饭的吗？"

郊银国："那是他没本事呀！"

郊耀庭笑："还是我说得对呀！"

郊银国："对啥呀？您要是在北京，早就成达官要人了！"

郊耀庭："别别别，我这辈子可不愿遭众人骂！"

郊银根笑："你们俩知道，爷爷一辈子最崇拜的人是谁吗？"

郊银国："谁呀？"

郊银根："爷爷，您给我说过好多遍了，再说给他俩听听！"

郊耀庭："你说吧！"

郊银根："您是原版！"

郊银国："爷爷，你快说吧！"

郊耀庭："好，我说的这个人呀，是一千多年前的范蠡。"

郊银国笑："爷爷，您咋崇拜他呢，是不是因为他有一个貌似天仙的情人西施呀？"

郊耀庭："西施咋了？她也是个好女人！我尊敬范蠡，是因为他辅佐越王勾践，十年卧薪尝胆，十年生息，打败吴国。六十多岁，官居宰相，却辞职还乡，来到咱们山东务农。七十多岁的时候，他和儿子一起靠着盐业和养殖，创建了数十万贯家产！这个人了不起呀，拿得起放得

下，举重若轻。为啥哩？因为他这一辈子，始终怀揣着一颗平民百姓的心啊！"

郊银国尊敬地看着祖父。

郊耀庭："臭小子，你说像范蠡这种人该不该尊敬呀？"

郊银国："虽然我在课本上读过范蠡，可从未放在心上。今天听爷爷一说，敬意油然而生。我在他身上，看到了民族的气节，看到了超人的智慧，看到了审时度势急流勇退，看到了生命不息战斗不止的精神。可敬，可敬！"

郊银根："范蠡集政治、财富、美人于一身，古今中外有几人能达到这一层次？宋代王十朋曾写诗赞道：

只与君王共辛苦，

功成身退步逡出。

五湖渺渺烟波阔，

谁是扁舟第一人？

郊银业："爷爷，您是怎么熟知范蠡这个人的？"

郊耀庭："我的家在定陶，范蠡就是在那儿引退务农的。每年清明，他的坟上总是香火不断，祖祖辈辈引以为荣啊！"

大管家："老爷，饭菜都凉了，您和少爷们边吃边说吧。"

郊耀庭："好，今天我要开怀畅饮！等根儿成亲的那一天，我还要一醉方休！"

16. 郊府。

用人们忙忙碌碌。

整个郊府张灯结彩。

17. 郊府、东院、客厅。

郊杏琳、郊杏花回到郊府，走进客厅。

郊杏花："妈！"

郊杏琳："大妈！"

董兰君高兴地说："哎哟，我的两个宝贝回来了！"

郊杏花："妈，咱家可真热闹啊！"

董兰君："还有三天你大哥就要成亲了，老太爷要给他大办婚礼！"

郊杏琳："我俩能帮您做点啥？"

董兰君："要做的事可多了！写请柬，剪窗花，布置新房。"

郯杏花："堂姐，这些事，咱俩全包了！"

董兰君："你们还没见到银业和银国吧？"

郯杏花："他俩在哪？"

董兰君："我领你们去！"

郯杏花："妈，您忙吧，俺俩自己去！"

董兰君："不要妈了？"

郯杏花："俺要给他俩惊喜嘛！"

董兰君："去吧，在东跨院。"

18. 郯府、东跨院。

院内，秋菊和蔷薇绽开艳丽的花朵。

两棵挺拔的银杏树，枝叶繁茂。

在阳光的映照下，泛着金色。

郯杏琳、郯杏花悄悄走进小院。

小院里，一派寂静。

二人轻轻推开房门。

室内无人。

二人又轻轻推开另一间房门。

室内也无人。

郯杏花："人呢？"

郯杏琳："他俩会不会去找大哥了？"

郯杏花："对！走，咱俩也去四合院！"

19. 郯府、四合院、卧室。

一张硕大的图纸，铺在兄弟三人的面前。

图纸的上端有一行醒目大字：《金刚石矿设计图》。

郯银根："要想把这张图纸变成现实，可不是一件容易的事情。咱们都是门外汉，必须要去请有关专家才行。"

郯银业："我离开北平之前，又去找过程教授，这是他给上海同济大学王教授写的亲笔信。程教授说，一定要聘请王教授担任建矿总工程师。到时，他也从北平赶过来。"

郯银根："太好了！等我办完婚事，咱们就立刻去上海。"

郯银国："大哥，学校开始动工没有？"

郯银根："早就动工了。忙过这两天，我就领你去见刘之声先生。"

郯银国："你结婚的那天，刘之声先生肯定会来的。"

郯银根："对，一定要给他发请柬。"

郯杏琳、郯杏花像两只蝴蝶，突然飞到了他们面前。

郯杏花："大哥！二哥！三哥！"

郯杏琳："我们这厢有礼了！"

郯银根兄弟三人高兴万分！

郯银国突然唱起他们童年时，一起唱的歌。他刚唱了第一句，五兄妹一起唱了起来：

> 小燕子，穿花衣，
> 年年春天来这里。
> 我问燕子为啥来？
> 燕子说，这里的春天最美丽。
> 小燕子，告诉你，
> 今年这儿更美丽。
> 银杏园里飞蝴蝶，
> 沂水河里游鲤鱼。
> 麦苗青青鸟儿唱，
> 欢迎你长期住这里……

在歌声中，出现以下画面：

银杏园。

兄妹六人（还有郯银之）追逐嬉戏。

沂水河畔。

兄妹六人在撒网捉鱼。

老神树下。

兄妹六人围坐在爷爷身边，听爷爷讲老神树的故事。

古码镇、码头。

郯银根兄弟三人要离开家乡，去北平读书。

董兰君与董杏琳、董杏花、郯银之相送。

亲人话别。

郯银根兄弟三人踏上客轮。

董兰君、郯杏琳、郯杏花、郯银之招手致意……

歌声、画面同时结束。

兄妹五人发出欢快的笑声。

20. 郯府、西院、客厅。

郯文博闭目坐在椅子上。

蒋凤仙伫立窗前，烦躁地摇着扇子。

郯银之站在门内，听着从四合院传来的歌

声。

郄文博发出了一声长长的叹息。

蒋凤仙冲郄银之:"有什么好听的?"

郄银之仍在听着。

蒋凤仙:"你还没听够呀?"

郄银之依然在听。

蒋凤仙:"你要是想唱,就赶快去呀!"

郄文博:"你烦不烦人呀?"

蒋凤仙怒冲冲地走到郄文博面前:"那好,从今以后我啥也不说!哼,关我屁事呀?他想干吗就干吗,我再不管了!"

郄文博冲儿子大喝一声:"之儿,把门关上!"

郄银之未动。

郄文博:"关上!"

郄银之关上门,赌气坐到一边。

郄文博走到蒋凤仙跟前:"好了,别跟个小孩子似的。"

蒋凤仙不语。

郄文博:"我知道你心里烦,可我和你一样,也从没肃静过。"

蒋凤仙不语。

郄文博朝儿子使了个眼色。

郄银之未欠身,只说了声:"我错了!"

蒋凤仙:"错哪儿了?"

郄银之:"我哪知道错哪儿了?"

蒋凤仙对郄文博说:"你听听,你听听!"

郄文博又冲儿子:"站起来!"

郄银之不情愿地站起。

郄文博对蒋凤仙说:"好了,孩子都认错了,还较啥劲儿呀?"

蒋凤仙:"坐下吧!"

郄银之偷偷瞪了蒋凤仙一眼,回到座位。

蒋凤仙:"如今已是大兵压境,再束手无策就坐以待毙了!"

郄文博:"你不是要蜀吴联合,大破曹兵吗?"

蒋凤仙:"天时对我们很有利!事情的进展,不出我的预料,如今东院里和咱一样,也是惶惶不可终日!我已经向她表示了友好,我的那番话正中她的下怀。尽管她还保持着一副矜持的样子,但她的心虚早从她眼里露来了,并且明确地告诉我,很需要咱们的支持!"

郄文博:"她亲口对你说的?"

蒋凤仙:"是她的眼睛告诉我的!"

郄文博:"你没看错?"

蒋凤仙:"我这双眼睛揉不进沙子!"

郄文博:"下一步棋,该怎么走?"

蒋凤仙:"要分三步走。"

郄文博:"哪三步?"

蒋凤仙:"第一步,要加速联吴的步伐。二爷,你一定要出面,尽快地向东院表示友好。第二步,银之要紧紧贴上大少爷,消除后顾之忧。第三步,要给银之再找一个靠山,以防万一。"

郄文博:"考虑的很周密,可行!"

郄银之:"我咋听不明白?你的第一步很清楚,第二步和第三步是啥意思?"

蒋凤仙:"第二步是,咱要兵分两路,来个双保险。第三步是,此处不养爷,自找养爷处,取到新的尚方宝剑,再杀个回马枪!"

郄银之依然懵懵懂懂。

蒋凤仙:"还没听明白?"

郄银之:"我听你的就行了!"

蒋凤仙:"那好,你现在就去四合院,和他们搅在一起,越紧密越好!"

郄银之:"情好吧,这个我行!"

21. 月夜。

郄府、四合院、卧室。

郄银根静静地躺在布置好的新房里。

月光透过窗棂射入室内。

寂静的夜。

郄银根时而躺在床上,时而又在屋里踱着步子。他情感起伏,走出卧室。

22. 月夜。

四合院。

郄银根坐在银杏树下的石鼓上,陷入了沉思……

日本、公园里。

郄银根在银杏树下,给钱小漪讲着银杏的故事。

日本。海水浴场。

郄银根和钱小漪在大海里畅游。

日本、咖啡屋。

郯银根和钱小漪温馨地坐在烛光下。

日本、沙滩上。

钱小漪依偎在郯银根的怀里，遥望着大海的彼岸。

大海、山丸号客轮。

郯银根、钱小漪相偎在甲板上，看着飞翔的海鸥。

上海、钱小漪家。

钱运昌夫妇盛宴款待郯银根。

上海、外滩。

郯银根与钱小漪洒泪而别。

古码镇、邮政局。

郯银根在电话里乞求着钱家女佣。

郯府、后院、客厅。

从上海返回的大管家，告诉郯银根，钱小姐已经结婚了。

郯银根抽搐的脸上浸着泪花。

画面消失。

寂静的月夜。

郯银根寂寞的心。

23. 秋高气爽。

艳阳高照。

郯府。

整个郯府，披红挂彩，喜乐阵阵。

人流攒动，宾客满门。

郯文渊、郯文博率郯银业、郯银国、郯银之，站立门外，迎接着一批又一批的客人。

大管家高声唱道：

"河西马老太爷到！"

"晋商泰顺商号李老爷到！"

"美华同商号孙总管到！"

"码头脚行总班头彭先生到！"

"重坊乡庄园主冯老爷到！"

"吉兴染房、布庄郭老板到！"

一顶轿子坐落门前。

姚月亭走出轿子。

大管家赶忙迎上："姚县长大人到！"

郯文渊忙上前："姚县长大驾光临，有失远迎，请多多见谅！"

姚月亭："今日是贵府大公子的喜庆之日，我焉有不到之理呀！"

郯文渊："家父已恭候您多时，快快请进！"

姚月亭在前呼后拥下，走进郯府。

郯文渊、郯文博紧随其后。

十匹快马奔驰而来。

大管家惊愕！

一身红装的潘芝莲翻身下马。

大管家忙迎上。

潘芝莲看了一眼站立门前的郯银之。

郯银之吓得目瞪口呆。

郯银国："四弟，你认识她？"

郯银之："不，不认识。"

潘芝莲双手抱拳："你是大管家吗？"

大管家："请问，您是……"

潘芝莲："我给你介绍一下。这是我的妈妈，马陵山的寨主赵嬷嬷！"

赵嬷嬷身披大氅骑在马上。

大管家走到马前，双手施礼："赵嬷嬷，久闻大名，久闻大名啊！"

赵嬷嬷："刚走进门的那个人是谁呀？"

大管家："是姚县长。"

赵嬷嬷："姚月亭？"

大管家："正是。"

赵嬷嬷："没想到他也是郯府的朋友？"

大管家满脸堆笑："是，是。"

赵嬷嬷："大姑娘！"

潘芝莲："妈妈，有啥吩咐？"

赵嬷嬷："把礼物放下，回去！"

潘芝莲迟疑地说："妈妈！"

赵嬷嬷："快去办！"

潘芝莲："是！"冲着马背上的人："把礼物搬过来！"

两个彪形大汉抬过一个木厢，放在门前。

潘芝莲对大管家："要禀报你家老爷，马陵山寨主给你们家送过两份厚礼了，咱们后会有期！"

大管家："我一定禀报！"

潘芝莲翻身上马，用手指吹个呼哨。

马队疾驰而去。

大管家拭去额头上的冷汗。

24. 郏府、前院、大厅。

郏耀庭、郏文渊、郏文博接待着宾客。

宾客们济济一堂。

郏耀庭："姚县长，根儿的婚事，竟然惊动了您的大驾，实在不敢当！"

姚月亭："郏公，您太客气了。银根不仅是我的贤侄，还是我的忘年朋友。他的终身大事，既是郏府的喜事，也是我姚某的喜事，更是在座每一位的喜事！"

众宾客随声附和。

姚月亭："银根贤侄在哪儿呀？"

郏耀庭："他今天是新郎官，只好待在房间里。"

姚月亭："哪有这么多规矩？要不，我去看望贤侄？"

郏耀庭："不敢，不敢。"对男佣："快去把大少爷请来！"

男佣："是。"离去。

25. 郏府、东院、客厅。

董兰君、肖毓芬、蒋凤仙率郏杏琳、郏杏花招待着女宾。

女宾甲："大奶奶，您好有福气啊！"

马太太："您的三个少爷，一个胜过一个，真是让人眼馋呀！我膝下只有两个女儿，真想和您攀个亲家！"

女宾甲："马太太，您是说着玩的吧？"

马太太："我确有此意。"

女宾甲："大奶奶，马太太的千金可是百里挑一的美人，诗琴书画无一不精，媒人早就踏破门槛了！"

董兰君："马太太，今后领着小姐常到府上来玩吧，他们年轻人在一起，会有说不完的话。"

26. 郏府、前院、大厅。

新郎打扮的郏银根走进大厅，向众人施礼："谢谢诸位宾客的光临！你们的到来，顿使我家蓬荜生辉！"

姚月亭站起身："哎呀！好个英俊的状元郎啊！"

郏银根："姚县长，您可好啊？"

姚月亭："一日不见，如隔三秋。我和你婶娘甚是想你呀！"

郏银根："婶娘来了吗？"

姚月亭："她家务缠身，没能前来。不过，她让我给新娘子带来份礼物。"取出礼盒，交给郏银根。

郏银根打开礼盒："好漂亮的项链！"

姚月亭："你再仔细看看项坠！"

郏银根看项坠，不由念出项坠上刻的字："银根惠存。"

姚月亭："这是你婶娘请人定做的，她说让侄媳妇一辈子把你挂在胸前！"

众鼓掌，喝彩。

郏银根："谢谢婶娘！"

突然，喜乐乍起，鞭炮齐鸣。

大管家匆匆跑进大厅："老爷，花轿到了！"

第十一集

1. **郯府、大门外。**

老神树腰系一个硕大的红花，红彩带上写着字"和千年之喜"。

门楼上，缀满红花彩带。

大红地毯，从大门外直铺院内。

乐班尽情地演奏着欢庆的喜乐。

数十挂爆竹同时燃放。

四邻八村的乡亲，欢聚周围。

庞大的送亲队伍款款而来。

唢呐声、爆竹声、欢笑声混同一起，煞是热烈！

八人花轿缓缓落地。

新娘董姝妹在伴女的搀扶下，走出花轿。

新郎郯银根在伴郎的陪同下，迎至门外。

傧相高声朗诵：

> 伏以：满路祥云彩雾开，
> 紫袍玉带步金阶。
> 这回好个风流婿，
> 马前喝道状元来。
> 拦门第一请，
> 请新贵人离鞍下轿，步入天街喽！

大管家与用人向乡亲们抛撒喜糖。

董姝妹踏着红地毯走进府门。

傧相高声朗诵：

> 伏以：天街夹道奏笙歌，
> 两地欢声笑语和。
> 吩咐云端灵鹊鸟，
> 今宵织女渡银河。
> 拦门第二请，
> 请新贵跨马鞍，迈火盆，登堂拜天地喽！

郯银根与董姝妹并肩站立香烛台前。

傧相高声朗诵：

> 伏以：彩舆安稳护流苏，
> 云淡风和月上初。
> 宝烛双双前引导，
> 一枝花影倩人扶。
> 拦门第三请，
> 请新郎新娘一拜天地，二拜高堂，夫妻对拜，送入洞房！

唢呐声又起。

爆竹声震耳发聩。

2. **郯府、四合院。**

董姝妹在众人的簇拥下，走进四合院。

郯杏琳、郯杏花恭候在门口。

郯杏花快步迎上："表姐，恭喜你！"

董姝妹轻声地说："应该叫大嫂。"

郯杏花赶忙改口："大嫂，恭喜你！"

郯杏琳："大嫂，快入洞房吧！"

3. **郯府、前院、大厅。**

主客纷纷入座。

郯银根率郯银业、郯银国、郯银之走进大厅，向众宾客致谢。

郯耀庭站起身，向众人抱拳施礼："我向诸位郑重宣布：从即日起，我的长孙郯银根，成为郯府的掌门人！"

大厅里一派静谧。

郯耀庭："长孙银根，自幼聪慧，北平大学毕业后，又留学日本。他学识渊博，睿智超人。他是我子孙中的佼佼者，我决定把全部家产交付给他，郯府的大小事宜皆由银根做主，还请诸位来宾多多相助！"

姚月亭带头鼓起掌来。

众人起立，向郯银根鼓掌。

郯银根双膝跪在祖父面前，磕了三个头。

郯耀庭双手搀起了孙儿。

郯银根的眼中滚出热泪。

众人又爆发出一阵掌声。

大管家走进大厅："老爷，酒宴都摆好了，请客人们入席吧！"

郯耀庭："诸位，请！"

郯文博拂袖而去。

郯银国："大哥，刘之声先生怎么没有来？"

郯银业："给他发请柬了吗？"

郯银根："发了。"

郯银国："奇怪！"

4. 郯府、东院、客厅。

董兰君高兴地与女宾客推杯换盏。

肖毓芬："大嫂，你真是海量！虽说我不会喝酒，可今天是根儿的大喜日子，我也要敬你一杯！"

董兰君："弟妹，你不会喝酒就别喝了，我干了！"

肖毓芬："喜酒不醉人，我也干了！"

女佣小萍轻轻走进客厅，与董兰君耳语："大奶奶，二爷说有急事找您，他正等在门外。"

董兰君对肖毓芬："弟妹，你先陪着客人，我去去就来。"离席而去。

蒋凤仙也悄悄地离开了座位。

5. 郯府、东院、客厅外。

郯文博阴沉着脸。

董兰君从客厅走出。

郯文博迎上："嫂子，出大事了！"

董兰君："出啥事了？"

郯文博："咱爹真是老糊涂了！他当着来宾，宣布了一个错误的决定！"

董兰君："什么决定？"

郯文博欲言又止。

董兰君："你怎么不说了？"

郯文博："嫂子，你可要沉住气，把心放宽点！"

董兰君顿时紧张起来："是不是宣布根儿......"

郯文博："从即日起，根儿成了郯府的掌门人，大小事宜皆由根儿做主！"

董兰君眼前一黑，险些栽倒。

蒋凤仙一步跨出门外，搀扶住董兰君："大奶奶，大奶奶！"

董兰君愤懑地说："真是欺人太甚了！"

郯文博："郯府之所以有今日，一砖一瓦，一草一木，都有您的心血呀！咱爹的这个做法，不正是'狡兔死，走狗烹。飞鸟尽，良弓藏。敌国破，谋臣亡'吗？良心何在？公理何在？"

董兰君已经按捺不住心中的怒火！

蒋凤仙冲郯文博："你为啥不当场制止老太爷？"

郯文博："我怎么能当着众人的面顶撞爹呢？"

蒋凤仙："为啥不能？老太爷能当着众人的面撤了大奶奶，你就该当着众人的面，给大奶奶挽回这个面子！"

董兰君整理了一下衣襟，走出东院。

郯文博、蒋凤仙紧随其后。

6. 郯府、前院、大厅。

喜宴的主桌就设在大厅里。

郯耀庭兴致盎然，频频给客人们敬酒。

姚县长："郯公，您是位大福大贵之人啊！不仅是咱沂河两岸的首富，而且是子孙满堂。明年，您就要四世同堂了！"

河西马老爷："我们一起敬郯公一杯！"

郯耀庭："同饮，同饮！"

众干杯。

郯耀庭："根儿，你不说两句？"

郯银根："在座的都是我的前辈，哪有我说话的份？"

姚县长："贤侄，你太谦虚了。今天，不仅是你的大喜日子，而且你又成了郯府的掌门人。对于贤侄来说，你是双喜临门呀！"

众宾客："恭喜，恭喜！"

郯银根端起酒杯："既然爷爷让我讲话，只有从之。我把这杯酒定名'三敬酒'，一敬诸位前辈的光临。二敬父母的养育之恩。三敬爷爷对我的垂爱和重托！干杯！"

众干杯。

郯银根："刚才，姚县长说我今天是双喜临门，我认为今天对我来说是一喜一忧。喜的是，秦晋之好；忧的是，我对祖父的重托如履薄冰。从此刻始，志不可一日坠，心不可一日放。锲而不舍，金石可镂。银根的一生，但愿如同宋代法师释普济方丈所言：'劝君不用镌顽石，路上行人口似碑。'"

郯文渊不由脱口而出："根儿说得好！"

郯耀庭："文渊，我还是第一次听到，你在众人面前夸赞自己的儿子！"

郯文渊端起酒杯，不由朗诵起北宋诗人王禹偁的诗：

鼓声猎猎酒醺醺，
斫上高山入乱云。
自种自收还自足，
不知尧舜是吾君。

"诸位，请！"

众干杯！

7. 郯府、前院、大厅外。

董兰君怒冲冲来到大厅外。

郯文博、蒋凤仙跟在身后。

大厅里传出阵阵笑声。

董兰君走进大厅。

郯文博欲跟进。

蒋凤仙将他拉住。

8. 郯府、前院、大厅内。

郯耀庭与众宾客举杯。

董兰君愠怒地站立厅内。

郯银根发现了母亲，忙走上前："母亲，您有事吗？"

董兰君不语。

郯银根已敏感到事情的严重："母亲，您若有事，等客人走后再谈好吗？"

董兰君："走开！"

众人被董兰君的喝声所震惊！

大厅里顿时鸦雀无声。

郯耀庭尴尬地说："请诸位慢饮，我去去就来。"离席而去："根儿，你去陪客人吧！"

9. 郯府、前院、大厅外。

蒋凤仙拉着郯文博隐伏暗处。

郯耀庭、董兰君先后走出大厅。

郯耀庭怒不可遏地走出前院。

董兰君紧随其后。

郯文博追到董兰君身边："我和你一起去！"

蒋凤仙也远远地跟着。

10. 郯府、后院、客厅。

郯耀庭走进客厅。

董兰君、郯文博跟进。

蒋凤仙在门外偷听。

11. 郯府、后院、客厅内。

郯耀庭突然大喝一声："伤风败俗，丢人现眼！"

董兰君："这是让您逼的！"

郯文博："爹，您这样做是欠考虑的！"

郯耀庭："你给我闭嘴！"

郯文博："为了公道，我还是要说！"

郯耀庭抓起桌上的茶杯，朝郯文博砸去！

郯文博："爹，您这么做，不仅伤了我大嫂的心，也让我们心寒呀！"

郯耀庭："滚！滚！"一阵头晕目眩，趴在了椅子上。

12. 郯府、后院。

大管家匆匆跑来。

蒋凤仙赶忙躲起。

13. 郯府、后院、客厅内。

大管家跑进客厅，见状大惊："老爷，老爷！"

郯文博："大嫂，该说就说，憋在心里会长病的！"

大管家："大奶奶，二爷，我求求你俩别再说了！"

董兰君："这里没你说话的份，躲一边去！"

郯耀庭吃力地说："仲亭，你……你让他们说……"双腿一软，跌倒在地。

大管家："老爷！"继而跪在董兰君面前："大奶奶，这么下去，会要老爷命的！"

董兰君走到郯耀庭跟前："爹，您一向是让儿媳所尊重的人，可您今天做了让人不尊重的事。我劝您，还是收回成命，咱居家人还可以像从前一样和和睦睦地过日子！"说完，离去。

郯文博随之走出客厅。

大管家把郯耀庭揽在怀里："老爷，您不要紧吧？"

郯耀庭断断续续地说："承命……是不能……收回的……"昏厥。

大管家："老爷！"

14. 郯府、四合院、卧室。

宾客们已经散去。

郯杏琳、郯杏花仍在陪伴新娘说话。

郯杏花："请问新娘子，此时此刻是个什么心情呀？"

董姝妹："战战兢兢。"

郯杏花："害怕你的老公？"

董姝妹："害怕我的小姑子！"

郯杏花："真的？"

董姝妹："真的！"

郯杏花："为什么？"

董姝妹："女人结婚后，最怕两个人。"

郯杏花："哪两个人？"

董姝妹："一个是婆婆，一个是小姑子。在咱家，婆婆是我姑妈，不用怕，剩下的一个就是你了。"

郯杏花笑："我长这么大，终于有怕我的人喽！"

董姝妹："别高兴得太早了，你未来的婆婆、大姑子、二姑子、小姑子，一大堆人正等着你呢！"

郯杏琳笑。

董姝妹："你俩给大嫂说实话，都有心上人了吗？"

郯杏琳："让杏花说！"

郯杏花害羞地抿嘴一笑。

董姝妹："现在就开始战战兢兢了？"

郯杏花："我才不怕他家里的人呢！"

董姝妹："不打自招了！"

三人笑。

董姝妹："这个如意郎君，是何方人氏？"

郯杏花："同学。"

董姝妹："家里是做什么的？"

郯杏花："他父亲是省城民众银行的行长。"

董姝妹："金融巨头！"

郯杏花："他母亲是民生制药厂的厂长。"

董姝妹："是个大户人家呀！杏琳，你呢？"

郯杏琳摇头。

郯杏花："堂姐是校花，向她求爱的人多了，可她谁也看不上。"

董姝妹："金无足赤，人无完人，别太挑剔了。"

郯杏花："人家高公子对她多好呀，可她就是不松口。"

董姝妹："高公子是谁呀？"

郯杏花："省政府大员的三公子。"

董姝妹："噢？这个要员是何职务？"

郯杏花："省府的组织部长。"

董姝妹惊讶："不得了，这就是从前的吏部呀，他的权力大得很！"

郯杏琳："这与我何干？"

董姝妹："这个高公子，也是你们的同学吗？"

郯杏花："人家是省教育厅的处长。"

董姝妹："你见过他吗？"

郯杏花："他可巴结我了，多次请我吃饭，目的就是想让我当红娘！"

董姝妹："长得咋样？"

郯杏花："风流倜傥，潇洒英俊！"

董姝妹："杏琳，这么好的条件，你还不满意？"

郯杏琳："女人一生的头等大事，就是嫁给一个志同道合，趣味相投，称心如意的男人。我和他实为路人，一步走错，会终生悔恨的。"

郯杏花："你考虑的太多了！现在是民国，婚姻自由，婚后合不来就分道扬镳呗！"

郯杏琳："我要是你就好了！"

蒋凤仙呵呵地笑着走进新房："哟，这新房真漂亮呀！"

郯杏琳："小妈。"

郯杏花："小婶。"

蒋凤仙："你俩也在这儿呀。"

郯杏花："小婶，你咋没去入席呀？"

蒋凤仙："我这人呀，滴酒不沾。坐在席上也插不上话，还不如来见见新娘子呢！"

董姝妹捧上茶："您请用茶。"

蒋凤仙取出礼品盒："姝妹，这是我的一点心意，不知你喜欢不？"

董姝妹接过，打开礼品盒："这对玉镯真漂亮啊！"

蒋凤仙："这是乾隆年间的玉器，是一副秋梨色和田玉玉镯，和田玉有各种颜色，黑皮子、鹿皮子都是上等白玉，如带有秋梨色，价值就更加昂贵了。"

郯杏花："没看出来，小婶还是个玉石专家呢？"

蒋凤仙："有点研究！"

董姝妹："这么贵重的东西，我可不敢收。"

蒋凤仙："咱们是一家人了，还客气啥？快收下，就作为咱俩的见面礼吧。"

董姝妹："谢谢！"

董兰君的贴身女佣，慌里慌张地跑来："小姐，小姐！"

郯杏花："你怎么了？"

女佣："出事了，出大事了！"

郯杏琳："你慢慢说。"

女佣："大奶奶和老太爷闹翻了！"

众惊愕！

郯杏花："我娘在哪？"

女佣："正躺在床上哭呢！"

董姝妹："快，咱们赶紧去东院！"

蒋凤仙："姝妹，你今天是新娘子，万万不可出门呀！"

郯杏琳："小妈，你留下来陪新娘子，我和杏花马上赶过去！"

蒋凤仙："好，你俩快去吧！"

郯杏琳、郯杏花与女佣匆匆离去。

董姝妹自语地："这是为了啥呢？"

蒋凤仙："不知道。"

15. 夜。

月亮被乌云遮盖。

整个郯府依然灯火通明。

白日的喧嚣已归附宁静。

只有秋风吹动的银杏树叶，发出沙沙的声响。

16. 夜。

郯府、后院、卧室。

郯耀庭病倒了。

郯银根在给爷爷喂着汤药。

大管家伫立床前："老爷，您觉着好些吗？"

郯耀庭发出长长的叹息。

大管家："大少爷，我伺候老爷吧。今天是你的大喜日子，应该回洞房了。"

郯银根："不，我不能离开爷爷。"

大管家："真是造孽呀！"

郯耀庭："根儿，你是咋想的？"

郯银根："我不能原谅母亲这种鲁莽的举动！"

郯耀庭："平日里那种唯唯诺诺，都是假的！"

郯银根："她口口声声教诲我们要忠孝仁义，而她却背道而驰！"

郯耀庭："怪我当初给她的权力太大了，再想把权力要回来，她就要跟你拼命了！"

大管家："请神容易送神难呀！"

郯耀庭："天塌不下来！爹死娘嫁人，由她去吧！"

郯银根："只是害苦了爷爷。"

郯耀庭："天不灭曹！上天给了我郯耀庭一个好孙子！"

郯银根："爷爷，我不会有辱您的使命的！"

郯耀庭："我信，我信！"

大管家："老爷，您应该为这事高兴才是呀！"

郯耀庭眼里噙着泪花："高兴，高兴。"

郯银根："爷爷！"

郯耀庭："根儿，你刚接帅印尚未出征，就遇到了飞沙走石，往后的路更是坎坷不平呀！要记住，一棵大树越往高里长，根就要扎得越深。不然的话，一阵狂风就会把它连根拔起，枝叶也会随之枯萎，到头来就会被人当作枯柴而付之一炬！"

郯银根："爷爷，我记住了！"

郯耀庭："仲亭，通知各院，明天祭祖！"

大管家："祭祖？"

郯耀庭："狭路相逢，勇者胜！"

17. 夜。

郯府、东院、卧室。

董兰君依偎在床上。

郯杏琳、郯杏花守在床边。

郯杏琳："大妈，您的心口还疼吗？"

董兰君："这口气出不来，憋的慌！"

郯杏花："娘，我扶您起来走走吧？"

董兰君："也好。"

郯杏琳、郯杏花搀扶董兰君下床。

董兰君在卧室里缓慢地踱着步子。

郯杏花："娘，好些吗？"

董兰君："好些了。"走出卧室。

18. 夜。

月亮时而从云隙间露出脸来。

郯府、东院、卧室外。

一株高大的树上，有一个硕大的喜鹊窝。

喜鹊窝里传出雏鸟发出的吱吱叫声。

董兰君仰望着喜鹊窝："这个喜鹊窝一年比一年大了！"

郯杏花："娘，您听，又孵出小喜鹊来了！"

董兰君："这个窝呀，是喜鹊叼着一根根的树枝，日复一日地搭建起来的，窝里边还铺上了草，真不容易呀！"

郯杏琳："这都是为了它的孩子。"

董兰君："你们说，喜鹊用心血搭起来的这个窝，一旦被别的鸟夺了去，它会咋样？"

郯杏花："准会拼命呗！"

郯杏琳："它要是让给自己的小鸟呢？"

董兰君："也不行！"

郯杏琳："为什么？"

董兰君："小鸟大了，可以再去搭自己的窝嘛！"

郯杏琳愕然地看着大妈。

大管家匆匆而来："大奶奶，老爷有话，明日祭祖。"

董兰君："不去！"

大管家："是。"离去。

董兰君："不早了，你们也该回去休息了。"

郯杏琳："大妈，您身体不适，我俩就在这里陪您吧。"

董兰君对女佣："送两位小姐回房去！"

郯杏花："娘！"

董兰君不容置辩地说："回去！"

19. 夜。

郯府、西院、客厅。

桌上摆着酒菜。

郯文博、蒋凤仙、郯银之发出阵阵笑声。

蒋凤仙端起酒杯："今天是旗开得胜，蜀吴携手大破曹兵呀！"

三人干杯。

郯文博："之儿，还不敬你小妈一杯？"

郯银之："好，我敬咱西院的女诸葛一杯！"

二人干杯。

郯文博："凤仙，我读的书比你多得多，咋就没有你这么多的心眼呢？"

蒋凤仙笑："这是天生的！"

郯文博："非也！'人之初，性本善'，你不是天生的。你是'性相近，习相远'，在你原先那个脏水窝里学会的！"

蒋凤仙："二爷，你这是在糟贱功臣呀！"

郯文博："哪里哪里，当今世道，专出你这样的人才！"

蒋凤仙："如今，我总觉着自己的手脚放不开！我想，总有那么一天，老天爷会让我大显身手的！"

郯文博："到了那一天，你不会把俺爷俩也给收拾了吧？"

蒋凤仙发出淫笑："我咋舍得呢？"

大管家匆匆走来："二爷，老爷有话，明日祭祖。"

郯文博愕然。

蒋凤仙："知道了。"

大管家离去。

郯文博："老爷子为啥又要祭祖呢？"

蒋凤仙："这就叫'穷追猛打'！"

郯银之："啥意思？"

蒋凤仙："老爷子厉害着呐！大奶奶不是逼他收回成命吗？他的祭祖就是向东院再次发出战书！"

郯银之："爷爷够狠的！"

蒋凤仙："他这么做，也是给咱看的！"

郯文博："你说，东院会去吗？"

蒋凤仙："不会！"

郯文博："为啥？"

蒋凤仙："她只要是去参加，就是向老爷子挂了免战牌！"

郯文博："我去不去？"

蒋凤仙："不去！"

郯文博："这样做好吗？"

蒋凤仙："眼下还看不出个胜负，咱们依然要脚踩两只船。你不出面，只要我和银之去就行了！"

郯文博："好，听你的！"

三人干杯。

20. 夜。

郯府、四合院、卧室。

喧闹了一天的新房，寂静下来。

董姝妹坐在孤灯下凝思。

21. 夜。

湛蓝的天空，只飘洒着几丝白云。

圆圆的月亮悬挂中天。

22. 夜。

郯府、四合院、卧室。

踌躇满志的董姝妹，点燃了室内所有的灯。

整个新房一片瓦亮。

董姝妹不时地细听着院里的动静，多次在穿衣镜前，整理着发髻和旗袍。

郯银根走进新房。

董姝妹赶忙迎上："表哥！"

郯银根："怎么还叫表哥呀？"

董姝妹："该叫啥呀？"

郯银根："叫夫君、老公、先生、当家的……"

董姝妹："不，我就叫表哥，叫一辈子。不知为啥，我一想起这两个字，浑身都麻酥酥的。"

郯银根把董姝妹揽在怀里："姝妹，委屈你了。成亲的第一天就冷落了你，我向你表示歉意。"

董姝妹："今天发生了什么事？"

郯银根："没有发生啥事呀？"

董姝妹："母亲为啥和爷爷闹翻了？"

郯银根未语。

董姝妹："是不是因为你？"

郯银根点头。

董姝妹："出了这样的事，你心里是咋想的？"

郯银根："这件事，固然母亲做的不对，但平静下来细心地想一想，爷爷做的也过急了。"

董姝妹："怎么做才是不过急呢？"

郯银根："今后的日子还长着呢，可以慢慢地过渡嘛。"

董姝妹："不对，爷爷做的恰如其分！"

郯银根："可母亲在感情上，是难以接受的。"

董姝妹："你还认为这只是感情的事吗？这不是感情，这是今后谁在郯府说了算的事！"

郯银根："即使这样，但她毕竟是我的母亲。"

董姝妹："可你也毕竟是她的儿子呀？"

郯银根："姝妹，我想和你商量一件事。"

董姝妹："什么事？"

郯银根："此时，母亲一定很难过，我们一块去看看她好吗？"

董姝妹不语。

郯银根："你不愿去？"

董姝妹："是的。不仅我不去，你也不能去！"

郯银根："为什么？"

董姝妹："为了爷爷，为了母亲，更重要的是为了你！"

郯银根露出疑惑的目光。

董姝妹："你不想一想，你这样做，又把爷爷放在哪里？母亲要是让你拒绝承命，你能答应吗？如今你已是郯府的掌门人，第一天就如此懦弱，你今后又将怎样行事？"

郯银根未语。

董姝妹："郯府只能有一个掌门人，不是你就是母亲。在这张椅子上，是坐不下两个人的！感情和权力相比，是微不足道的，这在历代的王朝中屡见不鲜！在这样的大事面前，当断不断，必受其乱！"

郯银根再次把董姝妹揽在怀里。

董姝妹依偎在丈夫身边："表哥，我整一天都没有吃饭呢。"

郯银根："哎哟，这还了得？我现在就给你去弄吃的！"

董姝妹笑："我早让用人准备好了。"

郯银根："在哪？"

董姝妹："你等着。"

郯银根满意地望着美貌的妻子，一腔愁绪荡然无存。

董姝妹端来酒菜，斟满两杯酒，含情脉脉地说："表哥，你知道吗？我日夜都在盼着这一天！"

二人拥抱。

23. **月夜。**

郯府、东院、卧室。

董兰君依然没有入睡，她细心地听着院子里是否有脚步声。

女佣："大奶奶，天不早了，睡吧。"

董兰君："还会有人来的。"

女佣："这么晚了，谁还会来呀？"

董兰君："大少爷。"

女佣偷偷地长叹一声。

24. **月夜。**

明月偏西。

女佣悄悄走出东院。

25. **月夜。**

郯府、四合院、卧室。

灯光已经熄灭。

郯银根、董姝妹并肩躺在床上。

董姝妹："明天你就要走马上任了，你打算怎么做？"

郯银根："我要和银业、银国共同商议。"

董姝妹："孔子曰：'工欲善其事，必先利其器'。在郯府，母亲经营了许多年，人际关系错综复杂。你要想推行新的主张，就要首先从人入手。哪些人该用，哪些人不该用，丝毫马虎不得。只有用人得当，才能政令畅通，令行禁止。"

郯银根："我知道。"

26. **月夜。**

郯府、四合院。

董兰君的贴身女佣，轻轻走进四合院。

卧室已是漆黑一片。

女佣犹豫片刻，离去。

27. **月夜。**

郯府、东院、卧室。

董兰君倚床而坐。

女佣悄悄走进。

董兰君还在等待。

女佣："大奶奶，睡吧，不会有人来了。"

董兰君喃喃地说："大少爷要是来了，就把我叫醒。"

女佣含泪应着："嗳。"

28. **郯氏祠堂。**

郯耀庭率领全家祭祖。

郯耀庭："人到齐了吗？"

大管家："大奶奶和二爷未到。"

郯耀庭："为啥不到？"

大管家："大奶奶和二爷身体不适。"

郯耀庭："就是用人抬，也要到场！"

郯银根："爷爷，大可不必兴师动众。晴天，太阳从东边出；阴天，太阳依然从东方升起！"

郯耀庭："根儿说的对，一星半点儿的云彩下不了多大的雨！"

大管家："祭祖开始！"

燃鞭炮。

摆供品。

焚香。

郯耀庭率领全家人叩拜。

郯耀庭："列祖列宗，今日耀庭率领子孙前来祭祖。在列祖列宗的庇护下，郯氏家族后继有人。长孙银根自今日始，成为郯氏掌门人。在他的励精图治下，郯氏家业定会更加兴旺发达！"

众人三叩首。

郯银根："列祖列宗，晚辈银根将以蹈厉之志，自强不息，奋发图强，修身齐家，为郯氏家业鞠躬尽瘁，俯仰无愧天地！"

郯耀庭率领众人又三叩首。

29. **郯府、东院、卧室。**

董兰君坐立不安。

女佣小心翼翼地捧上茶水。

董兰君："全家人都去了吗？"

女佣："西院的二爷没去。"

董兰君："快，把二爷请到这儿来。"

女佣："是。"离去。

30. 郊府、西院、卧室。

郊文博悠闲地抽着大烟。

女佣小翠站在一旁伺候着："二爷，您聪名一世，糊涂一时呀。"

郊文博："此话怎讲？"

小翠："俗话说，识时务者为俊杰。可是您呢，也不看看眼目前的架势？如今咱郊府已经更弦易张，可您还抱着个老皇历不放，早晚是要吃大亏的！"

郊文博："你小小年纪，懂个啥？"

小翠："二爷，小翠是个用人，也没见过世面，可我没那么多花花肠子。不像有的人，在您面前一套，背后又一套。您要是不防着点呀，早晚能被她害了！"

郊文博笑："危言耸听！"

董兰君的贴身女佣匆匆而来："二爷，大奶奶请您去一趟。"

小翠赶忙插话："二爷的头，晕得厉害，哪儿也不能去。"

女佣："二爷？"

郊文博："你告诉大奶奶，等我好了再去看她。"

女佣离去。

郊文博不悦地说："你竟敢自作主张！"

小翠："此时此刻您去不得！您托病在家不去祭祖，却私下里又去和大奶奶谋事，这岂不是自找麻烦吗？"

郊文博："言之有理，言之有理。"

31. 郊府、东院、客厅。

董兰君在焦急地等待。

女佣匆匆而回。

董兰君："二爷呢？"

女佣："他没来。"

董兰君："他不肯来？"

女佣："他说头晕，不能行走。"

董兰君："哼，我去看他！"

32. 郊府、东院。

董兰君走出客厅。

董姝妹走进东院。

二人相遇。

董姝妹："娘！"

董兰君冷冷地说："你眼里还有我这个娘吗？"

董姝妹笑嘻嘻地说："你生我气了？"

董兰君转身走进客厅。

董姝妹跟进。

33. 郊府、东院、客厅。

董兰君板着脸坐在椅子上。

董姝妹走进客厅，关上房门。

女佣被挡在门外。

董兰君："关门干什么？"

董姝妹仍笑眯眯地说："关起门来，我就叫您姑妈！"

董兰君："哼！"

董姝妹："哼啥呀？我还一肚子委屈呢！"

董兰君："谁委屈你了？"

董姝妹："您！还有我表哥！"

董兰君："我和根儿对你咋了？"

董姝妹："我进门的第一天，就受到你们的冷待！昨天夜里，新房里冷冷清清，我坐在灯前，孤零零一个人。不仅无人说话，整整一天连饭也没吃一口！"

董兰君："根儿一直没有回来？"

董姝妹："天快亮的时候才见他人影，问啥也不说，倒头便睡。"

董兰君："噢，怪不得他没有来看我呀。"

董姝妹："结婚是一辈子的大事，可我……"哽咽。

董兰君掏出手帕，递给董姝妹。

34. 郊府、四合院、客厅。

郊银根与郊银业、郊银国在交谈。

郊银国："母亲的举动，令人不可思议！"

郊银业："由此看来，要想振兴郊氏家业，我们毕业回来是对的！"

郊银根："是呀，三人同心，黄土变金。尽管咱们都受过高等教育，但在社会经验上，与爷爷、母亲相比，还相差甚远。"

郊银国："谁也不是天生就有的，咱就在实践中学嘛！"

郊银根："一是要在实际工作中学，二是要多向爷爷和母亲请教。只要咱们具有责任心，又大胆谨慎，就能做好工作，少出差错。"

郄银业："大哥，往后我和三弟都听你的就是了。"

郄银根："我也不是万能的，今后咱兄弟三人遇事要多商量。"

35. 郄府、四合院。

郄银之兴冲冲而来，他走至客厅门口，听到谈话，便停住了脚步。

36. 郄府、四合院、客厅。

郄银根："当前，咱们要做得第一项工作，就是人事安排。用人得当与否，是事业成败的关键。要用一个人，就要把这个人当作朋友。可是了解一个人，却不是那么容易的。孔子曰：'益者三友，损者三友。友直，友谅，友多闻，益矣；友便辟，友善柔，友便佞，损矣。'孔子说的益者三友，就是正直的朋友，诚实的朋友，广思博识的朋友。他说的损者三友是些什么人呢？第一种'友便辟'，这种人毫无正直诚实之心，没有是非原则。特别会察言观色，见风使舵。他的原则就是让你高兴，以便从中得利。大贪官和珅就是这种人！第二种'友善柔'，这种人是典型的两面派。当着你的面，永远是和颜悦色，恭维你，奉承你。但是在背后就会挑拨是非，恶意诽谤！第三种'友便佞'，这种人生就一副伶牙俐齿，没有他不知道的事，言过其实，夸夸其谈，靠耍嘴皮子混事！"

郄银业："孔老夫子看人，真是入木三分呀！"

郄银根："咱就把这些至理名言，当作选人用人的标准吧。"

37. 郄府、西合院、窗外。

郄银之在偷听。

38. 郄府、四合院、客厅内。

郄银根："银国，你酷爱教育，就去新建的学校工作，我向刘之声先生举荐，你任校长。"

郄银国："大哥，当不当校长无所谓。我这个人呀，只要能从事教育就心满意足了！"

郄银根："银业，你一心致力于工业，我就把建矿、酒厂、油坊全托付给你，你任这三家企业的总经理！剩下的旅店，正在筹建的编织厂，以及银杏园、板栗园、农田、郄府内务的事宜，暂时都有我管理。你俩看怎么样？"

郄银国："大哥，你放心，我俩会让你满意的！"

郄银业："我离开北平之前，程教授对我说，你那个大哥可是个了不起的人呀！他方正而不显得生硬勉强，有棱角而不至于把人划伤，正直而不至于无所顾忌，明亮而没有刺眼的光芒。像这样的人，将来必定是能成大器的！"

郄银根："我哪有这么好？是程教授过奖了。"

郄银业："他还说，建矿这么大的一件事情，没想到你竟如此快速地拿到了政府的批文！"

郄银根笑："银业，多亏了你写的那封信呀！"

郄银业："那位姚县长竟然没有看出破绽？"

郄银根："他何曾见过高公子的笔迹？再说，他梦寐以求地想结识大权在握的高部长，可谓权欲熏心啊！"

三人笑。

郄银根长叹一声："找门子，拉关系，跑官买官，这就是当今的仕途之路啊！这样腐败的政府，哪里还会有民信呢？"

窗外传来响声。

郄银业制住了大哥讲话。

郄银根："怎么了？"

郄银业："好像窗外有人？"

39. 郄府、四合院、客厅窗外。

郄银之大惊失色，急速离去。

郄银业走出客厅。

院子里寂静无声。

郄银业发现一人影在院门口一闪而逝。

郄银根："有人吗？"

郄银业："好像是银之的身影。"

郄银根、郄银国走出客厅。

三人急速跑到院门。

院门外，杳无人迹。

郄银国："二哥，你是不是神经过敏呀？大白天的，哪有个人影呀？"

郄银业："难道是我看花眼了？"

郄银国："我看你呀，不仅能搞工业，更能胜任谍报工作！"

三人笑着走回客厅。

40. 郊府、东院、客厅。

董兰君疑惑地说："你说的这些都是真话吗？"

董姝妹："表哥还说，母亲含辛茹苦，不仅把他们兄妹四人拉扯成人，而且还累死累活地支撑着这个家，从无半句怨言，母亲是他一生的楷模！"

董兰君："这都是些无用的话。"

董姝妹："怎么会是无用的话呢？我从表哥的言谈话语中，深感您在他心中的分量！"

董兰君："拿什么来证明这个分量呢？"

董姝妹："表哥说，爷爷有爷爷的想法，他有他的一定之规。"

董兰君："他的一定之规是什么呢？"

董姝妹："虽说名义上他是郊府的掌门人，而真正当家的是在幕后的您！"

董兰君："这是他亲口说的吗？"

董姝妹："我十分清楚地感悟到这一点。"

董兰君："那好吧，我要亲眼看看，你感悟的对不对！"

董姝妹："姑妈，表哥是个怎样的人，难道您不清楚吗？"

董兰君："我对自己儿子的秉性，了如指掌！"

董姝妹："在您心目中，他是怎样的人呢？"

董兰君："他是个不甘示弱，永不服输的人！"

董姝妹："这不是和您一样吗？"

董兰君："可我是母亲，他是儿子！"

董姝妹："母子连心呀！"

董兰君："要是连不到一起呢？"

董姝妹："总不会水火不容吧？"

董兰君："那就要看谁是水谁是火了！"

董姝妹不由倒吸了一口凉气。

41. 郊府、西院、客厅。

蒋凤仙："你没有听错吧？"

郊银之："我听得真真切切。"

郊文博："这么说，他兄弟仨要独霸天下了？"

蒋凤仙："这是早在意料之中的事！"

郊文博："他比东院里还歹毒！"

蒋凤仙："银之，你刚才还说，姚县长收到了一封假信？"

郊银之："对！是银业冒充高公子写的。他还说，姚县长竟没有看出破绽来。"

蒋凤仙拍手称快："这真是天赐良机啊！"

郊文博恍然："怪不得姚月亭突然一下子和郊府搞得这么热火，又是给政府批文，又是登门贺喜，原来是让一封假信给闹的！"

郊银之："他还乐滋滋地做着升官梦呢。"

蒋凤仙咬牙切齿地说："太好了！这封信就是一颗炸弹，我要把他们都炸个粉身碎骨！"

42. 古码镇、间半楼饭庄。

郊银根兄弟三人宴请刘之声、樊掌柜。

刘之声："郊先生，我本想亲自去府上登门道歉，没想到你又走到了我头里。"

郊银根："之声兄，你何歉之有呀？"

刘之声："你成亲之日，我正在省城，未能前去祝贺，深表歉意。"

郊银根："我欠之声兄的喜酒，今日补上！"

刘之声端起酒杯："洞房花烛夜，金榜题名时，此乃男人的两大喜事，我先敬郊先生新婚之喜！"

郊银根："好，干杯！"

刘之声再次端起酒杯："郊先生，学校已经竣工，就等着你去验收，剪彩挂牌了！"

郊银根："之声兄劳苦功高，我要敬你一杯！"

刘之声："干杯！"

郊银根："之声兄，我有一事，专程来和你商量。"

刘之声："郊先生太客气了，你有啥事尽管说。"

郊银根："我三弟银国，北平大学毕业，一心热衷于教育事业，我想由他代我在学校任职，你意如何？"

刘之声："这是件好事呀！不过，我有个条件。"

郊银根："请讲。"

刘之声："必须要去掉这个'代'字。"

郊银根："不知这是何意？"

刘之声笑："此意就是，你和三弟都要在学

· 165 ·

校任职。你为董事长，三弟担任校长。"

郊银根："不可，不可！董事长一职，除之声兄外，他人莫属！"

刘之声："我捷足先登，早已给自己安排好了位置。"

郊银根："是何职务？"

刘之声："教务长！"

郊银国真挚地说："刘先生，我刚走出校门，既不熟悉社会，又无办学经验。你既是我大哥的挚友，也必定是我的兄长。振兴教育是我一生的愿望，别无他求。为了办好学校，还是量力而行为妥。你任校长，我为教务长，请刘先生再勿推辞。"

刘之声不由然对郊银国充满敬意："三弟，我敬你一杯酒，你我之情尽在不言之中！"

二人干杯。

众鼓掌。

二人的手紧握一起。

43. 古码镇、码头。

郊银根、郊银业、郊杏琳、郊杏花即将踏上客轮。

刘之声、郊银国、范掌柜前来相送。

郊银根："三弟，我与你二哥去上海的这段时间，你就待在学校，协助之声兄办理开学前的事情。"

刘之声："郊先生，你何时返回？"

郊银根："长则一个星期，短则三五日。只要请到专家，便立即返回。"

刘之声："我们等你回来，剪彩开学！"

郊杏花："三哥，再见！"

郊银国："你俩回到学校，要好好读书。"

郊杏花："三哥，我们学业期满，就回来和你一块教书！"

郊银国："快上船吧！"

郊银根、郊银业踏上客轮。

刘之声等人挥手致意。

客轮驶离码头。

44. 银杏园。

一辆马车朝古码镇驰去。

马车上，蒋凤仙叮嘱郊银之："这次见了姚县长，别信口开河，乱了阵法！"

郊银之："去见当官的，我心里有点发慌。"

蒋凤仙："看你这点出息，慌啥？当官的也是人，也有七情六欲。这回，咱怀揣着两件法宝，一定能十拿九稳地把他套住！"

郊银之："见了姚县长，还是以你为主吧，我敲敲边鼓就行了。"

蒋凤仙："别忘了你是个男人！"

郊银之嘻嘻一笑："多少男人还不是拜倒在你的石榴裙下？"

蒋凤仙把嘴一撇："哼！"

马车在行进。

45. 郊府、东院、客厅。

女佣匆匆走进客厅。

董兰君："问清楚了？"

女佣："问清楚了。"

董兰君："他兄弟仨到哪儿去了？"

女佣："大少爷、二少爷，到上海请专家去了。三少爷去了新建的学校。"

董兰君愠怒："行呀，已经开始自行其是了！小萍，把二柱子给我叫来！"

小萍："是。"离去。

46. 县衙。

马车停在县衙门前。

郊银之手提皮箱和蒋凤仙走下马车。

门卫持枪拦阻："你们是干什么的？"

郊银之："我们去见姚县长！"

门卫骄横地说："口气不小呀？"

郊银之不理睬地朝里迈进。

门卫："站住！"

郊银之被吓一跳。

门卫："站远点！"

郊银之胆怯地后退几步。

蒋凤仙笑眯眯地走上前："老总，别生气，没外人，咱们都是自家人。"

门卫被蒋凤仙的容貌所吸引，和言细语地说："你们是哪儿的？"

蒋凤仙："老总，请您通报一下，就说郊府的人前来拜访姚县长。"

门卫："你是银杏园的？"

蒋凤仙："老总咋知道呀？"

门卫："方圆几百里，谁不知道郊家呀？"

蒋凤仙："一回生两回熟，老总今后常来家玩呀！"

门卫："你欢迎？"

蒋凤仙娇滴滴地说："这还有错？"

门卫："你们等着。"走进门房。

郯银之："狗仗人势！"

蒋凤仙："这就叫，阎王好见，小鬼难缠！"

47. 郯府、东院、客厅。

小萍领男佣二柱走进客厅。

二柱："大奶奶，您找我？"

董兰君："你马上去古码镇，叫油坊主事赶来见我！"

二柱："是。"离去。

董兰君恼怒地说："谁对我不仁，我就对谁不义！"

48. 县衙、客厅。

蒋凤仙、郯银之在客厅里静静等待。

姚月亭边说边走进客厅："是银根贤侄来了吗？"

蒋凤仙赶忙迎上："姚县长，您好！"

姚月亭诧异地说："你们是……"

蒋凤仙把郯银之推到前面："姚县长，您不认识他了？"

姚月亭："噢，你是银根贤侄的堂弟？"

郯银之："对，我叫郯银之。"

蒋凤仙："姚县长真是好记性！"

姚月亭："我怎么称呼你呀？"

郯银之："她是我的小妈，二姨太。"

姚月亭："请坐，请坐。"

蒋凤仙："姚县长日理万机，我们还前来打扰，很是过意不去。"

姚月亭："二位前来，有何贵干？"

蒋凤仙："我俩是专程来致谢的！"

姚月亭笑："是不是还有别的事呀？"

蒋凤仙："我家老太爷说，姚县长最爱惜人才了。银之自幼读书，胸怀壮志。只是报国无门，期望着能在您的麾下谋个差事。"

姚月亭："哟，这事可不好办呀！按说，郯府的事就是我的事，理应给银之贤侄安排个工作。但是，中央政府三令五申，要求各级官吏不仅要更好地为老百姓办事，而且还要做到大政府

小机构。眼下县政府正在大量裁员，在这个时候，我确实是爱莫能助呀！"

蒋凤仙从手提包里取出银票："姚县长，这是我们的一点心意，请您收下。"

姚月亭接过，看了看银票上的款额，笑道："请你把钱拿回去，我实在是无能为力。"

蒋凤仙笑："我还听老太爷说过，姚县长是位古玩鉴赏家。我今天带来一件古董，还请您鉴定一下。"

郯银之打开皮箱，取出一件铜鼎，捧到姚县长面前。

姚月亭顿时眼睛一亮，仔细地鉴赏着："这是一只战国墓出土的铜鼎。子母口、带盖、附耳。中央有一桥形衔环，周边有三个等距环形钮。盖顶饰蟠虺纹，腹部饰陶纹，耳及足部均有纹饰。难得一见的珍品！"

蒋凤仙："既然姚县长如此喜欢，那就留下把玩吧。"

姚月亭依然在抚摸着铜鼎："如此厚重的礼物，我是绝不能收的。"

蒋凤仙："姚县长，您不是说咱们是一家吗，我把它拿回去和放在您这儿，还不都是放在咱自己家里吗？"

姚月亭笑："说得好，说得好！那我就恭敬不如从命，就暂时先放在这儿，再请行家过过目。"

蒋凤仙："您怀疑是赝品？"

姚月亭："哪里哪里，是再确定一下年代。"

蒋凤仙把铜鼎和银票，一并放进皮箱。

姚月亭："银之贤侄，你平时都酷爱些什么呀？"

蒋凤仙："他呀，就知道一心只读圣贤书！"

郯银之："对，我除了研究学问之外，别无他好。"

姚月亭："难能可贵。前些日子，我听土地局黄局长说，他那里好像还缺人手。我找他商量一下，看能不能在他手下当个科长？"

蒋凤仙大喜过望："银之，还不赶快叩谢姚县长？"

郯银之给姚月亭深深一躬。

姚月亭："年轻人大有可为呀！"

郊银之："感谢县长栽培！"

姚月亭站起身："你回去后，代我向银根贤侄问候。"

蒋凤仙："姚县长，我看这就不必了吧？"

姚月亭："怎么了？银根贤侄不知道你们来找我？"

蒋凤仙："我们没有告诉他！"

姚月亭："为什么？"

蒋凤仙："因为……"

姚月亭："他们兄弟之间，还有什么过节吗？"

蒋凤仙："他们平时好得很，只是……"

姚月亭："是怕他不同意你们来？"

蒋凤仙："这倒不是。"

姚月亭："那是为啥呢？"

蒋凤仙："是因为……"

姚月亭："说嘛！"

蒋凤仙："因为，他对您是个恩将仇报的人！"

姚月亭："不至于吧？"

蒋凤仙："姚县长，他是不是给过您一封高公子的信？"

姚月亭诧异地说："你们也知道了？"

蒋凤仙："郊府上下没有不知道的！"

姚月亭不悦："噢？"

蒋凤仙："大家还把这件事当成了笑柄！"

姚月亭："岂有此理！"

郊银之："你少说两句吧！"

蒋凤仙："姚县长对你恩重如山，咱可不能做像郊银根那样的小人！"

姚月亭："想不到他竟是这种人！"

蒋凤仙："还有呢！您更想不到的是他欺骗了您！"

姚月亭："欺骗了我？"

蒋凤仙："对，他给您的那封信是假的！"

姚月亭惊骇："假的？"

蒋凤仙："那封信根本就不是高公子写的，而是他的二弟银业一手伪造的！"

姚月亭："不可能，不可能！"

郊银之："这件事是千真万确，我是亲耳偷听到的！"取出一张字帖："这是老二银业的字

体，请您和那封信对照一下，看字迹是不是一样？"

姚月亭从卷宗里取出信，对照，不由怒火中烧："果然一模一样！"

蒋凤仙："姚县长，能干出这种事的人，真叫人恶心！"

姚月亭抑制着怒火，竟发出一阵令人毛骨悚然的笑声。

49. 郊府、东院、客厅。

油坊主事走进客厅："大奶奶，您有什么吩咐？"

董兰君："坐吧。上茶！"

小萍端上茶，退去。

董兰君："大少爷去过铺子吗？"

油坊主事："是和二少爷一块去的。"

董兰君："他说什么了？"

油坊主事："他说从今以后，油坊、酒厂都归二少爷主管。"

董兰君："你怎么说的？"

油坊主事："我说，大少爷，这事我得请示大奶奶！"

董兰君："说得对！"

油坊主事："大少爷很恼火，冲我发脾气！他说，此事谁也不用请示，如今我是郊府的掌门人，所有的事情由我做主！"

董兰君："呸！"

油坊主事："大奶奶，怎么说变就变了呢？"

董兰君："我想听一听你的打算。"

油坊主事："我还是那句话，大奶奶对我恩重如山，我要誓死相报！"

董兰君："有良心！"

油坊主事："我心里只有大奶奶，只听大奶奶的！除了您，无论谁说的话，在我面前都不好使！"

董兰君："我没看错人！"

油坊主事："大奶奶，您说咱下一步该如何走？"

董兰君："停产！"

油坊主事："停产？"

董兰君："对！办法有你想，要让油坊不流一滴油，酒厂不出一滴酒！"

油坊主事："那损失可就大了！"

董兰君："舍不得孩子，套不住狼！"

油房主事："咱多年的客户，也就保不住了！"

董兰君："旧的不去，新的不来！"

油坊主事："工人们呢？"

董兰君："放假十天，回家秋种！"

油坊主事未语。

董兰君："胆怯了？"

油坊主事："不，我听大奶奶的！"

董兰君："现在油厂和油坊的账上，总共还有多少钱？"

油坊主事："有十多万吧。"

董兰君："你把账簿给我拿来，我要把账上所有的钱，都转到省城的银行去！"

油坊主事："大奶奶，我……"

董兰君："甭担心，你会稳坐泰山的！"

油坊主事："一旦……"

董兰君："省城银行不是有存款吗？到时，我会给你立个字据的！"

油坊主事："既然大奶奶想得如此周到，我也就没有后顾之忧了！"

董兰君："赶快去办吧！"

油坊主事："是。"离去。

50. 旷野。

列车在奔驰。

车厢里，郯银根、郯银业在交谈。

郯银业："大哥，不知怎么搞的，我心里老不踏实。"

郯银根："想啥了？"

郯银业："咱家这次大变动，会不会诱发出什么事情来？"

郯银根："不会的，都是自己家里人，还能出什么大事？"

郯银业："也许我是多虑了。"

郯银根："我担心的是，咱们这次去上海，能不能如愿地请到同济大学的王教授？"

郯银业："程教授说，王教授人很好，只是他的夫人不讨人喜欢。"

郯银根："噢？"

郯银业："王教授的夫人，是宁波轮埠公司董事长龙大酋的千金，后又认上海商会会长虞洽卿为干爹。王教授留学美国回来后，发表了《W．U 元素概论》，震惊海内外。虞洽卿拉郎配，龙小姐与王教授结为伉俪。从此，王教授身陷囹圄，失去了人身自由。"

郯银根："如此复杂。"

郯银业："咱们这次上海之行，王教授本人不成问题，关键是这位王夫人能不能答应？"

郯银根："此事不容乐观！"

郯银业："咱们在上海，人生地不熟，怕是连烧香都找不见庙门。"

郯银根似在自语："也只好找她，再想想办法了。"

郯银业："你在上海有朋友？"

郯银根："有一个。"

郯银业："谁呀？"

郯银根："是我的一个同学。"

郯银业："我认识他吗？"

郯银根："不认识。"

郯银业："他是做什么的？"

郯银根："她是一位画家。"

郯银业："他能帮上忙？"

郯银根："不知道。"

郯银业："他肯帮忙吗？"

郯银根："也不知道。"

列车在奔驰……

第十二集

1. **华灯初上。**

上海、锦江宾馆。

郏银根、郏银业走出宾馆。

二人分别乘上两辆黄包车。

车夫："先生，去哪？"

郏银根："高安路六十三号。"

两辆黄包车，一前一后行进在繁花似锦的街道上。

2. **高安路、王教授家。**

这是一座花园式豪华住宅。

3. **王教授家、书房。**

王教授专心致志地著书。他，西装革履，一派学者风度。一副金丝边眼镜，更显他的儒雅。

4. **王教授家、鞋房。**

这是富有人家专设的房间。沿四面墙壁竖满鞋架，鞋架上摆满各色款式的女鞋。

王夫人在穿衣镜前，更换着一双又一双的鞋子。她，瑰姿玮态，雍容华贵。女佣守在她的面前。

各色款式的高跟鞋布满一地。

王夫人亲昵地叫着："达生，达生！"

5. **王教授家、书房。**

王教授仍埋头写作。

6. **王教授家、鞋房。**

王夫人大声地喊着："达生，达生！"

7. **王教授家、书房。**

王教授无奈地放下笔，走出书房。

8. **王教授家、鞋房。**

王夫人已经有些不耐烦："达生，达生！"

王教授走进鞋房："有事吗？"

王夫人："侬快看看，我穿哪双鞋子最好看？"

王教授："皆可，皆可。"

王夫人把眼一瞪："我就晓得侬不耐心！"

王教授："哎呀呀，我正在赶写文章。"

王夫人发火："勿要写了！侬今朝夜里厢要陪我去舞厅！"

王教授："好好好，我一定陪你去。"

王夫人："侬讲，我穿哪双鞋子最好看？"

王教授随便一指："那一双。"

王夫人："侬顶真点好伐？"

王教授叹了口气。

9. **上海、高安路、王教授家。**

两辆黄包车停驶门口。

郏银根、郏银业走下黄包车，揿响花园的门铃。

男佣开门，走出。

郏银根："先生，这里是王教授的家吗？"

男佣："是的。"

郏银根："请你通报一下，我们是北平大学程教授介绍来的朋友。"

男佣："有信吗？"

郏银根："有。"将信交男佣。

男佣接过："请稍等。"关门而去。

10. **王教授家、书房。**

王教授依然在写作。

男佣走进："王先生，有两位客人要拜访您，这是他们的信。"

王教授看信，高兴地说："快，快请他们进来！"

男佣："是。"欲离去。

王夫人挡在书房门口。

男佣："太太？"

王夫人："不许侬拉到屋里厢来！"

王教授："你不让客人进家，那我去！"

王夫人："侬也不许去！"

王教授："夫人，他们是北平大学程教授介绍来的客人！"

王夫人："啥人也不行！"

王教授兴奋地说："你知道吗，他们要在山东建一个金刚钻石矿！"

王夫人："没啥意思！"

王教授："对于我来说，这可是一个千载难逢的机遇！"

王夫人："侬还想到山东去？"

王教授："对，他们要聘请我为总工程师！"

王夫人对男佣吼着："侬去把侬拉赶得远远的！快去！"

男佣："是。"离去。

王教授跌坐在沙发上。

11. 正教授家、花园门外。

郯银根、郯银业在等待。

男佣开门走出。

郯银根赶忙上前："我们可以进去吗？"

男佣摇头。

郯银根："王教授不肯见我们？"

男佣点头。

郯银根："你把信给他了吗？"

男佣："对不起，再见。"关门离去。

郯银业："大哥，咱怎么办呢？"

郯银根："就在这里等！"

12. 王教授家、客厅。

王夫人已穿戴整齐，走到书房门口："侬哪能了？快点！"

王教授无奈地走出书房。

13. 王教授家、花园门内、外。

王教授、王夫人乘上轿车。

男佣打开门。

轿车驶出。

郯银根："王教授，王教授！"

轿车疾驶而去。

郯银业发怒地说："什么东西！"

郯银根："万事求人难呀！"

14. 夜。

上海。

霓虹灯闪烁。

整座城市依然亮如白昼。

15. 夜。

上海、锦江宾馆、客房。

郯银业："大哥，你说的这位钱小姐，长得是个啥模样？"

郯银根从口袋里取出一张照片，交给郯银业。

郯银业看照片："这是在日本拍的吧？"

郯银根："是的。就是在这棵红豆树下，我正式向她求婚……"

在郯银根的眼前，又浮现起当年的情景：

日本、公园。

郯银根、钱小漪在花丛中，追逐着一对蝴蝶。

钱小漪险些滑倒。

郯银根赶忙将她抱住。

二人的目光交融在一起，久久没有分开。

红豆树下。

郯银根、钱小漪依偎在一起。

钱小漪："古人常用红豆象征爱情与相思，唐代诗人王维就有一首五言绝句：

红豆生南国，
春来发几枝？
愿君多采撷，
此物最相思。

郯银根："我的家乡没有红豆，但漫山遍野的银杏，更是纯洁爱情的象征：

沂河两岸银杏花，
春绿秋黄尽奇葩。
碧清沂水波漪动，
两眼望穿江南家。

钱小漪："你这首诗太美了！"

郯银根："是吗？"

钱小漪："沂河水流淌着恋人的思念，岸边缀满枝头的银杏眺望着水中的波漪……"

郯银根凝视着钱小漪。

钱小漪也失去了语言。

郯银根："小漪，我爱你！"

钱小漪："我也爱你！"

郯银根："嫁给我好吗？"

钱小漪："我愿意！"

二人紧紧地拥抱在一起。

画面消失。

郊银业："大哥，你们既然如此相爱，钱小姐又怎么会突然结婚了呢？"郊银根："不知道。"

郊银业："你为什么不阻止她呢？"

郊银根："我从母亲手中拿到电报的时候，正是她结婚的那天。我赶到邮政局给她打电话，可她已经去教堂举办婚礼了。"

郊银业："她现在生活得幸福吗？"

郊银根："不知道。"

郊银业："你们再也没有联系过？"

郊银根："没有。"

郊银业："为什么？"

郊银根："我们都各自建立了家庭，何必再把清泉下的泥沙搅起呢？"

郊银业："可你为啥还总揣着她的相片？"

郊银根："这是我来上海前，才装在口袋里的。"

郊银业："咱明天去找她吗？"

郊银根："王教授这件事，只有请她帮忙了！"

16. 夜

上海、钱小漪家、客厅。

钱运昌在读报。

钱太太生气地夺过报纸："屋里厢的事体，依啥也不管！"

钱运昌笑着："太太，有什么事情？"

钱太太："最让我伤脑筋的就是阿囡了！"

钱运昌："她又怎么了？"

钱太太："整天在外头疯，哪像个结了婚的人？"

钱运昌："你总不能把她整天关在家里吧？"

钱太太："依不读书，不画画，更不肯做家务。整日在外头，不是逛商店就是百乐门，这像个啥样吗子？"

钱运昌："有出格的事吗？"

钱太太："阿囡可不是那种人。"

钱运昌："好了，由她去吧。再说，一个女人有个好父母，再有个好丈夫，还需要操啥心

呀？逛逛商场，跳跳舞，有啥不好？"

钱太太："我年轻的时候，就不像阿囡这个样子！"

钱运昌长叹一声："我早就发现女儿变了。她自从结婚后，心里就一直不痛快。尽管阿男很精明能干，对她也很好，但阿男从小没上过几天学，他俩不仅话说不到一块，就连生活习性也相差甚远。太太，对这件事不能过急呀，咱要理解女儿的痛苦，时间会使她慢慢平静下来的。"

钱太太："阿囡痛苦，阿男就不痛苦了？做人哪能这个样子？"

电话铃响。

钱太太接电话："啥人？"

电话里，阿男的声音："妈，小漪回家了吗？"

钱太太："阿男，侬勿要寻侬了，快回屋里厢吃饭吧！"

阿男的声音："我不饿。妈，淮海路、南京路、外滩，我都找过了。你说，她还会到哪儿去呢？"

钱太太："侬到百乐门去看看？"

阿男的声音："好！"

钱太太放下电话："造孽呀！"

17. 夜。

百乐门。

阿男驾车至百乐门。

18. 夜。

百乐门、舞厅。

悠扬的音乐。

人们在翩翩起舞。

王教授在雅座上郁郁寡欢。

王太太在舞池里尽情跳着花样。

阿男四处寻找。

王教授："阿男！"

阿男："王教授！"

王教授："小老乡，你也喜欢跳舞？"

阿男："我是来找小漪的。"

王教授："我怎么没见着她？"

阿男："我也没找见。"

王教授："你岳父挺好吧？"

阿男："挺好的。"

王教授："从上次在虞会长组织的同乡会上见面后，我再也没有见过他。"

阿男："厂里的事情太多，他很少出门。"

王教授："代我问他好。"

阿男："嗳。再见。"离去。

19. 夜。

"梦巴黎"酒吧。

烛光摇曳。

钱小漪独自一人，坐在雅座上饮酒。

20. 夜。

锦江饭店、客房。

郯银业已进入梦乡。

郯银根依然未曾入睡。

21. 夜。

钱小漪家、客厅。

阿男走进客厅。

钱太太："没寻着侬？"

阿男："没找见。"

钱太太："侬快去吃饭吧，吴嫂帮侬把饭菜蒸在锅里厢。"

阿男："爸，我在百乐门遇到同济大学的王教授了。"

钱运昌："咱们的这个宁波老乡，满腹学识，可就是一辈子被攥在夫人的手里。"

阿男："王夫人还不是靠着她干爹虞洽卿？"

钱运昌："虞会长也有恩于我们呀，当初要不是他出面，那个汤公子对小漪能善罢甘休吗？"

钱太太对丈夫："侬哪能了，阿男的肚皮早饿扁了，侬还讲个没完？阿男不睬侬，快去吃饭。"

阿男笑着离去。

22. 阳光和熏。

秋风萧瑟。

银杏园。

一辆马车朝郯府行驶。

姚月亭阴沉着脸，坐在马车上。

23. 郯府、后院、卧室。

大管家将中药端到郯耀庭面前："老爷，您该吃药了。"

郯耀庭喝中药。

大管家："老爷，您感觉好些吗？"

郯耀庭："轻快多了。"

大管家："有些事甭往心里去，毕竟岁数不饶人呀！"

郯耀庭："你说得对，不往心里去。"

大管家："虽说这场风雨不小，但毕竟闯过来了。再说，大少爷办事又这么挺妥，您今后就没啥烦心事了！"

郯耀庭："你说得对，没啥烦心事了。"

大管家："我搀着您走走？"

郯耀庭："好，咱到老神树下去走走。"

二人刚走出客厅。

男佣匆匆跑来："老爷，姚县长来了！"

郯耀庭惊诧："他来干啥？"

男佣："说有要事找您。"

郯耀庭："要事？"

男佣："他在前院大厅等着您呐。"

郯耀庭："我感觉有些不妙！"

大管家："不会吧，也许他是来要好处的？"

郯耀庭："走，去会会他。"

24. 郯府、前院、大厅。

姚月亭在大厅里踱着步子。

郯耀庭来到大厅："姚县长，您好呀？"

姚月亭："郯公，一日不见，如隔三秋呀！"

郯耀庭："仲亭，快上茶！"

姚月亭："银根贤侄呢？"

郯耀庭："去上海请专家了。"

姚月亭："请专家？"

郯耀庭："咱不是急等着要建矿吗？"

姚月亭："哎呀呀，我就是为这事来的！"

大管家捧上茶，侍立一边。

郯耀庭："姚县长对此事关心倍至，我万分感激！"

姚月亭："郯公，咱们的矿建不成了！"

郯耀庭："姚县长不是在说笑吧？"

姚月亭："省政府刚刚下达一个文件，稀有金属一律归国家所有，不得以任何理由允许民间建矿开采！"

郯耀庭着急地说："姚县长，县政府的批文可是在省政府文件之前呀！"

姚月亭："对，这不假。可是在省政府的文件上，明确地写着'不得以任何理由允许民间建矿开采'！"

郊耀庭："姚县长，请您再给想想办法吧？"

姚月亭："郊公，咱小腿拧不过大腿呀！"

郊耀庭："一点办法也没有了？"

姚月亭："没有了。"取出批文："郊公，遵照省政府的指示，县里又给您重发一个批文。上次的批文作废，不得再建金刚钻石矿。"

郊耀庭目瞪口呆。

姚月亭把批文放在桌子上，起身辞行。

郊耀庭强打精神，送至门口。

姚月亭突然止住脚步："哟，我差点忘了。这是高公子写给我的信，无功不受禄，请您退还给银根贤侄。"将信交郊耀庭后，离去。

郊耀庭看着信，恍然大悟！

大管家："老爷？"

郊耀庭："还是这封信惹了大乱子！"一阵头晕目眩。

大管家赶忙扶住郊耀庭："老爷！"

25. **上海、锦江饭店、客房。**

郊银根拨着电话号码。

26. **上海、钱小漪家、客厅。**

电话铃响。

钱太太接电话："啥人？"

电话里，郊银根的声音："钱小姐在家吗？"

钱太太警惕地说："侬啥人？"

郊银根的声音："我是她的同学郊银根。"

钱太太："啥人？"

郊银根："我是从山东来的，是钱小姐在日本的同学郊银根。"

钱太太有些慌乱："侬不在家！"放下电话。

27. **钱小漪家、钱小漪卧室外。**

钱太太轻轻走到门外，听着女儿的动静。

卧室内寂静无声。

28. **钱小漪家、客厅。**

电话铃响起。

钱太太不接电话。

电话铃继续响着。

钱太太关上了客厅的门。

29. **上海、锦江饭店、客房。**

郊银根放下电话。

郊银业："家里没人？"

郊银根："有人。"

郊银业："为啥不接电话？"

郊银根再次拨了号码。

电话仍无人接。

郊银根无奈地放下电话。

郊银业："怎么办？"

郊银根："走，咱们去登门拜访！"

30. **上海、街道。**

郊银根、郊银业乘坐黄包车行驶。

31. **上海、钱小漪家、客厅。**

钱太太小心翼翼地盯着电话。

32. **钱小漪家、钱小漪卧室。**

钱小漪仍在熟睡。

33. **钱小漪家、门外。**

郊银根揿响门铃。

女佣吴嫂开门走出，惊喜地说："郊先生！"

郊银根："吴嫂，钱小姐在家吗？"

吴嫂："在家，在家！"

郊银根："请你通报一声，我来看望她。"

吴嫂："请你等一下。"离去。

郊银根、郊银业在门外等待。

34. **钱小漪家、二楼。**

吴嫂兴冲冲跑上二楼："小姐，郊先生看你来了！"

钱太太跑出客厅："吴嫂，侬吆喝啥么子！"

吴嫂："太太，山东的郊先生来了！"

钱太太赶忙制止："侬轻声点！"

吴嫂愕然地看着钱太太。

钱太太轻声地说："侬去告诉侬，就讲小姐不在家！"

钱小漪突然从卧室走出。

吴嫂："小姐！"

钱太太回转身，看见了女儿。

钱小漪："吴嫂，郊先生在哪？"

吴嫂："在门外等着呢！"

钱小漪急速跑下楼，但又突然止住脚步："吴嫂，请郊先生到客厅等我！"

吴嫂迟疑地看着钱太太。

钱小漪："快去！"

吴嫂："是。"跑下楼。

35. 钱小漪家、钱小漪卧室。

钱小漪快速地化好妆后，又更换着衣服。

36. 钱小漪家、客厅。

钱太太陪二位客人说话。

吴嫂给郯银根、郯银业端上茶水。

钱太太："郯先生，侬啥辰光来上海的？"

郯银根："昨天。"

钱太太："侬是啥人？"

郯银根："他是我的二弟郯银业。"

钱太太："啧啧啧，怪不得侬两个人的模样长得嘎像！"

郯银业："阿姨，您好。"

钱太太："文质彬彬，也是个读书人吧？"

郯银根："他是北平大学的高才生。"

钱太太："勿得了！郯先生，侬到上海有啥公务？"

郯银根："我们是来请专家的。"

钱太太笑："山东连个专家也没有吗？"

郯银根："山东有很多专家，只是缺少稀有金属的建矿专家。"

钱太太："侬要建矿？"

郯银根："是的，我要建一个金刚钻石矿。"

钱太太惊讶："金刚钻石？"

郯银根："对。"

钱太太："勿得了，勿得了！"

钱小漪走进客厅。

郯银根望着初恋的情人，惊喜万分！

郯银业望着天生丽质的美女，惊诧不已！

钱小漪望着日思夜想的郯银根，眼里浸着泪花！

钱太太望着女儿的神情，忐忑不安！

客厅里，半刻窒息。

钱小漪、郯银根彼此朝对方走近。

钱太太干咳两声。

郯银根即刻平静下来："小漪，你好吗？"

钱小漪难以自制地伏在郯银根的肩上，啜泣。

钱太太的眼睛也湿润了："阿囡，坐下来和郯先生好好讲话。"

郯银根："小漪，我给你带来一件礼物。"

钱小漪看着郯银根，未语。

郯银根从包里取出一个精致的礼品盒，交给钱小漪。

钱小漪打开礼品盒，里面是一件栩栩如生的泥塑："哎呀，太漂亮了！"

郯银根："这是我家乡特有的工艺品，印尼人。"

钱小漪："这件工艺品叫什么名字？"

郯银根："它叫'麒麟送子'。"

钱太太："阿囡，给妈看看！"

钱小漪把泥塑交给母亲。

钱太太："哟，比无锡的'五阿福'还好看！侬叫啥来？"

钱小漪："麒麟送子。"

钱太太："啧啧啧，名字呷其哉！郯先生，谢谢侬！"

钱小漪欣赏着泥塑："圆润丰满的造型，流畅飘逸的动式，疏密有致，主次分明，铺满纹理，构成了特殊的肌理效果。"

郯银根："这是一种民间工艺。首先要选细腻无沙砾的黄土，把它反复揉成柔软的细泥，放入雕刻工艺很高的木模里，阴干后再放在炉中烧制。这种工艺品犹如东方油画，线条清晰明快、栩栩如生。由于它特有的泥质，所以才日晒不裂、火烧不炸！"

钱太太爱不释手："哉，哉！"

钱小漪："你们住在哪儿？"

郯银根："锦江饭店。"

钱小漪："妈，我今天要请老同学吃饭！"

钱太太："好的，我让吴嫂多烧几只小菜。"

钱小漪："不用了，我们去饭店。"

钱太太："还是在屋里厢好！"

钱小漪站起身："老同学，咱们走吧！"

郯银根："阿姨，再见。"

钱小漪、郯银根、郯银业离去。

37. 郯府、后院、卧室。

郯耀庭卧病在床。

大管家守在床边。

郯耀庭手握着那封信，凝思。

大管家："老爷，您在想啥？"

郯耀庭："你不觉得这件事太蹊跷了吗？"

大管家："是蹊跷。"

郯耀庭:"姚月亭咋会突然知道,这封信是假的呢?"

大管家:"我也在琢磨这件事。"

郯耀庭:"真是应了那句老话,没有不透风的墙。"

大管家:"您是说,乱子还是出在咱家里边?"

郯耀庭:"最近有谁去过县衙呢?"

大管家:"老爷,我去找马夫,一问便知!"

郯耀庭:"你现在就去!"

大管家应声而去。

38. 郯府、西院。

蒋凤仙练着身段,唱着京戏《贵妃醉酒》(四平调):

海岛冰轮初转腾,见玉兔,玉兔又早东升。

那冰轮离海岛,乾坤分外明。

皓月当空,恰便是嫦娥离月宫,奴似嫦娥离月宫。

好一似嫦娥下九重,清清冷落在广寒宫,啊,在广寒宫。

玉石桥斜倚把栏杆靠,鸳鸯来戏水,金色鲤鱼在水面朝。

啊,在水面朝。长空雁,雁儿飞,哎呀雁儿呀,

雁儿并飞腾,闻奴的声音落花荫,

这景色撩人欲醉,不觉来到百花亭……

郯文博喝彩:"好,好!这段'四平调'够味,身段也舒展妩媚。尤其是杨贵妃的三次饮酒更是惟妙惟肖。第一次用扇子遮住酒杯,缓缓地饮;第二次是不用扇子遮而快饮;第三次是一仰而尽。好,好!"

蒋凤仙:"痛快,真是痛快!"

郯文博:"凤仙,我好久没有听到你唱了,风姿不减当年呀!"

蒋凤仙:"赋诗、唱戏,都要凭个好心情!"

郯文博:"说得对!"

蒋凤仙:"二爷,您不想想,我从进了这个家门,哪一天舒心过?"

郯文博:"你今天的心情就不错!"

蒋凤仙:"那是自然!我的那颗炸弹响了,能不令人高兴吗?"

郯文博:"哈哈,银根那个臭小子,还在上海瞎忙活呢!"

蒋凤仙:"二爷,老太爷卧病在床,你不去看看?"

郯文博:"不去,他这是自作自受!"

郯银之:"你俩说得这么热闹,我的事咋办呢?"

蒋凤仙:"郯科长,心急了?"

郯银之:"打住,先别这么叫!弄不好,就成了镜子里边的事!"

蒋凤仙:"不会的。这就跟做买卖一样,收了人家的钱,就得给人家货。是不是货有所值,那是另一码事了。"

郯文博:"对,他拿了咱的,就得给咱办事!"

郯银之:"他收了咱价值连城的'铜鼎',只卖给咱一个小科长,这中间的利润也太大了!"

郯文博发火地说:"这种人做的是无本生意!"

蒋凤仙:"发啥火呀?这种事就是周瑜打黄盖!你要是觉着冤,就别去跑官买官呀!有的人想烧香还找不见庙门呢!"

郯文博:"好了,别夜长梦多,明儿你和银之再去催催吧。"

蒋凤仙:"你就准备放鞭炮吧!"

39. 郯府、后院、卧室。

大管家匆匆而回。

郯耀庭:"查问清楚了?"

大管家:"清楚了。"

郯耀庭:"是谁?"

大管家:"马夫们说,都没去过县城。"

郯耀庭:"全都问过了?"

大管家:"我是一个一个问的。"

郯耀庭:"奇怪!"

大管家:"难道是姚月亭自个儿认出来的?"

郯耀庭:"他压根就没见过高公子,更不知道高公子的笔迹,他又如何辨别真假?"

大管家:"是呀。"

郯耀庭："我看呀，马夫里边准有一个在撒谎！仲亭，你这么办……"

40. 上海、外白渡桥。

夕阳尽染桥面。

郯银根、钱小漪相依在桥上。

河水在夕阳的映照下，泛着光闪闪的波漪。

郯银根："后来呢？"

钱小漪："汤司令把兵派到我家逼婚，情况十分危机，我急匆匆赶到山东去找你。你的母亲请我在'间半楼'用餐……"

在钱小漪的眼前，又重现了当时的情景：

沂水河畔的'间半楼'饭庄。

餐桌旁，坐着董兰君和钱小漪。

钱小漪："银根没有接到我的电报吗？"

董兰君："不接到你的电报，我咋会来接你呀？"

钱小漪笑："他什么时候才能回来呢？"

董兰君："说不准。也许十天半月，也许是一个月也回不来。"

钱小漪不悦："他怎么能这样办事呢？难道让我在这里等他一个月不成？"

董兰君："他让我转告你，不用等他了。"

钱小漪诧异地说："他说什么？"

董兰君："钱小姐，你千万不要着急，听我慢慢解释。我知道，你们两人都是一片痴情。但是，虚无的感情不能取代现实的生活。根儿思之再三，终于从痛苦中平静下来。他不想再这样长期地牵连你，才让家里给他提了这门亲事。"

钱小漪怔住了！

董兰君："他本想写信告诉你，但又碍于启齿，也只好由我代他转告了。"

钱小漪依然半信半疑。

董兰君："钱小姐，你听清楚我说的话吗？"

钱小漪无语。

董兰君："你怎么不说话了？"

钱小漪讷讷地说："这不是真的，不是真的。"

董兰君："难道我还骗你吗？"取出'喜帖'："你看这是什么？"

钱小漪接过'喜帖'。

董兰君："在我们沂河，只要是两家人换了'喜帖'，这门亲事就是铁板钉钉的事了！"

钱小漪："你们两家'换帖'这件事，我是知道的。对于这门亲事，银根压根就没有同意！"

董兰君心里不由咯噔一声，继而笑着问道："相隔千里，你怎么能知道这边发生的事情？"

钱小漪把喜帖还给董兰君："除非是银根亲口告诉我，我才能相信这是真的！"

董兰君愠怒："钱小姐，你太不识趣了，银根的婚事已成事实，你干吗还要从中捣乱呢？"

钱小漪："伯母，你言重了，我只不过是要从银根的嘴里，得到一个明确的态度。"

董兰君："我刚才说的就是他的态度！"

钱小漪摇摇头："我要他亲口对我说。"

董兰君："他不在家！"

钱小漪："我等他。"

董兰君："他要是一个月都不回来呢？"

钱小漪："我就等他两个月！"

董兰君语塞。

小伙计捧着食盘，吆喝而来："饭菜来了！"

董兰君掏出钱，放在桌上，转身而去。

钱小漪茫然地望着离去的董兰君。

画面消失。

钱小漪："我无助地又回到了上海，汤家更加变本加厉地逼婚。万般无奈，父母才决定要我与阿男成亲。"

郯银根："我一回到家，就即刻写信给你，可我再也没有到等到你的回信。"

钱小漪诧异地说："我怎么没有收到你的来信？"

郯银根："怎么会呢？"

钱小漪："那阵子，我天天盼着，等着，就是希望能收到你的来信！"

郯银根："是不是你的家人，没把信交给你？"

钱小漪："不会的。尽管他们不赞成我嫁到山东，但决不会私藏我的信件！"

郯银根："我确实给你写了信！"

钱小漪："是你亲自发出的吗？"

郯银根："不是。那天我去发信的路上，碰到了从北平来的程教授……"在郯银根的眼前，

又重现出当时的情景:

夜,月已西沉。

郏府、四合院、卧室。

郏银根在疾书……

画外音:"小漪,接到来信,心急如焚。你要恳请双亲,婚事千万不可操之过急。此信给你传去喜讯,我的母亲已经答应了我俩相爱之事。请你接信后复来,商定婚期。黑夜即将过去,朝阳又要升起。万语千言,难以抒怀。一行书信千行泪,情在相逢终有期。地角天涯未是长,驾云携雨情依依……"

银杏园。

果农们肩挑人拉,正忙碌着给银杏树浇灌最后一遍水。

郏银根不时地向果农们打着招呼。

一辆马车朝郏府驶来。

郏银根、郏银之牵马前行。

马车突然停在郏银根面前。

郏银根诧异地止住脚步。

程四光等人走下马车。

郏银根惊喜地:"程先生,是您呀!"

程四光:"我正是来找您的!"

郏银根:"您怎么也不先来个信,我好去接您?"

程四光:"心情急迫呀!"

郏银根:"快,咱们回家再谈!"

郏银之:"堂哥,你不去古码镇了?"

程四光:"郏先生,你有急事?"

郏银根:"没事,没事。"取出信,交给郏银之:"银之,你去镇上把信发了。"

郏银之接过信,揣进口袋。

郏银根又把信替他重新装好:"别丢了。"

郏银之:"丢不了。"

郏银根:"到镇上,先发信再去别处。"

郏银之:"知道了。"

郏银根:"上马吧!"

郏银之驰马而去。

画面消失。

郏银根惊诧地说:"难道他没有把信发出去?"

钱小漪:"谁?"

郏银根:"我的堂弟郏银之!"

41. 月上梢头。

郏府、西院、郏银之卧室。

郏银之躺在床上,悠闲自得地哼着小曲。

传来轻轻的叩门声。

郏银之打开房门。

蒋凤仙闪身而进。

郏银之:"你咋没去陪我爹呀?"

蒋凤仙:"舍不得你呀!"

郏银之探身门外,观察。

蒋凤仙笑:"放心吧,我刚从他那儿出来!"

郏银之关上房门:"妖精!"

蒋凤仙:"儿子,你离开我这个妖精行吗?"

郏银之把蒋凤仙揽在怀里:"你说,土地局是干啥的?"

蒋凤仙:"顾名思义,是管土地的呗。"

郏银之:"土地爷呀?"

蒋凤仙:"你是土地爷手下的一个小官。"

郏银之:"这有啥劲?"

蒋凤仙:"官不在大小,在于会不会做!"

郏银之:"啥意思?"

蒋凤仙:"海瑞是天子脚下的官,干了一辈子,末了是个穷光蛋!崇公道是个解差,他手中的枷锁给不给苏三戴,他说了算。苏三就得给他捋胡子,认干爹!"

郏银之:"有道理!"

蒋凤仙:"别看只是个土地局的小科长,谁要想占地,也得先给你进炷香!不然的话,你就给他安个错,他的麻烦可就大了!"

郏银之:"哈哈,只要能沾上个官边,就能吆五喝六!"

蒋凤仙:"明白了?"

郏银之:"名师出高徒!别说在外头,就是在家里也是如此。你看东院里,前些日子有多威风,现在呢?蔫了!"

蒋凤仙:"你可别小瞧她,她是绝不会就此善罢甘休的!"

42. 月夜。

郏府、东院、客厅。

董兰君读着账目。

油坊主事打着算盘。

43. **月夜。**

郯府、东院。

董姝妹走进东院。

客厅里传出谈话声。

董姝妹驻足在客厅门外。

44. **月夜。**

郯府、东院、客厅内。

董兰君："总数是多少？"

油坊主事："十三万四千八。"

董兰君："不对。"

油坊主事："没错呀？"

董兰君："总额是十三万四千七百六，你多算了四十。"

油坊主事："我再打一遍。"

董兰君："你回去再算吧。明天一早，你就去票号，告诉他们马上把这十三万四千七百六转到省银行。"

油坊主事："好的。"

董兰君："我嘱托的事都办了吗？"

油坊主事："还没来得及办。"

董兰君："不要再拖了！"

油坊主事："您放心，我会很快办妥的。"

董兰君："天不早了，快回去吧。"

45. **月夜。**

郯府、东院。

董姝妹急忙匿身。

油坊主事走出客厅，离去。

46. **月夜。**

上海、外滩、黄浦江畔。

郯银根、钱小漪依然在交谈。

阿男驾车来到外滩，他发现了钱小漪和郯银根，远远地眺望着。

47. **月夜。**

郯府、后院。

董姝妹走进后院。

客厅和卧室里的灯，都已经熄灭。

董姝妹走到卧室外，欲敲门又止，她犹豫片刻后，离去。

48. **旭日东升。**

银杏园。

董姝妹乘坐马车驶出银杏园。

49. **古码镇、票号。**

油坊主事走进票号。

50. **古码镇、聚元隆商号。**

马车停驶在门前。

董姝妹下车，走进商号。

伙计迎上："请问，您是来订货的吗？"

董姝妹："你们的主事呢？"

伙计："他还没有来呢。"

董姝妹："我在这里等他。"

伙计端上茶水。

51. **古码镇、祥茂商号。**

油坊主事走进商号。

伙计："掌柜的，您来了？"

油坊主事："小六子，你来，我给你说件事。"

小六子跟主事走进账房。

52. **古码镇、聚元隆商号。**

董姝妹在等待。

53. **古码镇、祥茂商号、账房。**

油坊主事："都听明白了？"

小六子不语。

油坊主事："说话呀！"

小六子："掌柜的，这件事可非同儿戏，您可要慎重行事呀！"

油坊主事："自古以来，忠臣不保二主，我只听大奶奶的！"

小六子："掌柜的，您在市面上也这么多年了，咋还分不出个高低来呢？虽说大奶奶管咱们，可她不是主呀，真正的主是郯府的老太爷！"

油坊主事："他只是个太上皇，坐金殿的是大奶奶！"

小六子："她已经被废黜了，如今的太子是大少爷。掌柜的，您要是一步走错，可就要步步错了！"

油坊主事："滴水之恩，涌泉相报。我跟着大奶奶，是铁了心了！"

小六子不再说话。

油坊主事："去，让大家停了手里的活，我要对他们讲话！"

小六子："料刚进蒸笼，再急也要等这锅酒出来！"

油坊主事："好吧，我先去油坊。你去告诉大家，下午谁也不许出去！"

小六子："是。"

油坊主事离去。

54. 古码镇、聚元隆商号。

董姝妹心情烦躁。

伙计："你别等了，也许掌柜的到酒厂那边去了。"

董姝妹："酒厂也归他管吗？"

伙计："对，他的权力可大了！"

董姝妹走出商号，乘上马车驰去。

55. 古码镇、祥茂商号。

小六子悄悄溜出商号。

56. 古码镇、郯子庙。

这里已经改建成学校。

郯银国与几名教师，清理着院落。

教师甲："教务长，咱学校还没有个名字呢。"

郯银国："你说起个什么名字好呀？"

教师甲："'沂河中学'怎么样？又通俗易懂，又好记。"

教师乙："缺乏思想性！"

教师丙："咱就叫'曙光中学'！"

教师乙："又太激进了！"

女教师夏淑女一直未语。她二十余岁，娴静端庄，亭亭玉立。

郯银国："夏老师，你怎么不发表意见呀？"

夏淑女的脸上闪着恬静的笑："我认为应该叫'郯子中学'。"

郯银国："郯子中学？"

夏淑女："早在新石器时期，这里已成为东夷文化的发源地。西周初年，又在这里建立了郯国。国君郯子不仅是一位受人民爱戴的领袖，还是一位知识丰厚的学者。'子师郯子'，连孔夫子都拜他为师，学习'以鸟命官'的礼制。郯子还是一位品德高尚的人，'鹿乳奉亲'的故事，足见他的孝道，这是中华民族的传统美德。我们的学校，应以郯子的思想、学识、品德为楷模，给国家培育栋梁之才。"

郯银国带头鼓掌！

众人热烈的掌声。

小六子气喘吁吁地跑进学校："三少爷！"

郯银国："有事吗？"

小六子与郯银国耳语。

郯银国大惊！

众教师看着郯银国。

郯银国对大家说："对不起，我去办点事，很快就回来。"说完，与小六子离去。

57. 古码镇、聚元隆商号、后院作坊。

油坊主事正给工人们讲话。

工人们乱成一锅粥。

油坊主事大声吆喝："静一静！听我把话讲完！"

花油匠："掌柜的，放假秋种，这是谁的臭主意？"

油坊主事："没长耳朵呀？"

花油匠："你糊弄谁呀？大奶奶才不会出这样的馊主意呐！"

工人甲："谁不知道这个时节是榨油的最好日子？往年还要日夜连轴转呢，今年却要放假了？"

花油匠："要是大奶奶的主意，就请她来给大伙说！"

油坊主事："别说了！你们也不想一想，这么大的事，我敢私自做主吗？"

工人们静了下来。

油坊主事："现在就停产！把榨好的油装桶封存，一律运到仓库去！"

花油匠："碾碎的花生咋办？"

油坊主事："不要了！"

花油匠："这不是败家子吗？"

众人又吆喝起来。

58. 古码镇、祥茂商号。

董姝妹像热锅上的蚂蚁。

59. 古码镇、聚元隆商号。

工人们已经停产。

花油匠心疼地摸着自己的那台榨油机。

油坊主事："花油匠，你磨蹭啥？快干活去！"

花油匠瞪主事一眼，走开。

油坊主事指挥着工人装桶、搬运。

郯银国、小六子急匆匆走进作坊。

油坊主事惊愕："三少爷！"

郯银国怒视着油坊主事。

小六子大声喊道："大家都过来，都过来！"

工人们纷纷围拢在一起。

小六子："我给师傅们介绍一下，这位是郯府的三少爷！"

众人静下来。

郯银国："师傅们，如今大少爷是郯府的掌门人。他让我转告大家，谁要是停产，私自回家，谁就甭想再迈进工厂一步！"

油坊主事："三少爷，这是大奶奶的决定！"

郯银国不理睬地说："愿干活的留下，不愿干活的可以走了！"

花油匠大声喊着："弟兄们，咱们要听大少爷的，快跟我干活去！"

工人们又都回到自己的岗位上。

油坊主事冲到花油匠面前："你想对抗大奶奶的指示吗？"

花油匠怒吼着："我是心疼油！"

郯银国走到花油匠面前："花师傅，这里的事我就拜托你了。"

花油匠："三少爷，我只会干活，不会管事！"

郯银国："会管事的又不让咱干活，你说咋办呢？"

小六子："花师傅，咱都是下大力干活的。只要把心放到当中间，谁还能管好事！"

油坊主事："哼，说得轻巧！没有金刚钻，少揽那瓷器活！"

花油匠："就冲你这话，这里的事我管定了！"

郯银国："好，有你这句话我就放心了！花师傅，大胆干，有事就去找我！"说完，与小六子离去。

油坊主事恶狠狠地说："花油匠，你好大的胆子！"

花油匠："哪儿凉快到哪儿喝茶去！"

油坊主事："好，你小子就等着吧！"愤然离去。

60. 古码镇、祥茂商号。

董姝妹还在等待。

郯银国、小六子匆匆走进。

董姝妹惊喜："三弟！"

郯银国："大嫂，你咋来了？"

董姝妹："家里出了大事！"

郯银国："我都知道了。大嫂，我在这里守着，你赶紧回家，把一切都告诉爷爷！"

董姝妹："好。"乘上马车，驰去。

61. 上海、黄浦酒楼、包间。

郯银根、郯银业宴请王教授。

钱小漪作陪。

郯银根："王教授，您今天能大驾光临，晚辈甚是感激！"

王教授："还是先说建矿的事吧。"

郯银根取出图纸："这是程教授亲自设计的图纸，请您过目。"

王教授看图纸："好，好！这个程四光，不仅是位地质学家，还是位冶金专家呢，他把我的饭碗也给抢走了！"

众笑。

郯银根："程教授说，您才是当今独一无二的稀有金属的冶炼专家！"

王教授："哈哈，能被程四光认可，那可不是一件容易的事情！"

众笑。

王教授："我这一生梦寐以求的事情，就是在有生之年，能在自己的国家，建成一座金刚石矿。不料想，梦已成真，我恨不得能插上翅膀，即刻飞到金鸡山！"

郯银根："这是我们的福气呀！"

钱小漪："王伯伯，您答应去山东了？"

王教授："有你这个小红娘，我敢不答应吗？"

钱小漪端起酒杯："王伯伯，我敬你一杯！"

王教授："慢！小漪呀，我的处境你是知道的，身不由己呀！昨天，郯先生登门，你阿姨连面都不让见。今天要不是你打着你父亲的旗号，对她花言巧语，我怎么能坐在这里呢？"

钱小漪："这事该怎么办呢？"

王教授："我给你透露一个秘密，你阿姨只听一个人的话。"

钱小漪："谁呀？"

王教授："她的干爹，商会会长虞洽卿。"

郏银根："我们去求他，行吗？"

王教授："他是上海滩赫赫有名的人物，连市长都要敬他三分。你们是见不着他的。"

钱小漪："我爸爸能行吗？"

王教授："行！因为我和你爸爸，都是虞会长的宁波老乡。"

钱小漪："王伯伯，您放心，我一定求爸爸出面！"

王教授："好，咱们干一杯！"

62. 郏府、东院、客厅。

董兰君大发雷霆："反天了！"

油坊主事："万没想到半路杀出个程咬金！"

董兰君："你没想到的事情多着呢！"

油坊主事："内部出了叛徒，真是防不胜防！"

董兰君："说明你无能，办事不力！"

油坊主事："咱下一步该怎么办呢？"

董兰君："把钱转走了吗？"

油坊主事："转走了。"

董兰君："好！没有钱，我看他还怎么能维系生产？"

油坊主事："大奶奶，我……"

董兰君："三十六计走为上，你先出去躲几天。"

油坊主事："两个铺子里的事咋办呢？"

董兰君："就让无头的鸟乱撞吧，撞得头破血流才好呢！"

63. 郏府、后院。

董姝妹走进后院。

大管家走出卧室。

二人相遇。

大管家："少奶奶，您有事吗？"

董姝妹："我有急事要找爷爷！"

大管家："老爷正发高烧呢！"

董姝妹："爷爷不是好些了吗？"

大管家长叹一声："建矿的事，吹了！"

董姝妹惊愕："啊？"

大管家轻声地说："咱到客厅去说。"

64. 晨。

上海、钱小漪家、客厅。

钱小漪跑进客厅，拦住正要出门的父亲："爸，你考虑得怎么样了？"

钱运昌："此事不能办。"

钱小漪："爸！"

钱太太："阿囡，侬爹爹说得对，虞会长不是等闲之辈，还是要和他少交往的好。"

钱小漪："那王教授的事怎么办呢？"

钱运昌："他们可以再去请别的专家嘛！"

钱小漪："请谁呀？"

钱运昌："我哪里会知道？"

钱小漪："你这是对人家不负责任！"

钱运昌："无论你说啥，我是不会出面的！"

阿男走进客厅："爸！"

钱运昌："你怎么还没去厂子呀？"

阿男："你还没答应小漪呢。"

钱运昌："车备好了吗？"

阿男："备好了。"

钱运昌："咱们快走！"

阿男不动。

钱运昌："走啊！"

阿男："不！"

钱运昌："你？"

阿男："爸，郏先生千里迢迢来上海请专家，他人生地不熟，只认识咱家，咱要是不帮忙，他又能去找谁呢？我经常出差，知道求人办事有多难呀，有时恨不得能给人家跪在地上！爸、妈，我知道郏先生和小漪过去的事，要不是因为我，郏先生就是这个家里的人了。我虽然不认识郏先生，但我从小漪身上，就能看出郏先生是个好人，好人就应该有好报！爸、妈，这件事咱要是不管，不仅良心上说不过去，就连小漪今后也无法做人了。爸，我求您了！"深深一躬。

钱运昌感动地看着面前的女婿。

钱太太眼里闪着泪花。

钱小漪惊愕地望着丈夫。

阿男："爸，您要是再不答应，我就给您跪下了！"欲跪。

钱运昌赶忙扶住阿男："我答应！"

65. 古码镇、祥茂商号。

小六子指挥着工人们酿酒。

董姝妹乘马车来到商号。

小六子迎上："少奶奶！"

董姝妹："一切正常吗？"

小六子："正常。"

董姝妹："三少爷呢？"

小六子："他回学校看看，一会儿就回来。"

董姝妹："我去找他！"欲走。

郯银国匆匆而来。

董姝妹："三弟，我正要去找你呢！"

郯银国："咱进屋说吧。"

小六子端上茶："三少爷，你和少奶奶说话，我到作坊去盯着。"离去。

郯银国："见到爷爷了？"

董姝妹："没有。爷爷又发起高烧，咱不能再让他知道这边的事了！"

郯银国："爷爷又病倒了？"

董姝妹："是的，因为家里又发生了一件大事！"

郯银国："噢？"

董姝妹："姚县长给爷爷又送来一份批文。"

郯银国："什么批文？"

董姝妹："不同意建矿了！"

郯银国惊诧："他怎么又突然变了呢？"

董姝妹："姚月亭认出了高公子的那封信是假的！"

郯银国："不可能！你是听谁说的？"

董姝妹："他把那封信也还给了爷爷。"

郯银国感到了事情的严重："这怎么办呢，我大哥一旦把专家请来又如何交代？"

董姝妹："我也为此事一宿没睡。"

郯银国："怎么才能通知到我大哥呢？"

董姝妹："我想去趟省城。"

郯银国："去省城？"

董姝妹："对，我要去找杏琳和杏花。"

郯银国："她俩能和大哥联系上吗？"

董姝妹："不，我找她俩是为了挽回这件事！"

郯银国诧异地看着大嫂……

第十三集

1. 古码镇、祥茂商号。

郑银国："怎么才能通知到我大哥呢？"

董姝妹："我想去趟省城。"

郑银国："去省城？"

董姝妹："对，我要去找杏琳和杏花。"

郑银国："她俩能和大哥联系上吗？"

董姝妹："不，我找她俩是为了挽回这件事！"

郑银国诧异地看着大嫂："怎么挽回？"

董姝妹："杏琳和杏花认识高家的三公子。"

郑银国惊喜："真的？"

董姝妹："她们都是齐鲁大学的同学……"

郑银国仔细地听着。

董姝妹的眼前，又重现出新婚之夜郑杏琳、郑杏花在新房里的情景：

郑府、四合院、卧室。

宾客们已经散去。

郑杏琳、郑杏花仍在陪伴新娘说话。

董姝妹："你俩给大嫂说实话，都有心上人了吗？"

郑杏琳："让杏花说！"

郑杏花害羞地抿嘴一笑。

董姝妹："现在就开始战战兢兢了？"

郑杏花："我才不怕他家里的人呢！"

董姝妹："不打自招了！"

三人笑。

董姝妹："这个如意郎君，是何方人氏？"

郑杏花："同学。"

董姝妹："家里是做什么的？"

郑杏花："他父亲是省城民众银行的行长。"

董姝妹："金融巨头！"

郑杏花："他母亲是民生制药厂的厂长。"

董姝妹："是个大户人家呀！杏琳，你呢？"

郑杏琳摇头。

郑杏花："堂姐是校花，向她求爱的人多了，可她谁也看不上。"

董姝妹："金无足赤，人无完人，别太挑剔了。"

郑杏花："人家高公子对她多好呀，可她就是不松口。"

董姝妹："高公子是谁呀？"

郑杏花："省政府要员的三公子。"

董姝妹："噢？这个要员是何职务？"

郑杏花："省府的组织部长。"

董姝妹惊讶："不得了，这就是从前的吏部呀，他的权力大得很！"

郑杏琳："这与我何干？"

董姝妹："这个高公子，也是你们的同学吗？"

郑杏花："人家是省教育厅的处长。"

董姝妹："你见过他吗？"

郑杏花："他可巴结我了，多次请我吃饭，目的就是想让我当红娘！"

董姝妹："长得咋样？"

郑杏花："风流倜傥，潇洒英俊！"

董姝妹："杏琳，这么好的条件，你还不满意？"

郑杏琳："女人一生的头等大事，就是嫁给一个志同道合、趣味相投、称心如意的男人。我和他实为路人，一步走错，会终生悔恨的。"

郑杏花："你考虑得太多了！现在是民国，婚姻自由，婚后合不来就分道扬镳呗！"

郑杏琳："我要是你就好了！"

三人笑。

画面消失。

郑银国："太好了！大嫂，你何时动身？"

董姝妹："有下午的客轮吗？"

郑银国："有。"

董姝妹："我现在就去码头。假如能赶上火车，天一亮就到省城了。"

郏银国："我去送你。"

董姝妹："不用。我去省城的事，不要让任何人知道。"

郏银国："大嫂，你一路多保重吧！"

2. 古码镇、码头。

董姝妹乘上客轮。

客轮发出长鸣声，缓缓驶离码头。

3. 夜。

上海、百乐门、舞厅。

绅士们和浓妆艳抹的舞女，翩翩起舞。

4. 舞厅、豪华包间。

包间里坐着虞洽卿、钱运昌、钱太太、王教授、王太太、阿男、钱小漪。四名保镖伫立身后。

5. 舞厅、另一角落。

坐着郏银根和郏银业。

二人忐忑不安地注视着包间。

6. 舞厅、豪华包间。

王太太："干爹，我要和你跳舞！"

虞洽卿："钱老板，你和我女儿先跳一曲。"

王太太："不嘛，我就要和你跳！"

王教授："干爹，给个面子嘛！您要是不和她跳，我今天晚上就甭想肃静了！"

虞洽卿哈哈大笑，冲王太太说："你还是这么厉害呀？"

王太太："有干爹撑腰，我谁也不怕！"

王教授："您听听！"

虞洽卿大笑。

王太太："干爹，跳舞嘛！"

虞洽卿："好，干爹陪你跳！"

舞厅老板止住音乐，鼓起掌来。

虞洽卿、王太太走进舞池。

乐队重起音乐。

人们又翩翩起舞。

7. 舞厅、另一角落。

郏银业感慨地说："好大的势力呀！"

郏银根："当初，汤司令的公子上钱家逼婚，钱老板也是托他解的围。"

郏银业："但愿今天晚上，这位虞会长也能

帮咱们解围。"

8. 舞厅、豪华包间。

王教授："钱老板，我去山东的事，你给虞会长说了吗？"

钱运昌："时机尚不成熟。"

王教授："这还要啥时机呢？"

钱运昌："别性急，水到渠成嘛。"

王教授："待会儿，你说事的时候，要先把我老婆调开！"

钱运昌："我自有办法。"

曲终。

虞洽卿、王太太回到座位。

钱运昌带头鼓掌。

虞洽卿："老了，跳不动了。"

钱运昌："虞会长的舞姿，盖压群芳！"

虞洽卿："真的？"

王太太："干爹是我最好的舞伴！"

虞洽卿："我年轻的时候，一晚上跳一支曲子！"

王太太："你瞎说！"

虞洽卿："咋是瞎说呢？从进了舞池，我就没有出来过！"

众笑。

钱运昌对太太："你不请虞会长跳一曲？"

钱太太："不知虞会长肯不肯赏脸了？"

虞洽卿："将我军呀？"

钱太太："我哪儿敢呀？只是想跟侬露露脸。"

虞洽卿："好，容我休息片刻，一定和你跳！"

阿男："王太太，我请您跳一曲。"

王太太不屑一顾地说："舞姿咋样？"

阿男："比虞会长差远了。"

王太太："那就歇着吧。"

虞洽卿笑："你就别拿把了，如今年轻人花样多着呐！"

王太太不情愿地站起。

乐队奏起'探戈'曲。

阿男与王太太在舞池中，舞姿卓绝，引来众人的目光。

虞洽卿高兴地说："今天没白来，小老乡给

我长脸了！"

钱小漪端起酒杯："虞伯伯，我要敬您一杯酒。"

虞洽卿："因为我夸奖了阿男？"

钱小漪："因为在我的婚事上，让您费心了！"

钱太太："阿囡天天把侬挂在嘴巴上，讲侬是救命恩人，侬一辈子也不会忘记！"

虞洽卿："区区小事，何足挂齿。我在江湖上大半辈子，最看重的就是老乡情！"

王教授："然也！我和钱老板深有体会！"

虞洽卿拿起桌上的一根筷子，轻轻一折，筷子折断。他又拢起一把筷子，用力一折，筷子安然无恙："看到了吧，要想闯码头，老乡们就得要抱成一团呀！"

钱小漪："晚辈记住了！虞伯伯，干杯！"

二人干杯。

钱小漪："虞伯伯，有件事我不知当说不当说？"

虞洽卿："啥事呀？"

钱小漪："您说，王叔叔是不是个人才呀？"

虞洽卿："是个大才人！不然的话，我能给他当大媒人？"

钱小漪："可王叔叔的满腹才华，将要丧失殆尽了。"

虞洽卿："此话怎讲？"

钱小漪："王叔叔，你说呀！"

虞洽卿："遇到麻烦了？"

王教授："北平大学程四光教授，举荐我去山东，建一个金刚钻石矿，这真是千载难逢的机遇。一旦建成，就可以填补我国冶炼稀有金属的空白！"

虞洽卿："好事情！"

王教授："可是，我去不成了！"

虞洽卿："竟敢有人使坏？"

王教授："没有。"

虞洽卿："谅他们不敢！"

钱运昌："是王太太死活不肯让他去。"

钱小漪："谁劝也不行。虞伯伯，您说咋办呀？"

王教授叹口气："干爹，他只听您的！"

虞洽卿恍然，哈哈大笑起来。

钱小漪："虞伯伯，您笑啥？"

虞洽卿："今儿晚上，我还一直在纳闷，我怎么会突然被盛情相约呢？闹了半天，原来你们是想让我做恶人呀。不干！"

王教授着急地说："干爹，你不能见死不救啊！"

虞洽卿冷冷地："清官难断家务事。"

王教授："完了，白忙活半天。"

钱运昌："你这是咋说话呢？不管有没有这档子事，我们都应当孝敬虞会长的！"

曲终。

王太太、阿男回到座位。

虞洽卿鼓掌。

王太太高兴地说："阿男跳得真好！"

虞洽卿："小老乡，过来。"

阿男恭敬地站到虞洽卿身旁。

虞洽卿："我给你项任务，从今往后你就是我干女儿的舞伴，答应吗？"

阿男看着钱小漪。

虞洽卿笑："我的老乡，怎么都是些怕老婆的人？"

钱小漪："虞伯伯，我可是支持他的！"

虞洽卿："好！"对王太太说："你呢？"

王太太："我，我也从来都是听他的。"

虞洽卿："真的？"

王太太冲丈夫："你说呢？"

王教授支吾地说："真的。"

王太太："干爹，你信了吧？"

虞洽卿："你可不许反悔？"

王太太："铁板钉钉！"

虞洽卿："那好吧。你帮他收拾一下行装，他这两天就去山东。"

王太太惊讶："不行，不行！干爹，你不能听他的！"

虞洽卿把脸一板："怎么不行啊？"

王太太："不能让他离开我！"

虞洽卿厉声地说："胡闹！就这么定了！"

王太太不敢再语。

虞洽卿："大丈夫活在世上，就为了一个女人呀？没有事业就没有地位，没有地位哪儿还有女人呀？你这个雌老虎的毛病一定要改，再这么下去，你会毁掉他一生的！"

王太太嗫嗫地说："我改，一定改。"

钱太太："王太太，你放心，王教授走后，我会来陪你的。"

王太太点头。

虞洽卿："哭啥？往后家里有什么事，给我打个电话就行了。"

王太太点头。

王教授赶忙掏出手绢给妻子擦泪。

王太太把他推到了一边。

虞洽卿笑。

乐队又奏起乐曲。

虞洽卿和钱太太、阿男和王太太、钱小漪和王教授进入舞池。

9. 舞厅、另一角落。

钱运昌走到郯银根面前："事情办妥了。"

郯银根惊喜："王教授可以去山东了？"

钱运昌点头："具体行程，你们再商定吧。"

郯银根："谢谢！"

舞池里，人们在翩翩起舞。

10. 山东省城、齐鲁大学。

校园里的草坪上、林荫道间，布满了莘莘学子。

郯杏琳、郯杏花走出教学大楼。

郯杏花发现地："堂姐，他又来了。"

郯杏琳："谁呀？"

郯杏花："追你的人呀！"

郯杏琳："在哪儿？"

郯杏花："柳树底下，和司马站在一块儿的。"

郯杏琳看见了高公子，转身要走。

郯杏花拉住她："人家来了，你连个面也不见，多没礼貌呀！"

司马与高阳走来。

高阳彬彬有礼地说："你们好。"

郯杏琳："你好。"

郯杏花："高处长，又让你久等了。"

高阳笑而未语。

司马："咱们在一起，不许称官职，就叫他高阳。"

郯杏花："是吗？"

高阳："是的。"

郯杏花："我堂姐这个人呀，最不愿和有官职的人来往了。"

高阳真挚地说："我可以辞去这个处长。"

郯杏琳："杏花！"

郯杏花笑："你俩怎么都脸红了？"

高阳腼腆地低下头。

四人边走边说。

郯杏花："司马，这本书我读完了，还给你。"

司马："堂姐，你读过吗？"

郯杏琳："读过了。"

司马："喜欢吗？"

郯杏琳："喜欢。"

郯杏花："我堂姐被这本书都感动得哭了好几回！"

司马："你呢？"

郯杏花："只是感动，没掉下泪来。"

郯杏琳："这本书写得真好！为什么至今没有中文版的《少年维特之烦恼》呢？这部小说是用日记和书信体写成的，披露了主人公的内心世界，抒发了苦闷的心理和惆怅的情感。整部作品像一篇感伤的抒情诗，坦率、真实，袒露心扉，毫无矫饰。无论主人公爱的欢愉或痛苦，都跃然纸上，像是捧出一颗跳动的心，激起读者情感上的强烈共鸣和精神上的震撼。"

郯杏花："维特干吗要自杀呢？他应该勇敢地与命运抗争！"

高阳："爱情上的绝望，世态的炎凉，官场的腐败，这一切使维特再也无法忍受，才产生了告别尘世，以求永生解脱的自杀念头。小说的情节在极大程度上是自传性的。他不仅写了维特自杀的命运，而且勇敢地以笔作武器，写出了这部与市民利益相悖的不朽的巨著。"听维特最后的呐喊吧：

青年男子谁个不善钟情？
妙龄女郎谁个不善怀春？
这是人性中的至洁至纯，

为什么从此中有惨痛飞逆？

可爱的读者哟，你哭他，你爱他，

请从非毁之前救起他的名声；

请看，他出穴的精灵在向你目语：

做个堂堂的男子，

不要步我的后尘！

郯杏琳的目光中，闪露出对高阳的爱意。

司马把书还给高阳："行了，你的目的达到了！"

高阳满脸窘态。

郯杏花大笑不止。

郯杏琳已是面红耳赤。

司马："二位小姐，今晚高阳在全聚德设宴，不知肯赏脸否？"

郯杏琳不语。

郯杏花："好吧，咱们晚上全聚德见！"说完，与郯杏琳走去。

高阳喜出望外。

司马："爱情的幼芽已经拱出地面了！"

高阳："司马，谢谢你！"

11. 齐鲁大学、宿舍。

郯杏琳哼着歌。

郯杏花调皮地走到堂姐跟前："喜欢上他了？"

郯杏琳："不知道。"

郯杏花："不是那种金玉其外、败絮其中的纨绔子弟吧？"

郯杏琳点头。

郯杏花："你呀，真是应了孟郊的两句诗：'心心复心心，结爱务在深。'"

郯杏琳："寻找如意的郎君，是女人一生中的大事，来不得半点儿闪失。正如古人所云：'愿得一心人，白头不相离。'"

郯杏花打开衣橱，将各款衣服全摊在床上。

郯杏琳："你这是干什么？"

郯杏花："司马迁说：'士为知己者用，女为悦己者容'。我今天要让高公子看看，我堂姐的沉鱼落雁之貌、闭月羞花之容！"

传来敲门声。

郯杏琳："快把衣服收起来！"

郯杏花："这个高公子也太性急了！别怕，我把他打发走！"

郯杏琳："别这样，人家会笑话咱没礼貌的。"

郯杏花笑："你呀，比高公子还心急哩！"把衣服又塞进衣橱。

郯杏琳轻声地："去开门呀！"

郯杏花慢腾腾地走到门前，一下子打开门。

董姝妹站在门外。

郯杏花由惊变喜："大嫂！"

郯杏琳赶忙迎上："大嫂，快进屋！"

董姝妹走进房间。

郯杏花："大嫂，你怎么来了？"

董姝妹长叹一声："咱家出事了！"

郯杏花："出了啥事？"

董姝妹："你大哥前脚走，家里就接二连三地发生了变故。建矿的事，被县政府中止了；酒厂和油坊，也差点儿停了产！"

郯杏琳："这是怎么了？"

董姝妹："爷爷为建矿的事病倒了，他发着高烧，也不敢再把酒厂和油坊的事告诉他。眼下，你三哥守在两个厂子里，我连夜赶到省城，想和你俩商量一下，能不能把建矿的事挽回来？"

郯杏琳给董姝妹端上水："大嫂，你先喝口水，再慢慢儿说。"

12. 沂河县衙。

蒋凤仙走进县衙。

13. 省城、齐鲁大学、宿舍。

郯杏花："我大哥怎么能做这种自欺欺人的事情呢？"

郯杏琳："不能怪罪堂哥，这是对付贪官最好的办法！"

董姝妹："要想挽回这件事，咱就要必须把这出戏再唱下去！"

郯杏花："怎么唱？"

董姝妹："解铃还须系铃人。只要高公子能出面，事情就会迎刃而解了。"

郯杏花："堂姐，这件事只有靠你了。"

郯杏琳："让高阳去取代他的哥哥？"

董姝妹："不用取代，因为他俩在姚月亭的

眼里，是同样的价值。"

郯杏琳在沉思。

董姝妹："杏琳，为了咱爷爷，为了你堂哥，为了能把矿顺利建成，你就答应了吧？"

郯杏琳不语。

郯杏花："你在想啥？"

郯杏琳："这种事，咋向人家开口呢？总不能对人家说是假信惹的祸吧？"

董姝妹："当然不能。"

郯杏琳："那又该咋说呢？"

董姝妹："我在来的路上，已经想好了。这件事，应该这么做……"

14. 沂河县衙、客厅。

姚月亭、蒋凤仙正在交谈。

蒋凤仙："姚县长做事真是雷厉风行，一个回马枪就把我家老爷子给挑在了床上！"

姚月亭："他这是自食其果！"

蒋凤仙："可是，这么一来，我把自己害苦了。往后，我在家里还怎么做人呢？"

姚月亭："你放心，我不会把你说出来的！"

蒋凤仙："其实我也不怕。为了您，我啥都能豁出去！我决不能和他们一样，去做昧良心的事！"

姚月亭："很好，咱们来日方长！"

蒋凤仙卖弄风姿地跷起二郎腿："你说话算数？"

姚月亭赶忙把目光移开："当然，当然。"

蒋凤仙走到姚月亭身边："姚县长，你还没告诉我那只铜鼎的事呢。"

姚月亭："铜鼎的事？"

蒋凤仙："它是真品，还是赝品呢？"

姚月亭："真品，真品。"

蒋凤仙几乎贴到姚月亭的身上："姚县长，银之的事办得怎么样了？"

姚月亭忙从卷宗中取出委任状："拿去吧！"

蒋凤仙接过，仔细地看着。

姚月亭："你告诉贤侄，从即日起他就是土地局的一名科长了！"

蒋凤仙笑吟吟地："谢谢了。"

姚月亭："不过，何时赴任，再等我的通知。"

蒋凤仙："为哈不能马上赴任呀？"

姚月亭："我要和土地局通融好了才行呀。"

蒋凤仙："我让他听您的。"

姚月亭站起身："往后有啥事，你可以随时来找我。"

蒋凤仙嫣然一笑："我会来的。"

15. 省城、全聚德酒楼、包间。

高阳、司马在焦急地等待。

服务生走进："先生，你们的客人来了。"

高阳、司马赶忙迎到门口。

郯杏琳、郯杏花、董姝妹站立门外。

高阳："快请进！"

三人走进包间。

服务生："先生，可以上菜了吗？"

高阳："可以。"

服务生离去。

高阳："请入座。"

众人围坐在餐桌边。

郯杏花："我来介绍一下，这位是我俩的大嫂。"

高阳、司马起身："大嫂！"

董姝妹："坐吧。"

郯杏花："大嫂，他们二位就是高阳和司马。"

董姝妹："我虽然没有和二位见过面，但早从两个妹妹的口中知道了你们的名字。"

高阳、司马都拘谨地笑笑。

董姝妹："我的两个妹妹是家里的掌上明珠，她们在外求学，让家里人格外挂牵，特意让我赶到省城探望。我原本想另约二位相见，没想到天遂人愿，今天大家就坐到了一块儿，我心里真是特别高兴！"

司马与高阳对视了一下。

郯杏花与郯杏琳强忍着笑容。

服务生推来了烤鸭："先生，是皮肉两吃，还是合用？"

高阳："大嫂，您说吧。"

董姝妹："客随主便。"

高阳："合用。"

服务生熟练地操作起来。

董姝妹："这烤鸭的历史呀，源远流长，早

在南北朝的《食珍录》中就有'炙鸭'的记载。它原属山东风味菜肴，但明代迁都北平后，也把烤鸭技术带到了北平，把原先用叉烧法制做的'烧鸭子'，改成了今日的'焖炉烤鸭'和'挂炉烤鸭'。从此，'烤鸭'也就成了以色、香、味、形四绝的，脍炙人口的天下美味了。"

服务生敬慕地："太太，您真是方家呀！"

董姝妹："略知一二，何谈方家呀？"

服务生将烤鸭端上餐桌："请诸位慢慢品尝。"离去。

高阳端起酒杯："大嫂，您今日的光临，令我和司马诚惶诚恐。我俩能相识郏府的二位小姐，实乃高攀。尽管我俩才疏学浅，但我们却都是有正义感和责任心的热血青年。若有不到之处，还请您多多教诲。"

司马也端起酒坏："大嫂，我俩共同敬您一杯。"

董姝妹："杏琳，杏花，咱们一起干了这杯酒。"

众人干杯。

董姝妹："我听说你们二人都从事教育？"

司马："是的。我是齐鲁大学化学系助教。高阳兄是省教育厅政务处处长。"

董姝妹："很好。"

郏杏花："我大哥和三哥也都酷爱教育。"

高阳："是吗？"

董姝妹："他大哥从日本留学回到家乡，办的第一件事情，就是自己投资兴建了一所中学！"

高阳："可敬，可敬！"

董姝妹："他说，只有大办教育，才能使民众从封建的桎梏中解脱出来！"

高阳："大哥具有鸿鹄之志，若有机遇，定要当面请教。"

董姝妹："那好呀，等新建的中学剪彩挂牌之日，就请二位光临。"

高阳："此言当真？"

董姝妹："你是政府官员，应该去做一些社会调查，树立典范，推广全省。"

高阳亢奋地："大嫂，我和司马再敬你一杯！"

众人干杯。

郏杏花："大嫂，到时候我和堂姐也回去，行吗？"

董姝妹："行！你俩就陪着高阳和司马，去和家人见面！"

高阳："不敢，不敢。"

司马："丑媳妇总要见公婆，咱就壮着胆子去吧！"

众笑。

董姝妹端起酒杯："我在银杏园等你们！"

高阳："一言为定！"

众干杯。

16. 郏府、西院、客厅。

桌子上供着"委任状"。

郏文博、肖毓芬和蒋凤仙分别坐在桌子两端。

郏银之跪在地上，三叩首。

17. 郏府、西院。

鞭炮齐鸣。

18. 郏府、后院、卧室。

郏耀庭病卧在床。

大管家侍立床前。

传来阵阵鞭炮声。

郏耀庭："哪儿放鞭炮啊？"

大管家走到门口倾听："好像是西院。"

郏耀庭："非年非节的，放啥鞭炮呀？"

大管家："不知道。"

19. 郏府、后院。

郏文博与郏银之兴冲冲走进后院。

20. 郏府、后院、卧室。

大管家："老爷，二爷来了。"

郏文博、郏银之走进卧室。

郏耀庭闭目躺在床上。

郏文博："爹，你孙子高中了！"

郏银之走上前："爷爷，我考上了科长！"

郏耀庭睁开眼睛，看着孙子："你说啥？"

郏银之将"委任状"捧给爷爷。

郏耀庭看"委任状"："这是你考出来的？"

郏银之："是！"

郏耀庭高兴地："好，有出息！"

郏文博："爹，之儿给咱郏家光宗耀祖了！"

郏耀庭："仲亭，快扶我起来！"

大管家搀扶郏耀庭下床，坐到椅子上："之儿，你过来。"

郏银之走到爷爷身边。

郏耀庭取下颈上的玉坠："这是爷爷的心爱之物，我把它送给你了。"

郏银之接过，挂在脖子上："爷爷！"

郏耀庭："仲亭，告诉家厨，今天晚上设宴，我给之儿祝贺！"

大管家："是。"离去。

郏银之跪在爷爷面前，磕了三个头。

21. 郏府、东院。

鞭炮声阵阵传来。

董兰君怅然若失地望着西院的方向。

小萍匆匆跑进院子："大奶奶，西院的银之少爷考中了科长。"

董兰君未语。

小萍："我还听西院的小翠说……"

董兰君："说什么？"

小萍："她说，大少爷的矿也建不成了。"

董兰君："小翠还和你说了些啥？"

小萍："她还说，有一封什么信……"

董兰君："小萍，咱们进屋去说。"

二人走进客厅。

22. 夕阳西下。

省城、齐鲁大学、校园。

董姝妹乘上黄包车。

郏杏琳、郏杏花相送。

董姝妹："你俩快回去吧。"

郏杏琳："大嫂，我俩送你去车站吧！"

董姝妹："不用。你俩别忘了，我嘱托你们的话。"

郏杏花："你放心，我俩会让高阳把动静搞大的！"

董姝妹："成败在此一举，一定要做到严丝合缝。"

郏杏琳："大嫂，你放心，我俩会做到的！"

董姝妹："再见！"

郏杏琳、郏杏花："再见！"

23. 夜。

上海、锦江饭店、客房。

郏银业："大哥，咱明天就要走了，你怎么不去和钱小姐话别呢？"

郏银根不语。

郏银业："咱这次上海之行，若不是钱小姐相助，咱就要空手而归了。"

郏银根不语。

郏银业："钱小姐对你依然是一往情深，想想她去山东时，受到母亲那样的对待，真是无地自容。"

郏银根不语。

郏银业："大哥，你怎么不说话？"

郏银根不语。

郏银业："你在想什么？"

郏银根站起身："银业，走，咱们去她家！"

郏银业："我？"

郏银根："走啊！"

24. 夜。

钱小漪家、客厅。

钱太太给丈夫和阿男端上莲子羹。

阿男："爸，我有个打算，想和您商量一下。"

钱运昌："说吧。"

阿男："自打新车间投产以来，客户订单的需求量不断往上翻，看趋势还会要继续攀升。如此发展下去，原料的补给就会遇到很大的困难。郏先生这次来上海，使我想到了山东。郏先生的家乡是银杏之乡，就土壤而言，也必定是种植棉花的好地方。他们那里的交通也非常便利，水路可直达上海。咱能不能借此机会，和郏先生商量一下，在他们那里建一个棉花生产基地呢？"

钱运昌："好主意！"

钱太太："勿来事！"

钱运昌："为什么？"

钱太太："哪有这样办事体的？阿拉刚刚帮了依拉，马上就要依拉帮阿拉，太小气了！"

钱运昌："这是件互惠互利的事情，有啥不好？"

钱太太："这个事体，侬要首先问问阿囡才行。"

阿男："爸，妈说得对，先听听小漪的意见吧。"

钱运昌："小漪到哪儿去了？"

钱太太："勿晓得。"

钱运昌："郊先生明天就要回山东了，还怎么来得及？"

阿男："您是想在郊先生走之前，就要把这件事情定下来？"

钱运昌："人误地一时，地误人一年。这件事情，必须要马上定下来！"

阿男："他们住在锦江饭店，要不要我亲自去一趟？"

钱运昌："先打个电话吧。"拨电话。

电话无人接。

钱运昌："房间里怎么会没人？"

门铃声。

钱太太："阿囡回来了！"

25. 夜。

钱小漪家、大门外。

郊银根提着礼物，与郊银业等在门外。

女佣打开门："是郊先生呀，快请进。"

郊银根、郊银业走进。

女佣冲二楼大声喊："钱太太，郊先生来了！"

26. 夜。

钱小漪家、客厅。

钱运昌喜出望外。

阿男迎至客厅外。

郊银根、郊银业走上二楼。

阿男："郊先生好！"

郊银根："你好。"

三人走进客厅。

郊银根、郊银业分别向钱运昌、钱太太致意。

众人入座。

女佣给客人端上茶水，离去。

郊银根："我俩明天就要回去了，今晚特来告别。"

钱太太："郊先生，侬为啥不多住两日？"

郊银根："家里还有诸多事情需要办理。我俩这次来上海，承蒙钱先生及全家人的相助，不胜感激！"

钱运昌："王教授和你们一起走吗？"

郊银根："不，他需要先在家里做些准备工作。"

钱运昌："他何时去山东？"

郊银根："随时等我的电话。"

钱运昌："郊先生，咱们今后要常来常往，有需要我们做的事情，就打电话来，方便得很。"

郊银根："谢谢。你们有时间的话，就去山东做客。我家乡的田园风光还是很美的。"

27. 夜。

上海、锦江饭店。

钱小漪在服务生的陪同下，来到郊银根居住的房间。

敲门无人应。

服务生："客人不在。"

钱小漪："他退房了吗？"

服务生："没有。"

钱小漪："我到大堂去等他吧。"

28. 夜。

上海、钱小漪家、客厅。

阿男："我听小漪说，郊先生的家乡是银杏之乡呀！"

郊银根："自春秋时期，我们那里就开始种植银杏了。"

钱运昌："有没有种植棉花的？"

郊银根："不仅有，而且还是棉花的高产区。"

钱运昌高兴地："是吗？"

郊银根："我们那里的气候条件很好，棉花苗期是它的营养生长期，影响棉苗的主要因素就是温度。温度过高或过低，都能造成棉苗的弱小，易发病害。可在我们那里，从四月底到六月中旬，气温正好在二十六度到三十度之间，这是棉苗生长的最适合温度。所以生长出来的棉花，纤维细长，有光泽，呈纯白色，亩产能达到一百斤以上。"

钱运昌："太好了！郊先生，我想和你商量一件事情。"

郊银根："是不是有关棉花的事情？"

钱运昌："你怎么会知道？"

郊银根："是您告诉我的。"

钱运昌："没有呀？"

郊银根："您不是问,在我的家乡能不能种植棉花吗?"

钱运昌："郊先生真乃睿智之人啊!"

郊银根："钱先生若有需要我做的事情,尽管提出来。"

钱运昌："我想在你家乡建一个棉花基地,你认为可行吗?"

郊银根："您是想购买土地,自种自收,还是定期收购棉花呢?"

钱运昌："你的意见呢?"

郊银根："前者不可行,因为农民是不肯出卖土地的。再说,您购买土地需要投入大量资金,棉花生长期只需半年,另外半年的土地又做何使用?这样一来,棉花的成本就太高了。"

钱运昌："言之有理,那就按后者去做。郊先生,我们之间签一个意向书如何?"

郊银根："银业,你说呢?"

郊银业："我听大哥的。"

钱运昌："若有难处,我们以后再议。"

郊银根："不,我们现在就可以签意向书了。"

钱运昌惊愕："现在?"

郊银根："对,正式合同可以朝后放一放。"

钱运昌："放到什么时候?"

郊银根："可以放到王教授去山东的时候再签。"

钱运昌："为什么?"

郊银根："因为您可以在签合同之前,亲自去考查一下那里的实际情况。"

钱运昌："好,你考虑的很细致。"

郊银根："您和王教授同行,还可以饱览一下我家乡的田园风光。"

钱运昌："我一定去!阿男,明天一早,你去锦江饭店,先与郊先生签订意向书。"

29. **夜。**

上海、锦江饭店、大堂。

钱小漪在等待。

30. **夜。**

上海、钱小漪家、客厅。

钱太太："阿囡咋还不回来呢?"

郊银根："太晚了,我们该回去了。"

钱太太："不慌走,依再等等依。"

郊银根起身："不等了,请代我向她问好。"

钱运昌："阿男,你开车去送郊先生。"

郊银根："不用了。"

钱太太："勿客气!"

31. **夜。**

上海、锦江饭店、大堂。

钱小漪孤独地走出锦江饭店,乘上黄包车。

32. **夜。**

上海、街道。

阿男驾车行驶。

郊银根、郊银业坐在车内。

33. **夜。**

上海、南京中路。

钱小漪乘坐黄包车在行驶。

34. **夜。**

上海、南京西路。

阿男驾车行驶。

钱小漪乘坐的黄包车迎面而来。

阿男发现了钱小漪,将轿车停在路边:"郊先生,请下车。"

郊银根愕然。

阿男急忙下车,跑到马路对面,拦住黄包车:"小漪,快下车,郊先生在等你。"

钱小漪发现了站在轿车旁的郊银根。

阿男付钱后,黄包车夫离去。

钱小漪、阿男走到轿车边。

郊银根："小漪!"

钱小漪："你到我家去了?"

郊银根点头。

阿男："小漪,郊先生明天就走了,你陪郊先生说话吧,我把银业先生先送回宾馆。"说完,驾车而去。

35. **夜。**

上海、街心公园。

钱小漪、郊银根漫步在公园里。

郊银根："你到哪儿去了?"

钱小漪："我到宾馆找你去了。"

郊银根："一直等到现在?"

钱小漪："没想到在这儿碰面了。"

郯银根："阿男这个人很好，他是非常爱你的。"

钱小漪："我知道。可是我和他在一起，就跟和陌生人在一起一样。"

郯银根："生活是实实在在的，哪儿能像学生时期那么浪漫？"

钱小漪："总不能俩人无话可说吧？"

郯银根："那要看说什么了？你让他说美术，说文学，说音乐、说诗词曲赋，当然不行。可是你要和他说工厂里的事，他的话就要比你多得多。阿男是在农村长大的，我对他有种很亲切的感情。他很聪明，只要你善于引导，他就能很快地掌握许多知识。"

钱小漪："你做说客来了？"

郯银根："我是祝愿你们生活得幸福。"

钱小漪："明天就要走了？"

郯银根："是的。"

钱小漪："还会来吗？"

郯银根："会的。"

钱小漪："当真？"

郯银根："我与你父亲将要签一份协议。"

钱小漪："什么协议？"

郯银根："我要帮他在我的家乡建一个棉花生产基地。"

钱小漪："是我爸向你提出来的吗？"

郯银根："怎么了？"

钱小漪："他怎么能做这种事呢！"

郯银根："为什么不能做？"

钱小漪："他太急功近利了！"

郯银根："小漪，钱先生这么做，也给我们家乡带来很大的好处！"

钱小漪："你在宽慰我？"

郯银根："是真的。农民只靠种粮食，永远摆脱不了贫穷。只有大力发展经济作物，才能富裕起来。我心中已经勾画出一幅蓝图，就叫它'三园鼎立图'吧！"

钱小漪："什么意思？"

郯银根："现在我只有'银杏园'，我还要建成'板栗园'和'棉花种植园'。我要让乡亲们在'三园'中得到实惠，使我的家乡很快地富裕起来！"

钱小漪陌生地看着郯银根。

郯银根："怀疑我吗？"

钱小漪："你怎么变得和阿男一样了？"

郯银根："因为，我的根也是在农村。"

二人边说边走出公园。

36. 上海、码头。

郯银根、郯银业乘上客轮。

阿男、钱小漪挥手相送。

客轮发出长鸣声，缓缓驶去。

37. 郯府、后院、卧室。

郯耀庭坐卧在床上喝药。

大管家侍立床边："老爷，我看您精神好多了。"

郯耀庭："是呀，手心手背都是肉，之儿考取了功名，我能不高兴吗？"

大管家："老爷，您不觉得太突然了吗？"

郯耀庭："突然啥？浪子回头金不换！"

大管家："是。"

郯耀庭："今天酒宴上，大奶奶也挺高兴，喝了不少酒。"

大管家："老爷，您不觉得挺蹊跷吗？"

郯耀庭："蹊跷啥？"

大管家："东院和西院历来不和，今天却好得如同一人，这不是很奇怪的事吗？"

郯耀庭："仲亭，你今儿咋了，怎么谁都怀疑呀？"

大管家："下人不敢。"

郯耀庭："大奶奶掌权的时候，西院里能服气吗？甚至是刀枪相见。如今是根儿掌权，东西院平起平坐，也就化干戈为玉帛了。"

大管家："是。"

郯耀庭："铺子里的买卖，也不知是个啥情况？"

大管家一怔："不会有什么事吧？"

郯耀庭："根儿不在，我总是担着心。"

大管家："老爷，这么大的家业，心永远操不完。眼下，您还是安心养病吧。"

郯耀庭："根儿该回来了吧？"

大管家："大少爷一旦把上海的专家请来，咋对人家说哩？"

郯耀庭："走一步说一步吧。"

大管家："也只能如此了。"

38. 古码镇、祥茂商号、后院作坊。

小六子汗流浃背，与工人们一起酿酒。

花油匠匆匆走进作坊。

小六子迎上："你咋来了？"

花油匠："三少爷呢？"

小六子："他不在。"

花油匠着急地："我找他有急事！"

小六子："走，到前厅去说。"

39. 祥茂商号、前厅。

花油匠、小六子走进前厅。

小六子："出啥事了？"

花油匠："没出啥事，大伙干得挺欢，油出得比原先还多呢！只是原材料储备不足，再不进货，可就要真的停产了！"

小六子："这里的情况和你一样，我也正为这事着急呢！"

花油匠："赶紧进货呀！"

小六子："钱呢？账上一文也没有！"

花油匠："油坊也一样！"

小六子："都是原先掌柜搞的鬼！"

花油匠："咱要赶紧告诉三少爷呀！"

小六子："三少爷到旅店找主事去了！"

40. 碧露春旅店。

郯银国愤怒地走进旅店。

老板娘迎上："三少爷来了！"

郯银国："油坊主事呢？"

老板娘："他有好几天没回来住了。"

郯银国："他还有别的住处吗？"

老板娘："没有。"

郯银国转身离去。

41. 商茂商号、前厅。

花油匠："小六子，你说他会不会也携款潜逃了？"

小六子："不会，俩铺子的钱可不是个小数，他没这么大的胆子！"

花油匠："我也是这么寻思的，可钱到哪儿去了呢？"

小六子："小鸡不尿尿，准有小道道！"

花油匠："我琢磨着，这是对着大少爷来的！"

小六子："轻声点儿。两个铺子乱成这样，祸根还是在他郯府里边！"

花油匠："自家人给自家人下绊子，何苦呢？"

小六子指心口："都是因为它，没放在正中间！"

花油匠："做人呀，凭的就是一颗良心呀！"

42. 乡间大道。

郯银国朝着银杏园纵马疾驰。

43. 郯府、东院、卧室。

董兰君："小萍。"

小萍："大奶奶有什么吩咐？"

董兰君："你到客厅里守着，无论谁来找我，都说我不在。"

小萍："我要是拦不住呢？"

董兰君："你从外边把卧室的门锁上。"

小萍："现在就锁吗？"

董兰君："锁！"把钥匙交女佣。

小萍走出卧室，把门锁起。

44. 郯府、大门口。

郯银国骑马而来。

男佣迎上。

郯银国翻身下马，走进府门。

45. 郯府、东院、客厅。

小萍独自坐在客厅里。

郯银国匆匆走进："大奶奶呢？"

小萍："她不在。"

郯银国："到哪儿去了？"

小萍："不知道。"

郯银国："撒谎！"

小萍："三少爷，大奶奶真的出门了！"

郯银国："你是大奶奶的贴身人，为啥没跟着去？"

小萍："这……"

郯银国怒："大奶奶在哪儿？"

女佣嗫嚅地："不知道。"

郯银国走出客厅。

小萍紧跟在身后。

46. 郯府、东院、卧室。

郯银国来到卧室门前，见房门已锁，转身离去。

小萍："三少爷，您走好。"

郯银国转回身："你告诉大奶奶，我有急事找她！"

47. 郯府、东院、卧室内。

董兰君阴沉着脸，听着室外的动静。

48. 郯府、后院、卧室。

郯银国急匆匆走进卧室。

大管家朝三少爷示意。

郯银国话到嘴边又咽了下去。

郯耀庭："银国，坐到爷爷身边来。"

郯银国坐到床边："爷爷，您好些吗？"

郯耀庭："爷爷壮实着呢！"

郯银国："那就好。"

郯耀庭："你咋脸色不对呀？"

郯银国："没有呀？"

郯耀庭："不对，你的眼光飘乎不定。"

郯银国："爷爷，我真的挺好。"

郯耀庭："你在忙啥呀？"

郯银国："学校里的事。"

郯耀庭："啥时候开学呀？"

郯银国："等我大哥回来，就挂牌剪彩。"

郯耀庭："仲亭，到时候咱们也去！"

大管家："嗳。"

郯银国："爷爷，您好好养病，我走了。"起身欲走。

郯耀庭拉住了孙子的手。

郯银国："爷爷！"

郯耀庭："别瞒我了，告诉爷爷，出了啥事？"

郯银国："没啥事。"

郯耀庭："你一进门，我就看出来了。"瞪了大管家一眼："你还给他使眼色！银国，对爷爷说实话！"

郯银国："我说了，您可不能着急。"

郯耀庭："爷爷一辈子啥没经历过？"

郯银国："酒厂和油坊已经无钱进料了。"

郯耀庭："账上没钱了？"

郯银国："没钱了。"

郯耀庭："铺子上的掌柜呢？"

郯银国："不见了！"

郯耀庭大惊失色！

郯银国："爷爷，您别着急，我会找到他的！"

郯耀庭不语。

大管家："老爷，您不能再生气了，身体要紧呀！"

郯耀庭："仲亭，你去把大奶奶叫来。"

郯银国："她不在。"

大管家："你去过了？"

郯银国："我刚从她那儿来，连她的贴身用人都不知道她在哪。"

郯耀庭愤怒地拍着床沿："躲过初一，还能躲过十五吗？"猛咳起来。

郯银国："爷爷，爷爷！"

大管家赶忙扶起郯耀庭，帮他抚着后背："老爷，您消消气。"

郯耀庭渐渐平静下来："银国，你知道吗，咱家的矿也建不成了！"

郯银国："我知道了。"

郯耀庭又激动起来："一帮吃里爬外的东西！"

大管家："一个个的疖子都拱出来了，流出脓来就好了。"

郯银国："爷爷，齐家和治国是一个道理呀，改朝换代能不乱吗？"

郯耀庭的眼里闪着泪花："我的根儿咋还不回来呢？"

49. 古码镇、码头。

郯银根、郯银业兴致盎然地走下客轮。

郯银业："大哥，我肚子饿瘪了！"

郯银根："我请你吃烤牌、喝糁，再顺便去看看银国。"

郯银业："好的。"

50. 郯子中学、教师办公室。

夏淑女独自整理着办公室。

郯银根、郯银业走进。

夏淑女忙站起："董事长！"

郯银根："您贵姓大名？"

夏淑女："我姓夏，叫淑女。"

郯银根："夏老师，您的名字好呀。《诗经》曰：'关关雎鸠，在河之洲。窈窕淑女，君子好逑。'"

夏淑女:"我父亲自幼喜好文学,大学毕业后,虽然投笔从戎,但依然酷爱诗歌,故而给我取了此名。"

郯银根:"夏老乃文武兼备之人才呀!"

夏淑女指着郯银业手提的皮箱:"董事长,你们从上海回来了?"

郯银根:"你咋知道?"

夏淑女:"大家都在等你给学校剪彩挂牌呢!"

郯银根:"之声兄在学校吗?"

夏淑女:"他去省城了,很快就回来。"

郯银根:"我三弟在吗?"

夏淑女:"银国老师也不在。"

郯银根:"他去哪儿了?"

夏淑女:"不清楚。"

郯银根:"他经常不在学校吗?"

夏淑女:"就是最近几日,来去匆匆,好像在处理什么急事。"

郯银根:"学校里的?"

夏淑女:"不,是贵府上的。"

郯银根一怔:"夏老师,你若见着他,就让他回家一趟。"

夏淑女:"好的。"

51. 郯府、四合院、客厅。

郯银国:"大嫂,那位高公子真的能来吗?"

董姝妹:"他说得很肯定!"

郯银国:"一旦来不了,可就要耽误大事了!"

董姝妹:"我相信杏琳和杏花能办妥此事的。"

郯银国:"酒厂和油坊的事,又该如何解决呢?"

董姝妹:"我去找姑妈!"

郯银国:"她不会见你的!"

董姝妹:"我真料想不到,姑妈对自己的儿子也竟如此心狠。"

郯银国:"大哥不在家,无论如何咱也不能让两个厂子停产!"

董姝妹:"银国,你马上回到铺子里安抚人心。我立即回娘家,再向爹爹借钱!"

郯银国:"大嫂,你刚进家门,就遇到了这么多烦心的事情!"

董姝妹:"天要下雨,娘要改嫁,这也是没有法子的事情。银国,咱们赶紧分头去做吧!"

52. 郯府、大门外。

董姝妹乘马车驶去。

郯银国纵马奔驰。

53. 红日西坠。

郯府、东院、卧室。

小萍打开锁,将饭菜端进:"大奶奶,吃饭吧。"

董兰君:"今天府上有啥动静?"

小萍:"我一直待在客厅里,哪儿也没去。"

董兰君:"你马上去趟门房,问清楚今天谁来过,谁出去过。"

小萍:"是。"欲走。

董兰君:"要快去快回。"

小萍:"是。"离去。

54. 郯府、后院、卧室。

郯耀庭手扶门框,茫然地望着院门。

大管家把饭菜摆到桌上:"老爷,吃饭吧。"

郯耀庭:"我不想吃。"

大管家:"老爷,您不吃饭可不行。这阵子,您病上加病,抵抗力很差,要靠饭食顶着才行呀!"

郯耀庭坐到桌边,勉强地吃着饭。

大管家长叹一声。

郯耀庭:"仲亭呀,你看到人心叵测了吧?"

大管家:"老爷,我看到的更是您做事的英明!"

郯耀庭:"噢?"

大管家:"多亏了您当机立断,更换了掌门人。您要是再拖后几年,就会被彻底架空,您再想换也换不动了!"

郯耀庭:"这是件多么可怕的事呀!"长叹一声:"这些年来,看似温顺,实际上她是在用我这个钟馗来打鬼!我一旦到了没用的时候,就会像春秋霸主齐桓公一样,就被她打入冷宫了!"

大管家:"我还是那句话,疖子出了脓,离好也就没几天了。"

55. 郯府、后院、院门口。

郯银根、郯银业走进院门。

56. 郑府、后院、卧室。

郑耀庭似乎听到脚步声:"仲亭,有人来了。"

大管家走出客厅,惊喜地迎上:"大少爷!"

卧室里,郑耀庭一骨碌从床上爬起,险些栽倒:"根儿,根儿!"

第十四集

1. **郏府、后院、卧室。**

郏银根、郏银业跑进卧室。

大管家跟进。

郏银根："爷爷!"

郏耀庭像孩子见着大人般地流下泪。

郏银根："爷爷,您这是咋了?"

大管家："老爷,大少爷刚回来,有啥事也要等他喘口气再说吧。"

郏耀庭："根儿,你俩坐到爷爷身边来。"

郏银根、郏银业将爷爷扶到床上。

二人坐到床边。

大管家端来茶水。

郏耀庭："你俩吃饭了吗?"

郏银根："我在镇上请二弟吃的烤牌。"

郏耀庭："咋不给我带一份回来呀?"

郏银根："等您身体好了,咱一块去'间半楼'。"

郏银业打开皮箱,取出食品:"爷爷,您尝尝,这是城隍庙的五香豆、桂花拉糕、眉毛酥、梨膏糖、蟹壳黄。"

郏耀庭笑:"你俩想把上海搬到咱家来呀?"

郏银业："仲亭叔,你也吃。"

郏耀庭："好吃,好吃!"

大管家："不服不行,一些不起眼的东西,到了上海人的手里,他就能给你变出花来!"

郏耀庭："上海人肯动脑筋,人家是在用心做事。"

郏银根："爷爷,我要告诉你一件大喜事!"

郏耀庭看着孙子,未语。

郏银根："我兄俩是三顾茅庐,终于请到了王教授!"

郏耀庭未语。

郏银根："王教授正在家做准备,等我的电话一到,他就马上动身!"

郏耀庭不语。

郏银根诧异地:"爷爷,您怎么了?"

郏耀庭的嘴唇嚅动了几下,没能说出话来。

郏银根："爷爷!"

大管家："大少爷,家里出事了!"

郏银根愕然地:"出了什么事?"

大管家："矿建不成了,酒厂和油坊也要停产了!"

郏银根惊骇:"爷爷,这到底是怎么回事?"

郏耀庭的眼里流下两行热泪。

郏银根急不可待地:"仲亭叔,你快告诉我,咋会成了这个样子?"

郏耀庭："根儿,坐下,爷爷给你说。"

2. **郏府、东院、卧室。**

小萍匆匆赶回:"大奶奶,大少爷和二少爷回来了!"

董兰君的心里咯噔一声:"你慌啥?他们回来又能咋样?"

小萍："是。"

董兰君："他俩呢?"

小萍："到后院去了。"

董兰君火冲脑门!

小萍战战兢兢站立一边。

董兰君冲女佣吼:"出去!把门给我锁上!"

小萍："是。"收拾起桌上的碗筷,欲走。

董兰君："回来!"

小萍垂首而立。

董兰君："你去告诉西院的二爷,让他马上过来一趟!"

小萍："是。"走出卧室,锁门而去。

3. **郏府、后院、卧室。**

室内气氛沉闷。

郏银根的脸上鼓起牙咬肌。

郏耀庭："根儿,事到如今,也只好给王教

授打个电话，把实情告诉人家，这个矿不建了。"

郏银根未语。

郏耀庭："这也是没法子的事。"

郏银根不语。

郏银业："大哥，咱咋跟人家王教授说呀？"

郏银根不语。

郏耀庭："就说咱不是不想建，是政府不让咱建！"

郏银根："不，这个矿咱一定要建成，酒厂和油坊也绝不能停产！"

郏耀庭："根儿？"

郏银根："爷爷，您安心养病，其他的事有我来办。"

郏耀庭："难呀！"

郏银根："兵来将挡，水来土掩，我自有办法！"

众人疑惑地看着郏银根。

4. 郏府、四合院、客厅。

郏银根、郏银业走进客厅。

郏银业："大嫂呢？"

郏银根："妹妹，妹妹！"

无人应。

郏银根："这么晚了，她会到哪儿去呢？"

郏银业："会不会去找母亲了？"

郏银根："也许吧。"

郏银业："大哥，快把你的想法说给我听听！"

郏银根："啥想法？"

郏银业："你不是对爷爷说，你自有办法吗？"

郏银根："我是在宽慰爷爷！"

郏银业："啊，你啥办法也没有呀？"

郏银根："我又不是神仙！"

郏银业沉闷地坐在一边。

郏银根也是愁眉苦脸。

兄弟二人沉默无语。

5. 夜幕降临。

郏府、西院、卧室。

郏文博闭目不语。

蒋凤仙："想啥呢？"

郏文博："你说，我去不去东院呢？"

蒋凤仙："不去！"

郏文博："应该去听听她心里是咋想的。"

蒋凤仙："心软了？"

郏文博未语。

蒋凤仙："哼，落架的凤凰，还想端个鸟架，呸！"

郏文博："不可一世的大奶奶，如今成了孤家寡人了！"

蒋凤仙："她现在想起二爷来了，她威风的时候正眼瞧过谁呀？她临死还想找个垫背的，去她的吧！"

郏文博："人呀，都有此一时彼一时。得意之时，千万不可目中无人。她如今就像个被洪水即将淹没的人，为了活命，抓着啥算啥了。"

蒋凤仙："让她啥也抓不着，活活淹死！"

郏文博："你不是说，还要和她联吴抗曹吗？"

蒋凤仙："联个屁！现如今，银之成了科长，咱西院蒸蒸日上。而东院日落西山，她手中已经没有了一兵一卒！她请你去，是想借兵抗曹，哪里有这种便宜的买卖？她简直是在做梦！"

郏文博不再说话。

蒋凤仙哼起京腔。

6. 夜。

郏府、东院、卧室。

董兰君在焦急地等待："萍儿，你告诉二爷了？"

小萍："告诉了。"

董兰君："他说来不来呀？"

小萍："二爷说来。"

董兰君："怎么还没来呢？"

小萍："不知道。"

董兰君冷笑一声："哼，想跟我要滑头？萍儿，他不来，还是我亲自去！"

7. 夜。

郏府、四合院、客厅。

大管家提着食盒，走进客厅："大少爷，老爷让我给你俩送宵夜来了。"

郏银根："仲亭叔，是啥好吃的？"

大管家："银杏汤圆。"

郏银根："太好了，这是我最愿吃的！"

兄弟二人吃着汤圆。

大管家："少奶奶呢?"

郯银根："不知到哪儿去了?"

大管家："大少爷，你想出办法来了?"

郯银根："哪有这么容易啊?"

大管家："老爷说，你给他吃的是宽心丸，可办起来就难了!"

郯银根："仲亭叔，姚月亭来的时候，你在场吗?"

大管家："在。他先给老爷不准建矿的批文，临走又退回了那封假信。"

郯银根："他还说啥了?"

大管家："别的啥也没说。"

郯银根："姚月亭是怎么知道这封信是假的呢?"

大管家："老爷也起过这个疑心，还让我去追查马夫，郯府的人谁去过县衙? 可马夫们都说没去过。"

郯银根："肯定有人撒了谎!"

大管家："老爷也是这么想的，可又咋追查呢?"

郯银根："只有挖出内奸，才能对症下药!"

郯银业："这个告密的，必定是咱郯府的人!"

郯银根："眼下，咱要秘密地做两件事情。"

郯银业："大哥，你说吧!"

郯银根："第一件，查出告密人。这件事，由我和仲亭叔来办。第二件，要不声不响地到票号，查问酒厂和酒坊账款的去向。这件事，由银业去办。"取出一张支票，交给银业："这是妹妹从娘家取来的三十万元的支票，你到票号把它先存后取。这样做，不仅解决了购买原料的资金，还能从票号人的嘴里套出账款的去向!"

大管家："大少爷，你这不是想出办法来了吗?"

郯银根："仲亭叔，你把马夫全部集合起来，我一会儿就到!"

大管家："现在?"

郯银根："对! 你就说，是发工钱的事，我要给他们来个突然袭击!"

大管家："好，我这就去办!"欲走。

郯银根："一定要保密!"

大管家："我明白。"离去。

郯银业："大哥，我和你一块儿去吧?"

郯银根："不用了，你明天一早还有更重要的事去做!"

郯银业："好吧，我走了。"

8. 夜。

郯府、西院、卧室。

小翠走进："二爷，大奶奶来了。"

郯文博惊愕："她人呢?"

小翠："在客厅等着。"

郯文博："你告诉大奶奶，我马上就来。"

小翠离去。

蒋凤仙："这个女人是不达目的不罢休啊!"

郯文博："我去应付一下也就是了。"

蒋凤仙："你可要记住，啥事也不能答应她!"

郯文博："我知道!"

蒋凤仙："不行，我不放心!"

郯文博："你有啥不放心的?"

蒋凤仙："你斗不过那娘儿们，我和你一块儿去!"

9. 夜。

郯府、西院、客厅。

董兰君在等待。

郯文博、蒋凤仙走进。

郯文博："大嫂，你来了?"

董兰君依然是往日的威严："请你不到，我只好来了。"

蒋凤仙："大奶奶，你别误会，二爷正准备要去呢。"

董兰君："是不是以为我啥也不是了?"

蒋凤仙："瞧大奶奶说的，二爷可不是那种人。"

董兰君："银之中了科长，我是特来祝贺的。"

郯文博："这要感谢大嫂对他的关心。"

董兰君取出一枚用寿山石雕刻的连环印章："把它给银之，就算我的一点心意吧。"

蒋凤仙赶忙接过，交给二爷。

郯文博赞不绝口："哎呀，此乃稀世珍宝呀!

· 201 ·

大嫂，我代之儿谢谢你了。"

董兰君："二爷，最近家里有些不太平，你是咋想的？"

郊文博："是吗？我怎么觉着和往日没有什么两样呀。"

董兰君："二姨太，你说呢？"

蒋凤仙："大奶奶是不是指根儿的事？"

董兰君："发生了这么大的事，二爷竟没有感觉？"

郊文博："原来大嫂指的是这件事。原本我对老太爷更换掌门人，不仅心怀疑虑，而且甚是反感，故而未去参加祭祖仪式。事后渐渐发现根儿是个出类拔萃的青年，我不仅心悦诚服，而且甚是欣喜。"

董兰君："你当真是这么想的？"

郊文博："难道大嫂不这样认为吗？"

董兰君："是的，我不这样认为。小小年纪，只读了点洋书，就能治理这么大的家业吗？"

郊文博笑着摇摇头。

董兰君："二爷，做人要心底坦荡，可不能口是心非。你也是读过四书的人，难道忘记了孔夫子的君子之道吗？"

郊文博："焉能忘记？子曰：'仁者不忧，知者不惑，勇者不惧。'这三点，别说我做不到，就连孔夫子也说'君子道者三，我无能焉'。莫非大嫂全做到了？"

董兰君："我至少做到了心底坦荡荡！"

郊文博："你言下之意，我就是'小人常戚戚'了？"

董兰君："不然的话，又怎么能鬼鬼祟祟跑到县衙，告发根儿的假信一事？"

郊文博大惊！

蒋凤仙目瞪口呆！

郊文博："假信，什么假信？"

董兰君依然平静地："你这是釜底抽薪，要把根儿置于死地！"

郊文博色厉内荏地："你越说我越不明白了。"

董兰君站起身："那好吧，等二爷啥时候明白了，就啥时候来找我！"离去。

郊文博半晌无语。

蒋凤仙心惊胆战！

10. 夜。

马棚、马夫们居住的房间。

马夫们紧张地坐在一起。

大管家："刚才，大少爷把话都说明白了，你们也能掂出个分量，要么说实话，要么就卷铺盖卷滚蛋！"

马夫们面面相觑。

郊银根："在座的诸位，有的是老人，有的是新来的。不管时间长短，一年到头都是很辛苦的。俗话说，两好轧一好，总不能昧着良心去干坑害对方的事吧？当然，平日里出车和派马，都不是你们说了算的，可你们为啥又要为了俩钱去代人受过呢？大管家曾问过你们，谁去过县衙？可你们都说没去过。"突然拍案而起："有人在撒谎！"

马夫们反应不一。

郊银根："你们这么做，不是在掩耳盗铃吗？我和姚县长是朋友，一问便知。到那时候，别说我翻脸不认人了！"

一名马夫忽地跪地："大少爷，是我撒了谎！"

郊银根把他扶起："其他人可以回去了！"

众人欲离去。

郊银根："等一等。我宣布两条规矩：第一条，今天的事，谁也不许再议论，更不许向外说！第二条，今后出车、派马，一律由大管家安排，并记录在册！"

大管家："记住没有？"

众马夫："记住了。"

大管家："睡觉去吧！"众离去。

马夫："大少爷，……"

郊银根："坐下，慢慢说。"

11. 夜。

郊府、西院、客厅。

郊文博像霜打的瓜秧，发出一声长叹。

蒋凤仙惊魂未定："她怎么会知道假信的事呢？"

郊文博："唉，咱们又走错了一步棋！"

蒋凤仙："这件事，要是一旦被她捅出去，别说是大少爷对咱恨之入骨，连老太爷也饶不了咱!"

郑文博:"一步走错,全盘皆输!"

蒋凤仙:"都怪我!"

郑文博:"瘦死的骆驼比马大,她的根扎得太深了,在郑府她还是有势力的!"

蒋凤仙:"太可怕了,到处都有她的耳目!"

郑文博:"这么一来,咱可就要腹背受敌了!"

蒋凤仙:"不行!咱要赶紧想办法把这条裂缝填上!"

郑文博:"关系弄得这么僵,咋填呀?"

蒋凤仙沉思有倾:"负荆请罪!"

郑文博:"去向她承认假信的事?"

蒋凤仙:"她现在是孤立无援,正需要救兵的时候,只要咱表示愿意和她携手,她也再不会提假信的事了!"

郑文博:"绕了个大圈子,不还是我要去找她吗?"

蒋凤仙:"不绕这个圈,咱也不知道她手中有何法宝呀?"

郑文博:"你要记住,和她共事一定要慎之又慎!"

蒋凤仙:"知道了。"

12. 夜。

古码镇、祥茂商号。

郑银国闷声不语,双手揉着太阳穴。

饭菜摆在桌上。

小六子:"三少爷,人是铁饭是钢,您一天没进食了!"

郑银国:"现有原材料还能维系几天?"

小六子:"最多两天。"

郑银国:"油坊那边呢?"

小六子:"我听花油匠说,连两天也维系不住了。"

郑银国:"师傅们的情绪怎么样?"

小六子:"议论纷纷,都在胡乱猜测。"

郑银国心乱如麻。

小六子:"三少爷,您放心,我和花油匠都给师傅们做了安抚工作。"

郑银国:"你是咋做的?"

小六子:"我骗他们说,瞎议论啥呀,大少

爷早派人去购买原料了!"

郑银国生气地:"你怎么能说些没影的事呢?"

小六子:"三少爷,你别生气,这在买卖行里是常有的事。我还听说,省城大盐商茅家,已经揭不开锅了,还请戏班子唱了三天大戏。人家这场'空城计',不光消除了要债人的顾虑,还向银行借贷渡过了难关!"

郑银国像在听经书。

小六子:"这里边的学问大着呐!"

郑银国:"我最不喜欢的就是这些学问!"

小六子:"您喜欢啥?"

郑银国:"兴办学校,教书育人!"

小六子:"噢,您喜欢的是文戏呀。"

传来马车声。

郑银国:"小六子,好像有人来了。"

小六子笑:"三少爷,在咱这条街上,一天到晚都有马车。"

董姝妹推门而进。

郑银国惊喜地迎上:"大嫂!"

董姝妹一进门便取出银票:"小六子,这是十万元银票,你和花油匠连夜动身,争取明天就能把原料运回来,哪怕是先运回一部分也行!"

小六子:"好,我马上去找花油匠!"

董姝妹:"你告诉他,两边铺子的事,有我先替你们顶着,你们要专心办好原材料的事。"

小六子:"请东家放心,我俩会办好的!"离去。

郑银国:"大嫂,你解了燃眉之急呀!"

董姝妹:"三弟,你回学校吧,那里还有一大摊子事在等着你呢。"

郑银国:"大嫂,还是你回府上去休息吧。"

董姝妹:"别争了,处理买卖上的事,我比你强。"

郑银国:"这不假,我一听到买卖上的事,就头疼!"

董姝妹看到桌上的饭菜:"你还没吃饭呀?"

郑银国:"大嫂,你吃过吗?"

董姝妹:"和你一样,肚子都饿瘪了!"

二人坐在桌边,吃着已经凉了的饭菜。

13. 夜。

郯府、四合院、卧室。

郯银根、大管家回到卧室。

大管家："少奶奶咋还没回来？"

郯银根："也许母亲把她留住了。"

大管家："大少爷，您这步棋真绝，一下子就弄了个水落石出！"

郯银根："按马夫说的，去过县衙的人，只有二姨太。"

大管家："就是她告的密！"

郯银根："她又是怎么会知道这封信是假的呢？"

大管家："大少爷，您是不是向外透露过？"

郯银根凝神沉思，在他眼前重现了以下情景：

郯府、四合院、客厅。

郯银根与郯银业、郯银国在交谈。

郯银业："程教授还说，建矿这么大的一件事情，没想到你竟如此快速地拿到了政府的批文！"

郯银根笑："银业，多亏了你写的那封信呀！"

郯银业："那位姚县长竟然没有看出破绽？"

郯银根："他何曾见过高公子的笔迹？再说，他梦寐以求地想结识大权在握的高部长，可谓权欲熏心啊！"

三人笑。

郯银根长叹一声："找门子，拉关系，跑官买官，这就是当今的仕途之路啊！这样腐败的政府，哪里还会有民信呢？"

窗外传来响声。

郯银业止住了大哥讲话。

郯银根："怎么了？"

郯银业："好像窗外有人。"

郯府、四合院、客厅窗外。

郯银业走出客厅。

院子里寂静无声。

郯银业发现一人影在院门口一闪而逝。

郯银根："有人吗？"

郯银业："好像是银之的身影。"

郯银根、郯银国走出客厅。

三人急速走到院门。

院门外，杳无人迹。

郯银国："二哥，你是不是神经过敏呀？大白天的，哪有个人影呀？"

郯银业："难道是我看花眼了？"

郯银国："我看你呀，不仅能搞工业，更能胜任谍报工作！"

三人笑着走回客厅。

画外音消失。

大管家："大少爷，您想起来了？"

郯银根："隔墙有耳呀！"

大管家："是谁？"

郯银根："银之！"

大管家："是他？"

郯银根："仲亭叔，关于今天晚上的事，你千万不可告诉爷爷！一旦乱了阵脚，就会功亏一篑！"

大管家："我知道了。"

郯银根："仲亭叔，天不早了，您也该回去歇着了。"

大管家："大少爷，您也早点睡吧。"离去。

14. 晨。

朝阳冉冉升起。

郯府、四合院。

阳光透过晨雾，在院子里射出数道霞光。

鸟儿发出清脆的叫声。

郯银根英姿飒爽，在庭院里舞着长剑。

15. **郯府、东院、卧室。**

董兰君梳洗完毕，正用早餐。

小萍走进："大奶奶，大少爷看您来了。"

董兰君："不见！"

郯银根走进卧室："母亲，早安！"

董兰君不理地用着早餐。

郯银根："母亲经常说胃寒，我和银业在上海给您买了一件小羊羔皮坎肩。"双手捧上。

董兰君未接。

郯银根将皮坎肩放在床上。

董兰君吃完早餐，在小萍的服侍下漱口、擦手。

郯银根："母亲，妹妹在您这儿吗？"

董兰君依然不理，走出卧室。

郯银根尾随其后。

16. 郯府、东院、客厅。

董兰君走进客厅。

郯银根欲进。

董兰君关上了客厅的门。

郯银根被挡在门外。

小萍悄声走近："大少爷,少奶奶没来这里。"离去。

郯银根："母亲,母亲!"

客厅里无回应。

郯银根无奈地走出东院。

17. 古码镇、祥茂商号、作坊。

董姝妹细心地观察酿酒的每道工序,不时向师傅们请教。

18. 古码镇、恒元票号。

郯银业走进票号。

19. 古码镇、聚元隆商号、作坊。

董姝妹细心地观察榨油的每道工序,不时向师傅们请教。

20. 祥茂商号、账房。

董姝妹仔细地查阅账簿。

21. 古码镇、祥茂商号。

郯银业走进商号。

伙计迎上:"二少爷,您来了?"

郯银业:"掌柜的呢?"

伙计:"铺子里没掌柜的。"

郯银业:"谁主事?"

伙计:"小六子。"

郯银业:"他人呢?"

董姝妹从账房走出:"二弟!"

郯银业:"大嫂,你怎么在这里呀?"

董姝妹:"你大哥呢?"

郯银业:"在家里等你呐!"

董姝妹:"你俩啥时候回来的?"

郯银业:"昨天。大嫂,铺子上有我呢,你快回去吧。"

董姝妹激动不已,欲走又回:"小六子和花油匠都去益都进货了。"

郯银业:"他们有货款吗?"

董姝妹:"有!"离去。

郯银业追到门外:"大嫂,你给大哥说,酒

厂和油坊账簿上的款都划到省城民众银行了。"

董姝妹:"是母亲指使的?"

郯银业点头。

董姝妹:"我知道了。"乘上马车,离去。

22. 古码镇、郯子中学、教务长办公室。

郯银国将一大摞书籍,整齐地排列在书架上。

夏淑女提着食盒,走进办公室:"教务长,你怎么一个人在干呀?"

郯银国:"大家都在忙,区区小事,就不再烦扰诸位了!"

夏淑女:"教务长把办公室搞得最干净,窗户锃明瓦亮,桌椅一尘不染。"

郯银国:"为人师表者,修身应放首位,修身者皆要从小事做起。"

夏淑女:"教务长,饿肚子可不是小事呀。"

郯银国笑:"我历来是废之朝食。"

夏淑女:"这也是为人师表吗?"

郯银国笑:"非也,此乃劣习。"

夏淑女打开食盒:"好吧,请教务长修身!"

郯银国惊喜:"烤牌和糁!"

夏淑女:"快吃吧!"

郯银国吃得津津有味。

夏淑女:"教务长,见着你大哥了?"

郯银国:"他来过?"

夏淑女:"对。"

郯银国:"何时?"

夏淑女:"昨天。他让你马上回家一趟。"

郯银国:"你怎么不早告诉我?"

夏淑女:"我怎么知道你在哪儿呀?"

郯银国放下手中碗筷,欲走。

夏淑女拦住,不容置辩地:"吃完再走!"

郯银国又乖乖地端起饭碗。

23. 乡间大道。

董姝妹乘坐的马车,朝银杏园疾驶。

远处,郯银国纵马驰骋,渐渐地追上了马车。

董姝妹掀开轿帘:"三弟!"

郯银国:"大嫂,我大哥回来了!"

董姝妹:"他正在等咱们呐!"

郯银国对马车夫:"快点儿!"

马车夫挥动着马鞭。

24. 郯府、四合院、客厅。

金刚石矿设计图摊在桌上。

设计图的旁边，放着民国县政府不准建矿的"批文"，和那封"假信"。

郯银根心情沉重地踱着步子。

大管家默默地把茶水放到桌上。

郯银根："仲亭叔，你去服侍爷爷吧。"

大管家："老爷吩咐我，从今往后照顾您。"

郯银根："这哪儿行？"

大管家："老爷说，我在郯府几十年了，是部活字典，大少爷需要知道的事情，我可以随时回答。"

郯银根："仲亭叔，爷爷身边更需要你。以后，我有啥不明白的地方，会随时去向你请教的。"

大管家："你身边没个人也不行啊？"

郯银根："我年纪轻轻的，还需要人伺候吗？再说，我身边不是还有姝妹吗？"

大管家："眼下是一摊子乱麻，要想把每一件事都捋顺了可不易呀！"

郯银根："我这个人呀，生来就是一不惹事，二不怕事。世上哪有捋不清的麻团？一是要有耐心，二是要找准头绪。郯府的事看似千头万绪，但细细想来也只有六个字。"

大管家："哪六个字？"

郯银根："先巩固，后发展。我刚回来的时候，想的也太简单了，只是凭着年轻人的血气方刚，一味地想追求发展。不仅要扩建酒厂和油坊，还要建矿、兴办学校、新建编织厂和纺织厂。更宏大的计划是要在沂河两岸，建成银杏园、板栗园、棉花种植园的'三园鼎立'！现在想想，真是一介书生的稚嫩。捋不顺，必然会导致举步维艰！"

大管家："大少爷能时时反省自己，必将成就大业！"

郯银根："爷爷是我心目中最敬佩的人，他能审时度势，才使郯府的家业如日中天！"

大管家："大少爷，我不仅在您身上看到了老爷的影子，更看到了郯府今后的兴旺。"

郯银根："万里征途，始于足下。我思之再三，咱要想渡过这个难关，解开这个麻团，就得要从这六个字入手啊！"

大管家："先巩固，后发展。"

郯银根："对。酒厂和油坊，只要原材料运到，就能正常运转了。当务之急，就是要先将顺姚月亭这个麻团！"

大管家："这个老狐狸已经上过一次当，要想让他再次就范，除非是高公子真的出面才行。"

郯银根："是呀，我要尽早去北平，请程教授相助，解决这件事情！"

伴随着一阵笑声，董姝妹、郯银国走进客厅。

郯银根："姝妹！"

董姝妹："表哥！"

郯银国："大嫂，你咋还叫表哥呀？"

董姝妹："叫啥呀？"

郯银国："老公！"

董姝妹又重叫了一声："老公！"

众笑。

郯银国："大哥，这些日子，我大嫂可是立了大功了！"

郯银根："噢？"

郯银国欲细说。

大管家打断地："三少爷，我陪你去看看老爷吧？"

郯银国恍然："对，咱们走吧！"

二人离去。

董姝妹迫不及待地拥抱丈夫。

25. 郯府、东院、卧室。

董兰君："小萍，你沏好茶，在客厅等着。"

小萍："有客人来？"

董兰君："二爷和二姨太。"

小萍："他能来吗？"

董兰君："必定会来的！"

小萍离去。

26. 郯府、东院、客厅。

小萍走进客厅，沏茶、等待。

27. 郯府、东院。

郯文博、蒋凤仙走进东院。

小萍赶忙迎出客厅："二爷，二姨太。"

郯文博："大奶奶呢？"

小萍："请二爷在客厅稍等，我去请大奶奶。"离去。

28. 郯府、东院、客厅。

郯文博、蒋凤仙走进客厅。

蒋凤仙诧异地："茶都沏好了？"

郯文博："诡计多端，聪明透顶！"

董兰君姗姗来迟。

郯文博："大嫂！"

蒋凤仙："大奶奶！"

董兰君："坐吧。"

郯文博："大嫂，昨天你去西院，我言辞不周，你千万不要误会。"

董兰君："我心知肚明。"

蒋凤仙："大奶奶，自从大少爷成亲那天起，二爷心里就一直堵得慌。老太爷祭祖的那一天，他就是不去参加。当时，老太爷气坏了，当着众人的说：'就是用人抬，也要让他二人到场！'大奶奶，您猜大少爷当时说啥？他说：'爷爷，大可不必兴师动众。晴天，太阳从东边出；阴天，太阳依然从东方升起！'您听听，对老人怎么能说这样的话呢？"

郯文博："我要是在场，非和他闹翻天不可！"

蒋凤仙："二爷气得一天没吃饭，含着泪对我说，大嫂主家这么多年，何曾这样对待过我呀？"

郯文博："大嫂，我早就看透了，我要是掉到他手里，后半辈子就没有活路了！"

董兰君："亡羊补牢，犹未晚也。"

郯文博："文博和你永远是心心相印的！"

董兰君："诸葛一生唯谨慎，吕端大事不糊涂。"

蒋凤仙："您说咱该咋办吧？"

董兰君："双方的较量才刚刚开始。第一个回合，就打了他个措手不及！我们要紧紧盯着事态的发展，胜则罢，不胜则再讨之！"

郯文博："好，我随时听从大嫂的吩咐！"

29. 郯府、四合院、客厅。

郯银根的眼里焕发着亢奋的目光："姝妹，我的好妻子，你救我于水火之中呀！"

董姝妹："得道多助，失道寡助。"

郯银根："杏琳和杏花何时才能来家？"

董姝妹："不知'郯子中学'何时剪彩挂牌？"

郯银根："万事俱备，只要选定日子即可。"

董姝妹："我今日就去码头镇，给杏琳和杏花打电话，请他们即刻启程！"

郯银根："我与银国和你同去，将此消息告诉之声兄！"

董姝妹："等杏琳、杏花回来后，一并解决酒厂和油坊汇款的事情。"

郯银根："这就叫'踏破铁鞋无觅处，得来全不费功夫'。"

董姝妹："吉人自有天助！"

30. 郯府、大门外。

郯银根、郯银国、董姝妹、乘上马车，驶去。

31. 省城、齐鲁大学、宿舍。

郯杏琳匆匆走进宿舍："杏花，大嫂来了电话，叫我们速速动身！"

郯杏花："走，我们去找司马与高阳！"

32. 沂河县、县衙、后宅。

姚月亭正把玩着铜鼎。

秘书匆匆跑来："姚县长，临沂专署来电话，邵专员陪同省教育厅高处长，要来咱县视察！"

姚月亭惊喜："何时到达？"

秘书："高处长已从省城动身，邵专员要你随时恭候！"

姚月亭："快，通知有关人等，到前厅议事。"

秘书："是！"

33. 古码镇、郯子中学、校长办公室。

郯银根、刘之声、郯银国、夏淑女等人，聚集在一起。

群情激昂。

刘之声："董事长给我们带来了特大喜讯，一所乡村中学竟然惊动了省、地、县三级官员，我们要借此东风做篇好文章，还要把文章做大。夏老师，你们《红色鲁南》编辑部的几位老师，要抓住这次机遇，大造声势，不仅要影响整个鲁南，而且要波及全省！"

夏淑女："校长，我们想把报刊的名字更改

一下？"

刘之声："请董事长赐名吧！"

众人鼓掌。

夏淑女将宣纸铺在案上。

郯银根："不敢当，不敢当，还是请校长命名！"

刘之声将毛笔捧到郯银根面前："董事长，千万不要推辞，愚兄亲自给你研磨！"

郯银根盛情难却，题笔写了"赤子报"三个大字。

众人鼓掌。

夏淑女："董事长，还要请您写一幅咱们的校牌！"

郯银根激动万分："兴办教育是我梦寐以求的事情，今日终于如愿以偿。刘校长又聘请诸位先生执教，使我信心倍增。孔子曰：'己欲立而立人，己欲达而达人。'又曰：'其身正不令而行，其身不正虽令不从。'我坚信，在诸位的勤奋笔耕下，郯子中学必将能培养出国家的栋梁！"

众人鼓掌。

郯银根挥毫泼墨，写了苍劲有力的"郯子中学"四个大字。

34. 齐鲁大地、公路上。

一行车队朝沂河县行驶。

荷枪实弹的卫兵乘坐的吉普车开路。

两辆轿车紧随其后。

35. 公路上、轿车里。

邵专员："高处长日理万计，还要亲临一所乡村中学，精神可嘉！"

高阳："国民政府财政紧张，兴办学校就要靠社会力量。一个乡绅投资，竟能办起一所中学，实称社会楷模，这与邵专员治理有方也是密不可分的。"

邵专员："本职身受民国政府的俸禄，理应造福于一方百姓。郯子中学仅是个开端，在不久的将来，此风将吹遍齐鲁大地！"

高阳："各级政府的官员，如都有专员的这种精神，民族的振兴、国家的兴旺定能指日可待。"

邵专员："高处长，令尊大人安康否？"

高阳："父亲虽然日夜操劳，但身体异常健康。"

邵专员："我终生难忘高部长对我的提携，我只有加倍工作才能不辜负他对我的期望。"

36. 公路上。

车队在向前行驶。

37. 公路上、另一辆轿车里。

郯杏琳、郯杏花、司马兴奋地交谈着。

司马望着车窗外的景致，调侃地吟诗一首：

深秋时节尽朝辉，
路上行人欲断魂。
借问酒家何处有？
牧童遥指银杏村。

郯杏琳笑："好一个杜牧、司马！"

郯杏花："听我的！"

远上沂水红日斜，
银杏深处有人家。
高阳坐爱杏林晚，
司马羞于郯杏花。

郯杏琳笑："又一个杜牧、杏花！"

三人大笑。

郯杏花："司马，你给高阳都交代明白了吗？"

司马："请二位小姐放心，一切按计划进行！"

38. 公路上。

车队在向前行驶。

39. 沂河县衙。

姚月亭亲自指挥秘书、职员，张灯结彩，悬挂横幅。

横幅上书写："热烈欢迎高处长、邵专员莅临教诲！"

着装整齐的军乐团也严阵以待。

姚月亭凝视着横幅，紧锁着双眉。

秘书："姚县长，这横幅还有什么不妥之处吗？"

姚月亭："我在琢磨，他俩的顺序，这么排列行吗？"

秘书:"这是按照您的意思做的。"

姚月亭似在自语:"高处长虽说是省城的官员,可他的级别要在邵专员之下,要是这么排列,邵专员看了会怎么想呢?不行,快把他俩换过来!"

秘书:"是!"

众人一起,踩着梯子,将"高处长""邵专员"换了顺序。

姚月亭依然忐忑不安地凝视着横幅。

秘书:"姚县长,这样行了吧?"

姚月亭仍自语地:"既然邵专员的级别高于高处长,那他为什么要亲自布置,还要亲自陪同一位处长呢?这里边一定有道道!"

秘书:"萝卜不大,长在背(辈)上呗!"

姚月亭:"省政府里边的处长多如牛毛,邵专员陪同过谁?我琢磨着这个高处长一定有很大的背景!"

秘书:"姚县长,他会不会是组织部高部长的公子呀?"

姚月亭恍然:"对,对!快把他俩再换过来!"

秘书与众人踩着梯子,又将"高处长"和"邵专员"的顺序换了过来。

姚月亭擦着头上的冷汗:"险些出了大错!"

秘书:"姚县长,您真是太累了。"

姚月亭:"仕途之路,如履薄冰啊!"

秘书:"姚县长,高公子亲临县衙,是个难得的机会呀!"

姚月亭会意地点头:"银杏园的郄银根,口口声声与高公子是至交,这回我看他还有何话可说。"

40. 古码镇、郄子中学、门口。

校门已搭起彩楼。

彩楼两侧有一幅醒目的对联:"万里春风催桃李,一腔热血育新人"。

入校的新生,统一着装,排列着整齐的队伍。

围观的群众密密匝匝。

刘之声:"教务长,董事长到哪儿去了?"

郄银国:"他回家去接老太爷了。"

刘之声:"怎么还没回来?"

郄银国:"刘校长,你放心,我大哥做事历来是不会误的。"

41. 郄府、四合院、客厅。

郄银根惴惴不安地:"妹妹,杏花到底是怎么和你说的?"

董姝妹:"她说让你务必在家等候,高公子从专署直接到咱银杏园!"

郄银根:"不会有什么差错吧?"

董姝妹:"这么大的事,她俩怎能当儿戏?"

郄银根:"我去告诉爷爷,也好有所准备。"

董姝妹:"杏花说,他们在府上一站,即刻就去学校。"

郄银根:"你去等候杏琳和杏花。"离去。

42. 公路上。

车队在行驶。

吉普车缓缓地停了下来。

几名文职人员迎上:"我们是姚县长派来恭候长官的!"

卫士长下车,跑到轿车边:"报告专员,现在已到沂河县境!"

邵专员:"直达县衙。"

卫士长:"是!"

高阳:"慢!我要先到银杏园,到郄府去拜会郄银根先生!"

邵专员对卫士长:"让他们带路,直奔郄府!"

卫士长:"是!"跑到吉普车前:"你们上来一个人带路,去银杏园的郄府!"一文职人员上车。

车队朝银杏园驶去。

43. 郄府、后院、客厅。

郄耀庭兴致盎然地站在穿衣镜前,整理着装:"根儿,把礼帽给我。"

郄银根给爷爷戴上礼帽:"爷爷,还有一件事。"

郄耀庭:"我知道,要多听少说。"

郄银根:"不,是关于杏琳和杏花的事。"

郄耀庭:"她俩咋了?"

郄银根:"高处长是杏琳的男友,还有一个叫司马的,是杏花的男友。"

郄耀庭:"男友是个啥关系?"

郯银根："就是她们在谈恋爱。"

郯耀庭立刻拉下脸来："不行，决不能和官宦人家攀亲！"

郯银根："爷爷，无论是官宦人家还是平民百姓，都有君子和小人。更何况现在是民国时期，男女之间的婚姻不能再像父辈那样，只凭父母之命媒妁之言了。高公子和司马这次登门拜访，就是想让爷爷过目，他俩也惴着一颗心呀。"

郯耀庭不语。

郯银根："再说，杏琳和杏花也是才和他们刚刚相处，前景如何还在两可。这次高公子和司马是以官方身份而来，您可以全做不知，千万不可慢待人家。"

郯耀庭："等见面后再说吧。"

44. 银杏园。

车队驶进银杏园。

45. 沂河县、县衙。

姚月亭等人在门内恭候。

几名文职人员气喘吁吁，骑马而至。

姚月亭迎至门外。

文职人员翻身下马。

姚月亭："你们接的人呢？"

一文职人员："高处长和邵专员去郯府了！"

姚月亭惊骇："你们没有弄错？"

文职人员："没错！王科长上了吉普车，给他们带路去了！"

姚月亭呆愣在那里。

秘书："姚县长，咱该怎么办？"

姚月亭仍无言以对。

秘书："咱要不要也赶到郯府？"

姚月亭心不在焉地："晚了。"

秘书："咱又不知道他们要去郯府，咋晚了呢？"

姚月亭懊悔不已："郯银之坏了我的大事！"

秘书诧异地看着姚月亭。

46. 郯府、大门外。

车队停驶在大门外。

47. 郯府、大门内。

董姝妹对门房："快去后院，通知老太爷和大少爷！"

门房："是！"急速离去。

董姝妹迎出门外。

48. 郯府、大门外。

郯杏琳、郯杏花跑向董姝妹："大嫂！"

董姝妹："来了这么多客人呀！你俩怎么事先也不给家里说一声呢？"

郯杏花："大嫂，还不请客人进家呀？"

董姝妹热情地："请！"

众人走进郯府。

49. 郯府、前院。

郯耀庭、郯银根将众人迎进大厅。

东院女佣悄悄走到卫士长身边："老总，你咋不进去呀？"

卫士长笑笑："我们是卫士，是保护首长安全的。"

小萍："来的首长是谁呀？"

卫士长："年龄大的是邵专员，年龄小的是高处长。"

小萍："这么年轻，派头可不小！"

卫士长："那当然，他是省吏部高部长的三公子！"

小萍点着头。

50. 郯府、前院、大厅。

主宾落座。

用人捧上茶水。

郯杏花："爷爷，我给您介绍一下。这位是地区专署的邵专员，这位是省教育厅的高处长，这位是齐鲁大学的助教司马先生。"

众人致意应对。

郯杏花："这位是我大哥郯银根，这位是他的夫人、我的大嫂董姝妹。"

郯银根、董姝妹起身致意。

郯耀庭："诸位先生光临寒舍，使我诚惶诚恐，这也是我家人的荣幸，不胜感激！"

邵专员："郯公德高望重，又热心于公益事业，投巨资兴办学校，在本地区开创了社会办学的先河，可敬可贺呀！"

郯耀庭："兴办学校一事，这是我长孙的主张。"

高阳对郯银根："郯兄不仅学识渊博，更是高瞻远瞩。教育乃是治国之本，是民族兴旺之所在。您的率先垂范，为全省的乡绅树立了一面旗帜，必将彪炳史册！"

郯银根："邵专员和高处长都言重了，自古以来，咱齐鲁之邦是儒学的圣地，沂河县又是郯子的故乡，他们'庶、富、教'的思想深深地扎根在这片土壤。只有大力兴办农村学校，唤起民众，才能拯救外受列强侵略、内受军阀混战之苦的国家之命运。"

高阳："郯兄言之有理，这也是孙中山先生的三民主义精神之所在。"

邵专员："高处长，天近中午，咱们去学校剪彩吧？"

高阳起身："请！"

众人走出客厅。

51. 郯府、西院、客厅。

郯银之匆匆走进客厅："爹，您知道谁来咱家了？"

蒋凤仙："谁呀？"

郯银之："地区专署的邵专员，还有省教育厅的高处长！"

郯文博："来了这么多大员呀！"

蒋凤仙警觉地："他们来干什么？"

郯银之："听说是给学校剪彩。"

郯文博："建一个乡村学校，咋会弄这么大动静？"

郯银之："听说是杏琳和杏花请来的。"

蒋凤仙："她俩也回来了？"

郯银之："他们都去学校了。"

蒋凤仙："事情有些不妙！"

郯文博："管它呢！"

蒋凤仙："你不管它，就怕它来管你！"

蒋凤仙："东院里有啥动静？"

郯银之："不知道。"

蒋凤仙："我现在就去东院！"

52. 银杏园。

车队驶出银杏园。

53. 古码镇、郯子中学。

刘之声焦急地与郯银国、夏淑女等教师等在学校门口。

姚月亭乘坐马车，停至校门。

刘之声迎上："欢迎姚县长大驾光临！"

姚月亭、秘书等笑吟吟地走进学校。

54. 郯府、东院、客厅。

蒋凤仙走进客厅："大奶奶！"

董兰君："弟妹，快请坐。"

蒋凤仙："今天咱家这么热闹，您怎么没到前厅去呀？"

董兰君冷笑一声："我懒得操这份闲心！"

蒋凤仙："听说，客人是杏琳和杏花请来的？"

董兰君："近朱者赤，近墨者黑，令人讨嫌！"

蒋凤仙："他们这是唱得哪一出戏呢？"

董兰君："这出戏呀，叫'钟馗打鬼'！"

蒋凤仙："这是出啥戏呀？"

董兰君："你知道来的那位高处长是谁吗？"

蒋凤仙："是谁呀？"

董兰君："是吏部高部长的三公子！"

蒋凤仙大惊："大嫂，您听谁说的？"

董兰君："是小萍听卫士长说的。"

蒋凤仙呆若木鸡。

董兰君："老爷子请来高公子和邵专员，是做给姚县长看的！"

蒋凤仙依然惊魂未定。

董兰君："弟妹，你是怎么了？"

蒋凤仙顺势瘫在椅子上："我的头疼得厉害。"

董兰君："小萍，快搀扶二姨太回西院！"

女佣搀扶着蒋凤仙走出客厅。

55. 古码镇、郯子中学。

这里正隆重地举行着剪彩仪式。

彩旗飘舞。

人海如潮。

鞭炮阵阵。

巨龙飞腾。

军乐队演奏着激昂的《凯旋曲》。

入校的新生，精神抖擞地排列着整齐的队伍。

邵专员、高阳、郯银根、刘之声站在前列。

姚月亭、司马、郯银国、夏淑女、众教师、和郯耀庭、董妹妹、郯杏琳、郯杏花站在后列。

荷枪实弹的卫士分列两边。

刘之声挥动手臂。

全场肃静。

刘之声大声宣布:"郯子中学剪彩、挂牌仪式,现在开始!"

会场又顿时沸腾起来!

人群中,有两张熟悉的面孔:马陵山土匪头子赵嬷嬷和潘芝莲。

邵专员、高阳、郯银根剪彩。

高阳将"郯子中学"校牌挂在门侧。

会场沸腾着。

赵嬷嬷和潘芝莲骑马而去。

56. 郯子中学、校园内。

郯银根走到姚月亭身边:"姚县长,别来无恙?"

姚月亭满脸堆笑:"贤侄,我实在是想念你呀!"

郯银根:"我的挚友高公子,公务缠身未能前来,特委派他的三弟亲临现场。我要兑现自己的诺言,给您引荐一下。"

姚月亭激动万分:"不敢当,不敢当。"

郯银根走到郯杏花、司马身边耳语。

姚月亭站在远处细心地观察着。

高阳走到郯银根面前,彬彬有礼。

郯银根朝姚月亭示意。

姚月亭急速走来。

郯银根:"高处长,我给您介绍一下,这是我的父母官,姚县长。"

姚月亭:"卑职姚月亭。"

高阳:"姚县长,郯子中学诞生在本县,是你的一大政绩啊!"

姚月亭:"哪里哪里,这是银根先生的功劳!"

高阳:"银根兄如同我的家人,还请姚县长多多给予关照。"

姚月亭:"当然当然。"

郯银根:"高处长,你放心。姚县长不仅与我爷爷交往深厚,而且与我也成了忘年之交。"

姚月亭:"是的,是的。"

邵专员走了过来。

姚县长赶忙退后一步。

邵专员:"郯先生,我们今天一见如故,今后如有事情,可以随时去找我。"

郯银根:"邵专员日理万机,哪敢随便打扰?"

邵专员:"此话见外了,高处长的朋友就是我邵某人的朋友。姚县长,对我们的朋友,你可要尽心啊!"

姚月亭:"卑职明白。今天是沂河县大喜的日子,我在县衙备好了酒宴,请高处长、邵专员尝脸。"

高阳:"银根兄在'间半楼'也已经做了安排。"

姚月亭:"这……"

邵专员:"郯先生,你说咋办呀?"

郯银根:"依我之见,咱们还是去讨扰县长大人吧!"

姚月亭高兴地:"好的,好的。"

邵专员:"郯先生,请家人统统前去!"

郯银根:"不必,不必。"

高阳:"郯兄,恭敬不如从命,还是请家人都去吧。"

郯银根:"好吧,我去安排。"

另一隅。

董姝妹与司马在交谈:"司马,大嫂要拜托你一件事。"

司马:"请讲。"

董姝妹:"前不久,府上有一笔款子转到了省城的民众银行。"

司马:"对,是杏花介绍过来的。"

董姝妹:"你看能不能再把它转回来?"

司马:"杏花知道吗?"

董姝妹:"我会对她说的。"

司马:"大嫂,你放心,我回到家就让父亲把款转回。"

董姝妹:"谢谢。"

司马:"一家人了,还客气啥?"

董姝妹:"你可要好生善待我杏花妹妹呀!"

司马:"我们俩,在天好似比翼鸟,在地就是连理枝呀!"

董姝妹笑:"巧嘴!"

57. 郯府、西院、客厅。

郯银之:"没想到郯银根又来了这么一招!"

郯文博:"这小子比他娘厉害多了!"

蒋凤仙不语。

郯银之："他这么兴师动众，吓唬谁呀？咱给他个不理不睬，看他又咋办？"

郯文博："你呀，一脑子糨糊，任啥狗屁本事也没有！"

郯银之："咋又骂起我来了？你有本事冲郯银根使呀！"

郯文博："你想过没有，他这么一来，不仅能使他的建矿计划起死回生，更可怕的是直接威胁到你的仕途！"

郯银之："这和我当科长有啥关系？"

郯文博："关系大着呢！现在的赃官哪个不攀高枝？姚月亭对咱东、西院的不和已经了如指掌，他能为了你而去得罪郯银根吗？"

郯银之倒吸一口凉气："难道我这科长也做不成了？"

郯文博："你以为咋的，这本来就是水牌上的事！"

郯银之："都是你在姚县长面前搬弄的是非！"

郯文博走到蒋凤仙身边："凤仙，你还有挽救的办法吗？"

蒋凤仙脸色阴沉地："不是挽救，而是攻击！"

郯文博诧异地看着蒋凤仙。

郯银之急不可待地："咋攻击？"

蒋凤仙："你不是说，这位高公子是杏琳和杏花请来的吗？"

郯银之："对！"

蒋凤仙："这就是说，她俩其中一人和高公子的关系绝不一般！假如是咱杏琳的话，那咱西院就是皇亲国戚了！像姚月亭这样诡计多端的人，他一定能分得清高低和远近！"

郯银之："要是杏花呢？"

蒋凤仙："在姚月亭面前，依然要说成杏琳，量这个狗官也不敢去对证！"

郯银之："妙，妙！"

郯文博："此事还是慎重些好。"

蒋凤仙："银之，你要想方设法去弄清这件事！"

郯银之："放心，办这种事我行！"

第十五集

1. 老神树下。

晨曦已经在东方的云朵上镶起了金线。

清晨踏着东方山上的露水走过来了。

郯耀庭蹲在树下，拔着周边的野草。

小莺子吹着"泥响呗"。

鸟儿随声欢叫。

小莺子："老爷爷，你听听，这是啥鸟呀？"

郯耀庭："这是百灵鸟，黄河以北的人叫它云雀。"

小莺子："它长得啥样呀？"

郯耀庭："它的头上长着漂亮的冠子，嘴巴细得像个圆锥子，两个鼻孔藏在羽毛里，翅膀长、尾巴短，两只爪子又长又直。这种鸟呀，每天早晨第一个醒来，天不亮就飞出窝。它的叫声既响壳又委婉动听，就像小莺子唱歌一样。"

小莺子笑着边着："我是百灵鸟喽！"

郯耀庭也呵呵地笑。

小莺子依偎到郯耀庭身边："老爷爷，别拔草了，该给我讲故事了！"

郯耀庭："好，爷爷给你讲故事。"

小莺子："今天该讲银杏园的故事了。"

郯耀庭："你知道银杏园还有个名字，叫啥吗？"

小莺子："新村。"

郯耀庭："为啥叫新村呀？"

小莺子："不知道。"

郯耀庭："这还要从一千多年前说起。秦始皇是个残暴的皇帝，老百姓都起来反对他。其中有个人叫刘邦，他起义的时候斩了一条白蟒。打这，夜夜梦见一个桑妇骂他，说她的儿子大蟒是受炎帝的委派，来保护银杏树的，要刘邦还他的儿子！刘邦被缠得实在没办法，就答应她两条：一是保证替大蟒帮助郯人保护银杏树；二是在汉朝中期让大蟒做一次皇帝。"

小莺子："那个桑妇愿意吗？"

郯耀庭："愿意了。"

小莺子："后来呢？"

郯耀庭："后来，刘邦带兵打仗，常在这一带转悠，他和将士们得了病，就用银杏熬水喝，百灵百验，光救他们的命就不下上百次。刘邦做了皇帝以后，就制定法律，谁敢砍一棵百年以上的银杏树，就被杀头！"

小莺子："他真好！"

郯耀庭："他答应桑妇的另一件事也应验了。"

小莺子："那条大蟒也做了皇帝吗？"

郯耀庭："是的。到了他的曾曾孙汉平帝的时候，一个叫王莽的人做了皇帝，改国号叫新朝，他原先在这里当过官，就把这里叫新村了。"

小莺子："老爷爷，你咋知道这个故事的？"

郯耀庭："我年轻的时候，也是听老人讲的。"

朝阳透过树冠，洒落地上无数道霞光。

2. 郯府、门房。

郯银之对男佣："快去告诉马夫，我要出门。"

男佣："少爷，无论谁用马，一律由大管家安排。"

郯银之："胡说！"

男佣："这是大少爷定的规矩。"

郯银之："本少爷出门，不管这一套！"

男佣不动。

郯银之："快去！"

男佣置之不理。

郯银之："你反了！"

男佣依然不动。

郯银之举手欲打。

男佣挡住了他的手臂。

3. 郏府、大门外。

一辆豪华马车驶至门口。

姚月亭在秘书的搀扶下走下马车。

郏银之闻声，赶忙迎出："姚县长，您来了？"

姚月亭冷冷地从郏银之身边走过。

郏银之尴尬的脸。

4. 郏府、前院、大厅。

男佣请姚月亭、秘书走进大厅。

秘书："快去通报，姚县长来了！"

男佣："请稍等，已经去请大少爷了。"说完，捧上茶水。

郏银根匆匆走进客厅："姚县长，您来之前怎么不说一声呀？"

姚月亭："贤侄，我就像回家一样，来去自由呀！"

郏银根："姚县长能如此礼贤下士，确实令人感动。"

姚月亭："我今日前来，一是感谢，二是赔罪。"

郏银根："姚县长言重了。"

姚月亭："贤侄在高处长和邵专员面前为我美言，不胜感激。"

郏银根："这是理所当然的。"

姚月亭："关于建矿一事，我有愧贤侄。皆因政策万变，我也是不得已而为之。"

郏银根："原来如此，差点儿引发一场误会。"

姚月亭："误会？"

郏银根："姚县长退还高公子的信，我还以为是小人作祟，误使您认为是封假信，以此来中伤我们之间的关系，以达到他个人的目的。"

姚月亭："贤侄，不瞒你说，是有人想这么做，但我是不会轻信的！"

郏银根："俗话说，真金不怕火炼。高公子之三弟的光临，使谎言不攻而破了！"

姚月亭："然也！贤侄，你要心中有数呀！常言道，害人之心不可有，防人之心不可无啊！"

郏银根："谢谢您的提醒。"

姚月亭取出政府批文："贤侄，这是建矿的第三份批文，经过再三争取，上峰终于同意了我

的意见，金刚石矿可以动工了！"

郏银根双手接过："我定当重谢！"

姚月亭："贤侄又客气了。高处长、邵专员都发了话，你的事就是他们的事，也更是我的事。因为有贤侄这条纽带，就把咱们四个人都拴在一起了。"

二人笑。

5. 郏府、西院、客厅。

郏银之暴跳如雷："这个狗官，翻脸不认人，竟然守着用人的面，给我吃了一个窝脖！"

蒋凤仙："他要不是这种人，就当不了官了！"

郏银之："终于有一天，他要是落到我手上，我治不死他！"

蒋凤仙："别叫花子咬牙，穷发狠了！"

郏银之："还有郏银根，变着法地治人！"

蒋凤仙："他又咋了？"

郏银之："今后无论谁用车，都必须由大管家安排！"

郏文博拍案而起："一派胡言！"

蒋凤仙："看到了吧，他想把全家人都捏在他的手心里！"

郏文博："痴心妄想！"

郏银之："爹，你说咋办吧？"

郏文博："我就不信这个邪！"欲冲出门。

蒋凤仙阻拦："干啥去？"

郏文博："我找老太爷评理去！"

蒋凤仙："二爷，干吗动这么大的肝火呢？要闹，也要东院去和他闹！"

郏银之："对，大奶奶出门，看他咋办？"

郏文博："嗯，这是个好主意。"

蒋凤仙："银之，你不能一触即跳，误了咱的大事！当务之急，是赶忙弄清楚高公子到底是和谁相好？"

郏银之："他把我都气糊涂了！"

蒋凤仙："快去吧！"

6. 老神树下。

郏耀庭手捋胡须，心态怡然地看着小莺子。

小莺子在高兴地歌唱：

九月里来艳阳天，

百灵踏枝叫得欢。

小莺生来爱唱歌,

歌声飞到银杏园。

蒙山沂水风光好,

银杏故事天下传……

匆匆走来的郯银根,也止步凝听着小莺子的歌唱。

银铃般的歌声,飘荡在老神树的上空。

郯银根鼓掌:"小莺子唱得真好听!"

小莺子:"你是谁呀?"

郯耀庭:"是你银根叔叔。"

小莺子:"噢,俺认识你。"

郯银根:"认识我?"

小莺子:"你就是老爷爷顶喜欢的,那棵栋梁树!"

郯银根:"啥栋梁树呀?"

小莺子:"能做房梁的树呗!"

郯银根笑。

小莺子神秘地:"你过来,我告诉你。"

郯银根走到小莺子身边。

小莺子:"在银杏园呀,有一棵'四世同堂'树,其中那棵最挺直的树就是你,俺还摸过它呢!"

郯银根:"你是听我爷爷说的吧?"

小莺子:"你咋知道?"

郯银根:"我猜出来的呀!"

小莺子:"嘻嘻,你挺聪明的!"

郯耀庭哈哈地大笑起来。

郯银根抱起小莺子,转了几个圈。

三人笑在一起。

郯耀庭:"根儿,找我有事吗?"

郯银根取出批文:"爷爷,姚县长把建矿的批文又送来了!"

郯耀庭接过批文,激动地:"批文呀,你终于又回来了!"

郯银根:"这就叫好事多磨呀!"

郯耀庭:"根儿,这份批文失而复得,你应该感谢你的母亲呀!"

郯银根:"为什么?"

郯耀庭:"因为是她,给你娶了个好媳妇

呀!"

郯银根:"是的,金刚石矿能起死回生,妹妹立了大功啊!"

郯耀庭:"连你母亲也不会想到,她这个娘侄女一进咱郯家门,胳膊肘就朝外拐了!"

郯银根:"这就是人们常说的,得道多助,失道寡助。"

郯耀庭:"根儿,夜长梦多,咱不得不防!要尽早地把矿建起来,越快越好啊!"

郯银根:"我马上就去古码镇打电话,请王教授即刻启程!"

郯耀庭:"你顺便告诉银业和银国,今天晚饭都回来,爷爷和你们兄弟仨喝杯欢庆酒!"

郯银根:"我知道了。"离去。

7. 上海、码头。

两辆轿车驶停码头。

钱运昌、钱太太、钱小漪和王教授,分别从两辆轿车上走下。

阿男手提皮箱相送。

王教授:"钱老板,你是全家总动员呀!"

钱太太:"王教授,王太太咋没同侬一道来呀?"

王教授:"昨天晚上还说得好好的,今天一早就变卦了!"

钱运昌:"王太太也太任性了。"

王教授:"谢天谢地,说句心里话,我是真怕她跟我一块去呀!"

阿男:"爸、妈,你们该上船了。"

众人踏上甲板。

钱太太:"阿男,侬回去吧。"

阿男:"小漪,你多保重。"

钱小漪:"你自己在家,也要保重。"接过皮箱,离去。

阿男向众人挥手致意:"再见!"

客轮发出长鸣声,驶离码头。

8. 夕阳映红了郯府大院。

后院、客厅。

餐桌上摆满了丰盛的菜肴。

郯耀庭、郯银根、郯银业、郯银国、大管家围桌而坐。

郯耀庭乐呵呵地:"你们说,今天是啥日

子?"

郯银根:"农历九月初九,重阳节。"

郯耀庭:"重阳无雨一冬晴。自入夏以来,咱家一直是风风雨雨,今天终于放晴了。我把你们兄弟仨叫到跟前,和爷爷一起喝杯欢庆酒。"

郯银根与郯银业、郯银国站起:"爷爷,今儿是老人节,我们兄弟仨先敬您一杯。祝爷爷鹤发朱颜,康泰长寿。"

众人干杯。

郯耀庭:"昨日花开今日谢,百年人有万年心。自打根儿回来后,我本打算图个清闲。可心里呀,还老惦着前边的事。"

郯银根:"爷爷一辈子摸爬滚打,才创建了这份家业。我掌门才月余,就遇到了这么多艰难,深深感到爷爷的创业是多么来之不易啊!每当我遇到迈不过去的坎,就会想到爷爷的教诲,浑身就充满了力量。俗话说,创业难,守业更难,宏业就更是难上加难。文王拘而演《周易》,仲尼厄而作《春秋》,屈原放逐而赋《离骚》,左丘失明厥有《国语》。这些前人都是在艰难中,印证了自己的价值!"

郯银业:"爷爷,我在大哥身上看到了您的影子,我要学而时习之!如今,酒厂和油坊生产正常,下一步就是重整队伍、扩大生产。建矿也迫在眉睫,我要在王教授到来之前,做好一切准备事宜,争取早开工、开好工。咱也要像西方那样,把采矿、冶炼、成型,搞成一条龙的流水生产线!"

郯银国:"爷爷,我再给您说说学校里的事。学校自挂牌以后,来报名的学生又蜂拥而至,原先准备的校舍远不能满足需要,刘校长正在考查分校的校址。刘校长还提出,本校的学生不仅要学文,而且还要习武,要为国家培养出一批文武兼备的人才!"

郯耀庭的脸上笑成一朵菊花:"仲亭呀,你听到了吧,我的三个孙子咋样啊?"

大管家:"老爷,三个少爷犹如猛虎下山、蛟龙出海呀!"

郯耀庭端起酒杯:"爷爷敬你们一杯!"

众人干杯。

郯银根:"爷爷,再给我们讲个故事吧。"

郯耀庭:"你们愿听啥呀?"

郯银业:"急用先学,就给我们讲一个马上要做的事吧。"

郯耀庭想了一下:"好,我就给你们讲一个金锭的故事。"

兄弟三人聚精会神地听着。

郯耀庭:"从前有一个财主,他用自己一生的积蓄,买了一块大金锭。在自己的院子里挖了三尺深的坑,把金锭埋进去,又在上边盖了些苔藓。可他仍担心窃贼潜入他家,每隔几天他总要刨开土,取出金锭,爱不释手地把玩上老半天,然后再心满意足地重新把它埋好。谁知有一个人无意间发现了财主正在埋金锭,就在财主熟睡时偷走了金锭,然后又填上土,盖上苔藓。第二天,当财主刨开坑时,发现金锭不翼而飞了,他号啕大哭起来。有一个行人路过,安慰他说,你有金锭的时候,你难道真的把它派上过用场吗?并没有,因为你把它埋到了泥土里。它和一块石头没什么两样,所以你大可不必难过。你去把一块石头埋在那坑里,当它是金子,每天把玩不就行了!反正,你又不想用金锭,土坑里埋金锭和埋石头,对你又有什么区别呢?财主听后哑口无言。"

郯银根似在自语:"是呀,物有所值,在于用。再有用的金锭,不用它,则与石头无异。"

郯银业:"这不仅是一名管理者能不能善于用财,更是他能不能用人的真谛!一个管理者,不能把人才埋在坑里,需要借他人之力达成自己的目标。对于下属来说,他也需要一个施展自身才华的擂台。爷爷,您这个故事讲得正是时候,无论是酒厂还是油坊,正需要把金锭从坑里挖出来,派用场的时候!"

郯耀庭:"谁是金锭呀?"

郯银业:"酒厂的小六子、油坊的花油匠。"

郯耀庭:"根儿,你说这两个人行吗?"

郯银根:"爷爷,您是故事里的那个行路人,不仅给财主说明了道理,而且也给我们指出了方向,咱们都不能去做财主那样的人!"

郯耀庭恍然:"对对对。银业,酒厂和油坊是你管辖的事,由你自己决定吧。"

郯银业:"爷爷,我敬您一杯!"

二人干杯。

9. 郯府、后院、客厅、窗户外。

郯银之在窃听。

10. 郯府、后院、客厅内。

郯银根："爷爷，还有一件事，我想听听您的意见。"

郯耀庭："啥事呀？"

郯银根："杏琳和杏花的婚事。"

郯耀庭："她们和男方都到了啥程度了？"

郯银根："杏花和司马已经交往了一段时间，杏琳和高处长刚刚相处。"

郯耀庭："这些事，让我咋说呀？连个媒人都没有，成何体统？"

郯银根笑："爷爷，您剪了辫子，戴上了礼帽，可思想还是大清的。国父孙中山和夫人宋庆龄，不也是自由恋爱没有媒人吗？"

郯耀庭："咱咋敢和国父相比呀？"

郯银杏："可国父是咱国民的楷模。"

郯耀庭不语。

郯银根："爷爷，你觉着高处长和司马，人品怎么样？"

郯耀庭："他们相貌堂堂，正气凛然，都是有志青年。"

郯银根："我就知道爷爷会喜欢他们的。"

郯耀庭长叹一声："喜欢归喜欢，可他们不是咱平民家的子弟。说一千道一万，我还是打心眼儿里不赞成和官宦人家攀亲。"

11. 郯府、后院、客厅窗外。

郯银之闪身离去。

12. 晚霞似锦。

郯府一派祥和安宁。

13. 郯府、后院、客厅内。

郯耀庭和三个孙子仍在开怀畅饮。

14. 郯府、西院、客厅。

郯银之匆匆走进客厅。

蒋凤仙迎上："你咋才回来呀？"

郯银之故弄玄虚，闷头坐在椅子上。

蒋凤仙："你啥也没打听到？"

郯银之不语。

蒋凤仙："你呀，连这么点儿事都办不了！"

郯银之依然不语。

蒋凤仙气愤地坐到一边。

郯文博："算了吧，谁让我摊上这么个儿子！"

郯银之走到蒋凤仙身边："不想听了？"

蒋凤仙不理。

郯银之："你们不想听，我就不说了。"欲走。

郯文博："回来！"

郯银之："想听了？"

郯文博："我打死你这个狗东西！"

郯银之："别别别，您可千万别气坏了身子，您眼看就要做皇亲国戚了！"

蒋凤仙一怔："你说啥？"

郯银之："高公子爱的那个人，你们知道她是谁吗？"

蒋凤仙："谁？"

郯银之："就是咱杏琳！"

郯文博："真的？"

郯银之一下子蹦到椅子上："我立马就是国舅爷了！"

蒋凤仙欣喜若狂："银之，你是听谁说的？"

郯银之："郯银根！"

郯文博："快给爹说说！"

蒋凤仙顺手关上了门窗。

欲进门的女佣小翠被关在门外。

15. 郯府、西院、客厅外。

小翠欲走开，又回，站在窗外窃听。

16. 夜幕降临。

郯府笼罩在月色里。

17. 月夜。

郯府、东院。

郯银根、郯银业、郯银国走进东院。

小萍迎上："大少爷！"

郯银根："母亲睡了吗？"

小萍："没呢。"

郯银根："你去通报一声，我们来向母亲问安。"

小萍："请三位少爷在客厅稍等。"

郯银根、郯银业、郯银国走进客厅。

小萍离去。

18. 月夜。

郯府、东院、卧室。

小萍走进卧室："大奶奶，三位少爷向您问安来了。"

董兰君："不见！"

小萍："这……"

董兰君："就说我睡了。"

小萍："我刚才说您没睡。"

董兰君："刚才是刚才，现在是现在！"

小萍："大奶奶，您这是何苦呢？三位少爷是……"

董兰君："少啰唆，快去！"

小萍："是。"离去。

19. 月夜。

郯府、东院、客厅。

郯银根、郯银业、郯银国在等待。

小萍走进："大少爷，大奶奶睡下了。"

郯银根："你刚才不是说，母亲还没睡吗？"

小萍支吾地："大奶奶她……"

郯银根："母亲不愿意见我们？"

小萍不语。

郯银根："二弟、三弟，咱们去拜见母亲。"

小萍阻拦："大少爷，您……"

郯银根："小萍，母亲是不会怪罪你的。"

三人走出客厅。

小萍紧随身后。

20. 月夜。

郯府、东院、卧室。

董兰君心绪紊乱，她听到脚步声，便闩上门，吹熄灯。

21. 月夜。

郯府、东院、卧室外。

郯银根与郯银业、郯银国走到卧室门前："母亲，我和二弟、三弟向您问安来了。"

室内无动静。

郯银根："母亲，我们知道您没有入睡，可为啥就不能见我们一面呢？"

室内无动静。

郯银根："如果我们有做错的地方，您可以批评，我们愿意聆听您的教诲。"

室内无动静。

郯银根："您是我们的母亲，我们是您的儿子，难道母子之间还有不可逾越的鸿沟、无法沟通的心灵吗？"

室内无动静。

郯银根："我记得，在我们小的时候，是您教会我们说话，教会我们走路，教会我们识字读书。每当我们取得成绩，您比谁都高兴；每当我们做错了事，您比谁都有耐心地纠正我们。您的'男儿千年志，吾生未有涯'的教诲，还在耳边回响。可是当我们展开翅膀刚刚要起飞的时候，母亲却背对着我们，离我们越来越远了！这是为什么？您能告诉我们吗？"

室内无动静。

郯银根："母亲，假如您忘记了是我们的母亲，但我们不会忘记是您的儿子。"

室内无动静。

郯银根眼含泪水，背诵着唐代孟郊的《游子吟》：

慈母手中线，
游子身上衣。
临行密密缝，
意恐迟迟归。
谁言寸草心，
报得三春晖。

寂静的天空，一轮明月被几缕白云覆盖。

小萍流出热泪。

郯银根、郯银业、郯银国向母亲深深一躬。

22. 旭日东升。

古码镇、码头。

郯银根、郯银业等候在码头上。

客轮徐徐靠岸。

钱运昌、钱太太、钱小漪、王教授走下客轮。

郯银根、郯银业赶忙迎上。

朋友相见，分外高兴。

郯银根："王教授，您的助手和学生呢？"

王教授："他们带着仪器，明早就到。"

23. 乡间大道。

郯银根、钱运昌、钱太太、钱小漪和郯银

业、王教授，分别乘坐在两辆马车上，朝银杏园驶去。

24. 乡间大道。

第二辆马车上。

钱运昌眺望着辽阔的旷野。

钱太太感到一切都是那么新鲜。

钱小漪触景生情，目光痴涩。

郯银根："钱太太，您从未到过北方的农村吧？"

钱太太："遐其哉！"

郯银根："啥意思？"

钱运昌对夫人："到了山东，你要讲国语。"

钱太太："勿来事。"

钱运昌："你讲上海话，别人是听不懂的。"

钱太太："侬当翻译好来。"

钱运昌："真麻烦！"

郯银根笑。

钱运昌："郯先生，这片土地在历史上是齐国呀，还是鲁国呀？"

郯银根："从西周到春秋时期，这一带是郯国，郯国是鲁国的一个附庸国。它位于山东的最南端，北接临沂，南靠江苏，西瞻枣庄、菏泽，东临黄海，素有山东'南大门'之称。"

钱太太努力说着国语："哎哟哟，跨过南大门就到了南京，离上海嘎近？"对郯银根："侬听懂伐？"

郯银根："我听懂了。古码镇码头，就是一个水路交通的枢纽。"

25. 乡间大道。

第一辆马车上。

王教授："银业先生，咱们这是去哪儿呀？"

郯银业："去我家。"

王教授："为什么不去金鸡山？"

郯银业："你们长途跋涉，甚是辛苦。歇息两日，再工作不迟。"

王教授不悦地："我来是建矿的，不是休息的！"

郯银业："那好吧，咱们明天就去金鸡山。"

王教授阴沉着脸。

郯银业看看王教授，也没敢再言语。

26. 乡间大道。

第二辆马车上。

钱太太："阿囡，侬哪能了，为啥么子勿开心？"

钱小漪："没有。"

钱太太："瞎讲。侬是不是又想起，上次来山东的那桩事体了？"

钱小漪："妈，你乱说啥呀？"

钱太太力图说国语："郯先生，阿囡来山东，侬为啥勿肯见侬？"

钱小漪："妈！"

郯银根："小漪上次来的时候，我和爷爷正在金鸡山。"

钱太太："侬不晓得侬来？"

郯银根未听明白。

钱运昌："你不知道小漪要来吗？"

郯银根："当我看到电报的时候，她已经走了。"

钱太太："啥人做了这桩混账事体？"

钱小漪："妈，别讲了，好不好？"

钱太太："阿囡回到屋里厢，一连哭了好几日，侬晓得伐？"

郯银根无语。

27. 乡间大道。

第一辆马车上。

王教授突然对马夫说："站住！"

马夫停住马车。

郯银业诧异地："王教授，您？"

王教授："去金鸡山！"

28. 乡间大道。

第二辆马车也紧跟着停下。

郯银根、走下马车："怎么不走了？"

郯银业下车："王教授执意要去金鸡山。"

郯银根走到马车边："王教授，咱明天去金鸡山，好不好？"

王教授："不，我现在就去！"

郯银根："在那里，还没有做好准备呀。"

王教授："我不去，你们知道准备什么？"

郯银根："至少要有吃的喝的。"

王教授："我有随身带的面包，山里难道就没水吗？"

钱运昌、钱太太、钱小漪也走下车。

郊银根与钱运昌耳语。

钱运昌、郊银根上了马车。

王教授疑惑地看着他们。

钱运昌对马夫："走！"

马夫："去哪？"

钱运昌："郊府！"

王教授："你！"

钱运昌："王太太不在，你反天了！"

王教授不再说话。

郊银根窃笑。

两辆马车在大道上疾驰。

29. 银杏园。

两辆马车驶进银杏园。

另一辆马车迎面驶来。

马车上坐着蒋凤仙和郊银之。

郊银之慌乱地欲放下轿帘。

蒋凤仙："别放！"

郊银之："是他们！"

蒋凤仙："怕什么？"

三辆马车擦肩而过。

30. 银杏园。

第一辆马车上。

钱运昌："郊先生，这就是银杏园吗？"

郊银根："是的。"

钱运昌："好大的一片林子呀！"

郊银根："这是几代人栽下的银杏树，树龄最长的一棵是老神树，它已经有三千年的历史了。"

钱运昌："老神树在哪？"

郊银根："在沂河边上，改日我再陪你们去瞻仰。"

钱运昌："王教授，你这回就开开眼界吧！"

王教授："我的心早飞到金鸡山去了！"

31. 乡间大道。

蒋凤仙乘坐的马车，朝县城疾驰。

郊银之："可把我吓坏了！"

蒋凤仙："你呀，成不了大器！别忘了，现如今他们是借助咱西院的势力！没有咱杏琳，他啥也干不成！"

郊银之："对！从今往后，我要让郊银根看

我的眼色行事！"

马车在行驶。

32. 郊府、后院、客厅。

郊耀庭兴奋地更换着衣服。

大管家在一旁侍候着。

郊耀庭："宴席都准备好了？"

大管家："按您吩咐，四冷八热俩大件。"

郊耀庭："这可是贵客呀！"

大管家："上海人爱吃甜，大厨师是按他们的口味做的。这除外，还有鲜嫩的老神树叶炒鸡蛋、蜜汁银杏、银杏八宝鸭、香酥银杏四个特色菜。"

郊耀庭："主食呢？"

大管家："烤牌、牛肉糁。"

郊耀庭："南方人不喜欢吃面食，还是改成银杏小窝头吧。"

大管家："是。"

33. 郊府、大门外。

两辆马车驶停门外。

众人下车。

钱运昌、王教授都不由被这座豪宅大院震慑。

郊银根："请。"

众人走进宅门。

34. 郊府、前院。

郊耀庭恭候在大厅前。

众人走进前院。

郊银根疾步上前："爷爷，这是王教授，这是钱先生一家人。"

郊耀庭高兴地："喜鹊枝头叫，我家贵人来。请！"

众人走进大厅。

35. 郊府、前院、大厅。

茶几上摆放着时令鲜果。

主宾落座。

郊银根："爷爷，王教授是咱们国家首屈一指的稀有金属建矿与冶炼专家。若不是程教授的举荐、钱先生的相助，是到不了咱这穷乡僻壤的。"

王教授："此话欠妥！香港比上海还繁华，那里有金刚石矿吗？"

郏耀庭：“言之有理，言之有理。”

郏银根：“王教授的敬业精神令人钦佩，今日就执意要去金鸡山。”

王教授：“此话又欠妥！不去金鸡山，我来干什么？”

郏耀庭随声附和：“言之有理，言之有理。”

钱运昌赶忙打圆场：“郏公，王教授做事既顶真又性急，在家里也是这样，王太太早已习惯了。”

郏耀庭：“言之有理，言之有理。”

王教授瞪了钱运昌一眼，不再说话。

郏银根：“爷爷，钱先生想在这里建一个棉花生产基地，您觉着可行吗？”

郏耀庭：“自打祖辈起，这里就盛产棉花，棉桃既白又大，再加上水陆交通方便，北方上百里的客商都到这里收购棉花。不知啥原因，近几年来收购的人少了，不少棉农都改种了粮食。”

钱运昌：“郏公，我这次来，还请您领我到田间去转转，到几户棉农家里去聊聊。”

郏耀庭：“您放心，这件事保你满意。”

钱太太：“郏老伯，侬屋里厢，老大老大哟！”

郏耀庭：“老了，我今年都七十有余了。”

钱小漪笑。

郏耀庭：“姑娘，你笑啥？”

钱小漪：“我妈说，郏府太大了！”

郏耀庭呵呵地笑着：“听错了，听错了。”

郏银业：“爷爷，她就是钱小姐。”

郏耀庭惊喜地：“你就是根儿在日本读书时的同学？”

钱小漪点头。

郏耀庭站起身：“钱小姐，我们家对不住你呀！”

钱小漪感动万分，走到郏耀庭身边：“爷爷，您请坐。过去的事，银根都对我说了，您是个好爷爷。”

大管家走进大厅：“老爷，酒菜备齐了，请客人们入席吧。”

郏耀庭：“诸位，请！”

36. 沂河县、县衙、大门外。

马车驶至县衙。

蒋凤仙、郏银之走下马车。

卫兵阻拦。

蒋凤仙：“请你通报一下，郏府的二姨太和银之少爷要拜见姚县长。”

卫兵拨电话。

蒋凤仙、郏银之在等待。

卫兵放下电话：“对不起，姚县长不在家。”

蒋凤仙：“他到哪儿去了？”

卫兵：“没说。”

蒋凤仙：“他啥时候回来？”

卫兵：“不知道。”

郏银之发火：“你撒谎！”

卫兵也瞪起眼：“走开！”

郏银之：“姚县长明明在家，你却说他不在！”

卫兵：“你咋知道？”

郏银之：“睁开你的狗眼看看，知道我是谁吗？我是你郏少爷，是民国政府的科长！你骗了别人骗不了我！”

卫兵有些胆怯地：“是秘书说姚县长不在，管我啥事？”

蒋凤仙掏出钱：“小兄弟，你也不容易，请你再通报一遍吧。”

卫兵：“我不敢！”

郏银之：“我自己来！”拨电话。

卫兵欲阻拦。

蒋凤仙将钱塞到卫兵手里。

37. 县衙、办公室。

姚月亭在处理公务。

秘书侍立一边。

电话铃响。

秘书接电话。

电话里郏银之的声音：“我是郏银之，要拜见姚县长。”

秘书：“姚县长不在。”

姚月亭：“谁来的电话？”

秘书：“郏银之。”

姚月亭：“不见！”

秘书对电话：“郏公子，姚县长确实不在。”

郏银之的声音：“我有最要紧的事向他禀报！”

秘书："他不在，我有啥办法？"

郯银之的声音："姚县长不在，我就找你！"

秘书："你找我有啥用？"

郯银之的声音："我就在县衙门口等着，你啥时候见，我就啥时候走！"挂断电话。

姚月亭："走了？"

秘书："简直是只癞皮狗，非要见我不行！"

姚月亭："你去一趟吧，赶紧把他打发走！"

秘书离去。

38. 县衙、大门外。

郯银之："他娘的，这种狗官真是令人发指！"

蒋凤仙："你错了，贪官比清官好对付。"

郯银之："可这种人，说翻脸就翻脸！"

蒋凤仙："这就跟养狗一样，你只要摸透了它的秉性，它就能乖乖地趴在你跟前。"

秘书走出县衙，笑容可掬地："郯少爷，让你久等了。"

蒋凤仙："为了姚县长，就是等到天黑也值得。"

秘书："真是不巧呀，姚县长到专署开会去了。"

蒋凤仙："他啥时候能回来呀？"

秘书："说不准。你们有啥事，能对我说吗？"

蒋凤仙："瞧您说的，您是姚县长最贴心的人，跟他说和跟您说，还不都是一个样吗？"

秘书："啥事呀？"

蒋凤仙："您还记得前些日子，高公子来的事吗？"

秘书："当然记得。"

蒋凤仙："你知道他是为啥来的呀？"

秘书："为了郯子中学剪彩挂牌嘛！"

蒋凤仙："天底下挂牌的学校多着呢，他能都去？"

秘书笑："我明白，高公子和郯府有很深的交情。"

蒋凤仙："郯府的人多着呢，他和谁有很深的交情呀？"

秘书："当然是大少爷郯银根！"

蒋凤仙笑出声。

秘书："不对吗？"

蒋凤仙："怪不得高公子埋怨说，你们连关系都没闹清呢！"

秘书愕然地："噢，是个啥关系呢？"

蒋凤仙："高公子是为了自己的未婚妻而来的。"

秘书："谁是他的未婚妻？"

蒋凤仙："就是我们西院的郯杏琳！"

郯银之吼着："郯杏琳是我的同父同母的亲妹妹！"

秘书惊诧："啊？"

蒋凤仙："听明白了吧？"

秘书讷讷地："听明白了。"

蒋凤仙："银之，咱走吧，反正咱把高公子的话都传达到了。"欲走。

秘书连忙说："别走别走，请二位到县衙稍等，说不定姚县长马上就能回来了。"

蒋凤仙："那好吧。"

秘书将蒋凤仙、郯银之请进县衙。

39. 夕阳映山红。

古码镇、碧露春旅店。

郯银根、郯银业陪同王教授、钱运昌一家人，走进旅店。

老板娘迎上："大少爷！"

郯银根："房间都准备好了吗？"

老板娘："好了好了，就盼着客人来呢！"

郯银根对客人说："小镇的条件有限，还请多包涵。"

王教授："我来山东，不是住店的！"

钱运昌："郯先生，条件蛮好的！"

郯银根："请！"

老板娘领众人走上二楼。

40. 古码镇、碧露春旅店、二楼。

王教授、钱运昌和钱太太、钱小漪，分别走进三个房间。

每个房间都摆着鲜果。

女店员给每个房间沏上茶水。

郯银根在走廊上叮嘱郯银业："你今晚也住在这里，多向王教授请教。"

郯银业："他的脾气，真让人受不了。"

郯银根："有些大家，脾气都很古怪。再说，他一年到头在家里忍气吞声，不释放出来还能行？"

二人笑。

郯银根："我发现了一个秘密，只要钱先生一提王太太，王教授立马条件反射，就蔫了！"

郯银业："对，我也用这个法宝对付他！"

二人笑。

郯银根："别忘了，给程教授打个电话。"

郯银业："等程教授一到，王教授就有可对话的人了。"

郯银根："这也正是咱学习知识的好时机。"

郯银业："我明白。"

郯银根："还有，王教授的助手和学生，明天一早就到了，你要做好安排。"

郯银业："我知道。"说完，走进王教授房间。

41. 太阳落山。

古码镇、碧露春旅店、钱小漪的房间。

钱小漪触景生情，怅然若失。

郯银根走进。

钱小漪："你还没回去？"

郯银根："我在你父母的房间里。"

钱小漪："时间不早了，你再不回去，你的夫人就要担心了。"

郯银根："等明天，我让她来看你，你们也认识一下。"

钱小漪："我们早就认识了。"

郯银根："这怎么可能呢？"

钱小漪："现实生活中，不就是有许多不可能的事情可能了吗？"

郯银根："你们俩真的见过面？"

钱小漪："我上次来山东，就是在这个房间里……"

在钱小漪的眼前，又重现了当时的情景：

碧露春旅店、客房内。

董姝妹在老板娘的陪同下，来到客房。

钱小漪打开房门。

董姝妹站立门外。

二人相视，都不由怔在那里，彼此被对方的容貌所折服。

董姝妹热情地："钱小姐还没用早餐吧？老

板娘，你把早餐给钱小姐送到房间来。"

钱小漪："不用了，就泡两杯清茶吧。"

老板娘离去。

二人仍伫立门口。

董姝妹："钱小姐，咱俩就站在这里说话吗？"

钱小漪："您请进。"

董姝妹走进房间："钱小姐，让您受委屈了，孤身一人住在这个小旅店里，实在是不好意思。"

钱小漪："没什么，我很喜欢这个小店。"

董姝妹："我们虽然没有见过面，但我对钱小姐已是耳熟能详。怪不得钱小姐讨男人喜欢，没想到您的容貌是如此丰姿绰绝。"

钱小漪："您过奖了，您才是天生丽质、端庄秀丽。"

老板娘送茶水后离去。

钱小漪："小姐，咱们说了半天话，我还不知道该怎样称呼您呢？"

董姝妹："我叫董姝妹，是郯银根的妻子。"

钱小漪惊诧："郯银根并没有结婚呀。"

董姝妹笑："钱小姐是上海人，怎么能知道这里的习俗呢？只要女人的'帖子'交给了男方，她一生就再也不能嫁给别的男人了。"

钱小漪的眼里露出了茫然的目光。

董姝妹温存地："钱小姐，请用茶。"

钱小漪心不在焉地应着。

董姝妹怜惜地："钱小姐，今天我是鼓足了勇气才来找您的。我知道，你和银根在日本留学期间相识、相知、相爱，还彼此相许要结成终身伴侣。为此，银根不顾家人的反对，执意不参加'换帖'仪式。他的这个举动把郯府搅得天翻地覆，年过古稀的爷爷也被气得差些丢掉性命！"

钱小漪喃喃地："原来是这样。"

董姝妹："我曾痛苦过，怨恨过，也曾有过轻生的念头。是上苍拯救了我！你们回国后，各分东西，虽然是你们的心依然连在一起，但现实生活成了你们不可逾越的障碍。银根在万般无奈之下，才从痛苦中走出来，最终还是接受了这桩婚事。郯府的一场风波，也随之平息了。没想到，钱小姐又千里迢迢从上海赶来，这必然会再次掀起郯府更大的风浪，年过花甲的老人再也经不起折腾了！钱小姐，您是一位有学识有修养的人，己所不欲，勿施于人呀！"

钱小漪不语。

董姝妹："钱小姐，我们都是女人，您的痛楚同样刺痛我的心，也更使我夜不能寐。我后悔，压根就不该来到这个世界上，假如世上没有我该有多好啊……"哽咽起来。

钱小漪心乱如麻，无法对答。

董姝妹拭去眼泪："钱小姐，我的失态，让您见笑了。可是，我真的不知道该如何做是好呀？"

钱小漪："你走吧，让我静下来好好地想一想。"

董姝妹站起身，欲走又回："钱小姐，我明天再来看您。"

钱小漪："不，我明天也许就要回去了。"

董姝妹："这怎么行呢？银根不在家，我要替他来照顾您！"

钱小漪："您说，我还能见到他吗？"

董姝妹："我想会的。"

钱小漪："要等多久？"

董姝妹："等多久也不要紧，我会天天来陪您的！"

钱小漪赶忙说："不用了，不用了，我还是回去吧。"

董姝妹："钱小姐执意要回去的话，我明天就替银根来送您。"

钱小漪："不，我要自个走……"眼里不由地流出了泪水。

重现的画面消失。

郏银根怜悯地看着钱小漪。

钱小漪："她没有告诉你这些吗？"

郏银根："没有。"

钱小漪："她是怎么知道，我来找你呢？"

郏银根摇摇头。

钱小漪："不是你告诉她的？"

郏银根："没有。"

钱小漪："又是你的母亲！"

郏银根发出一声长叹。

钱小漪："你母亲为什么要这样做？"

郏银根未语。

钱小漪："你们母子之间的关系不好吗？"

郏银根未语。

钱小漪："你们之间发生了什么事？"

郏银根不语。

钱小漪："你一定要告诉我！"

郏银根："小漪，请你原谅。"

二人一时无语。

钱小漪："对不起，我不该问这些事。"

郏银根："不，小漪，你没有错！"

钱小漪又陷入痛苦地回忆："我坐立不安，一颗心好像沉入海底。面对这间屋子，只有泪水伴随着我。我一遍又一遍无声地呼喊：郏银根，你在哪里？我害怕再见到你的未婚妻，便早早地离开了旅店，孤苦伶仃地徘徊在沂河边……"

重现画面：

古码镇、沂河岸边。

钱小漪手提皮箱在徘徊，泪水模糊了她的视线。

古码镇、码头。

钱小漪凄楚地登上客轮。

客轮、甲板上。

钱小漪眺望着渐渐远去的古码镇，怅然若失……

画面消失。

钱小漪已泪流满面。

郏银根取出手帕，轻轻抚去钱小漪面颊上的泪水。

钱小漪猛地抓住了郏银根的手。

二人久久地凝视着。

继而，两双紧握在一起的手，又缓缓地松开了。

郏银根极力地抑制着自己的情感："我，我该走了。"

钱小漪依然在凝视着他。

郏银根的双脚像灌了铅一般的沉重，他刚走到门边。

钱小漪扑到他的身上。

二人紧紧地拥抱在一起。

42. 夜幕降临。

郏府、四合院、卧室。

董姝妹心神不宁，她倾听着院子里的脚步

声，又不时走到门口，朝院门处眺望。

夜色笼罩了一切。

董姝妹走出卧室。

43. 夜。

郏府、大门内。

董姝妹走至门房。

男佣赶忙走出："少奶奶，您有事吗？"

董姝妹："大少爷回来没有？"

男佣："没呢。刚才老太爷也派人来问过。"

董姝妹："这么晚了，怎么还没回来呢？"

男佣："准是忙呗。"

董姝妹："你去请示老太爷，要不要派人去迎一下？"

男佣："大管家已经派人去了。"

董姝妹："等大少爷回来时，去给我说一声。"

男佣："知道了。"

董姝妹离去。

44. 夜。

郏府、西院、郏银之卧室。

郏银之悠闲自得地躺在床上。

蒋凤仙像只蝴蝶似的飞了进来。

郏银之似饿狼般扑了上去。

蒋凤仙闪身躲开。

郏银之跟没事人一样，哼起了小曲。

蒋凤仙："别哼了，难听死了！"

郏银之："那你给爷唱一段。"

蒋凤仙："呸！你还没资格吩咐老娘！"

郏银之："你不老，应该是小娘。"

蒋凤仙："叫一个。"

郏银之："小娘！"

蒋凤仙发着淫荡的笑声。

郏银之："你笑得真好听，就像是鸳鸯楼里的笑！"

蒋凤仙把脸一板："你再说，我就撕烂你的嘴！"

郏银之："别介，我好赖也是个国舅爷，腆着个烂嘴咋上街呀？"

蒋凤仙跷起二郎腿："这回呀，终于轮到咱西院扬眉吐气了！"

郏银之："他郏银根还在做着建矿的梦呢，

明天我把土地局的文件朝他面前一放，他就洋鬼子看戏，傻眼了！"

蒋凤仙："你对他就这副样子？"

郏银之："比这还要凶！我怕啥？我是带着尚方宝剑，去执行公务！"

蒋凤仙："好事也能让你办砸了！"

郏银之："我对他还要觍着脸吗？"

蒋凤仙："对！你既然要在仕途上混，就应该好好学学县长大人！你看人家，笑容可掬，办啥事都跟真的一样，吃人都不吐骨头！"

郏银之："老谋深算！"

蒋凤仙："他把球踢给你，既在咱面前做了好人，又不得罪郏银根。同时，还给郏银根颜色看看，真是滑到家了！"

郏银之："我该咋做呢？"

蒋凤仙："把球再踢回去！"

郏银之："咋踢？"

蒋凤仙撩起旗袍，做了个踢球状。

郏银之："坐好坐好，一个女人露着条大腿，成何体统？"

蒋凤仙撩开旗袍，赤裸着两条大腿。

郏银之急不可待地把蒋凤仙抱到床上。

45. 夜。

郏府、东院、卧室。

董兰君病倒了。

女佣小萍把热毛巾捂在她的头上。

董兰君闭着眼睛，忍受着高烧的痛苦。

小萍："大奶奶，您烧得这么厉害，不请大夫咋行呀？"

董兰君摇摇头。

小萍："这么拖下去，也不是个办法呀。"

董兰君不语。

小萍："我去告诉大少爷吧？"

董兰君厉声道："别去！"

小萍："这咳咋办呢？"

董兰君："记着，我生病的事，不准告诉任何人！"

小萍："为啥？"

董兰君："我不能让他们看我的笑话！"

小萍急得哽咽起来。

董兰君："哭啥，我没事，挺一挺就过去

了。"

小萍捧着茶杯："大奶奶，您再喝点水吧。"

董兰君坐起："我自己喝。"

小萍细心地伺候着。

董兰君："又是建矿又是办学堂，这个家早晚要毁到他们手里！"

小萍："大奶奶，您就别操这些心了。您劳累了大半辈子，也该清闲清闲，享享福了。"

董兰君："小萍，他们都住到古码镇了？"

小萍："是的。"

董兰君："西院里有啥动静？"

小萍："我听小翠说，二姨太和银之少爷，一大早就去县城了。"

董兰君："不是个好兆头啊！"

小萍："您是说……"

董兰君："塌下天来才好呢！"

小萍一怔。

董兰君："少奶奶知道钱小姐也来了吗？"

小萍："我不清楚。"

董兰君："哼，死灰也要复燃了！"咳嗽起来。

小萍："大奶奶，您还是躺下睡一会儿吧。"

董兰君躺倒在床上。

小萍又给大奶奶换了一条热毛巾。

46. 夜。

四合院、卧室。

董姝妹孤灯独坐。

院子里传来脚步声。

董姝妹触电般地跑到门口。

郯银根走进卧室。

董姝妹："表哥！"

郯银根："你怎么还没睡呀？"

董姝妹："你不回来，我能睡得着吗？"

郯银根："你辛苦了。"

董姝妹给丈夫端上茶："相夫教子是女人的本分。"

郯银根亲昵地把妻子揽在怀里。

董姝妹："她来了？"

郯银根："谁呀？"

董姝妹："钱小姐。"

郯银根："是的。"

董姝妹："她来干什么？"

郯银根："和她父母一起，来考察棉花种植基地。"

董姝妹从丈夫的怀里离开："她懂得棉花的种植吗？"

郯银根不悦地看着妻子。

第十六集

1. **夜。**

郊府、四合院、卧室。

郊银根与董姝妹的谈话，已经变得很不愉快。

董姝妹强作笑颜："赶明儿，我要去拜访这位老朋友。"

郊银根："你们认识？"

董姝妹："当然认识了。她上次千里迢迢来看你，恰巧你和爷爷去了金鸡山。我瞒着姑妈偷偷地去了古码镇，想陪她几天，等你回来。可钱小姐执意不肯，当天就返回上海了。"

郊银根："母亲不知道你去找钱小姐？"

董姝妹："姑妈要是知道，我还会说是瞒着她去的吗？事后我才知道，姑妈和钱小姐之间的关系闹得很僵。我也就成了风箱里的老鼠，两边受气。"

郊银根未语。

董姝妹："你不相信我的话吗？"

郊银根未语。

董姝妹："钱小姐对你说了什么？"

郊银根凝视着妻子。

郊银根未语。

董姝妹："你为什么不说话？"

郊银根的眼前重现出与董姝妹初次见面的情景：

郊府、东院、客厅。

董姝妹："我听姑妈说，你在日本读书期间，有了一个心爱的人，是吗？"

郊银根："是的。"

董姝妹："你想和她结婚吗？"

郊银根："想。"

董姝妹："我祝福你们！"

郊银根："你不恨我吗？"

董姝妹："恨！因为她把你从我身边抢走了！"

郊银根："是呀，咱们两家已经换了喜帖。"

董姝妹："换喜帖不是换心呀！男女之间的爱是心之爱，它不是换帖所能取代的。表哥，我和你所爱的钱小姐都是女人，我失去你，心里难过，而钱小姐不也是一样吗？只要你能得到真正的幸福，我就高兴，因为我是爱你的。"说话的声音有些哽咽了。

郊银根不由地对表妹产生了敬意。

画面消失。

董姝妹："你在想什么？"

郊银根起身欲走。

董姝妹："你到哪儿去？"

郊银根："爷爷还在等着我。"离去。

董姝妹心忐忑不安。

2. **夜。**

郊府、后院、客厅。

郊耀庭的精神格外好，他亲自给长孙准备着宵夜。

大管家："老爷，您歇会，我来吧。"

郊耀庭："这阵子把根儿累坏了，要给他好好补补身子。"

大管家："鸡和银杏汤，都炖成奶黄色了。"

郊耀庭："仲亭呀，你说我这辈子最高兴的是啥事呀？"

大管家："有个好孙子！"

郊耀庭："他好在哪？"

大管家："他和老爷一样，都锐意进取。"

郊耀庭："有啥不一样吗？"

大管家嘿嘿地笑："说不出来。"

郊耀庭哈哈大笑："一个是老头子，一个是年轻人。"

大管家："老将出马，一个顶俩。"

郊耀庭："你知道'老马识途'的说法吗？"

大管家："不知道。"

郯耀庭："有支队伍在山里行军迷了路，就让一匹老马走在队伍的前头，在这匹老马的带领下，七转八拐走出了迷途。"

大管家："还是老的有经验。"

郯耀庭："统帅这支队伍的将军，在皇帝面前说，我曾参加过十次战役，经验丰富，应该提升为元帅。而皇帝说，爱卿，你好好看看这些驴子，它们至少参加过二十次战役，可他们仍然是驴子。"

大管家愕然地看着老爷。

郯耀庭："经验和阅历固然重要，但并不是衡量能力和才华的标准。有的人有十年的经验，只不过是一年的经验重复了十年而已。对于人来说，只有想法是新的，才能有新的办法，这就是我和根儿的不同。就拿这次建矿来说，要不是根儿，我的那些经验都等于零。"

大管家："老爷，大少爷真是您的心肝宝贝！"

郯耀庭："是呀，拿十个金刚石矿也换不走我的孙子！"

郯银根走进客厅："爷爷！"

郯耀庭："饿坏了吧？先吃饭后说话。"

大管家给郯银根盛上鸡汤。

郯银根："爷爷，咱们一块吃！"

郯耀庭："好！仲亭，坐下吃！"

大管家："哎，好。"

三人愉快地吃着饭。

郯银根："爷爷，一切都准备好了，明天一早就去金鸡山。"

郯耀庭："给程教授打电话了？"

郯银根："有银业来办这件事。"

郯耀庭："明天一早，上海还要来人，都安排了吗？"

郯银根："爷爷，你放心吧，都安排好了。"

郯耀庭："我真是清心了。"

大管家："大少爷，老爷刚才还夸您呐！"

郯银根："爷爷，再奖励个故事咋样？"

郯耀庭："你呀，从小就爱听故事。如今都娶媳妇了，还像个小孩子一样。"

郯银根："我听您的故事，一辈子也没个够！"

郯耀庭："好，我就再给你讲一个。"

郯银根像个小孩子一样，精神专注地听着。

郯耀庭："有一家兄弟三人，一个叫怨天，一个叫怨地，另一个叫无悔。三兄弟结伴而行，要到一个繁华的城市去谋生。在他们面前有三条路，只有一条可以到达城市。怨天说，听天由命吧，闭着眼选了一条去碰运气。怨地说，家里穷没读过书，也不会计算该走哪条路，他拍拍屁股就选了条大路走了。剩下的只有一条小路了，无悔也拿不定主意，就去问一个老者。老者说，走错的也是路。他记着老者的教诲，踏上了那条小路。他经历了无数痛苦和艰难，每次挫折和失败都没能击倒他。当他面临绝境时，心里总是说'走错的也是路'。十年后的一天，他终于到了朝思暮想的城市，他又凭着这句话，成了一个富翁。怨天和怨地依然很贫穷，因为他们走着走着，觉着自己选错了路，又灰溜溜地回到那个贫穷的小山村。无悔对他俩说，每条路都可以通往城市，走错了的也是路呀！"

郯银根感悟道："对呀，人生之路本来就是对错交叉之路，走对的是路，走错的也是路。走对的路有经验可总结，走错的路更有教训可汲取。人们习惯在正确里面找亮点，却不善于在错误里面找经验，其实这就增加了失误的成本，抵消了真理的利润。"

大管家："大少爷，怪不得您愿意听故事，原来这里边有这么多道道呀！"

郯银根："爷爷教给我的知识，比大学里的教授还多呢！"

三人笑。

3. 金鸡山。

山坡上又搭起数个帐篷。

王教授在郯银根、郯银业的陪同下，攀登着山峦。

郯银根："王教授，程教授就是在这里找到的矿石。"

王教授将《地质结构图》铺在地上。

助手及学生们簇围在他的身边。

王教授指挥着助手及学生进行测绘。

郯银业细心地做笔记。

· 229 ·

郊银根将茶水送到每个人面前。

4. 平展展的农田。

庄稼人有的在深翻土地，有的在忙活秋种。

郊耀庭陪同钱运昌来到农田。

农户们围拢过来。

钱运昌与农户交谈。

5. 金鸡山。

王教授与助手、学生们紧张地工作着。

郊银业细心地观察着一切。

郊银根帮着厨师，烧着茶炉："范师傅，他们都是上海人，要按南方人的口味做。"

厨师："大米饭，狮子头，炒油菜。"

郊银根："再加个榨菜蛋花汤。"

厨师："好来!"

6. 农户里。

郊耀庭陪同钱运昌，与几名须发皆白的老农在交谈。

7. 古码镇、祥茂商号。

酒厂账房与丁母、丁嫂、海娃走进商号。

小六子惊愕："哎哟，你咋突然冒出来了?"

酒厂账房："是大少爷让我来的。"

小六子："我咋没听说过?"

酒厂账房："你小子是谁呀，大少爷还要样样事都向你禀报呀?"

小六子："咱可不敢当。"

酒厂账房："看这架势，你小六子是这里的主事了?"

小六子："山中无老虎，猴子称大王!"

酒厂账房："灶王爷放屁，神气了!"

小六子："大少爷让你回来，安排了个啥差事?"

酒厂账房："你猜呢?"

小六子："仍旧是账房?"

酒厂账房："好马不吃回头草，咱如今是草编织厂的厂长了!"

小六子愕然："啥厂?"

酒厂账房："大少爷要在古码镇建个草织品厂，让我当厂长。"

小六子："田大龙，你因祸得福，喜跳龙门呀!"

田大龙（此后，"酒厂账房"改称"田大龙"）："少啰嗦，你知道大少爷在哪吗?"

小六子："在金鸡山呐!"

田大龙："到那干啥?"

小六子："要建一个金刚石矿!"

田大龙："乖乖!"

小六子："这位是嫂子?"

田大龙："她是我姐，这是我外甥，这是我姐夫的娘。"

小六子："咋都来了?"

田大龙："她们都是编织厂的师傅!"

小六子："嘿，技术人员!"

丁母："俺啥员也不是，挣口饭吃呗。"

小六子这时才发现丁母是个盲人："大娘好!"

丁母："咱都好，都好。"

田大龙取出钥匙："小六子，这是大少爷给租的房子，你帮着把她们先安排下，我要马上赶到金鸡山去!"

小六子："行，你放心地去吧!"

田大龙离去。

8. 金鸡山。

众人兴致盎然地吃着中午饭。

郊银根："王教授，饭菜可口吗?"

王教授："我来不是为吃饭的!"

郊银业："王教授，王太太做饭的手艺不错吧?"

王教授瞪了郊银业一眼，不再言语。

王教授的助手："师母压根就不会做饭!"

王教授又瞪了助手一眼。

助手："我说得不对?"

王教授不语。

郊银业与郊银根对视了一眼，窃笑。

田大龙气喘吁吁地跑来："大少爷!"

郊银根："你咋找到这儿来了?"

田大龙："小六子告诉我，你在这儿。"

郊银根把田大龙叫到一边："丁母一家都来了吗?"

田大龙："都来了。"

郊银根："你去看过厂子了?"

田大龙："还没呢。"

郊银根："大娘双目失明，行动不便，我就

把你们安排在离工厂近的地方住。"

田龙龙:"谢谢大少爷。"

郯银根走到二弟面前:"银业,我把这里交给你了。你不光要用心学知识,还要照顾好王教授。他初来乍到,水土不服,别把他累坏了。"

郯银业:"我知道。"

郯银根又走到王教授身边:"王教授,您辛苦了,古码镇还有些事情,我先走了。"

王教授:"走就走呗,我又没让你来!"

郯银根尴尬地笑笑,与田大龙离去。

9. 郯府、西院、郯银之卧室。

郯银之仍在酣睡。

突然传来敲门声。

郯银之从睡梦中惊醒,他起床开门。

蒋凤仙站在门外:"你怎么还睡呀?"

郯银之:"咋了?"

蒋凤仙:"你不去金鸡山了?"

郯银之恍然:"哎呀,我把这茬给忘了!"

蒋凤仙:"你呀,真是稀屎糊不上墙!"

郯银之:"少废话!还不是让你给折腾的?"

蒋凤仙:"你见了郯银根咋说呀?"

郯银之:"忘了!"

蒋凤仙火冲脑门:"忘了?"

郯银之大笑:"看把你急的!放心吧,我会按你说的去办!"

10. 古码镇、草编织厂。

这原是一处车马店,有房舍,有大棚,有院落。

郯银根与田大龙走进屋子。

田大龙:"乖乖,好大呀!"

郯银根:"只是陈旧和杂乱了些。"

小六子、丁嫂、海娃闻声从屋里跑出。

海娃:"舅舅!"

郯银根:"海娃,还认识我吗?"

海娃:"大爷!"

郯银根高兴地抱起海娃:"想上学吗?"

海娃:"想。"

郯银根:"等安顿好了,你就报名上学去。"

海娃:"没钱咋上呀?"

郯银根:"大爷领你去。"

海娃:"人家不向你要钱吗?"

郯银根:"咋不要呢?"

海娃:"那咋办?"

郯银根:"大爷给他呗。"

海娃:"真的?"

郯银根:"真的!"

海娃赶忙站到地上,给郯银根鞠了一躬。

小六子:"海娃,你遇到贵人了!"

丁嫂感激地说:"是呀,是呀!"

郯银根:"大娘呢?"

小六子:"在屋里呢。"

11. 草织品厂、屋内。

郯银根走进屋:"大娘!"

丁母:"恩人来了?"

郯银根:"大娘,从今往后这里就是您的家。等咱的工厂办起来,日子就好过了。"

海娃:"奶奶,大爷还要送我去上学呐!"

丁母把孙子揽在怀里:"海娃,别忘了,大爷是咱家的恩人呀!"

海娃点头:"俺记住了。"

丁母长叹了一声:"你爹这个混账东西,也不知道跑到哪儿去了?他还偷了东家的钱,这不是昧良心吗?"

郯银根:"大娘,咱不提这些了。"

丁母:"俺可忘不了。恩人呀,俺跟娃他娘商量好了,等挣了钱先把他欠柜上的账还上。"

郯银根的心像被蚊虫蜇了一下,赶忙把话岔开:"丁嫂,你们村的姊妹有愿意来的吗?"

丁嫂:"只要能挣钱,谁不愿意来呀?她们只是心里没底,都说看看再定。"

郯银根:"大龙,你是咋打算的?"

田大龙:"俺想分四步走。第一步,先把厂子整理好,这是门面。第二步,招兵买马,先把那些手巧的招来。第三步,请专家设计花样,办训练班。第四步,正式投入生产。我思来想去,最难的就是寻找客户了,产品没人要就砸锅了!"

郯银根:"你想得很好。客户的事由我来办,你把其他事办好就行了。"取出银票:"这是五万块钱,就用它作起步费用。"

田大龙未接。

郯银根:"拿去。"

田大龙:"大少爷,您一下子就给我这么多

钱，我……"

郑银根："我要是信不过你，就不会让你来当厂长了。"

田大龙声音哽咽地说："大少爷，我田大龙是个知恩图报的人！"

郑银根把银票交到田大龙手上。

12. 沂河县城。

郑银之率领马队驰出县城。

13. 古码镇、碧露春旅店、钱小漪居住的客房。

钱小漪心情亢奋地梳妆打扮。

传来敲门声。

钱小漪满怀深情地将门打开，不由愣住了！

董姝妹站在门外，热情地说："钱小姐，你好！"

钱小漪显得有些慌乱。

董姝妹："你要出门吗？"

钱小漪："不，不出门。"

董姝妹："听说你来了，特意来看看你。"

钱小漪已镇静下来："请进。"

董姝妹走进客房，顺手关上房门："钱小姐愈发的漂亮了。"

钱小漪："董小姐也是光彩照人啊。"

董姝妹笑。

钱小漪："你笑什么？"

董姝妹："你我都是有夫之人，准确的称呼应该是太太了。"

钱小漪："你是让我称你郑太太了？"

董姝妹："我咋称呼你呢？"

钱小漪："你可以直呼我的名字。"

董姝妹："不喜我称呼你太太吗？"

钱小漪："一个女人即使做了母亲，也可以称呼小姐。"

董姝妹："噢，我差点忘了，钱小姐是出国留过学的人。"

钱小漪："这无关紧要。"

董姝妹："钱小姐旧地重游，有何感想呀？"

钱小漪："这间屋子，留给我许多记忆。"

董姝妹："是美好的记忆吗？"

钱小漪："恰恰相反。"

董姝妹："这么说，你是对我有成见了？"

钱小漪："我喜欢诚实的人。"

董姝妹："难道我把自己心爱的未婚夫拱手让人，就是诚实的吗？"

钱小漪："你爱与不爱，让与不让，那都是你的权力。但绝不能信口雌黄，去伤害另一个女人！"

传来叩门声。

董姝妹的心里咯噔一声。

钱小漪打开房门。

郑银根惊愕地看着董姝妹。

钱小漪："请进！"

郑银根："你怎么来了？"

董姝妹："我不能来吗？"

郑银根："是的，没有必要。"

董姝妹："我和钱小姐也算是老朋友了，来看望她还不行吗？"

钱小漪抿嘴一笑："郑太太是个有心人呐！"

郑银根："伯母呢？"

钱小漪："在她房间里。"

郑银根："准备好了吗？"

钱小漪："她要休息，不肯出去。"

董姝妹热情地说："银根，钱小姐难得来一趟，你陪她出去玩玩，我在这里陪伯母说话。"

钱小漪："不用了，我母亲愿意自个儿休息。"

董姝妹："你是怕我招待不好伯母吗？"

钱小漪："我是怕母亲休息不好。"

董姝妹："是钱小姐过虑了吧？"

钱小漪："谢谢你的好意。"

董姝妹："既然这样，我就先回去了。"说完，但未离去。

郑银根："小漪，我们走吧。"与钱小漪走出客房。

董姝妹相继跟出。

14. 碧露春旅店、大门外。

郑银根、钱小漪走出旅店。

董姝妹伫立门口，无奈地望着他们的背影。

15. 古码镇、街道。

钱小漪目不暇接地看着各类店铺。

郑银根："我今天要陪你去看银杏园、老神树、孔望山、马陵古道……"钱小漪兴奋地说：

"去这么多地方？"

郯银根："咱们是骑马呢，还是乘坐马车？"

钱小漪："骑马！"

郯银根："你会？"

钱小漪："我小时候，就跟父亲骑过马！"

郯银根高兴地："走，咱们纵马驰骋！"

16. 沂河岸边。

郯银根、钱小漪纵马驰骋。

17. 乡间大道。

郯银之率马队直奔金鸡山。

18. 董姝妹乘坐马车，驶出古码镇。

马夫扬鞭，马蹄踏踏。

董姝妹："停下！"

马夫停住马车："少奶奶，有啥吩咐？"

董姝妹："回旅店！"

马夫："是。"调转车头。

马车驶进古码镇。

19. 花园庄、郯子花园行宫。

行宫雄伟壮观、气势恢宏。

处处是乾隆御笔。

有一幅御制楹联格外醒目："满窗松石无非古，一屋烟云总是春。"

郯银根、钱小漪走进行宫。

钱小漪："真没想到，此处竟有这么一座宏伟的建筑！"

郯银根："乾隆皇帝六次下江南，六次下榻郯地，这是他的'郯子花园行宫'。"

钱小漪："他为什么总要在这里住些日子呢？"

郯银根："原因有三。其一，乾隆是一位文化造诣很高的皇帝，南巡途中下榻郯地，可以更好地领略齐鲁文化。更何况孔子曾东游郯地，他也要沿着圣人走过的路走一程。其二，此地是山东最南端的县，它与江苏相连，乾隆下榻此地，可以了解两省的民情。更何况康熙南巡时也曾路经郯地。其三，自古以来，此地英杰辈出，人才荟萃。乾隆下榻此地，不但可以发现人才，而且也能获得知识界的支持。"

20. 孔望山、望海楼。

郯银根、钱小漪拾级而上，登上望海楼。

钱小漪："这就是望海楼吗？"

郯银根："是的。"

钱小漪："怎么没有楼呢？"

郯银根："它名曰楼，而实无楼。这是一座高大的石峰，巨石错叠、参差嵯峨，形如石楼。春秋时期，孔子访郯时，曾登上石楼望海，故后人称其孔望山、望海楼。"

钱小漪眺望东方："啊，真是太美了！你在这里，看到过东海日出吗？"

郯银根："凡此地人，焉有不看之理？一轮红日从东海喷薄而出，霞光万道，瑞气千条，山光水色，雾霭茫茫，云海相接，幽然迷人。清朝进士王恒曾写道：'山峰削壁壁成楼，楼势穿云最上头。人去海天波渺渺，山街人影日悠悠'……"

层峦叠嶂，青山如黛。

21. 金鸡山。

王教授依然忙于测绘。

郯银业聚精会神地记着数据。

王教授口干舌燥："渴死我了！"

郯银业赶忙端来茶水。

王教授边喝水边看着郯银业的笔记："你学的是什么专业？"

郯银业："北平大学物理系。"

王教授："你选错了专业！"

郯银业愕然看着王教授。

王教授："你应该成为我的学生！"

郯银业："感谢教授的抬爱。"

王教授指着笔记："你是我见到的最优秀的学生！"

郯银业："不敢当。"

王教授大声喊着："你们都过来！"

助手及学生们走到王教授面前。

王教授："你们都仔细看看，这就是一份完整的测绘报告！"

众人传阅笔记。

王教授盯着郯银业："可惜呀可惜，你竟选错了专业！"

郯银之与马队策马而来。

郯银业迎了上去。

郯银之翻身下马："二哥，咱大哥呢？"

郯银业："你找他有事吗？"

郏银之神情严肃地说："是件大事！"

郏银业不由地紧张起来："什么大事？"

郏银之："这个矿要停建！"

郏银业："你说什么？"

郏银之取出批文："这是土地局的公文！"

郏银业看公文："咱家有县政府的批文呀！"

郏银之："那个不管用！我再三对黄局长说过，咱家建矿是姚县长批准的，不能说停就停呀？可黄局长说，他请示过姚县长，姚县长不知道国家还有这项规定，叫咱们马上停下来！"

郏银业："不能停！"

郏银之："二哥，我这是在执行公务！"

郏银业："银之，如此重大的事情，咱们要马上去找大哥！"

郏银之："对！可眼下先要把工程停下来才行！"

郏银业："银之，你看看，王教授他们刚刚铺开摊子，咱要是马上停下来，不凉了人家的心吗？"

郏银之："这心早晚是要凉的！军令如山，我也没啥办法？"

郏银业："你就不能再去通融一下？"

郏银业指着马队："上司急等着我的回话呢！"说完，走到王教授面前："王教授，对不起了。我受县政府的指派，立即中止建矿！"

王教授惊愕："不是一切手续都办齐了吗？"

郏银之笑："要是办齐了，还能中止吗？"朝众人大喝一声："停下！"

郏银业："银之！"

郏银之冲马队喊："执行！"

全副武装的卫兵拆掉了帐篷。

王教授声嘶力竭地喊着："你们这是干什么？"

郏银业怒不可遏，打了郏银之一耳光！

22. 古码镇、碧露春旅店、客房。

钱太太品着香茶，摆弄着首饰。

传来叩门声。

钱太太赶忙把首饰放起，警惕地走到门边："侬啥人？"

门外传来董姝妹的声音："钱太太请开门，我是来看望您的。"

钱太太打开门："请侬快到屋里厢来！"

董姝妹走进客房："钱太太，我是郏银根的妻子董姝妹。"

钱太太心里一怔，冷冷地说："噢哟，我晓得侬，阿囡讲过侬的事体。"

董姝妹未听懂，只是笑笑。

钱太太："侬来有啥事体呀？"

董姝妹依然听不懂。

钱太太努力讲国语："你是来寻郏先生的？"

董姝妹："我是来专程看望您的。"

钱太太："谢谢侬，我很好，没啥看头。"

董姝妹："钱太太，您很有福气，有这么一个好女儿。"

钱太太："侬比侬差交乖！"

董姝妹："您说什么？"

钱太太："我同你讲话，太吃力了！"

董姝妹："钱小姐到哪儿去了？"

钱太太："我不晓得。"

董姝妹："瞧我这记性，我丈夫陪她出去游玩了。"

钱太太心里犯了嘀咕："我不晓得。"

董姝妹笑："钱太太，您别紧张，他们一块出去玩玩又有啥？"

钱太太："侬拉是同学加朋友，当然没啥事体。"

董姝妹："要是再生出啥是非来，可就不好办了。"

钱太太："你讲这话是啥意思？"

董姝妹："钱太太是位有教养的人，难道还需要我解释吗？"

钱太太："侬太小气了，阿囡不是侬讲的那种人！"

董姝妹："钱太太，您不要激动。人非草木，孰能无情，更何况他俩从前还有那么一段恋情？"

钱太太感到自己受到污辱："侬哪能这样讲话？今朝触霉头，竟然碰着侬这个样子的女人！"

董姝妹："尽管我没有听懂您的话，我知道您是在指责我。但我还是要把话说在前头，您要管好自己的女儿，千万不要做出不体面的事来！"

钱太太突感气闷，一时说不出话来。

董姝妹："假如真要做出越轨的事情，朋友

之间就要反目为仇了!"

钱太太一阵头晕目眩,跌坐在椅子上。

董姝妹不安地说:"钱太太,钱太太!"

23. 葛庄、孝妇冢。

庞大的冢前,设有石桌、石瓶、石香炉。

两座石碑赫然醒目:一为康熙年间所立;一为光绪年间所立。

冢的周围,遍植松柏,郁郁葱葱,庄严肃穆。

郯银根、钱小漪在冢前施礼。

24. 孝妇祠。

这是嘉庆元年的建筑。

朱门双开,气势宏伟。

朱门两侧有一幅烫金对联:"六月飞雪天报孝,三年不雨帝鸣冤"。

郯银根、钱小漪走进朱门。

院内,栽植松柏、丁香、紫藤,景色宜人,幽雅寂静。

正殿的木龛内,端坐着凤冠霞帔,慧眼微开的孝妇塑像。

郯银根:"元代杂剧作家关汉卿,最脍炙人口的作品《窦娥冤》,就取材于汉代流传下来的'东海孝妇'的民间故事。东海孝妇就是此地人,名叫周青,是个孝顺的寡妇。她的表哥是个赌徒,为了三十两银子把她卖了。周青死活不肯,她表哥买通官府,说她毒死了婆婆,县官把她定为死罪。在她临刑的那天,悲愤地呼喊:'苍天啊,我是冤枉的!我死之后,血溅白练,六月下雪,大旱三年!'果不然,她的呐喊全都兑现了!这些都是大剧作家关汉卿的呼喊,用他那充满血肉之感的笔触,诉说着社会民众的疾苦与无奈,把一腔悲悯的情怀,倾洒在被污辱的女性身上!"

钱小漪感慨地:"关汉卿不愧是伟大的'曲圣'!"

郯银根:"只有为人民说话的作品,才是不朽的!"

25. 古码镇、碧露春旅店、二楼客房。

钱太太在老中医的调理下,已经平缓下来。

老板娘细心地给钱太太喂水。

26. 客房外、走廊。

董姝妹把老中医叫到门外:"不碍事吧?"

老中医:"火气攻心,平静下来就好了。"

董姝妹:"还需要服药吗?"

老中医:"不用了,让她静静地睡一会吧。"

离去。

27. 碧露春旅店、一楼。

老中医刚欲出门。

郯银业气喘吁吁地跑进旅店。

女店员迎上。

老中医离去。

郯银业:"谁病了?"

女店员:"钱太太。"

28. 碧露春旅店、二楼、走廊。

董姝妹叮嘱老板娘:"这件事不要声张出去!"

老板娘:"是。"离去。

郯银业神情紧张地跑上二楼。

老板娘:"二少爷!"

郯银业:"钱太太怎么样了?"

老板娘未语,离去。

董姝妹迎上:"二弟,你怎么回来了?"

郯银业:"钱太太是什么病?"

董姝妹:"不碍事,只是有些水土不服。"

郯银业:"我去看看。"

董姝妹:"她刚刚睡着,别去打扰她了。"

郯银业:"大嫂,你知道我大哥在哪吗?"

董姝妹:"你找他有啥事?"

郯银业着急地:"咱们的矿,被停建了!"

董姝妹大惊:"为什么?"

郯银业:"大嫂,咱们下去谈!"

29. 广袤的田野。

郯银根、钱小漪挥鞭跃马。

钱小漪:"啊,太爽快了!"

郯银根:"没想到你骑得这么好!"

钱小漪:"你太太会骑马吗?"

郯银根:"不会。"

钱小漪:"你骗人?"

郯银根:"是真的!"

钱小漪一勒缰绳,战马疾驰。

郯银根紧追在后面。

30. 马陵山。

这是一座红石山。

山体起伏，重山叠岭，草深林密，葱郁幽深。

它形态如战马奔腾，又似群马相连，另名马连山。

沐河沿山体蜿蜒南流，更增添了马陵山的妩媚灵秀。

郯银根、钱小漪沿山道纵马驰骋。

31. 马陵古道。

这里的山势更加雄浑而深邃。

山间大树林立，呈现出一片郁郁苍苍的景象。

有一条弯弯曲曲狭窄的小道，伸向重重叠叠的山内，不知尽头落在何方。

郯银根、钱小漪将马拴在道外。

二人沿古道而行。

钱小漪："青山隐隐，古道悠悠，沟壑纵横，地势险要！"

郯银根："马陵古道得天独厚，这里拥有历史上一个名传千古的战役。"

钱小漪："什么战役？"

郯银根："马陵山之战！"

钱小漪："发生在哪个时期？"

郯银根："战国时期。伟大的军事家孙膑是孙武的幼孙，他与另一位军事家庞涓是同学。二人曾对天盟誓：'有书同读，有艺同学，一有私心，天地鉴察，永为畜类！'后来，庞涓嫉妒孙膑的才能，到魏国当上'惠王将军'之后，阴谋砍掉了孙膑的两只脚。孙膑虽然残疾，但依然凭借高超的军事才能被齐国委任为军师。在'攻魏救韩'的一次战役中，孙膑把气势汹汹的庞涓和他的十万大军引进山中，在这里，齐军万弩齐发射向庞涓大军，庞涓当场丧命，魏军全军覆没！在战争史上，这是一次中外闻名的战役，也是以少胜多、以弱胜强的典型战役！"

秋风萧瑟，寒气袭人。

钱小漪不由打了个寒噤，她轻声读着峭壁上的两行诗句：

"马陵道，黄杨树，齐兵密排如铁柱，

三更三点过沐河，正是庞涓身死处。"

呼啸的山风犹如古战场的厮杀声，在山谷中回荡。

眼前出现了战场厮杀的幻影。

32. 古码镇、码头。

客轮停靠在码头。

乘客纷纷登上客轮。

郯银业前来给董姝妹送行。

董姝妹："二弟，你回去吧。告诉你大哥，一定要稳住王教授，我会很快从省城回来的。"

郯银业："大嫂，你路上多保重。"

董姝妹："还有，钱太太不适应咱北方的生活，还是尽早地请他们全家回上海吧。"

郯银业："我明白。"

董姝妹踏上客轮。

客轮驶离码头。

33. 金鸡山。

被拆毁的帐篷一片狼藉。

王教授坐在一块岩石上，紧锁着双眉。

学生们沮丧地坐在周围。

助手端茶给王教授。

王教授大声地："不喝！"

助手："老师，咱们回去吧！"

王教授不语。

助手："矿已经停建了，咱待在这里也无益呀！"

王教授忽地站起身："走！"

助手："回去？"

王教授："上山！"

助手："上山干什么？"

王教授："继续工作！"

助手："老师，你看看，帐篷都拆了，还工作啥呀？"

王教授："有帐篷，可以工作；没有帐篷，照常工作！"说完，头也不回地走上山坡。

助手及学生们扛起仪器，跟随教授爬上山坡。

厨师又生起了灶头的火。

王教授和学生们又紧张地投入测绘工作。

助手站在教授身旁，喃喃地说："无效劳动！"

王教授把眼一瞪："你说什么？"

助手："咱就是设计出完整的图纸，又有什么用？"

王教授："这是国家的宝藏，总有一天它会重见天日的！"

助手："可是，眼下不让建矿的正是国家！"

王教授一把夺过助手的仪器："你可以回去了！"

助手："老师，我……"

王教授不予理睬，继续和学生们进行着测绘。

一辆马车驶至金鸡山。

程四光教授走下马车，向车夫付钱。

马车离去。

程教授诧异地看着被拆毁的帐篷，问："老师傅，这是怎么回事？"

厨师："先生，您贵姓？"

程教授："我姓程，是从北平来的。"

厨师惊喜地："哎呀，您是程教授啊！"

程教授："他们人呢？"

厨师朝山坡一指："您看，都在那儿！"

程教授高兴地走上山坡。

34. 银杏园。

秋叶在夕阳的映辉下，闪烁着金灿灿的光晕。

百灵鸟欢快地鸣叫。

郤耀庭、钱运昌走进银杏园。

大管家紧随其后。

钱运昌感叹道："好大的一片林子，一望无垠，蔚为大观！"

郤耀庭："银杏树抗旱涝、抗病虫、抗寒暑、抗贫瘠。高龄者数千年，仍然枝繁叶茂，果实累累。生命力之强，生殖能力之久，令人叹为观止！"

钱运昌："郤公，银杏树为什么还被称为'公孙树'呀？"

郤耀庭："'桃三杏四梨五年，无儿不建银杏园。'栽树的人是得不到利的，为的是造福后代。要想子孙富，多栽银杏树。"

钱运昌："这就是前人栽树，后人乘凉了。"

郤耀庭："银杏树全身是宝呀！木质优良，柔润光泽，不翘不裂，兼有特殊的药香，是贵重家具的上选材料。果仁营养丰富，药食两用，可以延年益寿。"

钱运昌："它的叶子也是宝吗？"

郤耀庭："当然。用叶熬汤，可以解毒，可以治疗哮喘，还可以消除头晕和心疼。"

钱运昌："可是，在《百草纲目》上，只记载着百果仁入药，可没有百果叶之说呀？"

郤耀庭："终有一天，我把百果叶写进去！"

钱运昌笑："哈哈，李时珍定会感谢您这位郤时珍呀！"

二人大笑。

钱运昌："郤公，我要在这里建棉花基地的事情，就拜托您了！"

郤耀庭："根儿早已把这件事装在心里！明年此时，你就坐等在大上海，收取棉花吧！"

郤银业骑马而来。

郤耀庭笑呵呵地迎了上去。

郤银业翻身下马："爷爷，出大事了！"

郤耀庭："慢慢说！"

郤银业："咱们的矿，被停建了！"

郤耀庭大惊："谁停的？"

郤银业："县府！"

郤耀庭："咱们不是有县府的批文吗？"

郤银业取出批文："姚月亭让土地局又下了一道批文！"

郤耀庭看批文："银之是土地局的科长，你快去找他，打听乱子又出在哪里？"

郤银业："爷爷，就是银之带人去金鸡山，拆毁帐篷的！"

郤耀庭："啊？"

钱运昌："王教授呢？"

郤银业："王教授暴跳如雷，不吃不喝，蹲在金鸡山！"

郤耀庭："程教授到了吗？"

郤银业恍然："哎呀，我忘了去码头接他了！"

郤耀庭勃然大怒："银之太混账了！"

钱运昌："咱们兵分三路：你去古码镇寻找程教授，郤公回府上坐等，我直奔金鸡山！"

郤耀庭："好！仲亭，你送钱先生快走！"

大管家："是！"

35. 郤府、西院、客厅。

郤银之绘声绘色地讲着："我把批文朝郤银

业面前一亮，他顿时就傻眼了！紧接着，我向士兵下达命令："执行！"士兵们喊哩咔嚓就把帐篷全都捣毁了！"

郏文博："老二没提姚月亭？"

郏银之："提了！"

郏文博："你是怎么说的？"

郏银之："我说，这就是姚县长的决定！要是没有县长的指示，我能调动士兵吗？"

郏文博："说得对！"

郏银之："我还说，二哥，我是在执行公务，这也是不得已的事情呀！"

郏文博："说得好！"

郏银之："当头一棒，我把他们全打闷了！"

郏文博："之儿，你总算干成了一件大事！"

郏银之："嘿嘿，这都是小妈运筹帷幄，指挥得好！"

郏文博："是呀是呀，咱们的女诸葛又立了大功！"

蒋凤仙："不，应该说是咱们的杏琳发挥的威力！"

郏文博："没想到，我的宝贝女儿给咱西院扬眉吐气了！"

36. 郏府、西院、客厅外。

女佣小翠在窃听。

37. 郏府、西院、客厅内。

郏银之："爹，咋奖赏我呀？"

郏文博："摆宴，喝庆功酒！"

郏银之："完了？"

郏文博："你还想要啥？"

郏银之："票子！"

蒋凤仙："二爷，不能给！"

郏文博："对，不给！"

郏银之："扫兴！"

郏文博："去安排一下酒宴。"

蒋凤仙："我去吧。"走出客厅。

38. 郏府、西院、客厅外。

小翠躲闪不及，正与蒋凤仙撞个满怀。

蒋凤仙："你慌慌张张地干什么？"

小翠："我是来问二爷，晚饭吃啥？"

蒋凤仙："撒谎！"

小翠："我没有！"

蒋凤仙怒："你敢顶嘴？"

小翠："我就是没有！"

蒋凤仙挥手扇了小翠一耳光！

小翠含泪怒视着蒋凤仙。

蒋凤仙："滚！"

小翠离去。

39. 古码镇、碧露春旅店、客房。

钱太太心情郁闷地依窗眺望。

郏银根、钱小漪走进客房。

钱小漪亢奋地叫："妈！"

钱太太见到女儿，不由地流出眼泪："阿囡！"

钱小漪诧异地："妈，你这是怎么了？"

钱太太："告诉侬爹爹，阿拉马上回上海！"

钱小漪："为什么？"

钱太太："侬啥也勿要问哉！"

钱小漪："妈，到底发生了什么事？"

钱太太看看郏银根，没再说话。

郏银根走出了房间。

40. 碧露春旅店、一楼。

郏银根走到一楼。

老板娘迎上："大少爷！"

郏银根阴沉着脸："我走后，谁来过旅店？"

老板娘胆怯地："二少爷。"

郏银根声色俱厉地："还有谁？"

老板娘支吾地："还有……"

郏银根："说！"

老板娘："还有少奶奶。"

郏银根："她来干什么？"

老板娘："看望钱太太。"

郏银根："后来呢？"

老板娘："等我跑到客房的时候，钱太太已经病倒了。"

郏银根："啊？"

老板娘："我也吓坏了，赶紧请来大夫。大夫说，钱太太是火气攻心，需要静养。"

郏银根："少奶奶呢？"

老板娘："乘下午的船去省城了，是二少爷送少奶奶去的码头。"

郏银根："她去省城干什么？"

老板娘："她好像听二少爷说，金鸡山的矿

停建了!"

郗银根:"你说什么?"

老板娘:"人家不让咱建矿了!"

郗银根:"你没听错?"

老板娘:"二少爷心急火燎地在到处找你!"

郗银根二话未说,走出旅店,驰马而去!

41. 碧露春旅店、二楼客房。

钱小漪掏出手帕,给母亲擦着泪水。

钱太太:"阿囝,听妈的话,阿拉快快走吧。"

钱小漪不语。

钱太太:"这个女人心肠勿好,依啥事体都会生出来的!"

钱小漪:"妈,不要怕。她这是故技重演,上一次她就是这样把我逼走的!"

钱太太:"阿拉来山东是寻开心的,触这霉头没啥意思。"

钱小漪:"这回她没那么容易,我要以其人之道还治其人之身!"

钱太太:"阿囝,侬这是何苦呢?"

钱小漪:"对她这种人,就应该这样!"

钱太太无奈地叹了口气。

42. 郗府、东院。

小萍正在摆弄院子里的菊花。

小翠慌慌张张跑进东院:"小萍,小萍!"

小萍看着小翠脸上的泪痕:"你咋哭了?"

小翠轻声地:"西院里的那个骚女人,又使坏了!"

小萍:"使啥坏了?"

小翠与小萍耳语。

小萍惊骇:"啊?"

小翠:"你说这个女人的心有多毒呀?"

小萍:"你赶快去告诉大少爷!"

小翠:"我可不敢!要是让西院里知道了,还不得扒我的皮呀?"

小萍:"出了这么大的事,大少爷不知道咋行呀?"

小翠:"让大奶奶去给他说!"

小萍:"大奶奶和大少爷也较着劲呐!"

小翠:"一扎不如四指近,她们毕竟是娘俩!"

小萍:"行,我去给大奶奶说!"

小翠:"可千万别把我给卖了!"

小萍:"你放心,咱姊妹混口饭吃都不容易。"

小翠:"我走了。"离去。

43. 郗府、东院、卧室。

董兰君在穿衣镜前,端详着自己。

小萍端进一盆金灿灿的菊花:"大奶奶,您看这菊花开得多好看呀!"

董兰君:"可我已经是人老珠黄了。"

小萍:"您是让这场病给折腾的,养几天就又容光焕发了。"

董兰君:"来,给我梳梳头。"

小萍:"嗳。"在化妆台前,帮大奶奶梳头。

董兰君:"有白头发了吧?"

小萍:"一根也没有。"

董兰君:"真的?"

小萍:"您的头发又黑又密,比我们的还好呢。"

董兰君:"巧嘴。"

小萍:"真的!一个人呀,操心和不操心就是两样。前两天,我看见大少爷,脸色又憔悴又苍白,一下子老了不少。"

董兰君:"这才是刚开始呐!"

小萍:"就是嘛。您管家的时候,有板有眼,有条有理。管了这么多年,也没累出一根白头发。可他好,才管了没几天,脸上就不是个正道色了。"

董兰君:"人也瘦了不少吧?"

小萍:"可不是嘛!我看他整天手忙脚乱的,摁下葫芦起了瓢。这不,又出事了!"

董兰君:"又出啥事了?"

小萍:"他刚把专家请来,金鸡山上的矿就又被停建了!"

董兰君:"停建了?"

小萍:"对,这回又是西院里使的坏!"

董兰君:"快说给我听听!"

小萍:"大奶奶,听这些干啥?眼不见,心不烦。他们爱弄成咋样是咋样!"

董兰君:"你烦不烦呀?快说给我听听!"

小萍:"我不愿意说。"

董兰君："我愿意听，快说！"

小萍："大奶奶，现如今呀，西院里可不得了啦！杏琳小姐找了个政府大员家的公子，二姨太就仗着这根竿子往上爬，去找了姚县长，硬是把咱家的矿给停了！大奶奶，您说人家西院厉害不厉害？"

董兰君怒："无法无天了！"

小萍："我不说，您偏让我说，这不又让您生气了。"

董兰君："大少爷知道这些吗？"

小萍："他还蒙在鼓里呢！"

董兰君忽地站起身，欲出门又止。

小萍："大奶奶，您……"

董兰君又坐回梳妆台前："活该！"

小萍："大奶奶，您不管了？"

董兰君："梳头。"

小萍心里一阵酸楚。

44. 夜幕渐渐降临。

乡间大道。

郯银根纵马疾驰。

45. 天已经黑了下来。

金鸡山。

几盏汽灯瓦亮，把山坡照得通明。

王教授、程教授，与助手、学生们在挑灯夜战。

郯银业忙前跑后。

钱运昌帮着厨师烧水做饭。

郯银根骑马而至，不由被眼前的情景所震慑，他的眼睛湿润了。

郯银业发现了郯银根，跟跄地跑到他的身边："大哥！"

郯银根翻身下马："二弟！"

郯银业指着被捣毁的帐篷："这些，都是银之领着人干的！"

郯银根："他的胆子越来越大了！"

郯银业："姚月亭咋又突然变卦了呢？"

郯银根："这种赃官，行事的标准只有一个，那就是看谁对他最有利！"

郯银业："是不是在高公子那里又出了差错？"

郯银根："你大嫂到省城，去找杏琳和杏花了？"

郯银业："大嫂是想力挽狂澜啊！"

郯银根长叹一声，然后走到钱运昌面前："钱先生，让您也跟着受累了！"

钱运昌指着山坡上挑灯夜战的人，激动地说："你看他们，直到现在，还没吃晚饭呢！"

郯银根大步朝山坡走去。

一张硕大的图纸铺在地上。

王教授、程教授蹲在图纸边，边议边画。

郯银根默默地蹲在他们身边。

王教授眼睛盯在图纸上说："圆规！"

郯银根迅速地递上圆规。

王教授："红笔！"

郯银根又递上红笔。

王教授："角尺！"

郯银根寻找不见。

王教授："角尺！"

郯银根仍未递上。

王教授发火："角尺，角尺！"

郯银根："在您的左手边上。"

程教授此时才发现了郯银根："郯先生，是你呀！"

王教授也愣住了。

郯银根啥话也没说，冲着二位教授深深一躬。

程教授："使不得，使不得！"

郯银根哽咽地说："实在对不起，让二位教授吃苦了！"

王教授虎视眈眈说："你跑到哪儿去了？"

郯银根："我……"

王教授："我什么我？你瞧瞧这个烂摊子，还有办法工作吗？"

程教授赶忙说："郯先生，别在意，王教授的心里也是上火呀！"

郯银根："都怪我，我没能把工作做好。"

程教授："突发事件，是谁也难以预料的。"

王教授："你说，这个矿还能够建下去吗？"

郯银根："我想会的。"

王教授："有什么依据？"

郯银根："建矿，这是件于国于民都有利的事情，没有理由要扼杀它！"

王教授："在中国办事，大道理没有用，要找关系，懂吗？"

程教授："郯先生，要不要我回北平去想想办法？"

郯银根："谢谢您，我正在努力！"

程教授："那好，你要抓紧去疏通关系。这里有我和王教授，你就放心吧。"

郯银根走到郯银业面前："二弟，你马上去联系县城的宾馆，还要雇些车辆，等吃过晚饭就请大家回宾馆休息。"

郯银业："大哥，我走了。"骑马而去。

46. 夜。
省城、齐鲁大学、宿舍外。
董姝妹坐在宿舍外等待。

47. 夜。
齐鲁大剧院门口。
巨型霓虹灯广告横立大门上方：北平艺术剧院上演戈理名著《钦差大臣》。
观众络绎不绝，纷纷走进剧场。
郯杏花站在剧场门外等待。
观众渐渐稀少，剧场外已变得冷冷清清。
郯杏花依然在焦急地等待。
剧场内传出钟声。
服务生走到郯杏花身边："小姐，请入场吧，演出已经开始了。"
郯杏花未动。
服务生走进门内。
剧场外已空无一人。
郯杏花乘上黄包车，离去。

48. 夜。
齐鲁大学、实验室。
司马专心致志做着化学实验。
郯杏花怒冲冲走进。
司马并未发现她。
郯杏花站在司马身边，怒视着他。
司马在不经意间发现了郯杏花，不由吓了一跳。
郯杏花将戏票撕碎，摔在司马的脸上。
司马愕然地看着郯杏花。
郯杏花更愤怒，抢起的手停在了半空。
司马忙捡起撕碎的纸片，恍然大悟，连声

说："我该死，我该死！"
郯杏花夺门而去。

49. 夜。
街道。
郯杏花疾步向前。
司马跑到前面拦住了她。
郯杏花："走开！"
司马："我请求你原谅！"
郯杏花哭出了声。
司马："我错了，我向你赔罪！"
郯杏花："我告诉你，你不要以为我就是你的人了，我郯杏花需要的不是你这样的男人！"
司马呆愣住了。
郯杏花："你一点情趣都没有，除了工作还是工作！你这么做，还不就是想从助教巴结成讲师吗？告诉你，你就是成了教授，我也不稀罕！"
司马被刺伤了，他大吼一声："你走，走吧！"
郯杏花一怔，转身离去。
司马双手抱头，跌坐在路边的石级上。
路灯闪烁着昏黄的光。
秋风瑟瑟，树影婆娑。
远去的郯杏花止住了脚步，她回首眺望。
司马依然埋头坐在路边的石级上。
郯杏花又走了回来。
司马遥望着路灯下郯杏花的身影，也缓缓地站起身，朝郯杏花走去。
二人伫立在路灯下。
郯杏花喃喃地说："我刚才不该说那些话，我错了。"
司马："你没有错，在现实生活中还不就是这样吗？有的人认为工作是为了高升，也有的人认为工作是为了赚钱糊口。依我看，这些都不尽然。其实工作是人生的一种需要，从工作中获得的乐趣和成就感，是任何事都无法比拟的。你想一想，你的母亲为什么现在很痛苦？她是因为不能高升，还是因为不能赚钱糊口呢？都不是，她是因为失去了从工作中获得的乐趣和成就感。你再想一想，如果一个人只把工作当成赚钱糊口的工具，这与做买卖有什么两样？他是在零售自己的生命。每日辛苦地工作，每月领到一份薪水。

假如有人问他，给你五百万买你的整个生命怎么样？他肯定不会同意。可他一辈子能挣到五百万吗？他为什么不卖呢？为什么整体批发他不干，而愿意接受零售呢？因为工作也不仅是为了赚钱糊口，而是他还要享受从工作中获得的那份乐趣和成就感！"

郯杏花拥抱了自己心爱的人。

50. 夜。

齐鲁大学、宿舍外。

董姝妹在等待。

51. 夜。

高阳家。

这是一座古朴而又宽阔的花园式楼房住宅。

高部长在客厅里，正接待着省教育厅的邹厅长。

邹厅长："高部长，我们教育厅的报告，您收到没有？"

高部长："收到了。"

邹厅长："您有什么指示？"

高部长："你是怎么考虑的？"

邹厅长："我思之再三，觉着高处长是副厅长最合适的人选。"

高部长："哪个高处长？"

邹厅长："就是您的三公子高阳呀！"

高部长："他为什么是最合适的人选呢？"

邹厅长："高处长既年轻又有水平，他的工作业绩是有口皆碑的。"

高部长："一个二十多岁的毛头小子，怎么能担当如此重任？"

邹厅长："有志不在年高，周瑜十六岁就做了大都督！"

高部长："他可没有周瑜的本事。邹厅长，你的心意我领了，但此事绝不可办。"

邹厅长："高部长，您多虑了，您是怕任人唯亲之嫌吧？可现如今，还不都是如此吗？"

高部长："正因为都是如此，我们才不能这么做！育人者，为人师表也。老百姓常说，上梁不正下梁歪，假如咱们的教育系统也如此腐败，还怎么能给国家培养出有用之才呢？"

邹厅长不语。

高部长："有一次我跟随梁漱溟先生去做农村调查，房东是一位好心的老人，他在草地上发现了一个蛹，便把它带回家。过了几天，蛹壳上出现了一道小裂缝，里面的蝴蝶挣扎了好几个小时，总挣扎不出来。老人于心不忍，就用剪刀把蛹壳剪开，帮助蝴蝶脱蛹而出。可是，这只蝴蝶身躯臃肿，翅膀干瘪，根本飞不起来，没几天就死去了。"

邹厅长："为啥呢？"

高部长："原因是蝴蝶失去了成长的必然过程。人的成长也是如此，不经过挣扎、挫折、磨炼，很难脱颖而出。在人类的历史上，成就伟大事业的，往往不是那些幸运之神的宠儿，而是那些饱经磨难的人！"

邹厅长："高部长，我明白了。"

高太太走进客厅："对不起，饭菜都凉了，你们边吃边谈吧。"

邹厅长赶忙起身："哎呀呀，你们还没吃饭呐？高部长，我走了。"

高太太："在这里一块吃吧？"

邹厅长："对不起，对不起。"离去。

高太太："这人是谁呀？"

高部长："省教育厅的邹厅长。"

高太太："高阳的顶头上司？"

高部长："对。"

高太太："啧啧啧，留下他一块吃顿饭该多好呀！"

高部长："高阳回来了？"

高太太神秘地："还给咱领回来一个漂亮的儿媳妇！"

高部长高兴地："这小子还挺有本事哩！他们人呢？"

高太太："一头扎进厨房，帮着阿姨做饭呐！"

高部长："不错，不错！"

52. 夜。

齐鲁大学、宿舍外。

董姝妹在等待。

第十七集

1. **夜。**

省城、高阳家、餐厅。

高部长、高太太、高阳、郯杏琳围坐在餐桌边。

高太太:"怎么没有上酒啊?"

高阳:"妈,我爸不是不喝酒吗?"

高部长:"今天有客人,例外。"

郯杏琳:"伯父,伯母,我也不会喝酒。"

高太太对儿子说:"拿酒去呀!"

高阳离去。

高太太:"郯小姐,你是哪儿人呀?"

郯杏琳:"古码镇、银杏园。"

高部长:"有位乡绅,名叫郯银根,他是从日本留学回来的,执意回到家乡,并兴办了一所农村中学。你认识他吗?"

郯杏琳:"他是我堂哥!"

高部长惊喜:"高阳去的就是你们家?"

郯杏琳:"是的。"

高太太:"你怎么知道的这么清楚,是不是儿子对你说的?"

高部长:"这个家伙从不和我谈他自己的事情,我是从报纸上知道的。郯小姐,我的大儿子在北平读书的时候,就认识了你堂哥。他曾经向我举荐过,说郯银根是一位难得的栋梁之材。后来我在报纸上又见到了这个名字,果然是一位有志之士。现在各级政府里边,是多么需要这样的人呀,我正想要见一见他!"

郯杏琳:"伯父,谢谢您对我堂哥的厚爱。"

高部长:"你若见到他,代我传个话,请他到省城,我们见个面。"

郯杏琳:"我记住了。"

高阳和用人取来酒杯和酒。

高部长:"今天是喜上加喜,我一定要喝一杯!"

高阳把酒杯端给父亲和母亲:"爸,妈,杏琳是第一次进咱家门,我见你们这样高兴,儿子悬着的心也就落地了,我俩敬二老一杯!"

郯杏琳:"伯父,伯母,高阳是一个值得我信赖的男人,你们更是让我既尊敬又感亲切的长辈。我俩敬二老一杯!"

高部长:"好,咱们一起干杯!"

高太太对丈夫:"你少喝一点,剩下的我替你。"

高部长:"不,我今天要多喝几杯!"

四人干杯。

2. **夜。**

齐鲁大学、实验室。

郯杏花陪司马在做化学实验。

实验又一次失败。

司马:"亲爱的,你回去休息吧。"

郯杏花:"不,我要在这里陪你。"

司马:"我还要查阅大量的资料。"

郯杏花:"我可以帮你一起查呀?"

司马:"隔行如隔山。"

郯杏花:"你可以告诉我呀!我在中学就学过化学。什么 H_2O、H_2SO_4……"

司马笑:"这些都用不上!"

郯杏花:"那我给你递书、点酒精灯,总可以吧?"

司马:"你不困?"

郯杏花:"不困!"说着,打了个哈欠。

司马笑,也不由打了个哈欠。

郯杏花:"谁也不准再说'困'字!"又打了个哈欠。

二人大笑。

司马又聚精会神地查阅着资料。

3. **夜。**

齐鲁大学、宿舍外。

董姝妹依然在等待。

月升中天。

寒气袭人。

董姝妹紧裹着旗袍，在院子里来回踱着步子。

轿车驶进院子。

董姝妹凝视着轿车。

轿车停在宿舍楼前。

高阳、郯杏琳走下轿车。

董姝妹急忙跑上说："杏琳!"

郯杏琳惊喜地喊："大嫂!"

高阳也赶忙上前："大嫂，你何时来的?"

董姝妹："我等许久了。"

郯杏琳："杏花还没回来?"

董姝妹："没有。"

高阳："快回宿舍吧，大嫂穿得太单薄了。"

董姝妹："我不冷。"不由打了个寒噤。

4. 夜。

齐鲁大学、宿舍。

三人走进宿舍。

郯杏琳赶忙给大嫂倒杯热水。

高阳："大嫂，你还没吃饭吧?"

董姝妹："我不饿。"

高阳："我去给大嫂弄些吃的!"

郯杏琳："我这里有点心。"取出饼干桶："大嫂，快吃吧。"

董姝妹大口地吃着。

郯杏琳："大嫂，你来前咋不来个电话呢?"

董姝妹："事情非常紧急，我是临时决定的，连你堂哥也不知道。"

郯杏琳："啥事呀，这么急?"

董姝妹："咱们家的矿，被突然通知停建了!"

郯杏琳："为什么?"

董姝妹："县政府出尔反尔，也不知又咋得罪他了? 上海的专家也请来了，北平的程教授也赶了去，他们在金鸡山正忙着测绘，银之带着一批人捣毁了帐篷，宣读了政府的批文，就这么把矿给停下来了!"

高阳："银之是谁?"

郯杏琳："是我哥，他如今是县土地局的一

名科长。"

董姝妹："我是万不得已，才来找你们的!"

高阳："大嫂，你别着急，咱们一起再想想办法。"

郯杏琳："大嫂，明天我就跟你回去!"

高阳："我也去!"

郯杏琳："不用，等我弄明白情况，就会打电话告诉你。今天伯父说，他很想见一见我堂哥，我正好也把这个消息带回去。"

董姝妹："高部长要见你堂哥吗?"

郯杏琳："是的。"

董姝妹："你堂哥要是能来一趟就好了!"

郯杏琳："我了解堂哥的秉性，此时他是不会来的。"

高阳："为什么?"

郯杏琳："你在困难的时候，找过自己的父亲吗?"

高阳："没有。"

郯杏琳："他和你是一样的。"

高阳点点头。

5. 夜。

齐鲁大学、实验室。

司马精力专注地在做实验。

郯杏花趴在桌子上睡着了。

6. 东方欲晓。

郯府、四合院、卧室。

郯银根疲惫地走进卧室，和衣而卧。

7. 晨。

郯府、四合院。

女佣小萍悄悄溜进四合院。

8. 四合院、卧室。

郯银根头疼欲裂，他又一夜未眠。

传来轻轻地叩门声。

郯银根打开房门。

小萍心情紧张地说："大少爷，我一直在等你!"

郯银根："有事吗?"

小萍点头。

郯银根："进屋说!"

9. 郯府、东院、卧室。

董兰君欲起床："小萍，小萍!"

无人应。

董兰君大声地喊："小萍！"

无人应。

董兰君愠怒，翻身下床，走出卧室："小萍！"

仍无人应。

10. 郏府、四合院、卧室。

郏银根神色凝重。

小萍："我没想到，自家人要害自家人！更没想到，大奶奶知道后竟不管不问！我简直不明白，这些都是为了啥呀？"

郏银根："小萍，你是个有良知的女孩子！"

小萍："大少爷，你要快想个法子才行啊！"

郏银根点头。

小萍："大少爷，我走了。"

郏银根："谢谢你！"

小萍离去。

11. 郏府、东院、卧室。

董兰君怒冲冲地坐在椅子上。

小萍匆匆跑进，见状惊恐："大奶奶，您已经起床了？"

董兰君不语。

小萍："大奶奶，我给您倒洗脸水。"

董兰君冷冷地说："你到哪儿去了？"

小萍："我，我起晚了。"

董兰君："撒谎！"

小萍："我真的是睡着了！"

董兰君："你还嘴硬？"

小萍："我说的是真话！"

董兰君："那好呀，我现在就去问你同屋里的人！"

小萍抑制着内心的慌乱："大奶奶，您，您去问吧。"

董兰君起身，走到门口："走，你和我一块去！"

小萍硬是咬牙走出卧室门。

董兰君却止住了脚步："回来！我才没那闲心，管你这破事呢！"

小萍悬着的心放了下来："大奶奶又不相信奴婢的话，还是亲自去问问好，我也能落得个干净！"

董兰君："你起晚了，还有理呀？"

小萍："起晚了没理，您冤枉人也没理。"

董兰君："行了，还说不得了？"

小萍："都是您调教的，随您！"

董兰君笑："是有点像！"

12. 郏府、后院、客厅。

郏耀庭气急败坏："畜生，简直是个畜生！"

郏银根："爷爷，我本想不让您知道，但又考虑到和西院的关系，我才来告诉您。银之再这么闹下去，无论是对家还是对他本人都是很危险的！"

郏耀庭："你把他叫到这里来！"

郏银根："还是我去找他谈谈吧！"

郏耀庭："你二叔会给你找麻烦的！"

大管家："大少爷，老爷说得对。到了万不得已的时候，你再出面吧。"

郏耀庭："仲亭，你去西院叫银之马上过来！"

大管家："是。"离去。

郏耀庭："根儿，你也回避一下。"

郏银根："爷爷，我还是在这里吧，我怕您……"

郏耀庭："不碍事，我心里有数。"

郏银根离去。

13. 郏府、西院、郏银之卧室。

蒋凤仙在穿衣镜前梳妆打扮。

郏银之："你该回去了。"

蒋凤仙："要撵我走呀？"

郏银之："老爷子要是找不见你，那就麻烦了。"

蒋凤仙："他呀，除非有事才去找我。"

郏银之笑："老爷子不行了？"

蒋凤仙："他就和大烟锅子最亲！"

郏银之："他抽那玩意儿干啥？"

蒋凤仙："你爷俩是各有所好！"

郏银之："也有共同的地方。"

蒋凤仙："啥呀？"

郏银之："都愿听你唱几段。"

蒋凤仙："现在想听吗？"

郏银之："我最愿听的，是你的《贵妃醉酒》。"

蒋凤仙喝口水，润润喉咙，边做身段边唱：
（京剧"四平调"）

海岛冰轮初转腾，见玉兔又早东升。

那冰轮离海岛，乾坤分外明。

皓月当空，恰便是嫦娥离月宫，奴似嫦娥离月宫。

好一似嫦娥下九重，清清冷落在广寒宫，啊，在广寒宫。

玉石桥斜倚把栏杆靠，鸳鸯来戏水，金色鲤鱼在水面朝。

啊，在水面朝，长空雁，雁儿飞，哎呀雁儿呀，

雁儿并飞腾，闻奴的声音落花荫，

这景色撩人欲醉，不觉来到百花亭……

14. 郯府、西院。
郯文博观赏着菊花。
传来蒋凤仙委婉的唱腔。
郯文博寻声而去。

15. 郯府、西院、郯银之卧室。
郯银之鼓掌："好，好！"
郯文博一步跨进门内。
蒋凤仙惊愕！
郯银之没有发现父亲："咋不唱了？接着往下唱！"
蒋凤仙急忙朝他使眼色。
郯银之："你这是啥毛病，挤眉弄眼的？"
蒋凤仙："二爷，您咋来了？"
郯银之："别逗了，吓唬谁呀？"
蒋凤仙："二爷，您请坐。"
郯银之笑："好！你演得真棒！"
郯文博用力咳嗽一声。
郯银之猛回首，看见父亲，即刻从椅子上跳起："爹！"
郯文博："你们一大早的，好雅兴啊！"
郯银之支支吾吾。
郯文博阴沉着脸盯着郯银之。
郯银之唯唯诺诺："爹，我，是她……"
蒋凤仙赶忙接过话，撒娇地说："二爷，是这么回事。昨天夜里呀，我做了一个梦，梦见您

要听我唱戏，可我就跟哑巴了一样，一点声音都发不出来了，您就冲着我大发脾气，我急得浑身是汗呀！天一亮，我就赶紧来找银之，让他看看我到底还能不能唱？"
郯银之："就是，就是。"
郯文博："你这不是唱得挺好吗？"
郯银之："就是嘛，小妈是自个吓自个。"
蒋凤仙娇嫩地说："二爷，我要是真有一天不能唱了，您还会要我吗？"
郯文博："净说些丧门话！"
郯银之："小妈，你干嘛要诅咒自己呢？"
蒋凤仙："还不都是让那个噩梦给吓的！"
郯银之："你就别想它了，人家都说梦是反的！"
郯文博："银之，你怎么又没去上班呀？"
郯银之："去了也没事干。姚县长说，让我盯好建矿的事就行了。"
郯文博："郯银根有啥动静？"
郯银之："他呀，是变戏法的跪下，没招了！"
郯文博："凤仙，你说呢？"
蒋凤仙："二爷，您放心吧，这回不比以往。杏琳是咱西院的闺女，高公子是和咱西院攀的亲，这是实打实的事情，咱还有啥可怕的？"
郯文博："我咋总觉着，这事不会那么简单，郯银根比老太爷还犟，他是不会轻易认输的！"
蒋凤仙："他再犟也不能把杏琳犟成他亲妹妹！就凭这一条，姚县长就得把胳膊肘朝咱拐！"
郯银之："自古以来，这些小县令就没有不巴结皇亲国戚的！"

16. 郯府、西院、客厅。
女佣小翠在打扫客厅。
大管家匆匆而来说："小翠，二爷呢？"
小翠："在院子里。"
大管家："没有啊！"
小翠："刚才还在呢！"
大管家："银之少爷还没起床？"
小翠："今儿起得早。"
大管家："他人呢？"
小翠："在他房间里呗。"
大管家欲走。

小翠赶忙走到大管家身边："你可别忘了要先敲门！"

大管家："噢？"

小翠轻声地："我刚才听见，二姨太在少爷屋里唱戏呢！"

大管家："你净瞎猜疑！"离去。

17. 郏府、西院、郏银之卧室。

郏文博："千万别大意，要瞪起眼来，把郏府的人都给我盯紧了！"

郏银之："小妈，我爹说得对，我盯金鸡山，你盯家里，咱把所有的人都盯死了，要做到万无一失！"

18. 郏府、西院。

大管家走进西院。

19. 西院、郏银之卧室。

郏银之："有人来了！"

蒋凤仙："沉住气。"

大管家叩门。

郏银之走到门口。

大管家："少爷！"

郏银之："你挺懂事的，还学会了先敲敲门。"

大管家："老太爷叫你马上去一趟。"

郏银之："我现在没空。"

大管家："老太爷正等着你呢。"

郏银之："你啰嗦啥？我马上就要上班去了！"

大管家："少爷，我就这么给老太爷禀报？"

郏银之："就这么说！"

郏文博在屋里问："谁在门外说话呢？"

大管家忙走进卧室："二爷，是我。"

郏文博："老太爷找少爷有什么事呀？"

大管家："不知道。"

郏文博："你给老太爷说，少爷要忙着去上班，改日再去后院问候老太爷。"

大管家："是。"

蒋凤仙："慢！二爷，也许老太爷找少爷有啥重要事情呐！大管家，你给老太爷说，少爷一会就到。"

大管家："二爷？"

郏文博："还不赶快回去禀报！"

大管家："是。"离去。

郏文博："凤仙，你干吗要让银之去呀？"

蒋凤仙："二爷，您不是让我们瞪起眼来吗？这是多好的机会呀！戏词里曾有一句：'派你速去打探，弄清他们的虚实！'咱不能总蒙在鼓里呀，要想知道郏银根的动静，就得深入虎穴，从老太爷那里咱就能知道他们想干什么？然后才能拿出针锋相对的计策！"

郏文博："对，应该去！"

郏银之："我见了爷爷就发怵！"

蒋凤仙："他还能吃了你呀？别忘了，你现在是民国政府的科长！"

郏文博："你要记着，该说的说，不该说的别乱说！"

郏银之："哪些该说，哪些又不该说？"

郏文博："我还要一句句地教你呀？再说，我咋知道老太爷要问你啥？"

蒋凤仙："金鸡山的矿，是他的心头肉。这一停建，就像要了他的命！他把你叫去，必定是问这事。一，记住我嘱咐过你的那句话，要上推下卸。二，遇到棘手的事不要慌神，先'嗯、嗯'地应付，其实是在想对策，抓住个话把就以攻为守！三，最主要的，还是要探听出他们的打算！"

郏文博："记住了？"

郏银之："现在是记住了，就怕见了爷爷就忘了！"

郏文博："窝囊废！"

蒋凤仙："挺起腰来，如今是他求你！"

20. 郏府、后院、客厅。

郏耀庭长叹一声："真是近朱者赤，近墨者黑呀！"

大管家："老爷，无论是啥情况，您可都要沉住气呀！"

郏银之走进客厅："爷爷！"

郏耀庭："坐吧。"

郏银之坐到椅子上。

郏耀庭："银之，是你领着人去金鸡山砸烂的帐篷？"

郏银之："是。"

郏耀庭暴怒："你这个吃里扒外的东西！"

郑银之赶忙站起："爷爷，您冤枉我了！"

郑耀庭："说！"

郑银之："端人家的碗，就得受人家的管。爷爷，您知道吗，为这事，我差一点丢了这个科长呀！那一天，姚县长把我叫到办公室，说要停咱家的矿，我一听就急了，当时就和他争辩起来，他拍案而起说，你这是拒不执行政府的命令，我不仅要把你削职为民，我还要把你法办！我说，情愿法办，也不去金鸡山！姚县长恼羞成怒说，缺了你这点葱花也照样炒菜！你可要想明白了，要是执意抗旨，就要株连你的家人！爷爷，我就是在这种情况下，才不得已去了金鸡山！"

郑耀庭："你编得就跟真的一样。"

郑银之："爷爷，我没有半句谎言！"

郑耀庭："姚月亭是为啥又改变主意了？"

郑银之："他说国家有土地法。"

郑耀庭："呸！别说他知道，连我也早就知道有土地法！要不，我三番五次地去求他干什么？"

郑银之："那，那我就不知道他为啥了？"

郑耀庭："你不知道？"

郑银之："不知道。"

郑耀庭："我还要给你提个醒么？"

郑银之："爷爷，您这是啥意思？"

郑耀庭："啥意思？你和二姨太到县衙干什么去了？"

郑银之一怔："去县衙？"

郑耀庭："你们把杏琳搬出来，又是怎么回事？"

郑银之慌乱地："杏琳？"

郑耀庭："说！"

郑银之极力镇定着自己："嗯。"

郑耀庭："你咋不说了？"

郑银之："嗯。"

郑耀庭："你'嗯'啥？"

郑银之："嗯。"

郑耀庭："快说！"

郑银之："噢，我想起来了。我当上科长后，爹让我和二姨太去感谢姚县长。他问我杏琳是东院的还是西院的，我说杏琳是我亲妹妹。爷爷，

我这么说，难道不对吗？"

郑耀庭语塞。

郑银之："我总算弄明白了，爷爷是把杏琳和停矿的事联系到一块了，您是怀疑我从中捣得鬼呀？"

郑耀庭不语。

郑银之："爷爷，我知道您在家里啥事也不知道，肯定是有人在您面前挑拨离间。爷爷，您告诉我，这个人是不是我大堂哥？"

郑耀庭："住嘴！你给我听着，这件事我早晚会弄清楚的！我一旦查出这个家贼，祖宗的家法绝不轻饶他！"

21. 郑府、西院、客厅。

郑文博、蒋凤仙、郑银之发出一阵大笑。

郑文博："好，你这个回马枪杀得好！把老太爷杀了个措手不及！"

郑银之："小妈，你真有两下子！一开始，我就上推下卸。可当爷爷提出咱俩去县衙的事，我就有点慌。当他又提出杏琳来的时候，我全蒙了！我边'嗯、嗯'地对付他，边赶紧地想对策，让我抓住了机会，就给他来了一个反戈一击，一下子就把他打蒙了！痛快，痛快！"

郑文博满意地："凤仙呀，银之快让你调教出来了！"

蒋凤仙一直未语。

郑银之："你咋不说话了？"

蒋凤仙："我在想，咱俩去县衙的事，谁也不知道呀？"

郑银之："自打郑银根订了那个制度，谁用马车，谁到哪，都在他的控制之中！"

蒋凤仙："即使他知道咱俩去了县衙，他也绝不会知道咱说杏琳的事呀？"

郑银之："对呀！"

蒋凤仙的眼前重现了一个情景：

郑府、西院、客厅外。

小翠躲闪不及，正与蒋凤仙撞个满怀。

蒋凤仙："你慌慌张张地干什么？"

小翠："我是来问二爷，晚饭吃啥？"

蒋凤仙："撒谎！"

小翠："我没有！"

蒋凤仙怒："你敢顶嘴？"

小翠："我就是没有！"

蒋凤仙挥手扇了小翠一耳光！

小翠含泪怒视着蒋凤仙。

蒋凤仙："滚！"

小翠离去。

画面消失。

郯文博："你在想啥？"

蒋凤仙："内奸！"

郯银之："内奸？"

蒋凤仙："肯定是她！"

郯银之："谁？"

蒋凤仙："小翠！"

22. 郯府、西院、地下室。

小翠被关在地下室。

蒋凤仙用皮鞭抽打小翠。

小翠强忍着疼痛，一声也不吭。

蒋凤仙恶狠狠地边抽边说："我叫你咬牙，我叫你咬牙！"

小翠还是一声也不吭。

蒋凤仙累得住了手："你说还是不说？"

小翠怒视着蒋凤仙："我啥也不知道，你让我说啥？"

蒋凤仙："你还敢嘴硬？"又是一皮鞭。

小翠："你就是打死我，我还是啥也不知道！"

蒋凤仙："我不打死你，我把你关在这里，先饿你几天再说！"锁门而去。

23. 古码镇、碧露春旅店、钱小漪的客房。

郯银根、钱运昌正在签订《棉花收购合同》。

钱小漪端茶水给父亲和郯银根。

合同签字完毕。

钱运昌："郯先生，这件事就拜托你了！"

郯银根："您放心，从明年开始，棉花会源源不断地发往上海。"

钱小漪："爸爸，我负责这项业务，行吗？"

钱运昌高兴地："郯先生，你把我女儿的积极性也调动起来了！"

钱小漪："爸爸，你同意还是不同意呀？"

钱运昌："我是求之不得，我恨不得把整个工厂都交给你呀！"

钱小漪走到郯银根面前："你欢迎吗？"

郯银根："一般。"

钱小漪："啥叫一般呀？"

郯银根："别人来管这项业务，我还可以轻快点。要是你来管，我可就苦了！"

钱小漪："为啥？"

郯银根："我要时时刻刻把眼睛瞪得这么大，来检查棉花的质量了！"

钱运昌笑。

钱小漪与郯银根握手。

钱运昌取出支票："这是张三十万的支票，用它作为定金，货到后再统一结算。"

郯银根接过。

郯银国匆匆来到客房："大哥！"

郯银根："银国，我给你介绍一下，这位是钱先生，这位是钱小姐。"

郯银国致意。

钱运昌："郯先生，你们说话，我要去陪夫人了。"离去。

郯银国走到钱小漪身边："钱小姐，我们虽然未曾见过面，但你的名字，我早就不陌生了。"

钱小漪："你怎么会知道我的名字？"

郯银国："你在日本读书的时候，在大哥的信中就有钱小漪三个字。"

钱小漪："是吗？"

郯银根："是的。"

钱小漪的心里，再次荡起幸福的波漪。

郯银根："三弟，找我有事吗？"

郯银国："大嫂把电话打到了学校，她中午前就和杏琳到达码头。"

钱小漪："夫人要回来了？"

郯银根："小漪，对于她的一些非礼举动，我向伯母、向你表示歉意。"

钱小漪冷冷一笑，然后说："我听说，古码镇的间半楼有当地名吃，今天中午我做东，给你夫人接风怎么样？"

郯银根："这……"

钱小漪："不肯赏光？"

郯银国："钱小姐，你是客人，怎么能让你破费呢？应该有我大哥做东才对呀！"

郯银根："请伯父、伯母一块去。"

钱小漪："我妈她耐得住寂寞，经不起热闹，就不要勉强他们了。"

郑银根："好吧。"

24. 古码镇、码头。

郑银国在等待。

客轮停靠码头。

乘客走下客轮。

董姝妹、郑杏琳走在人流中。

郑银国迎上："大嫂！杏琳！"

董姝妹："三弟！"

郑杏琳："三哥！"

董姝妹："你大哥呢？"

郑银国："在间半楼等你们。"

董姝妹："咱们不回家了？"

郑银国："大哥说，你和杏琳暂时住到碧露春旅店。"

董姝妹："为什么？"

郑银国："大哥说，等办完事再回家。"

25. 古码镇、间半楼酒店、二楼包间。

钱小漪俯视着窗外的沂水河，触景生情："你知道吗，我上次来的时候，你的母亲就是在这个房间里拂袖而去的。"

郑银根长叹一声。

钱小漪："沂水河还是这样日夜流淌着，她曾经看到过我孤独的身影，听到过我呜咽的哭声。"

郑银根走到她身边。

钱小漪："沂水河没有想到，我今天又回到了它的身边，而且不再是孤单的一个人，上次没能见到的人，如今就在我的身边。"

郑银根将手搭在钱小漪的肩上。

钱小漪："虽然两人近在咫尺，可是已经各奔东西了！"

郑银根怅然若失地走开。

半晌，二人无语。

郑银根又发出了一声长叹。

钱小漪："你不高兴吗？"

郑银根："没，没有。"

钱小漪："是不是我不该来呀？"

郑银根："我没想到你要来。"

钱小漪："你担心什么？"

郑银根："怕再生出什么不愉快的事情。"

钱小漪："是她还是我？"

郑银根："但愿这是一次愉快的聚会。"

钱小漪笑："我两次来山东，是她两次制造了不愉快。"

郑银根："我深感内疚。"

钱小漪："她却变本加厉，以此为快！"

郑银根未语。

钱小漪："假如你觉着很为难的话，我可以马上就走！"

郑银根："这是何必呢？彼此间相安无事，不是更好吗？"

钱小漪："可是，树欲静而风不止呀！"

郑银国、董姝妹、郑杏琳走进包间。

董姝妹看到钱小漪，一下子怔在那里。

郑杏琳："堂哥，你好吗？"

郑银根："杏琳，这位是上海的钱小姐。"

郑杏琳欣喜地端详钱小漪，不由地想起堂哥曾经给她看过的那张相片："像，真像！"

董姝妹诧异地说："你俩认识？"

郑杏琳："不，不认识。"

董姝妹："你怎么说'像'呢？"

郑杏琳："我是说，钱小姐很像我的一个同学。"

郑银国："大家都站着干什么？快入座吧！"

众人入座。

郑杏琳："堂哥，我想请你到外边，单独说件事。"

郑银根："不能在这里说吗？"

郑杏琳："与众人无关。"

郑银根："钱小姐，对不起，我去去就来。"

郑杏琳、郑银根走出包间。

26. 间半楼、二楼一隅。

郑杏琳："堂哥，姚月亭为什么又中止了建矿？"

郑银根："二姨太和银之为了阻止和扼杀建矿，在姚月亭的面前打出了你的招牌。"

郑杏琳："打我的招牌？"

郑银根："像姚月亭这样的官吏，对下靠搜刮民脂民膏致富；对上靠拉关系晋升。他深知咱郑府东、西院的不和，故而在建矿一事上左右摇摆。当他听说高公子和你相爱，而你又是西院的人，他权衡利弊后，做出了停止建矿的决定！"

郯杏琳："我哥和二姨太也太卑鄙了！"

郯银根："家和万事兴，这是一个多么简单的道理！而他们却是一次又一次掀起风浪，真是太令人痛心了！"

郯杏琳："堂哥，我今天就去县衙，你看怎么样？"

郯银根："让你大嫂和你一块去。"

郯杏琳："你们谁也不要去，我要单独会会这位父母官！"

27. 间半楼、二楼包间。

董姝妹："钱小姐，这些日子玩得尽兴吗？"

钱小漪："有大学长相伴，我玩得特别高兴！"

董姝妹："钱先生的业务还没办完？"

钱小漪："他的业务办完了，可我还没有玩完呢！"

郯银国："钱小姐，我们这里，虽说比不上大上海的繁华，但东夷文化却是源远流长。新旧石器遗址、地震断裂带、恐龙足印化石、姜子牙钓鱼台、汉画像石，都是罕见的古代遗迹！"

钱小漪："哇！这么多游览景点呀！"

董姝妹："没想到，钱小姐的兴致这么高？"

钱小漪："我这才是刚刚开始。"

董姝妹："那好呀，从明天开始，我来陪你游览！"

钱小漪："郯太太，你会骑马吗？"

董姝妹："我们可以乘坐马车。"

钱小漪："谢谢你的好意，我最不愿乘坐的就是马车了。"

董姝妹不悦："钱小姐过于挑剔了。"

钱小漪并不理会，仍然兴致勃勃地说："在无垠的田野间，在崎岖的山道上，我与大学长纵马驰骋，无比惬意！"

董姝妹愠怒："过分了！"

郯银国："大嫂。"

钱小漪笑着："郯太太，你怎么突然变脸了？"

董姝妹："你要自重！"

钱小漪依然在笑："郯太太，此话从何说起呢？"

董姝妹："你心里自然明白！"

钱小漪："你不觉得这样做，有失身份吗？"

董姝妹："有失身份的是你！"

郯银国再次阻止："大嫂！"

钱小漪彬彬有礼地说："我没想到，郯太太是这样对待客人？郯太太，你是不是经常要把客人撵走啊？"

董姝妹无语。

钱小漪："请郯太太原谅，我不是你的客人，我是你先生的客人，还是他的同学和合作伙伴。我父亲刚和你先生签了一份生意合同，我就是这份合同的执行人，今后我们还会常来常往的。"

董姝妹惊骇："你说什么？"

钱小漪："郯太太，火大容易伤肝哟！"

董姝妹拍案而起，拂袖而去。

郯银国："大嫂，大嫂！"

28. 间半楼、二楼一隅。

郯银根、郯杏琳在继续交谈。

董姝妹怒冲冲走出包间。

郯银国追出。

郯银根诧异地迎上："妹妹，你怎么了？"

董姝妹扭头跑下一楼。

郯银根："三弟，发生了什么事？"

郯银国："大家正说得好好的，我大嫂突然翻脸了！"

郯银根："钱小姐呢？"

郯银国："人家一直是笑脸相迎。"

郯杏琳："堂哥，你今天就不该请钱小姐来！"

郯银根："钱小姐一片盛情，她要给你们接风！"

郯杏琳："大嫂做得过分了，这让钱小姐多难看？"

郯银根："你俩快去陪钱小姐说话，我去找你们大嫂！"急速离去。

郯银国、郯杏琳走进包间。

29. 间半楼、大门外。

董姝妹乘上马车。

郯银根疾步阻拦："妹妹，快下车，跟我回去！"

董姝妹："不回！"

郯银根："做事情一定要识大体呀！"

董姝妹："走开！"

郯银根："姝妹，你听我解释！"

董姝妹："不听！"

郯银根："你怎么能这样呢？"

董姝妹对马夫说："快走！"

马夫："大少爷？"

郯银根："姝妹，你怎么这样任性呢？"

董姝妹夺过鞭子，冲马背狠狠地抽了一下。

马车朝前疾驶。

郯银根无奈地望着远去的马车。

30. 间半楼、二楼包间。

郯银国、郯杏琳、钱小漪坐在餐桌边。

三人无语，十分尴尬。

郯杏琳："钱小姐饿坏了吧？"

钱小漪："不饿。"

郯杏琳："三哥，你去催催？"

钱小漪："不用了，等人到齐了，再上菜也不迟。"

又是一阵尴尬。

郯银国："这个店的生意特别好。"

钱小漪："是的。"

郯杏琳："酒好不怕巷子深嘛。"

钱小漪："是的。"

郯杏琳："这个店有两样名吃，糁和烤牌。"

郯银国："这两样名吃呀，都和乾隆皇帝有关呢！"

钱小漪："是吗？"

郯杏琳："只是民间传说罢了。"

钱小漪："快讲给我听听！"

郯银国："乾隆下江南路经此地，当地的大小官吏和士绅都想宴请皇上，可皇上在这里只用一次膳，咋办呢？知府想出了一个好办法，把大家带来的东西各选出一点，放在锅里一起炖。时过中午，乾隆到达此地，他早已是饥肠辘辘。他喝了一口汤，不住地称赞，并问道，这是啥？知府为难，根本就没有这个菜名。皇上又问，这是啥？知府灵机一动，顺口答道，这是'糁'（当地口音"啥、糁"不分）。乾隆连声说，好糁，好糁！"

郯杏琳："从这，这种汤就叫'糁'了！"

钱小漪笑出声："'烤牌'又是怎么回事呢？"

郯银国："地方官吏为了迎合皇上，做了一种面食，形似文武大臣上朝时用的笏板，用红糖水上色，又撒上芝麻，然后烘烤。它脆而不硬，香甜可口。乾隆吃了一口，连声称赞，又问到这是什么呀？知府赶忙回答说，这是'朝牌'。皇上把'朝牌'听成了'烤牌'，高兴地说，烤牌美哉，美哉烤牌！"

钱小漪鼓掌："故事太精彩了，我们今天也要做皇上了！"

三人笑。

郯银根走进包间："好热闹呀！"

钱小漪："大学长，你的夫人呢？"

郯银根："她身体有些不适，早些回家休息了。"

钱小漪："是不是生我的气了？"

郯银根："哪能呢？我代她表示歉意。"

钱小漪笑："郯太太是位通情达理的人，我还要好好地向她学习呢！"

郯银根尴尬地笑笑。

郯银国："大哥，喝不喝酒呀？"

郯银根："喝！"

钱小漪："咱们也做回皇上！"

郯银根："皇上？"

三人笑。

31. 金鸡山。

王教授和助手、学生们依然在紧张地测绘。

程教授、郯银业伏在地上，修改着图纸。

厨师送来热腾腾的包子。

程教授："天气渐渐转冷了，再拿不到批文，就要贻误工期了。"

郯银业："我大哥正在努力去做。"

程教授："为了保证工期，咱们能不能两手同时并举呀？"

郯银业："您说。"

程教授："我和王教授敲定图纸，你去联系施工队伍。一旦拿到批文，咱们就可以马上施工了。"

郯银业："好！"

程教授："还有，动力问题怎么解决？"

郯银业："这里距离县城太远，只有自己想办法发电了。"

程教授："有这么大马力的发电机吗?"

郯银业："我大哥有个同学是电力部的，请他帮着再想想办法。"

程教授："要抓紧时间解决!"

郯银业："好!"

郯银之骑马而来，见状惊诧!

程教授："你那个弟弟又来了!"

郯银业："我去见他!"朝郯银之走去。

郯银之翻身下马。

郯银业："你又来干什么?"

郯银之："姚县长派我前来检查!"

郯银业："你不是已经把帐篷都捣毁了吗?"

郯银之："可你们依然在干!"

郯银业："你睁大眼看看，这里有哪块地方施工了?"

郯银之："你们这是在干什么，是在为施工做准备!"

郯银业："这你就管不着了! 我们愿意在这里游山观景，画图消遣，这些都与你无关!"

郯银之："这都在政府的管辖之内!"

郯银业："笑话! 你能把山封起来，不让一个游客进山吗?"

郯银之："我管不了那么多! 我的任务，就是不准你们进山!"

郯银业："你还没那么大的权力! 滚!"

郯银之："郯银业，你别这么嚣张，我会让你吃不了兜着走!"拨马而去。

32. 沂河县、县衙。

郯杏琳乘马车至县衙门口。

卫兵拦阻。

郯杏琳掀起轿帘："你通报一声，郯杏琳小姐从省城来拜见姚县长。"

卫兵："这个……"

郯杏琳不容置辩地说："快去!"

卫兵："是，是。"打电话。

郯杏琳依然坐在车上。

卫兵放下电话，跑到马车边："郯小姐，您请进!"

郯杏琳下车，走进县衙。

33. 县衙、长廊。

秘书匆匆迎来："郯小姐，请!"

34. 县衙、客厅。

郯杏琳走进客厅。

秘书捧上茶："郯小姐，请您稍等。姚县长处理完公务，马上就来。"

郯杏琳品着茶。

姚月亭匆匆走进客厅："郯小姐，你好!"

郯杏琳："姚县长好!"

姚月亭："咦，高公子呢，他没有和你一起回来?"

郯杏琳："他和您一样，忙于公务，无法脱身。"

姚月亭："哎呀呀，我怎能与高公子相提并论呢? 他位高权重，日理万机。而我一个区区县令，何足挂齿。"

郯杏琳："虽说他没能前来，但为了表达您对我家的关照，特意让我给您带来一封书信，以表谢意。"

姚月亭："岂敢，岂敢。"

郯杏琳将信交给姚月亭。

姚月亭拆阅。

高阳画外音："姚县长台鉴: 上次相会，来去匆匆。银根兄多次称赞于您，尤其建矿一事，甚为感激。银根兄不仅是我尊敬的兄长，而且我大哥也多次向父亲举荐，只是银根兄不肯授命。这次父亲又向他发出邀请，要与他面谈，也不知能成行否? 杏琳这次返乡，捎去此信: 一是向您表示谢意。二是请您百忙中，协助我父做银根兄的工作。致安。高阳。"

在画外音的同时，叠印以下画面:

夜。

齐鲁大学、宿舍。

董姝妹心情焦急地向郯杏琳、高阳诉说家里发生的事情。

夜。

办公室。

高阳在写信。

晨。

齐鲁大学、宿舍。

郯杏琳在看信。

北平运河码头。

高阳送行。

郯杏琳、董姝妹踏上客轮。

县衙、客厅。

郯杏琳泰然自若。

秘书神情紧张。

姚月亭瞠目结舌。

画面与画外音同时结束。

郯杏琳："姚县长，又要给您添麻烦了。"

姚月亭心不在焉："噢，噢。"

郯杏琳："姚县长，我想借用一下电话，可以吗？"

姚月亭："噢，噢。"

秘书悄悄拉了一下姚月亭的胳膊。

姚月亭此时才转过神来："高处长太客气了！"

秘书："郯小姐想借用一下电话。"

姚月亭："请用，请用！"

郯杏琳对秘书说："请你帮我接通好吗？"

秘书看着姚月亭。

姚月亭："我来，我来！"

郯杏琳把电话号码放在姚月亭面前。

姚月亭拨电话："通了，通了！"对电话："喂，您是哪位？……哎呀，您是高处长啊，我是姚月亭。请您等一下，杏琳小姐要和您讲话。"

郯杏琳接电话："……对，我是杏琳，我正和姚县长在一起……亲爱的，请你转告伯父，我与堂哥已经谈过了。他说，眼下建矿一事遇到些麻烦，暂时无法去省城……好的，我会请姚县长一块做堂兄的工作。再见！"放下电话。

姚月亭再次陷入惶恐之中。

秘书突然一拍脑门："哎呀，我忘了一件大事！"

姚月亭愕然地看着秘书。

秘书："我该死，我该死！"

姚月亭更加摸不着头脑。

秘书："县长，有件事我忘了向您禀报了！"

姚月亭："啥事？"

秘书："土地局擅自把金鸡山的矿给停建了！"

姚月亭恍然，不由大怒："你说什么？"

秘书："他们擅自把矿停建了！"

姚月亭火冒三丈："大胆！他们眼里还有我这个县长吗？"

秘书："他们太无法无天了！"

姚月亭："谁发的文件？又是谁去执行的？"

秘书："文件是田局长签发的，去执行的人是……"

姚月亭大喝一声："说呀！"

秘书："是郯银之科长！"

姚月亭："一律撤职！"

秘书看了看郯杏琳："县长，您看是不是……"

姚月亭也看了看郯杏琳，不由叹口气："要不，只把局长撤了！"

郯杏琳："不，要撤都撤！"

姚月亭："郯小姐，银之少爷可是……"

郯杏琳："他虽然是我的亲哥哥，但他以权谋私，净干一些见不得人的事情，他压根就不配当一个科长！"

姚月亭："好！郯小姐大义凛然，令我敬佩！"对秘书："你要马上下发两个文件：一个是撤销土地局的文件，恢复建矿。另一个是撤销黄长福和郯银之的职务！"

秘书："是。"

郯杏琳："姚县长，我听说，您和我堂兄是挚友，何时帮我一块去做他的工作呀？"

姚月亭："刻不容缓，高部长还等着召见他，这是件大事呀！"

郯杏琳站起身："姚县长，咱们明天见！"

三人走出客厅。

35. 县衙、客厅外。

郯杏琳："姚县长，请止步。"

秘书："我代您去送郯小姐。"

姚月亭："郯小姐，再见！"

秘书、郯杏琳离去。

姚月亭走回客厅。

36. 县衙、大门外。

郯杏琳乘上马车而去。

秘书走进县衙。

37. 县衙、客厅。

姚月亭拭去头上的汗珠，他又捧起了那封

信。

秘书走进客厅。

姚月亭欣喜地走到秘书跟前，拍着他的肩膀："不错，不错！"

秘书："今天真悬啊！"

姚月亭："多亏了你呀！"

秘书只是嘿嘿一笑。

姚月亭："你的脑子就是来得快，刚开始你一惊一乍的，把我也给弄蒙了！"秘书："当秘书的，就应该这样。"

姚月亭："不错！你化险为夷，救驾有功啊！"

秘书："郯银之这小子，又差点给您惹了大祸！"

姚月亭："我给这小子折腾了好几回了！"

秘书："您这回就来个借刀杀人，出出这口恶气！"

38. 郯府、四合院、卧室。

董姝妹在呜咽地哭泣。

39. 古码镇、沂水河畔。

钱小漪心情沉重地徘徊在堤岸上。

40. 郯府、四合院、卧室。

董姝妹止住哭声，走出卧室。

41. 郯府、东院。

董姝妹走到东院门口，踯躅着。

女佣小萍走出："少奶奶，您要找大奶奶吗？"

董姝妹未语。

小萍："您哭了？"

董姝妹不语。

小萍："您是不是为了矿上的事？"

董姝妹不语。

小萍："金鸡山的矿，真的停了？"

董姝妹茫然地看着小萍。

小萍："我真替大少爷难过！西院里对他这么狠，东院里大奶奶又对他这么冷，他咳咋办呀？"哽咽。

董姝妹转身离去。

小萍愕然地看着离去的少奶奶。

42. 郯府、四合院卧室。

董姝妹走进卧室，坐在化妆台前重新化妆，

然后又换上一件崭新的旗袍，走出卧室。

43. 郯府、四合院。

董姝妹刚走至院门口，正与走来的郯银根相遇。

二人都诧异地望着对方。

董姝妹："你回来了？"

郯银根："你要到哪儿去？"

董姝妹："我正想要去找你。"

郯银根："我也正要找你。"

二人走进卧室。

44. 郯府、四合院、卧室。

董姝妹忙给丈夫端来洗脸水，又把茶杯捧到丈夫手上。

郯银根疑惑地望着妻子。

董姝妹："你饿了吧，我去给你弄点吃的。"

郯银根："姝妹，坐下，咱们说会话。"

董姝妹坐到丈夫面前。

郯银根："还在生气呢？"

董姝妹把话岔开："杏琳呢？"

郯银根："她去县衙了。"

董姝妹："你怎么没有去？"

郯银根："杏琳要自个去。"

董姝妹："杏琳是个讷于言的女孩，也不知道她能不能把事情办妥？"

郯银根："不管她能不能办妥，我都要感谢你。"

董姝妹："这还不是我应该做的吗？俗话说，打架亲兄弟，上阵父子兵啊！"

郯银根："不，人心是不一样的。为了自己的利益，亲人反目为仇的比比皆是。"

董姝妹："你是在说我吗？"

郯银根："不，我是在说母亲和银之。她们哪里还有亲人的情感和温存？她们的所作所为，还不如一个外人。就拿小萍来说吧，他仅是个用人，却胜似我的这些亲人！"声音有些暗哑了。

董姝妹握着丈夫的手，动情地说："我知道你心里很难过，我不该在此时再给你增加痛苦。我错了，我要亲自去向钱小姐赔礼道歉。"

郯银根感激地看着妻子："不必了，钱小姐是能理解的。"

董姝妹："不，我要去，不能让她带着痛苦的心回到上海。"

郯银根："姝妹！"

董姝妹："你能陪我一块去吗？"

郯银根点头。

董姝妹吻了自己的丈夫。

第十八集

1. 古码镇、碧露春旅店。

郯银根、董姝妹乘坐马车驶至旅店门前。

二人下车,走进旅店。

老板娘迎上:"大少爷,少奶奶!"

二人竟自走上二楼。

老板娘跟在后面。

2. 碧露春旅店、二楼、钱小漪居住的客房。

郯银根叩门。

室内无回应。

老板娘:"大少爷,钱小姐一家已经走了。"

郯银根一怔,他推开房门。

室内空荡荡。

郯银根:"她们什么时候走的?"

老板娘:"刚走,就是乘的这班客轮。"

郯银根对妻子说:"快去码头!"

3. 古码镇、码头。

乘客已经登上客轮。

钱小漪伫立甲板,眺望着古码镇。

4. 古码镇、街道上。

郯银根、董姝妹乘坐的马车,朝码头疾驶。

5. 古码镇、码头。

客轮发出长鸣,驶离码头。

钱小漪依然眺望着。

郯银根、董姝妹乘坐的马车,到达码头。

二人下车,跑上码头。

客轮已经远去。

郯银根、董姝妹伫立在码头上。

不远处传来卖水汉许大头的歌声:

> 石级层层滑溜溜,
> 上上下下度春秋。
> 秋风吹掉破草帽,
> 愁煞光棍许大头……

郯银根怅然若失:"走了,就这么无声无息地走了。"

董姝妹悔恨地说:"钱小姐是因为我才走的!"

郯银根:"古码镇一次又一次地给了她悲伤。"

董姝妹:"我俩之间,为什么不能亲如姊妹呢?"

郯银根:"妒忌是人的本性。"

董姝妹:"这是天生就有的吗?"

郯银根:"也许是吧。就连襁褓里的婴儿,也不肯把母亲的奶头让给他人。"

董姝妹:"天容万物,海纳百川。而人,却是只为了自己!"

郯银根:"为己并没有错,但必须要牢牢地记住一点,那就是'己所不欲,勿施于人'。"

6. 古码镇、街道上。

郯银根、董姝妹乘坐的马车行驶在街道上。

7. 古码镇、碧露春旅店。

马车停驶在旅店门前。

二人下车,走进旅店。

老板娘迎上:"大少爷,见着钱小姐了?"

郯银根:"没有。"

董姝妹:"钱小姐走的时候,留下什么话和信了吗?"

老板娘:"啥话也没留下。至于信,我没太在意。"

郯银根急速上了二楼。

8. 碧露春旅店、二楼、小漪居住的客房。

郯银根走进客房,四处找寻。

室内并无信件。

9. 二楼、钱运昌、钱太太居住的客房。

郯银根走进客房,四处找寻。

客房内也无信件。

10. 碧露春旅店、大门外。

郯杏琳乘坐的马车驶至门外。

老板娘迎出。

郯杏琳下车。

老板娘："小姐来了？"

郯杏琳："大少爷来过吗？"

老板娘："真是太巧了，大少爷和少奶奶都来了！"

董姝妹闻声迎至门口："杏琳！"

郯杏琳："大嫂，我堂哥呢？"

董姝妹："在楼上。"

郯杏琳对老板娘说："你去给大少爷说一声，我找他有急事。"

董姝妹："咱们上去找他呗！"

郯杏琳："不好。"

董姝妹："钱小姐一家走了。"

郯杏琳："走了？"

董姝妹："杏琳，咱们上楼去。"

二人走上二楼。

11. 碧露春旅店、二楼、钱小漪居住的客房。

董姝妹、郯杏琳走进客房。

郯杏琳："堂哥！"

郯银根急切地说："情况怎么样？"

董姝妹端茶水给杏琳："先喝口水，歇会再说。"

12. 碧露春旅店、大门外。

郯银之骑马而来。

老板娘迎出。

郯银之下马，走进旅店。

老板娘："哎哟，今天这是咋了，咋郯家的人都来了！"

郯银之："噢，都是谁来了？"

老板娘："大少爷，少奶奶，还有杏琳小姐。"

郯银之："杏琳？"

老板娘："对，就是你妹妹呀！"

郯银之："她也来了？"

老板娘："她是从省城赶回来的。"

郯银之："她人呢？"

老板娘："她和大少爷、少奶奶都在二楼呐。"

郯银之惊讶！

老板娘："您不上去？"

郯银之："你听着，不许和他们说我来过！"

老板娘："这有啥，你们都是自家人呀？"

郯银之："你哪来这么多废话！"

老板娘："郯少爷，您心里有鬼吧？"

郯银之："你才有鬼呐！"取出钱，给老板娘："封住你的嘴！"

老板娘："嘿，不说话也能赚钱呀？"

郯银之急速离去。

老板娘站在门口："少爷，您走好！"

13. 碧露春旅店、二楼、钱小漪居住的客房。

郯银根亢奋地说："太好了！天不灭曹啊！"

董姝妹："杏琳，你办了一件大事，解了燃眉之急呀！"

郯杏琳："堂哥，这件事，你应该好好地谢谢我大嫂，她把一颗心全都扑在你身上了！"

郯银根："是呀，有个贤内助，是男人的最大福气！"

董姝妹："杏琳，姚月亭还说了些啥？"

郯杏琳："他要下发两个文件：一个是恢复建矿，另一个是撤销黄长福和郯银之的职务。"

郯银根："把银之的科长也撤了？"

郯杏琳："害群之马，不可姑息！"

郯银根："这样也好，他应该幡然醒悟了！"

郯杏琳："姚月亭明天就到咱家，做你的说服工作。"

郯银根："这种人，既可恨又可怜！"

董姝妹："杏琳，你暂时先住在这里吧，西院里会找你麻烦的。"

郯杏琳："我才不怕他们呢！再说，我还要回去看我娘，她孤孤单单，一个人挺可怜的。"

郯银根："今晚，你大嫂陪你住在这里。明天，陪同姚县长一块回去。"

董姝妹："你呢？"

郯银根："我要马上去金鸡山！"

14. 金鸡山。

王教授、程教授仔细地校对图纸。

助手和学生们用白粉画着地线。

程教授高兴地："这是一幅完美的图纸，它

已经闪烁出亮灿灿的光晕！"

王教授："我去墨西哥考察的时候，看到他们一座又一座的宝石矿，真是眼馋啊！那会我就在想，咱们偌大的一个国家，难道就没有金刚石矿？我坚信会有的！只是国家的执政者，年年忙于争夺地盘，处处是战火的硝烟，哪里还顾得上这些呀！阿里巴巴的芝麻，何时才能在中国开花呢？"

程教授捧着图纸："阿里巴巴没想到，他没念咒语，芝麻就在沂水河畔的民间开花了！"

二人发出爽朗的笑声。

郯银根驰马而来。

程教授："你看，好像是郯先生来了！"

王教授："是他！"

程教授："不会是再有什么变故吧？"

王教授："求上帝保佑吧！"

郯银根驰马而至。他翻身下马，疾步跑到二位教授面前，正欲开口。

王教授止住他，默默地在祈祷上帝。

程教授待王教授祈祷完毕，风趣地问："王教授，郯先生可以开口了吗？"

王教授忐忑不安地说："你先回答我是好消息，还是坏消息？"

郯银根："好消息！"

王教授屏住了呼吸。

郯银根："政府下达了新的批文，恢复建矿！"

王教授仍惴惴不安地说："是真的？"

郯银根："真的！"

王教授："还会变吗？"

郯银根："我想，不会了！"

王教授暴躁地吼了一句："你想有什么用！"

郯银根哑然。

程教授："目前时局变幻莫测，别说郯先生想没有用，谁想也没有用！"

王教授："言之有理！"

郯银根："王教授，请您放心！开弓没有回头箭，今后无论还会遇到多么大的困难，我都会想办法去解决它！"

王教授把图纸捧到郯银根面前："可以施工了！"

郯银根接过图纸："谢谢，谢谢！"

程教授："当务之急是解决电源和施工队伍的问题！"

郯银根："我二弟呢？"

程教授："他正忙于此事。"

郯银根："我相信他会办妥的。"

15. 郯府、西院、客厅。

室内气氛紧张。

郯文博："你说的是真的？"

郯银之不耐烦地说："还能有假吗？是老板娘亲口对我说的。"

郯文博："你见着杏琳了？"

郯银之："她和郯银根在一块，我没敢去见她。"

郯文博："她在这个时候回来干啥？"

蒋凤仙："为啥？她是为建矿而回来的！"

郯文博："消息传得这么快？"

蒋凤仙："最可怕的就是内奸！"

郯银之："你一口咬定是小翠，有啥凭据？"

蒋凤仙："我给你说了一百遍了，她就是在这个门口偷听的！"

郯银之："她承认了吗？"

蒋凤仙："这个小妮子，死活不开口！"

郯银之："依我看呀，你这是瞎猜疑！"

蒋凤仙："我非撬开她的嘴不可！"

郯文博："吓唬一下就行，可别把事情弄大了！"

蒋凤仙："现在的事情还小吗？你那宝贝闺女，胳膊肘一直朝外拐，原先拐东院，现在又拐四合院，她是人小心大呀！这回她要是在姚月亭面前，帮着郯银根说话，那姚月亭就啥也明白了，咱西院从今往后甭想再有好日子过了！"

郯银之："你说该咋办吧？也把杏琳关到地下室？"

郯文博怒："我看谁敢？"

蒋凤仙："二爷，你发啥火呀？没人敢把你闺女关起来！"

郯文博："事情闹到这份上，也真是让我骑虎难下了！"

蒋凤仙："既知今日，何必当初？二爷，你现在反悔也不晚，你去四合院认个错，从今往后俯首称臣不就完了！"

郊文博："我还没下贱到那个份！"

蒋凤仙："这不就结了！"

郊银之："好了好了，快说说咱该咋办吧？"

蒋凤仙凝思不语。

郊银之着急："快说话呀！"

蒋凤仙愠怒："你没看见我在想吗？"

郊银之："摆啥谱呀？"

蒋凤仙："这招棋，咱要分两步走。第一步，要赶紧地把杏琳接回来，稳住她。对她要动之以情，晓之以理，千万不能让她去见姚月亭。"

郊银之："杏琳见我就烦，这件事我可办不了！"

郊文博："总不能让我到古码镇，去接杏琳吧？"

蒋凤仙："这件事，你俩都办不了。"

郊银之："你办？"

蒋凤仙："我还不如你和二爷呢！"

郊银之："谁都不行，不等于白说吗？"

蒋凤仙："咱西院不是还有一个人吗？"

郊银之："我娘？"

蒋凤仙："对，她是杏琳最亲的人！"

郊文博笑："难道你不知道，毓芬从不过问家里的事？"

蒋凤仙："银之和杏琳都是她亲生的孩子，当母亲的为了子女，什么事都会去做的！"

郊银之："这主意好，让我娘去稳住杏琳！"

蒋凤仙："二爷，毓芬大姐那里，只有你出面了。"

郊文博无奈地："好吧。"

蒋凤仙："这招棋的第二步，就是先下手为强。银之，你马上去县衙，再给姚月亭烧把火！状告郊银根目无王法，仍在抗旨建矿！"

郊银之："好，我现在就走！"

蒋凤仙："日头落山了，明早再去吧。"

郊银之："我听你的！"

郊文博："银之，去请你娘到这儿来。"

蒋凤仙："这咋行呢？二爷，你要亲自到大姐那儿去才行！"

郊文博长叹一声。

16. 郊府、西院、地下室。

女佣小翠已经饿得昏昏沉沉。

蒋凤仙扭动着腰身走进地下室，开锁进屋。

小翠蜷缩在一边。

蒋凤仙："饿坏了吧？"

小翠点头。

蒋凤仙："说了，就给你饭吃。"

小翠吃力地："我啥也不知道。"

蒋凤仙顺手就是一鞭子。

小翠："我真的啥也不知道！"

蒋凤仙又是一鞭子。

小翠："二姨太，您饶了我吧！"

蒋凤仙劈头盖脸地一阵鞭子。

小翠疼得死去活来，哭泣道："二姨太，看在以往你被关在这里，我伺候你的份上，你就饶了我吧！"

蒋凤仙大笑："你想和老娘秋后算账呀？"

小翠："不敢，不敢！"

蒋凤仙："我告诉你，你一天不开口我就关你一天，你两天不开口我就关你两天，一直把你关到死！"

小翠一双仇恨的眼睛盯着蒋凤仙。

蒋凤仙咬牙切齿，疯狂地抽着小翠。

小翠昏厥。

蒋凤仙锁门，离去。

17. 夜幕降临。

郊府、西院、肖毓芬卧室。

肖毓芬虔诚她念佛。

郊文博走进："毓芬。"

肖毓芬忙起身："你怎么想起到这里来了？"

郊文博："有些日子不见了，挺想你的。"

肖毓芬给丈夫端上茶："你最近身体咋样，夜里还咳嗽吗？"

郊文博："老了，身体一年不如一年了。"

肖毓芬："我看也是这样。你年轻的时候，心里多清静呀，居家人也是天天欢欢喜喜地过日子。不知咋的，你后来就变了，不仅抽上大烟，还把凤仙娶回家。自她进了家门，你就像中了邪一样，整天和东院大嫂争来争去，心里还能清静的了？我劝你也不听，我说一句，你有一百句等着。人生在世，就像露水那么短暂，你争来争去的，又有啥意思？再说，要是心里天天堆满了烦心的事，也伤自个的身体呀！"

郏文博叹口气："唉，有时，我也会常常想起从前那段舒心的日子，可它已经是一去不复返了。"

肖毓芬："不会的。佛经上就说，苦海无边，回头是岸。只要你扔掉那些乱七八糟的事，心里自然会清静下来。文博，咱俩都是有岁数的人了，相依为命吧。"

郏文博又感到了人间的真情："毓芬，我好久没听到这些话了。这些日子，我心里很烦，也很乱。我今天原本是想找你有事的，现在啥也没有了，咱还是像从前那样，欢欢乐乐地过日子吧。"

肖毓芬："文博，你真是这么想的？"

郏文博点头："但愿根儿对咱，也相安无事。"

肖毓芬："人心换人心，根儿是个心术很正的孩子，对咱差不了。"

郏文博："毓芬，我告诉你一件喜事，咱杏琳回来了。"

肖毓芬："她在哪？"

郏文博："看把你高兴的！她和根儿一块，住在古码镇，明天保准会来看你的！"

肖毓芬："我真想她呀！"

郏文博站起身。

肖毓芬："要走了？"

郏文博："不，我不走了。"

肖毓芬走到丈夫身边。

18. 夜。

月亮在云端忽明忽暗。

郏府、西院。

女佣小萍悄悄溜进西院。

19. 夜。

郏府、西院、地下室。

地下室里一片漆黑。

小萍点燃蜡烛走进地下室，轻声地喊："小翠，小翠！"

小翠听到喊声，吃力地应："小萍，我在这里！"

小萍随声而至。

小翠抓着窗上的铁棂："小萍！"哭泣。

小萍惊讶地："你咋被打成这样？"

小翠哭泣："二姨太这个女人太歹毒了！"

小萍："她为啥把你关起来？"

小翠："你把她去县衙的事，告诉外人了？"

小萍："我告诉了大少爷。"

小翠："你把我出卖了？"

小萍："没有，我压根就没说你！"

小翠："真的？"

小萍："我可以对天发誓！"

小翠："哼，二姨太是在诈我！"

小萍："你承认了？"

小翠："她做梦去吧！"一阵头晕。

小萍："小翠，小翠！"

小翠："有吃的吧？"

小萍："有，我忘了给你了！"从怀里掏出两个馒头和一根黄瓜。

小翠狼吞虎咽地吃着。

小萍："我到处打听，才从西院厨子那里，打听到你被关在这里。"

小翠："小萍，你要赶紧把我救出去呀，要不然我就要死在她手里了！"

小萍着急地："我咋救你呢？"

小翠："你去找大少爷，把事情原原本本地都告诉他，求他救我出去！"

小萍："行！"

小翠："越快越好，这个狠毒的女人，随时都会对我下毒手的！"

小萍："我现在就去！"

小翠给小萍磕了一个头。

20. 夜。

四合院、客厅。

郏银根、郏银业正在研究一张发电厂的图纸。

郏银业："金鸡山的左侧，就是一条很深的山水沟，它是沂水沭河的支流，一年四季的水流量都是不小的，尤其到了夏季，水流量会更大。假如拦沟建坝，就能形成一座水库。利用水力发电，足够建矿所需要的电量，这是个一劳永逸的最佳方案！"

郏银根："此方案甚好，要抓紧论证。与此

同时，组织施工人员，开山炸洞！"

郑银业："大哥，这需要不少资金呀？"

郑银根："我考虑过了，利用杏花和司马的关系，争取和民众银行，以股份制的形式，来共同完成这件大事！"

郑银业："好主意！"

郑银根："这件事，我还要和爷爷商量，征得他的同意才能去做。"

21. **夜。**

郑府、四合院。

小萍紧张地走进四合院。

22. **夜。**

四合院、客厅。

郑银根、郑银业继续研究着图纸。

传来轻轻地叩门声。

郑银业："有人敲门。"

郑银根打开房门。

小萍站立门外。

小萍："大少爷！"

郑银根："快进屋说话。"

小萍进屋。

郑银根："有什么事？"

小萍哽咽地："大少爷，您快去救救小翠吧！"

郑银根："她怎么了？"

小萍："小翠快给二姨太打死了！"

郑银根："为什么？"

小萍："前些日子，我给您说的二姨太的事，就是小翠告诉我的。为这事，二姨太把她关在地下室里，不给水喝，不给饭吃，用皮鞭把她抽得遍体鳞伤。再不救她出来，眼看就没命了！"

郑银根惊骇："竟然发生了这种事情！"

郑银业："这是私设监牢，真是闻所未闻！"

郑银根："我现在就去找她！"

郑银业："大哥，此事还是让爷爷出面为好。"

郑银根："小萍，你先回去吧。"

小萍："大少爷，您救救小翠吧！"

郑银根："我马上就去找老太爷！"

小萍应声离去。

郑银业："大哥，我和你一块去找爷爷！"

郑银根："不用了。二弟，你肩上的担子很重啊！"

郑银业："我会专心去做这些事情的！"离去。

23. **夜。**

郑府、后院、卧室。

郑耀庭斜倚在床上。

大管家："老爷，时辰不早了，早点歇着吧。"

郑耀庭："这些日子，又睡不着了。"

大管家："又是为建矿的事给折腾的？"

郑耀庭："仲亭呀，你说咱的矿还能建成吗？"

大管家："车到山前必有路。"

郑耀庭："我自打年轻的时候，就不愿听这句话。凭什么说'车到山前必有路'呀？这是在自我宽慰，是种懒惰，是在等待和依靠。一个人的心劲，就是在这种宽慰、懒惰、等待、依靠中，渐渐地消磨光了。依我看呀，这句古训不可取！就拿建矿这件事来说吧，要是听了这句古训，哪里还会有三下三上呢？我看中根儿的，就是这股不等待，不依靠，不断找出路的心劲！"

大管家："照您这么说，车到山前没有路了？"

郑耀庭："有的山原本就有路，你的车当然可以过得去。可有的山是悬崖峭壁，你的车咋过得去？这怎么能说，车到山前必有路呢？"

大管家："老爷，听您这么一说，车到山前还不一定有路哩！"

郑耀庭："眼下，咱的矿又被停建了。根儿拉着车又到了山前，可哪有现成的路呀？也不知道根儿能不能再创出条新路来？"

郑银根匆匆来到卧室："爷爷！"

大管家："大少爷，老爷正在说您呢！"

郑银根："爷爷，您说我啥？"

大管家："老爷说，您拉着车又到了山前，也不知道还有没有路？"

郑银根："原本没有，可我又闯出来一条路！"

郑耀庭忽地坐起："咱家的矿，有转机了？"

郑银根："爷爷，不是转机，而是恢复再建

了!"

郯耀庭:"你不是在哄爷爷吧?"

郯银根:"明天,姚月亭就会把批文送到你的手上!"

郯耀庭翻身下床:"好事多磨,好事多磨呀!"

郯银根:"爷爷,还有一件事,我要与您商量。"

郯耀庭:"啥事呀?"

郯银根:"建矿、建电厂,都需要大量资金。只凭咱一家的实力是远不够的,我想招商引资,争取与省城的民众银行合资,以股份制的形式共同开发。爷爷,您说这件事可办吗?"

郯耀庭:"根儿,你是郯府的掌门人,咋来问我呢?这种事,应该由你拿章程!"

郯银根:"还有一事,需要爷爷出面。"

郯耀庭:"啥事呀?"

郯银根:"这次恢复建矿,咱多亏了一个人。"

郯耀庭:"是谁呀?"

郯银根:"西院的用人小翠。"

郯耀庭:"咋回事呀?"

郯银根:"要不是她透露风声,咱们至今恐怕还被蒙在鼓里呢!"

郯耀庭:"这回要好好奖赏她!"

郯银根:"可她快被打死了!"

郯耀庭惊愕:"你说啥?"

郯银根:"二姨太把她关在地下室,不给吃不给喝,还被打得遍体鳞伤!"

郯耀庭大怒:"简直是无法无天了!"

郯银根:"闹不好,又是一条人命!"

郯耀庭气急败坏:"仲亭,把二姨太给我叫来!"

郯银根:"爷爷,咱还是先把人救出来再说!"

郯耀庭:"走,去西院!"

24. 夜。

郯府、西院、地下室。

大管家手持灯笼走在前面。

郯耀庭在郯银根的挽扶下,走进地下室。

小翠惊恐地屏住气息。

大管家:"小翠,小翠!"

小翠惊喜:"大管家,我在这里!"

众人随声而至。

小翠双手抓着窗棂,哭泣着:"老太爷,快救救我吧!"

大管家:"老爷,门锁着!"

郯耀庭:"砸开!"

郯银根用铁锤将锁砸开。

小翠挣扎几步,跌倒在地。

郯耀庭:"仲亭,快把她送回房间去!"

郯银根:"不行!爷爷,不能把她送回房间!"

郯耀庭:"深更半夜的,上哪儿送呀?"

大管家:"老爷,在咱后院最安全。"

郯耀庭:"好吧。"

郯银根背起小翠。

众人走出地下室。

25. 夜。

郯府、西院、郯银之卧室。

蒋凤仙、郯银之并肩躺在床上。

郯银之:"又不走了?"

蒋凤仙:"放心吧,他老两口早睡在一块了。"

郯银之目不转睛地看着蒋凤仙。

蒋凤仙卖弄风情地:"看不够了?"

郯银之:"你当初咋想起嫁给我爹呢?"

蒋凤仙:"你错了,我不是嫁给你爹,我是嫁给郯府。"

郯银之笑:"郯府是谁呀?"

蒋凤仙:"郯府是钱!"

郯银根:"钱?"

蒋凤仙:"有了钱,才能有权。"

郯银之:"嫁错了不是?这两样你一个也没得到。"

蒋凤仙:"王宝钏住过寒窑哩,李娘娘双目失明沿街要饭,就连越王勾践都尝了十年的苦胆。最后咋样,一个个都成了显赫一世的人上人!"

郯银之:"你知道的还不少哩!"

蒋凤仙:"这些事,戏词里都有。"

郯银之:"你这个人要是掌了权,别人就没

263

法活了!"

蒋凤仙:"吃得苦中苦,方能人上人!眼下我是一忍再忍,总有一天我会出人头地的!"

郏银之笑。

蒋凤仙:"你不信?"

郏银之:"不敢,不敢!"

蒋凤仙:"你放心,到那时候,我会对你另眼看待的。"

郏银之跪在床上,念戏词:"谢主隆恩!"

蒋凤仙嘻嘻一笑:"还真有点人模狗样的。"

26. 夜。

秋风瑟瑟,树叶飒飒。

郏府、后院、花房。

小翠睡在临时搭起的床铺上。

万籁俱寂。

小翠在噩梦中挣扎:

崎岖的山路。

小翠拼命地逃跑。

蒋凤仙突然挡在她的面前。

山崖。

小翠逃进山崖,惊魂未定。

蒋凤仙又出现在她的身边。

悬崖峭壁。

小翠已逃到崖顶。

蒋凤仙依然步步紧逼。

小翠滑落山崖。

蒋凤仙推下巨石。

小翠惊呼:"救命!救命……"

画面消失。

小翠从噩梦中惊醒。

她惊恐,她哭泣,她愤恨!

27. 夜。

郏府、后院。

伸手不见五指。

小翠溜出后院。

28. 夜。

郏府、西院、郏银之卧室外。

小翠在窃听。

室内传出蒋凤仙的声音。

小翠离去。

29. 夜。

郏府、西院、肖毓芬卧室外。

小翠窃听。

室内传出郏文博的鼾声。

小翠弄破窗纸,扔进一块石子。

30. 夜。

卧室内。

肖毓芬翻身坐起。

31. 夜。

卧室外。

小翠又扔进一块石子。

32. 夜。

卧室内。

肖毓芬:"谁?"

郏文博被惊醒。

窗外传来嘶哑的声音:"快去捉奸!"

郏文博惊愕地:"你是谁?"

嘶哑的声音:"快去捉奸!"

郏文博忽地下床。

肖毓芬:"干啥去?"

郏文博:"我去看看!"

肖毓芬:"我和你一块去!"欲点燃灯笼。

郏文博一口将灯笼吹灭。

二人走出卧室。

33. 夜。

郏府、西院。

郏文博、肖毓芬走进夜色。

小翠匿身暗处,远远地跟随。

34. 夜。

郏府、西院、蒋凤仙卧室。

郏文博取出钥匙,轻轻把门打开,走进。

室内毫无动静。

郏文博点燃蜡烛。

床上空无一人。

郏文博抽搐的脸。

35. 夜。

郏府、西院、郏银之卧室外。

郏文博、肖毓芬轻轻走到窗外。

室内传出蒋凤仙淫荡的笑声。

郏文博勃然大怒!

肖毓芬拉住丈夫,轻声地:"别把事情弄大

了，咱快回去吧！"

郏文博甩掉妻子，冲到门前。

肖毓芬大声喊："银之，你作孽呀！"

郏文博用力砸门。

小翠躲在远处，咬牙切齿。

36. **夜。**

卧室内。

蒋凤仙、郏银之大惊！

郏银之慌乱地："咋办？咋办？"

蒋凤仙抱着衣裳，从后窗逃走。

郏文博破门而入。

肖毓芬跟进。

郏银之战战兢兢地看着父亲。

郏文博四处找人，发现了后窗，他气急败坏地对郏银之拳打脚踢。

肖毓芬赶忙护住儿子。

37. **夜。**

卧室外。

小翠在窗外窥视。

38. **夜。**

郏府、西院、蒋凤仙卧室。

蒋凤仙失魂落魄。

烛光摇曳。

蒋凤仙掀翻酒瓶，摔碎酒杯，撕烂衣衫，又拿了一把刀子扔在地上。

外面传来脚步声。

蒋凤仙匍匐在床上号啕大哭。

郏文博冲进卧室一声："跪下！"

蒋凤仙跪在地上。

郏文博抡起皮鞭，一阵乱抽！

蒋凤仙发出凄惨的叫声。

郏文博气喘吁吁地："滚！滚出这个家！"

蒋凤仙哭泣地："二爷，我错了，您饶了我吧！"

郏文博："我当初瞎了眼，找了你这么个女人！你马上给我卷铺盖，滚蛋！"

蒋凤仙："二爷，我千错万错，你也应该听我把话说完！"

郏文博："不要脸的东西，我不听你的那些脏话！"

蒋凤仙："二爷，我是冤枉的！"

郏文博："你还敢当面撒谎！"又举起皮鞭。

蒋凤仙双手托住皮鞭："二爷，我是被迫的，万般无奈才做了对不住你的事情！"

郏文博甩掉她的双手，又是一阵抽打！

蒋凤仙双手护脸，任凭皮鞭雨点般地落在身上。

郏文博一脚踹在蒋凤仙身上："滚，我再也不愿看见你！"欲走。

蒋凤仙双手抱住他的腿："二爷，杀人不过头点地，你难道就不能听我把话说完吗？"

郏文博站立不动。

蒋凤仙从地上爬起，指着地上的酒瓶、酒杯、身上撕烂的衣衫、地上扔着的刀子："二爷，您看看，这就是当时的情景啊！银之拿着酒来到我的房间，说要感谢我对他的关心。我说晚上不喝酒，他就硬逼着我喝。趁我醉酒，就要对我无礼。我反抗，他就把刀架在我的脖子上。他又说这里不安全，硬是把我背到他的房间，撕烂了我的旗袍，然后……"

郏文博怒吼着："别说了！"

蒋凤仙捡起地上的刀子，哭泣着："二爷，我对不住您呀！我自打进了郏府，您对我恩重如山，我无以报答，只想早一天能让西院扬眉吐气，每天我都兢兢业业，不敢有丝毫的懈怠。没想到大事未成，今日又发生了这种见不得人的事情，我活着还有什么意思？做女人真是苦呀，被人糟蹋了还要服罪！二爷，为了表达我对您的矢志不渝，我只有以死来洗刷我的清白了！"欲举刀自刎。

郏文博抓住了她的手腕，夺下了刀。

蒋凤仙哭泣。

郏文博声色俱厉地说："无缝的蛋不招蛆！三日内不准出这个屋门，好好给我反省！"怒冲冲离去。

蒋凤仙沮丧地坐在床沿上，凝思着："这是谁把老娘害成了这样？"

39. **夜。**

卧室外。

小翠躲在暗处，长长地出了一口气。

40. **艳阳高照。**

郏府、后院、客厅。

大管家匆匆走进客厅："老爷，姚县长来了！"

郯耀庭："他倒是挺准时的。"

大管家："大少爷在前厅陪着他呢。"

郯耀庭欲走又止："仲亭呀，小翠的事咋处理呀？"

大管家："老爷，不能让小翠再回西院了。"

郯耀庭："你亲自把她送到古码镇，让她到旅店去做事吧。"

大管家："这孩子挺机灵的，磨炼磨炼准是把好手。"

郯耀庭："旅店是个门面，也该换换人了。"

大管家："老爷，我啥时候去办？"

郯耀庭："现在。"

41．郯府、前院、大厅。

郯银根、郯杏琳接待着姚月亭。

姚月亭："贤侄呀，要不是杏琳小姐来得及时，险些误了大事！"

郯杏琳："是土地局私自停了咱家的矿，姚县长压根就不知道这件事。"

郯银根："这明明是在损伤政府的民心，败坏姚县长的声望，真乃小人之举也！"

姚县长："可恶至极！"

郯杏琳："姚县长当机立断，雷厉风行，同时下发了两个文件：一是恢复建矿，二是撤销田长福和郯银之的职务。"

郯银根："姚县长之举，令我钦佩！只是银之的事，能否请姚县长再通融一下？"

姚月亭："我本有此意，只是杏琳小姐……"

郯杏琳："堂哥，绝不可姑息养奸！"

姚月亭取出批文："这是恢复建矿的批文，请贤侄收好。"

郯银根："谢谢姚县长力挽狂澜。"

姚月亭："贤侄，我今日前来，还有一件更为重要的事！"

郯银根："请讲。"

姚月亭："就是协助杏琳小姐做你工作的。"

郯银根："姚县长太客气了，有什么事您尽管吩咐。"

姚月亭："我听杏琳小姐说，高部长要与你会面，不知贤侄做何打算？"

郯银根："您的高见呢？"

姚月亭："当然要去，这是千载难逢的大好机遇呀！"

郯银根："对我来说，见与不见无关紧要。姚县长，我不是早对您说过了，假如我要走仕途的话，我的那些同学早就帮我办妥了，焉能等到今日？"

姚月亭："就是就是，杏琳小姐说，高部长的大公子就多次举荐过你。"

郯银根："姚县长，我们初次见面们时候，我就说过此事，您以为我是在吹牛，还把高公子的信退了回来。"

姚月亭："惭愧，惭愧！"

郯银根："姚县长也是听了小人之言吧？"

姚月亭："不瞒你说，都是你那个堂弟办的好事！"

郯银根："姚县长，您放心，我尽管不走仕途，这次为了您我也要到省城，去拜见高部长。"

姚月亭喜出望外："哎呀呀，我真是受宠若惊啊！"

郯耀庭走进大厅。

众人起身。

郯耀庭："姚县长大驾光临，有失远迎！"

姚月亭："郯公别来无恙啊？"

郯耀庭："托您的福，身体硬朗着呢！"

郯银根把批文交祖父："姚县长不辞辛苦，亲自把批文送来了。"

郯耀庭："姚县长，您一趟趟地来送，让我咋感谢您呀？"

姚月亭尴尬地说："郯公，让您见笑了。"

郯耀庭："这次不会再变了吧？"

姚月亭："不会，不会！"

众笑。

郯杏琳："爷爷！"

郯耀庭亲昵地拉着孙女的手："我的孙女长大成人了！"

郯杏琳："我在爷爷面前，永远是个丫头片子。"

郯耀庭笑："杏花咋没回来？"

郯杏琳："她功课忙，请不下假来，要我代她向爷爷请安。"

郯耀庭："见过你娘了？"

郯杏琳："还没呢。"

郯耀庭："这回在家多住几天，陪陪你娘。"

郯杏琳："这咋行啊，我和堂哥还要急着赶到省城呢。"

郯耀庭："根儿，你也要去省城？"

郯银根："我要去拜会高部长。"

郯耀庭："好，应该去！你走的时候，别忘了给我这位亲家带些银杏去！"

郯银根："爷爷，人家不缺这个。"

郯杏琳："谁说不缺呀？他们家可喜欢银杏呢！"

郯耀庭笑："瞧，咱杏琳都发话了！"

郯杏琳："爷爷！"

众笑。

郯耀庭："根儿，告诉大厨，要做几样拿手菜，感谢姚县长的光临！"

姚月亭："讨饶了，讨饶了。"

42. 沂河县、县衙门口。

郯银之骑马至县衙门前。

卫兵热情地迎上："郯科长来了。"

郯银之："我要见姚县长。"

卫兵："姚县长一大早就走了。"

郯银之："去哪儿了？"

卫兵："郯科长，瞧您这话问的，县长大人去哪还向我禀报啊？"

郯银之："这到哪儿去找他呀？"

卫兵："秘书在，您去问他不就知道了？"

郯银之："好，你给我通报一声。"

卫兵打完电话："郯科长，秘书在客厅等您。"

郯银之走进县衙。

43. 县衙、客厅。

秘书在等待。

郯银之疾步走来："让您久等了。"

秘书："请进。"

郯银之走进客厅。

秘书："上茶！"

郯银之："不用了，我急着要去找姚县长。"

秘书："有事吗？"

郯银之："我要向县长禀报，郯银根目无王法，仍在抗旨建矿！"

秘书："郯少爷，这件事你就不用管了。"

郯银之："这怎么行呢？这是姚县长亲自交给我的任务，我一定要管到底！"

秘书："你的精神是可嘉的，可情况已经发生了变化。"

郯银之："又让他们建矿了？"

秘书："建与不建，都与你无关了。"

郯银之："不让我管这件事了？"

秘书："是的。"

郯银之疑惑地说："不对，我要亲自面见姚县长！请你告诉我，县长去哪了？"

秘书："你不用找县长了。"取出批文，交给郯银之："你先看看这份文件。"

郯银之看文件，大惊："把我撤了？"

郯银之："是的。"

郯银之："为什么？"

秘书："文件上不是写得很清楚吗？"

郯银之着急地："失职？我失啥职了？"

秘书："郯少爷，你较啥劲呢？你这个科长是咋当的，你心里还不清楚？现如今的事，说你行你就行，说你不行你就不行！你就别较真了！"

郯银之："这是咋回事吗？"

秘书："你这次被撤职，谁也怨不着，只能怨你自己！"

郯银之："怨我什么？"

秘书："怨你没本事处理好与家人的关系！听明白了吧，问题的根子还是出在你家里！"

郯银之："是不是郯银根？"

秘书："你要是有人家的本事，还能沦落成这样？"

郯银之呆若木鸡。

秘书取回文件，放回公文夹："郯少爷，我公务缠身，就不能陪你了。"

郯银之沮丧地走出客厅。

44. 银杏园。

一辆马车驶出银杏园。

马车上，坐着大管家和小翠。

大管家："孩子，这回你遇到了贵人，是大少爷救了你一条命呀！"

小翠："我一辈子都不会忘了大少爷的恩

情!"

大管家："老爷常对我讲'塞翁失马'的故事，没想到今天在你身上又得到了灵验。"

小翠："是个啥故事呀？"

大管家："在边界上呀，人都喜欢养马和骑马。有一个老人叫塞翁，他有个儿子爱马如命。没想到他的马丢失了，儿子悲痛欲绝。他说，儿子，这并不是一件坏事呀！没多久，他儿子又把马找到了，高兴万分。塞翁说，儿子，这并不是件好事。果不然，他儿子骑马摔断了腿，儿子伤心痛哭。塞翁说，儿子，这并不是一件坏事。又被他言中了，边关起了战争，年轻人都被抓去当兵，死伤无数。而塞翁的儿子是个残疾人，幸免此难，保住了一条性命。这就是'塞翁失马，焉知非福'呀！"

小翠："这个故事真好！"

大管家："人活一辈子，有喜也有悲。但一定要牢牢记住，喜和悲都会变的。就像老话说得一样，乐极生悲，苦尽甘来呀。"

小翠："我记住了。"

大管家："孩子，你也是因祸得福呀！没有这次祸，你咋能到旅店去做事？到了那里，你要多看、多听、多做、少说，你只有用心做事，就能有个好前程。"

小翠："我会照你的话去做的。"

大管家："孩子，身上的伤还疼吗？"

小翠："疼。"

大管家："到了镇上，我去给你买点药，涂上几天就好了。"

小翠的眼里浸着泪水："大叔！"

大管家："孩子，你怎么了？"

小翠："我从小就不知道爹娘在哪，是个没人疼的孩子。您要是不嫌弃，就认我做个闺女吧？"

大管家："使不得，使不得。"

小翠双膝下跪，哽咽地叫了一声："爹！"

大管家高兴地："快起来，快起来，没想到我半路上捡了个闺女！"

小翠哭了！

马车朝前驶去。

45. 郯府、西院、肖毓芬卧室。

肖毓芬在虔诚地念佛。

郯杏琳走进卧室："娘！"

肖毓芬惊喜："杏琳，娘天天盼着你回来呀！"

郯杏琳坐到母亲的身边："娘，您挺好吧？"

肖毓芬："我挺好的。"

郯杏琳："我在外面，最放心不下的就是您了。"

肖毓芬："不用挂着，娘啥事都想得开。"

郯杏琳："等我今后成了家，我就把您接出去一块住。"

肖毓芬："这可不行。我走了，你爹咋办？"

郯杏琳："让他和我哥一块过。"

肖毓芬："别提你哥，他还算是个人吗？"

郯杏琳："他都让二姨太给教唆坏了！"

肖毓芬："物以类聚，人以群分，他俩没一个好东西！"

郯杏琳从手提箱里取出几块布料："娘，这是高阳给您买的，喜欢吗？"

肖毓芬："别让人家花钱，娘也不出门，做些衣裳干啥？"

郯杏琳："这是人家的心意嘛！"

肖毓芬："好，娘谢谢他。"

郯杏琳："你和他还没见过面吧？"

肖毓芬："你们上次来家，脚跟没站稳就走了，娘连你也没见着。我听你大嫂说，人长得好，人品更好。"

郯杏琳取出相片："娘，你看这就是他。"

肖毓芬看相片："浓眉大眼高鼻梁，一脸正气。杏琳，你有福气啊！"

郯杏琳露出幸福的笑容。

肖毓芬："虽说你俩还没成亲，但早晚是他家的人了。对他的家人要有老有少，在说话行事上不能让人家说出半不字。咱郯家的姑娘，是懂规矩的。"

郯杏琳："娘，您放心，我一直是这么做的。"

肖毓芬："这回能多住几天？"

肖毓芬："不行，我还要陪堂哥赶回省城办事呢。"

肖毓芬："哪回都是来去匆匆的!"

郯杏琳："娘,我今儿和您睡,咱娘俩可以彻夜长谈呀。"

肖毓芬高兴地："娘最愿听这句话。"

46. 古码镇、鸳鸯楼。

郯银之走进鸳鸯楼。

老鸨惊喜地："哎哟,是郯科长呀!是哪阵风把你吹来了?"

郯银之："不欢迎呀?"

老鸨："我天天盼着你来,我那三个女儿都把你想疯了!"

郯银之："她们人呢?"

老鸨冲二楼喊："牡丹,你姐儿仨快下来,郯科长来了!"

二楼应声。

老鸨："郯科长,客厅请。"

二人走进客厅。

47. 鸳鸯楼、门外。

潘芝莲与两名彪形大汉骑马而来。

48. 鸳鸯楼内、客厅。

妓院管家匆匆走进："老板,马陵山的二寨主来了!"

老鸨："快请!"

管家离去。

郯银之诧异地："妈妈,你认识她们?"

老鸨笑："郯科长,实话对你说吧,咱这鸳鸯楼就是赵嬷嬷开的。"

郯银之："啊?"

潘芝莲与两名保镖走进客厅。

老鸨赶忙迎上："二寨主,您怎么有空来了?"

潘芝莲发现了郯银之："哎哟,这不是郯少爷吗?"

老鸨："你们认识?"

潘芝莲："你问他?"

郯银之："认识,认识。"

潘芝莲："没想到郯少爷还有这一好?"

老鸨："郯少爷可是咱家的常客了。"

潘芝莲："噢,我想起来了。"对两名保镖："你俩不认识郯少爷了?"

俩保镖一时未想起。

潘芝莲："真是猪脑袋!你俩在游船上,不是还会过郯少爷吗?"

保镖恍然："对对对,郯少爷,在游船上多多得罪了!"

郯银之："事情都过去了,过去了。"

老鸨："二寨主,您有什么吩咐呀?"

潘芝莲："咱们的事情过后再谈,你先把这两弟兄安排好。"

老鸨："请两位兄弟跟我来。"

三人离去。

潘芝莲："郯少爷,我听说贵府最近发大财了!"

郯银之："这……"

潘芝莲："又是建厂又是开矿,动静不小啊!"

郯银之："这些事,都是我堂哥办的。"

潘芝莲："我看你堂哥记性不好,他换帖和成亲的时候,我山寨先后送了两份厚礼,怎么成了肉包子打狗了?他不光没有回礼,连句谢话都没有,他是不是觉着我们应该做孙子?"

郯银之："他历来如此,目中无人,桀骜不驯!"

潘芝莲："老娘可不吃这一套!他要是敬酒不吃吃罚酒的话,别说我潘芝莲心狠手辣!"

郯银之："早就应该让他知道知道了!"

随着一阵轻浮的笑声,黑牡丹、风摆柳、一品香走进客厅。

三人看到潘芝莲,笑声戛然而止。

潘芝莲："你们来干什么?"

黑牡丹："妈妈让我们来陪郯少爷。"

潘芝莲："不用了,今天由我来陪客!"

黑牡丹："是。"

三人退出。

潘芝莲："郯少爷,今天我来陪你咋样啊?"

郯银之："不敢,不敢。"

潘芝莲："害怕了?"

郯银之："这……"

老鸨走进客厅："二寨主,我把两个兄弟都安排好了。"

潘芝莲："那我呢?"

老鸨："您稍等,我去给您安排。"

潘芝莲："不用了，我今天伺候郯少爷。"

老鸨："哎呀，郯科长，你可真是贵人自有贵人福啊！"

潘芝莲："你咋一口一个郯科长啊？"

老鸨："二寨主，您还不知道呀？郯少爷已经不是平民百姓了，如今是民国政府的大科长了！"

潘芝莲高兴地："我今天就做回科长太太。"

老鸨："恭喜，恭喜！"

潘芝莲："我先去准备准备，过一会你把郯科长领到我屋去。"

老鸨："是。"

潘芝莲离去。

郯银之吓了一头冷汗。

老鸨："你紧张啥呀？"

郯银之："我一看见她这身红衣裳就害怕！不行，我得赶快走！"

老鸨："你不要命了！"

郯银之："我咋这么倒霉呀？"

老鸨："你错了，二寨主可不是一般女人，要不咋被叫成潘金莲呢？你就做回西门庆吧！"

郯银之："她们都是些杀人不眨眼的主，我可不敢和她们交往过甚！"

老鸨："你又错了，只要有她们给你撑着，你还怕谁呀？想干啥就干啥！"

49. 鸳鸯楼、二楼客房。

这是一间豪华的套房。

客厅里，桌上已经摆着丰盛的酒菜。

卧室里，潘芝莲已脱去红色衣裤，换上可体的旗袍，土匪婆已经变成了一位华贵的夫人。

窗帘紧闭，烛光温馨。

潘芝莲在梳妆台前浓妆艳抹。

老鸨领郯银之走进客房："二寨主，客人到了。"

潘芝莲从卧室走出。

郯银之惊诧地看着潘芝莲，简直不敢相信自己的眼睛。

潘芝莲娇滴滴地："不认识我了？"

郯银之："美，太美了！"

老鸨窃笑，走出客房，顺手带上房门。

郯银之仍旧呆立着。

潘芝莲扭动腰肢走到郯银之面前，痴情地看着他。

郯银之抑制不住地把潘芝莲抱在怀里。

潘芝莲轻轻推开他，手牵手地坐到餐桌边："郯科长，你今天可要多喝几杯哟。"

郯银之："我喝，我喝！"

二人干杯。

潘芝莲："你们这些读书人，就是和那些没文化的小野人不一样，瘦弱的体格里透着一股子秀气，真让人着迷。"

郯银之："我没想到，你竟然是个如此貌美的佳人。"

潘芝莲："我比你家的二姨太咋样？"

郯银之："更加风情万种。"

潘芝莲："你是喜新厌旧吧？"

郯银之："你不是也一样吗？喜新厌旧是人的本性，连褓褓里的婴儿也不例外。你把他放在床上久了，他就会大声地哭，你只要把他抱起来，他立马就不哭了。可是你把他抱久了，他又要大声地哭，假若你抱着他从屋里走到院子里，他又不哭了。这是啥道理呀？因为他不愿意老待在一个环境里。你说，他这不就是喜新厌旧吗？"

潘芝莲像听故事一样地入迷。

郯银之端起酒杯："人者，食、性二字也。美酒佳人在眼前，我飘飘然犹入仙境！二寨主，你不是说，咱们要多喝几杯吗，我敬你三杯。"

潘芝莲连饮三杯。

郯银之："二寨主好酒量。"

潘芝莲笑吟吟地："咱俩立个规矩。"

郯银之："啥规矩？"

潘芝莲："凡是咱俩在一起的时候，不许你叫二寨主。"

郯银之："叫啥？"

潘芝莲："叫我的名字呀！"

郯银之："这……"

潘芝莲："叫啊！"

郯银之："芝莲！"

潘芝莲像触电一样，闭上了眼睛："真好听。"

第十九集

1. 古码镇、鸳鸯楼、二楼客房。

郏银之、潘芝莲已经如胶似漆。

郏银之被面似桃花的潘芝莲迷住了，他痴痴地望着她。

潘芝莲："你咋这样看着我？"

郏银之："你在我眼前，忽而是一个人，忽而又成了两个人。一会是寨主，一会是佳人，截然不同的两个人，咋就是活生生的一个人呢？"

潘芝莲笑："也许是你刚才说的，是人的本性吧？"

郏银之："然也，人人都是善、恶于一身啊！"端起酒杯，自斟自饮。

潘芝莲："你有不痛快的事？"

郏银之："没有。"

潘芝莲："你没说实话。告诉我，我会帮你的！"

郏银之长叹一声。

潘芝莲不再追问，端起酒杯："你别光自己喝呀，还有我呢。"

2. 古码镇、碧露春旅店。

大管家、小翠走进旅店。

老板娘迎上："大管家，您来了。"

大管家："老板娘，我是给你送人来了。"

老板娘："送人？"

大管家："她叫小翠，今后就在咱旅店做事。"

老板娘冷冷地："这里不缺人手呀？"

大管家："是老太爷让我把她送来的。"

老板娘："她能干得了吗？"

大管家："往后你要多尽点心教教她，还能干不了吗？小翠，这是你的老板，你要听老板的话，好好干，别辜负了老太爷对你的期望。"

小翠彬彬有礼地："老板娘，我是个乡下孩子，任啥也不懂，往后请您多调教。"深深一躬。

大管家："好了，我该回去了。"

小翠："爹，您走好。"

老板娘一惊："大管家，这是您闺女呀？"

大管家："是的，还请你多费心了。"

老板娘满脸堆笑："您咋不早说呢？您瞧瞧，长得多水灵，眉宇间透着机灵！大管家，您放心，我会把小翠当成自己闺女对待的。"

大管家："谢谢了。"离去。

老板娘亲热地："小翠，我先领你转转。"

3. 古码镇、鸳鸯楼、二楼豪华客房。

潘芝莲、郏银之躺在卧室的床上。

郏银之郁郁寡欢。

潘芝莲："累了？"

郏银之不语。

潘芝莲："说话呀！"

郏银之不语。

潘芝莲："刚才不是还好好的？"

郏银之不语。

潘芝莲："有不顺心的事？"

郏银之不语。

潘芝莲："你们这些读书人呀，就是不爽快。天塌下来有地接着，有啥大不了的事？"

郏银之深深地叹口气。

潘芝莲："把不痛快的事说出来，我会帮你的！"

郏银之突然哭了。

潘芝莲抚摸着他的头："瞧你委屈的。"

郏银之泣声地："我被人给逼到绝路上了！"

潘芝莲："谁这么大胆？"

郏银之："郏银根！"

潘芝莲："你堂哥？"

郏银之："这个人毒着呐！他不仅霸占了全部家产，还要赶尽杀绝，让姚月亭那个赃官，把我的科长也给撸了！我现在到了走投无路的时候了，就像一片被风卷起的树叶，孤苦伶仃，也不知能落到何方？"

潘芝莲："只要有我，你就甭怕！"倒杯茶水，端给郏银之："我呀，也有过你这种时候。那年我才十七岁，为还父债，卖给富商，受到百般凌辱，忍无可忍，杀了亲夫！官府贴出告示，四处缉拿，我走投无路投奔了马陵山。从此，我才自由自在像个人一样地活着！宝贝，你何不也像我一样，投奔马陵山呢？"

郏银之赶忙说："不，不！"

潘芝莲："看把你吓的！你就不想夺回家产了？不想把仇人置于死地？不想一生快快乐乐地活着？"

郏银之沉默。

潘芝莲："我知道，你们这些读书人呀，是最顾及名声的。可名声又算个啥呢？狗屁不是！你倒是有名声，可是天天当孙子；我名声很坏，可天天当大爷！"

郏银之犹豫了。

潘芝莲："你呀，哪像个男人？连个娘们都不如！这样吧，你可以人不上山，但私下里是马陵山的人，咋样？"

郏银之："你让我再想一想。"

潘芝莲："咱马陵山最缺的，就是你这种识文解字的人。你上了山，至少能当个军师。再说，咱俩也可以天天在一块，我也能日夜伺候你呀。"

郏银之蠢蠢欲动。

潘芝莲："你好好想想吧，三天后给我回话！"

郏银之点头。

传来敲门声。

潘芝莲："进来吧。"

老鸹走进卧室："二寨主，两位兄弟在等着您呐。"

潘芝莲："让他俩先回去吧，我今天不走了。"

老鸹："是。"

4. 夜幕降临。

一轮圆月悬挂中天。

郏府、西院、蒋凤仙卧室。

蒋凤仙在穿衣镜前，更换着一件又一件旗袍，又在化妆镜前梳妆打扮。她风姿绰约地走出卧室。

5. 月夜。

郏府、西院、卧室。

郏文博烦闷地抽着大烟。

蒋凤仙惴惴不安地走进卧室："二爷。"

郏文博："你来干什么？"

蒋凤仙轻轻坐到郏文博身边，细心地伺候着。

郏文博不理睬。

蒋凤仙轻轻地给郏文博捶着腿。

二人半晌无语。

蒋凤仙："您还在生我的气？"

郏文博："走开！"

蒋凤仙："我不走，我舍不得离开您。"

郏文博翻身坐起："你昏头了，怎么能做出这种乱伦的事情来？"

蒋凤仙顿时泪眼婆娑："我恨死了银之，竟对我做这种伤天害理的事情！"

郏文博："他对你无礼，你可以来告诉我呀！"

蒋凤仙："我是想这么做，可我又怕把事情弄大，一旦让郏银根抓住把柄，咱西院更无翻身之日了！再说，银之好不容易当了科长，姚月亭对他也刚开始刮目相看，金鸡山的矿也刚刚停建，在这节骨眼上，咱要是自己乱了自己，那这一切不就前功尽弃了吗？"

郏文博："最可怕的就是祸起萧墙！"

蒋凤仙："我当时要是把银之的事来告诉您，您能轻饶了他？二爷，你想想，咱西院今后还指望谁？就是银之呀！我只好把苦水咽到肚里，息事宁人了。"

郏文博："这个畜生，何时才能成个人呀？"

蒋凤仙跪地："二爷，千错万错都是我的错，您千万别气坏了身子！"

郏文博长叹一声："好了，下不为例！"

蒋凤仙："我记住了。"

郏文博："起来吧。"

蒋凤仙妩媚地坐到郏文博面前。

郏文博看着娇艳的爱妻，不由地拉起她的

手："越是心爱的器物，越是怕把它划伤啊！"

蒋凤仙点点头。

郊文博："他人呢？"

蒋凤仙："我没敢离开房间一步，咋知道他在哪？"

郊文博："一天都没见他人影了！"

蒋凤仙："他害怕见您呗。"

郊文博："去告诉小翠，把他给我找来。"

蒋凤仙："嗳。"离去。

6. 月夜。

郊府、四合院。

蓝天如洗。

月光如镜。

树影摇曳。

瑟声悠扬。

董姝妹在石亭下抚琴。

郊银根在月光下舞剑。

石亭水榭。

恍入仙境。

一曲《平沙落雁》，时而委婉逶迤，时而飞珠溅玉，时而激昂高亢。

一套《梅花剑》伴随琴声，时而舒展飘逸，时而白帆点点，时而惊涛骇浪。

郊银根边舞边吟李白的《赠汪伦》：

> 李白乘舟将欲行，
> 忽闻岸上踏歌声。
> 桃花潭水深千尺，
> 不及汪伦送我情。

董姝妹边抚琴边吟王维的《竹里馆》，以和夫君：

> 独坐幽篁里，
> 弹琴复长啸。
> 深林人不知，
> 明月来相照。

庭院菊花争相斗艳。

银杏树叶金光灿灿。

曲终剑毕。

董姝妹将长衫披到丈夫身上。

郊银根握着妻子的手，坐在石亭下："今晚的月亮真圆啊。"

董姝妹："我喜欢圆月，因为我是在月圆的时候来到这个家的。"

郊银根："咱们离多聚少，我对你总有愧意。"

董姝妹："天天耳鬓厮磨，不见得就是心心相印。"

郊银根感激地看着妻子："姝妹，你是我的及时雨呀！"

董姝妹："你说啥呢？"

郊银根："每逢我遇到难处，都是你帮着我化险为夷。就拿这次来说，你如不去省城，金鸡山的矿早就停下来了。"

董姝妹："我也只能是跑跑腿而已，若没有杏琳，我就是有天大的本事，也无济于事的。"

郊银根："杏琳和银之是同母所生，可是他俩的品行，却有着天壤之别。"

董姝妹："此乃是性相近，习相远啊！不过，有一事我是有疑虑的。"

郊银根："关于银之撤掉科长的事？"

董姝妹："你不觉得这样做，是欠妥的吗？"

郊银根："把他唯一的念想也打掉了。"

董姝妹："物极必反呀。这种做法，不是疏导而是堵塞，不仅不利于他的反省，反而会更增加他的仇恨。如此下去，必然会是恶恶相报永无止境。"

郊银根："言之有理。"

董姝妹："你们毕竟是同根同脉，绝不可同室操戈，相煎太急。"

郊银根："是的。我想，从省城返回后就去找姚月亭，请他再恢复银之的科长职务。"

董姝妹："应该这么做。"

7. 古码镇、码头。

董姝妹、郊银业给郊银根送行。

郊银业："大哥，这是一整套建矿的可行性报告，你再审阅一遍，就可以和民众银行洽谈了。"

郊银根："电厂的文字材料呢？"

郊银业："也在里边。王教授说，电厂只是

建矿项目中的一个组成部分，就不再单列了。"

郯银根："你在家配合两位教授，再把一切准备工作仔细地检查一遍，等我回来就正式动工。"

郯银业："你放心吧。"

郯银根叮嘱妻子："姝妹，你一定要去给母亲请安，无论她态度如何，都要尽到我们子女的孝敬。"

董姝妹："我知道了。"

郯银根乘上客轮。

客轮驶离码头。

8. 郯府、西院、地下室。

蒋凤仙走进地下室。

地下室空无一人。

蒋凤仙发现了被砸烂的锁，惊诧不已。

9. 郯府、西院。

蒋凤仙走出地下室，正与走进院的郯银之相遇。

郯银之欲走开。

蒋凤仙："站住！"

郯银之止住脚步。

蒋凤仙："你一夜未归？"

郯银之："是的。"

蒋凤仙："又去妓院了？"

郯银之："是的。"

蒋凤仙："恶习难改！"

郯银之："你少管我的事！"

蒋凤仙："你想怎样？"

郯银之："咱们要彻底分手。"

蒋凤仙："你想把我踢开？"

郯银之："你是我的小妈！"

蒋凤仙："放屁！"

郯银之欲走。

蒋凤仙阻拦。

郯银之："闪开，我要去找父亲！"

蒋凤仙："哼，他也正在找你呐，整整找了你一夜！"

郯银之一怔。

蒋凤仙："去找啊！你咋又不敢去了？"

郯银之："你想咋样？"

蒋凤仙："我想把事情弄明白！"

郯银之："弄吧！"

蒋凤仙："小翠呢？"

郯银之："小翠？"

蒋凤仙："我问你呢？"

郯银之："你不是把她关在地下室吗？"

蒋凤仙："你把她弄到哪儿去了？"

郯银之："我压根就没见过她！"

蒋凤仙："撒谎成性！"

郯银之："我到县城去找姚月亭，哪有心思去管她呀！"

蒋凤仙："你真的没有见她？"

郯银之："没见！"

蒋凤仙："她跑了！"

郯银之："门上不是有锁吗？"

蒋凤仙："有人把它砸烂了！"

郯银之："你这是乱上添乱！"

蒋凤仙诧异地："会是谁把这个祸根放走的呢？"

郯银之："肯定是他！"

蒋凤仙："谁？"

郯银之："郯银根！"

蒋凤仙："会是他？"

郯银之："小翠能向他告密，他就必定会关心小翠！"

蒋凤仙："他又想对咱西院下手了！"

郯银之："不是又想，而是早就下手了！"

蒋凤仙："咱只要牢牢地抓住姚月亭，他就掀不起大浪！"

郯银之："你还在做梦哩！姚月亭这个狗官，翻手为云覆手为雨，他一夜之间全变了！金鸡山的矿又复建了，我的科长也被他给撸了！"

蒋凤仙大惊！

郯银之："这都是郯银根使得坏！"

蒋凤仙："他这是要斩尽杀绝呀！"

郯银之："他不让我生，我也不让他活！"

蒋凤仙："你这是叫花子咬牙穷发恨，有什么用？"

郯银之："兔子被逼急了还咬人呐！我这次就让他身败名裂！"

蒋凤仙："你有办法了？"

郯银之："我回来就是要和爹商量的。"

10. 古码镇、鸳鸯楼、客厅。

老鸹伫立在潘之莲身边。

潘芝莲："我嘱咐你的事，都记住了？"

老鸹："记住了。"

潘芝莲："你要把郯府在古码镇的商铺，一个个地都给我摸清楚，我要把它们洗劫一空！"

老鸹："是。"

潘芝莲："你要抓紧去办，随时听我的号令！"

老鸹："是。"

11. 郯府、西院、客厅。

门窗紧闭。

客厅里气氛压抑，令人窒息。

郯银之："爹，您发话呀？"

郯文博："住口！"

郯银之："咱是被逼上梁山的，这也是咱唯一的一条路了！"

郯文博："这是一条凶险的路！难道你不知道吗？"

郯银之："再险也得上，总比死路强！"

客厅里又是一阵沉默。

郯银之走到蒋凤仙面前："你是啥想法？"

蒋凤仙不语。

郯银之："你也不赞成？"

蒋凤仙不语。

郯银之："既然这样，咱们就分道扬镳吧。你们去走阳关道，我走我的独木桥。无论遇到啥凶险，都由我一个人承担！"

郯文博："大胆！这个家容不得你说了算！"

郯银之："难道咱就任凭他宰割吗？"

郯文博大吼一声："坐下！"

郯银之被震慑住，愤怒地坐在椅子上。

郯文博极力抑制着自己的情绪："你不想想，马陵山上的土匪都是些什么人？都是一些命案在身的亡命之徒！他们杀人劫货，无恶不作！历代遭平民唾骂，令人深恶痛绝！你是郯府堂堂正正的少爷，怎么能与这些鼠狗之辈同流合污呢？"

郯银之："爹，您这是言过其实，他们并不是您说的那样。水泊梁山一百单八将，哪一个不是英雄？"

郯文博："那是小说，不是现实！"

郯银之："要是现实不存在，也不会有小说！"

郯文博："你就是说下大天来，也休想与他们为伍！"

蒋凤仙："银之，二爷说得对，你要听得进去才行。假如你上山入匪，即使你能报仇雪耻，图得一时扬眉吐气，但一生就再也洗刷不掉'土匪'的恶名了！到那会儿，你不仅会人财两空，而且还会株连九族，永世不得翻身！"

郯银之："那你们说该怎么办？"

蒋凤仙："二爷，咱能不能采取'攻守兼备'的谋略？"

郯文博："攻守兼备？"

蒋凤仙："对，借助钟馗来打鬼！"

郯文博："好，此乃上策！"

郯银之："我咋听不明白？"

蒋凤仙："你应该顺其道而行之……"

12. 省城、高阳家、客厅。

高部长与夫人在客厅等待客人。

高阳走进客厅："爸，妈，郯银根先生到了！"

高部长："快请！"

郯杏琳陪同郯银根走进客厅。

郯银根："高部长，高太太，你们好！"

高部长："快请坐。"

郯银根就座。

高太太："上茶！"

女佣端上茶水。

高部长高兴地："果然是堂堂正正，一表人才啊！"

郯银根："您过奖了。"

高部长："家里的老人都好吗？"

郯银之："谢谢您的挂念，他们都很好。"

高部长："郯先生，我很想见到你呀！"

郯银根："晚辈不才，能得到您的厚爱，深感荣幸。"

高部长："不知郯先生学得是哪门专业？"

郯银根："在北平读书时，学的是金融专业。日本留学期间，改为社会经济学。"

高部长："为什么改了专业？"

郯银根："想探讨一条强国富民之路。"

高部长："可有收获？"

郯银根："在混沌中看到了一丝光亮。"

高部长："能否略谈一二？"

郯银根："在您面前，不敢妄言。"

高部长："哪里哪里，凡爱国者无不忧国忧民。这是一个几千年来一直探讨的课题，孔夫子一生就孜孜不倦地探讨治国之道。可如今的现实，是每况愈下，国弱民穷，照此下去不堪设想。"

郯银根："一个泱泱大国，为什么会沦落到今天这个样子？我在困惑中探索，在日本的复兴中寻求答案。我向自己提出了一个问题，中华民族为什么偏偏选择了儒学为主流文化？这种文化无疑是世界整个文明的一份遗产，它不仅产生过无数的天才和英豪，而且还把中华民族孕育成整个人类最为庞大的实体，铸就了一种追求理性秩序，重视人伦的传统。但与此同时，这种文化也铸就了中华民族的封闭和保守的心理结构。历史证明，两千五百年后的今天，这个泱泱大国在衰落，而且面临着崩溃。"

高部长："说下去。"

郯银根："我在日本三年，不仅看到日本繁荣的今天，而且深知日本自明治维新后发展的历史。他们为了摆脱政治和经济的危机，以西洋为模式，为偶像，为价值取向，一批批留学生、官员纷纷被派往西方。所以，日本早于中国三十年就彻底改变了自己的命运。一个小小的岛国，竟能击败偌大的中国，甚至打败欧洲强国之一的俄国，使全世界大感震惊！这难道不令人深思吗？"

高部长："郯先生言之凿凿，阐理精辟！"

郯银根："此乃晚辈之言，不知当否，还请指教。"

高部长："纵观历史，旧王朝灭亡，新王朝很快取而代之，社会封闭和保守的结构又恢复原样，中华民族就这样陷入周而复始的命运之中。"

郯银根："生命之水来自大海，最终必将流归大海，这是亘古不变的自然规律。中华民族必将会有一天，纳入发达世界的规迹。不是等待，而是要变成整个民族的激荡和奋进。"

高部长求贤若渴："郯先生为何要拒之仕途呀？"

郯银根："万丈高楼平地起，我立誓愿做一块基石。只有打好基础，大厦方能坚不可摧。"

高部长："你为任一方，不是能发挥更大的作用吗？"

郯银根："中国是个农业大国，广大农村才是我的用武之地。"

高部长："精神可嘉！不过，当国家需要之时，还是理应挺身而出的。"

郯银根："我会牢记您的教诲。"

郯杏琳："伯父，我堂哥来的时候，爷爷还给您捎来了银杏。"

高部长："谢谢他老人家。郯先生，听说你家乡有一棵三千岁的老神树？"

郯银根："这棵银杏树植于西周，它印证了郯子国的历史，目睹了三千年的人间演变。高部长可在百忙之中，抽些时间到我家乡，一则了解民情，二则可目睹老神树的风采。"

高部长："还有最重要的一点，你没有说。"

郯银根诧异地："请赐教。"

高部长："我要携夫人，郑重地去拜访老亲家！"

众笑。

13. 郯府、东院。

董姝妹走进东院。

女佣小萍迎上："少奶奶，您咋来了？"

董姝妹："大奶奶在忙啥呢？"

小萍："看书呢。"

董姝妹："你去禀报一声，就说我给姑妈问安来了。"

小萍："请少奶奶在客厅稍等。"离去。

14. 东院、卧室。

董兰君捧书而吟："孟子曰：'人皆有不忍人之心……无恻隐之心，非人也；无羞恶之心，非人也；无辞让之心，非人也；无是非之心，非人也。'……"

小萍走进卧室："大奶奶，少奶奶请安来了。"

董兰君依然捧书而吟："孟子又曰：'恻隐之心，仁之端也；羞恶之心，义之端也；辞让之心，礼之端也；是非之心，智之端也。'……"

小萍："大奶奶，少奶奶请安来了！"

董兰君："不见。"

小萍："大奶奶，您……"

董兰君把书一摔："不见！"

小萍："是。"离去。

董兰君插上房门，继续读书。

15. 郯府、东院、客厅。

董姝妹在等待。

小萍走进。

董姝妹："大奶奶发话了？"

小萍："大奶奶在睡觉。"

董姝妹："我在这里等她醒来。"

小萍："少奶奶，您回去吧，谁知道大奶奶啥时候睡醒？"

董姝妹："她啥时候睡醒，我就啥时候问安。"

小萍："少奶奶，您别等了，还是回去吧！"

董姝妹冷冷一笑："大奶奶是不是不肯见我？"

小萍点头。

董姝妹："我就不信！"欲去卧室。

小萍："少奶奶，大奶奶把门已经插上了！"

董姝妹凝思片刻，走出东院。

16. 郯府、杏林书斋。

整个院落幽雅静谧。

书房里传出朗朗地读书声。

董姝妹走进书院倾听着。

17. 古林书斋、书房里。

郯文渊边踱步边吟诵《孟子·滕文公》："今有人日攘其邻之鸡者，或告之曰：'是非君子之道！'曰：'请损之，月攘一鸡，以待来年，然后矣。'……"

董姝妹轻轻踏入书房："父亲，您是在读《孟子·滕文公》吗？"

郯文渊："然也。姝妹，你读过此篇吗？"

董姝妹："我小时候，姑妈，不，母亲就教我读过孟子的许多文章。"

郯文渊："这一篇是什么意思呀？"

董姝妹："孟子请梁惠王减赋税来减轻人民的负担，而梁惠王说不能一下子做到，要慢慢地实行。孟子针对他的借口，就讲了一个偷鸡贼的故事。说从前有个人每天偷邻居家一只鸡，有人告诫他说，这是不道德的行为。这个偷鸡贼便说，请让我先减少一些，每月偷一只，等到明年再彻底洗手不干。孟子严厉指出，既然知道是错，就要毫不犹豫，坚决果断地去执行。"

郯文渊："好，你不仅知其然，而且还知所以然。纵观历史，凡优柔寡断者，是成不了大事的！"

董姝妹："父亲所言极是。我表哥，不，我夫君自掌门以来，理商铺、建工厂、办学校、开矿山，哪一件都是当机立断，令我十分敬佩。"

郯文渊："好啊！学以致用，不亦乐乎？"

董姝妹："可是，每当我看到他遇到一个个艰险，寝食不安，心里都隐隐作痛。"

郯文渊："难道你没读过孟子的《告子下》篇吗？"

董姝妹："读过。'故天将降大任于斯人也，必先苦其心志，劳其筋骨，饿其体肤，空乏其身，行拂乱其所为，所以动心忍性，曾益其所不能。'"

郯文渊："然也。遇到挫折和困难，都是必经的考验。要想成功，必须要经风雨，见世面。只有在逆境中奋斗，才能激发强烈的进取精神。"

董姝妹："父亲甚解人意，只是母亲一时转不过弯来，与银根耿耿于怀。银根多次问安，母亲闭门不见。还请父亲从中游说，母子相安，共振家业。"

郯文渊："孟子曰：'天下之本在于国，国之本在于家，家之本在于身。'她呀，白读了亚圣的书。你传话过去，请她到书斋来。"

董姝妹："谢谢父亲。"

18. 郯府、东院。

董姝妹走进东院。

小萍迎上："少奶奶，您咋又来了？"

董姝妹："父亲让我捎话给母亲，请她去杏林书斋。"

小萍："现在？"

董姝妹："不忙，晚上去不迟。"

小萍："是。"

董姝妹："记住，在母亲面前不要提是我送的信儿。"

小萍："我明白。"

19. 省城、大明湖。

湖水波光粼粼。

鸢飞鱼跃。

游船穿行。

岸边，垂柳依依，花木复苏。

一只画舫荡漾在湖面上。

郯银根、高阳、司马、郯杏琳、郯杏花，乘坐在画舫上。

司马侃侃而谈："大明湖是由珍珠泉、芙蓉泉、王府池等上百个地下泉，汇流而成的天然湖泊。湖底由不透水的火成岩构成，因此湖水恒水不涨，久旱不涸。它最早见于文字是北魏郦道元《水经注》，隋唐时名叫'莲子湖''历水波'。宋朝称'西湖'。到金元时方称'大明湖'。它优美秀丽，杨柳浓荫，荷花满堂，点缀着亭、台、楼、阁，远山近水与蓝天白云融为一体，故有'四面荷花三面柳，一城山色半城湖'之美誉！"

高阳："司马，你是一位了不起的导游！"

众人笑。

20. 大明湖、历下亭。

这是一座湖心亭。

垂柳环绕，秋菊绽放。

画舫停靠岸边。

郯银根、高阳、司马、郯杏琳、郯杏花上岸，登上历下亭。

一副对联吸引了郯银根："海右此亭古，济南名士多。"

司马："大诗人杜甫两次来此地，他与书法家李邕在此亭下饮酒，留下了这幅千古名联。"

郯银根疑惑地说："此对联并非是李邕所书，尤似清代大书法家何绍基的笔迹？"

司马惊诧地："大哥的目光犀利，书法造诣精深，此联确系何绍基所书。"

郯银根："齐鲁大地人杰地灵，何止一山一水一圣人？我的朋友刘之声先生借我阅读的《红色鲁南》，上面就有王尽美先生的诗词：

> 沉浮谁主问苍茫，
> 古往今来一战场。
> 潍水泥沙挟入海，

铮铮乔有看沧桑。

这是何等的胸怀！我还读过他写的文章《中国社会之现状》，他不仅抨击了政府的腐败，而且入木三分地剖析了老百姓对这个国家失去信仰以后的崩溃和涣散。并指出，中国的有志之士，应该为国家的复兴而奋斗终生！这篇文章，写得何等好啊！王尽美先生不愧是当今的名士，只是无缘相识呀！"

司马："听说此人是中共党员？"

高阳："是的。他原是济南一师的学生，是中共一大代表，在苏联受到过列宁的接见。他也是国民党一大的代表，是国父孙中山先生的朋友，被任命为中山先生的特派员。"

郯银根："你知道王尽美先生现在何处？"

高阳："不知道。"

郯银根："甚是遗憾。"

郯杏花："大哥，您不是不结交任何党派的人士吗？"

郯银根："但我要结交有识之士，因为他们的思想符和中国的实际。"

郯杏琳尊敬地看着堂哥。

突然，一条条鲤鱼不断跃出水面。

郯杏花高兴地大喊："你们快看！"

司马："哎呀，难得一见的鲤鱼跳龙门呀！"

岸上的游客都欣喜地看着这一景观。

郯杏花："真是太美了！我来省城这么久，这还是第一次来这里！"

郯银根："何止你一人呀？即使家在省城的人，未来过此地的也大有人在。因为人一旦拥有，往往就不珍惜了。"

郯杏花："怪不得您提出要到此地呢？"

郯杏琳："堂哥，为什么人们常说'智者乐水，仁者乐山'呀？"

郯银根："水依山而行，山因水而活。智慧的人喜欢水，仁爱的人喜欢山。智者是动态的，仁者是静态的。智者像水一样的流动，生生不息。水是生命之源，它无处不在，不分清浊，都是大地的乳汁。仁者像山一样耸立，人世间最大的志向就是爱，让人间充满爱是每一个人的使命，让爱像一座又一座的山峰在人世间升起。"

郏杏花："司马，你是乐山呢，还是乐水？"

司马："兼而有之。"

郏银根："乐山乐水是人生最大的智慧，也是最丰富的人生意蕴。临水而居，临山而居的人，是人世间最幸福的事情。"

郏杏花："大哥，咱银杏园东临马陵山，西傍沂水河，也是块风水宝地呀！"

郏杏琳："那还用说？不然的话，怎么能在金鸡山上发现了宝藏呢？"

郏杏花："司马，大哥嘱托你的事，记住了吗？"

司马拍拍皮包："从不敢离身。"

郏银根："司马，合资建矿的事，就拜托你去做伯父的工作了。"

司马："大哥，您放心，这是一项互惠互利的好事情，家父肯定会同意的。"

郏杏花："你这么有它握？"

司马从皮包里取出资料："有这些翔实的材料，再加上大哥讲述的盈利，家父怎会有不同意之理？"

高阳："假如民众银行需要担保的话，我家算一个。"

郏银根："谢谢二位。司马，伯父若有意向，我可以登门面谈。"

郏杏花轻声地对司马说："你要上心哟！"

司马："你就等我的好消息吧！"

高阳大声问："你俩说啥呢？"

司马神秘地说："不告诉你。"

众人笑。

21. 古码镇、鸳鸯楼、二楼潘芝莲房间。

两名彪形大汉伫立在潘芝莲面前。

潘芝莲："你们两个在隔壁房间候着，随时听候我的吩咐！"

两名大汉："是。"离去。

潘芝莲将药粉倒进另一把酒壶。

郏银之匆匆而来。

潘芝莲娇媚地迎上："你怎么才来呀？"

郏银之："宝贝，想我了？"

潘芝莲："你把我的魂都勾走了！"

郏银之："勾你魂的人不少吧？"

潘芝莲："识文解字的人，就你一个。"

郏银之："好，从今以后我就当你的先生。"

潘芝莲："你同意上山了？"

郏银之把话岔开："我现在就教你识字如何？"

潘芝莲："你同意上山了？"

郏银之："你怎么老问这件事呢？"

潘芝莲："这是咱们说好的，我等你的回话呀？"

郏银之："这件事不能操之过急。"

潘芝莲："这不行！说话痛快点，同意还是不同意上山？"

郏银之："我要慢慢做家人的工作。"

潘芝莲："他们不同意？"

郏银之："是的。"

潘芝莲："这好办，我找他们去！"

郏银之："他们是不会见你的！"

潘芝莲："不见？老娘不是吃素的，谅他们不敢！"

郏银之："干嘛非要把关系弄僵呢？"

潘芝莲："你说咋办？"

郏银之："你就是去看个朋友，还要买二斤点心呢。你要是真想与我在一起的话，总要给我家人一份见面礼吧？"

潘芝莲："要多少钱，开个数吧？"

郏银之："他们需要的不是你的钱，而是郏府的家产！"

潘芝莲："这就是见面礼？"

郏银之："有了这，我立马就跟你上山！"

潘芝莲："我应该怎么下手呢？"

郏银之："绑架郏银根，逼他就范！"

潘芝莲："他要是不就范呢？"

郏银之："任你处置！"

潘芝莲："对谁？"

郏银之："当然是对他！"

潘芝莲大笑："小白脸，你的账算得不错呀？"

郏银之："你答应了？"

潘芝莲："为了你，我啥都答应。"

郏银之心花怒放："宝贝！"

潘芝莲轻轻推开郏银之，走到餐桌边："咱们以酒助兴，才能胜过神仙呢！"

郯银之："美人，我早已醉了！"

二人干杯。

潘芝莲："先生，你不是教我识字吗？"

郯银之早已被裸露在旗袍外的大腿摄去魂魄。

潘芝莲："你在看啥呢？"

郯银之魂不守舍。

潘芝莲笑："小白脸，我让你看个够！"

郯银之欲抱潘芝莲。

潘芝莲闪身，拿起另一把酒壶，给郯银之斟满酒："慌啥呀？我还没喝够呢，干杯！"

郯银之喝了杯中酒。

潘芝莲又斟满："咱连干三杯！"

郯银之又连干两杯。

潘之莲："感觉咋样呀？"

郯银之迷迷糊糊："美人！"

潘芝莲："你花花肠子不少啊，还想拿老娘当枪使？"

郯银之极力支撑着："睡觉！"

潘芝莲："你不想争夺家产了？"

郯银之含混不清地："上山！"

潘芝莲笑："你真乖，我现在就送你上山。"

郯银之一头栽倒桌子上。

潘芝莲用手指吹响口哨。

两名大汉闻声走进。

潘芝莲："夜袭酒厂的事，都安排好了吗？"

大汉甲："弟兄们已经到了古码镇！"

潘芝莲："你把他装进麻袋先上山，禀报寨主，我和弟兄们夜袭酒厂！"

大汉乙："我留下！"

潘芝莲："好！你去告诉大家，先吃饭后睡觉，晚上听我号令！"

大汉乙："是！"离去。

大汉甲把郯银之装进麻袋，扛在肩上离去。

潘芝莲又恢复了劫舍杀人前的兴奋！

老鸨走进："二寨主，要不要找个人，来陪您高兴高兴？"

潘芝莲："还有郯少爷这样的吗？"

老鸨："自己找上门来的，天下少有。"

潘芝莲笑："老娘有这一个就够了！"

老鸨赔着笑脸："您还有啥吩咐？"

潘芝莲："要是郯府的人找到这里，你说啥？"

老鸨："我当然说，郯少爷压根就没来过！"

潘芝莲："不！你不仅要说他来过，还要说他上了马陵山！"

老鸨疑惑地："咱这不是自找麻烦吗？"

潘芝莲："咱要的就是这个麻烦！"

老鸨恍然："我明白了，不给赎金不放人！"

潘芝莲："你又错了！"

老鸨："又错了？"

潘芝莲："你就说，郯少爷为报家仇，心甘情愿地跟二寨主上山了！"

老鸨："这……"

潘芝莲："就这么说！"

老鸨："是。"

22. 省城、宾馆、咖啡厅。

郯银根、郯杏琳、郯杏花在交谈。

郯杏琳："堂哥，我有件事不明白，一直想问您。"

郯银根："问吧。"

郯杏琳："您既然立誓要为国家的复兴而奋斗终生，那您为什么又埋头办工厂、开矿山呢？"

郯银根："兵马未动，粮草先行。假如没有雄厚的资本，一切美好的理想都不可能实现。"

郯杏花："大哥，您选择这样一条路，是有很大风险的。"

郯银根："生命运动从本质上说就是一次探险，如果不主动去迎接风险的挑战，就要被动地等待风险的降临。有人把世界看作一个赌场，把人间看作冒险家的乐园。因为不经过无数次的冒险，人类不可能从茹毛饮血进化到今日能坐在这里品尝咖啡的香味。只有敢于冒险，敢于怀疑和打破已往的秩序，才能取得成功。所以说呀，成功的人生，就是一个冒险的历程。"

郯杏琳："堂哥说得对，没有风险的人生是不存在的，不管你敢不敢冒险，它必定会出现在你的面前。只有正视它，才能在冒险中铸就自己的辉煌。"

郯杏花："你也想走这条路？"

郯杏琳："是的。堂哥，等我毕业后就回家乡，跟着您去干一番事业。"

郏杏花："高阳咋办呢？"

郏杏琳："志同道合，才是爱情的脊梁。"

郏银根笑着摇摇头："杏琳，你刚才不是还说，没有风险的人生是不存在的吗？难道在省城就不能助我一臂之力，铸就自己的辉煌吗？"

郏杏花："就是嘛！"

郏银根："我应该好好地谢谢你俩，若没有你们，建矿的事早就完结了。"

郏杏琳："杏花，司马能把合资建矿的事办成吗？"

郏杏花："明天一早就去找他！"

郏杏琳："依我看，你现在就该去！"

郏银根："咱们也太心急了吧？"

郏杏琳："堂哥，你不知道，司马的爸妈最喜欢的就是杏花！"

郏银根："我不信。就她的性子，还能讨人家的喜欢？"

郏杏琳笑："她呀，可会装呐，就像一只温顺的小绵羊。"

郏银根："真的？"

郏杏花做了一个鬼脸："哼……"

郏银根笑："这哪像羊呀，简直是条野牛！"

三人笑。

郏杏花站起身："我得走了！"

郏银根："你真要去呀？"

郏杏花："还是来点保险的！"离去。

23. 傍晚。

郏府、东院、卧室。

董兰君在读书。

女佣小萍走进："大奶奶，大爷捎话来，请您去一趟。"

董兰君："我知道了。"

24. 傍晚。

郏府、杏林书斋、书房。

郏文渊在书案前，挥毫泼墨。

董兰君款款而来。

郏文渊："夫人来了？"

董兰君："文渊，我听萍儿说你要见我？"

郏文渊："思妻之念，人皆有之。"

董兰君："我何尝不是如此？原先家务缠身，尚分心思。如今空闲下来，思念甚切。"

郏文渊仔细地打量着妻子："兰君，多日不见，你愈发的漂亮了！"

董兰君："人老珠黄，哪里还有什么风姿？"

郏文渊："不然。年轻时固然艳丽，但无今日之韵美。"

董兰君："或许是改穿旗袍的缘故吧？"

郏文渊："美哉！"

董兰君拉着丈夫的手，走到书案前，读着丈夫刚书写的词句："'天下之本在于国，国之本在于家，家之本在于身'。这是《孟子》七篇中的自我修身之道，后来《大学》中的'修齐治平'就是由此而引发的。"

郏文渊欣喜地冲妻子点点头，又挥毫泼墨。

董兰君点头重述着国、家自又读道："'吾善养吾浩然之气'。这是孟子严于律己，宽以待人，品行端正，志行高洁的品格。"

郏文博又欣喜地冲妻子点点头，继而再次挥毫泼墨。

董兰君读道："'老吾老以及人之老，幼我幼以及人之幼'。这是孟子尊老爱幼的孝德善行，几千年来被人们所尊奉。"

郏文渊冲妻子再次点点头。

董兰君恍然："文渊，你今日让我来，就是为此事吧？"

郏文渊："然也！"

董兰君："根儿来找过你？"

郏文渊："没有。"

董兰君："你是怎么知道的？"

郏文渊指着书案上的字："不可忘记郏家祖训。"

董兰君走到丈夫身边，真挚地点了点头。

25. 傍晚。

郏府、西院、客厅。

蒋凤仙坐立不安："整一天了，银之咋还没回来呢？"

郏文博："这件事难办呀。"

蒋凤仙："有啥难办的？该咋做，我都给他交代明白了！"

郏文博："他能办成啥事？你应该亲自去。"

蒋凤仙："二爷，您咋不明白呢？我要是出面，那土匪婆还不犯猜疑？啥事也办不成了！"

郊文博："和土匪打交道，我心里一直犯嘀咕。"

蒋凤仙："谁愿意这么做？这也是没有办法的办法！"

郊文博长叹一声。

蒋凤仙："戏词里不是说吗，一两粮可以调动千军万马。银之只要按我说的去做，许给土匪一个大价码，此事一定会成功！即使谈判不成，那就各走各的道，也不会有什么大的闪失。"

郊文博："但愿如此。"

蒋凤仙："我担心的是怕银之不按我说的去做。"

郊文博："不会吧？"

蒋凤仙："马陵山的二寨主叫潘芝莲，是个妖精，人都称她潘金莲，我就怕银之……"

郊文博愠怒："你为啥不早说呢？"

蒋凤仙："早说了，您还能让他去吗？"

郊文博惴惴不安地："你马上去古码镇，把银之叫回来！"

蒋凤仙："好，我现在就去！"欲走。

郊文博："你让小翠到客厅来。"

蒋凤仙一怔："二爷，您还不知道吧？小翠偷跑了！"

郊文博："跑了？"

蒋凤仙："她是个家贼，把咱西院的事都告诉了郊银根。我一怒之下把她关到地下室，可郊银根又把她放跑了！"

郊文博勃然大怒："乱！乱！乱！这个家全让你搅乱了！"

蒋凤仙："奇怪，您向郊银根要人去，朝我发什么火？"

郊文博摔碎了茶杯！

蒋凤仙："我去古码镇了！"匆匆离去。

郊文博跌坐在椅子上。

26. 夕阳笼罩层峦叠嶂的马陵山。

崎岖的山道。

土匪甲骑马疾奔。

马背上驮着装在麻袋里的郊银之。

27. 黄昏。

马陵山、独龙涧西侧的清泉寺。

这是一座依山顺势而建的寺院，整个建筑全

系红石，屋宇也是山红草缮顶。这里是马陵山土匪的司令部。

宽敞的庭院，松柏耸立。

大寨主赵嬷嬷正在习武。她身法矫健，刀行如风。

贴身随从及数名干女儿簇拥周围，不断发出叫好声。

土匪甲肩扛麻袋里的郊银之走进寺院。

赵嬷嬷武毕。

土匪甲："启禀司令，二寨主马到成功，这是肉票！"

赵嬷嬷："打开！"

土匪甲打开麻袋。

众人围了上去。

郊银之仍在昏睡。

赵嬷嬷："他娘的，富家子弟就是细皮嫩肉的！"

女土匪春来："怪不得他把二妹给迷住了！"

赵嬷嬷："二寨主呢？"

土匪甲："在古码镇，她要和弟兄们夜袭酒厂！"

赵嬷嬷惊骇："大胆！难道她不知道郊家上通官府吗？夜袭酒厂就会惹火烧身！"

土匪甲指着郊银之："一不做二不休，还不是一个样？"

赵嬷嬷："你懂个屁！"指郊银之："他是自愿上山的，官府奈何不得。洗劫酒厂，官府必定出面！"

春来："二妹的胆子也太大了，竟敢自作主张！"

女土匪秋萍："就是嘛，都是妈把二姐宠坏了！"

女土匪冬彩："大姐，三姐，你俩说这些有啥用？二姐的本事就是比你俩大，我老四最佩服的就是二姐！"

赵嬷嬷："都给我把嘴闭上！"对土匪甲："你马上回古码镇，叫二寨主停止行动，立刻回来见我！"

土匪甲："是！"离去。

赵嬷嬷看了看郊银之："你姐儿仨把他关到后院，赶紧服上解药。一旦出了人命，麻烦可就大了！"

春来、秋萍、冬彩："是！"

28. 黄昏。

马陵山、崎岖的山路。

土匪甲朝古码镇纵马驰骋。

29. 黄昏。

银杏园。

蒋凤仙乘坐马车驶向古码镇。

30. 夜幕降临。

古码镇。

喧嚷的街市渐渐寂静。

众多商铺陆续安装门板。

31. 夜。

沂水河畔、僻静处。

众匪徒牵马等待。

潘芝莲与土匪乙骑马而至。

众匪徒围笼在潘芝莲身边。

潘芝莲翻身下马："都给我听好了，今天夜袭酒厂，一不杀人二不放火，只抢夺财物，捣毁酒厂。听明白了吗？"

众匪徒："听明白了！"

潘芝莲："马蹄裹布，三更时分动手！"

众匪徒："是！"

32. 夜。

旷野。

土匪甲挥鞭跃马。

33. 夜。

乡间大道。

蒋凤仙乘坐的马车在疾驰。

34. 夜。

马陵山、清泉寺、后院房间里。

郯银之昏睡在床上。

春来、秋萍、冬彩守在床边。

秋萍不时用手抚摸郯银之的脸蛋。

冬彩："你乱摸啥呀？"

秋萍："我看他醒了没有？"

冬彩："你摸他就醒了？"

秋萍："碍你啥事？我偏摸！"

春来："烦死了！都少说两句行不行？"

赵嬷嬷走进房间。

秋萍赶忙站起。

赵嬷嬷："还没醒过来吗？"

春来："没呐。"

赵嬷嬷："老二给他下了多少药呀！"

秋萍："下手够狠的！"

赵嬷嬷："把门窗打开。"

春来打开门窗。

赵嬷嬷在郯银之的背部，点了穴位。

郯银之"哇"的一声，吐出一滩黑水。

赵嬷嬷："把他扶起来！"

秋萍、冬彩将郯银之扶起。

赵嬷嬷又朝郯银之后背猛击一掌。

郯银之大叫一声，睁开了眼睛。

赵嬷嬷："没事了，给他喝口水就好了。"欲走又回："你们仨把门窗关好，别让他跑了！"

春来："妈，你放心吧，他跑不了！"

赵嬷嬷离去。

郯银之又躺倒床上。

春来厌烦地："老二给弄回来个祖宗！"

秋萍："你俩回去歇着吧，我一个人就行！"

冬彩："拉倒吧，谁还不知道你那鬼心思！"

秋萍："嘿，狗咬吕洞宾，不识好人心！"

35. 古码镇、鸳鸯楼。

土匪甲气喘吁吁走进鸳鸯楼。

老鸨迎上。

土匪甲："二寨主呢？"

老鸨："走了！"

土匪甲："啥时候走的？"

老鸨："老大一阵子了。"

土匪甲："到哪儿去了？"

老鸨："不知道。"

土匪甲："她啥也没说？"

老鸨："说了。"

土匪甲："说啥？"

老鸨："她说，郯少爷是自愿上山的。"

土匪甲："还有啥？"

老鸨："没了。"

土匪甲："坏了！"

老鸨："出啥事了？"

土匪甲："司令让她马上回去！"

老鸨："你快去找吧！"

土匪甲："我到哪儿找去？"

老鸨："古码镇巴掌大，挨条街找呗！"

土匪甲离去。

36.夜。

古码镇。

土匪甲骑着马，沿每条街寻找着。

37.夜。

古码镇、鸳鸯楼。

蒋凤仙急匆匆走进鸳鸯楼。

老鸨坐在太师椅上未动。

蒋凤仙走到老鸨身边："喂，郯少爷呢？"

老鸨不理睬。

蒋凤仙："问你呐！"

老鸨仍不理睬。

蒋凤仙："你聋了？"

老鸨："我耳朵灵着呐！"

蒋凤仙："灵着不回答？"

老鸨："我咋知道'喂'是谁呀？"

蒋凤仙："我问得是你！"

老鸨："我可不姓'喂'！"起身欲走。

蒋凤仙赶忙拦住，赔着笑脸："我认错，行了吧？"

老鸨复又坐下："有啥事呀？"

蒋凤仙："我找郯少爷有急事！"

老鸨："去找呀！"

蒋凤仙："他在哪？"

老鸨："我咋知道哩？"

蒋凤仙："妈妈，这件事儿戏不得，请你快告诉我吧！"

老鸨慢条斯理地："我才不管这种闲事哩！"

蒋凤仙掏出钱，放到老鸨面前："该告诉我了吧？"

老鸨看看钱："这钱你还是留着自个花吧！多一事不如少一事，弄不好连自个命都得搭进去！"

蒋凤仙无奈又掏出一些钱，放到老鸨面前："这总可以了吧？"

老鸨把钱收起："咱到客厅谈。"

38.夜。

鸳鸯楼、客厅。

蒋凤仙跟随老鸨走进客厅。

老鸨顺手关上客厅的门。

蒋凤仙不由紧张起来："郯少爷在哪？"

老鸨："出事了！"

蒋凤仙："啊？"

老鸨："不知咋的，郯少爷勾搭上了马陵山的二寨主，还把她领到了鸳鸯楼，可把我吓坏了！出了人命该咋办？我站在窗外偷听他俩的谈话，没想到他俩竟然亲亲热热地睡到一块了！"

蒋凤仙恨得咬紧牙关。

老鸨："也难说呀，那个二寨主风流成性，真是一个活脱脱的潘金莲，哪个男人能扛得住？"

蒋凤仙急切地："后来呢？"

老鸨："郯少爷像吃了迷魂药一样，高高兴兴地跟着那个女妖精上了马陵山了！"

蒋凤仙大惊："真的？"

老鸨："我亲眼看见，还假的了？"

蒋凤仙哑然。

老鸨："当时，我真气炸了肺，可是敢怒而不敢言呀！二姨太，你们家对郯少爷太放纵了！事已至此，就赶快想办法把他从狼嘴里救出来吧！"

蒋凤仙只觉着天旋地转，站立不稳。

老鸨："二姨太，二姨太！"

39.夜。

鸳鸯楼门外。

蒋凤仙昏昏沉沉走出鸳鸯楼。

老鸨送至门口："二姨太，你走好！"

蒋凤仙乘上马车。

马车驶去。

第二十集

1. **夜。**

马陵山、清泉寺、后院房间。

烛光摇曳。

郯银之昏昏沉沉地睡在床上。

春来、冬彩也已经睡着。

只有秋萍坐在床沿，轻轻抚摸着郯银之。

郯银之进入梦境：

鸳鸯楼。

郯银之跟随老鸨走进客房。

浓妆艳抹的潘芝莲站在他的面前。

餐桌边。

郯银之与潘芝莲推杯换盏。

潘芝莲丰腴的大腿使郯银根神魂颠倒。

郯府。

潘芝莲率众土匪闯进宅院，绑架郯银根。

郯耀庭、董兰君、董姝妹痛哭失声。

郯文博、蒋凤仙开怀大笑。

郯府、前院、大厅。

郯银之坐在正中，成了掌门人。

全家人分坐两侧。

郯银之向众人发号施令。

郯银根、郯银业、郯银国突然闯进大厅。

郯银之吓得失魂落魄，呼唤二寨主……

梦境消失。

郯银之惊醒，他紧抓着秋萍的手。

秋萍含情脉脉地看着郯银之。

郯银之惊诧！

秋萍用手捂住了他的嘴。

郯银之诧异地看着秋萍。

秋萍心猿意马，欲吻郯银之。

冬彩醒来："干啥呢？"

秋萍赶忙起身。

春来也被惊醒，走到床边："少爷，醒了？"

郯银之："我这是在哪？"

春来："在天上。"

郯银之："在天上？"

春来："俺姐儿仨伺候你一个人，还不是在天上吗？"

郯银之："二寨主呢？"

秋萍："她不要你了，给了俺姐儿仨！"

郯银之一骨碌从床上爬起："我要去找二寨主！"

春来："站住！"

郯银之已冲到门口。

春来一个扫堂腿。

郯银之顿时匍匐在地。

秋萍："大姐，你轻点！"

春来冲郯银之大喝一声："滚回床上去！"

郯银之战战兢兢地回到床上。

2. **夜深沉。**

古码镇万籁无声。

潘芝莲率马队毫无声息地闯进市街。

3. **夜深沉。**

古码镇、祥茂商号外。

潘芝莲率马队来到祥茂商号门前。

突然从黑暗中窜出一人。

潘芝莲持枪，轻声喝问："谁？"

黑影人轻声答道："二寨主，是我！"

潘芝莲方才看清是土匪甲："你咋又回来了？"

土匪甲："司令命令你马上回山！"

潘芝莲一怔："什么？"

土匪甲："司令命令你停止行动！"

众徒匪纷纷嚷道："二寨主，别听这小子的！"

"到嘴边的肉不吃了？"

"将在外，君令有所不受！"

"二寨主，下命令动手吧！"

4. **夜。**

商茂商号内。

小六子从睡梦中惊醒，他舔破窗纸朝外窥视，不由吓出一身冷汗。

众伙计也闻声赶来，大惊！

小六子轻声地说："抄家伙！"

众人拿起木棒、柴刀、斧头、铁棍！

5. **夜。**

祥茂商号门外。

潘芝莲犹豫不决。

土匪乙早已按捺不住："二寨主，下手吧！"

众土匪："下手吧！"

土匪甲："二寨主，你千万不可鲁莽行事啊！司令焦急万分，正站在山门外等你回去呐！"

6. **夜。**

祥茂商号内。

小六子与众伙计严阵以待。

7. **夜。**

祥茂商号外。

潘芝莲怒发冲冠，朝天连开两枪。

枪声划破沉寂的夜空。

潘芝莲一挥马鞭："回山！"

土匪乙："二寨主！"

潘芝莲二话未说，纵马驰去。

众土匪挥马紧随而去。

黑夜又恢复了宁静。

8. **夜。**

祥茂商号内。

小六子的额头上浸满冷汗。

众伙计依然是心有余悸。

伙计甲："小六子，这帮土匪还会不会回来？"

小六子："谁知道哩？"

伙计甲："现如今是啥世道？土匪横行，民不聊生！"

伙计乙："是不是咱东家得罪了这帮狗日的？"

伙计甲："啥得罪不得罪，他们不打家劫舍吃啥？"

伙计丙："我吓得都尿裤了！"

伙计丁："怕啥？他们是人咱也是人，胆大的怕不要命的！"

伙计甲："说得对！东家对咱这么好，在节骨眼上咱要豁得出去才行！"

小六子："我代东家先谢谢诸位！这帮土匪今儿要是真冲进来，不仅抢钱，连咱的酒厂也得给砸了！"

伙计丙："闹不好，就得出人命！"

小六子："俗话说，不怕贼偷，就怕贼惦记着。有初一就有十五，我要连夜去禀报东家，要以防万一呀！"

伙计甲："你去吧，这里有大伙呢！"

小六子："把所有的灯都点起来，把家伙什都准备好，门加顶扛，窗加铁筋，铜锣不离手，门外站双岗。大伙要记住，咱要以守为攻，坚持到天亮！"

众伙计："知道了！"

小六子对伙计甲："老哥，我把这里就交给你了，我会快去快回去的！"

伙计甲："你放心吧！"

小六子离去。

9. **夜。**

乡间大道。

小六子骑马疾驰。

10. **夜。**

郯府、西院、客厅。

郯文博如热锅上的蚂蚁，在厅内来回地走动。

蒋凤仙气急败坏地说："真是狗改不了吃屎，好端端的一件事情，让他给弄成了这个样子！"

郯文博："都怪你，出了这么个馊主意！"

蒋凤仙："我的主意没有错！借钟馗打鬼有啥不好？"

郯文博："好个屁！我是赔了夫人又折兵！"

蒋凤仙："麻包做龙袍，他压根不是那块料！"

郯文博："我咋养了这么个逆子！"

蒋凤仙："烂泥糊不上墙！"

二人一时无语。

郯文博："你说这事该咋办吧？"

蒋凤仙："别问我，你愿咋办就咋办！"

二人又无语。

郯文博："好了，咱俩拌啥嘴呀，还是快想个办法吧！"

蒋凤仙："我不管了，他爱上山就上山，爱找谁就找谁去！"

郯文博："说这些没用的干啥？老太爷要是知道银之当了土匪，那咱西院还有法过吗？"

蒋凤仙："那才好哩，省得再天天费心思！"

郯文博："算我求你，行吧？"

蒋凤仙："我可不敢承受！这回我要长记性，吃一百个豆子，还能不知道豆性气吗？"

郯文博："好了好了，千错万错都是这个畜生的错！谁让他是我的儿子呢，他身上的屎再脏也得擦呀！"

蒋凤仙："要擦你擦，我是替他擦够了！"

郯文博："凤仙，你不是说，咱西院往后还要指望银之吗？消消气，无论如何要想个办法，把他从山上弄回来！"

蒋凤仙不语。

郯文博把茶水端到她面前。

蒋凤仙不语。

郯文博："你说话呀！"

蒋凤仙："我这不是在想主意吗？"

郯文博："不急不急，你慢慢想。"

蒋凤仙："这回，咱还是要借钟馗打鬼！"

郯文博："啥意思？"

蒋凤仙："你要马上去找老太爷！"

郯文博："找他？"

蒋凤仙："对！让他老人家去县衙，找姚月亭搬兵！"

郯文博："老太爷是不会去的！"

蒋凤仙："你只要按我说的去做，老太爷保准能去！"

郯文博："你快说！"

11. 夜。

郯府、后院。

一片静谧。

郯文博匆匆走进后院。

12. 夜。

郯府、后院、卧室外。

郯文博使劲敲着门："爹，爹，您快开门呀！"

大管家闻声跑来："二爷，深更半夜的，您这是咋了？"

郯文博依旧敲门："爹，爹，您快开门呀！"

卧室里亮起灯光。

稍倾，郯耀庭打开房门。

13. 夜。

郯府、后院、卧室内。

郯文博冲进门。

大管家跟进。

郯文博一下跪倒在地，泣声地："爹，您快救救您孙子吧！"

郯耀庭愕然："银之咋了？"

郯文博："他给马陵山的土匪绑架了！"

郯耀庭震惊："啊？"

郯文博："爹，您快救救他吧！"

郯耀庭："起来！到底是怎么回事？"

郯文博站起："爹，您还记得银根换帖和成亲的时候，马陵山的土匪来送过两次礼吗？"

郯耀庭："记得。"

郯文博："这帮土匪见咱家毫无动静，就耿耿于怀。今天傍黑，土匪在镇上拦住了凤仙和银之，他们对您破口大骂！银之与他们争辩，土匪就对他拳打脚踢，然后绳捆索绑，挟持到马陵山去了！"

郯耀庭："你是咋知道的？"

郯文博："凤仙趁混乱之机，总算跑回来了！"

郯耀庭："她人呢？"

郯文博："一进门就瘫倒了！"

郯耀庭："仲亭，你去搀二姨太到这里来！"

大管家："是！"离去。

郯文博："爹，这帮土匪杀人不眨眼，银之在他们手里凶多吉少啊，您快拿个章程吧！"

郯耀庭不语。

14. 夜。

郯府、后院。

小六子踉踉跄跄地跑进后院。

郯耀庭站在门口，大声问："谁？"

小六子气喘吁吁："老爷，是我！"

郯耀庭："小六子！"

小六子："老爷，不好了，出大事了！"

郯耀庭："快进屋说！"

16. 夜。

郯府、后院、卧室内。

小六子走进卧室。

郯耀庭："出了啥事？"

小六子神情紧张地："土匪，土匪要抢咱酒厂！"

郯耀庭惊骇："你慢慢说！"

16. 夜。

郯府、西院、客厅。

大管家匆匆走进客厅。

蒋凤仙头发紊乱，旗袍撕裂，瘫倒在椅子上。

大管家："二姨太，二姨太！"

蒋凤仙惊恐地缩着身子。

大管家："二姨太，我是仲亭啊！"

蒋凤仙慌乱地："土匪，土匪……"

大管家："二姨太，老太爷请您去一趟。"

蒋凤仙："不，不，我哪里也不去！"

大管家："别怕，您是在咱自己家里，我搀您去。"

蒋凤仙害怕地点点头。

17. 夜。

郯府、后院、卧室内。

郯耀庭："他们有多少人？"

小六子："天太黑，没看清。他们都骑着马，手里拿着家伙。为首的是二寨主，她走的时候，还放了两枪呢！"

郯耀庭："伤着人没有？"

小六子："没有。土匪要是冲进咱酒厂，不仅把钱抢去，还能把咱整个酒厂砸了，闹不好就得出人命！"

郯耀庭紧锁眉头，一声不吭。

郯文博如释重负。

小六子："老爷，我得赶快回去了，别再有啥闪失！"

郯耀庭："告诉伙计们，我谢谢他们！"

小六子："老爷，我走了！"离去。

郯文博："爹，土匪这么猖獗，政府就不管吗？"

郯耀庭不语。

郯文博："爹，您应该去县政府找姚月亭，让他赶紧派兵围剿马陵山！"

大管家搀扶着蒋凤仙走进卧室。

郯耀庭见状："伤得不要紧吧？"

蒋凤仙哭泣。

郯耀庭："伤成这样还来干啥？快回去歇着吧。"

蒋凤仙："老太爷，您快救救银之吧！"

郯耀庭："文博，你搀二姨太回去吧。"

郯文博："爹，银之他……"

郯耀庭："天一亮，我就去县衙！"

郯文博搀蒋凤仙离去。

大管家："老爷，您真要去县衙呀？"

郯耀庭："小六子刚来过，土匪差点抢了咱的酒厂！"

大管家惊："啊？大少爷在家就好了！"

18. 夜。

马陵山、清泉寺。

潘芝莲率马队返回清泉寺。

19. 夜。

清泉寺、大殿。

潘芝莲气冲冲走进大殿。

赵嬷嬷的四名贴身侍卫立刻下了她的枪。

赵嬷嬷拍案而起："跪下！"

贴身侍卫怒视潘芝莲。

潘芝莲跪在地上。

赵嬷嬷："来人！拉下去给我狠狠地打！"

侍卫欲冲上前。

潘芝莲："慢！妈妈，我有话说！"

赵嬷嬷："说！"

潘芝莲："妈妈为啥要占据马陵山？"

赵嬷嬷："官逼民反！"

潘芝莲："杀富济贫可是妈妈所定？"

赵嬷嬷："替天行道！"

潘芝莲："郯家是不是沂河一带的最大财主？"

赵嬷嬷："首屈一指！"

潘芝莲："洗劫他家的酒厂，我何错之有？"

赵嬷嬷："你错在不识时务！错在自作主张！错在引火烧山！"

潘芝莲："何谓不识时务？"

赵嬷嬷："山有高低，人有好坏。郯家虽是首富，但从不欺压百姓，方园上百里有口皆碑。若与郯家作对，无疑失去民心！难道你识时务吗？"

潘芝莲："妈妈既然答应绑架郯少爷，为何不同意洗劫酒厂？"

赵嬷嬷："这是两码事！谁人不知郯府东、西院不和，郯银之又是个贪恋女色，不务正业的少爷，他是为了你自愿上山的！可是酒厂是郯府的产业，洗劫酒厂无疑是伤他筋骨，郯府能与你善罢甘休？你不是自作主张又是什么？"

潘芝莲："我对妈妈忠心耿耿，怎能说我要引火烧山？"

赵嬷嬷："郯家上通官府，来往密切。掌门人郯银根上至省城，下至县衙无不相识。难道你已经忘记，郯子中学挂牌那天是何等的气势！省城和专署的高官亲临现场，连姚县令都敬畏三分！眼下咱山寨与官府相安无事，你一旦洗劫了郯府的酒厂，官府就要派兵抓我们，这不是引火烧山又是什么？"

潘芝莲："妈妈，女儿甘愿受罚！"

赵嬷嬷："拉下去，打！"

侍卫押潘芝莲离去。

20. **夜。**

郯府、西院、客厅。

蒋凤仙在穿衣镜前，整理着装束。

郯文博："凤仙，这回果然又被你言中了！"

蒋凤仙："假如银之能像你一样，咱西院早有出头之日了！"

郯文博："你说姚月亭能过问此事吗？"

蒋凤仙："只要老太爷出面，他保准过问。"

郯文博："今天也是够悬的，要不是土匪抢酒厂，老太爷还在犹豫呢。"

蒋凤仙："唉，我的全盘计划让银之全给毁了！真是一步错，全盘皆输！"

郯文博："只要能把银之弄回来，也就谢天谢地了。"

蒋凤仙："折腾这一回，咱又图了个啥？我原本想借助马陵山的势力，压服郯银根。鹬蚌相争，渔翁得利。咱趁机把大权夺过来，至少也能平分秋色。可如今弄了个鸡飞蛋打，我越想越窝囊！"

郯文博："来日方长嘛！"

蒋凤仙："和马陵山的关系，不能就这么完了！"

郯文博："你还想和他们打交道？"

蒋凤仙："咱眼下就只有这么一条路，不打交道能行吗？"

郯文博："算了，再想别的办法吧！"

蒋凤仙："我就不信这个邪！我发誓，一定要打通这条路！"

21. **晨。**

郯府、大门外。

郯耀庭、大管家乘上马车。

马车驶去。

22. **省城、宾馆、客房。**

郯银根在焦急地等待。

23. **银杏园。**

马车驶出银杏园。

24. **马车上。**

大管家："真是一波未平又起一波呀！"

郯耀庭："根儿啥时候能回来？"

大管家："大少爷说是快去快回的？"

郯耀庭："莫非事情办得不顺？"

大管家："不会吧？无论咋说，司马家也是老爷未来的亲家，还能不帮这个忙？"

郯耀庭："难说呀。"

大管家："老天爷保佑吧！"

郯耀庭："省城那头要是不顺，咱这边又是这个样子，根儿肩上的担子可是不轻啊！"

马车向前疾驶。

25. **省城、宾馆、客房。**

郯银根在焦急地等待。

26. **日近中午。**

沂河县城。

郯耀庭乘坐的马车驶进县城。

27. **省城、宾馆、客房。**

郯银根焦虑不安。

28. **沂河县衙。**

马车驶至县衙。

大管家下车，走近卫兵："老总，请禀报一声，银杏园的郯老太爷要拜见姚县长。"

卫兵打电话后："请老太爷到客厅等候。"

郯耀庭、大管家走进县衙。

29. 省城、宾馆、客房。

郯银根仍在等待。

郯杏琳、郯杏花匆匆走进。

郯银根急切地："事情办得怎么样？"

郯杏花："大哥，事情没有办成！"

郯银根："什么原因？"

郯杏花："司马家说，董事会没有通过！"

郯银根："什么理由呢？"

郯杏花："他们说，当前时局不稳。日本军占领着东北三省，随时都有南侵的可能。再加上国共两党战火不断，社会动荡不安。因此，他们不敢贸然投资！"

郯银根："我们的可行性报告，充分阐述了这个问题，他们怎么还有顾虑呢？"

郯杏花："大哥，我没能把事情做好。"

郯银根："还有回旋的余地吗？"

郯杏花摇头。

郯银根："司马呢？"

郯杏琳："司马和他的家人吵翻了，杏花妹妹和司马也分手了！"

郯银根阴沉着脸。

郯杏花发出哽咽声。

郯银根："我想亲自去面见董事长！"

郯杏琳："没用了！高部长都出了面，董事会依然没有通过！"

郯银根无语。

郯杏琳："堂哥，杏花妹妹已经尽到心了。"

郯银根走到妹妹身边："别哭了，我回去再想别的办法吧。"

郯杏花哭出声。

郯银根："杏花，尽管这件事没办成，可你们都尽心尽力了。司马也没有错，你不该对人家发脾气，更不能为这件事和人家分手。你要听哥的话，主动去找司马，两人要言归于好。"

郯杏花不语。

郯杏琳："堂哥，这件事由我来办吧。"

郯银根："杏琳，你代我向高阳和司马问好。"

郯杏琳："您现在就走吗？"

郯银根："两位教授还等着我回去施工呢。"

郯杏琳："资金怎么办？"

郯银根长叹一声。

郯杏琳："我俩去送您。"

郯银根："咱们走吧。"

30. 沂河县衙、客厅。

郯耀庭、大管家在客厅等待。

姚月亭、秘书走进。

郯耀庭："姚县长，我又来打扰了。"

姚月亭："郯公，您太客气了，有啥事尽管说！"

郯耀庭："马陵山的土匪太猖獗了，绑架了我的孙子银之，还要洗劫我的酒厂！"

姚月亭："竟发生了这种事？"

郯耀庭："还请姚县长为民除害，确保一方平安。"

姚月亭："这伙毛贼竟敢扰乱贵府，我决不轻饶！"

郯耀庭："沂水能有您这位父母官，真是百姓的洪福。"

姚月亭："为官一任，造福于民，这是卑职的信条。郯公，您请回吧，我要严惩这帮匪徒！"

郯耀庭站起身，对大管家说："仲亭，给姚县长带的礼物呢？"

大管家双手呈上。

姚月亭拒收："郯公，您这是干什么？土匪扰民是卑官的失职，您没追究已使我感激，还怎敢收取礼物？请您快快收起！"

郯耀庭："我别无他意，只是朋友间的相互往来，还请您收下。"

姚月亭："万万不可！秘书，你代我送送郯公。"

秘书："是。"

姚月亭："郯公，请您代我向银根贤侄问好。"

郯耀庭："他去省城尚未回来。"

姚月亭："贤侄又去省城了？"

郯耀庭："亲家找他，又不知为了何事？"

姚月亭："等贤侄回来，我给他接风！"

郯耀庭："告辞了！"

秘书送郯耀庭、大管家离去。

31. 县衙、门外。

秘书："郯公，您老人家走好！"

郯耀庭："请您转告县长，我孙子扣在土匪手里，生命不保啊！"

秘书："您放心，我会把他安全送回家的！"

郯耀庭、大管家乘车而去。

32. 县衙、客厅。

秘书走回客厅。

姚月亭："赵嬷嬷昏了头了，竟然给我惹这么大的乱子！"

秘书："也许她不知道郯府和上边的关系吧？"

姚月亭："郯银根三天两头朝省城跑，这件事一旦捅上去，那还了得！"

秘书："事不宜迟，要在郯银根回来之前平息这件事！"

姚月亭："你现在就去马陵山，告诉赵嬷嬷，把抢的人和物一律归还郯府！"

秘书："是！"

姚月亭："记住，办这件事，要大事化小，小事化了！"

秘书："我明白。"

姚月亭："不要兴师动众，只带两个马弁就行了。"

秘书："是！"离去。

33. 马陵山、清泉寺、后院、房内。

门窗紧闭。

潘芝莲躺在床上。

郯银之细心地帮她敷药。

潘芝莲："哎哟，你轻点！"

郯银之："他们太狠了，把你打成这样。"

34. 窗外。

秋萍窃听。

35. 房内。

潘芝莲："你这个冤家，算是把我害苦了。"

郯银之："我会服侍你把伤养好的。"

潘芝莲："看来你还是个有情有义的男人。"

郯银之："天下读书人，都是怜香惜玉的。"

潘芝莲："杜十娘怒沉百宝箱，金玉奴棒打无情郎，还不都是遇到些负心的男人？"

郯银之："我可不是负心汉，我是个对女人知冷知热的男人。"

潘芝莲："要是有人问你，郯少爷，你为啥要上马陵山呀？你咋说？"

郯银之："我是为爱情来的！"

潘芝莲莞尔一笑："你真会这么说？"

郯银之："当然！"

潘芝莲："人家要是再问你，郯少爷，你还想不想下山呀？你咋说？"

郯银之："爱情的丝带拴住了我的双脚！"

潘芝莲："这是啥意思？"

郯银之："只要有你在，我就迈不动腿了！"

潘芝莲满心欢喜："你可不许反悔！"

郯银之："当然！"

潘芝莲："只要你对我死心塌地，我就为你啥都能豁出去！"

郯银根："你不怕你妈妈？"

潘芝莲："她不仁，我就不义！"

郯银之："一言为定！"

潘芝莲："绝不食言！"

36. 窗外。

秋萍轻轻离去。

37. 马陵山、独龙涧。

赵嬷嬷指挥众土匪操练：攀缘、刺杀、射击。

秋萍匆匆跑来，与赵嬷嬷耳语。

赵嬷嬷惊诧："你没听错？"

秋萍："千真万确！"

赵嬷嬷："从今以后，你要在暗中盯住她，及时把情况告诉我！"

秋萍："我明白。"

春来匆匆跑来："妈妈，县衙的藏秘书来了！"

赵嬷嬷："带了多少人？"

春来："只带了两名马弁！"

赵嬷嬷："有没有伏兵？"

春来："没有！"

赵嬷嬷："嗯，看来他是来和事的。春来，你去告诉老二，到大殿见我！"

春来："是！"

赵嬷嬷："还有，去准备一份厚礼送到大殿来！"

春来："是!"离去。

赵嬷嬷："秋萍，跟我上大殿!"

秋萍："是!"

38. 清泉寺、大殿。

冬彩接待着藏秘书。

藏秘书："你是四姑娘吧?"

冬彩："藏秘书真是好记性!"

藏秘书："我要是没记错的话，你大姐叫春来，长得人高马大，是理财的能手，马陵山的管家!"

冬彩："对!"

藏秘书："你二姐叫夏莲，她上山前叫潘芝莲。不仅长得姿色倾城，而且武艺高强，是马陵山的二寨主!"

冬彩："没错!"

藏秘书："你三姐叫秋萍，长得端庄秀丽，聪慧过人，是马陵山的智多星!"冬彩："靠谱!"

藏秘书："你是老四，名叫冬彩。长得小鸟依人，胆大心细，是马陵山的先行官!"

冬彩呵呵大笑："藏秘书对我家是了如指掌啊，可称马陵山的军师!"

藏秘书："不敢当，不敢当!"

冬彩："藏秘书，请喝'婵娟'茶。"

藏秘书："'婵娟'茶?"

冬彩："这是用几种野山花配制的，它可以养心明目，活血补肾。"

藏秘书："我要多喝几杯!"

赵嬷嬷与秋萍走进大殿。

秋萍高声喊道："司令到!"

藏秘书相迎。

赵嬷嬷抱拳施礼："藏秘书大驾光临，有失远迎，还请见谅!"

藏秘书："咱们是一家人，司令不必客气。"

赵嬷嬷："请坐!"

众人落座。

赵嬷嬷："藏秘书咋有空闲时间，到我马陵山来了?"

藏秘书："我受姚县长所派，特意前来看望司令。"

赵嬷嬷："多谢姚县长的牵挂。"

藏秘书："司令历来抑强扶弱，晓以大义，姚县长多次褒奖。"

赵嬷嬷："咱们相安无事，才能确保一方太平。"

藏秘书："司令言之有理，我今日就是为此事而来的。"

赵嬷嬷："为啥事呀?"

春来、潘芝莲走进大厅："妈妈!"

赵嬷嬷："这位是藏秘书。"

春来："藏秘书，您好!"

潘芝莲："藏秘书，哪阵风把你刮来了?"

藏秘书："是二寨主的风啊!"

潘芝莲："我可不是铁扇公主，能呼风唤雨!"

藏秘书："二寨主的本领也不小啊，一阵风洗劫了酒厂，又卷走了郯少爷!"潘芝莲："藏秘书，你是在说经书吧，我咋听不懂呀?"

藏秘书哈哈大笑。

赵嬷嬷："你俩先坐下，有话慢慢说。"

春来、潘芝莲入座。

藏秘书："司令，不知咱山寨和郯府的关系如何?"

赵嬷嬷："好着呢! 郯府的大少爷换帖和成亲的时候，咱山寨都送了厚礼!"藏秘书："司令目光远大，行事得体呀!"

赵嬷嬷："过奖了。"

藏秘书："也许司令还不知道吧? 郯府可不是一般的人家，他家与省政府的要员高部长是亲家!"

赵嬷嬷暗自一惊。

藏秘书："连咱的姚县长也要敬他三分呀!"

赵嬷嬷："这么说，我倒是攀上高枝了!"

潘芝莲："妈妈，郯府就是和皇帝老子是亲家，又与咱何干呀?"

赵嬷嬷："二丫头，说话要有个分寸!"

藏秘书："二寨主是舍得一身剐，敢把皇帝拉下马了?"

潘芝莲："我这个人呀，说话愿意直截了当，藏秘书不必拐弯抹角，你有啥就直说吧!"

藏秘书："好，咱就打开天窗说亮话! 郯府老太爷状告马陵山，二寨主不仅抢了他的酒厂，而且还绑架了他的孙子郯银之！"

赵嬷嬷："竟有这种事？"

潘芝莲哈哈大笑："请问藏秘书，你有何凭据？"

藏秘书："郯老太爷绝不会空穴来风！"

潘芝莲："酒厂就在古码镇，我愿同藏秘书一同前往，请你亲眼看见，郯府的酒厂是少了一草还是少了一木？"

藏秘书："这个……"

赵嬷嬷："我相信二丫头，绝不会干出这种事情来！"

潘芝莲："藏秘书，姚县长只听一面之词，便来马陵山兴师问罪，这也太失礼了吧？"

藏秘书："二寨主，绑架郯少爷，你又做何解释？"

潘芝莲："这明明又是栽赃陷害！"

藏秘书："二寨主厉害，牙关就是紧！"

潘芝莲："藏秘书又是雷又是风，小民只是兵不厌诈！"

藏秘书："这么说，郯少爷不在马陵山了？"

潘芝莲："在，郯少爷确实在马陵山！"

藏秘书："哈哈，二寨主还有何话可说？"

潘芝莲："当然有话可说！郯少爷虽在马陵山，但不是绑架，而是他自愿来到马陵山的！"

藏秘书："天大的笑话！"

潘芝莲："这么说，藏秘书是不信了？"

藏秘书笑而不语。

潘芝莲连击三掌。

郯银之走进大殿。

藏秘书："郯少爷，你……"

郯银之走到潘芝莲身边："我是为爱情而来的！"

藏秘书："郯少爷，你不用害怕，实话实说！"

郯银之："我怕什么？我是为她才上山的！"

藏秘书惊骇！

潘芝莲："事到如今，不知藏秘书又有何话可说？"

藏秘书："郯少爷，事情果真如此吗？"

郯银之："你想让我怎么说呢？"

藏秘书："你是不是被绑架而来的？"

郯银之："是的！"

藏秘书："是被二寨主吗？"

郯银之："是的！"

藏秘书："哈哈，果真如此！"

郯银之："藏秘书，现在你应该知道爱情的力量，是多么巨大了吧？"

藏秘书："你这是什么意思？"

郯银之笑："是二寨主的魅力把我绑架上山的！"

藏秘书哑然。

潘芝莲大笑。

郯银之："藏秘书，你找我还有事吗？"

藏秘书："噢，郯老太爷正等你回家呢！"

郯银之："我不会舍弃她而去的！"

藏秘书呆愣在那里："你不回去？"

郯银之："对！"

赵嬷嬷："郯少爷，家人都在牵挂你，你还是先回去吧？"

郯银之："除非二寨主和我一同前往！"

赵嬷嬷："这咋行呢？"

郯银之："藏秘书，请你转告我的家人，我是不会回去的！"说完，离去。

藏秘书跌坐在椅子上。

大殿里发出一阵笑声。

39. 马陵山、山寨口。

赵嬷嬷与四个女儿相送："藏秘书，老妪准备了份礼物，不成敬意，请你笑纳。"

藏秘书："不必客气。"

马弁接过礼物。

赵嬷嬷："还请藏秘书在姚县长面前多多美言，马陵山会一如既往地与官府合作。"

藏秘书："好的好的，和为贵嘛！司令请回，告辞了！"与马弁驰马而去。

40. 古码镇、码头。

郯银业在码头上等待。

客轮靠岸。

郯银根随乘客走下客轮。

郯银业迎上，接过手提箱："大哥！"

郯银根："两位教授知道我回来吗？"

郯银业："不知道。"

郯银根："两位教授的情绪怎么样？"

郯银业："我没敢告诉他们经费的事。"

郯银根："好，暂时还不能告诉他们。"

郯银业："是呀，他们一旦知道了经费的事，就怕待不下去了。"

郯银根："要赶紧再想办法解决经费才行呀！"

郯银业："你回家吗？"

郯银根："不，先去旅店。"

41. 古码镇、碧露春旅店。

小翠忙前跑后地接待着旅客。

旅客满意地说："小姑娘，你手脚勤快，待人和善，我们下次来古码镇，还要住你们的店！"

小翠："好呀，这里就是你们的家嘛！"

旅客高兴地离去。

小翠："先生，您走好！"

老板娘："小翠呀，你歇会吧。"

小翠："不累。"

老板娘："你真是个好闺女！自打你来店里，咱家的生意真是越来越好了！"

小翠："光这条街上就有好几家旅店，我恨不得把他们的客人都拉过来！"

老板娘笑："你不让人家吃饭了？"

小翠："他们要是有本事，就把咱的客人拉走啊？"

老板娘："都是开旅店的，得相互让着点，和气生财嘛！"

小翠："这可不行，买卖家做生意靠让就完了，要凭真本事打擂台才行！"

老板娘："瞧这小嘴，说起话来就像那卖瓦盆的，还一套一套的哩。"

小翠笑。

郯银根、郯银业走进旅店。

老板娘赶忙迎上："大少爷，二少爷，你们来了？"

郯银根看见了小翠："小翠！"

小翠："大少爷！"

郯银根："在这里习惯吗？"

小翠："挺好的。"

老板娘："小翠机灵着呐，客人们都喜欢她！"

小翠："都是老板娘手把手教我的。"

郯银根："好好干。要想旅店的生意好，服务是第一位的。"

小翠："嗳。"

老板娘："大少爷，要不要开房间？"

郯银根："不用了，我们到客厅说话。"

42. 郯府、东院。

董姝妹走进东院。

小萍迎上："少奶奶，您来了！"

董姝妹："大奶奶在吗？"

小萍："在。"

董姝妹："去通报一声，我给大奶奶请安来了。"

小萍："请少奶奶客厅等候。"离去。

43. 东院、卧室。

董兰君在读书。

小萍走进："大奶奶，少奶奶看您来了。"

董兰君："让她到卧室来吧。"

小萍离去。

董兰君赶忙在穿衣镜前，整理着装束。

董姝妹走进："姑妈！"

董兰君："哟，是姝妹呀，快坐。"

小萍端茶后，离去。

董姝妹："姑妈，这是表哥给您买的燕窝，让您补补身子。"

董兰君接过："我能吃能睡，身子骨硬朗着呢。"

董姝妹："您身体好，就是我们的福气。"

董兰君："根儿最近在忙些啥呀？"

董姝妹："还是在忙建矿的事。"

董兰君："建个矿怎么这样难呀？"

董姝妹："前段时间挡在政府的审批上，眼下终于定下来了，可资金又成了最大的困难。"

董兰君："咋解决呀？"

董姝妹："表哥去了省城，想找人合资建矿。"

董兰君："合资建矿？"

董姝妹："对。"

董兰君："这咋行啊？和人家一块建，到时候谁说了算？"

董姝妹："这不要紧，只要咱的股份大，就是咱说了算。"

董兰君："那也不行！这么做，不是要把矿分给人家了？"

董姝妹："总比建不成好啊！"

董兰君："要是在一个院里，两家人合在一块过，还不吵翻天？"

董姝妹："反正有合同制约呗！"

董兰君长叹一声："不在其位不谋其政，我操这些闲心干啥？"

董姝妹："姑妈，您见多识广，过的桥比银根走的路还多呢，您应该多帮帮他才是呀。"

董兰君："他还需要我这个母亲吗？"

董姝妹："他几次来向您求教，您都是闭门不见。"

董兰君又长叹一声："天下母亲的心都是软的。"

董姝妹："姑妈！"

董兰君："今儿中午别走了，陪我一块吃饭。"

董姝妹高兴地说："嗳！"

44. 古码镇、碧露春旅店、客厅。

室内气氛压抑。

小六子惴惴不安地站在郏银根身边。

郏银根："你怎么能把这种事告诉老太爷呢？"

小六子："我怕土匪再闯回来，一旦出了人命，我担待不起呀！"

郏银根："告诉老太爷，你就可以不担责任了？"

小六子："不！大少爷，我小六子不是那种人！"

郏银根："老太爷这么大岁数，经不起这样的折腾了！"

小六子："我错了。"

郏银根："土匪是从哪里把银之少爷抓走的？"

小六子："不知道。"

郏银业："大哥，看来土匪已经盯上咱家了，咱要想个对策才行啊！"

小六子："二少爷说得对，这帮土匪啥都能干得出来！"

郏银根："小六子，我听说你会武术？"

小六子："会点，是跟我堂哥学的。"

郏银根："你堂哥在哪？"

小六子："河南陆军学堂。"

郏银根："他愿不愿意回来？"

小六子："当然愿意，他还让我帮他联系去处呢！"

郏银根："你写封信给他，他要是愿意，就回来帮我组建民团！"

小六子："真的？"

郏银根点头。

郏银业："大哥，你想建立武装？"

郏银根："势在必行啊！"

郏银业："这可需要很大一笔资金呀？"

郏银根："我自有办法！"

小六子："大少爷，这件事办还是不办？"

郏银根："办！"

小六子："我现在就回去写信！"

郏银根："去吧！"

小六子离去。

郏银业："大哥，矿上的事怎么办呢？"

郏银根："咱分三步走。第一步，要想方设法稳住程、王二位教授。第二步，你要抓紧修改建矿规划，要量力而行，把预算压掉一半，至少要减去三分之一。第三步，经费的事，由我去筹集。三天后，我给你答复！"

郏银业："好，我马上去办！"

45. 郏府、后院、客厅。

大管家匆匆走进："老爷，老爷，县衙的藏秘书来了！"

郏耀庭："他在哪？"

大管家："在前院大厅等您呐。"

郏耀庭："之儿回来了吗？"

大管家："没有。"

郏耀庭："藏秘书是咋说的？"

大管家："他要当面对您讲。"

郏耀庭："快去西院，让二爷也去前院大厅！"

大管家："是！"欲走。

郏耀庭："别忘了，还要准备一份礼品。"

大管家："是。"匆匆而去。

郏耀庭整装后，走出客厅。

46. 郊府、前院、大厅。

藏秘书在等待。

郊耀庭、郊文博走进。

藏秘书："郊公，我向您复命来了！"

郊耀庭："您快请坐。"

众人落座。

大管家端上茶水，侍立一边。

郊耀庭："藏秘书，您辛苦了。"

藏秘书："卑职能为郊公做些事情，还不是理所应当的？"

郊耀庭："不知事情办得如何？"

藏秘书愠怒："对待这帮土匪绝不能手软！"

郊耀庭："遇到麻烦了？"

藏秘书："和这些歹徒打交道，谈何容易？"

郊耀庭："是呀是呀。"

藏秘书："我带着荷枪实弹的卫队闯进马陵山，匪首赵嬷嬷也对我拉开了阵式！仇人相见，分外眼红，眼看一场血战不可避免！我的卫队唰的一声拉开了枪栓，这帮土匪吓得后退了几步！"

郊耀庭："后来呢？"

藏秘书："我问她，朗朗乾坤，你竟敢洗劫郊府的酒厂？赵嬷嬷矢口否认，说他们压根就没有进酒厂一步！"

郊耀庭："这倒不假。"

藏秘书："我一听也愣了！郊公不是说他们洗劫了酒厂吗？"

郊耀庭："您听错了，我是说他们要洗劫酒厂。"

藏秘书："我又问她，你们绑架郊少爷可是事实？赵嬷嬷又矢口否认，她说郊少爷是自愿上山的！"

郊文博："她胡说！"

藏秘书："我开始也是不信，要郊少爷当面对质！"

郊耀庭："您见着银之了？"

藏秘书："见着了。"

郊耀庭："他是咋说的？"

藏秘书："少爷说，他是因为爱上了二寨主才上山的！"

郊耀庭："啊？"

郊文博："无稽之谈！"

藏秘书："我要郊少爷和我一起下山，可少爷说啥也不肯！"

郊耀庭连声说："孽障，孽障！"

郊文博："绝不可能，绝不可能！"

藏秘书："您若不信，可亲自上山去问！"

郊文博："银之是被她们吓破了胆，被逼无奈才出其下策！"

藏秘书："或许是这样吧。"

郊耀庭："藏秘书，您看此事应如何办理呢？"

藏秘书："依我之见，此事还是私了为好。"

郊耀庭："咋个私了法呢？"

藏秘书："家人可带些赎金去马陵山，一则可以与他们言归于好，今后相安无事。二则也可以力劝少爷回心转意，早日离开土匪窝！"

郊耀庭："藏秘书为此事费心了。"

藏秘书："应该的，应该的。"起身："郊公，卑职公务在身，告辞了！"

郊耀庭："仲亭，准备的礼物呢？"

大管家呈上。

藏秘书拒收："不可，不可。郊公，您这么做就见外了。"

郊耀庭："仲亭，你代我去送客。"

大管家拿着礼品，与藏秘书离去。

郊耀庭冲儿子发火："你看看，这就是你教育出来的好儿子！"

郊文博："爹，您怎么能听他的话呢？"

郊耀庭："我不听他的，听你的！"

郊文博："之儿何时见过这等阵式？他若不这样说，恐怕连命都保不住了！"

郊耀庭长长地叹了一口气。

郊文博："爹，您要赶紧派人上马陵山呀！"

郊耀庭："行，我就派你去！"

郊文博："我咋行呢？"

郊耀庭："你不是还日夜惦记着，要当掌门人吗？"

郊文博："我……"

郊耀庭："你不行，那就派二姨太去！"

郊文博："她一个女流之辈，还不把事情办砸了！"

郊耀庭："那还派谁呀？"

郯文博："大少爷！只有他才能办成此事！"

郯耀庭："文博呀文博，你让我说你啥好呀！"

郯文博："您啥也别说了，还是救您孙子要紧！"

郯耀庭大吼一声："滚出去！"

郯文博："您不答应，我就不走！"

郯耀庭："滚！"

郯文博嘟嘟嚷嚷地离去。

郯耀庭一阵头晕，赶忙扶住了门框。

47. 郯府、大门外。

大管家送藏秘书至大门外。

郯银根骑马而来。

大管家惊喜地："大少爷回来了！"

藏秘书迎上去："大少爷从省城回来了？"

郯银根翻身下马："藏秘书咋要走啊？"

藏秘书："县衙公务繁杂，身不由己呀！"

大管家："藏秘书是为马陵山的事而来的。"

郯银根："藏秘书，您辛苦了！"

藏秘书："事已办完，我该回去了！"

郯银根："请转告姚县长，我改日登门拜访。"

藏秘书："告辞！"驰马而去。

郯银根："仲亭叔，我爷爷在哪？"

大管家："在前院大厅呢。"

郯银根："我正要去看望爷爷。"

48. 郯府、前院、大厅。

郯银根、大管家来到大厅。

大厅里已经无人。

大管家："老爷刚才还在这儿呢！"

郯银根："可能回去了，咱们去后院。"

49. 郯府、后院。

郯耀庭倒在院内的地上。

郯银根、大管家走进后院。

郯耀庭发出呻吟声。

郯银根大惊："爷爷，爷爷！"

大管家慌乱地："老爷，您这是咋了？"

郯耀庭缓缓地睁开眼："根儿，你回来了！"

郯银根："爷爷，您哪儿难受？"

郯耀庭："不要紧，只是有些喘不过气来。"

大管家："老爷，我背您回屋去。"

郯银根："别动，让爷爷先静静地躺一会儿。"

大管家让老爷躺在自己怀里。

郯银根捋着爷爷的胸口："爷爷，您啥也别想，心里要静，要静……"

50. 郯府、西院，门口。

蒋凤仙正要走出西院。

郯文博怒冲冲而来。

蒋凤仙："二爷，银之回来了？"

郯文博："他死在马陵山了！"

蒋凤仙大惊："啊？"

郯文博："这个孽种不肯下山！"

蒋凤仙："哎哟，您可把我吓死了！"

郯文博："藏秘书说，要家里人亲自去把他领回来！你说，除了大少爷，谁还能办得了这件事？"

蒋凤仙："老太爷发话了？"

郯文博："死活不开口！"

蒋凤仙："我早就料到会有这一步！"

郯文博："你这是要到哪儿去？"

蒋凤仙："求人去！"离去。

郯文博："这是过的啥日子！"一脚踢翻了一盆菊花。

51. 郯府、四合院。

董姝妹一阵阵恶心，直想呕吐。

蒋凤仙走进："少奶奶，你这是咋了？"

董姝妹："没事。二姨太，您咋有空到我这里来了？"

蒋凤仙："想您呗，过来说说话。"

董姝妹又一阵恶心、呕吐。

蒋凤仙关心地："少奶奶，你是不是病了？"

董姝妹："没有呀，昨天还好好的。"

蒋凤仙拭着董姝妹的额头："不发烧呀？"

董姝妹："没事，请坐吧。"

蒋凤仙恍然："少奶奶，你是不是有喜了？"

董姝妹一怔："是吗？"

蒋凤仙："少奶奶，我这里给你道喜了！"

董姝妹："瞧您说的，还不知道是不是真的哩？"

蒋凤仙："八九不离十呀！"

董姝妹："光顾说话了，我还没给您沏茶

呢。"

蒋凤仙："你别动,我自个来。"

董姝妹："这咋行?"沏茶端上。

蒋凤仙："少奶奶身边没个人手咋行呀?"

董姝妹："我年纪轻轻的,要人手干啥?"

蒋凤仙："大少爷只顾着忙大事,把自己老婆的事给忘了。这咋行呀?我要给他提个醒。"

董姝妹："不用,是我自己提出不要用人的。"

蒋凤仙："你这是何苦呢?咱家又不是用不起。"

董姝妹："家大开销也大,用钱的地方多着呢,能省一点是一点。"

蒋凤仙："少奶奶说得是,不当家不知柴米贵呀。"

董姝妹："二爷和毓芬婶子都挺好吧?"

蒋凤仙欲说又止,只是苦笑了一下。

董姝妹关切地："他们咋了?"

蒋凤仙不语。

董姝妹："病了?"

蒋凤仙哽咽。

董姝妹："出了啥事?快告诉我!"

蒋凤仙："都是让银之的事,给搅乱了!"

董姝妹："银之又怎么了?"

蒋凤仙："你不知道?"

董姝妹："他犯浑了?"

蒋凤仙："不,他让马陵山的土匪给绑架了!"

董姝妹："啊?为啥呀?"

蒋凤仙："因为咱家得罪了那帮土匪!"

董姝妹："咱郯府从不和他们来往,咋能得罪他们呢?"

蒋凤仙："唉,这件事还是由你和银根的婚事引起的。"

董姝妹："怎么回事?"

蒋凤仙："在咱两家换帖,和你俩成亲的时候,马陵山的土匪给咱送过两次厚礼。后来,老太爷就再也没有理睬过他们。这帮土匪从此就怀恨在心,才丧尽良心绑架了银之!"

董姝妹："这件事,老太爷知道吗?"

蒋凤仙："老太爷去找了姚县长,也没能把人要回来!"

董姝妹："他们想咋解决呢?"

蒋凤仙："这帮土匪要咱郯府的人,亲自带着赎金上山,赔礼道歉,方可放人!"

董姝妹："这帮土匪也太猖獗了!"

蒋凤仙："毓芬姐哭得死去活来!二爷说,只有大少爷上山,才能救出银之!少奶奶,我求你救救银之吧!"

董姝妹："二姨太,您别哭,咱家出了这么大的事,我还能不管吗?可是,大少爷去省城还没回来呀!"

蒋凤仙："你给他打个电话,能早回一天是一天!"

董姝妹："好,我马上就去办!"

蒋凤仙："谢谢少奶奶了!"

第二十一集

1. 郯府、后院、卧室。

郯耀庭斜靠在床上。

郯银根坐在床边："爷爷，您好受些了吗？"

郯耀庭："难道我真的老了，身子骨咋这么不经折腾了？"

郯银根："都是我不好，让您这么不清心。"

郯耀庭："最不清心的还是你呀。这么大的一个家，守业就不容易，再创业就更难了。"

郯银根："爷爷，您年轻创业的时候就这么难吗？"

郯耀庭："和你一个样。自古以来，哪有天上掉馍馍的？我这辈子生来就是刨食的，从小饿怕了，就拼命地种地、买地、攒粮食，小囤尖大囤满，还是不放心，就又盖了三间粮库，粮食把粮库也装满了，按理说该喘口气了，可两只手就是停不下来，还是拼命地种地、买地、攒粮食。要不咋说，人一生下来就犯贱呢？活一辈子，劳累一辈子！现在由你掌家了，按说我该享清福了，可自己还是瞎操心。这就叫瞎子害眼，没治了！"

郯银根："爷爷，您说我这辈子会不会也这样呀？"

郯耀庭："老辈说，秉性这玩意是隔辈传，我这辈子是个劳累命，我看你也跳不出这个圈。"

郯银根："爷爷，真让您说准了。我好像做事情有瘾，做完这件又想做那件，有时候还想同时做几件，总觉着有使不完的劲，从来也不觉着累。"

郯耀庭："你这辈子也犯贱！"

二人笑。

郯耀庭："省城那头，人家为啥不肯合资？"

郯银根："说政局动荡，不敢贸然行事。"

郯耀庭："还有别的办法吗？"

郯银根："天无绝人之路！"

郯耀庭："这么说，资金的事还是没有着落？"

郯银根点点头。

郯耀庭从床头取出小木匣，打开锁，拿出那块281.25克拉的金刚钻石："根儿，你把它拿去吧。既然没人愿意和咱合资，你就用它建矿！"

郯银根："不！爷爷，我不要！"

郯耀庭："拿着！"

郯银根把钻石又装进木匣，上锁，捧给祖父："爷爷，您放心，我不用它也能把矿建起来！"

郯耀庭接过木匣，目光坚定地看着孙子。

郯银根："爷爷，银之的事也是迫在眉睫，我想明天就去马陵山，早点把他领回来！"

郯耀庭："你一个人去？"

郯银根："是。"

郯耀庭："那帮土匪生性刁诈，你一人去太冒险了！"

郯银根："动之以情，晓之以理，他们还能把我怎样？"

郯耀庭："让你仲亭叔陪你一块去吧，相互间也好有个照应。"

郯银根："好吧。"

2. 郯府、四合院。

董姝妹着装整齐，正欲出院门。

郯银根匆匆而来。

董姝妹惊喜地："表哥，你啥时候回来的？"

郯银根："你这是要到哪儿去呀？"

董姝妹："我正要去镇上，给你打电话！"

郯银根："啥事呀，这么急？"

董姝妹："咱进屋说吧！"

3. 郯府、西院、卧室。

郯文博躺在睡榻上，抽着大烟。

蒋凤仙在睡榻边伺候着。

肖毓芬跌跌撞撞冲进卧室："文博，之儿真的被绑架了吗?"

郏文博："你听谁说的?"

肖毓芬："府里上上下下都传遍了，你俩还瞒着我!"

蒋凤仙："大姐，别着急，你听我说。"

肖毓芬："闭上你那臭嘴!我不愿和你说话!"

蒋凤仙："我好心好意的，你怎么出口伤人呢?"

肖毓芬："我看你是狼心狗肺!你把这个家折腾成啥样了?"

蒋凤仙毫不相让："你把话说清楚，银之被绑架，碍我什么事?"

肖毓芬："银之原本是个好端端的孩子，就是你把他教唆坏的!"

蒋凤仙："他这么大个人，啥不明白?他是胎里坏!"

肖毓芬："我撕烂你的嘴!"冲了上去。

蒋凤仙躲在了郏文博的身后。

肖毓芬："你闪开!"

蒋凤仙："二爷，她疯了!"

肖毓芬："我是让你给逼的!"

郏文博站在二人中间，大声吼着："都给我住手!你俩想把我气死呀?"

肖毓芬："你让她滚!"

蒋凤仙："你让她滚!"

郏文博："你俩都给我滚出去!"

蒋凤仙离去。

肖毓芬扑在丈夫身上，哭泣着："你还我的儿子呀!"

4. 郏府、四合院、卧室。

郏银根心情沉重地踱着步子。

董姝妹："屋漏偏遭连阴雨，这些不顺心的事一股脑儿地全压过来了!"

郏银根："姝妹，关于资金的事，我想来想去，还得请你帮忙啊!"

董姝妹："去找我爹爹?"

郏银根："我想咱两家合资，你觉着可行吗?"

董姝妹："这是件好事情，爹爹不会有异议吧?"

郏银根："我咋觉着把握性不大呢?"

董姝妹："为什么?"

郏银根："正如民众银行所说的，确实具有一定的风险。"

董姝妹："你为什么不惧怕呢?"

郏银根："我不仅没有惧怕，反而觉着目前正是一次最好的机遇!"

董姝妹："爹爹假如有疑虑的话，我会做他工作的。"

郏银根："这是唯一的办法了!"

董姝妹："我明天就回娘家，去办这件事。"

郏银根："我理应和你一块去，只是银之的事也拖不得。"

董姝妹："你去和土匪打交道，一定要注意安全!"

郏银根："我会的。"

董姝妹走到丈夫身边："亲爱的，别愁眉苦脸的，我要告诉你两件喜事!"

郏银根："我此时还能有喜事?"

董姝妹："当然了!"

郏银根："啥喜事呀?"

董姝妹："第一件喜事，母亲的房门终于对咱俩敞开了!"

郏银根："这是真的?"

董姝妹点头："是父亲做了母亲的工作。"

郏银根："哎呀，我简直不敢相信，生活在世外桃源的父亲，竟能为咱们去游说?"

董姝妹："当然是我的功劳!"

郏银根亲了妻子一下："第二件喜事呢?"

董姝妹："你猜!"

郏银根："我咋能猜得出?快告诉我吧!"

董姝妹嘻嘻一笑："我有了!"

郏银根："有啥了?"

董姝妹："傻瓜!"

郏银根："有了傻瓜?"

董姝妹笑："有了你的孩子!"

郏银根惊喜："啊，这可是个天大的喜讯啊!"把妻子抱起，笑着，旋转着……

5. 马陵山、独龙涧、黑龙潭。

潘芝莲自由自在地在潭内游泳。

郯银之坐在潭边的山石上。

秋萍躲在远处窥视。

蓝天白云。

瀑布水濂。

郯银之："啊，太美了！"

　　日照香炉生紫烟，
　　遥看瀑布挂前川。
　　飞流直下三千尺，
　　疑是银河落九天。

潘芝莲大声喊着："小白脸，快下来，和我一起游啊！"

郯银之："美人，你犹如浪里白条呀！"

栖在树枝的鸟儿，发出欢快的叫声。

潘芝莲："小白脸，把眼闭上，我要上岸了！"

郯银之："我要把眼睁得大大的，欣赏你这朵出水芙蓉！"

潘芝莲："快闭上眼！"

郯银之："我偏不闭！"

一块小小的石子正中郯银之的眉宇之间！

郯银之惊骇。

潘芝莲大笑。

郯银之："我就是不闭！"

又一块小石子击中郯银之的眉宇之间！

郯银之吓得赶忙闭上了眼睛。

潘芝莲换好衣服，走到郯银之身边："小白脸，打痛了没有？"

郯银之："你好厉害呀，能百步穿杨！"

潘芝莲嘻嘻一笑："我呀，从小眼睛就好使！有一次媒人到我家，娘要杀鸡招待人家。可那只公鸡飞来飞去，一下子飞到院墙上，我就脱下鞋扔了过去，不偏不歪打在鸡头上，我娘才抓住它！"

郯银之指着树上的一只小鸟："你再打一次给我看看。"

潘芝莲捡起一块石子投去。

小鸟应声落地。

郯银之惊讶地："神了，太神了！"

潘芝莲："小白脸，你刚才叽哩呱啦地念啥呢？"

郯银之："我触景生情，在背诵李白的诗。"

潘芝莲："李白是谁呀？"

郯银之："他是位了不起的大诗人！"

潘芝莲："他是你的同学吗？"

郯银之笑："他是唐朝时期的人！"

潘芝莲："唐朝？"

郯银之："你知道杨贵妃吗？"

潘芝莲："她是古时候的一个大美人呀！"

郯银之："对，李白就是那个时候的人。杨贵妃是唐明皇的妃子，连这样一位旷世佳人都要给李白脱靴子呢！"

潘芝莲："乖乖，李白是个很大的官吧？"

郯银之："他职位不高，可是学问很大！"

潘芝莲："你把刚才念的诗再念给我听听，行吗？"

郯银之："行！"

　　日照香炉生紫烟，
　　遥看瀑布挂前川。
　　飞流直下三千尺，
　　疑是银河落九天。

潘芝莲："这是啥意思呀？"

郯银之："有一座山峰叫香炉峰，它上面的水气在太阳的照射下，就像香炉中散发出的紫烟，袅袅上升。再看瀑布，它从山顶上直挂到山前的水面，就好像是天上银河的水落下来的一道帘子！"

潘芝莲笑："在糊弄人哩！他咋知道这帘子有三千尺？"

郯银之："哎呀，这首绝句是用夸张的比喻，来形容庐山瀑布的壮观！"

潘芝莲："你生啥气呀，我是和你说着玩的！"

郯银之笑。

潘芝莲："你坐好，我念给你听听。"

郯银之："你会念？"

潘芝莲："你刚才不是教我了吗？"

郯银之："可你只听了一遍呀？"

潘芝莲："试试看嘛！"

郯银之："好，我听着！"

潘芝莲边想边颂：

日照香炉生紫烟，
遥看瀑布挂前川，
飞流直下三千尺，
疑是银河落九天。

郯银之惊诧："你的记性太好了！聪慧，聪慧！"

潘芝莲："往后，我教你习武、打枪，你教我认字、念诗，咋样？"

郯银之："好是好，可我不能在这里久住呀！"

潘芝莲："你要走？"

郯银之："是的。"

潘芝莲："我跟你一起走！"

郯银之："我的家人是不会容纳你的。"

潘芝莲："那咋办？"

郯银之："我那个家，除非是我说了算！"

潘芝莲："你咋才能说了算呢？"

郯银之："我要做郯府的掌门人！"

潘芝莲："我会帮你做成的！"

秋萍躲在远处窃听，不由倒吸一口凉气！她不慎踩断树枝，惊飞小鸟。

潘芝莲甩手就是一枪。

子弹打断了秋萍头侧的树枝。

秋萍仓皇而去！

6. 崎岖山路。

郯银根、大管家纵马驰骋。

7. 马陵山、寨门。

郯银根、大管家驰马而至。

几名持枪的土匪突然出现在他们面前："站住！"

郯银根、大管家勒住马。

土匪甲："哪个山头的？"

郯银根："我是郯府的掌门人，要拜见你们的赵司令！"

土匪甲："下马！"

郯银根、大管家下马。

土匪甲："把身上的家伙扔过来！"

郯银根："我们没有武器！"

土匪甲："举起手来！"

郯银根、大管家举起手。

土匪乙上前搜身。

土匪甲："把马拴在这里，人跟我走！"

郯银根、大管家把马缰绳交给土匪乙。

土匪甲："走！"

8. 马陵山、清泉寺。

赵嬷嬷正在观看匪徒习武。

匪徒们在练对打。

赵嬷嬷走上前，二话不说，一个"八卦连心掌"，紧接着又一个"恶虎掏食"，把两名匪徒打翻在地："起来，接着练！"

土匪甲匆匆跑进寺院："报告司令，郯府的掌门人求见！"

赵嬷嬷："来得好快呀！"

土匪甲："司令，见还是不见？"

赵嬷嬷："击鼓鸣号，迎接客人！"

土匪甲："是！"

9. 马陵山、清泉寺外。

土匪在擂鼓、鸣号。

顿时，百余名土匪列队山路两侧。

郯银根、大管家在土匪甲的引领下，走在山路上。

10. 马陵山、清泉寺、大殿。

赵嬷嬷坐在兽皮椅上。

春来、夏莲（潘芝莲）、秋萍、冬彩，站立两侧。

11. 清泉寺、院内。

土匪甲引郯银根、大管家走进寺门。

12. 大殿内。

土匪甲走进大殿："报告司令，客人到！"

赵嬷嬷："请他们进来！"

土匪甲冲门外："请！"

郯银根、大管家走进大殿。

赵嬷嬷及她的四个女儿，仔细地打量着不卑不亢的郯银根。

郯银根也关注着赵嬷嬷和她的四个女儿。

赵嬷嬷站起身："您可是郯府的大少爷？"

郯银根抱拳施礼："正是。"

赵嬷嬷："请坐！"

宾主落座。

赵嬷嬷："上茶!"

女仆端上茶水。

郊银根："我久闻赵司令威镇马陵山，今日一见果然名不虚传!"

赵嬷嬷："郊先生大驾光临，不知有何贵干?"

郊银之："今日上山，是专为感谢司令而来。"

赵嬷嬷："此话从何说起呀?"

郊银根："礼尚往来，人之常情。司令两次登门，我姗姗来迟，还请司令见谅。"

赵嬷嬷："区区薄礼，何足挂齿，郊先生太客气了。"

郊银根从大管家手中接过银票："这是一张五万元银票，请司令笑纳。"

赵嬷嬷："万万不可，请郊先生收回!"

郊银根："这是我的一份心意，莫非司令嫌礼品太薄?"

赵嬷嬷："没想到郊先生竟是如此重义之人，收下!"

春来接过银票。

赵嬷嬷："我听说郊先生饱读诗书，又东洋留学，一定是见多识广，若能赐教，我当洗耳恭听。"

郊银根诧异地看着赵嬷嬷："司令怎么会有这种想法?"

赵嬷嬷："求贤若渴，只是无缘相识读书人呀!"

郊银根："既然司令愿听，那我就讲一个咱山东的圣人。"

赵嬷嬷："是孔圣人吗?"

郊银根："不是。在孔圣人死后十余年，咱山东又诞生了一位伟大的人物，他叫墨子。墨子是个劳动者，他不做官，是比孔圣人还高明的圣人!"

赵嬷嬷："噢?"

郊银根："墨子说：'视人之国，若视其国；视人之家，若视其家；视人之身，若视其身。'这就是说，看待别人的国家就像自己的国家，看待别人的家族就像自己的家族，看待别人之身就像自己之身。只有国与国相爱，才不会有战争；只有家族之间相爱，才不会有掠夺；只有人与人之间相爱，才不会有残害。君臣之间相爱，才能相互尊重效忠；父子之间相爱，才能相互慈爱孝敬；兄弟之间相爱，才能相互融洽协调；天下的人都相爱，强大者就不会欺侮弱小者，人多者就不会强迫人少者，富有者就不会欺压贫困者，尊贵者就不会傲视卑贱者，狡诈者就不会欺骗忠厚者。天下之所以发生战争、掠夺、怨恨，都是因为失去了爱而产生的。爱是人们的生命，爱心是没有界限的。"

赵嬷嬷："他说的这些话，确实有道理!"

潘芝莲："依我看，全是歪理! 爱天下的人，没得到什么好处。不爱天下的人，也没有受到什么害处。天底下的事，还不都是这样吗?"

郊银根："这么说，二寨主是个毫无爱心之人了?"

潘芝莲："我爱过，但没有用! 竟被不爱的人，逼上了马陵山!"

赵嬷嬷打断她："好了，就你歪理多! 郊先生，二丫头生性暴烈，是个直肠子，您别见怪。"

郊银根："司令，我还要感谢二寨主呢!"

潘芝莲："感谢我?"

郊银根："你把我堂弟请上山做客，我能不感谢你吗?"

潘芝莲冷笑："用不着感谢，是他自愿来的。我还要直截了当地告诉你，你堂弟不回去了!"

郊银根："司令，您说呢?"

赵嬷嬷："不回去咋行?"

潘芝莲："妈妈!"

赵嬷嬷："来人，请郊少爷到这里来!"

秋萍："妈妈，我去吧!"

潘芝莲："谁也用不着，我自己去请!" 欲离去。

赵嬷嬷："站住!"

潘芝莲："妈妈!"

赵嬷嬷："秋萍，你去!"

秋萍："是!" 离去。

潘芝莲怒视郊银根："你这么做，会得报应的!"

赵嬷嬷："大胆!"

郯银根镇定自若。

春来："二妹,要听妈妈的话!"

冬彩："二姐,在客人面前不能这样!"

潘芝莲愤怒的眼睛里含着泪水。

郯银之与秋萍走进大殿。

郯银根："银之!"

郯银之走到郯银根面前:"堂哥!"

赵嬷嬷:"郯少爷,你堂哥接你来了!"

郯银之:"我……"

赵嬷嬷声色俱厉地说:"郯少爷,你应该跟你堂哥回去!"

郯银之看着潘芝莲。

秋萍:"郯少爷,你没听见司令的话吗?"

郯银之冲堂哥点点头。

郯银根:"多谢司令,我们告辞了!"

赵嬷嬷:"送客!"

匪徒们擂鼓、鸣号。

郯银根、郯银之、大管家走出大殿。

13. 清泉寺门口。

赵嬷嬷及四个女儿送至门外。

郯银根、郯银之、大管家策马而去。

14. 崎岖山路。

郯银根、郯银之、大管家纵马驰骋。

15. 山梁上。

潘芝莲眺望着远去的郯银之。

16. 崎岖的山路。

大管家发现了山梁上的潘芝莲:"大少爷,您看!"

郯银根朝山梁望去:"天底下,无论是好人还是坏人,都有情爱呀!"

郯银之:"堂哥,我要回山!"

郯银根:"不可!"

郯银之调转了马头。

郯银根纵马冲到郯银之马前,大喝一声:"回去!"

郯银之欲反抗!

郯银根怒不可遏,一马鞭抽到郯银之脸上!

郯银之脸上流下鲜血。

郯银根又挥起马鞭:"回去!"

郯银之怯生生地看着堂哥,又调回马头。

崎岖的山路上。

大管家、郯银根把郯银之裹夹在中间。

三匹马朝前疾驰。

17. 郯府、东院、卧室。

董兰君在读书。

小萍:"大奶奶,我给您梳头吧?"

董兰君:"好。"未动,仍看书。

小萍:"大奶奶,您读的啥书呀,这么入迷?"

董兰君:"老子的《道德经》。"

小萍:"老子是谁呀?"

董兰君:"一位大圣人。"

小萍:"他像孔圣人一样的大圣人吗?"

董兰君:"孔圣人还要向他求教哩。"

小萍:"孔圣人姓孔,老子姓老,对吗?"

董兰君放下书,坐到梳妆台前:"老子不姓老,他姓李,叫李耳。"

小萍:"他应该叫李子呀,为啥叫老子呢?"

董兰君:"有一本《史记正义》的书,书上说老子的母亲怀孕长达八十一年,要生的那天,她来到一棵李树下,割开左腋,生下老子。老子一出生就八十一岁了,连胡子眉毛都是白的,大家就称他老子了。"

小萍聚精会神地听着:"真有意思!"

董兰君:"咋不梳头了?"

小萍嘿嘿一笑,给董兰君梳头:"大奶奶,这阵子您脸色真好,红光满面的!"

董兰君:"这是读老子的书读的!"

小萍:"老子的书,还能养生?"

董兰君:"老子的养生之道,在世上广为流传呢!"

小萍:"他是咋说的?"

董兰君:"他说养生是,上养智,中养形,下养疾。"

小萍:"啥意思呀?"

董兰君:"一个人要想健康,主要是要有好心情,其次是注意饮食,再其次就是有病赶紧治,不能大意。"

小萍:"咋才能有个好心情呢?"

董兰君:"无为而治。"

小萍:"这又是啥意思?"

董兰君:"他这是告诉人们,一切要顺从自

然规律行事。人的一生呀，总是有无尽头的欲望，奢望着更多的占有。占有更多的财富，占有更高的权力，占有更大的辉煌。有一首《不知足歌》，就是嘲笑这种欲望的：

终日茫茫只为饥，方得饱来便思衣。
衣食两样俱丰足，房内又少美貌妻。
娶下娇妻与美妾，出入无轿少马骑。
骡马成群轿已备，田地不广用难支。
买得田园千万顷，又无官职被人欺。
七品五品犹嫌小，四品三品又嫌低。
一品当朝为宰相，又想神仙来下棋。
种种妄想无休止，一棺长盖念方息。

这种永不知足的人呀，简直就是生活在人间活地狱，这种人就是活一百年，也不会有一点乐趣。每天伴随他的，是永无止境的烦恼和叹息！"

小萍笑出声。

董兰君："你笑啥？"

小萍："怪不得您这阵子不叹息了！"

董兰君："你这个臭丫头！"

18. 东院、卧室外。

肖毓芬走进东院。

19. 东院、卧室内。

董兰君听到脚步声："好像有人来了，快去看看。"

小萍走出卧室。

20. 东院、卧室外。

肖毓芬："小萍，大奶奶在吗？"

小萍："二奶奶，大奶奶在卧室呢。"

卧室里传出董兰君的声音："小萍，快请二奶奶进屋来！"

21. 东院、卧室内。

肖毓芬、小萍走进卧室。

董兰君热情地："弟妹，你咋来了？"

肖毓芬："嫂子，我有一肚子的话想对你说呀！"

小萍端上茶，离去。

肖毓芬抹着眼泪。

董兰君："弟妹，谁惹你生气了？"

肖毓芬："嫂子，我今天来是想求你一件事。"

董兰君："咱妯娌之间，这么客气干啥？有啥事就说。"

肖毓芬："我想把之儿和杏琳托付给你。"

董兰君："你不管他们了？"

肖毓芬哽咽地："我想出家到寺庙里去……"

董兰君惊讶地："弟妹，你咋会有这种想法呢？"

肖毓芬哭泣："我在这个家里，实在没法过下去了！"

董兰君："弟妹，先喝口茶，慢慢说。"

肖毓芬抑制着自己的情绪："嫂子，记得我刚娶过来的时候，你拉着我的手说，婆婆不在了，往后咱妯娌俩要同心协力地把这个家撑起来。你对我又像姐姐又像婆婆，大事小事你都挂在心上。"

董兰君："你对我不也是一样吗？我帮着爹操扯家事，你从不分我的心。天热了，就把绿豆汤端到我面前。天还不冷，你就早早地替我把被子套好了。"

肖毓芬："后来，孩子长大了，他们姊妹六个天天在一块，又说又笑，咱俩高兴得都合不拢嘴，好日子真是过不够呀！"

董兰君："那会儿，咱家的日子真是红火，一年比一年强。五谷丰登，人丁兴旺，家和万事兴啊！"

肖毓芬："可现在又成啥样了？自打那个狐狸精进了家，就挑唆着文博争这抢那，把一个好端端的银之也教唆成啥了？她天天惹是生非，家里就从来没有肃静过！眼下，又不知为了啥，土匪又把银之给绑架了！"

董兰君惊诧地："银之被土匪绑架了？"

肖毓芬："你不知道？"

董兰君："咋发生了这么大的事呀？"

肖毓芬："根儿今天上了马陵山，也不知能不能把人要回来？"

董兰君："这可是个不好的兆头，家里再乱也能治理好，一旦引进土匪，那必会发生大乱呀！"

肖毓芬："你说这日子还怎么过？我思前想后，还是一走了之好！"

董兰君："这不是个办法呀！你走了，二姨太不是更加变本加厉，为所欲为吗？再说，之儿和杏琳也不能成了没娘的孩子，你就忍心抛弃他们？"

肖毓芬哭泣。

董兰君："我原本想，再也不管家里的事，让根儿自己去弄吧！现在看来我错了，我应该助他一臂之力呀！弟妹，咱俩谁也不能后退，要像从前那样携起手来，帮助根儿治理好这个家！"

22. 郯府、后院。

郯耀庭不时走到院门口，向远处张望。

通往后院的路上空无人迹。

郯耀庭坐在院内的石凳上，发出一声声长叹。

郯文博急匆匆走进后院，惴惴不安地站在父亲身边。

郯耀庭厌恶地说："你咋又来了？"

郯文博："根儿咋还没回来呢？"

郯耀庭闭目不语。

郯文博："根儿会不会也被土匪扣住了？"

郯耀庭怒："啥难听你说啥，你就不会说句好听的？"

郯文博："我恨死这帮土匪了！"

郯耀庭："你还是先管好自己的儿子吧！"

郯文博："唉，我咋养了这么个孽种！"

郯耀庭："还有脸说银之，也不看看你自己是个啥模样？"

郯文博轻声自语："子不教，父之过。"

郯耀庭："你说啥？"

郯文博："爹，我说的是自个！"喃喃地："爹，咱光等着也不行呀，能不能再派人去探听一下？"

郯耀庭："你咋光动嘴不动腿呀？"

郯文博："您和我较啥劲呢？咱现在不是急着要救人吗？"

大管家气喘吁吁地跑进院门："老爷，大少爷回来了！"

郯文博："银之呢？"

大管家："银之少爷也回来了！"

郯耀庭激动地迎到院门口。

郯银根、郯银之朝爷爷跑来。

郯耀庭："根儿！"

郯银根："爷爷！"

郯银之胆怯地："爷爷！"

郯耀庭抚摸着银之脸上的伤："这是让他们打的？"

郯银之赶忙点头。

郯耀庭："还疼吗？"

郯银之摇摇头。

郯文博："根儿，二叔谢谢你！"

郯银根："二叔，有件事我想和您商量一下。"

郯文博："说吧！"

郯银根："银之虽然回来了，可土匪并不死心。为防万一，这阵子绝不能让银之离开家门一步！您看行吗？"

郯文博："行！"

郯银根："仲亭叔，从现在开始，任何人不准给银之少爷再派车马！"

大管家："是！"

郯银根："告诉门房，也不准银之少爷走出府门一步！"

大管家："是！"

郯银之："堂哥，您……"

郯文博："你堂哥也是为你好！根儿，咱就这么办！"

23. **古码镇、碧露春旅店、客房。**

郯银业伏在案边修改图纸。

小翠端饭菜走进："二少爷，该吃饭了。"

郯银业："你放在那儿吧。"

小翠："您咋连中饭也没吃呀？"

郯银业："我不饿。"

小翠："您趴在桌子上写呀画呀，都整整一天了！二少爷，您先吃饭！"

郯银业："我一会儿吃。"

小翠："不行，现在就吃！"

郯银业放下手中笔："好好好，我现在就吃。"接过饭菜，大口地吃着。

小翠："您吃慢点。"

郯银业："真香啊！"

小翠："人饿了，吃啥都香。"走到案边，看着桌上的图纸："二少爷，您画的这是啥呀？"

郯银业："建矿的图纸。"

小翠："画它干吗？"

郯银业："无论盖房子还是建矿，都要先画出图样来才行呀。"

小翠："噢，俺知道了，就是做双鞋，还得先画个鞋样呢。"

郯银业："你说得对。"

小翠指着图纸："这就是咱要建的矿？"

郯银业："你手里拿的这张是原先的，桌上的那张才是要建的。"

小翠："咋越画越小呀？"

郯银业："钱不够呗。"

小翠："这咋行呢？要是把鞋做小了，脚还能穿得上吗？"

郯银业："那就给孩子穿呗。"

小翠："给孩子穿也不行，孩子正是长个子的时候，没几天就又不能穿了！"

郯银业似有所悟地看着小翠。

小翠："俺说的不对吗？本来您做一双大点的就行了，可现在您得做两双才行，这不是又费料又费工吗？"

郯银业不由拿起两张图纸，在沉思。

小翠："依俺看，还是做大的好！"

郯银业自语："是呀，看来还是不能做小的！"

小翠："钱不够就先别做，要不就得再想别的办法。"

郯银业："想别的办法？"

小翠："是呀，在别的地方省下钱来，做双好鞋。"

郯银业不由地又拿起了发电厂的图纸。

24. 碧露春旅店、大门内、外。

一辆马车停驶在门口。

王教授、程教授走下车。

程教授挡在王教授前面："咱可是说好了，见了面你不能发火！"

王教授不耐烦地说："我记住了！"

二人走进旅店。

老板娘热情地迎上："哎呀，这不是王教授吗？"

王教授："郯先生在旅店吗？"

老板娘："王教授，您找他有事吗？"

王教授："没事我找他干嘛？"

老板娘笑："王教授，您问的是哪个郯先生呀？"

王教授："郯府的郯先生！"

老板娘："哎哟，郯府的郯先生可多了，老太爷、大爷、二爷、大少爷、二少爷、三少爷，还有银之少爷，您问的是哪一个？"

王教授："你咋这么多废话？"

老板娘："这咋是废话呢？大少爷说过，要想把旅店办好，热情服务是顶要紧的！"

王教授无可奈何："好了好了，我问的是二少爷！"

老板娘："这不就清楚了？您往后再问的时候，千万别再说找郯先生，要直截了当地说找谁谁谁！"

王教授："我说你这个人，还有完没完呀？"

老板娘："您发啥火呀？俺对您这么热情还不对吗？"

程教授赶忙接过话："老板娘，我们找二少爷有急事，他在旅店吗？"

老板娘依然热情地说："在，他在二楼客房，我领您俩去！"

程教授："不用了，谢谢你。"

二人上楼。

老板娘自语："还是这个人会说话！"

25. 碧露春旅店、二楼客房。

王教授、程教授走进客房。

郯银业惊诧："二位教授怎么找到这里来了？"

王教授火哧哧地说："你就是躲到天边，我也能找到你！"

郯银业："二位教授快请坐！"

王教授："不坐！"

郯银业："小翠，快给二位教授上茶！"

王教授："不喝！"

郯银业对小翠说："去吧。"

小翠离去。

郯银业突然意识到桌上的图纸，欲掩盖。

王教授冲到桌前，按住了图纸，发火地说："这是怎么回事？"

郏银业尴尬地："这……"

王教授："你竟然私自修改图纸？"

郏银业："王教授，您听我解释。"

王教授："图纸是经过精确计算后设计的，你怎么能随意改动呢？"

程教授赶忙制止住王教授："有话慢慢说。"

王教授气得坐到一边。

程教授："郏先生，是不是在资金上遇到了困难？"

郏银业："是的。"

王教授又突然爆发："搞什么搞，你没有资金，建什么矿？"

郏银业："我们原本想和民众银行合资，没想到对方出现了问题。"

程教授："他们为什么不愿意合作了？"

郏银业："他们说时局不稳，不敢贸然投资。"

王教授："他们这是鼠目寸光，脑袋里一盆糨糊！"

郏银业："我大哥正为此事犯愁呢。"

程教授："还有没有别的办法？"

郏银业："万不得已，我才修改了图纸。"

程教授："图纸是不能随意改动的，它是凭着科学依据来设计的。鉴于目前这种状况，你们打算怎么办呢？"

郏银业："我们还是想尽快施工。"

王教授："笑话！没有资金还想施工？"

郏银业："我们会再想别的办法。"

王教授起身欲走。

郏银业："王教授！"

王教授："水中月，镜中花，太让我失望了！"欲走。

程教授阻拦："王教授，咱们在一块再想想办法嘛！"

王教授："恕不奉陪，我今天就回上海！"破门而去。

郏银业着急地："程教授，王教授不能走，您要把他拦住啊！"

程教授："你们也不能一直拖下去呀？"

郏银业："三天，请二位教授再给我们三天的时间！"

程教授："好吧！"离去。

郏银业紧跟身后相送。

26. 郏府、四合院、客厅。

郏银之怯生生地站立一边。

郏银根威严地坐在椅子上："哑巴了，怎么不说话了？"

郏银之："堂哥，我错了。从今以后，我一定要好好做人！"

郏银根："你这句话又说错了！"

郏银业："没有呀，会做人才能会做事！"

郏银根："不对！只有会做事，才能会做人！连事都不会做的人，怎么去做人呢？一个人尽做好事不做坏事，他就不可能是个坏人。他要是不去做好事尽做坏事，他一定是个坏人！做人就要踏踏实实地去做事，做好事，做人的成功源于做事的成功！"

郏银之诧异地听着。

郏银根："我在日本读书的时候，教授给我讲了这么一件事：有两个要好的伙伴，同时受雇于一家商场。半年后，一个被提升，另一个被冷落。被冷落的人不服气，去问老板为什么？老板啥也没说，只是让他到菜市场，看看今天有卖什么的？这个人很快从菜市场回来说，只有一个农民在卖土豆。老板问他，大约有多少斤？他跑去又跑回，说有四十多斤。老板又问他价格是多少？他想再跑去问，老板止住了他。然后又叫来那个被提升的人，老板说你去菜市场，看看今天有卖什么的？被提升的人很快从菜市场回来说，有一个农民在卖土豆，大约有四十斤，价格适中，质量很好，假如批发还可以打九折。老板看了看被冷落的人说，这就是他被提升的原因。你只凭处世圆滑，却不会做事，所以才被冷落。"

郏银之："堂哥，我明白了。"

郏银根："坐下吧。"

郏银之入座。

郏银根："银之，咱俩好久没这样坐在一起说话了。这不能全怪你，我也有错，早就应该找你好好谈谈了。今天咱兄弟俩终于坐到了一块，你要静下心来，仔细想想自己做的每一件事，都是多么荒唐呀！你要是如此发展下去，不仅会误了自己的前程，弄不好还会把自己的性命也搭上去!"

郯银之:"堂哥,我也想做事呀!"

郯银根:"爷爷也曾让你做过事,可你竟然做出了一条人命,至今这事还没了呐!"

郯银之垂下头。

郯银根:"你回要认真地反省自己,看情况再说!"

郯银之:"堂哥,我走了。"离去。

27. 郯府、四合院。

董姝妹走进四合院,正与郯银之相遇。

郯银之:"大嫂!"

董姝妹:"银之,从马陵山回来了?"

郯银之:"多亏了堂哥。"

董姝妹:"平平安安地回来就行了。"

郯银之:"大嫂,我走了。"离去。

郯银根听到院里的谈话声,匆忙走出客厅:"姝妹,你怎么才回来呀?"

董姝妹走到丈夫身边。

郯银根急切地:"事情办得怎么样?"

董姝妹摇摇头。

郯银根:"没有办成?"

董姝妹点点头。

郯银根被当头一棒打蒙了。

董姝妹难过地看着丈夫。

郯银根突然抓住妻子的双臂,大声吼着:"你为啥没办成,为啥没办成啊?"

董姝妹:"我把道理说尽了,可是爹爹就是不松口!"

郯银根喃喃地说:"完了,唯一的希望也破灭了!"

董姝妹望着沮丧的丈夫,不由地暗自垂泪。

郯银根无助地望着天空。

秋风飘洒着落叶。

郯银业急匆匆走进四合院:"大哥!"

董姝妹:"二弟来了?"

郯银根不安地看着二弟。

郯银业看着焦虑的大哥,话到嘴边又咽了回去。

董姝妹:"二弟,进屋说话吧。"

28. 晚霞似锦。

郯府一片寂寥。

29. 黄昏。

郯府、东院、卧室。

董兰君心神不宁,坐立不安。

小萍:"大奶奶,您哪不舒服吗?"

董兰君:"这是咋了,我怎么心烦意乱的?"

小萍:"您准是又操心了呗。"

董兰君:"大少爷从马陵山回来没有?"

小萍:"我刚才碰见大管家了。"

董兰君:"他说啥了?"

小萍:"他说,大少爷和银之少爷都回来了。"

董兰君:"你咋不跟我说一声,让我惦挂着。"

小萍:"大奶奶,您真是变了。前阵子,无论告诉您啥事,您不仅不愿听,还朝我发火。可现在不一样了,啥事都想知道。"

董兰君:"此一时彼一时呀。"

小萍:"您要是前阵子也这样,该有多好呀!"

董兰君:"前阵子是身不由己,这阵子还是身不由己,你说怪不怪呀?"

小萍:"依我说,也怪也不怪。"

董兰君:"噢?"

小萍:"要说怪,谁都是个活生生的人。要说不怪,您又是个母亲。"

董兰君笑:"你说的还挺有理呢。"

小萍:"待在有理人的身边,时间长了也就有理了。"

董兰君笑。她取出一包东西:"这是少奶奶上次给我送来的燕窝,你把它送回去,让少奶奶给大少爷补补身子。"

小萍接过,离去。

30. 月上稍头。

四合院、客厅。

郯银根、郯银业、董姝妹相对无语。

客厅里的气氛令人窒息。

郯银业:"大哥,天不早了,我该回去了。"

郯银根点头。

郯银业刚走到门口。

郯银根:"回来!"

郯银业又回:"大哥,还有啥事?"

郊银根痛苦地长叹一声："走吧！"

郊银业欲走。

董姝妹忽地站起："不能走！"

郊银业又止住了脚步。

董姝妹："难道就真的这样完了？"

郊银根垂头不语。

董姝妹："银业，不能让二位教授走啊！"

郊银业眼里浸着泪。

董姝妹："我现在就连夜赶回娘家去，爹爹要是再不同意，我就和他断绝一切关系！"欲冲出门。

郊银根："你给我站住！"

董姝妹哭泣。

31. 月夜。

四合院。

小萍走进四合院，听到吵架声，匿身门外窃听。

32. 月夜。

四合院、客厅内。

郊银根抑制住情绪："姝妹，你已经尽到心了。舅父也曾经多次帮助过咱们，咱们怎么能为此事而与亲人反目呢？舅父做事历来谨慎，咱们不能把此事强加给他，更何况建矿也确实存在着一定的风险。"

郊银业："大嫂，我大哥说得对呀！"

郊银根："二弟，你回去吧，明天我和你一块去找二位教授，当面向他们致歉。"

33. 月夜。

回合院、客厅外。

小萍急速离去。

34. 月夜。

四合院、客厅内。

郊银根："还有，你到酒厂的柜上多取些钱，当作二位教授的酬金，也略表我们的感激之情。"

郊银业："也只好如此了。大哥，大嫂，我走了。"离去。

董姝妹和衣躺到床上，抽泣。

郊银根无语地坐到床边。

月光透过窗棂射入室内。

郊银根紧锁双眉，发出长叹。

董姝妹翻身坐起，看着痛苦的丈夫，泪水又流了下来。

郊银根："姝妹，我的心比你还痛，但又有什么办法？这是爷爷大半生的愿望，我没能帮他实现，最伤心的就是他老人家了。"

董姝妹点头。

郊银根："我最担心的，是怕爷爷为此事再次病倒啊！"

董姝妹："你打算咋办呢？"

郊银根："我也不知道，只好走一步说一步了。"这个家呀，是不是走不动了！

35. 月挂中天。

夜已深沉。

四合院、卧室。

郊银根、董姝妹已经入睡。

突然传来轻轻地敲门声。

董姝妹惊醒，推醒丈夫："你听，有人敲门！"

又传来轻轻地敲门声。

董姝妹点亮灯。

郊银根走到门边："谁？"

门外传来小萍的声音："大少爷，少奶奶，请开门。"

郊银根打开门，不由怔在那里。

董兰君站立门外。

郊银根："母亲！"

董兰君、小萍走进卧室。

董姝妹赶忙迎上："姑妈！"

董兰君："我本想明天再来，可小萍这丫头非逼我今天来不可。"

郊银根："不知母亲有何要事？"

董兰君取出一张房契："我在沂河县城买了一处宅院，咱家的人谁也不知道，你把他典卖了，建矿用吧。"

郊银根吃惊地看着母亲。

董兰君："拿去吧。"

郊银根双手颤抖地接过房契："母亲！"

董兰君："天不早了，我该回去歇着了。"离去。

郊银根望着母亲走去的身影，泪水滑下面颊。

36. 月夜。

郊府、西院、郊银之的卧室。

郊银之躺在床上，辗转反侧难以入眠。他望着窗外的明月，情感的思绪又洒向马陵山：

马陵山、独龙涧、黑龙潭。

潘芝莲自由自在地在潭内游泳。

郊银之坐在潭边的山石上。

蓝天白云。

瀑布水濂。

潘芝莲大声喊着："小白脸，快下来，和我一起游啊！"

郊银之："美人，你犹如浪里白条呀！"

栖在树枝的鸟儿，发出欢快地叫声。

潘芝莲："小白脸，把眼闭上，我要上岸了！"

郊银之："我要把眼睁得大大的，欣赏你这朵出水芙蓉！"

潘芝莲："快闭上眼！"

郊银之："我偏不闭！"

一块小小的石子正中郊银之的眉宇之间！潘芝莲大笑。

郊银之："我就是不闭！"

又一块小石子击中郊银之的眉宇之间！

郊银之吓得赶忙闭上了眼睛。

潘芝莲换好衣服，走到郊银之身边："小白脸，打痛了没有？"

郊银之："你好厉害呀，能百步穿杨！"指着树上的一只小鸟："你再打一次给我看看。"

潘芝莲捡起一块石子投去。

小鸟应声落地。

郊银之惊讶地："神了，太神了！"

潘芝莲："小白脸，你刚才叽哩呱啦地念啥呢？"

郊银之："我触景生情，在背诵李白的诗。"

潘芝莲："李白是谁呀？"

郊银之："他是位了不起的大诗人！"

潘芝莲："他是你的同学吗？"

郊银之笑："他是唐朝时期的人！"

潘芝莲："唐朝？"

郊银之："你知道杨贵妃吗？"

潘芝莲："她是古时候的一个大美人呀！"

郊银之："对，李白就是那个时候的人。杨贵妃是唐明皇的妃子，连这样一位旷世佳人都要给李白脱靴子呢！"

潘芝莲："乖乖，李白是个很大的官吧？"

郊银之："他职位不高，可是学问很大！"

潘芝莲："你把刚才念的诗再念给我听听，行吗？"

郊银之："行！"

日照香炉生紫烟，
遥看瀑布挂前川。
飞流直下三千尺，
疑是银河落九天。

潘芝莲："你坐好，我念给你听听。"

郊银之："你会念？"

潘芝莲："你刚才不是教我了吗？"

郊银之："可你只听了一遍呀？"

潘芝莲："试试看嘛！"

郊银之："好，我听着！"

潘芝莲边想边颂：

日照香炉生紫烟，
遥看瀑布挂前川，
飞流直下三千尺，
疑是银河落九天。

郊银之惊诧："你的记性太好了！聪慧，聪慧！"

潘芝莲："往后，我教你习武、打枪，你教我认字、念诗，咋样？"

郊银之："好是好，可我不能在这里久住呀！"

潘芝莲："你要走？"

郊银之："是的。"

潘芝莲："我跟你一起走！"

郊银之："我的家人是不会容纳你的。"

潘芝莲："那咋办？"

郊银之："我那个家，除非是我说了算！"

潘芝莲："你咋才能说了算呢？"

郊银之："我要做郊府的掌门人！"

· 311 ·

潘芝莲："我会帮你做成的!"

思绪的画面消失。

郯银之忽地从床上坐起,披衣下床,正欲出门,郯银根威严的面孔又出现在他的眼前:

山梁上。

潘芝莲眺望着远去的郯银之。

大管家发现了山梁上的潘芝莲:"大少爷,您看!"

郯银之:"堂哥,我要回山!"

郯银根:"不可!"

郯银之调转了马头。

郯银根纵马冲到郯银之马前,大喝一声:"回去!"

郯银之欲反抗!

郯银根怒不可遏,一马鞭抽郯银之脸上!

郯银之脸上流下鲜血。

郯银根又挥起马鞭:"回去!"

郯银之怯生生地看着堂哥,又调回马头。

崎岖的山路上。

大管家、郯银根把郯银之裹夹在中间。

闪回的画面消失。

郯银之抱头痛哭。

37. 月夜。

郯府、西院、郯文博卧室。

蒋凤仙睡在郯文博身边,辗转翻侧难以入眠。

郯文博发出轻微的鼾声。

蒋凤仙轻轻爬起。

郯文博惊醒:"你干啥去?"

蒋凤仙被吓一跳:"我口干,喝点水。"

郯文博坐起身:"你听好了,从现在起,你要白黑地待在这个屋子里!"

蒋凤仙不语。

郯文博:"你听见没有?"

蒋凤仙:"听见了!"

38. 翌日。

古码镇、碧露春旅店、客房。

郯银业吃着早饭。

小翠走进客房,整理卫生。

街上隐隐传来鞭炮声。

郯银业:"这是谁家这么早就燃放鞭炮?"

小翠:"河西马家的泰记车行。"

郯银业:"有什么喜事?"

小翠:"他们家又开了个发电厂!"

郯银业惊喜地:"就在古码镇?"

小翠:"对,在他们家车行的后院。"

郯银业:"快领我去看看!"

小翠:"二少爷,您先吃完饭再说!"

郯银业:"快走,回来再吃!"

二人急速离去。

39. 古码镇、泰记车行。

车行门前在燃放鞭炮。

人们聚拢观望。

车行掌柜指挥工人们在扯电线。

郯银业、小翠匆匆而来。

40. 泰记车行后院。

这是一个很大的院落。

工人们正忙着最后的安装。

马老太爷亢奋地抚摸着机器。

车行掌柜匆匆跑来:"老爷,郯府的二少爷要见您!"

马老太爷:"请他到这里来!"

掌柜:"是!"离去。

马老太爷走到方技术员身边:"方技术员,今天晚上能试电吗?"

方技术员:"只要能完成镇上的线路安装,就能保证试电。"

马老太爷:"好!今天试电成功,我会重谢您的!"

车行掌柜领郯银业、小翠走到马老太爷面前。

郯文博:"马老太爷,晚辈给您请安!"

马老太爷:"你是郯府的二少爷?"

郯银业:"晚辈名叫银业。"

马老太爷:"银根是你的大哥?"

郯银业:"您老人家认识他?"

马老太爷:"他换帖和成亲的时候,我都去过你家。"

郯银业:"谢谢您老的盛情。"

马老太爷:"你不是和老三在北平读书吗?"

郯银业:"我和三弟都已经学业期满。"

马老太爷:"你爷爷有福气呀,有你们这几

个能撑门立户的孙子!"

郏银业:"您老也一样。"

马老太爷:"虽说我没有孙子,可有两个才貌双全的孙女!往后,我给你们认识一下,你们是同龄人,肯定能说到一块去!"

郏银业:"请您告诉两个妹妹,有空到我家做客。"

马老太爷高兴地看着郏银业:"银业,今天晚上试电,我那两个宝贝孙女都会来的!"

郏银业:"咱古码镇第一次用上电灯,您老功不可没呀!"

马老太爷领郏银业走到方技术员身边:"银业,咱这个电厂都是方技术员一手操办起来的。"

郏银业:"方技术员,能给我讲讲这个发电厂的功率吗?"

方技术员指着设备:"这是从'潍县咸丰厂'购进的一台40马力柴油机,和一台30千瓦发电机。它的供电范围,北起鱼市街,南到戏楼前,东到粮食街,共能安装灯泡五百个左右。"

郏银业亢奋地说:"真是太好了!老太爷,我想求您一件事!"

马老太爷:"客气啥?说吧!"

郏银业:"我家要在金鸡山建个矿,急需建个电厂,我想请方技术员莅临指导!"

马老太爷:"方技术员,您说呢?"

方技术员:"只要咱这个电厂试电成功,完全可以去。"

马老太爷:"银业,还不赶快谢谢方技术员!"

郏银业:"老太爷,我得先谢谢您呀!"深深一躬。

马老太爷笑得合不拢嘴:"告诉你爷爷,今天晚上也让他来看灯!"

郏银业高兴地答应。

第二十二集

1. **乡间大道。**
郯银业朝银杏园纵马驰骋。

2. **古码镇、碧露春旅店。**
小翠回到旅店。
老板娘："二少爷呢？"
小翠："回银杏园了。"
老板娘："小翠，我看二少爷挺喜欢你的。"
小翠："是吗？"
老板娘："你要是脱生在一个富贵人家该有多好。"
小翠："我现在就很知足了。"
老板娘："是啊，你总算还摊上个好爹。要不然，还不得一辈子待在西院。"
小翠："别提他们，我一想起从前的日子，头皮都发炸！"
老板娘："西院里都是些什么人呀？没有一个好东西！"
小翠："二太太还是挺好的，忠厚善良。"
老板娘："忠厚善良管个屁用，还不是天天受二姨太的气！"
小翠："那个又糜又坏的女人，天底下都少有！"
老板娘："现如今就是这种人吃得开，一肚子坏水，谁拿她也没办法！"
小翠："她早晚会遭报应的！"
老板娘："唉，老实人呀总是这么宽慰自己。"
小翠："我得去整理房间了。"
老板娘笑："二少爷都走了，你还惦着那间屋呀？"
小翠："您瞎说啥呀？"笑着走上二楼。

3. **碧露春旅店、二楼郯银业的房间。**
小翠走进房间，一股温馨沁满心田。
散乱的图纸、没吃完的饭。

小翠坐在镜前端详着自己，脸上荡漾着少女甜美的笑。

4. **郯府、四合院。**
董姝妹正给菊花浇水。
郯银业匆匆走进四合院。
董姝妹："二弟，你咋回来了？"
郯银业："我大哥呢？"
董姝妹："他找你去了。"
郯银业："没有呀，我在路上也没碰见他。"
董姝妹："他会不会去母亲那儿了？"
郯银业："我去找他。"欲走。
董姝妹："二弟，你遇到啥喜事了，这么高兴？"
郯银业兴奋地："大嫂，咱们可以建矿了！"
董姝妹诧异地："你咋知道能建了？"
郯银业："我亲自去看的！"
董姝妹："看到那处宅院了？"
郯银业："啥宅院？"
董姝妹："在县城的那座宅院呀？"
郯银业："我看的是发电厂！"
董姝妹："发电厂？"
郯银业："我仔细地核算了一下，凭咱现有的资金，就可以把矿建起来！"
董姝妹："我咋越听越糊涂了？"
郯银业："以后再和你细说，我现在要马上找到大哥去！"离去。

5. **老神树下。**
艳阳高照，暖风习习。
枝叶繁茂的庞大树冠，一片金黄。
郯耀庭、小莺子在树下拔草。
小莺子："太烦人了，拔了长，长了拔，没完没了！"
郯耀庭："野火烧不尽，春风吹又生啊！"
小莺子："人为啥不能这样？"

郯耀庭："人虽说不能死而复生，但可以活得像小草一样顽强呀！"

小莺子："老爷爷，俺娘说银杏原先叫白果，对吗？"

郯耀庭："对呀。"

小莺子："白果为啥又叫银杏呢？"

郯耀庭："九百多年前，宋朝的开国皇帝赵匡胤，他的胳肢窝底下长了一个很大的疽疮。皇宫里的御医也没给他治好，他就派人到全国各地打听药方。突然有一天，他听说在郯地有一种白果能治这种病，就下令让郯地的官员送白果。御医把白果砸烂敷在疽疮上，一天换三次，还把白果炒着吃，熬汤喝，他的疽疮一天天地好了！文武百官听说白果既能治病，又能强身壮体，纷纷前来购买白果，小商小贩更是倒买倒卖。那段时间，白果占满了整个京城。赵匡胤天天躺在床上拿着白果把玩，看到白果洁白如银，形状像杏，就亲自赐名叫银杏，并专门下了圣旨到咱郯地。打那起，白果就叫银杏了！"

小莺子："俺知道了，皇帝说啥咱就得跟着说啥呗。"

郯耀庭笑："小莺子，老爷爷讲完了，下边该你唱歌了。"

小莺子："愿听啥？"

郯耀庭："我最愿听的，还是《小樱桃》。"

小莺子："老爷爷，俺这就给你唱。"

> 一只小船向南摇，
> 船头坐着小樱桃。
> 满船百果亮闪闪，
> 樱桃心里乐陶陶。
> 沂河更比银河好，
> 神仙妙笔也难描……

郯银根、郯银业高兴地跑来。

小莺子止住歌声："老爷爷，是谁来了？"

郯耀庭："你猜猜？"

小莺子摸着郯银根、郯银业。

郯耀庭："是谁呀？"

小莺子："反正不是那棵歪脖子树！"

郯耀庭笑："你咋知道哩？"

小莺子："要是那棵歪脖子树，你早就没好脸地说：'你来干啥？'"

郯耀庭笑。

郯银业："爷爷，谁是歪脖子树呀？"

小莺子抢着回答："他是不干正事的银之叔。"

众笑。

郯银根把小莺子揽在怀里："小莺子，你啥都知道，都快成了我们郯家的人了。"

小莺子掏出"泥响呗"："老爷爷，俺玩去了！"跑去。

郯耀庭："别跑太远！"

小莺子吹着"泥响呗"，一蹦一跳地玩着。

郯银根："爷爷，我俩来和您商量一件事。"

郯耀庭："啥事呀？"

郯银根："请您定个日子。"

郯耀庭："定啥日子？"

郯银根："咱金鸡山的矿，开工的日子！"

郯耀庭惊喜："你说啥？"

郯银根："一切准备工作都就绪了，就等您下命令了！"

郯耀庭高兴地半晌没有说话。

郯银根、郯银业欣喜地望着爷爷。

郯耀庭激动不已，他"扑通"跪在老神树前："老神树，是您大恩大德，庇护着我全家啊！"

郯银根、郯银业也跪在了爷爷的身后。

三人给老神树磕了三个头。

郯银业："爷爷，还要告诉您一件喜事！"

郯耀庭："啥呀？"

郯银业："河西马老太爷，请您今天晚上去看灯！"

郯耀庭："非年非节的看啥灯呀？"

郯银业："去古码镇看电灯！"

6. **日挂西山。**

古码镇、泰记车行门前。

鼓乐齐鸣。

人头攒动。

7. **日挂西天。**

泰记车行、后院。

方技术员忙前跑后，做着试灯前的最后检

查。

马老太爷兴致勃勃接待着客人。

马太太走到马老太爷身边："爹，郊家的人咋还没来呢？"

马老太爷："甭着急，他们会来的。"

马太太："您说的是他家的老二？"

马老太爷："对，他叫郊银业。"

马太太："他家老三是做啥的？"

马老太爷："你想把俩闺女都给他家呀？"

马太太："那得看咱家丫头喜不喜欢？"

马老太爷："这件事，你给金凤说过了？"

马太太："说过了。"

马老太爷："她是个啥意思？"

马太太："这丫头从小就不爱说话，遇到这种事就更不言语了。"

马老太爷："你这个当娘的还看不出来？"

马太太："爹，还是等见了人再说吧。"

车行掌柜跑来："老爷，郊府的人来了！"

马老太爷："快请到客厅！"

马太太："爹，还是先请到这里来吧！"

马老太爷："好，快请到这里来！"

车行掌柜离去。

马老太爷："金凤和银凤呢？"

马太太："跟着方技术员看机器呢！"

马老太爷："快把她俩叫过来！"

马太太离去。

车行掌柜的引领郊耀庭、郊银根、郊银业、董兰君、董姝妹走进后院。

马老太爷迎上："郊公，我在等您呀！"

郊耀庭："哎呀呀，老弟，你是越干越红火啦！"

马老太爷："哟，大奶奶也大驾光临了！"

董兰君："老太爷，我是来开眼界的！"

马太太领着两个女儿走来。

马老太爷："郊公，这是我的两个宝贝孙女！大的叫金凤，小的叫银凤！"

郊耀庭："马府的两只凤凰呀！"

金凤、银凤向客人们问候。

董兰君不由地被金凤和银凤的容貌所吸引。

马太太也目不转睛地看着郊银业。

董姝妹把这一切都看在眼里："两个妹妹，一个娴静端庄，一个丰艳媚丽，都是天生丽质的美人呀！"

金凤羞涩地低下头。

银凤豁朗地说："您是少奶奶吧？"

董姝妹："是呀。"

银凤："我姐妹俩可没有少奶奶长得俊。"

董姝妹："妹妹真会说话。"

银凤："既然少奶奶喜欢我姐妹俩，那就请您给我姐姐做个月下老吧？"

金凤轻声地说："你胡说啥呀？"

银凤走到郊银业面前："二少爷，我姐姐长得不错吧？"

郊银业尴尬地说："挺好的，挺好的。"

银凤："少奶奶，今后就看您的了！"

众笑。

夜幕降临。

方技术员走到马老太爷身边："老太爷，一切准备完毕！"

马老太爷走到电闸前。

院里院外，人们屏住气息。

马老太爷镇定着自己的情绪，猛地推上电闸。

院里院外，顿时通亮！

锣鼓喧天。

鞭炮齐鸣。

灯光闪烁。

人们欢呼跳跃！

8. 夜。

古码镇、市街。

一拉溜的店铺前，亮起了一串电灯。

9. 金鸡山。

工人们热火朝天地搭建帐篷。

山坡上，王教授和学生们用白灰确定炮眼的方位。

山坡下，排列着几辆装载木厢的卡车。

郊银业与方技术员指挥工人们卸车。

郊银根与程教授仔细地审视设计图。

程教授："矿石的切割需要很高的工艺，放在这里是不行的。"

郊银根："放在哪里好呢？"

程教授："省城，至少是在县城。"

郯银根："好，我来办。"

程教授："技术力量我帮你解决。还要尽快修好山坡这条路，以方便运输。"

郯银根："没问题。"

程教授兴奋地说："艳阳高照，我们的愿望马上就要实现了！"

10. 古码镇、鸳鸯楼、潘芝莲房间。

老鸨战战兢兢地站在一边。

潘芝莲怒气冲天："少啰嗦，我不听这些，你不管用啥办法，一定要把郯少爷给我弄来！"

老鸨："我就是有天大的本事，进不了他的家门，也是白搭！"

潘芝莲"唰"的一声，把匕首插在桌子上。

老鸨吓得倒吸一口凉气。

潘芝莲："我三天后要是见不着人，它就是你的了！"拔下匕首，在老鸨面前划过，插进刀鞘，转身而去。

老鸨跌坐在椅子上。

11. 郯府、西院、卧室。

郯文博躺在床上，不停地咳嗽。

蒋凤仙用手拭着他的额头："二爷，您在发烧。"

郯文博："快去请医生。"

蒋凤仙不动。

郯文博："你听见没有？"

蒋凤仙不动。

郯文博："你快去请医生！"

蒋凤仙依然不动。

郯文博愠怒："我说几遍了，你怎么不动呀？"

蒋凤仙："二爷，是您下令不准我离开这个房间的？"

郯文博："你想眼睁睁地看我死吗？"

蒋凤仙："您不下解令，我可不敢走出屋门。"

郯文博："好了！算我没说，快去给我请医生！"

蒋凤仙离去。

12. 郯府、西院、郯银之卧室。

郯银之犹如困兽，在屋里走来走去。

13. 马厩。

郯银之急匆匆走进马厩。

马夫迎上。

郯银之："我要出门，快给我备马！"

马夫不动。

郯银之："你听见没有？"

马夫："听见了。"

郯银之："听见了还不赶快备马？"

马夫："不行！"

郯银之："你反天了？快点！"

马夫仍不动。

郯银之："滚开！"

马夫拦在马前。

郯银之欲扯马夫。

马夫轻轻一推。

郯银之倒在地上："你敢打主人！"欲冲上前。

马夫紧握双拳。

郯银之色厉内荏："你记着，我早晚叫你滚蛋！"愤然而去。

14. 郯府、大门内。

郯银之气冲冲欲走出大门。

门房拦阻。

郯银之："你要干什么？"

门房笑脸相迎："郯少爷，不是我不让您出去，只是大少爷有令，谁放您出去，谁就得卷铺盖卷回家。"

郯银之："你怕什么，有本少爷给你做主！"

门房："别，咱还是扳倒树摸老鸹，来个稳当的。只要您请大少爷给咱说一声，我立马就送您出门。"

郯银之欲争执。

大管家匆匆而来："银之少爷，你这是干啥呢？"

郯银之："我要出门！"

大管家："不行！大少爷不是当着你的面，给我下的令吗？少爷，快回去吧，二爷病了你还到处乱跑！"

郯银之一怔："二爷病了？"

大管家："二姨太让我赶紧去请大夫。"

郯银之："二姨太呢？"

大管家："回去了。"

郯银之匆匆离去。

大管家走出府门。

15. 郯府、西院。

蒋凤仙正欲走出院门，正与匆匆走来的郯银之相遇。

郯银之："我正找你呢！"

蒋凤仙："我刚从你房间出来，你到哪儿去了？"

郯银之："咱回房间再说吧！"

16. 西院、郯银之房间。

郯银之、蒋凤仙走进房间。

蒋凤仙关上房门。

郯银之："我爹病了？"

蒋凤仙："他要是不病，我还出不来呢！"

郯银之："得的啥病？"

蒋凤仙："死不了！"

郯银之："你这是啥话呢？"

蒋凤仙："着凉咳嗽，行了吧？"

郯银之："咱俩都被看起来了，你说咋办吧？"

蒋凤仙："你刚才是不是要去找那个土匪婆？"

郯银之："都啥时候了，你还想这些乱七八糟的事！"

蒋凤仙："说！你是不是想去找她？"

郯银之："我找她也是为了咱西院的大事！"

蒋凤仙："我告诉你，你要是背着我和她做那种事，我可要和你拼命！"

郯银之："你放心，我不会爱上一个土匪的。"

蒋凤仙："真心话？"

郯银之："我心里只有你！"

蒋凤仙："这还差不多。"

郯银之："你说，往后咱该咋办吧？"

蒋凤仙："还是要靠马陵山！"

郯银之："人都出不去了，咋和人家联系？"

蒋凤仙："只要你听我的，办法有的是！"

郯银之："快说！"

蒋凤仙："慌啥？

17. 夜。

郯府、四合院、卧室。

郯银根风尘仆仆地走进卧室。

董姝妹赶忙接过丈夫的公文包，又沏茶又准备洗脸水。

郯银根洗完脸，疲惫地坐在椅子上。

董姝妹："你还没吃饭吧？"

郯银根："有啥吃的？"

董姝妹："我去告诉厨房，马上给你做。"

郯银根："别麻烦人家了，有点吃的就行。"

董姝妹拿出食品盒。

郯银根大口地吃着。

董姝妹："矿上忙得咋样了？"

郯银根："日夜加班，必须保证双十节开工。"

董姝妹："够快的，没有几天了！"

郯银根："我今天回来是写请柬的，再晚就来不及了。"

董姝妹取出请柬："按你说的样式，我亲手做的。"

郯银根看请柬："做得很漂亮呀！"

董姝妹："上面的剪纸是母亲的手艺。"

郯银根："我不在家，你要多次到东院去问候母亲。"

董姝妹："你放心吧，我现在是天天到母亲那儿去。"

郯银根："这次若不是母亲，还不知要到啥时候才能建矿。"

董姝妹："母亲自打上次见到马小姐，就多次提到了二弟的婚事。"

郯银根："看来母亲很喜欢马小姐？"

董姝妹："你觉得马小姐咋样？"

郯银根："不错！"

董姝妹："二弟的感觉呢？"

郯银根："不知道。"

董姝妹："你这个大哥是怎么当的？"

郯银根："整天忙矿上的事，哪还有这心思。"

董姝妹："这可不行，二弟性格内向，他是不会主动给你说的。"

郯银根："马家是啥意思？"

董姝妹："这还用问吗，那天的事都是马老太爷安排好的，银凤都让我给她姐当红娘了！"

郏银根："这要尊重金凤本人的意见。"

董姝妹："这好办，你给马家多写几份请柬，等我见了金凤的面，就套套她的话。"

郏银根："别，我先征求一下二弟的意见再说。"

董姝妹："你千万别忘了，要赶快问。"

郏银根："忘不了！"拿着请柬走到书案边。

董姝妹帮丈夫研墨。

18. 郏府、西院、卧室。

蒋凤仙服侍郏文博服药。

郏银之："爹，您觉着好点吗？"

郏文博："你只要不惹我生气，我啥病都没有。"

郏银之："我现在可是按您说的，大门不出，二门不迈，整天老老实地待在屋里。"

郏文博："这就对了！你看看东院里他兄弟仨，哪一个都是好样的。我听大管家说，金鸡山的矿，在双十节就要动工了，根儿还要请我一块去！"

郏银之："这么快呀？"

郏文博："我也没想到。根儿自打成了掌门人，办了一件件大事，真是个理家的好手啊！"

蒋凤仙："日子定在双十节？"

郏文博："对。根儿办事，从来就是丁是丁卯是卯的！"

蒋凤仙的眼里露出阴冷的目光。

郏银之看到这目光，心里一阵悚然。

19. 郏府、大门外。

一辆马车驶来，停在门口。

老鸨下车，她的装束俨然像个贵夫人。

黑牡丹手捧礼盒跟在身后。

门房迎至门口，恭敬地："太太，您找谁呀？"

老鸨矜持地："我是来看侄女的。"

门房："您侄女是谁呀？"

老鸨："二姨太。"

门房顿时露出不易察觉的冷淡："你是她啥人？"

老鸨："我是她姑妈。"

门房："你等着，我去通报。"离去。

老鸨站在门外等待："呸！他娘的，连个坐的地方都没有！"

20. 郏府、西院、卧室。

蒋凤仙坐在床沿上。

郏文博握着她一只手。

蒋凤仙给郏银之暗使眼色。

郏银之："爹，您歇着，我回屋去了。"

郏文博："走吧。"

21. 西院、卧室外。

郏银之走出卧室。

门房匆匆走进西院。

郏银之迎上："你来干什么？"

门房未理，走到卧室门口："二爷，我有事禀报。"

郏文博的声音："进来吧。"

门房走进卧室。

郏银之站在门外窃听。

22. 西院、卧室内。

郏文博："有什么事呀？"

门房："有人找二姨太。"

郏文博："谁呀？"

门房："她说是二姨太的姑妈。"

蒋凤仙一愣。

郏文博："凤仙，你有姑妈吗？"

蒋凤仙说："哎哟，多年没音信了，她咋找到这儿来了？"

门房："二爷，她在门房等着呢。"

郏文博："凤仙，你见不见她？"

蒋凤仙："我姑妈来了，咋能不见呢？"

郏文博："去吧。"

蒋凤仙："你告诉我姑妈，我在客厅等她。"

郏文博："既然是长辈，你不去迎迎人家？"

蒋凤仙："对，我去迎迎她。"与门房走出卧室。

23. 西院、卧室外。

郏银之闪身暗处。

蒋凤仙与门房走出院门。

24. 郏府、大门外。

老鸨焦急地等待。

黑牡丹轻声地说："妈妈，她要是不见您，

该咋办呢？"

老鸨："对付这样的女人，我有的是办法。"

蒋凤仙与门房走来。

老鸨急步迎上："哎哟，我的宝贝侄女，姑妈总算又见到你了！"

蒋凤仙惊诧！

老鸨："咋了，多年不见，你不认识我了？"

蒋凤仙半晌才缓过劲来："姑妈，你咋来了？"

老鸨："我有要紧的事找你！"

蒋凤仙："咱到客厅去说话吧。"

老鸨、黑牡丹随同蒋凤仙离去。

25. 郊府、西院、客厅后窗外。

郊银之躲在窗外等待。

26. 郊府、西院。

老鸨、黑牡丹随蒋凤仙走进院门。

蒋凤仙停住脚步："跟我到后花园。"

27. 西院、客厅后窗外。

郊银之在等待。

28. 郊府、后花园、石亭。

老鸨、黑牡丹随着蒋凤仙来到石亭下。

蒋凤仙："你胆子也太大了，竟敢冒充我的姑妈！"

老鸨："这有啥大惊小怪的？"

蒋凤仙："你咋知道我还有个姑妈呢？"

老鸨："你的事我啥不知道？"

蒋凤仙："快说，你找我有什么事？"

老鸨："我是奉马陵山寨主之命，才来找你的！"

蒋凤仙先惊后喜："赵寨主找我有何事呀？"

老鸨："她要见银之少爷。"

蒋凤仙冷笑："你说的是二寨主吧？"

老鸨笑："我不知二姨太这是啥意思？"

蒋凤仙："找银之少爷有什么事？"

老鸨："去古码镇共商大事！"

蒋凤仙："那好呀，眼下就有一件大事。"

老鸨："什么大事？"

蒋凤仙："双十节，郊银根在金鸡山举办开矿仪式！"

老鸨："这与寨主有何关系？"

蒋凤仙："可它与银之少爷有天大的关系！"

老鸨："啥关系？"

蒋凤仙："你转告寨主，自银之少爷从马陵山回来后，被他堂哥关在家里，不仅失去了行动自由，还被他堂哥打得死去活来，力逼他断绝和二寨主的关系。"

老鸨："你说的当真？"

蒋凤仙："二爷为此事一病不起，我也是敢怒而不敢言。"

老鸨："你想咋办？"

蒋凤仙："我本想私上马陵山求救，请寨主在双十节那天，给郊银根发出警告，立马放了银之少爷！"

老鸨："咋个警告法？"

蒋凤仙："轻则放枪恫吓，重则一了百了！"

老鸨："事成之后呢？"

蒋凤仙："假如天遂人愿，二寨主就可以和银之少爷结成秦晋之好。"

老鸨："你能说了算？"

蒋凤仙："只要搬掉郊银根这块绊脚石，这个家就是银之少爷的了！"

29. 郊府、西院、客厅后窗外。

郊银之还在等待，他已经显得焦躁不安。

30. 郊府、大门。

郊银之匆匆走来。

门房笑脸相拦："银之少爷，您咋又来了？"

郊银之："你见二姨太了吗？"

门房："二姨太和她姑妈去西院客厅了。"

郊银之："何时走的？"

门房："好大一阵子了。"

郊银之又匆匆离去。

31. 郊府、西院、蒋凤仙卧室。

郊银之推开卧室的门。

室内空无一人。

32. 郊府、后花园、石亭。

老鸨："你放心，我一定把话带到。"

蒋凤仙："此事一成，你也会得到很大好处的！"

老鸨："我走了！"

蒋凤仙："我等着你的佳音！"

33. 郊府、西院、郊银之的卧室。

郊银之急匆匆走到卧室，推门而进。

室内亦然空无一人。

34. 郯府、大门外。

蒋凤仙送老鸹、黑牡丹上了马车。

马车驶去。

蒋凤仙走进府门，离去。

35. 郯府、西院、卧室。

蒋凤仙手捧礼品盒走进卧室。

郯文博："客人呢？"

蒋凤仙："唉，门口竖个讨饭棍，是亲无人问；门口竖个大旗杆，远亲也来沾。"

郯文博："是来找碗饭吃的？"

蒋凤仙："她想留在郯府做事，这不是出了个难题吗？别说是我，就是二爷您也说了不算呀！"

郯文博："爱莫能助啊！"

蒋凤仙："我给了她俩钱，打发她走了。"

郯文博："也只好如此了。"

36. 金鸡山。

众人热火朝天地忙着开工前的最后准备。

一拉溜新的帐篷已经搭成。

新建的电厂已经拉上围墙。

山坡上的道路已经竣工。

工人们开凿炮眼，铁锤发出叮当声。

程教授、王教授、方技术员分头忙活着。

郯银根、郯银业指挥工人竖着木杆，挂着横幅。

37. 夜。

金鸡山。

星斗干栏的夜空像刷洗过一般，没有一丝云雾，亮晶晶的，又高又远。如银的月光撒满山峦。

白日喧嚣的金鸡山，笼罩在一片秋夜的静谧之中。

山坡上，郯银根细心地检查着工地的每一个角落。

38. 夜。

金鸡山、帐篷里。

郯银业一觉醒来，发现另一张床空着，他赶忙走出帐篷。

39. 月夜。

郯银根坐在山石上，深邃的目光仰望着明月，思绪万千，不由吟诗一首：

> 秋风起时菊花黄，
> 大雪飘时梅花香。
> 皎皎空中孤明月，
> 黎明露寒金鸡唱。

郯银业走来："好诗呀！"

郯银根："你怎么起来了？"

郯银业："你一夜都没睡。"

郯银根："睡不着啊，明天就要开工了，真是思绪万千！"

郯银业："咱们终于从困难里踏过来了，应该高兴才是。"

郯银根长叹一声："高兴莫过于悲哀！建矿明明是一件于国于民的大好事情，可历经坎坷，三起三落，几近夭折。若不是咱家有个杏琳妹妹，这个矿就要葬送在腐败的政府手里，这是多么可悲的事情啊！"

郯银业："姚月亭明天也来吗？"

郯银根："我给他发了请柬。"

郯银业："为什么还发给他？"

郯银根："他只是大树上的一片叶子，如今大树满身是虫，从根上烂掉了，只去掉一片叶子又有何用？再说，咱们还要用这片叶子遮挡风雨，因为马陵山的那帮土匪对咱家早已垂涎三尺，咱们要时刻提防才行啊！"

郯银业："大哥，明天的客人还请了谁呀？"

郯银根看了看二弟，然后说："还有三弟在郯子中学的同事，你大嫂的娘家人，再就是咱自己的家人。"

郯银业："还有呢？"

郯银根故意地："没有了！"

郯银业："没有了？"

郯银根："你还想请啥人呀？"

郯银业："没，没有了。"

郯银根大笑："你放心吧，河西马老太爷家的人，我全都请了！"

郯银业尴尬地笑。

郯银根："二弟，母亲很关心你的婚事，你若是喜欢金凤小姐，你大嫂就要给你俩牵线搭桥了？"

郏银业腼腆地垂下头。

郏银根："说话呀？"

郏银业讷讷地："我听你的。"

郏银根："婚姻自由，你自己做主！"

郏银业点头。

郏银根："说话！"

郏银业："我愿意。"

郏银根笑。

月挂中天。

静谧的月夜，蟋蟀的叫声更显它的静谧。

40. 清晨已经踏着金鸡山的露水走过来了。

41. 金鸡山。

又是一个艳阳天。

沉寂的山峦变成一片沸腾。

新建的电厂发出隆隆声。

军乐队穿着整齐的服装。

吹鼓手的唢呐上拴着红绸。

郏耀庭、郏文渊、郏文博接待着姚月亭、藏秘书。

郏银根、郏银业、郏银国分头接待着方老太爷、董炎君、刘之声、夏淑女。

董兰君、肖毓芬、董姝妹接待着姚夫人、马太太、金凤、银凤。

42. 郏府、西院、郏银之卧室。

郏银之仍在酣睡。

蒋凤仙怒冲冲闯进屋，大吼一声："快起来！"

郏银之睡眼蒙蒙："咋了？"

蒋凤仙："你还有心睡觉？全家人都走了，就把咱俩扔下了！"

郏银之："他们去哪了？"

蒋凤仙："金鸡山！"

郏银之恍然："对，今天是双十节！"

蒋凤仙："郏银根做事太歹毒了，他这是不把咱俩当人看呀！"

郏银之："你不是说自有办法吗？你的能耐呢？"

蒋凤仙咬牙切齿："郏银根呀郏银根，你高兴得太早了，今天就是你的好日子！"

郏银之惊骇："你下了黑手？"

蒋凤仙："我让他明枪易躲，暗箭难防！"

郏银之："你是不是串通了马陵山，要借刀杀人？"

蒋凤仙："量小非君子，无毒不丈夫！"

郏银之惊恐："你怎么能背着我做这种事？"

蒋凤仙："他已经把你逼到绝境，你还要做东郭先生吗？"

郏银之一骨碌从床上爬起，穿上衣裳，夺门而欲出。

蒋凤仙将门关死，用身体拼命挡住。

郏银之发疯般地把蒋凤仙推翻在地，破门而出。

蒋凤仙跟跄地追去。

43. 金鸡山。

宾主欢聚一起。

董姝妹走到金凤、银凤身边："二位妹妹，你们好！"

金凤："大嫂，您好。"

银凤："大嫂，我拜托您的事，办得咋样了？"

董姝妹调侃道："啥事呀？"

银凤："您怎么一转脸就给忘了？"

董姝妹："请妹妹提个醒。"

银凤："给我姐当月下老呀！"

董姝妹："我也不知道金凤妹妹是啥心思，咋敢轻举妄动呢？"

银凤："您咋这么糊涂呀？在古码镇试电的那一天，我姐就是为这事去的！"

董姝妹："噢，早有安排呀！"

银凤："我爷爷把你家二少爷夸成了一朵花，我姐对二少爷也是一见钟情，今儿就是来听回话的！"

董姝妹："金凤妹妹，是这样吗？"

金凤含羞地点头。

董姝妹拉着金凤的手："金凤妹妹，你朝那边看。"

金凤顺着董姝妹手指方向望去。

郏银业正含情脉脉地望着金凤。

金凤的心怦怦直跳。

银凤："姐，姐！"

金凤似乎啥也没有听见。

董姝妹把银凤悄悄拉走。

郏银业朝金凤走来。

金凤不由自主地向前迎去。

二人相聚在一起。

马老太爷望着二人，高兴地捋着胡须。

董兰君望着二人，脸上堆满笑容。

郏银根望着二人，打了个手响。

董姝妹和银凤望着二人，发出了会心的笑。

44. 金鸡山、涧道。

潘芝莲率土匪纵马而来。

45. 金鸡山、山坡上。

欢聚的人群。

荷枪实弹的卫兵，散布在矿区的周围。

姚月亭与郏银根在交谈："贤侄，高公子和邵专员怎么没有来呀？"

郏银根："我没有给他们发请柬。"

姚月亭："为什么？"

郏银根："有您大驾光临足矣！"

姚月亭高兴地："贤侄，我按你所嘱，派来了卫兵，有他们守卫就万无一失了！"

郏银根："姚县长关心备至，我不胜感激！"

46. 金鸡山、山峰隐蔽处。

潘芝莲与众土匪分别躲在暗处，俯视着欢聚的人群。

土匪甲："二寨主，今天有官兵啊！"

潘芝莲："他们都是些酒囊饭袋，听见枪声跑得比兔子还快！"

土匪甲："咱可是背着司令偷偷下山的，一旦惹了大乱子，在司令那里可不好交代呀！"

潘芝莲："她能把我怎样？今天不除掉郏银根，早晚是个祸害！"

土匪甲："二寨主，你千万要三思而行呀！"

潘芝莲怒："滚一边去！"

土匪甲不语。

潘芝莲的枪口在瞄准郏银根。

47. 金鸡山、崎岖的山路上。

郏银之挥鞭跃马，朝山上疾奔。

48. 金鸡山、山坡上。

郏银根走到程教授和王教授面前："二位教授，咱们可以开始了吗？"

程教授看着王教授。

王教授："可以开始了！"

郏银根冲乐团挥手。

军乐齐鸣。

唢呐声阵阵。

49. 金鸡山、山峰隐蔽处。

潘芝莲的枪口在不时瞄准郏银根。

50. 金鸡山。

郏银之翻身下马，朝潘芝莲迅跑而来。

51. 金鸡岭、山坡上。

郏银根冲乐团又一挥手。

乐团戛然而止。

郏银根大声喊道："矿区人员马上撤离！"

矿区间的几名工人躲进岩洞。

郏银根："点炮！"

一工人点燃炮稔。

52. 金鸡山、山峰隐蔽处。

潘芝莲的枪口已经对准了郏银根。

炮响！

乐声、鞭绝声大作。

潘芝莲扣动扳机的同时，一只手压了一下枪身。

枪响！

53. 金鸡山、山坡上。

郏银根中弹！

众人大惊！

54. 金鸡山、山峰隐蔽处。

潘芝莲大怒，她突然把枪口对准按枪人。

郏银之惊魂未定地看着她！

55. 金鸡山、山坡上。

众人呼唤郏银根。

姚月亭下达命令："捉拿刺客！"

卫兵们朝山头射击！

56. 金鸡山、山峰隐蔽处。

一名土匪中弹身亡。

潘芝莲甩手一枪打死了卫兵。

土匪甲："二寨主，快撤吧！"

潘芝莲："郏少爷呢？"

郏银之早已躲避。

又一土匪被击中。

卫兵渐渐冲了上来。

土匪甲："二寨主，快走吧！"

潘芝莲:"撤!"

众土匪急速离去。

郯银之瘫软在地上。

一名卫兵发现了郯银之,大喝一声:"举起手来!"

郯银之举起双手。

卫兵:"报告队长,这里有个活的!"

队长:"抓起来!"

57. 金鸡山、山坡上。

郯耀庭悲怆地呼唤着:"根儿,根儿!"

郯银业察看伤口:"爷爷,子弹只打中了我大哥的肩胛骨,真是万幸啊!"撕下衣衫,包扎伤口。

郯银根苏醒。

姚月亭对藏秘书:"马上把大少爷送医院!"

郯银根:"二弟,保护好咱的矿!"

郯银业点头。

刘之声、郯银国用担架抬走郯银根。

58. 沂河县医院、病房。

经过治疗后的郯银根躺在病床上。

董姝妹守在他的身边。

59. 马陵山、清泉寺、大殿。

潘芝莲被五花大绑,跪在地上。

赵嬷嬷暴跳如雷:"你色胆包天,竟敢私自带领队伍下山,不光死了两个兄弟,你还打死了一名卫兵,官府能善罢甘休吗?郯银根是政府大员的亲戚,你竟敢向他开枪!马陵山就要葬送到你的手里!拉下去,毙了!"

秋萍与赵嬷嬷耳语。

赵嬷嬷:"把她打入死牢!"

四名大汉押潘芝莲离去。

赵嬷嬷:"春来、秋萍、冬彩!"

三人:"女儿在!"

赵嬷嬷:"官府会很快发兵围剿马陵山,你们要做好迎战准备!"

三人:"是!"

60. 沂河县衙、客厅。

姚月亭气急败坏:"这帮土匪给我惹了大祸!此事一旦传到省城,我这顶乌纱帽也就他娘的给撸了!"

藏秘书:"县长,咱要变被动为主动,赶快发兵,围剿马陵山!"

姚月亭:"这回说啥也不能客气了,她不给我面子,我也不给她活路!"

藏秘书:"这帮土匪心里没灯,政府要想收拾谁,她还有个跑!县长,您放心,这回我要亲自去督阵,给她个厉害看看!"

姚月亭:"把警备队全带上,声势造得越大越好,给我狠狠地打!"

藏秘书:"是!"

61. 郯府、前院、大厅。

郯耀庭气势汹汹地坐在正中。

郯文渊、郯文博、董兰君、肖毓芬蒋凤仙分别坐在两侧。

大管家站立一边。

郯银之战战兢兢地跪在地上。

郯耀庭拍案而起:"说!你为什么要勾结土匪,暗杀你堂哥?"

郯银之:"爷爷,我……"

郯耀庭:"你说还是不说?"

郯文博:"来人,家法伺候!"

郯银之:"爹,我冤枉啊!"

郯耀庭:"你当场被擒,还大喊冤枉?来人,把他给我吊起来!"

两名男佣走进大厅,把郯银之绳捆索绑。

肖毓芬:"银之,快说实话吧!"

郯银之跪到爷爷面前:"爷爷,真的不是我干的!"

郯耀庭:"你还抵赖?吊起来!"

郯银之被吊在梁上。

郯耀庭:"用皮鞭给我狠狠地打!"

男佣的皮鞭抽在郯银之的身上。

郯银之发出惨叫。

肖毓芬用身体护住了儿子:"银之,你再不说实话,会被活活地打死的!"郯银之:"我说,我说。"

肖毓芬:"快说呀!"

郯银之:"是二姨太串通的土匪。"

众人惊愕!

蒋凤仙发疯似的冲到郯银之跟前:"你怎么能血口喷人呢?"

郯耀庭怒喝蒋凤仙:"走开!"

蒋凤仙："老太爷，我大门不出，二门不迈，我何时去联系的土匪？他这是栽赃陷害，您要为我做主啊！"

郯耀庭："把他放下来！"

男佣放下郯银之。

郯耀庭："你说二姨太串通土匪，有何凭证？"

郯银之："我是听她亲口说的。"

蒋凤仙："笑话！我想杀人还要告诉别人吗？我从不认识马陵山的人，更没有和她们有过任何来往！明明是你和马陵山的二寨主早有私通，你不是被绑架，而是自愿上山的。大少爷上山赎你，你还不肯下山！从此，你和二寨主对大少爷怀恨在心，彼此密谋下此毒手！"

郯银之："你！"

郯耀庭："你说银之私通马陵山，有何证据？"

蒋凤仙："他与二寨主私通，是古码镇鸳鸯楼的老鸨所言，他不肯下山，可有大少爷和大管家做证！"

郯耀庭："仲亭，有这回事吗？"

大管家："银之少爷是不是串通土匪，我不知道。他不愿下山，确有此事。"郯耀庭冲郯银之大怒："你还有什么话可说？"

郯银之："我……"

董兰君："银之呀，既然你没有勾结土匪，那你又怎么会在金鸡山被擒呢？"

郯银之："我听二姨太说，她串通了土匪要暗杀堂哥，我又急又怕，不顾一切地赶到金鸡山，果然发现二寨主的枪已经瞄准了堂哥，她正要扣动扳机，我猛扑上去把枪按了一下，没想到我堂哥还是被击中了！"

蒋凤仙："你撒谎成性！要果真像你说的这样，土匪还不一枪崩了你？"董兰君："二姨太，你这么问，可就有闪失了！"

蒋凤仙："有啥闪失？"

董兰君："你口口声声说，银之和二寨主私通，那你怎么会又问二寨主不伤害银之呢？你这不是自相矛盾吗？"

蒋凤仙："这……"

董兰君："爹，依我之见，此事重大，还是

等根儿伤好之后再做处置吧！"

郯耀庭："文博，我把他俩交给你了，你要严加看管！"

62. 沂河县衙、门口。

警备队在门前列成方阵。

围观的人群议论纷纷。

藏秘书："弟兄们，为保一方平安，就要彻底消灭马陵山的土匪！"

警备队长领着呼口号！

藏秘书："出发！"

63. 马陵山、崎岖的山路上。

藏秘书率领警备队进入马陵山。

64. 马陵山、清泉寺、大殿。

土匪甲惊慌地跑进大殿："报告司令，官兵已经进山了！"

赵嬷嬷："有多少人？"

土匪甲："少说也有二三百！"

赵嬷嬷："秋萍，按原定计划行事！"

秋萍："是！"

赵嬷嬷："其他人跟我来！"

众人："是！"

65. 马陵山、山寨口。

土匪列成长蛇阵。

赵嬷嬷在众人的簇拥下，站立正中。

藏秘书率警备队到达山寨口。

警备队长一声令下，队伍进入临战状态。

赵嬷嬷："藏秘书大驾光临，有失远迎，多多见谅！"

藏秘书："赵司令，你可知罪？"

赵嬷嬷："我何罪之有？"

藏秘书："朗朗乾坤，你竟敢袭击金鸡山，枪击郯府大少爷，你犯了扰乱社会治安罪！还有，你勿视国法，杀死官兵，犯上作乱，与政府为敌！我奉劝你早点缴械投降，否则你会后悔莫及！"

赵嬷嬷："藏秘书所言，件件属实，但并非我赵某所为！这全是二寨主触犯山规，私自带人下山酿成大祸！"

藏秘书："有这等事？"

赵嬷嬷："我赵某正为此事怀恨在心，本想将这个孽障押送官府，不曾想藏秘书却已率兵前来。两军阵前，我把逆子交付给你，任凭官府发落！来人，将孽障押上来！"

秋萍及四名大汉把潘芝莲押到寨前。

藏秘书："二寨主，赵司令所言可是事实？"

潘芝莲大笑："好汉做事好汉当，用不着啰唆！"恶狠狠地看着赵嬷嬷："呸！"赵嬷嬷："押过去！"

四名大汉押送潘芝莲，交给官兵。

藏秘书一拱手："赵司令，后会有期！"

官兵们押着潘芝莲而去。

66. 沂河县、医院。

护士在给郯银根换药、打针。

董姝妹在一旁伺候着。

护士："今天街上可热闹了！"

董姝妹："有喜事吗？"

护士："政府派兵去攻打马陵山了！"

郯银根："是吗？"

护士："老百姓都在议论。"

郯银根："议论什么？"

护士："自古以来就是官匪一家，平日里土匪作恶多端，政府何时管过？这回土匪伤了您，算是撞到枪口上了，政府也好像刚发现了土匪，这才发兵去消灭土匪。不管咋说，政府也总算是办了件好事！"

郯银根长叹一声。

67. 郯府、西院、卧室。

肖毓芬在哭泣。

郯文博闷声不语。

肖毓芬："文博，你救救咱们的儿子吧！之儿再浑，可他今天说的事是真的！二姨太是个心狠手辣的女人，她竟敢勾结土匪暗杀根儿，又栽赃陷害之儿。如此下去，你我和这个家安全也不保啊！"

郯文博紧锁双眉。

肖毓芬："文博，你应该痛下决心了！"

郯文博："你回房休息去吧。"

肖毓芬："这件事该怎么了结呀？"

郯文博："疖子出了脓就快好了。"

肖毓芬："文博，你可千万别再糊涂了！"

郯文博："我知道该怎么做，回去歇着吧。"

肖毓芬哭泣着离去。

68. 郯府、西院、蒋凤仙卧室。

蒋凤仙不停地在抽烟。

传来敲门声。

蒋凤仙打开房门。

郯文博站在门外。

蒋凤仙惊喜地："二爷，就您还惦挂着我凤仙！"

郯文博走进卧室。

蒋凤仙："二爷，我是冤枉的，您可要替我做主啊！"

郯文博："凤仙，你要想在我面前洗刷自己的清白，办法只有一个。"

蒋凤仙："您说！"

郯文博："只要让我见一见你的姑妈就行。"

蒋凤仙愕然地："姑妈？"

郯文博："怎么，连你自己都忘了还有一个姑妈吗？"

蒋凤仙恍然："我自己的姑妈，咋能忘得了呢？"

郯文博："那好呀，就请她到府上来吧。"

蒋凤仙："我……"

郯文博："你不是要洗刷自己的清白吗？"

蒋凤仙："她和我的清白有啥关系？"

郯文博："你不想请她来？"

蒋凤仙："一个穷亲戚，您不见也罢！"

郯文博："无论她是穷还是富，我都要见一见她！"

蒋凤仙："我咋知道她去哪儿了？"

郯文博："你当真不知道？"

蒋凤仙："不知道。"

郯文博："我可以告诉你，她去了马陵山！"

蒋凤仙欲申辩。

郯文博："凤仙，看在咱们夫妻一场的份上，我也不为难你。救你的办法也只有一个，你必须马上离开郯府！"

蒋凤仙惊讶："二爷，您不要我了？"

郯文博取出一张银票："赶快收拾一下东西，带着这张银票走吧！"离去。蒋凤仙拿着银票，哭出了声。

第二十三集

1. 金鸡山。

工人们投入到正常生产。

王教授正给学生们讲授第一批矿石的构造。

郯银业坐在学生中间聆听。

2. 沂河县、医院、病房。

护士给郯银根换药。

董姝妹："小姐，病人的情况怎么样？"

护士："恢复得很快。"

郯银根："我可以出院吗？"

护士："伤口没有完全愈合，怎么能出院？"

郯银根："我可以把药带回家，自己护理。"

护士："必须经过医生同意才行。"

刘之声、郯银国、夏淑女走进病房。

护士离去。

郯银根惊喜："之声兄！"

刘之声："郯先生，病情如何？"

董姝妹："他正要求出院呢。"

郯银根："快沏茶！"

董姝妹笑："病房里哪有茶呀，还是请大家吃水果吧。"

郯银根："快请坐。"

夏淑女："大嫂，我来削。"接过水果刀。

郯银根："之声兄，学校的情况如何？"

刘之声："可以用四个字概括：蓬蓬勃勃！"

夏淑女："每间教室，满满当当。可要求来上学的人，依然不断。"

郯银根："这是件好事啊，咱能不能再扩建几间教室？"

郯银国："大哥，刘校长今天来，就是想和您商量这件事的。"

郯银根："不用商量，学校里的事情，都由之声兄决定！"

刘之声取出几份报纸："郯先生，这是咱们学校新创刊的《赤子报》，请您过目。"

郯银根阅《赤子报》，一则标题映入他的眼帘："中国工农红军第一、二、四方面军胜利会师。"

刘之声："中国工农红军会师后，成立了中华苏维埃共和国中央革命军事委员会，毛泽东任主席，周恩来、张国焘为副主席，朱德为中国红军总司令，张国焘为总政委。"

郯银根："红军到达陕北后，又重展雄风啊！"

夏淑女："毛泽东主席在志丹县接见了美国记者斯诺，就中日战争等问题进行了交谈。"

郯银国："周恩来副主席要在延安，与东北军少帅张学良会谈。"

刘之声："共产党中央发表了《中国共产党致中国国民党书》，再次呼吁停止内战，一致抗日。"

郯银根："是啊，修身、齐家、治国、平天下，这是上千年来颠扑不破的真理。家不和家必败，国不宁国必亡。要想家和、国宁，其根还在修身。由此看来，我们不仅要致力办学，唤醒民众；还必须要建立自己的武装。二者缺一不可，都是当务之急要办的大事！"

刘之声："郯先生，您想建立武装？"

郯银根指着伤口："迫在眉睫！"

刘之声："好，咱们又想到一起了！"

郯银国："大哥，如今学校里就是学文和习武并举，平时是学生，拉到战场就是军人。郯子中学要培养出一批能文能武的有用之才！"

郯银根："之声兄，学校里有军事教官？"

刘之声："等您病愈之后，到学校一看便知。"

郯银根："我一定去！"

3. **银杏园。**

秋风瑟瑟。

树叶飘落。

一辆马车驶出银杏园。

马车上坐着蒋凤仙，她显得是那么孤独与凄凉。

4. **古码镇、鸳鸯楼。**

马车停驶在楼门前。

蒋凤仙提着皮箱走下车。

老鸨迎出门外："哟，二姨太，你这是要出远门呀？"

蒋凤仙无言地走进门。

老鸨："你咋打蔫了？"

蒋凤仙："妈妈，我想在这儿住几天。"

老鸨警惕地："你住到我这儿来干啥？"

蒋凤仙："甭害怕，我住几天就走。"

老鸨："二姨太，我先把话说在头里，二寨主和银之少爷的事，我可是全不知道！"

蒋凤仙："二寨主也出事了？"

老鸨："莫非你不知道？"

蒋凤仙："不知道。"

老鸨："赵嬷嬷把她押送官府了！"

蒋凤仙一惊："为啥？"

老鸨："赵嬷嬷不把她交出去，官兵就要血洗马陵山了！"

蒋凤仙："竟然惹了这么一场大乱子！"

老鸨："这事还没完呢，赵嬷嬷肯定会派人来追查，我整天提心吊胆的！"

蒋凤仙："你一推六二五，不就完事了！"

老鸨："银之少爷也裹进去了？"

蒋凤仙："这个狗东西，把我咬出来了！"

老鸨恍然："二姨太，你是被赶出家门的？"

蒋凤仙："我无处可去，只好投靠你来了。"

老鸨冷漠地："二姨太，你也知道咱这里是个啥地方？你来了，我咋安排？"

蒋凤仙："此一时彼一时，你咋安排都行。"

老鸨："不好办呀，虽说二姨太长得如花似玉，可毕竟是人老珠黄呀。"

蒋凤仙："这么说，你是不肯收留我了？"

老鸨："我确实是爱莫能助。"

蒋凤仙："你这么绝情，会后悔的！"

老鸨："后悔？"

蒋凤仙提起皮箱欲出门。

老鸨："你打算去哪呀？"

蒋凤仙："马陵山！"

老鸨惊讶："你要去马陵山？"

蒋凤仙："对！为了找条活路，我也只好破罐子破摔了！"看了老鸨一眼："我要把事情的前前后后，全都告诉赵嬷嬷，任凭她的发落吧！"欲走。

老鸨赶忙拦阻："二姨太，生啥气呀，咱俩再好好商量商量！"

5. **沂河县、监狱、牢房。**

潘芝莲闭目躺在牢房里。

一名男看守送来饭。

女监打开牢门。

男看守走进："起来，吃饭了！"

潘芝莲坐到土桌边："又是窝头和清水白菜？"

男看守："不吃？"

潘芝莲抓起窝头，大口地吃着。

男看守坐在一旁，目不转睛地看着潘芝莲。

潘芝莲："咋了？看老娘长得漂亮，拉不动腿了？"

男看守："你这么个漂亮女人，干嘛要当土匪呢？"

潘芝莲："因为你们男人太坏了！"

男看守："你们女人才是祸水呢！"

潘芝莲笑："咱俩都说得对，天底下本来就没好人！"

男看守："咱俩呢？"

潘芝莲："也在内！"

男看守悄悄地摸了一下潘芝莲的大腿。

潘芝莲不动声色地抓住他的手："别性急呀。"

男看守顺势抚摸着她的手："美人！"

潘芝莲甩开他的手，又含情脉脉地说："来日方长嘛。"

男看守收拾起碗筷。

潘芝莲："大哥，下回弄点好吃的。"

男看守："保准办到！"离去。

6. 古码镇、草织品厂。

临街是店铺。

店铺的货柜里，摆放着各种款式的草织品样品。

7. 草织品厂、后院、车间。

车间里的墙壁上，挂满国内外时尚的草织品图案。

丁嫂、丁母与数十名妇女用琅琊草在编织草帽、挎包、拖鞋、花篮。

两名技术员分别检验着工人们编织的质量。

8. 草织品厂、店铺、客厅。

客厅里，田大龙接待着江南客户。

客户："田老板，你们的草织品在江南很有市场，尤其在我们苏州更是好销得很。你能不能再把价格压低一些，我做你厂子的总代理？"

田大龙："做总代理可以，价格不能再低了。"

客户："田老板不必忙着封口，咱们好商量嘛。"

田大龙："不瞒您说，我们厂刚建不久，为了打开市场，才把价格定的很低，要是再压，我们连饭钱都挣不出来了。就眼下行情看，不用半年，我们的价格还能翻上一倍。"

客户："你真会说笑话。"

田大龙："买卖人的眼睛可不是琉璃蛋子，随行就市凭的就是一双眼睛！"

客户："好，我认了！咱们签份代理合同吧。"

田大龙："咱们是朋友，不用签合同。您付多少钱，我就给你发多少货。"

客户："你怎么能保证我是总代理呀？"

田大龙："您付得钱多，我就把货都发给你，你不就是总代理了？"

客户："我的资金要是一时周转不灵呢？"

田大龙："不要紧，我就把货发给资金周转灵的客户，不就行了？"

客户："你这个老板做得太精明了！"

田大龙："我们是小地方，虽说比不上你们大城市，但我们做买卖从不坑蒙拐骗，讲究的是'信用'二字。"

客户："田老板，我定的这批货，什么时间装船呀？"

田大龙："货跟客走。"

客户："我是明天一早的船。"

田大龙："今儿晚上就把货给您装到船上。"

客户起身："好的，咱们晚上码头见！"走出客厅。

9. 草织品厂、店铺。

田大龙将客户送至店铺门外："您请慢走。"客户离去。

郯银根、郯银业乘马车而至。

田大龙迎上："大少爷，二少爷！"

三人走进店铺。

郯银根、郯银业在看货柜里的样品。

田大龙又倒茶水又搬凳子。

郯银根高兴地："不错，光草帽就有三种款式！"

田大龙："这都是客户们提供的样式。"

郯银根："好的工艺品，一是款式，二是质量。二者兼备，才能人见人爱。"

田大龙："您说的太对了！原先咱光讲究质量，可款式粗老笨壮，销售量就是不行。自打花样翻新，咱的产品是供不应求！"

郯银业："大龙，你想过没有，眼下在古码镇只有咱一家草织品厂，大家见有利可图，会马上蜂拥而上，用不多久在这个小镇上，就会出现若干家草织品厂了！"

田大龙："现在就有人上门乱打听！我定了一条规矩，没有我的许可，任何人不得进入后院车间！"

郯银业："天下之大，挡是挡不住的！"

郯银根："我在一本书上读了一个小故事。在一条小街上，有三个裁缝店，每家都想招揽最多的客户。第一家裁缝店挂出一个大牌子，上面写着'我是本省最好的裁缝'。第二家裁缝店挂出了一个更大的牌子，上面写着'我是全国最好的裁缝'。第三家裁缝店挂出了一块很小的牌子，上面写着'我是这条街上最好的裁缝'。你猜怎么着？前两家的门前冷冷清清，客户们都涌到了第三家！这就是说呀，无论同样的厂子有多少，竞争有多么激烈，要想取胜，靠的不是说，而是用心去做！"

田大龙心悦诚服地看着大少爷。

郯银根："大龙，咱到车间去看看。"

10. 草织品厂、车间。

郯银根、郯银业、田大龙走进车间。

工人们熟练地编织着各种款式的产品。

郯银根走到丁母面前。

丁嫂赶忙起身。

郯银根将手中的食品盒交给丁嫂，然后对丁母说："大娘，您好吧？"

丁母："是东家吧？"

丁嫂："娘，大少爷看您来了，还给您买来了点心！"

丁母："大少爷，你是俺全家的恩人呀！"

郯银根："海娃上学去了？"

丁母："这孩子天天念叨你！"

郯银根："告诉他要好好读书，读完小学咱再上郯子中学。"

丁母感激地："海娃有福气呀，碰上了你这么一个大贵人！"

田大龙："姐，你和婶子干活吧，我陪大少爷再去转转。"

郯银根、郯银业又走到两名技术员身边。

技术员甲："郯先生，您好！"

郯银根："二位辛苦了！"

技术员乙："工厂发展之快，真是出乎我们的预料！"

郯银根："千军易招，一将难求。若不是二位付出的心血，哪有咱们工厂的今天？"

技术员甲："郯先生言重了。"

郯银根："二位千万不必客气，今后无论遇到啥困难，田老板都会帮着你们解决的。"

技术员乙："田老板对我俩照顾的很好，我们就像在自己家里一样。"

技术员甲："要说困难，还真有两个。"

郯银根："请讲。"

技术员甲："一个是要再建一个车间，才能满足市场的需求；另一个是要建立原材料仓库，因为琅琊草的季节性太强，必须要储备足够的原材料才行。"

郯银根："这两个建议都非常好，你们尽快拿出方案来！"

田大龙："是。"

小六子匆匆赶来："大少爷，我有急事找您！"

郯银根："什么事？"

小六子："我堂哥回信了！"

郯银根："他怎么说？"

小六子："他愿意回来帮您建民团！"

郯银根："太好了！请他能尽早回来！"

小六子："我去给他发电报！"

郯银根："小六子，你去油坊告诉花师傅，你们到旅店去等我。"

小六子："是。"离去。

11. 古码镇、鸳鸯楼、二楼客房。

这是一间妓女接客的花房。

老鸨送蒋凤仙走进房间："二姨太，委屈你了。"

蒋凤仙黯然神伤。

老鸨："咱这里的规矩，是白天歇着，晚上接客。"

蒋凤仙无语。

老鸨："客人有钱就是爹，不管你用啥办法，只要能把他的钱掏出来就行。"黑牡丹、一品香、风摆柳闻声赶来。

一品香："哟，二姨太今儿也来玩玩呀？我姊妹仨谁陪你呀？"

老鸨："闭嘴！从今儿起，二姨太也是咱鸳鸯楼的人了。往后，你们多照应着点！"

一品香："哎哟，二姨太咋也改良从娼了？"

老鸨："谁都有走背字的时候！"

黑牡丹："二姨太，你放心，往后有不明白的地方就尽管问。"

一品香："干这活还有啥不明白的？睡觉、拿钱、走人、完事！"

风摆柳："就是嘛！二姨太比咱精明多了！"

一品香："往后，说不定客人都朝二姨太屋里钻呢！"

蒋凤仙被激怒："出去，你们都出去！"

一品香嘻嘻一笑："二姨太的脾气还不小哩！"

老鸨："都回屋吧，留着劲晚上使！"

黑牡丹、一品香、风摆柳嬉笑而去。

老鸨:"二姨太,你在这里也该有个挂牌的名字,就叫赛贵妃吧?"

蒋凤仙不语。

老鸨:"你歇着,我走了!"离去。

蒋凤仙砰地关上房门,倚门而泣。

泪水模糊的双眼,继而露出复仇的怒火:郯银根的脸不断地出现在她的眼前……

12. 古码镇、碧露春旅店、客厅。

小六子、花油匠在客厅等待。

郯银根、郯银业、田大龙走进客厅。

小六子、花油匠赶忙起身。

郯银根:"大家坐吧。"

众人入座。

郯银业:"今儿把大家请来,宣布一项任命。自打郯府更换掌门人以来,油厂、油坊的主事一直空缺,在危难之中承蒙各位支撑着局面,董事长及我很感谢大家。人无头不走,鸟无头不飞,现在到了改组的时候了。"取出合同:"现在我宣布董事长的任命:聘请金小六为酒厂厂长兼店铺经理。聘请花油匠为油坊厂长兼店铺经理。聘请田大龙为草织品厂厂长兼店铺经理。诸位若无异意,就在合同上签字画押。"将合同分给三人。

小六子、花油匠、田大龙激动地接过合同。

郯银业:"请诸位仔细看看,责、权、利都写在合同上,如有不妥之处就直言不讳。"

小六子站起:"我做梦也没想到能有今天,小六子打心里感谢董事长和二少爷对我的栽培!"深深一躬。

郯银业:"请坐。"

花油匠起身:"我没多大本事,又拙口笨腮,但有一颗忠心。请董事长和二少爷放心,我会兢兢业业地把油坊办好!"深深一躬。

郯银业:"请坐。"

田大龙站起,哽咽地说:"我,我不知道该说啥?我姐夫的事,大家也知道。可大少爷不计前嫌,还把我当成自己人,对我全家的恩情,我一辈子都难以报答!董事长,二少爷,我代俺全家给您磕个头吧!"跪地磕头。

郯银业赶忙搀起:"使不得,使不得!"

田大龙入座。

郯银业:"既然诸位没有异议,那就签字吧!"

三人在合同上签字。

郯银业收起合同,恭身而立:"从现在起,三位就正式走马上任了,我代表董事长就拜托诸位了!"深深一躬。

三人赶忙还礼。

郯银根高兴地:"大家请坐吧。"

众人入座。

郯银根:"今后你们三个厂都归二少爷管理,尤其是在资金上,没有二少爷的亲笔签字,谁也无权动用。听明白了吗?"

三人:"明白了!"

郯银根:"眼下,咱最缺的是人手啊!矿建起来了,总得有人去管理吧,总不能让二少爷一天到晚地盯在那里。咱除了银杏园,还要建板栗园、棉花种植园,也需要有人管理呀!再说,你们这三个厂,也不能止步不前,还要想办法发展,这一切都需要优秀的领头人啊!怎么才能做个好领头人呢?要我说呀,一个好的领头人要具备胆商、智商、情商。啥叫胆商哩?那就是敢想敢干!我爷爷曾给我讲了这么一件事:有父子俩赶着一头驴进城,有人笑他们真笨,有驴子竟然不骑。父亲就让儿子骑驴,自己跟着走。又有人说儿子不孝,竟让自己的父亲走路。父亲赶忙让儿子下来,自己骑上驴。没走多久,又有人说父亲真狠心,自己骑驴,还不把孩子累死?父亲又赶忙让儿子也骑上驴。谁知又有人说,俩人骑在驴背上,还不把驴压死?父子俩赶快下驴,一前一后用棍子抬着驴走。谁料想招来了更多的耻笑,说他们父子俩是傻瓜!"

众人笑。

郯银根:"很多人就像这父子俩一样,做事没主见,人家叫他怎么做他就怎么做,谁抗议就听谁的,结果大家都不满意。再就是不想得罪任何人,甚至讨好每一个人,其结果不仅是人人不满意,而且还让人家摸到弱点,得寸进尺,把你要办的事情搅乱!你们说,这种胆量的人怎么能干成大事?"

小六子:"董事长说得对,连走路都怕踩死蚂蚁的人,能有啥出息!"

郯银根:"啥是智商呢?智商就是肯动脑筋,

办事灵活。咱们的花师傅不就是想出了，改变榨油的新工艺吗？一下子就占领了大半个市场！"

花油匠憨厚地笑笑。

郯银根："情商就是要宽以待人。大家都知道三国里刘、关、张的故事。关羽被东吴所害，张飞悲痛欲绝，下令军中要三日内必须办妥白旗白甲。范疆、张达两位战将禀报说，三日办妥确有困难，请求宽延几天。张飞大怒，将二人绑在树上，各打五十，打得二人口吐鲜血。张飞说，三日内若是完不成，就砍你们的头！范疆、张达怀恨在心，就在当天夜里趁张飞酒醉熟睡的时候，杀死了张飞，张飞那年才五十五岁。这就是他不懂得宽以待人，而造成的悲剧。一个领头人在指责别人不是的时候，先要想一想自己有什么不是，这就是亲情管理。"

三人频频点头。

13. 郯府、东院、客厅。

董兰君在抚琴。

《春江花月夜》一曲委婉悠扬。

小萍轻轻将茶水放到案边。

董姝妹寻琴声而来。

董兰君止住琴声："姝妹，你怎么不进来呀？"

董姝妹走进客厅："姑妈，我怕打扰了您的兴致。"

董兰君："许多日子不弹，手指都僵硬了。"

小萍端上茶水后，离去。

董姝妹："《春江花月夜》这首上千年的琵琶曲，姑妈用古筝竟演奏得如此美妙，舒缓明快的旋律，把春天静谧的夜晚，月亮在东天升起，小舟在江面上荡漾，花影在岸边轻轻摇曳的景象，都呈现在听者的面前，沁人心脾，令人陶醉。"

董兰君："我从小就喜欢听母亲弹奏这支曲子，她的指法那才真是娴熟呢。"

董姝妹："奶奶教给我的第一支曲子就是这首《春江花月夜》。"

董兰君："姝妹，你弹奏一遍给姑妈听。"

董姝妹："我可不敢在关公面前耍大刀。"

董兰君："你呀，总有理。"

董姝妹："谁让我啥都像姑妈呢？"

二人笑。

董姝妹："姑妈，您知道吗？二叔把二姨太赶出府去了！"

董兰君惊愕："有这等事？"

董姝妹："把她赶走了，家里也就太平了。"

董兰君："这么做不好，二姨太毕竟是咱郯府的人，她在外面无亲无故，把她撵出门，她又怎么生活呀？"

董姝妹："像这样的女人，不值得同情！"

董兰君："话不能这么说，恶人也有善的一面。"

董姝妹："她的心像蛇蝎一样恶，我表哥的命就差点葬送在她的手里！"

董兰君："冤有头债有主，这都是那帮土匪做的孽！"

董姝妹："姑妈，您是不是还想让她回来？"

董兰君："一个孤单的女人咋生活？再说，把她关在家里比放在外面好！"

小萍走进："大奶奶，有人求见。"

董兰君："谁呀？"

小萍："就是油坊原来的主事。"

董兰君一怔，未语。

董姝妹："他说有什么事吗？"

小萍："他现在流落街头，挺可怜的。"

董兰君长叹一声，取出钱："你把这点钱给他，再去给他弄些干粮，打发他走吧。"

小萍接过钱："是。"离去。

董姝妹："姑妈，咱娘俩是剪窗花呀，还是下棋呀？"

董兰君："下棋！"

14. 郯府、东院、门口。

原油坊主事神色沮丧，在客厅里翘首等待。

小萍提着干粮袋走进客厅。

主事："大奶奶肯见我吗？"

小萍："大奶奶正陪客人说话，你把这钱和干粮带上，回去吧。"

主事："大奶奶不肯见我？"

小萍："她正忙着。"

主事掩面而泣。

小萍难过地说："我知道你挺难的，想求大奶奶给找份差事。可眼下府上是大少爷说了算，大奶奶也是挺为难的。"

主事："我知道，我知道。可孩子他娘病在床上，三个未成年的娃张着嘴向我要饭吃，我真是走投无路了！"哭泣。

小萍："你去找大少爷不行吗？"

主事："当初，我和大奶奶抱成一团，给大少爷制造了这么大的麻烦，现如今咋敢去找他呀？"

小萍："你这是一步走错，步步错呀！"

主事："谁能料到会落到今天这个地步。"

小萍："你把住的地方告诉我，大忙我帮不上，我会经常去给孩子送点吃的。"

主事："谢谢你了！"

小萍："别客气，咱当用人的还不都一样。"

主事："我走了，请你代我谢谢大奶奶。"离去。

小萍望着主事的背影，长叹了一声。

15. 郯府、东院、客厅。

董姝妹与姑妈下棋。

董兰君："姝妹，你和根儿成亲这么久了，咋还没有动静呀？"

董姝妹含笑未语。

董兰君看着儿媳："你有喜了？"

董姝妹点头。

董兰君高兴地说："你咋不告诉我呀？"

董姝妹："挺难为情的。"

董兰君："傻孩子，这是件好事呀！这么说，我很快就要做奶奶了！"

董姝妹："姑妈！"

董兰君："姝妹，还有一件大事呢。"

董姝妹："啥事呀？"

董兰君："你二弟的婚事。"

董姝妹笑："姑妈，我比您还上心呢。"

董兰君："你觉着马家的姑娘咋样？"

董姝妹："相貌和人品都很好。"

董兰君："那就赶快派人去提亲吧。"

董姝妹："只要您发了话，我是要亲自去的。"

董兰君："这就更好了。"

董姝妹："等二弟成了亲，咱家又多了一个媳妇。"

董兰君："老神树保佑咱家，人丁兴旺。"

16. 金鸡山、工地。

机器轰鸣。

工人们在紧张地劳动。

程教授、王教授在工地上，向郯银业做交接工作。

王教授："生产一切正常，各项程序都纳入了轨道。我们走后，你首要的工作就是抓紧培养管理人员。除了行政管理外，还要有一批专业管理人才。我把助手先留在这里，帮你把业务队伍尽快地建立起来。"

程教授："在县城建的矿石切割厂，一旦竣工，我会从北平派技术人员来的。"

郯银业："谢谢二位教授！"

王教授："还有，要尽快地安装电话，我们可以随时联系。"

郯银业："我一定按两位教授说的去做！"

一辆马车驶来。

程教授："是不是郯先生来了？"

郯银业："这不是我家的马车。"

程教授："你去接待客人吧。"

郯银业朝马车走去。

17. 金鸡山、帐篷外。

马车停驶在帐篷外。

郯银业疾步走来。

金凤、银凤从马车上走下。

郯银业惊喜："哎呀，原来是二位小姐大驾光临！"

银凤："二少爷，欢迎吗？"

郯银业："当然欢迎！快请到帐篷里坐！"

银凤："二少爷，方技术员在吗？"

郯银业："在！"

银凤："在哪？"

郯银业用手一指："在发电厂！"

银凤："姐，让二少爷陪你吧，我去找他了！"说完，朝发电厂跑去。

郯银业："金凤小姐，请。"

18. 帐篷内。

郯银业、金凤走进帐篷。

金凤腼腆地说："您住在这里吗？"

郯银业："是的。"

金凤："太艰苦了。"

郯银业："今后会好的。"端上茶水。

金凤含羞地："给您添麻烦了。"

郯银业："麻烦啥？我欢迎你来呀！"

金凤："我是不想来的，只是拗不过爷爷和妹妹。"

郯银业："你不想来？"

金凤："一个女人到处乱跑，成何体统，会让你耻笑的。"

郯银业："你怎么能有这种想法呢，难道女孩子只能待在家里？我的两个妹妹就在省城读书。"

金凤未语。

郯银业："你为什么不到外面去读书呀？"

金凤："在私塾所学足矣。"

郯银业："外面的世界很大，你可以学到更多的知识。"

金凤："我不想去。"

郯银业："为什么？"

金凤："人是有思想感情的，有欲望的，总是向往着完美的境界。可是，就像月亮一样，哪有夜夜常圆？花朵哪有四季香艳？假若人的一生总怀着无尽的欲望，永远想占有更多的东西，什么都不肯放弃，以为自己拥有的越多，就会离幸福越近的话，只能被不堪承受的重量压垮，到头来什么也不会属于自己。"

郯银业："你喜欢读老子的书？"

金凤："您是怎么知道的？"

郯银业："你刚才一番话，不正是老子说的'为之者败之，执者失之'吗？"

金凤："勉强作为的人必定会失败，固执的人必定会有所失去。学会放弃，甚至比一味追求拥有更重要。"

郯银业望着金凤，眼睛里露出钦佩的目光。

金凤与郯银业的目光相遇，赶忙垂下头。

二人一时无语。

郯银业："你怎么不说话了？"

金凤："我说的太多了。"

郯银业："我愿听你讲话。"

19. 金鸡山、发电厂。

方技术员检查着设备。

银凤紧随方技术员身后，寻问着发电的常识。

方技术员："二小姐问的这么仔细，是不是想当一名电工呀？"

银凤："你肯收我做徒弟吗？"

方技术员："我当然愿意，只可惜你是个女人呀！"

银凤："女人为啥不能当电工呢？"

方技术员："我是从来没见过！"

银凤："我成了你的徒弟，你不就见着了？咱还可以让那些没见过的人，也开开眼界！"

方技术员："我可没这个胆量！"

银凤："你连个女人都不如！"

方技术员："我甘拜下风。"

银凤："你怎么不回我家了？"

方技术员："这里刚开工不久，电压有些不稳，等一切正常后，我就回去！"银凤："我爷爷已经等得着急了！"

方技术员："你呢？"

银凤："你坏！"

20. 金鸡山、帐篷内。

金凤："银凤怎么还不回来呢？"

郯银业："你要去找她吗？"

金凤："我怕占用你很多时间。"

郯银业："我愿意和你在一起。"

金凤含情脉脉地看着郯银业。

郯银业走到金凤面前。

金凤的心怦怦直跳。

郯银业温存地："你喝茶。"欲端茶杯，不料与金凤的手触在一起。

金凤未动，郯银业握住了她的手。

金凤全身都在颤抖。

郯银业凝视着金凤。

金凤瘫软在郯银业的怀里。

银凤一步闯了进来。

郯银业、金凤触电般躲闪。

银凤连声说："不要紧，不要紧。"

金凤尴尬地："咋不敲门呢？"

银凤："谁知道你俩抱在一块？"

金凤："不许胡说！"

郯银业："银凤小姐，你请坐。"

银凤坐到凳子上，跷着二郎腿："未来的姐夫，啥时候到我家去提亲呀？"郏银业看着金凤，未语。

银凤："你看我姐干啥，我问你呢？"

郏银业依然看着金凤。

金凤喃喃地说："我爷爷会答应的。"

郏银业问金凤："明天去行吗？"

银凤："够急的！"

金凤点头。

银凤："喂，这里还有个大活人呢！"

郏银业："银凤小姐同意吗？"

银凤矜持地："那好吧，我让爷爷明天在古码镇等着！"

金凤娇嗔道："瞧你！"

银凤："还没过门呢，胳膊肘就朝外拐了？"

金凤："你也会有这一天的。"

三人笑。

21. 夜。

郏府、四合院、卧室。

董姝妹在细心地做着婴儿的衣服。

郏银根回到家。

董姝妹手脚麻利地伺候着丈夫。

郏银根拿起床上的婴儿衣服："这么早就给孩子做衣裳呀？"

董姝妹："我把孩子的名字都起好了。"

郏银根："叫什么？"

董姝妹："要是儿子，叫郏朝辉；要是女儿，就叫郏月茗。"

郏银根："你呀，这是白费心思。"

董姝妹："不好听吗？"

郏银根："再好听也没有用。"

董姝妹："为什么？"

郏银根："父亲曾给我们姊妹六个都起过名字，爷爷全都不同意，最后还是他老人家给定的名字。"

董姝妹："爷爷总不能把你们兄弟四个的孩子，也和银杏树搅在一块吧？"

郏银根笑："爷爷这辈子，是和银杏树捆在一起了。我断言，咱们的孩子还是逃不脱银杏树。"

董姝妹："根、叶、果、枝、林、花都起完了，他还能起啥？"

郏银根："多了！什么树呀，苗呀，园呀，圃呀……"

董姝妹："真难听！"

郏银根："可爷爷不管这些。"

董姝妹："那好吧，就听爷爷的呗。"

郏银根笑。

董姝妹坐到丈夫身边："我要告诉你一件大事！"

郏银根："什么事？"

董姝妹："明天，我到河西马家去。"

郏银根："是不是去给二弟提亲？"

董姝妹点头："母亲今天也催问此事了。"

郏银根："好，你要带一份厚礼去。"

董姝妹："我知道。"

传来叩门声。

董姝妹打开门。

郏银业站在门外："大嫂！"

董姝妹笑。

郏银业："大嫂笑啥？"

董姝妹："不告诉你！"

郏银根："二弟，快进屋来。"

郏银业走进卧室。

郏银根："坐吧。"

董姝妹依然在笑。

郏银业诧异地看着大嫂。

郏银根："瞧你紧张的，你大嫂刚才正说你呢。"

郏银业："说我？"

董姝妹："对，明天我给你去提亲！"

郏银业赶忙问："去谁家？"

郏银根欲说。

董姝妹赶忙打断："我也不知道，是母亲派我去的，她说明天才告诉我。"

郏银业急切道："大嫂，我的婚事，已经答应了人！"

董姝妹："谁答应人了？"

郏银业："我。"

董姝妹："你答应谁了？"

郏银业："河西马家！"

董姝妹："你去过他家了？"

郯银业："没有。"

董姝妹："那你啥时候答应人家的？"

郯银业："今天马家的两位小姐到矿上去了。"

董姝妹："去干啥？"

郯银业："也是为了这事。"

董姝妹："是金凤小姐亲口提出来的？"

郯银业："不，是她妹妹对我说的。"

董姝妹："都急得找上门来了！你是怎么说的？"

郯银业："我说……"

董姝妹："说呀！"

郯银业："我说，咱家到她家去提亲！"

董姝妹："你胆子不小啊，背着家里人就答应了？"

郯银业："我这不是赶紧跑回家来，和大哥商量吗？"

董姝妹："还商量啥？你这是先斩后奏！"

郯银业："大嫂，您别生气！"

郯银根笑："二弟，你大嫂在吓唬你呢！她明天就去河西马家！"

郯银业惊喜："真的？"

董姝妹："今天不该告诉你，让你一宿睡不着觉！"

郯银业笑："谢谢大嫂！"

董姝妹："明天，你去不去她家呀？"

郯银业："大嫂，你不用去她家了，她爷爷明天在店铺里等着。"

董姝妹："好家伙，连地点都定好了！"

郯银业尴尬地笑。

董姝妹："你俩谈事吧，我去给你们弄点吃的。"欲走又回："正好你俩都在，有件事一块商量商量。"

郯银根："什么事？"

董姝妹："母亲遇到了一件很为难的事情。"

郯银根："噢？"

董姝妹："原油坊的主事，如今流浪街头，家里度日如年。妻子病在床上，三个孩子张着嘴要饭吃。他今天来找母亲，想找份差事。我看到母亲很是为难，虽然没有答应他，可是在不停地唉声叹气。"

郯银业："这种人不能录用！当初，就是他协同母亲，把两个店铺的资金全部抽走，几乎造成酒厂停业！"

郯银根："这是母亲的主张，他只不过是一个执行者。自古以来，忠臣无二主。由此看来，他还是个对主人忠心耿耿的人。另外，这个人把油坊管理得有条有理，还大胆革新了生产工艺，是个难得的人才。"

董姝妹："能帮母亲给他安排个差事吗？"

郯银根："二弟，你说呢？"

郯银业："我听大哥的。"

郯银根："妹妹，你想办法通知他，就让他到矿上去做事吧。"

董姝妹："好。"

郯银根："记着，这件事暂时不要让母亲知道。"

董姝妹："为什么？"

郯银根："你按我说的办就是了。"

董姝妹："知道了。"离去。

郯银根："二弟，咱们商量一下矿上的事吧。"

22. 古码镇、泰记车行、客厅。

马老太爷穿戴整齐地坐在客厅里等候。

马太太与两个女儿相陪。

车行老板忙前跑后。

马太太："金凤，是说好了今天来吗？"

金凤："您问我妹妹吧。"

银凤："娘，没错！"

马太太："人家说的是上午呀，还是下午呀？"

银凤："坏了，这没问。"

马太太："你呀，办啥事都是这么毛毛躁躁的，总不能让你爷爷在这里等一天吧？"

马老太爷嘿嘿一笑："我愿等！"

银凤笑："咋样？爷爷啥时候都和俺俩是一伙！对吧，爷爷？"

马老太爷："没错，咱们是一伙的！"

马太太："爹，你把她俩都惯成啥样了？"

马老太爷："你俩都给我听好了，我可把话说在头里，一个嫁出去，另一个必须要娶进来！"

银凤："爷爷，您放心，我保证给您娶一个

上门女婿！"

马老太爷："行！你爹英年早逝，咱家缺男人啊！"

23. 碧露春旅店、大门外。

马车停在门外。

郏银根、老板娘、小翠迎上。

郏银业、董姝妹下车。

郏银根："东西都买来了？"

郏银业："买来了。给两位教授八箱，给他的助手和学生四箱。"

郏银根："给马家的呢？"

郏银业："也买了，主要是丝织品和首饰。"

董姝妹："小翠，去叫几个人，把车后边的十二箱东西搬下来。"

老板娘："我去吧！"

郏银根："时候不早了，你俩快去吧。"

董姝妹："等卸完东西，我们就走。"

老板娘喊来人，与众人一起搬着箱子。

小六子与堂哥匆匆赶来："大少爷，我堂哥来了！"

郏银根："快请到客厅说话！"

24. 碧露春旅店、客厅。

郏银根、小六子与堂哥走进客厅。

小六子："大少爷，他就是我堂哥，名叫金振宗。"

郏银根热情地："金教官，您好！"

金振宗："郏先生，我接到六弟的电报，马上就赶来了！"

郏银根："请坐！"

小翠端来茶水、离去。

郏银根："金教官，我是日思夜想，盼望着您来呀！"

金振宗："金某才疏学浅，今日有幸能为郏先生效力，实乃我一生的福分。"

郏银根："当前，社会混乱，土匪猖獗。为保一方平安，就必须要有自己的武装！"

金振宗："郏先生所言极是，成立民团早已不是罕见的事情，江南江北屡见不鲜，有的民团竟达千人之众！"

郏银根："不知金教官有何计划？"

金振宗："八个字：以小渐大，由弱到强！

也就是说，先培养骨干，再发展队伍！"取出报告："这是我创建民团的详细规划，请郏先生过目。"

郏银根接过报告，仔细地看着。

25. 古码镇、泰记车行、客厅。

马老太爷神态安详，耐心等待。

马太太有些焦虑不安。

银凤又给爷爷斟满茶水："爷爷，您喝茶。"

马老太爷："不能再喝了，我肚子都要撑破了！"

马太太："爹，别再等了，您先回去歇着，改日再说吧。"

马老太爷："这咋行？说好了的事，就得讲信用。"

银凤："就是嘛！"

金凤忐忑不安地看着母亲。

马太太："你俩这是办的啥事呀？"

26. 古码镇、碧露春旅店、客厅。

郏银根高兴地："金教官，您的这份计划非常好，不仅有行动细则，还有详细的资金预算，我完全赞成！"

金振宗："郏先生不必客气，您有啥想法不妨直言。"

郏银根："我确实有个想法，不知是否可行？"

金振宗："请讲！"

郏银根："咱的这个民团，能不能有两部分人员组成？一部分是脱产的固定成员，另一部分是不脱产的成员。因为咱家有酒厂、油坊、矿山、草织品厂，除了银杏园外，咱还要建板栗园和棉花种植园，这就有二三百人。工厂的人，轮流训练；农田的人闲时训练。这么做，既能人人能文能武，也可以节省大批开支。金教官，你觉得怎么样？"

金振宗兴奋地："好主意，好主意啊！"

27. 古码镇、泰记车行、客厅。

车行老板匆匆跑进："老爷，郏府的人来了！"

马老太爷的一个哈欠没打完："快请进！"

董姝妹、郏银业走进客厅。

老板娘、小翠提着礼品跟随身后。

董姝妹:"老太爷好,马太太好!"

郯银业向马老太爷、马太太行鞠躬礼:"爷爷好!婶子好!"

马老太爷:"快请坐!"

金凤、银凤与董姝妹、郯银业相互问安。

老板娘、小翠放下礼品,退出。

董姝妹:"老太爷,我爷爷问您好!"

马老太爷高兴道:"前辈有缘,我与郯公结成亲家了!"

董姝妹:"婶子,我母亲向您问安!"

马太太:"大奶奶挺好吧?"

董姝妹:"母亲再三叮嘱我,请您到我家做客!"

马太太:"既然是亲家了,往后会常来常往的。"

董姝妹:"老太爷,我爷爷说,两家换帖子的日子,由您确定。"

马老太爷:"郯公太客气了。此事宜早不宜迟,选个黄道吉日,咱两家就把这事办了。"

董姝妹:"一切都听您的!"

马太太:"爹,我在'间半楼'已经定了席,天到晌午了,咱们去那里边吃边说吧。"

董姝妹:"又让婶子费心了。"

马太太:"都是一家人了,还客气啥呀?"

董姝妹捧起一样样礼品:"这是东北的人参,华南的虎骨,青海的鹿茸,云南的燕窝,给爷爷补补身子。这是苏州的绸缎,给您和两个妹妹添置几件旗袍。这是镶嵌珠宝的首饰,不知您和两个妹妹喜欢不?"

马太太:"买这么多贵重东西干啥?"

董姝妹:"爷爷说,不成敬意,请您笑纳。"

马太太:"谢谢老太爷和大奶奶!"

银凤:"未来的姐夫,你今天可要陪爷爷多喝几杯呀!"

马老太爷:"对,咱爷俩痛痛快快地喝一壶!"

郯银业:"嗳。"

28. 古码镇、郯子中学、操场。

郯银根、金振宗走进学校,站在操场观看学生们的操练。

有的学生在操练列队。

有的学生在操练刺杀。

有的学生在操练投弹。

有的学生在操练射击。

群情振奋,飒爽英姿。

刘之声、郯银国疾步走来。

郯银根迎上:"之声兄!"

刘之声:"郯先生光临校舍,怎么也不事先告之一声?"

郯银根:"熟门熟路,说来就来了。"

刘之声:"这位是……"

郯银根:"我聘请的教官,金先生是河南陆军学堂的金振宗教官。"

刘之声:"金教官,您就职军界,是行伍专家呀!"

金振宗:"刘校长把学校办得如此生龙活虎,不次于河南陆军学堂!"

刘之声:"郯先生,我有一个想法,不知是否妥当?"

郯银根:"之声兄,您有话就直管讲。"

刘之声:"您决意要创建民团,能否将这批学生也列入民团的一部分,上课、操练两不误,都纳入金教官的训练之中,不知您意下如何?"

郯银根:"金教官,您觉着可行吗?"

金振宗:"郯先生,刘校长的建议,不是正符合您组建民团的宗旨吗?您二位是不谋而合呀!"

郯银根:"之声兄,这件事就这么确定了!"

二人的手握在一起。

郯银根:"金教官,组建民团的事就拜托您了。一切按您的计划进行,先培训骨干,后发展队伍。关于枪支弹药也要想办法尽快解决,总不能让骨干也拿着木头棍子操练吧?"

金振宗:"只要有资金,就不愁没有枪支弹药。"

郯银根:"建民团要内紧外松,以看家护院为名,切不可招摇过市。"

刘之声:"这一点很重要,培训骨干还是在校院里进行为好。"

郯银根:"会不会影响学生们上课?"

刘之声:"平时训练无妨,实弹演习就把队

伍拉到金鸡山！"

郯银根："很好！金教官，为了您训练方便，就暂时住在学校，您意如何？"金振宗："正合我意！"

郯银根："银国，我把金教官交给你了，不仅要做好协调工作，还要伺候好金教官！"

郯银国："大哥，您放心，我和金教官很快就会成为好朋友的！"

众笑。

29. 古码镇、码头。

郯银根、郯银业与程教授、王教授话别。

学生们将十二箱礼品搬上客轮。

郯银根将两个大红信封分别交给程教授和王教授："这是二位教授的酬金，不成敬意！"

程教授："郯先生，我们已经是很好的朋友，何必如此？"

王教授："郯先生为人做事，令我钦佩！"

郯银根："若不是二位教授鼎力相助，焉有此矿？我会终生铭记在心。"

程教授："郯先生请回吧。"

郯银根："一路平安！"

程教授、王教授乘上客轮。

客轮驶离码头。

郯银根、郯银业挥手示意。

30. 郯府、东院。

董姝妹走进东院。

小萍迎上："少奶奶来了。"

董姝妹："大奶奶干啥呢？"

小萍："在卧室看书呢。"

董姝妹："小萍，你知道原油坊主事住哪儿吗？"

小萍："知道。"

董姝妹："你让他来找我。"

小萍："有事吗？"

董姝妹："不该问的就不要问。"

小萍："是。"

董姝妹："这件事不要告诉大奶奶。"

小萍："是。"

董姝妹走向卧室。

31. 郯府、后院。

满院的菊花绽放。

郯耀庭、大管家在给菊花浇水。

大管家："今年的菊花开得特别旺盛！"

郯耀庭："菊花是咱中国的名花，它有几十个品种呀！花絮的大小和形状各不相同，有单瓣和重瓣的，有扁形和球形的，有长絮和短絮的，有平絮和卷絮的，有空心和实心的，有挺直和下垂的，色彩艳丽，品种繁多。这种花跟人一样，适应性强，生长力旺盛。俗话说，三月分株，四月插，五月嫁接，六月压。它不仅好看，还能像银杏一样，清热解毒，平降肝阳。百花之中，我最喜欢的就是这菊花了！"

大管家："老爷，您这阵子精神特别好！"

郯耀庭："人逢喜事精神爽呀！"

大管家："就是呀，咱郯府开了矿，建了草织品厂，二姨太被赶走，又给二少爷攀了亲。我还听说，少奶奶有喜了，老爷您眼看就要四世同堂了，真是喜事一件接一件啊！"

郯耀庭："有老神树的保佑，让我郯耀庭摊上个好孙子，根儿做得每件事都这么符合我的心思，真是让我太舒心了！"

大管家："应了那句老话，家和万事兴啊！"

郯耀庭："我就剩下了一块心病，之儿啥时候才能有出息呢？"

大管家："银之少爷最近也好多了，天天待在家里，也不出去乱跑了。"

郯耀庭："仲亭，你到西院去，叫之儿来一趟，我再数叨数叨他。"

大管家："嗳。"欲走。

郯耀庭："你再去趟东院，问大奶奶还有啥要办的事？"

大管家："是。"刚走至院门口。

郯银根走进后院。

大管家："大少爷！"

郯银根："仲亭叔，我爷爷呢？"

郯耀庭："根儿，快过来！"

郯银根走到爷爷身边。

大管家离去。

郯银根："爷爷，您在赏菊呢？"

郯耀庭："根儿，你喜欢菊花吗？"

郯银根："喜欢，多少文人雅士赋诗赞美菊花。东晋大诗人陶渊明的名句：'采菊东篱下，悠然见南山'。宋朝诗人朱淑贞的诗《菊花》，就写出了爷爷您此时的心情：

> 土花能白又能红，
> 晚节犹能爱此工。
> 宁可抱香枝头老，
> 不随黄叶舞秋风。"

郏耀庭："啥意思呀？"

郏银根："菊花多么艳丽，多么生机盎然，老人应该像菊花，不要像秋叶，不仅要让生命长青，而且还应该是满目青山夕照明。"

郏耀庭："好！你把这首诗写下来，我把它挂在墙上，要日日看，天天念！"

郏银根："我一定给爷爷写副最好的字！"

郏耀庭："根儿，你今天来是不是有事啊？"

郏银根："是的。"

郏耀庭："又是让爷爷高兴的事吧？"

郏银根："不知道。"

郏耀庭："啥事呀？"

郏银根："爷爷，我想成立民团。"

郏耀庭一怔："你要建民团？"

郏银根："对。为了对付土匪，必须要有自己的武装！"

郏耀庭："不行，绝不能建！"

郏银根："为什么？"

郏耀庭："自古以来，好男不当兵。有了枪炮就要惹事，你不去惹事也会招事！根儿，听爷爷的话，赶快打消这个念头。"

郏银根："爷爷，眼下政局腐败，土匪横行，若无武装，咱们随时都会受到马陵山的威胁！"

郏耀庭："冤家宜解不宜结，他开枪你就动炮，那可就要惹大祸了！"

郏银根："马瘦被人骑，人弱被人欺！"

郏耀庭："我说不行就不行！"

郏银根："爷爷！"

郏耀庭："你说下大天来我也不答应！"气愤地走进客厅。

32. 郏府、后院、院门外。

郏银之在窃听。

33. 月夜。

郏府、四合院。

郏银根在舞剑。

剑锋在月光下熠熠生辉。

董姝妹手捧长衫，坐在银杏树下观看。

郏银根边舞边放声朗读苏轼的《望湖楼醉书》：

> 黑云翻墨未遮山，
> 白雨跳珠乱入船。
> 卷地风来忽吹散，
> 望湖楼下水如天。

歌罢舞毕。

董姝妹将长衫披在丈夫身上，又捧上热茶。

郏银根将茶一饮而尽。

董姝妹："心情好些了？"

郏银根看着温柔的妻子，点点头。

董姝妹："苏轼的这首《望湖楼醉书》写得多好呀！夏天的西湖，刹那间疾风骤雨出乎意料地袭来，不久雨过天晴，湖面又平静的好像什么也没发生过。你此时此刻的心情，是否也是如此？"

郏银根未语。

董姝妹："你在想什么？"

郏银根："我在想，真如爷爷所说，建立民团不可行吗？"

董姝妹："你怎么怀疑起自己来了？"

郏银根："这么明了的事情，一向睿智的爷爷，怎么会反对呢？"

董姝妹："爷爷除了固有的观念外，主要的原因是因为内忧外患都已经平息了。故而，宁可息事宁人，也绝不可习武弄枪，剑拔弩张。"

郏银根："爷爷只看到二寨主被关进大牢，二姨太也被驱逐府门，但他没想到土匪的威胁依然存在，他们会变本加厉地进行报复！"

董姝妹："建立民团，是势在必行的！"

郏银根："可爷爷这边又怎么办呢？"

董姝妹："你可以明修栈道，暗度陈仓啊！"

郏银根："这并非长久之计啊！"

董姝妹："那你就来个守株待兔！"

郏银根"守株待兔？"

董姝妹:"对!"

郯银根:"你是说,要牢牢地看住银之,不准他离开家门一步?"

董姝妹:"无论是二寨主还是二姨太,她们失去了银之,不仅失去了耳朵和眼睛,更重要的是失去了依存!她们必定会千方百计地要和银之联系,再次制造事端!到那时,爷爷就不会再阻止你建立民团了!"

郯银根钦佩地看着妻子。

董姝妹:"你整日在外,我会盯住银之的!"

郯银根愁绪顿释,不由又朗读起来:

> 黑云翻墨未遮山,
> 白雨跳珠乱入船。
> 卷地风来忽吹散,
> 望月楼下水如天。

董姝妹:"你不是还要给爷爷书写《菊花》吗?"

郯银根:"对,咱们现在就去明修栈道!"

二人携手走进书房。

34. 月夜。

四合院、书房。

董姝妹研墨。

郯银根伏案挥毫:

> 土花能白又能红,
> 晚节犹能爱此工。
> 宁可抱香枝头老,
> 不随黄叶舞秋风。

35. 月夜。

西院、卧室。

郯文博孤身一人,心烦意乱。

郯银之匆匆走进:"爹!"

郯文博:"你爷爷和你谈到现在?"

郯银之:"现在还不让我回来哩!"

郯文博:"谈些啥呀?"

郯银之:"学好呀,做人呀,争气呀,立业呀,老生常谈!"

郯文博:"你爷爷对你是良苦用心,你要把这些话都听进去才行!"

郯银根神秘地:"爹,我爷爷今儿和我堂哥吵起来了!"

郯文博:"为了啥?"

郯银之:"我堂哥执意要建民团,爷爷死活不答应!"

郯文博:"根儿这不是昏头了,他建民团干什么?"

郯银之:"他说是为了防土匪。"

郯文博:"防土匪?咱躲都来不及,他这不是滋事吗?"

郯银之:"就是嘛,他这是给赵嬷嬷眼里楔钉子,一旦让马陵山知道了他要建民团,肯定会打上门来!"

郯文博恐惧地:"建不得,千万建不得!"

郯银之:"他现在是掌门人,能听谁的?"

郯文博:"还有你爷爷呢!"

郯银之冷笑。

郯文博:"银之,我告诉你,千万别掺和进去,这是掉脑袋的事!"

郯银之不语。

郯文博:"你听见没有?"

郯银之:"听见了!"

第二十四集

1. **月夜。**

郏府、后院、卧室。

大管家："老爷，您这一天够累的，还是早点歇着吧。"

郏耀庭长叹一声："刚舒心了没几天，烦心事又给堵上了！"

大管家："大少爷历来做事稳稳当当，我想建民团的事，他也是经过深思熟虑的。"

郏耀庭："仲亭，你跟着我风风雨雨几十年了，啥阵式咱没经历过？大清换民国，民国又换成军阀混战，眼下日本人占了东北三省，国军又打红军，市面上哪消停过？咱不是照常悄没声地发家了？咱要是有了枪支弹药，八十六下里就都要盯上你！还想图太平，连这个家也早就没影了！"

大管家："老爷说得是，遇到战乱，家业大的舍点财；要是弄起枪炮来，就得舍命！"

郏耀庭："根儿的性子像我一样倔，我担心他这个念头，一时半会打不掉。我真怕他背着我把队伍拉起来，一旦生米做成熟饭，再阻止就晚了！"

大管家："老爷，您放心，大少爷对您从来都是言听计从。再说，拉队伍也不是个小动静，还能瞒得过您去？"

郏耀庭："但愿如此。"

大管家："老爷，您早点睡吧。"

郏耀庭："你今天去东院了吗？"

大管家："去了。"

郏耀庭："大奶奶说啥了？"

大管家："大奶奶只说了二姨太的事。"

郏耀庭："她咋说的？"

大管家："大奶奶说，二爷不该把二姨太轰出去。"

郏耀庭："噢？"

大管家："她说，二姨太毕竟是咱郏府的人，让她只身一人流落在外，无亲无友，咋生活呀？大奶奶还说，把二姨太管在家里，总比放在外面好。"

郏耀庭："大奶奶的心还是很善的，二姨太自打进了这个家门，就挑唆着西院和大奶奶斗了半辈子。如今二姨太落难了，大奶奶不计前嫌仍挂念着她，像个大嫂样呀！"

大管家："我也没想到，大奶奶会为二姨太说情。"

郏耀庭："可她的话，只说对了一半。二姨太既然是咱郏家的人，咱就得管。但她绝不能再回来，之儿就是被她带坏的。我不能为了她，丢掉一个孙子！"

大管家："老爷，您想咋管二姨太呀？"

郏耀庭："你去给二爷说，我出钱，在外边给二姨太买处住宅，她的吃用也由我管。"

大管家："我明天就去对二爷说！"

2. **月夜。**

古码镇、鸳鸯楼。

不时从客房里传来淫荡的笑声。

老鸨在送客："您走好。"

监狱的男看守轻声地说："你要快点办，别让她等急了！"

老鸨："我知道了。"

客人离去。

3. **月夜。**

鸳鸯楼、二楼蒋凤仙房间。

蒋凤仙暗自垂泪。

传来叩门声。

蒋凤仙："谁呀？"

老鸨的声音："是我！"

蒋凤仙打开门。

老鸨走进："关门干啥呀？"

蒋凤仙不语。

老鸨:"又哭了?"

蒋凤仙泪流满面。

老鸨:"天天用泪洗脸,再好的模样也糟践完了!"

蒋凤仙:"我的命咋这么苦呀?"

老鸨:"灰心了?"

蒋凤仙:"何时才有我的出头之日?"

老鸨:"快了!"

蒋凤仙苦笑:"难啊!"

老鸨:"要说难真难,要说不难也真不难。只要你听我的,出头的日子就在眼前。"

蒋凤仙:"你是和我说着玩吧?"

老鸨:"我办事,可是丁是丁卯是卯的。"

蒋凤仙:"好吧,我听你的!"

老鸨:"这就对了。你要办的第一件事,马陵山的二寨主要见你!"

蒋凤仙:"她不是被关进大牢了吗?"

老鸨:"她让人捎话给我,要你马上去见她!"

蒋凤仙:"我才不去见她呢!"

老鸨:"你不想报仇了?想一辈子待在鸳鸯楼?"

蒋凤仙不语。

老鸨:"眼下,能帮你成事的只有二寨主!"

蒋凤仙不语。

老鸨取出钱:"你把这些钱给她带去,好让她打点那些卒子。你再带些吃的去,让她补补身子。还有几件衣裳,让她换洗着穿。人心都是肉长的,你今天对她好,她明天就会报答你!"

蒋凤仙接过钱。

4.朝阳。

郯府、后院门外。

大管家刚走出院门。

董姝妹匆匆走来。

大管家:"少奶奶,您找老爷呀?"

董姝妹:"仲亭叔,我找你。"

大管家:"啥事?"

董姝妹:"大少爷在家等着你呢。"

二人朝四合院走去。

董姝妹:"仲亭叔,你一大早要去哪呀?"

大管家:"去西院。"

董姝妹:"去干啥?"

大管家:"老爷让我去告诉二爷,想在外边给二姨太买处房子。不然的话,她一个女人在外边咋生活呀?"

董姝妹:"是不是大奶奶去找老太爷了?"

大管家一怔:"大奶奶给你说过二姨太的事?"

董姝妹:"她不是想把二姨太接回家吗?"

大管家:"老爷不肯,才要拿出钱来给二姨太买房子。"

董姝妹:"老太爷给钱了?"

大管家取出银票:"老爷说,二姨太今后的吃用也由他管。"

董姝妹:"仲亭叔,你在大少爷面前,千万别提这件事!"

大管家:"咋了?"

董姝妹:"为了这件事,大少爷和大奶奶翻脸了!"

大管家惊骇。

董姝妹:"在这节骨眼上,你更不能去办这件事!"

大管家:"可是老爷已经吩咐了?"

董姝妹:"这样吧,你把银票先交给我,我在大少爷面前见机行事。你呢,在老太爷面前也不能提大少爷。为了建民团的事,他和爷爷已经闹生分了,咱可不能再火上浇油了!"

大管家:"老爷要是问起来,咋办?"

董姝妹:"不问则罢,一旦问起来,你啥事也别说,只推到我一个人身上就行了。"

大管家把银票交给董姝妹:"谢谢少奶奶。"

5.郯府、四合院、书房。

郯银根在书写好的宣纸上,加盖印章。

董姝妹、大管家走进客厅。

大管家:"大少爷,您找我?"

郯银根:"仲亭叔,您请坐。"

大管家走到案边:"您这是给老爷写的?"

郯银根:"你找人把它装裱起来,我给爷爷送去。"

大管家高兴地:"好!"

郯银根:"仲亭叔,我找你来还有一件事。"

大管家："什么事？"

郯银根："银之惹了这么大的乱子，二寨主也被关进大牢，他们不会善罢甘休的。你要派专人，日夜盯住银之，不准他离开郯府半步！"

大管家："行！"

郯银根："我一天到晚在外边忙，你有什么事就找妹妹。"

大管家："嗳。"

董妹妹："仲亭叔，银之的心学野了，咱稍有闪失，他就能溜出去！"

大管家："您放心，我不仅叮嘱门房，还要派个挺妥的人盯住他！"

郯银根折起案上的字，交给大管家。

大管家："大少爷，我走了。"离去。

6. 沂河县、监狱、牢房。

潘芝莲对着洗脸盆里的水，梳妆打扮。

女看守："潘金莲，你还臭美呀？"

潘芝莲瞪了女看守一眼。

女看守："哟嗬，你还敢跟我瞪眼？"

潘芝莲："我的小命攥在你手里，我可不敢。"

女看守："这还差不多！只要你好好听话，我就让你少吃点苦头。"

潘芝莲："我再听你的话，你也不敢把我放出去呀？"

女看守："你就死了这份心吧！你谋害亲夫，有命案在身。如今你又胆大包天，竟敢暗杀郯府的大少爷！你知道郯府是何等人家？郯大少爷不光是咱县长的朋友，他还是个通天的人物！你是罪上加罪，就算不判你死刑，你也要一辈子蹲在大牢里！"

潘芝莲："照你这么说，我是永无出头之日了？"

女看守："在这里待着多好呀，风不着雨不着，天天还有人给你送饭吃！"

潘芝莲："我说你呀，这辈子干啥不好，偏偏干上这一行？"

女看守："我不干这个，你管饭呀？"

潘芝莲："女人天生就有饭，再丑的女人也饿不着！女人一辈子，咋快活咋活着！"

女看守："我可不干那种下三滥的事！"

潘芝莲："你这是好差事？我看你和犯人差不多！"

女看守："呸！老娘是管犯人的！"

潘芝莲："犯人刑满释放了，可你一辈子都要待在这里！"

女看守："闭上你的臭嘴，狗嘴里吐不出象牙来！"

潘芝莲大笑。

男看守、蒋凤仙走到牢房。

女看守迎上："班头，你来了？"

男看守："潘芝莲，有人看你来了！"

潘芝莲看到蒋凤仙，惊喜道："二姐，我想死你了！"

男看守："把牢门打开！"

女看守打开牢门。

蒋凤仙走进监房。

女看守随即又锁上牢门。

男看守示意，女看守与他一块离去。

蒋凤仙打开食品盒："快吃吧。"

潘芝莲狼吞虎咽。

蒋凤仙又取出钱交给潘芝莲。

潘芝莲："你们要赶快想办法，救我出去！"

蒋凤仙打开包袱，取出衣服："你身上的衣裳都臭了！"

潘芝莲："我刚才说的话，你听见没有？"

蒋凤仙："二寨主，这可不是件容易的事呀！"

潘芝莲："我一天都不想待在这里了！"

蒋凤仙："忍一忍吧，我的日子也不比你好过！"

潘芝莲："你怎么了？"

蒋凤仙："我也被赶出了家门！"

潘芝莲："为啥？"

蒋凤仙："还不是因为你！"

潘芝莲怒："你怎么把话反着说呢？我是为了你才蹲大牢的！"

蒋凤仙："笑话，你是为了我吗？"

潘芝莲："那当然！你让鸳鸯楼的老鸨带话给我，我才去的金鸡山！"

蒋凤仙："你就别在我面前装神弄鬼了！你是为了郯银之，才甘冒风险暗杀他的堂哥！"

潘芝莲笑："对，你说得一点也不错。可你呢？不也是紧抱着银之少爷不放，想除掉大少爷这颗眼中钉，独霸郊府的家产吗？"

蒋凤仙："好了！事到如今，咱俩争这些有什么用？"

潘芝莲："用处大着呢！我反正被关在大牢里，正好缺个伴。要是把我逼急了，我可要把什么都说出来！"

蒋凤仙转怒为笑："你何必发这么大火呀？二寨主，我还要指望你这棵歪脖子树，给我撑腰呢！"

潘芝莲："这不就结了！咱俩呀是患难姐妹，你中有我，我中有你。你只要想办法把我救出去，我就一定能给你报仇！"

蒋凤仙："好！只要咱俩拧在一块，总会想出办法来的！"

男看守、女看守走来。

蒋凤仙轻声地："你要想办法，先把那个男看守拿下！"

潘芝莲："已经差不多了。"

男看守："探监的时间到了！"

女看守打开牢门。

蒋凤仙佯装哭泣："妹妹，你可要多保重呀！"

潘芝莲也哭泣着点头。

蒋凤仙取出钱，交给男看守："您和这位大姐就多费心了。"

男看守分出一点钱，给女看守："往后多照应着点。"

女看守看看手中钱："没啥说的！"

蒋凤仙走出。

女看守又锁上牢门。

蒋凤仙、男看守离去。

女看守："潘金莲，往后让你家里人多来两趟。"

7. 郊府、四合院、客厅。

小萍领原油坊主事来到客厅门外："少奶奶！"

董姝妹："进来吧。"

小萍、原油坊主事走进客厅。

原油坊主事："少奶奶！"

董姝妹："坐吧。"

小萍："少奶奶，我走了。"

董姝妹："你们来的时候，都碰见谁了？"

小萍："谁也没碰见。"

董姝妹："你去吧。记住，嘴巴要严实点。"

小萍："嗳。"离去。

董姝妹："你怎么不坐呀？"

原油坊主事虽应着，但仍未入座。

董姝妹："我听小萍说，你家的日子很艰难？"

原油坊主事："不瞒少奶奶，家里都揭不开锅了。"

董姝妹："你不是去找过大奶奶吗？"

原油坊主事："原本想找大奶奶谋个差事，可大奶奶没有见我。"

董姝妹："你是个挺聪明的人，当初咋办了这么件糊涂的事情？"

原油坊主事："因为大奶奶待我不薄。"

董姝妹："如今你落难了，又有谁管你呀？"

原油坊主事长叹未语。

董姝妹："你去找大奶奶的那天，我就在她屋里。我为你说了不少好话，可大奶奶还是不愿多事。"

原油坊主事又长叹一声。

董姝妹："事后我找了大少爷，一提你的事，大少爷就火了！我好说歹说，大少爷才松了口，安排你到矿上去做事。"

原油坊主事感激道："谢谢少奶奶！在我最难的时候，是您拉了我一把，俺全家人是不会忘记您恩情的！"

董姝妹："我已经给二少爷打好招呼，你到金鸡山去找他吧。"

原油坊主事："少奶奶，我一定拼上命地干，给您争气！"

8. 古码镇、鸳鸯楼。

一身商人打扮的藏秘书走进鸳鸯楼。

老鸨迎上："先生，您是打哪儿来的贵客呀？"

藏秘书："我是从江南来古码镇做生意的。"

老鸨："您是头一次来古码镇吧？"

藏秘书："是呀。"

老鸨："您算是找到自己家了，咱鸳鸯楼呀，美女如云！"

藏秘书："眼见为实，耳听为虚。"

老鸨冲二楼高喊："女儿们，接客了！"

黑牡丹、一品香、风摆柳，扭动腰肢走到藏秘书面前。

藏秘书："你们哪个叫赛贵妃呀？"

黑牡丹："我们都不是。"

藏秘书："我听朋友说，鸳鸯楼新来了一个赛贵妃，能勾人魂魄，我今儿来就是要会一会她的。"

老鸨："先生，我这几个女儿，是咱鸳鸯楼的当家花旦，保您满意！"

藏秘书："不，我要赛贵妃。"

黑牡丹、一品香、风摆柳不屑地离去。

9. 鸳鸯楼、二楼蒋凤仙房间。

蒋凤仙躺在床上，心乱如麻：

郏府、西院、蒋凤仙卧室。

郏文博："凤仙，看在咱们夫妻一场的份上，我也不为难你。救你的办法也只有一个，你必须马上离开郏府！"

蒋凤仙惊讶："二爷，您不要我了？"

郏文博取出一张银票："赶快收拾一下东西，带着这张银票走吧！"离去。

蒋凤仙拿着银票，哭出了声。

沂河县、监狱、牢房。

潘芝莲："我反正被关在大牢里，正好缺个伴。要是把我逼急了，我可要把什么都说出来！"

蒋凤仙转怒为笑："你何必发这么大火呀？二寨主，我还要指望你给我撑腰呢！"

潘芝莲："这不结了！咱俩是患难姐妹，你中有我，我中有你。你只要想办法把我救出去，我一定给你报仇！"

蒋凤仙："好，咱俩拧在一块，总会想出办法来的！"

传来叩门声。

蒋凤仙："谁呀？"

传来老鸨的声音："贵妃，接客！"

蒋凤仙："妈妈，我身体不适，请客人到其他姐妹的房间去吧。"

老鸨："不行，客人是专程来找你的。"

蒋凤仙只好在镜前整理着装束。

老鸨们声音："贵妃，快开门呀！"

蒋凤仙打开门。

老鸨、藏秘书走进。

蒋凤仙给客人斟茶。

老鸨："贵妃呀，这位先生是江南的客商，头一次来咱鸳鸯楼，你要好生伺候着。"说完，离去。

蒋凤仙："先生，您请坐。"

藏秘书摘下礼帽和墨镜。

蒋凤仙双手欲接，不由怔在那里。

藏秘书："你怎么不接了？"

蒋凤仙："你不是藏秘书吗？"

藏秘书："你认错人了，我是江南客商。"

蒋凤仙："不，你不是商人，你是藏秘书！"

藏秘书哈哈大笑："二姨太目光犀利，记性甚好，一眼就把我认出来了！"

蒋凤仙："藏秘书经常到鸳鸯楼来吗？"

藏秘书："不，是你的魅力把我吸引来的。"

蒋凤仙："你是为我来的？"

藏秘书："自打我见你第一面时，就产生了爱慕之心，没想到竟然在这里，我如愿以偿了。"

蒋凤仙不高兴道："你呀，这叫落井下石。"

藏秘书："非也。假如你在深宅大院，我又怎么能与你相会呢？"

蒋凤仙："你是怎么知道我在这里的？"

藏秘书："我是听一个朋友讲的，起初我死活不信，而他却说得真真切切，我今天来就是撞撞看，没想到你果真在这里。"

蒋凤仙不由黯然神伤。

藏秘书："二姨太，你怎么会沦落到这个地步？"

蒋凤仙："还不都是因为那个该死的潘金莲！"

藏秘书："马陵山的二寨主？"

蒋凤仙："对！"

藏秘书："她叫潘芝莲。"

蒋凤仙："她比潘金莲还坏！她勾引银之少爷上了马陵山，大少爷把银之赎回后，她怀恨在心，又开枪暗杀大少爷！"

藏秘书："这些与你何干？"

蒋凤仙："郯府的人一口咬定，是我暗通土匪，才遭此横祸！"

藏秘书："原来如此。你放心，我一定帮你报这深仇大恨！"

蒋凤仙："怎么报？"

藏秘书："我已经把潘芝莲收押在监，必定将她致于死地！"

蒋凤仙："不可！"

藏秘书："你不是想报仇吗？"

蒋凤仙："把她留下，我还有用！"

藏秘书："留着她是个祸害！"

蒋凤仙："藏秘书，你真的是喜欢我吗？"

藏秘书："相见恨晚！"

蒋凤仙："你要是真的喜欢我，我可以把心都掏给你。"

藏秘书："美人，你把我的魂都勾走了。"把蒋凤仙揽在怀里。

蒋凤仙："你真想替我报仇？"

藏秘书："君子口中无戏言！"

蒋凤仙："那好，你想办法把二寨主放了！"

藏秘书："她不是你的冤家对头吗？"

蒋凤仙："我不是对你说过了，她对我还有用。"

藏秘书："有啥用？"

蒋凤仙撒娇地："我不告诉你，你只要放了她就行。"

藏秘书："她可是县长的要犯！"

蒋凤仙妩媚地："你不答应？"

藏秘书："为了你，我万死不辞！"

蒋凤仙亲了藏秘书一口："亲爱的，为了你，我也再不接客了，只一心一意地伺候你一个人！"

藏秘书："宝贝！"

10. 金鸡山、矿区。

郯银业在工地上忙碌着。

原油坊主事风尘仆仆地走来："二少爷！"

郯银业："你是……"

原油坊主事："二少爷，您不认识我了？我是油坊原来的主事。"

郯银业："噢，我想起来了，大少爷也说起过你的事情。"

原油坊主事："二少爷，是少奶奶让我来找您的。"

郯银业："好吧，你先熟悉一下矿上的情况，最好能拿出一个行政管理方案，然后再安排你的工作，怎么样？"

原油坊主事："行啊！"

郯银业："你叫啥名字？"

原油坊主事："我叫张大拴。"

郯银业："咋叫大拴呢？"

原油坊主事："我原先有一个哥一个姐，都未成年就死了，我爹想把我拴住，就起了这名。"

郯银业："这名不好！一个人要是被拴住了，还能干啥大事？依我看，把拴你的手拿掉，就叫张大全吧！"

原油坊主事高兴道："谢谢二少爷，今后我的名字就叫张大全了！"

郯银业："张大全！"

张大全："嗳！"

二人笑。

郯银业写了张纸条，交给张大全："你到财务上领点钱，先把家安顿好了。"

张大全未接纸条："二少爷，我啥也没干呢？"

郯银业："这就叫兵马未动，粮草先行嘛。大全，你家里在等米下锅呀！再说，往后一忙起来，你就很少能回家了！"

张大全接过纸条，给二少爷深深一躬。

11. 郯府、后院。

郯耀庭在整理菊花。

大管家匆匆而来："老爷，大少爷来了！"

郯耀庭一愣："他是不是又来提建民团的事？"

大管家："不是，大少爷是来给您送字的！"

郯耀庭："仲亭，你别走开，他要是一提建民团的事，你就立马把他的话堵回去！"

大管家："我知道了。"

郯银根手拿画轴，走进后院："爷爷！"

郯耀庭："给我送字来了？"

郯银根："爷爷，我的字写得不好，您可千万别笑话！"

郯耀庭："爷爷连毛笔都不会拿，你和我客气啥？"

大管家:"老爷,咱把它挂哪儿呀?"

郯耀庭:"挂在客厅最显眼的地方!"

郯银根赶忙阻止:"不行不行,那里挂着我父亲的字呢!"

郯耀庭:"这有啥? 就是要和他比一比!"

郯银根:"我可不敢! 他不仅是我父亲,而且他的字比我不知要强多少倍!"

郯耀庭:"这话不假,虽说你爹是个书痴,可他写的字无人能比!"

郯银根:"爷爷,把我写的这幅字,还是挂在您卧室里吧?"

郯耀庭:"行! 挂上让爷爷看看!"

12. 郯府、后院、卧室。

三人走进卧室。

郯银根把画轴挂在墙上。

郯耀庭高兴地:"根儿,你的字不错呀!"

大管家:"用笔娴熟,字体饱满,布局得当,苍劲有力!"

郯耀庭:"摘下来,把它挂到客厅去!"

郯银根:"爷爷,您饶了我吧,还是挂在这儿最合适!"

郯耀庭笑:"根儿,把上面这首诗,再念给爷爷听听!"

郯银根读诗:

> 土花能白又能红,
> 晚节犹能爱此工。
> 宁可抱香枝头老,
> 不随黄叶舞秋风。

郯耀庭:"好!"不由地背诵起来:

> 土花能白又能红,
> 晚节犹能爱此工。
> 宁可抱香枝头老,
> 不随黄叶舞秋风。

郯银根惊讶:"爷爷真是好记性!"

郯耀庭:"唉,我这辈子最可惜的,就是没读过书。"

郯银根:"爷爷,您没读过书,怎么能认识

不少字呢?"

郯耀庭:"用心听,用心看,用心记。"

大管家:"老爷,您要是读过书,那可不得了啦!"

三人笑。

郯银根:"爷爷,我走了。"

郯耀庭:"你去忙吧。"

郯银根离去。

郯耀庭纳闷地:"奇怪,建民团的事,根儿咋一字不提了?"

大管家:"老爷,大少爷对您是言听计从的。"

郯耀庭:"嗯。"

13. 沂河县、监狱、牢房。

女看守拿着包袱走来,打开牢门:"潘金莲,你二姐又给你送东西来了!"

潘芝莲警觉地:"送的啥呀?"

女看守:"好像是衣裳。"

潘芝莲:"送吃的该多好呀?"

女看守:"你够有福气的,摊上个好二姐!"

潘芝莲接过包袱,欲打开。

女看守站着未动。

潘芝莲:"还有事吗?"

女看守笑笑,未语。

潘芝莲恍然,取出钱:"你是等这个吧?"

女看守只是笑。

潘芝莲:"给!"

女看守接过钱:"潘金莲,别忘了我说过的话,往后让你家里人再多来两趟。"锁门而去。

潘芝莲打开包袱,细心地翻找,终于发现了一张小纸条。

纸条上写着四个字:有人救你。

潘芝莲又惊又喜,但又陷入迷惘。

14. 黄昏。

郯府、西院、郯银之卧室。

郯银之百无聊赖,时而躺在床上,时而来回走动。他推开窗,看着纷纷飘落的树叶,思绪撒上马陵山:

山道上。

郯银之、潘芝莲纵马驰骋。

花丛中。

郯银之将山花插在潘芝莲的头上。

瀑布下。

郯银之欣赏着潘芝莲的玉肤冰肌。

山林间。

郯银之、潘芝莲追逐嬉戏。

罗纹帐。

郯银之、潘芝莲恩爱在一起。

山梁上。

潘芝莲眺望远去的郯银之……

夜幕降临。

郯银之收回思绪的网，打开房门，不由吓了一跳。

一名男佣站在门外。

郯银之愠怒道："你站在这里干什么?"

男佣不语。

郯银之："滚开!"

男佣不动。

15. **夜。**

郯银之的卧室外。

银之走出卧室。

男佣暗跟身后。

16. **夜。**

西院、门口。

郯银之走出西院。

男佣相继而出。

17. **夜。**

郯府、大门内。

郯银之欲出大门。

门房从黑暗中突然闪出。

18. **夜。**

西院、郯银之卧室。

郯银之走回卧室，砰地关上房门，和衣而卧。

男佣守在门外的暗影里。

19. **夜深沉。**

万籁无声。

郯银之卧室。

郯银之轻轻打开房门，闪身而出。

20. **夜。**

郯府、后花园。

郯银之走进后花园。

21. **夜。**

后花园的后门。

郯银之左顾右盼来到门前，吓得大叫一声!

男佣在黑暗中，贴身跟上。

郯银之转身跑出后花园。

22. **夜。**

西院、郯银之卧室。

郯银之惊魂未定地跑回卧室。

夜色笼罩着黑魅魅的郯府。

23. **一轮朝阳冉冉升起。**

乡间大道。

郯银根挥鞭跃马，奔向古码镇。

24. **古码镇、郯子中学、操场上。**

金振宗正在训练民团骨干。

郯银国也在队列之中。

郯银根站在操场边上，静静观看。

刘之声走到他的身边："郯先生来得好早呀!"

郯银根："这三十名骨干，今后可是咱民团的宝贝啊!"

刘之声："这三十个人，是金教官从好中选优，一个个挑选出来的!"

郯银根："我仔细地看了他的训练计划:列队操练、擒拿格斗、涉水攀缘、战马藏身、射击投弹，一套完整的方案，金教官不愧是行伍出身呀!"

刘之声："郯先生，您看到没有，队列里还有一名女兵呢?"

郯银根："在哪?"

刘之声："银国身边的那一位。"

郯银根惊讶："那不是夏淑女老师吗?"

刘之声："正是。"

郯银根："夏老师平时很文静，没想到还是一名武将!"

刘之声："郯先生，我要告诉您一件小秘密。"

郯银根："是不是夏老师和三弟的事?"

刘之声："您已经知道了?"

郯银根笑："我只是看出了一点小门道。"

刘之声："赞成吗?"

郯银根："三弟是我最疼爱的人，他自幼聪

名伶俐，虽然个性很强，但与我心心相印。他若与夏老师真心相爱，还请之声兄多多撮合。"

刘之声："放心吧，我愿做这个月老！"

25. 郯府、四合院。

大管家走进四合院："少奶奶！"

董姝妹从卧室走出："仲亭叔，有啥事？"

大管家："果不出所料，这几天银之少爷千方百计要溜出去，昨天夜里就去了后花园！"

董姝妹："他去那里干什么？"

大管家："那里有一个多年不用的后门。"

董姝妹："没上锁吗？"

大管家："本来就有锁，我又加上了一把，这是钥匙。"

董姝妹未接："加锁有什么用，把门从里面垒上！"

大管家："好，我马上去办！"

26. 沂河县、监狱、牢房。

男看守陪同藏秘书来到牢房："藏秘书，她被关在这个监号。"

藏秘书："把门打开！"

女看守打开门。

藏秘书："你们走吧，我要提审犯人！"

男看守、女看守离去。

藏秘书走进。

潘芝莲坐志忑不安地看着藏秘书。

藏秘书厉声地："站起来！"

潘芝莲站起身。

藏秘书："进来不少日子了吧？"

潘芝莲不语。

藏秘书："我问你话呐！"

潘芝莲："你这是明知故问！"

藏秘书冷笑一声："不错，是我把你从马陵山押回来的！"

潘芝莲："哼！"

藏秘书："哼什么？我问你，你就得回答！"

潘芝莲把头扭向一边。

藏秘书："这些日子，反省得怎么样？"

潘芝莲不语。

藏秘书："又哑巴了？"

潘芝莲："一人做事一人当，我没啥可反省的！"

藏秘书拍案而起："好！让你嘴硬，我今天就打发你回老家！"起身欲走。

潘芝莲顿时吓得目瞪口呆！

躲在监室外窃听的男看守，赶忙跑进监室："藏秘书，对这种人何必发这么大火呢？您先消消气，我来收拾她！"走到潘芝莲面前就是一耳光："我让你嘴硬！藏秘书好心开导你，你却狗咬吕洞宾，你不要命了！"

潘芝莲胆怯地："我错了！"

男看守："快给藏秘书赔罪！"

潘芝莲："藏秘书，我有罪！"

藏秘书又坐了下来，对男看守，威严地："你躲在外面偷听了？"

男看守："没，没有。"

藏秘书："没偷听，怎么能跑进来多事？"

男看守："这……"

藏秘书："滚出去！滚得远远的！再偷听，我连你一块办了！"

男管家害怕地："是，是！"赶忙离开监室。

27. 监室外。

男看守与窃听的女看守撞个满怀。

女看守："你这是自找的！"

男看守："滚！"

二人离去。

28. 监室内。

潘芝莲怯生生地看着藏秘书。

藏秘书："我听说，你二姐来给你送过衣服？"

潘芝莲一惊！

藏秘书："你没仔细看看，是什么衣服啊？"

潘芝莲又是一惊！

藏秘书："你要是看清楚了，就点点头。"

潘芝莲点头。

藏秘书轻声道："这是监狱大门的钥匙。"

潘芝莲犹豫。

藏秘书："快，我是来救你的！"

潘芝莲赶忙接过钥匙。

藏秘书又取出一个小纸包："这是迷魂散。得手后，一定要灭口！"

潘芝莲又赶忙接过。

藏秘书："下一步就看你的了！"

潘芝莲点头。

藏秘书走到监室门口："来人！"

男看守、女看守匆匆而来。

藏秘书："你俩听好了，她是县里的要犯，你们要严加看管！"

男看守："是！"

藏秘书离去。

女看守锁上牢门。

男看守与潘芝莲偷偷地对视了一眼。

29. 郯府、后花园。

郯银之惴惴不安地溜进后花园，当他走到后门时，不由惊呆住了！

后门已经被砖全部垒死。

30. 沂河县、监狱、牢房。

潘芝莲身穿艳丽的旗袍，对着一面小镜子梳妆打扮。

女看守透过铁窗楞着着："捯饬啥呢，这里又没男人？"

潘芝莲："今儿是我的生日，自己给自己看！"

女看守："你活得挺仔细，还能记着生日？"

潘芝莲："没人疼，自己疼。"

女看守："你这么一打扮，真是个俊俏的美人。"

潘芝莲："啥办法？从娘胎里带来的！"

女看守："怪不得能勾引这么多男人。"

潘芝莲："哪个女人不喜欢男人多看她两眼？"

女看守："凡到这里来的，都是这'两眼'出的事！"

潘芝莲："女人一辈子就那么几天，咋欢乐咋来，管那么多干啥？"

女看守："你呀，是瘸子的腿，就筋了！"

男看守提食盒而来。

女看守打开牢门。

男看守走进牢房。

潘芝莲扭动腰肢，走到他的面前："有啥好吃的？"

男看守被潘芝莲的容貌惊呆了。

潘芝莲轻声地："今天我要你陪陪我。"

男看守的心怦怦直跳。

潘芝莲："我要好好谢谢你。"

男看守失魂落魄。

潘芝莲："愿意吗？"

男看守连忙点头。

潘芝莲："去买瓶酒，咱俩喝。"

男看守："宝贝，你等着。"

男看守走出牢房。

31. 牢房门外。

男看守："把门锁上！"

女看守锁门。

男看守："她还这么猖狂吗？"

女看守："狗一阵猫一阵的！今儿又说是她的生日，你看打扮的那个样，像个半掩门子！"

男看守："这种女人欠收拾！"

女看守："看管这样的女人，累死个人！"

男看守："谁让咱吃这碗饭呢？"

女看守："从她进来那天，我就没睡过一个囫囵觉！"

男看守："好吧，今天就破个规矩，你回去好好睡一觉，我替你当班！"

女看守："这多不好意思？"

男看守："客气啥？咱们之间再不相互帮忙，谁还能管咱呀？走吧，赶明儿早点来就行了。"

女看守："我回去要先洗个澡，身上都快招虱子了！"把钥匙交男看守："让你受累了。"离去。

男看守高兴地打开牢门："宝贝，你等着，我打酒去！"

潘芝莲："你要快去快回，别让我久等呀！"

男看守锁上牢门而去。

32. 古码镇、鸳鸯楼。

藏秘书走进鸳鸯楼。

老鸨迎上："先生，您咋好几天没来了？"

藏秘书："生意太忙。"

老鸨："贵妃可是天天念叨您。"

藏秘书："她能有空想我？"

老鸨："瞧您说的，她对您忠贞不贰。自打您来后，她再也不肯接客了！"

藏秘书："此话当真？"

老鸨："我若有半句瞎话，天打五雷轰！"

藏秘书："这么说，她还是个有情有义的

人。"

老鸨："只是我柜上太亏了！"

藏秘书取出钱："够吗？"

老鸨接过钱，喜笑颜开："先生快上楼吧，贵妃正盼着您呐！"

藏秘书走上二楼。

33. 夜色朦胧。

沂河县、监狱、牢房。

潘芝莲与男看守对饮。

男看守已经按捺不住自己。

潘芝莲端起酒杯："大哥，慌啥呀，今儿一夜都是你的。"

男看守："喝！"

二人干杯。

潘芝莲："大哥，你干的这活，可是个肥差呀。"

男看守嘿嘿一笑："老鼠娶媳妇，小打小闹。"

潘芝莲："捞到过不少好处吧？"

男看守："不值一提。"

潘芝莲："也糟蹋过不少女人吧？"

男看守："这话真难听！"

潘芝莲："就咱俩人，说啥不行？"

男看守："不瞒你说，这是个苦差事！除了蹲大牢的，谁看得上咱呀？"

潘芝莲："俗话说靠山吃山，靠水吃水。你成年累月，光犯人也吃不完呀？"

男看守："这话不假！我是这里的老大，凡是被关在这里的人，就得好好伺候老子，有钱的出钱，没钱的就得出力！"

潘芝莲："人家若是不肯呢？"

男看守："我有的是办法！先饿上她几天，要是还不听话，都给她捏个罪名，轻则再多蹲几年，重则就得完蛋！"

潘芝莲："没王法了？"

男看守："你咋这么傻呀？王法是人定的！"指着酒菜："看见了吧，这就是王法！"

潘芝莲："你不怕上边来查呀？"

男看守笑："他先查查自己吧！他们吃肉，我就不能喝汤呀？这世道，兴这个！"欲斟酒，壶空。

潘芝莲："瓶里还有呢，我来倒。"

男看守醉眼惺忪："我来！"

潘芝莲："这可不行，我得伺候你呀！今儿我是又出钱又出力呀！"

男看守笑。

潘芝莲将迷魂散和瓶里的酒，一块倒入酒壶。

男看守："要是不够喝的，我再去打！"

潘芝莲斟满酒："我敬你三杯！"

男看守连饮三杯："痛快！"

潘芝莲坐到男看守怀里："我再敬你三杯！"

男看守又饮三杯："不喝了！美人，咱上床吧！"

潘芝莲："不嘛。难得这么高兴，再喝最后三杯！"

男看守已经觉着天旋地转："我，我……"

潘芝连摇晃着他："喝呀，喝呀。"

男看守昏迷。

潘芝莲使劲摇晃："大哥，大哥！"

男看守一动不动。

潘芝莲从男看守身上取出钥匙，欲走又回。她将铁丝缠在男看守的脖子上，欲勒又止："你待老娘还行，饶你一条狗命吧！"走出牢房又回，手握铁丝："对不住了，咱还是各走各的路吧！"用力一勒。

男看守死去。

潘芝莲锁上牢门，急速离去。

34. 夜。

古码镇、鸳鸯楼、蒋凤仙房间。

藏秘书、蒋凤仙在对饮。

蒋凤仙："你怎么老是心神不定的？"

藏秘书："奇怪呀，我去了监狱好几天了，怎么一点动静都没有呢？"

蒋凤仙："你真的去过了？"

藏秘书："我把监狱大门的钥匙都给她了！"

35. 夜。

蒋凤仙的房间外。

老鸨在窃听。

36. 夜。

蒋凤仙的房间内。

蒋凤仙："她会不会出事了？"

藏秘书："我怕的就是这个！她逃出来还好，要是逃不出来，一旦被抓住，那就要惹大麻烦了！"

蒋凤仙："麻烦啥？"

藏秘书："再硬的嘴巴，也经不住老虎凳、扛子压！她一旦招了供，我可就彻底完蛋了！"

蒋凤仙："甭害怕，这个女人不光狠毒，也有的是办法！"

藏秘书："你给我说实话，留着她到底有啥用？"

蒋凤仙："往后你会知道的！"

藏秘书："你告诉过老鸨，我是谁吗？"

蒋凤仙："没有。"

藏秘书："你千万不能告诉她！"

蒋凤仙："为什么？"

藏秘书："这个妓院是马陵山的黑窝！"

蒋凤仙："我知道！"

藏秘书："你怎么会知道的？"

蒋凤仙："我还知道，老鸨是二寨主的贴心人！"

藏秘书："你咋这么认实呢？像老鸨这种人，有奶便是娘！如今二寨主完蛋了，她早投靠赵嬷嬷了！"

蒋凤仙："这也没啥呀，反正她们是一家人！"

藏秘书笑："一家人？二寨主就是被赵嬷嬷送进大牢的，赵嬷嬷恨不得她这个干女儿死在大牢里！"

蒋凤仙："为啥呢？"

藏秘书："因为她这个司令宝座，已经受到了威胁！"

蒋凤仙恍然大悟："你怎么不把这些早告诉我呢？"

藏秘书："你也没问过我呀？"

蒋凤仙："我要是早知道这些，救她出狱干啥？她无权无势，不仅帮不了我的忙，闹不好还要被赵司令问罪！"

藏秘书："后悔也晚了，听天由命吧！"

37. 夜。

蒋凤仙房间外。

老鸨闪身而去。

38. 黎明前。

古码镇、鸳鸯楼。

传来轻轻地叩门声。

值更人在睡梦中惊醒："谁呀？"

传来潘芝莲压低的声音："我是二寨主，快开门！"

值更人赶忙开门。

潘芝莲闪身而进，顺手关上门，用匕首顶着值更人的喉咙："我要你把嘴封死，对谁也不许说我来了！"

值更人吓得浑身颤抖。

潘芝莲："你听见没有？"

值更人："听见了，听见了。"

39. 黎明前。

鸳鸯楼、老鸨卧室。

潘芝莲破窗而入。

老鸨惊醒："谁？"

潘芝莲："是我！"

老鸨惊骇："二寨主？"

潘芝莲："把灯点上！"

老鸨点灯。

潘芝莲："送我回房间！"

老鸨颤声地："二寨主，您的房间，我让二姨太住了。"

潘芝莲大怒，忽地拔出匕首："你是不是觉着老娘不行了？"

老鸨："不敢，不敢！"

潘芝莲唰的一声，将匕首朝老鸨甩去。

匕首从老鸨耳边划过，插到了门板上。

老鸨双腿一软，跪在地上："二寨主饶命，二寨主饶命！"

潘芝莲："让二姨太滚出去！"

老鸨："她，她房间里，还，还有一个人。"

潘芝莲："让他们一块滚！"

老鸨："那个客人，是，是县衙的藏秘书。"

潘芝莲一怔："算了吧！"

老鸨从地上爬起："二寨主，您先住在我这儿，赶天亮了我再给您调房子。"

潘芝莲："哪间屋最安全呀？"

老鸨掀开地毯："这里有个地道，可以直通后街。"

潘芝莲："我就住在这里，你现在就悄悄地搬出去！"

老鸨："是。"

潘芝莲："你给我听好了，对谁也不许讲我在这里，若透露半点风声，我就宰了你！"

老鸨："我记住了。"

潘芝莲："让人烧水，我要洗澡！"

40. 翌日。

沂河县、监狱、牢房。

桌上杯盘狼藉。

死去的男看守伏趴在桌子上。

女看守匆匆而来，见状大惊："快来人呀，杀人了！"

41. 沂河县、县衙、办公室。

姚月亭气愤地来回踱着步子。

藏秘书垂手而立。

姚月亭："她胆子也太大了，竟敢杀人越狱！"

藏秘书："应该重办监狱长，管理如此混乱！"

姚月亭："那个女看守都招了？"

藏秘书："都招了。是那个男看守色胆包天，故意把她支走，才酿成大祸！"

姚月亭："一群败类！"

藏秘书："现场有两个空酒瓶子，喝了二斤白酒还能不醉？"

姚月亭："跑得了和尚跑不了庙！你马上去马陵山，要她们立即交出犯人！" 藏秘书："是！"

姚月亭："你要一个人去，对外要封锁一切消息！"

藏秘书为难地："县长，办这种案子，您最好还是派两个人一块去。"

姚月亭："你顾虑什么，我还能不相信你吗？"

藏秘书："是！"

姚月亭："多一个人就多一张嘴，一旦要让上边知道了，我的麻烦就大了！"

藏秘书："我明白！"

42. 古码镇、鸳鸯楼、潘芝莲房间。

潘芝莲又恢复了往日的容貌。

老鸨在她面前垂手而立。

潘芝莲："他们还说了些什么？"

老鸨："藏秘书说，二寨主就是被赵嬷嬷送进大牢的，赵嬷嬷恨不得她这个干女儿死在大牢里！"

潘芝莲："他真是这么说的？"

老鸨："这是藏秘书的原话。"

潘芝莲愠怒。

老鸨："二姨太问他，这是为啥呢？藏秘书说，因为赵司令的这个宝座，已经受到了二寨主的威胁！"

潘芝莲发出冷笑。

老鸨："二姨太听后，懊悔不迭。她埋怨藏秘书说，你怎么不把这些早告诉我呢？我要是早知道这些，救她出狱干啥？她无权无势，不仅帮不了我的忙，闹不好还要被赵司令问罪！"

潘芝莲拍案而起："贱妇！我真想宰了她！"

老鸨："不可如此，留下她还有用呢！"

潘芝莲："有啥用？"

老鸨："让她给您和银之少爷之间当个腿使，不也挺好吗？再说，二姨太说的话也有几分道理。"

潘芝莲："还有道理？"

老鸨："二寨主，您不想一想，如今社会有几个不是势利眼的？您要是还在位上，谁敢对您这样？话再说回来，千不该万不该，您出了点事，赵司令就把您给扔出来！马陵山能有今天的阵势，还不都是您拼着命打出的天下？推完磨就杀驴，让人心寒呀！"

潘芝莲："都是些狼心狗肺的人！"

老鸨："二寨主，您要从长计议才行呀！您刚从大狱里逃出来，官府肯定会找麻烦的，等这阵风过去，再把这些事捋顺也不迟呀！"

潘芝莲："嗯，就照你说的办吧！我当初没白拉扯你，你还算是个有良心的，今后我亏待不了你！"

老鸨："无论到何时，我都是您的人！"

潘芝莲："你把二姨太叫到这里来！"

老鸨："您一定要沉住气呀！"

潘芝莲："我知道！"

老鸨离去。

43. 鸳鸯楼、二楼、蒋凤仙房间。

蒋凤仙用纸牌给自己算命。

传来叩门声。

蒋凤仙："谁呀?"

老鸨的声音："快开门。"

蒋凤仙打开房门。

老鸨走进。

蒋凤仙："有事吗?"

老鸨："有人要见你。"

蒋凤仙："我不接客。"

老鸨："是你的一位朋友。"

蒋凤仙："我蒋凤仙从来没朋友。"

老鸨："她是来看望你的。"

蒋凤仙："我没空。"

老鸨："你不见?"

蒋凤仙："不见。"

老鸨："她说是来告诉你二寨主的事。"

蒋凤仙："二寨主的事?"

老鸨："算了,你既然不愿见她,我现在就去把她打发走。"

蒋凤仙："慢!人在哪儿?"

老鸨："在我房间里。"

蒋凤仙："让客人到这儿来!"

老鸨："人家不肯来。"

蒋凤仙："谁这么大架子?"

老鸨："你见了面,不就知道了?"

蒋凤仙："好吧,我去见他!"

第二十五集

1. 古码镇、鸳鸯楼、潘芝莲房间外。

蒋凤仙跟随老鸨来到房门外："二姨太来了!"

蒋凤仙推门而进。

老鸨关门，离去。

蒋凤仙望着客人的背影："你是哪方来的客人呀?"

潘芝莲转回身。

蒋凤仙惊讶："啊?"

潘芝莲："不认识了?"

蒋凤仙："你怎么会在这里?"

潘芝莲："没想到吧?"

蒋凤仙："你何时出来的?"

潘芝莲："藏秘书呢?"

蒋凤仙："藏秘书?"

潘芝莲："他不是和你在一起吗?"

蒋凤仙："噢，对，我就是求他，把你救出来的!"

潘芝莲："我要好好谢谢你这个二姐，和这位二姐夫!"

蒋凤仙："你真会说笑话，我和藏秘书仅是一面之交。"

潘芝莲："这不关我的事! 我只是想告诉你，不准对他说我在这里!"

蒋凤仙："你这不是过河拆桥吗?"

潘芝莲："拆了再建，不是更好吗?"

蒋凤仙："我不会告诉他的。"

潘芝莲："我这个人最愿听实话，因为从小受骗受怕了!"

蒋凤仙："咱俩一样! 因为你讲的话都是实话，我才把它句句都放在心里!"潘芝莲笑："你话里有话吧?"

蒋凤仙："你多疑了。"

潘芝莲哈哈大笑："我是说过，你救我出狱，

我就替你报仇!"

蒋凤仙不屑一顾。

潘芝莲欲怒又止："是呀，我眼下是只落架的凤凰，你说该咋办呀?"

蒋凤仙冷笑："这有啥难的? 等于没说呗!"

潘芝莲："后悔了?"

蒋凤仙："后悔?"

潘芝莲："你可以告诉藏秘书，让他再把我关进大狱呀?"

蒋凤仙："我还没发贱到这一步!"

潘芝莲："那你可就亏本了!"

蒋凤仙："不知二寨主今后做何打算呢?"

潘芝莲："你说呢?"

蒋凤仙："难说!"

潘芝莲："无路可走了?"

蒋凤仙："趁着尚有几分姿色，在鸳鸯楼找份饭吃也不错。"

潘芝莲："就没有别的路了?"

蒋凤仙："马陵山你是回不去了，再想吃道上的饭谈何容易!"

潘芝莲："我不明白，马陵山我为啥回不去了?"

蒋凤仙笑："赵司令既然把你送交官府，她还能容你一山藏二虎吗?"

潘芝莲："我更不明白了，我上不上马陵山，干嘛一定要听她的呢?"

蒋凤仙："笑话! 她是司令，说啥是啥!"

潘芝莲："我要是不让她开口呢?"

蒋凤仙笑："除非你是司令!"

潘芝莲发出令人毛骨悚然的笑声!

蒋凤仙一阵心悸!

潘芝莲走到蒋凤仙身边，轻轻抚摸着她的脸庞，夸奖道："你挺机灵的。"蒋凤仙战栗地说："你，你想……"

潘芝莲柔声细语地："二姐，不是你想要我杀了她吗?"

蒋凤仙："不，不是我……"

潘芝莲："二姐，你不是说我是个说实话的人吗?我咋一说实话，你就吓成这样了?"

蒋凤仙顿作笑脸："二寨主，我……"

潘芝莲："我喜欢你。只要咱俩抱成团，啥事办不成呀?别忘了，你还要报仇呢!"

蒋凤仙的心里五味杂陈。

2. 马陵山、崎岖山路。

藏秘书驰马疾行。

3. 古码镇、郯子中学、操场上。

金振宗训练民团骨干擒拿格斗。

4. 郯子中学、郯银国办公室。

夏淑女给郯银国包扎手上的伤口："你不能像他们一样，这么不要命地练。"

郯银国："刘校长把这批骨干交给我，就要身先士卒才行。"

夏淑女："你的体格怎么能和他们相比?来日方长，你要量力而行。"

郯银国："落下一步，距离就会越来越大。"

夏淑女取出药片，又端过水杯："预防感染。"

郯银国笑："没那么娇贵。"服药。

夏淑女："你呀，从校门到校门，最缺乏的就是体育锻炼。"

郯银国："你不是也一样吗?"

夏淑女："我和你可不一样!我从小就骑在父亲的马背上，东奔西跑，四海为家。"

郯银国："咱们相处这么久，我还是第一次听到你谈到自己的父亲。"

夏淑女："他和妈妈都是我最尊重的人。"

郯银国："你为什么没有和他们生活在一起?"

夏淑女："和你一样，人长大了，还要依偎在父母的身边吗?"

郯银国："他们现在在哪?"

夏淑女："在……"

郯银国："怎么不说了?"

夏淑女："他们在的地方，我暂时还不能告诉你。"

郯银国有所悟道："我知道了。"

夏淑女："前不久，他们托人给我捎来一封信，还附有一首特别好的诗，你想看吗?"

郯银国："你要是方便的话，我当然愿看。"

夏淑女取出诗，交给郯银国。

郯银国读诗：

《沁园春·雪》
北国风光，
千里冰封，
万里雪飘。
望长城内外，
惟余莽莽;
大河上下，
顿失滔滔。
山舞银蛇，
原驰蜡象，
欲与天公试比高。
须晴日，看红妆素裹，
分外妖娆。

江山如此多娇，
引无数英雄竞折腰。
惜秦皇汉武，
略输文采;
唐宗宋祖，
稍逊风骚。
一代天骄，成吉思汗，
只识弯弓射大雕。
俱往矣，
数风流人物，还看今朝。

夏淑女："这首诗如何?"

郯银国惊讶地："写得太好了!雄视千古，气势磅礴，指点江山，壮怀激越，诗人是何等的气魄!作者是谁?"

夏淑女："毛泽东。"

郯银根惊骇："延安的毛泽东?"

夏淑女："这是他去重庆时，写给朋友们的诗。"

郯银根："真乃中华民族的伟人也!"

夏淑女："我还有他写的书，你想读吗?"

郏银国："想!"

夏淑女："你不是在追寻中国的出路吗? 读一读他的书，你就会明白的。"

郏银国凝视着夏淑女。

夏淑女："不认识我了?"

郏银国："淑女，你是不是……"

郏银根推门而入。

夏淑女："郏先生!"

郏银国："大哥，您怎么来了?"

郏银根："我是来看金教官训练的，他说你受伤了，就过来看看你。"

郏银国："一点小伤，不碍事。"

夏淑女："郏先生，你们说话，我去训练了。"离去。

郏银根察看三弟的伤口："还疼吗?"

郏银国："有点。"

郏银根："不要沾水，防止感染。"

郏银国："吃过药了。"

郏银根："这是夏老师给你包扎的?"

郏银国："是的。"

郏银根："她很关心你呀。"

郏银国："她人很好。"

郏银根："怎么个好法呀?"

郏银国："思想新颖，教学认真，待人诚恳。"

郏银根："对你呢?"

郏银国拿起桌上的小药瓶："关心备至。"

郏银根："你很喜欢她?"

郏银国："我愿和她在一起。"

郏银根："她是南方人吧?"

郏银国："家在江西。"

郏银根："家里还有什么人?"

郏银国："她有父亲、母亲，还有兄弟。"

郏银根："银国，你年龄不小了，应该考虑个人的婚姻了。假若你和夏老师情投意合的话，就可以朝这方面发展。她一个人在外，你应该主动地去关心爱护她，毕竟是在咱的家边。"

郏银国："我会的。"

郏银根取出钱交三弟："拿着。"

郏银国："不要，我有工资。"

郏银根："交女朋友，开销会大些的。"

郏银国接过："大哥，我二哥和马小姐的事怎么样了?"

郏银根："只要定下日子，两家就换帖了。"

郏银国："还要换帖?"

郏银根："老人在，就要这么办。"

郏银国："老封建!"

郏银根："这不是老封建，这是老传统。"

郏银国："我也要换帖吗?"

郏银根笑："你说呢?"

郏银国："淑女的爸妈还不知在哪儿呢?"

郏银根："不在江西?"

郏银国支吾道："我没问。"

郏银根："她父亲务农，还是经商?"

郏银国："我看都不是。"

郏银根："是做什么的?"

郏银国："不知道。"

郏银根："她不肯告诉你?"

郏银国支吾地："我没问。"

郏银根："换不换帖子，是另外一回事。对于她家的情况，还是弄清楚好。"

郏银国："是。"

5. **马陵山**。

赵嬷嬷观看众土匪跑马射箭。

秋萍连射三箭，未中靶心。

赵嬷嬷掠过弓箭，翻身上马，连发三箭。

箭箭中的。

众人欢呼。

赵嬷嬷翻身下马，冲秋萍："再来!"

秋萍驰马又射三箭，仍未射中靶心。

赵嬷嬷："饭桶!"

秋萍将弓箭扔在地上。

赵嬷嬷："捡起来!"

秋萍捡起弓箭。

赵嬷嬷："你们仨，没一个能赶上老二的!"

秋萍："哼!"

赵嬷嬷："你还不服气?"

秋萍："那你干吗把她送进大狱?"

赵嬷嬷："这是两回事!"

秋萍："正因为她有两下子，才想谋反!"

春来："三妹说得对，心术不正，武艺越高

越可怕！"

冬彩："你俩都别说了，妈妈比你们看得透！"

赵嬷嬷："我心里清亮得很！心术不正的，我要让她吃刀子！武艺不强的，我要让她挨鞭子！心术正武艺又高强的，我让她坐椅子！"

冬彩："妈妈，您放心，俺姐儿仨一定会把武艺练上去的！"

土匪甲匆匆跑来："报告司令，县衙的藏秘书来了！"

赵嬷嬷："有多少人？"

土匪甲："只身一人。"

赵嬷嬷："请！"

藏秘书跟跄地疾步走来。

赵嬷嬷迎上，双手抱拳："藏秘书大驾光临，有失远迎！"

藏秘书："赵司令在领军操练呢？"

赵嬷嬷："请藏秘书到大殿一叙。"

藏秘书："不必客气。本职公务在身，办完事就走。"

赵嬷嬷："不知藏秘书来此，有何公干？"

藏秘书："我是受县长委派，来向赵司令讨还二寨主的！"

赵嬷嬷诧异地："你不是早把她带走了吗？"

藏秘书："她杀人越狱，又逃跑了！"

赵嬷嬷惊愕："跑了？"

藏秘书："请司令把她交出来吧！"

赵嬷嬷："她没有回山寨呀？"

藏秘书："二寨主是民国政府的重犯！赵司令，你可不能窝藏她呀！"

赵嬷嬷："我窝藏她干什么？"

藏秘书："赵司令，姚县长对你可是一直不薄，你可不要因小失大，惹火烧身呀！"

赵嬷嬷："你说的话太离谱了！假如今日我要窝藏她，当初又何必把她送交官府呢？"

藏秘书："此一时彼一时，不可同日而语。"

赵嬷嬷："你若不信，可进山寨去搜！"

藏秘书大笑："偌大个马陵山，要藏个把人，你让我到哪儿去搜呀！"

赵嬷嬷："我总不能凭空地再给你变出一个来吧？"

藏秘书："这么说，你是不打算交了？"

赵嬷嬷："我是无人可交！"

藏秘书："既然赵司令不给姚县长面子，那也就别怪政府反目了！交与不交，孰重孰轻，你再掂量掂量。三日为限，赵司令若不交出要犯，政府将派兵围剿马陵山！"拨马而去。

秋萍搭箭欲射。

赵嬷嬷："住手！"

秋萍："欺人太甚！"

春来："二妹真是吃了豹子胆，竟敢杀人越狱！"

秋萍："让她把马陵山害苦了！"

冬彩："除了咱山寨，哪里还有她的去处呢？"

秋萍："有！"

春来："在哪？"

秋萍："古码镇的鸳鸯楼！"

春来："对呀！"

赵嬷嬷："都给我听着，从现在起不准任何人离开山寨！马蹄上套，子弹上膛，夜袭鸳鸯楼！"

众人："是！"

6. 郯府，后院、客厅。

郯耀庭让大管家挂着大少爷的字轴。

大管家："老爷，可以吗？"

郯耀庭："左边再高点。"

大管家调整着。

郯耀庭满意道："挂在这里，才是个地方。"

大管家："老爷，您信不信，等大少爷回来，我还得挂回去。"

郯耀庭："他说了不算。"

大管家走下椅子，笑："到时候，您就拗不过他了。"

郯耀庭："谁说的？建民团的事，他再也不提了吧？"

大管家："老爷，这是一幅字，不是民团。"

郯耀庭："大事都听我的，更甭说这小事了。"

大管家："大少爷是不肯把自己的字和大爷的字，并列地挂在一起。"

郯耀庭："咋着？大爷的字能挂到他爹的客

厅里，他儿子的字就不能和他挂在一起？"

大管家笑："老爷，您为啥非要把大少爷的字，挂在这里呢？"

郯耀庭："我有三个想法：一，大少爷是咱郯府的掌门人；二，我要让外人看看，郯家一代比一代强；三，我一看见这字，浑身就来劲，好像又年轻了十多岁。你说，该挂不该挂？"

大管家："老爷，我懂了！"

郯银根匆匆走进客厅："爷爷！"

郯耀庭："又想我了？"

郯银根："想，我天天都想您。"

大管家捧上茶。

郯银根："仲亭叔，我自个儿来吧。"

郯耀庭："根儿，找爷爷有什么事呀？"

郯银根："关于银业和银国的婚事。"

郯耀庭高兴地："银国也有谱了？"

郯银根："是的，是郯子中学的夏淑女老师。"

郯耀庭："我好像见过这位老师。"

郯银根："开学典礼的时候，她也在。"

郯耀庭："对，她还给我倒了一杯水哩。高高的个子，大大的眼睛，长得很俊秀。根儿，他们是自己谈上的？"

郯银根："他们是彼此爱慕，刘校长做媒。"

郯耀庭："好！告诉你母亲了？"

郯银根："我先来告诉爷爷，您若同意，我再去请示母亲。"

郯耀庭："这又是件大喜事！把银业和银国换帖的日子，就定在同一天吧！"

郯银根："爷爷，夏老师家在外地，怕她父母一时来不了。"

郯耀庭："能来则来，不能来可由刘校长代劳！"

郯银根："爷爷，您比我的思想还开化呢！"

三人笑。

郯耀庭："根儿，爷爷还要嘱咐你一件事。"

郯银根："什么事呀？"

郯耀庭："银之的事，你也要放在心上。靠西院没指望，也只有靠你了。能早点给他成门亲，也能把他的心拴住。"

郯银根："爷爷，您放心，赶明儿我就找他

谈谈。"

郯耀庭："好！"

郯银根："爷爷，我去请示母亲。"

郯耀庭："去吧。"

郯银根离去。

大管家："大少爷咋没看见这幅字呢？"

郯耀庭窃笑："你没看见，我让他坐在背着字的位子上了？"

大管家："老爷，您真行！"

7. 郯府、西院、客厅。

郯文博阴沉着脸。

郯银之伫立在母亲身边："娘，你说句话呀！"

肖毓芬不语。

郯文博："毓芬，之儿都求你半天了！"

肖毓芬："现在来求我了，往日我嘱咐你的话，你能听进一半去，也不会落到今天这个地步！"

郯银之："娘，我错了！"

肖毓芬："这句话你说过多少遍了，你改了没有？"

郯银之："我这次一定改！"

郯文博："毓芬，之儿既然下了决心痛改前非，咱们就应该相信自己的儿子。如今银之被软禁在家里，整日无所事事，不禁没有任何前程可言，时间一长就能憋出病来。根儿一直敬重于你，只有你的话才能解决之儿的事。事到如今，你就为咱们的儿子，去找根儿讲讲情吧！"

郯银之："娘，我求求您了！"

肖毓芬："之儿，你再对娘说一遍，真的要重新做人吗？"

郯银之："娘，我一定要重新做人！"

肖毓芬："好，娘再听你这最后一回，我找你堂哥求情去！"

8. 古码镇、鸳鸯楼、潘芝莲房间。

潘芝莲、蒋凤仙、老鸨，各穿红、黄、黑色旗袍，在饮酒作乐。

老鸨站起身，扭动着腰肢走着："咱姊妹仁，是天下最美的三朵花！"

蒋凤仙也站起身，走了几步："咱们是闭月羞花，沉鱼落雁。勾魂摄魄，妲己在世！"

二人笑。

老鸹："二寨主，您怎么一直闷闷不乐呀？"

潘芝莲："有啥可乐的？"

老鸹："大难不死必有后福！"

潘芝莲："说得轻巧！"

老鸹："您在担心官府缉拿？"

蒋凤仙："官府没啥可怕，二寨主是担心马陵山！"

老鸹："马陵山就更不用担心了！二寨主是赵司令最贴心的闺女，又是司令的左膀右臂，真是一人之下百人之上！等这风声一过，二寨主仍然是威风凛凛的马陵山二寨主！"

蒋凤仙："正因为如此，二寨主才不得不防！"

潘芝莲："你俩都说错了，我潘芝莲生来就是惹事不怕事，招人不怕人！人生在世就一个理，真被骗，善被欺，怕就亡，恶必胜！怕这怕那，狗屁事也办不成。只有让人人都怕你，你才能随心所欲！"

蒋凤仙如获至宝："您说得太对了！"

老鸹茫然。

蒋凤仙："二寨主，人逢知己千杯少，我再敬您一杯！"

潘芝莲："同饮！"

三人干杯。

潘芝莲："我听说二姨太是戏班出身，今日何不唱上一段，解解烦闷？"

蒋凤仙："只要二寨主愿听，我就唱一段！"离座，边舞边唱《贵妃醉酒》（四平调）：

> 海岛冰轮初转腾，见玉兔又早东升。
> 那冰轮离海岛，乾坤分外明。
> 皓月当空，恰便是嫦娥离月宫，奴似嫦娥离月宫。
> 好一似嫦娥下九重，清清冷落在广寒宫，啊，在广寒宫。
> 玉石桥斜倚把栏杆靠，鸳鸯来戏水，金色鲤鱼在水面朝。
> 啊，在水面朝，长空雁，雁儿飞，哎呀雁儿呀，
> 雁儿并飞腾，闻奴的声音落花荫，

这景色撩人欲醉，不觉来到百花亭……

9. 郯府、四合院、卧室。

桌上摆着饭菜。

董姝妹焦急地等待。

郯银根闷闷不乐地走回。

董姝妹："您和爷爷谈到现在？"

郯银根："我又去了东院，看望母亲。"

董姝妹："饭菜都凉了，快洗手吃饭吧。"

郯银根洗手，吃饭。

董姝妹："您怎么不高兴呀？"

郯银根："不知为什么，最近母亲多次提出，要把二姨太接回家？爷爷今日又提出，要我给银之安排事做，还要给他娶妻成亲？"

董姝妹："您是怎么想的？"

郯银根："我是举棋不定。按亲情，理应如此。论大局，绝不可行。"

董姝妹："您是郯府的掌门人，当然要论大局才行！"

郯银根："可是，我又如何向爷爷和母亲交代？"

董姝妹："爷爷和母亲既然不在位上了，又管这么多事干啥呢？"

郯银根："好在是，尚未垂帘听政。"

董姝妹："您只要是答应了第一件，第二件第三件就会接踵而至，如此发展下去，离垂帘听政也就不远了！在这种时刻，您要保持清醒的头脑，当仁不让，哪怕他们说的是对的，也绝对不能立即照办！"

传来轻轻地叩门声。

郯银根："有人来了。"

董姝妹迎到门口："哟，是婶子呀，快请进。"

肖毓芬走进屋。

郯银根忙站起："婶子！"

肖毓芬："怎么才吃饭呀？"

董姝妹："银根刚忙完回来。"

郯银根："婶子，您坐。"

董姝妹端上茶。

肖毓芬："根儿，快吃饭。"

郯银根："我吃完了。"

董姝妹收拾掉碗筷。

郯银根："婶子，我天天忙着外边的事，也未能去给您请安，还请您体谅。"

肖毓芬："婶子又不是外人？再说，我也不喜欢人来人往的。"

董姝妹："婶子，杏琳妹妹不在家，您无论有啥事情，就让用人来告诉我一声。"

肖毓芬："不缺吃不缺穿的，还能有啥事啊？这么大个家，谁来管都不容易。当初，我就对你娘说过，我啥本事也没有，一点忙也帮不上，天天生活得无忧无虑，真是沾了嫂子的光了。"

郯银根："婶子，从我记事起，您就是我尊重的人。您勤劳善良，任劳任怨，从没和人红过脸。郯府上上下下，没有一个人说您半个不字。"

肖关芬："也许是我个性太懦弱，连相夫教子的事也没做好。"

郯银根："这怎么能怪您呢？杏琳妹妹一直跟着您，她不是出息得非常好吗？"

肖毓芬："你们兄弟姊妹六个，都是同根同祖，咋就偏偏出了银之这个逆子？"

郯银根："这都是因为叔父的宠，二姨太的带，才使银之变坏的！"

肖毓芬："这些，我也明白。可咋办呢，手心手背都是肉，总不能不管吧？一棵小树已经长歪了，硬把它掰直就能弄断了。还是绑根拐杖逼住它，让它慢慢地再变回来吧。"

董姝妹看了一眼丈夫。

肖毓芬："好在二姨太那个坏根，被你二叔撵走了，可银之整天无所事事，也不是个长法。人怕闲，越闲心越散呀。"

董姝妹："婶子，您去找过老太爷吗？"

肖毓芬："没有，我哪有脸去找呀？今天，之儿苦苦哀求我，说痛改前非，重新做人，我是厚着脸皮来找根儿的。"

董姝妹："婶子，眼下家里的大事太多，等忙过这一阵子，银根会给堂弟安排事情做的。"

郯银根："不！婶子，我明天就给银之安排！"

董姝妹愕然地看着丈夫。

肖毓芬感激地看着侄儿。

郯银根："婶子，您回去和银之商量商量，看他喜欢做啥？"

肖毓芬哽咽地："嗳……"

10. **夕阳西下。**

古码镇、鸳鸯楼、潘芝莲房间。

潘芝莲、蒋凤仙、老鸨继续在饮酒。

潘芝莲："二姨太，你刚才唱的是哪一出呀？"

蒋凤仙：《贵妃醉酒》。

潘芝莲："就是那个把皇帝玩昏了头的杨贵妃？"

蒋凤仙："虽说唐明皇昏了头，可杨贵妃是真爱他的。"

潘芝莲："是杨贵妃告诉你的？"

蒋凤仙："戏文上说的。"

老鸨："是你这个赛贵妃说的吧？"

潘芝莲大笑。

老鸨略有醉态地端起酒杯："她愿爱谁就爱谁，咱不管这些！杨贵妃能醉酒，咱姐妹仨也来个一醉方休！"

潘芝莲端起酒杯："干！"

三人干杯。

老鸨："二寨主，我想问你一件事？"

潘芝莲："说！"

老鸨："男人能桃园三结义，咱女人行不行呀？"

潘芝莲："当然行！"

老鸨："两位妹妹要是赞成，咱就来个鸳鸯楼三结义，咋样？"

潘芝莲："好主意！"

蒋凤仙："摆香案！"

11. **夜幕降临。**

马陵山、清泉寺内外。

土匪们做着夜袭前的准备。

赵嬷嬷率春来、秋萍、冬彩巡视。

12. **夜。**

古码镇、鸳鸯楼、潘芝莲房间。

潘芝莲、蒋凤仙、老鸨，在香案前叩拜。

三人同语："有福同享，有难同当。不能同生，甘愿同死。"起身，入座，端起酒杯："干！"

潘芝莲："大姐，二姐，请受我一拜！"

蒋凤仙："大姐，三妹，从今往后，咱们就以姐妹相称了。"

潘芝莲："咱姐妹三人，今后要各霸一方！大姐稳坐鸳鸯楼，二姐掌控郯家大院，我要重返马陵山！"

蒋凤仙："好！三人同心，共展宏图！"

三人干杯。

老鸨："三妹，你在监狱多日，心情烦闷，何不找银之少爷开心开心？"

蒋凤仙："万不可操之过急！"

老鸨："有何不可？"

蒋凤仙："郯银之被软禁，难以离家半步！"

老鸨："他不能来，你们就不能去吗？"

蒋凤仙："大门防守甚严，又怎能进得去？"

老鸨："我曾听银之少爷说过，你不是有后门的钥匙吗？"

蒋凤仙："这……"

潘芝莲："二姐不会说，没带在身上吧？"

蒋凤仙："三妹，我陪你一起去！"

13. **夜。**

马陵山、崎岖山路。

赵嬷嬷率土匪向古码镇进发。

14. **夜。**

古码镇。

潘芝莲、蒋凤仙驰马驶出古码镇。

15. **夜。**

郯府、西院、客厅。

郯文博高兴地说："毓芬，你为之儿办了一件大事！"

郯银之："娘，我堂哥真给您面子！"

肖毓芬："之儿，娘一辈子是不愿求人的。为了你，我不得不抹下脸来去求别人。你不要忘了自己发的誓，一定要痛改前非，重新做人啊！"

郯银之处在亢奋中："娘，堂哥不是让我挑选事情做吗？"

肖毓芬："你要踏踏实实地量力而行。"

郯文博："之儿，你喜欢干啥呀？"

郯银之思考着："买卖上的事，我做不了；开矿的事，我更没门。我还是当科长吧！"

郯文博："嗯，当科长不错。"

肖毓芬："当科长是政府管的事，你堂哥也管不了呀？"

郯文博："他要是想管，就一定能管得了！"

肖毓芬："县长能听他的？"

郯文博："你不懂！姚县长想巴结根儿还来不及呢！"

郯银之："娘，你就跟我堂哥说，我要当科长，一定做出个样来给他争气！"

16. **夜。**

古码镇。

赵嬷嬷率土匪进入古码镇。

17. **夜。**

银杏园。

潘芝莲、蒋凤仙驰马驶入银杏园。

18. **夜。**

郯府、西院、郯银之卧室。

郯银之兴奋异常。

19. **夜。**

郯银之卧室外。

男佣在值岗。

20. **夜。**

古码镇、鸳鸯楼、大门外。

赵嬷嬷率土匪来到鸳鸯楼，轻声地："春来，你率人到后街，堵住出口！"

春来："是！"

赵嬷嬷："要活的！实在不行，就送她上路！"

春来："是！"率十几名土匪离去。

秋萍轻轻叩门。

值更人惊醒："谁呀？"

秋萍细声细气地："连我也听不出来了？快开门！"

值更人打开门。

21. **夜。**

鸳鸯楼内。

一片寂静。

秋萍冲进，用枪顶着值更人的脑门："别出声，出声就打死你！"

土匪将值更人绑起，嘴里塞上麻团。

赵嬷嬷把手一挥。

众土匪冲到楼上楼下的每个房间门口，持枪

待命。

22. 夜。

鸳鸯楼内、客厅。

赵嬷嬷在冬彩的侍卫下，坐在客厅里。

秋萍押老鸨走进客厅。

老鸨扑通跪地："赵司令饶命！"

赵嬷嬷："二寨主呢？"

老鸨："二寨主？"

赵嬷嬷："她在哪个房间？"

老鸨："二寨主不是关进大狱了吗？"

赵嬷嬷："她杀人越狱，跑到你这儿来了！"

老鸨："没有！她没有来过！"

赵嬷嬷："你竟敢在我面前撒谎！"

老鸨："司令，我咋敢骗您呀？二寨主确实没有来过！"

秋萍二话不说，上前就是几个耳光！

老鸨的嘴角流出血。

赵嬷嬷："她住在哪个房间？"

老鸨："司令，二寨主是真的没来过呀！"

秋萍："妈妈，和她啰唆啥？"

赵嬷嬷："老鸨，我要是把她搜出来，就宰了你！秋萍，一间一间地给我搜！"

23. 夜。

郯府、后花园、墙外。

潘芝莲、蒋凤仙骑马来到后门。

蒋凤仙："三妹，这就是后花园的后门。"

二人翻身下马。

蒋凤仙："门在里边锁着，咋办？"

潘芝莲："把钥匙给我！"

蒋凤仙取出钥匙，交给潘芝莲。

潘芝莲："我翻墙进去，给你把门打开！"说完，一个箭步站立马背，又一个箭步站立墙头，跃身而下。

24. 夜。

郯府、后花园、后门内。

潘芝莲走近后门，大惊！

后门已经被砖墙堵死。

潘芝莲焦急地轻声喊："二姐！"

25. 夜。

后门、墙外。

蒋凤仙听到喊声："三妹，开门呀？"

传来潘芝莲的声音："后门被砖垒死了！你听！"

后门处传来敲击砖墙的声音。

蒋凤仙："三妹，你去吧，我在这里等你！"

传来潘芝莲的声音："他住在哪个院子？"

蒋凤仙："朝前走，西院右角的那间房子！"

潘芝莲的声音："你到前门去等我！"

蒋凤仙："我听见了！"

26. 夜。

古码镇、鸳鸯楼内、客厅。

老鸨依然跪在地上，她的膝盖疼痛难忍："司令，让我站一会吧？"

赵嬷嬷："来人，把她给我吊起来！"

老鸨："不，不，我跪着，我跪着！"

秋萍押黑牡丹、一品香、风摆柳，走进客厅。

老鸨心里暗暗吃惊！

赵嬷嬷："把老鸨押下去！"

土匪甲押老鸨离去。

赵嬷嬷："你仨听着，要想活命，就说实话！"

黑牡丹："司令，我们一定说实话。"

赵嬷嬷："黑牡丹，二寨主是啥时候来鸳鸯楼的？"

黑牡丹："她进大狱前来过。"

赵嬷嬷："进大狱后呢？"

黑牡丹："没来过。"

赵嬷嬷："你再说一遍！"

黑牡丹："没来过。"

赵嬷嬷："把她吊起来！"

黑牡丹："司令，我说的是实话呀！"

土匪把黑牡丹吊起。

赵嬷嬷："一品香，你愿说实话吗？"

一品香战战兢兢："愿意！"

赵嬷嬷："二寨主藏到哪儿去了？"

一品香："不知道。"

赵嬷嬷："你再说一遍！"

一品香扑通跪地："司令，我真的不知道！"

赵嬷嬷："吊起来！"

一品香："司令，我真的没见过二寨主呀！"

土匪把一品香吊起。

风摆柳跪倒在赵嬷嬷面前，吓得说不出话来。

赵嬷嬷："风摆柳，你害怕了？老鸨都说了，你仨还咬着狗屎橛子不放，是不是想找死呀？"

风摆柳已话不成个："司，司令，妈妈做的事，我，我仨确实不知道！"

秋萍气得咬牙切齿，冲上去就是劈头盖脸一阵痛打！

风摆柳满脸是血，惨叫不止。

冬彩与赵嬷嬷耳语："妈妈，她们不像是撒谎，老二确实没来过。"

赵嬷嬷："把老鸨押上来！"

27. 夜。

郯府、西院、郯银之卧室外。

潘芝莲正欲叩门。

值岗的男佣突然出现在她的身后。

潘芝莲闪电般地用胳膊勒住男佣的脖颈。

男佣欲喊无声。

潘芝莲的匕首刺进男佣的心脏。

男佣死去。

潘芝莲将男佣拖至暗处。

漆黑的夜。

寂静的院落。

潘芝莲轻轻叩响房门。

28. 夜。

郯银之卧室内。

睡梦中的郯银之被惊醒："谁？"

传来潘芝莲的声音："是我，快开门！"

郯银之点亮灯，打开房门。

潘芝莲："郯少爷！"

郯银之惊喜地："是你？"

潘芝莲闪身进屋，顺手关门。

郯银之把潘芝莲抱在怀里。

29. 夜。

郯府、大门外。

蒋凤仙匿身暗处等待着。

30. 夜。

古码镇、鸳鸯楼、客厅。

赵嬷嬷："你们都给我听好了，二寨主已成要犯，官府正在缉拿她。她要是来鸳鸯楼，你们只要稳住她就行。如何处置，由我来办！"

秋萍："听见没有？"

老鸨："听见了！"

31. 夜。

郯府、西院、郯银之卧室。

郯银之、潘芝莲依偎在床上。

潘芝莲："你这个人没良心，我被关进大狱，你也不去看我？"

郯银之："我被关在家里，处处被人监视，哪儿也去不了！"

潘芝莲："跟我走吧！"

郯银之："不行，堂哥正要给我安排事做。"

潘芝莲："你还想受他的摆布？"

郯银之："我才不跟着他干呢，我要当科长！"

潘芝莲："去做官？"

郯银之："对！"

潘芝莲："你不要家产了？"

郯银之："要！等我有了资本，再杀回来当掌门人！"

潘芝莲："也好，你在衙门里，我在马陵山，咱俩里外通气，携起手来大干一场！"

郯银之："谈何容易？"

潘芝莲："有啥难的？"

郯银之："赵嬷嬷能不能让你回山，还在两可！"

潘芝莲："你放心，她不敢把我咋样！"

郯银之："你要提防着她才行。"

潘芝莲："她要是把我逼急了，我就废了她！"

32. 夜。

古码镇、鸳鸯楼、客厅。

赵嬷嬷率土匪已经离去。

客厅里，一片狼藉。

老鸨为黑牡丹、一品香、风摆柳，擦洗着伤口。

一品香哭泣："这帮土匪太心狠了，把我们打成这样！"

风摆柳："妈妈，我的头被打得昏昏沉沉。"

黑牡丹："下手最狠的那个女人，叫秋萍！"

老鸨："这笔账非算不可！"

黑牡丹："咱这些弱女人，有啥本事和她算

账?"

老鸨:"这批狼心狗肺的东西,翻脸不认人!二寨主为马陵山出了多大的力,说扔就扔,说杀就杀!"

黑牡丹:"咱要把这些都告诉二寨主,让她给咱们报仇!"

一品香:"谁知道二寨主在哪儿呀?"

风摆柳:"妈妈,二寨主还能来吗?"

老鸨:"不知道。"

黑牡丹:"二寨主命悬一线呀,那边抓,这边杀,也不知道她能不能逃过这道鬼门关?"

值更人匆匆走进客厅,紧张道:"老板娘,赵嬷嬷在门外,埋伏下钉子!"

老鸨大惊:"几个人?"

值更人:"两个。"

一品香:"在这个时候,二寨主可千万别来呀!"

风摆柳:"她一旦来了,不光她没了命,连咱们也得跟着遭殃!"

风摆柳:"妈妈,你说这事该咋办呀?"

老鸨着急地:"无论如何,咱也要想办法熬到天亮,街上人一多就好办了。"

黑牡丹:"可到天亮还早着呢!"

一品香:"要把门外那两个家伙调开才行!"

老鸨:"对!你仨快打扮一下!"

一品香:"你想把他们弄进来?"

老鸨:"把他俩关在你们屋里最保险!"

风摆柳:"就怕他俩不肯进门?"

老鸨:"没有不吃腥的猫!"

黑牡丹:"按妈妈说的,快准备吧!"

33. 夜。

古码镇、鸳鸯楼、大门外。

两名土匪藏匿在暗处。

土匪甲:"真他娘的倒霉,把咱俩留下了!"

土匪乙:"最坏的就是那个老三,一肚子坏水!"

土匪甲:"老子在道上混多年了,俩眼也不是琉璃蛋子,啥看不明白?她是一直嫉妒二寨主!这回算叫她逮住了,非要把二寨主置于死地不可!"

土匪乙:"她们间你争我夺,管咱屁事!"

土匪甲:"兄弟,你说得对!咱出来是混碗饭吃的,可不是给她们当替死鬼的!"

土匪乙:"二寨主要是真的来了,咱该咋办呢?"

土匪甲:"看我的眼色行事!"

土匪乙:"好,我听你的!"

鸳鸯楼的大门响了一下。

土匪乙:"有动静!"

土匪甲:"别言语!"

老鸨、黑牡丹走出大门。

土匪甲神情专注地盯着。

土匪乙肚子里发出饥肠辘辘声。

土匪甲瞪了他一眼。

土匪乙轻声地:"饿了。"

黑牡丹:"妈妈,江南的客商咋还不来呀?"

老鸨:"是不是让赵司令给吓跑了?"

黑牡丹:"真晦气,我今夜又守空房了!"

老鸨:"咱到前边迎迎去。"

二人朝土匪甲、乙的方向走去。

土匪甲、乙屏住气息。

老鸨、黑牡丹走到土匪甲、乙跟前,停住了脚步。

黑牡丹:"妈妈,咱就在这里等吧。"

老鸨:"好,就依你。"

黑牡丹将黑色旗袍撩起。

一条雪白的大腿呈现在土匪甲、乙的面前。

土匪甲怦然心动。

土匪乙的肚子又发出咕咕声。

黑牡丹惊叫一声,佯装倒地。

老鸨冲黑影,喝问:"谁?"

土匪甲、乙从黑暗中走出。

老鸨:"哎哟,这不是咱马陵山的二位爷吗?"

土匪甲嘿嘿一笑:"对不住,把美人给吓倒了!"

黑牡丹伸出手:"爷,快拉我一把呀!"

土匪乙欲上前。

土匪甲将他推开,双手扶起黑牡丹。

老鸨:"深更半夜的,二位爷站在这里干啥呀?"

土匪乙:"盯着二寨主!"

土匪甲又瞪了土匪乙一眼。

老鸨："二位爷也太傻了！假如二寨主要来，必定进鸳鸯楼，你俩干嘛不藏在屋里盯呀？"

土匪乙："司令有交代，原本也想瞒着你们！"

老鸨："瞒我们干啥呀？我们还想抓住她，交给赵司令呢！"

黑牡丹悄悄地抓住了土匪甲的手。

土匪甲像触电一般。

老鸨："二位爷还愣着干啥？快进屋去！"

土匪乙看着土匪甲。

黑牡丹用力握了握土匪甲的手。

土匪甲："老板娘，那就打扰了。"

老鸨："请！"

34. **夜。**

郏府、西院、郏银之卧室门口。

潘芝莲走出卧室。

郏银之送至门口。

潘芝莲轻声地："记着，到鸳鸯楼去找我！"

郏银之点头。

潘芝莲离去。

35. **夜。**

古码镇、鸳鸯楼、客厅。

黑牡丹走进客厅。

老鸨："都安排好了？"

黑牡丹："安排好了，两个妹妹一人一个。"

老鸨："要把他俩牢牢地拴住！"

黑牡丹："您放心，他俩谁也跑不了！"

36. **夜。**

郏府、大门内。

潘芝莲正欲打开大门。

门房突然从房内冲出："谁？"

潘芝莲二话不说，一扬手甩出匕首。

匕首扎入门房胸膛。

门房死去。

潘芝莲拉开门闩，冲出大门。

37. **夜。**

郏府、大门外。

蒋凤仙牵马而至。

潘芝莲、蒋凤仙翻身上马。

二人消失在夜色中。

38. **夜。**

乡间大道。

潘芝莲、蒋凤仙挥鞭跃马，朝古码镇疾驰。

39. **夜。**

古码镇、鸳鸯楼、客厅。

老鸨："牡丹，咱娘俩也甭想睡了。你到楼上盯着他俩，我在这里盯着二寨主。"

黑牡丹："现如今的世道，吃哪碗饭都不容易！"

老鸨："原本不是好好的？"

黑牡丹："二寨主要是真有个好歹，咱今后的日子会更难过。"

老鸨："听天由命吧。"

黑牡丹："妈妈，我先帮你归整一下客厅吧。"

老鸨："不用整理，我要让二寨主亲眼看看！"

黑牡丹离去。

老鸨也相继走出客厅。

40. **夜。**

鸳鸯楼、大门内。

值更人在打瞌睡。

老鸨走来："醒醒！"

值更人忙站起："我……"

老鸨细心地看了看他脖子上的伤口："给勒成了这样！"

值更人："总算捡了条命。"

老鸨："回屋去睡一会儿吧。"

值更人："我不困。"

老鸨："别硬撑了，明天还有生意呢！"

值更人："那这里？"

老鸨："去吧，这里有我呐。"

值更人离去。

老鸨拉开门闩，将门打开一条缝，静静地等待。

传来轻轻地敲门声。

老鸨赶忙打开门。

潘芝莲、蒋凤仙走进。

老鸨示意她们别出声，然后关上大门。

41. **夜。**

鸳鸯楼、客厅。

三人走进客厅。

客厅里，一片狼藉。

蒋凤仙见状惊诧："这是咋了？"

老鸨发出哭泣声。

潘芝莲："大姐，出啥事了？"

老鸨掀开衣领，露出伤痕。又掀起旗袍，腿上的伤痕累累。

潘芝莲："这是让谁打的？"

老鸨："你们走后，赵嬷嬷洗劫了鸳鸯楼。"

潘芝莲惊骇！

老鸨："她们搜遍了所有房间，不见你的踪影，就逼着我们把你供出来！幸亏鸳鸯楼没人知道你在这里，她们就把牡丹姐儿仨打得遍体鳞伤，满脸是血！三个孩子太可怜了，又被活活地吊在大梁上！她们把我按在地上，拳打脚踢，我这条命就差点葬送在她们手里！赵嬷嬷扬言说，你是杀人越狱，十恶不赦的要犯，一定要把你抓住送交官府！"

潘芝莲震怒！

老鸨："她们临走还埋伏下钉子，多亏牡丹她们把钉子哄进房间。赵嬷嬷狠似豺狼，毒似蛇蝎！还有那个秋萍更是火上浇油，下手狠毒！三妹，现在是火烧眉毛，迫在眉睫，不赶快想办法是不行了！"

蒋凤仙："当断不断，自食其乱！斩草除根，一了百了！"

潘芝莲眼露杀机："赵嬷嬷呀赵嬷嬷，你不仁就别怪我不义了！明年的今天，就是你的忌日！"说完，闪身而去。

42. 夜。

马陵山、崎岖山路。

潘芝莲驰马直奔山寨。

43. 夜。

古码镇、鸳鸯楼、客厅。

蒋凤仙自斟自饮。

老鸨坐立不安。

蒋凤仙："大姐，你怎么沉不住气呀？"

老鸨："三妹只身闯进虎穴，性命难保啊！"

蒋凤仙："不入虎穴，焉得虎子？"

老鸨："虽说三妹是位女中豪杰，但她毕竟身单势薄，一招不慎，就会招来杀身之祸！"

蒋凤仙："不会的！老三对马陵山的一草一木都烂熟在心，该进该退定会应用自如。三妹是攻其不备，赵嬷嬷是骄兵必败！"

老鸨端起酒杯："求老天爷保佑吧！"

44. 夜。

马陵山、寨门前。

两名土匪在值岗。

潘芝莲潜伏到寨门前。

土匪乙在瞌睡。

土匪甲："猴子，你干啥呢？"

土匪乙："困死了，让我打个盹！"

土匪甲："今天夜里，你也敢睡呀？"

土匪乙："没事！"

土匪甲："你敢不执行司令的命令？"

土匪乙："别来这一套！今天夜里三步一岗，五步一哨，她这是大惊小怪，自己吓自己！"

土匪甲："你懂个屁！明枪易躲，暗箭难防。二寨主在马陵山如履平地，对每块石头每棵草都了如指掌。咱稍不留意，自个脑袋掉了都不知是咋掉的！"

土匪乙："傻蛋，这么顶真干啥？再说，二寨主平时对咱也不薄呀！"

土匪甲："这话没错！我最佩服的是二寨主的武艺，咱马陵山哪一个能比得了？赵司令对二寨主这个样，我就不服！"

土匪乙："就是嘛！"

潘芝莲欲双手摔镖，又止，转身潜入树丛。

45. 夜。

古码镇、鸳鸯楼、客厅。

蒋凤仙、老鸨在饮酒。

老鸨："二妹，你说老三此时在干啥？"

蒋凤仙："闯关斩将！"

老鸨："要是如愿以偿，她就是马陵山的司令，咱俩就是她的左膀右臂！"

蒋凤仙："她若是不走这一步，就必然会束手就擒，咱姐妹俩也就无出头之日了！"

老鸨："三妹这个人，虽说性情刚烈，但她很重情义！风言风语说，三妹风流成性，其实我心里最清亮，她只爱上了一个人，他就是银之少爷。"

蒋凤仙的脸上，露出不易察觉的厌恶。

老鸹已经看在眼里："世人都说，女人头发长见识短，我看二妹你就不是这种女人！"

蒋凤仙未语，干了杯中酒。

46. 夜。

马陵山、清泉寺、院内。

潘芝莲已潜入院内。

47. 夜。

清泉寺院内，赵嬷嬷卧室外。

潘芝莲勒死一名土匪，又用匕首刺死一名土匪。继而撬开门栓，潜入室内。

48. 夜。

赵嬷嬷卧室内。

潘芝莲轻轻插上门栓，她欲取挂在墙上的手枪。

枪壳已空。

潘芝莲一怔，扑向卧床，将匕首朝被筒狠狠扎下！

被筒无人。

潘芝莲大惊！

黑暗中砰的一声枪响。

潘芝莲左臂中弹，右手甩出匕首。

匕首刺中赵嬷嬷手腕，手枪落地。

潘芝莲飞起一脚，将赵嬷嬷踢翻在地，抓起地上的手枪，顶住赵嬷嬷脑门。

49. 夜。

赵嬷嬷卧室外。

秋萍、春来、冬彩，闻枪声赶来！

众土匪将卧室团团围住！

秋萍大声喝道："给我冲进去！"

冬彩挡在门口，大声吼着："谁也不许动！

娘在她的手里，你想干什么？"

春来也站到冬彩的身边："老四说得对，谁也不许胡来！"

众土匪被呵斥住。

50. 夜。

赵嬷嬷卧室内。

赵嬷嬷："老二，娘对你历来不薄，你怎么能对娘这样呢？"

潘芝莲："呸！你还有脸说这话？当初，我上山的时候，你只不过才有十来个人。是我出生入死，拼着命地帮你打江山。蝎子山的王胡子率土匪来和你火并，是我救了你的命！官府把你打入死牢，是我劫了法场！大雪天马受惊，你被跌下山谷，是我煎汤熬药把你救活！你不光知恩不报，反而要把我至于死地！难道你的心让狼吃了吗？"愤怒地用枪柄打昏赵嬷嬷，捆住手脚，打开房门。

众土匪虎视眈眈！

潘芝莲甩手一枪，击毙秋萍。

众土匪惊骇！

潘芝莲又一枪击毙赵嬷嬷！

众土匪不知所措。

潘芝莲："弟兄们，冤有头，债有主，赵嬷嬷和秋萍是罪有应得！从今以后，我就是马陵山的寨主，愿意留下跟我干的，我欢迎！愿意走的，我欢送！"

冬彩："二姐，我跟你干！"

春来："二妹，我也是！"

冬彩："弟兄们，还不赶快参拜司令！"

众土匪单膝跪地："参拜潘司令！"

第二十六集

1. **东方呈现鱼肚色。**

郯府一片静寂。

2. **郯府、西院、郯银之卧室内。**

郯银之在酣睡。

3. **西院、郯银之卧室外。**

男佣的尸体露裸在寒风里。

4. **郯府、大门内。**

大门敞开着。

门房的尸体横陈在门内。

5. **郯府、后院、卧室。**

郯耀庭在洗漱。

大管家将早饭摆在桌上："老爷，我今天和你一块去老神树。"

郯耀庭边吃饭边说："想小莺子了？"

大管家："这孩子真让人喜欢。"

郯耀庭笑："今天给小莺子带啥好吃的？"

大管家："馒头和肉丸子。"

郯耀庭："再带些点心和糖果。"

大管家："今儿咋带这么多呀？"

郯耀庭："今儿是她的生日。"

大管家："老爷，您对她是啥都管呀！"

郯耀庭："小莺子要是有一双好眼睛，该多好呀！"

大管家："这孩子命苦。"

郯耀庭"眼睛原本好好的，生了场病就啥也看不见了。"

大管家："您没少费心，又请大夫，又打听偏方，末了都白搭。眼睛瞎了，就不好治了！"

郯耀庭："还是没治到点子上。咱祖辈有好些病治不了，眼下不是都能治了？总有一天，像小莺子的这种眼病，也准能治好。"

大管家："也许吧。"

郯耀庭："仲亭，咱走吧，情愿咱等孩子，别让孩子等咱。"

大管家："嗳。"挎着篮子，与郯耀庭走出卧室。

6. **郯府、大门内。**

郯耀庭、大管家朝大门走去。

大门敞开着。

郯耀庭："谁这么早就出门了？"

大管家："也许伙房去买菜了。"

二人走到门口。

突然发现了横躺在地上的尸体。

郯耀庭惊呆了！

大管家不由地惊呼起来："杀人了！杀人了！"

郯耀庭喝止："别喊！"

大管家："老爷，咋办呀？"

郯耀庭："赶快派人去报告官府！"

大管家："是！"欲走。

郯耀庭："回来！"

大管家又回到郯耀庭身边。

郯耀庭："大少爷在家吗？"

大管家："不知道。"

郯耀庭："快去看看，他要是在家，叫他马上过来！"

大管家："是！"离去。

7. **郯府、四合院。**

郯银根在舞剑。

董姝妹手捧长衫，侍立在丈夫身边。

郯银根边舞剑边说："姝妹，你去西院，叫银之过来一趟。"

董姝妹："这么早？"

郯银根："我找他谈完话，还要赶到郯子中学！"

董姝妹："他保准还没起床呢！"

郯银根："把他喊起来！"

董姝妹欲走。

大管家慌张地跑进西院："大少爷，不好了，杀人了！"

郯银根惊愕然："你说啥？"

大管家："快，快，老爷在大门口等您呐！"

8. 郯府、大门内。

尸体旁已围拢不少人。

郯银根、董妹妹、大管家匆匆而来。

众人闪到一边。

郯银根察看着尸体。

大管家问用人："老太爷呢？"

用人："在门房里。"

9. 郯府、门房内。

郯银根、董妹妹走进门房："爷爷！"

大管家跟进。

郯耀庭："根儿，你说要不要报告官府呀？"

郯银根："要！"

郯耀庭："现在？"

郯银根："不！"

郯耀庭："何时？"

郯银根不语。

郯耀庭："咋不说话了？"

郯银根："爷爷，您先回去吧，这里的事交我处理。"

郯耀庭："不，我不回去！"

大管家："老爷，有大少爷，您还不放心吗？"

郯耀庭发火地："我在这里，又不碍你们的事！"

郯银根："妹妹，你照顾好爷爷。"

董妹妹："嗳。"

郯银根："仲亭叔，你派人先把尸体安置好！"

大管家："是！"

郯银根："你再去西院，看银之在不在家？"

大管家："是！"离去。

郯耀庭惴惴不安地："根儿，你怀疑是银之干的？"

郯银根未语。

郯耀庭："不会的，不会的！虽说银之混账，但他绝不敢杀人！"

郯银根："爷爷，您不想一想，杀人者既不

偷又不抢，偏偏杀死一个门房！他这是为啥呢？他这是要夺门而出呀！"

郯耀庭不由倒吸一口冷气。

10. 郯府、西院。

大管家匆匆走进西院。

11. 西院、郯银之卧室外。

大管家走到卧室前，正欲叩门，突然发现男佣的尸体，吓得惨叫一声，转身便跑！

12. 郯府、大门内。

尸体被移走。

众人也已散去。

大管家踉踉跄跄地跑来，他惊慌失措地冲进门房。

13. 门房内。

冲进门内的大管家，半晌没有说出话来！

众人惊愕地望着他。

大管家："不，不得了了！又，又杀人了！"

郯银根："仲亭叔，你这是咋了？"

大管家惊魂未定地："银之少爷门前，又杀了一个人！"

众人大惊！

14. 郯府、西院、郯银之卧室外。

郯耀庭、郯银根、董妹妹、大管家急匆匆来到门前。

男佣的尸体早已僵硬。

郯耀庭双腿发软，险些栽倒。

董妹妹赶忙扶住爷爷。

郯银根察看着尸体："门房是被匕首刺死的，他是被勒死的！"

大管家："太吓人了！"

郯银根："仲亭叔，银之在吗？"

大管家摇头。

郯银根："不在？"

大管家："不，不知道。"

郯银根向董妹妹示意。

董妹妹上前去叩门："银之，银之！"

15. 郯银之卧室内。

传来叩门声。

郯银之在酣睡中惊醒："谁呀？"

传来董妹妹的声音："我是你大嫂，快开门！"

郯银之睡眼惺忪地打开门："大嫂，你来干啥？"

董姝妹："爷爷和你大哥都来了！"

郯银之愕然地看着众人。

郯银根厉声地："银之，你出来！看看这是怎么回事？"

16. 郯银之卧室外。

郯银之走出卧室，看见了尸体，吓得双手捂眼，大叫一声："啊！"

郯银根目光犀利，紧紧地盯着他："说！这是怎么回事？"

郯银之连声说："我不知道，我不知道！"

郯银根："这人明明死在你们房前，你敢说不知道？"

郯银之："我在屋里睡觉，哪里知道外边杀人呢？"

郯文博、肖毓芬也闻声赶来。

肖毓芬看见尸体，吓得瘫倒在地。

董姝妹赶忙把她揽在怀里。

郯文博心惊胆战地："之儿，这人是你杀的吗？"

郯银之跪倒父亲面前，哭泣着："爹，不是我杀的！不是我杀的！"

郯文博看着郯银根："你说银之杀了人，有凭据吗？"

郯银根："二叔，今天夜里，咱府上连死二人啊！"

郯文博惊："连死二人？"

郯银根："一个死在大门内，一个死在银之的门口，您不觉得奇怪吗？"

郯文博："这……"

郯银根义正词严："二叔，也许人不是银之杀的，但这两条人命必定和银之有关！"

郯银之："你这是血口喷人！"

郯文博："根儿，你打算怎么处置呀？"

郯银根："一定要查个水落石出！"

郯文博："那好，你就查吧！"

17. 郯府、后院、客厅。

郯耀庭坐立不安："两条人命，两条人命啊！"

大管家："眼下闹得人心惶惶，有几个用人

已经提出来，要东家赶紧给他们结账，尽早地离开这里！"

郯耀庭："谁也不愿过这种提心吊胆的日子！"

大管家："老爷，这可是个不好的征兆啊！"

郯耀庭："祸根到底在哪里呢？"

大管家："大少爷说得对，也许人不是银之少爷杀的，但这两条人命必定和银之少爷有关！"

郯耀庭："大少爷呢？"

大管家："他把自己关在屋里，谁也不准打扰他。"

18. 郯府、回合院、客厅。

郯银根独自一人，时而在屋里踱步，时而闭目坐在椅子上凝思。件件往事闪现在他的眼前：

晨。

郯府大门内。

门房流血的尸体。

晨。

郯银之卧室前。

被勒死的男佣。

后花园。

用砖垒起的后门。

马陵山、清泉寺、大殿内。

郯银根："司令，我还要感谢二寨主呢！"

潘芝莲："感谢我？"

郯银根："你把我堂弟请上山做客，我能不感谢你吗？"

潘芝莲冷笑："用不着感谢，是他自愿来的。我还要直截了当地告诉你，你堂弟不回去了！"

郯银根："司令，您说呢？"

赵嬷嬷："不回去咋行？"

潘芝莲："妈妈！"

赵嬷嬷："来人，请郯少爷到这里来！"

秋萍："妈妈，我去吧！"

潘芝莲："谁也用不着，我自己去请！"欲离去。

赵嬷嬷："站住！"

潘芝莲："妈妈！"

赵嬷嬷："秋萍，你去！"

秋萍："是！"离去。

潘芝莲怒视郯银根："你这么做，会得到报

应的!"

赵嬷嬷:"大胆!"

郯银根镇定自若。

春来:"二妹,要听妈妈的话!"

冬彩:"二姐,在客人面前不能这样!"

潘芝莲愤怒的眼睛里含着泪水。

郯银之与秋萍走进大殿。

郯银根:"银之!"

郯银之走到郯银根面前:"堂哥!"

赵嬷嬷:"郯少爷,你堂哥接你来了!"

郯银之:"我……"

赵嬷嬷声色俱厉地:"郯少爷,你应该跟你堂哥回去!"

郯银之看着潘芝莲。

秋萍:"郯少爷,你没听见司令的话吗?"

郯银之冲堂哥点点头。

郯银根:"多谢司令,我们告辞了!"

赵嬷嬷:"送客!"

匪徒们擂鼓、鸣号。

郯银根、郯银之、大管家走出大殿。

崎岖的山路。

大管家发现了山梁上的潘芝莲:"大少爷,您看!"

郯银根朝山梁望去:"天底下,无论是好人还是坏人,都有情爱!"

郯银之:"堂哥,我要回山!"

郯银根:"不可!"

郯银之调转了马头。

郯银根纵马冲到郯银之马前,大喝一声:"回去!"

郯银之欲反抗!

郯银根怒不可遏,一马鞭抽郯银之脸上!

郯银之脸上流下鲜血。

郯银根又挥起马鞭:"回去!"

郯银之怯生生地看着堂哥,又调回马头。

崎岖的山路上。

大管家、郯银根把郯银之裹挟在中间。

三匹马朝前疾驰。

闪回的画面消失。

郯银根一拳砸在桌子上!

19. 郯府、后院、客厅。

郯耀庭一阵猛烈地咳嗽。

大管家赶忙端上茶水,边给郯耀庭捶背边说:"老爷,您着急也没有用,大少爷会想出办法来的。"

郯银根走进客厅:"爷爷!"

郯耀庭:"根儿,你捋出头绪来了?"

郯银根:"这两条人命,都是马陵山的土匪所为!"

郯耀庭:"噢?"

郯银根:"仲亭叔,你还记得咱俩去马陵山,赎回银之的事情吗?"

大管家:"记得。赵嬷嬷很爽快地答应放人。可二寨主不肯。更可气的是银之少爷也不肯回来。二寨主追到山坡上,要不是你,银之少爷就又要跑回去了!"

郯银根:"对,银之被二寨主迷住了!可是,自打金鸡山的枪击案发生后,我就派人盯住了银之,不许他离开家门半步!二寨主见不到银之,竟敢闯到家来与银之相会!门房和男佣发现了她,才遭此厄运!"

郯耀庭:"二寨主不是被关进大狱了吗?"

郯银根:"要么是官府私放了她,要么就是这个女人诡计多端,越狱潜逃!要想弄清真相,我要亲自去会一会姚月亭!"

郯耀庭:"原来如此!"

郯银根:"假如这个女人又回了马陵山,将后患无穷!"

郯耀庭站起身,心情沉重地踱着步子。

大管家:"老爷,您在想啥?"

郯耀庭走到郯银根身边:"根儿,你要组建民团的主张是对的!"

郯银根:"爷爷!"

郯耀庭:"手里没有刀把子,往后咱永无安生之日!"

郯银根:"爷爷,您总算明白了这个理!"

郯耀庭:"这也是让世道给逼的!"

郯银根:"仲亭叔,有几件事需要马上去做。"

大管家:"您说吧。"

郯银根:"一,要立刻处理好门房和男佣的

后事，告诉他们的家人，官府正在缉拿凶手。另外，他们的家人愿意出来做事的话，可安排到工厂、矿上、店铺或府上。"

大管家："是！"

郯银根："二，门房增为两人值班，并派双人严盯银之少爷，不准他擅自离开郯府！"

大管家："是！"

郯银根："三，把所有用人召集到前院大厅，我要与大家见面。"

大管家："是！"

郯银根："去县衙报案和建民团的事，有我去办！"

郯耀庭："根儿，我能帮你做点啥呢？"

郯银根："爷爷，您在家坐镇，西院里是不会让您清心的。"

郯耀庭："有我在，他就反不了天！"

20. 郯府、西院、肖毓芬卧室。

肖毓芬躺在床上。

郯文博、郯银之守在床边。

肖毓芬喃喃地："造孽呀，造孽！"

郯文博："静静地睡一会儿吧。"

肖毓芬："造孽呀，造孽！"

郯银之："娘！"

肖毓芬气喘吁吁地："出去，你出去！"

郯银之："娘！"

肖毓芬闭上了眼睛。

郯文博冲儿子："听见没有？出去！"

郯银之走出卧室。

21. 郯府、四合院、卧室。

郯银根走进卧室。

董姝妹："你去哪儿了？"

郯银根："后院。"

董姝妹："爷爷没事吧？"

郯银根："吃一堑长一智，他终于同意组建民团的事了。"

董姝妹："太好了！"

22. 四合院、卧室外。

郯银之惴惴不安地走进四合院。

23. 卧室内。

董姝妹："表哥，我想和你商量一件事。"

郯银根："什么事？"

董姝妹："我想回趟娘家，建议父亲也组建民团。"

郯银根："时局太乱，应该拥有保护自己的力量。"

董姝妹："表哥，你能不能帮我父亲组建民团呢？"

郯银根："当然可以。最好的办法，是咱两家合建一支具有一定实力的民团。化零为整，集中训练，统一指挥，合理部署，发挥优势！"

董姝妹："这个办法好！"

郯银根："当务之急，就是筹款购买马匹和枪支弹药。"

董姝妹："假如父亲同意，他会投资的。"

24. 四合院、卧室外。

郯银之犹豫在门外。

远处传来脚步声。

郯银之急忙匿身屋后。

大管家匆匆而来。

25. 四合院、卧室内。

大管家走进卧室："大少爷，用人们到齐了，都在前院大厅等着呐。"

郯银根："姝妹，你要快去快回，在家牢牢地盯着银之！"

26. 郯府、西院、郯银之卧室。

郯银之心绪紊乱地躺在床上。

门房、男佣的尸体不断地出现在眼前：

夜。

郯银之卧室门外。

潘芝莲勒死男佣。

夜。

郯府大门内。

潘芝莲用匕首刺死门房。

画面消失。

郯银之恐慌的心阵阵发悸，额头上浸出冷汗。

沉闷的卧室。

压抑的气息。

郯银之的眼前又闪现出，家人们射向他的一双双愤怒的眼睛：

郯耀庭怒视着他！

郯银根怒视着他！

董姝妹怒视着他！

肖毓芬怒视着他！

大管家怒视着他！

用人们怒视着他！

两名尸体怒视着他！

闪现的画面消失。

恐惧的房间令人窒息。

郯银之猛地推开窗户。

窗外，两名男佣虎视眈眈地盯着他。

郯银之沮丧地依偎在墙上。

27. 郯府、西院、客厅。

郯银之背着一个小包袱，走进客厅。

郯文博愠怒地："你来干什么？"

郯银之"扑通"跪地："爹，我是来向您辞行的。"

郯文博愕然地："辞行？"

郯银之："恕儿不孝，我要离开这个家了。"

郯文博："你要到哪儿去？"

郯银之："我厌倦了一切，我要削发为僧，再也不回来了。"

郯文博："你要出家？"

郯银之："是的。"

郯文博："你当真要这么做？"

郯银之："当真要这么做。"

郯文博呆呆地愣在那里。

郯银之给父亲叩头，起身欲走。

郯文博："之儿！"

郯银之止住脚步："爹，您还有要嘱咐的话吗？"

郯文博："之儿，你为啥要走这一步啊？"

郯银之泣声地："爹，我在这个家里还能待得下去吗？东院和西院，一个是天，一个是地。兄弟四个，三个在天上，一个在地上。咱们是处处受压，时时被挤。更甚者，他们变着法地一次次加害于我，恨不得把我至于死地。他们只有把您身边的人一个个除掉，剩下你孤家寡人，他们就能轻而易举地独霸家产了！"

郯文博："正因如此，你才更不应该离开这个家呀！"

郯银之："我在这个家里，已经毫无意义，不仅没有一席之地，而且连人身自由也荡然无存了！爹若不信，您看看院子里！"

郯文博走到客厅门口，见院子里站着两名男佣，不由大怒："你俩站在这里干什么？"

两名男佣不语。

郯文博："滚！滚出去！"

两名男佣不动。

郯银之"砰"的一声，关上房门："爹，您说我在这个家里还能待下去吗？"

郯文博气急败坏："真是欺人太甚！"

郯银之："爹，今后我不在您和娘的身边，您二老就各自多保重吧！"欲走。

郯文博："回来！之儿，你不能走，帮着爹一块和他们斗！"

郯银根："咱们势单力薄，是斗不过他们的！"

郯文博："你说应该如何？"

郯银之："分家！"

郯文博："分家？"

郯银之："对，只有分家！才能各立门户，摆脱他们！"

郯文博："好！之儿，爹听你的！"

郯银之："爹，要分就早点分！他们正要组建民团，还要买枪买马，这不光要花费大量金钱，更可怕的是一旦他们手里有了枪，咱说啥也就不管用了！"

郯文博咬牙切齿地："这个郯银根，他到底想干啥呀？"

郯银之："他这是要斩尽杀绝！"

郯文博："之儿，你回房等着，我现在就去找老太爷！"

郯银之："爹，您快去吧！"

郯文博走出客厅。

28. 古码镇、郯子中学、操场。

金教官正给民团骨干教练刀法。

几十把大刀在阳光下熠熠生辉。

郯银国、夏淑女也在队列之中。

郯银根站在远处观望。

夏淑女发现了郯银根："银国，你大哥来了！"

郯银国、夏淑女走到郯银根身边："大哥！"

郯银根："刘校长呢？"

郯银国："他去省城了。"

郯银根："有何公务？"

夏淑女赶忙说："噢，他去会一个朋友。"

郯银根："何时返回？"

郯银国："不知道。"

郯银根："我想和他商量一下，购买枪支的事情。"

郯银国高兴地："现在就买吗？"

郯银根："对，越快越好。"

郯银国："购买枪支是金教官联系的，您要不要找他？"

郯银根："不要打扰他了。银国，你要马上办三件事：一，尽快办妥买枪支的事情。一旦有了准确消息，要马上告诉我。"

郯银国："是！"

郯银根："二，要立即着手扩大民团成员的工作。无论是工厂、矿山，还是商铺、学校，还有郯府的用人，凡年轻力壮者，一律身兼双职，皆为民团成员。"

郯银国："是。"

郯银根："三，你要马上与你二哥取得联系，在金鸡山选好地形，我不仅要在那里进行实弹演习，我还要在那里设立民团总部。"

郯银国："是。"

郯银根："等刘校长回来后，你就把这些事转告他吧。"

郯银国："是。"

29. 郯府、后院、客厅。

郯耀庭："仲亭，根儿交代你的三件事，办得咋样了？"

大管家："已经办了两件，还有一件正在办。"

郯耀庭："办了哪两件？"

大管家："一件是，门房已增为两人值班，又派两人盯着银之少爷。另一件是，大少爷的一席话，给大家吃了定心丸，用人们的心也已经平稳下来了。"

郯耀庭："门房和男佣的后事，办到哪一步了？"

大管家："我已经派人去接他们的家人了。"

郯耀庭："不仅要办好他们的丧事，还要安

置好他们的家人。"

大管家："我知道。"

郯文博气冲冲走进客厅："爹！"

郯耀庭："有事啊？"

郯文博："我要单独和您谈件事。"

郯耀庭："仲亭不是外人，不必走开。"

大管家给二爷端上茶水，侍立一边。

郯耀庭："有啥事就说吧。"

郯文博："这件事憋在我心里许久了，近些日子我思前想后，还是早点给您说好。"

郯耀庭："说呀！"

郯文博："天下事，分久必合，合久必分。咱这个家眼看就要四世同堂了，也应该到了自立门户的时候了！"

郯耀庭："你这是啥意思？"

郯文博："我的意思是再清楚不过了，那就是分家！"

郯耀庭惊诧："你说啥？"

郯文博："分家！"

郯耀庭："你和谁分家？"

郯文博："和东院分家！"

郯耀庭怒："你这是狗屁话！这个家是我的，你分什么家？"

郯文博笑："爹，您就别自欺欺人了！这个家还有您的什么？它早被东院给独霸了！"

郯耀庭勃然大怒："你给我滚出去！"

郯文博未动："爹，您用不着发这么大火，有理不在声高，您耐着性子听我把话讲完。这些年来，咱家接连不断地发生了一件又一件的祸事，无论原先的大奶奶，还是现在的根儿，把一切罪责都推在西院的身上。我为了这个家，说白了就是为了您，我是一忍再忍。谁让我没本事，之儿又不争气呢？为此，我是步步后退，东院是步步紧逼！眼下，我把凤仙赶出了家门，东院还是不依不饶，又要栽赃陷害之儿。他们兄弟四人，东院的仨一个个独掌实权！而之儿呢？不仅两手空空，还像个犯人一样被死死盯着，失去了人身自由！爹，手心手背都是肉啊，东院里他兄弟仨是您的孙子，西院里的银之也是您的孙子呀！这些天我想了很多，我文博无能无功，既不愿沾东院的光，更不愿受东院的气。只愿自立门户，是穷是富听天由命！"

郏耀庭哑然。

郏文博："爹，我这是万般无奈，才向您提出了分家的事，就算做儿子的求您了！"跪在地上。

大管家赶忙上前搀扶："二爷，您这是何苦呢？这么大的事，也要让老太爷静下心来想想啊！"

郏耀庭："起来，你先回去吧，我会给你回话的。"

郏文博站起身："爹，东西两院都是砸断骨头连着筋，还是好说好散为妥。您放心，我不在乎财产多少，我要得是自立和尊严！"离去。

郏耀庭闭着眼睛，许久没有说话。

大管家："老爷，您在想啥呢？"

郏耀庭："我在想文博刚才说的一席话，难道真是到了合久必分的时候了？"

大管家："老爷，这个家是万万不能分的！"

郏耀庭："眼下两院剑拔弩张，如此长久下去，还不知要发生什么大的祸事！"

30. 郏府、后院。

董兰君在小萍的搀扶下走进后院："你去给老太爷禀报一声。"

小萍："嗳。"

31. 郏府、后院、客厅。

小萍走进："老太爷，大奶奶给您问安来了。"

郏耀庭："请大奶奶来吧。"

大管家迎到门口："大奶奶！"

董兰君走进客厅："爹，儿媳给您请安。"

郏耀庭："坐吧。"

董兰君入座。

大管家捧上茶水。

董兰君："爹，我听说府上出了命案，放心不下，特意来看看您。"

郏耀庭长叹一声："文博也刚刚来过，竟向我提出了分家的事情！"

董兰君平静地："这件事不足为怪，平分天下的想法，二弟早已有之，只是这些年来憋在心里，碍于出口罢了。"

郏耀庭："我也早就看出来了，每次都是你

化险为夷。"

董兰君："天下之人，无论是谁，忍耐性都是有个度的，过了这个度，轻者红脸，重者就会出人命。所以说，无论做任何事情都要有张有弛，对人不能超越这个度。爹，您还记得给我讲过，咱家抓住小偷的事吗？店铺里的伙计抓住了小偷，您不仅不让送交官府，还送钱给小偷，把他放走。这件事我一直记在心里，每当处置一些棘手事的时候，就想起了这个度！二弟今天提出分家，是可以理解的。因为家人对待他，已经超越了这个度。把二姨太从他身边赶走，又把银之当犯人一样地管制起来，他的心里怎么能承受得了呀？再说，水至清则无鱼。当前这两条人命，根源就在于此！把二姨太赶出去，看似水清，但却失去了控制！把银之看管起来，看似水静，却导致了引狼入室！"

郏耀庭："依你之见呢？"

董兰君："一，要派人把二姨太再请回来，放在家里最安全。二，要取消对银之的管制，否则就会引来更大的祸害！"

大管家："大奶奶说的在理呀！"

郏耀庭："这么做，根儿是不会同意的。"

董兰君："旁观者清，当局者迷。只有做到这两点，不仅能换来府上的安宁，二弟也就不会再提分家的事了。"

郏耀庭踱步沉思。

大管家："老爷，就按大奶奶说的办吧！"

郏耀庭："好，就这么办！"

32. 沂河县、县衙、办公室。

藏秘书走进："县长，郏银根到县衙来了。"

姚月亭："他来干什么？"

藏秘书："不知道。"

姚月亭："他是不是已经知道了潘芝莲杀人越狱的事？"

藏秘书："我想不会吧？"

姚月亭："马陵山还是没有回话吗？"

藏秘书："没有。"

姚月亭："看来，这个赵嬷嬷是不想把犯人交出来了？"

藏秘书："依我之见，赵嬷嬷不会窝藏犯人的。"

姚月亭："何以见得?"

藏秘书："据我所知，赵嬷嬷和二寨主早已是貌合神离，她既然能把二寨主交给我们，又咋能再窝藏她呢?"

姚月亭："这个女人流窜社会，危害甚大!"

藏秘书："县长，郯银根还在等着您呢。"

姚月亭："要他到客厅相见。"

藏秘书："是。"离去。

33. 县衙、大门外。

卫兵恭恭敬敬地："郯先生，您请进吧，何必在这里等候呢?"

郯银根："人人随意进出县衙，成何体统?"

卫兵搬来椅子："您请坐。"

郯银根："你在县衙做事，已经多年了吧?"

卫兵："县长跟走马灯似的换了好几茬，可我在这个位子上，一直未动!"

郯银根："不易啊!"

卫兵："不瞒您说，家里上有老下有小，就靠我这点薪水过日子。干这份差事，睡觉都得睁着一只眼。"

郯银根取出零钱："常来常往，经常麻烦，略表谢意。"

卫兵："我咋敢收您的钱呢?"

郯银根："以后遇到难处，尽管找我。"

卫兵接过钱："谢谢郯先生。"

郯银根："不客气。"

卫兵神秘地："郯先生，往后出门要当心点，最好多带两个人。"

郯银根："为啥呀?"

卫兵："您还不知道? 开枪打你的那个二寨主，杀人越狱了!"

郯银根惊愕："真的?"

卫兵："上边有话，不准向外透露半点风声。"

藏秘书走来："郯先生，姚县长在客厅等您。请!"

34. 县衙、客厅。

郯银根走进客厅。

姚月亭起身相迎："贤侄，你好呀?"

郯银根："姚县长，您好。"

姚月亭："快请坐。"

藏秘书献上茶水。

姚月亭："郯公可好?"

郯银根："我爷爷向您问候。"

姚月亭："贤侄，自你负伤后，我公务缠身，未能前去探望，贵体康否?"郯银根："谢谢您的挂牵，伤口早已全愈。"

姚月亭："这帮土匪实在可恶，事发后的第二天，藏秘书就亲自带兵，将马陵山的二寨主缉拿归案!"

郯银根："姚县长能为民除害，甚感欣慰。不知对马陵山的二寨主，是如何发落的?"

姚月亭："对这样的重犯，当然是打入死牢，让她永无出头之日!"

郯银根："我怎么听说，她已经杀人越狱了?"

姚月亭一惊："这怎么可能呢?"

郯银根："没有此事?"

姚月亭"贤侄，你是听谁说的?"

郯银根："街面上传说纷纭。"

姚月亭："空穴来风，小道消息绝不可信!"

郯银根："我也是听之笑之，姚县长管理有方，办事严谨，怎么能发生这种事情呢?"

姚月亭："言之有理。"

郯银根："姚县长，我今日是来向您报案的。"

姚月亭紧张地："发生了什么事?"

郯银根："昨天夜里，我家发生了两起命案!"

姚月亭："啊?"

郯银根："杀人者既未偷也未抢，连伤我家两名用人!"

姚月亭："竟然发生了这么严重的事情!"

郯银根："还请姚县长速速派人查办!"

姚月亭："这还了得? 你放心，我会马上派人去的!"

郯银根："您费心了。"

姚月亭："藏秘书，你要亲自前去督办!"

藏秘书："是!"

郯银根："姚县长，我告辞了。"

姚月亭："藏秘书，代我送客。"

郯银根："不必了，我在郯府恭候佳音!"离去。

藏秘书见郯银根走远，关上客厅的门。

姚月亭愠怒："这帮土匪简直是无法无天了！"

藏秘书："县长，您打算如何办理此案?"

姚月亭："一定要缉拿凶手归案！否则，捅到上边，麻烦就大了！"

藏秘书："县长，您可要慎重呀！"

姚县长："不给这帮土匪颜色看看，他们会更加肆无忌惮！"

藏秘书："赵嬷嬷盘聚马陵山多年，只凭咱们这点兵力，是难以剿灭他们的。一旦动兵，将后患无穷呀！"

姚月亭："你意如何?"

藏秘书："咱们还是与马陵山相安无事为好。"

姚月亭："那郯府的命案又将如何处置?"

藏秘书："样子嘛，咱们还是要做的！"

姚月亭："怎么做?"

藏秘书："郯府必去，马陵山也必到！"

姚月亭："你想最后来个不了了之?"

藏秘书："不这么做，是无法交差的！"

姚月亭："是呀，必须要拿出一个万全之计才行！"

藏秘书："这些日子，您不是不断地接到上边的通告吗?"

姚月亭："这些通告都是针对共产党的。"

藏秘书："如今，共产党在全国的活动十分猖獗，连咱沂河县都有了共产党的支部，他们是专与富豪人家作对的，咱就把嫌疑犯推到共产党身上！"

姚月亭："好主意！这些人，来无踪去无影，查都无处可查！"

藏秘书："咱们这么做，既能给马陵山一个警告，又能给郯府一个交代。"

姚月亭："好，就这么办！"

35. 马陵山、清泉寺外。

一张桌子摆在石级上。

潘芝莲坐在正中。

蒋凤仙、老鸹分别坐她的两侧。

春来擂鼓。

冬彩指挥土匪跑马射箭。

土匪甲一箭中靶。

土匪乙两箭落空。

冬彩挥鞭跃马，三箭皆中。

众土匪欢呼。

潘芝莲兴起，她走下石级，持箭上马，连发三箭，同穿一孔！

鼓声、喝彩声响成一片。

36. 郯府、西院、客厅。

郯文博心情烦闷。

郯银之："爹，您别光等着，再去找我爷爷问问，分家的事咋样了?"

郯文博："分家，分家，分家以后又怎么办呢?"

郯银之："您放心，分家以后，我顶着！"

郯文博："你?"

郯银之："对，我会把咱家治理得红红火火！"

郯文博："你想怎么治理呀，说给我听听。"

郯银之："啥挣钱多，咱干啥！"

郯文博："干啥能挣钱多呢?"

郯银之："开妓院！古码镇上的鸳鸯楼，无本万利，天天大把的票子入柜！"

郯文博愠怒："除了妓院，你还能知道啥?"

郯银之："当然知道！还有一桩买卖也能挣大钱，就是开赌局，不管是输家还是赢家，咱统吃！"

郯文博长叹一声："你回屋去吧，我要自个静一静。"

郯银之："爹，您可别忘了去催呀！"

郯文博闭目不语。

郯银之离去。

37. 郯府、东院、客厅。

董姝妹与董兰君发生了争执："姑妈，您的这些做法是欠妥的！"

董兰君："正因为你们年轻气盛，才出了人命！"

董姝妹："是福不是祸，是祸躲不过！"

董兰君："好了，咱们不争了。我要的是'和'，你们要的是'斗'，争来争去是不会有结果的。"

董姝妹："姑妈，请您再考虑考虑，不能把二姨太接回来，也不能取消对银之的看管！"

董兰君："我这是按老太爷的决定，去做的！"

董姝妹："姑妈！"

董兰君："小萍！"

小萍走进客厅。

董兰君："随我去西院。"

小萍："是。"

38. 郏府、西院。

董兰君在小萍的搀扶下，走进西院："去给二爷通报一声。"

小萍："是。"

39. 西院、客厅。

小萍走进："二爷，大奶奶看您来了。"

郏文博一怔："请。"

小萍："是。"离去。

稍倾，董兰君走进客厅。

郏文博："大嫂，您咋来了？"

董兰君："我听说弟妹病了，我来看看她。"

郏文博："我给您沏茶。"

董兰君："怎么，连个倒水的也没有？"

郏文博长叹一声。

董兰君："别沏了，我刚喝过。"

郏文博："府上发生的事，您知道了？"

董兰君："知道了。"

郏文博："根儿又在怀疑，这两起命案是银之所为。"

董兰君："银之没这个胆儿！"

郏文博："我是有口难辩啊！"

董兰君："你也不用辩，虽说银之没这个胆量，但他也脱不了干系。"

郏文博点头。

董兰君："我听说，你把凤仙也撵走了？"

郏文博："被逼无奈，我也只好如此。"

董兰君："你做得也太轻率了！为这事，我去找了老太爷。"

郏文博："大嫂，您是咋给爹说的？"

董兰君："我对爹说，毓芬体质弱，自顾不暇，哪还有精力去照顾别人？眼下又把凤仙撵走了，二弟咋办呢？都是这把年纪的人了，身边没

个人可不行！"

郏文博："爹是咋说的？"

董兰君："爹说，让你把凤仙再接回来。"

郏文博惊诧地："爹发话了？"

董兰君："对，你就快派人去接吧。"

郏文博："好，我让之儿去！"

董兰君："不能让他一个人去。眼下，他正在风口浪尖上，咱不去惹人家，人家还要惹咱哩。我看，让仲亭叔陪他一块去吧！"

郏文博："行！"

董兰君："我还对爹说，虽说银之经常犯混，但他也到了成家立业的时候了。家里人不能把他撂在一边不管，更不能天天派人盯着。这成啥了，银之心里能好受吗？爹也同意了我的说法，把盯银之的人全撤掉。不过有个前提，银之从今以后必须要规规矩矩！"

郏文博情感地："大嫂，这是我的两桩心病，您都帮我解决了，我咳咋谢你呀？"

董兰君："居家人过日子，锅沿碰饭勺是常有的事，根儿这么做也是为了这个家好，为银之好。你这个当长辈的，应该理解他才是。"

郏文博："根儿是个做大事情的人，我挺喜欢他！"

董兰君："这就好。走，陪我去看看毓芬吧。"

郏文博："嗯。"

40. 金鸡山矿。

张大全、王教授的助手，正指挥工人，将矿石装上卡车。

郏银根骑马而来。

张大全迎上："大少爷，您来了！"

郏银根翻身下马："这是运往切割厂的？"

张大全："是，每天一车。"

王教授的助手走到郏银根面前："郏先生，咱们的矿石，质量属上乘！"

郏银根："我刚从切割厂过来，程教授派来的总工也是这么说的。"

王教授的助手："王教授一天一个电话，寻问这里的情况。"

郏银根："咱们的矿能有今天，多亏了二位教授的鼎力相助！"

卡车司机："王助理，车装完了！"

王教授的助手："郯先生，你们谈，我要去切割厂了！"说完，乘上卡车。卡车驶去。

郯银根："我听二少爷说，你工作得很不错！"

张大全："滴水之恩当涌泉相报！"

郯银根："二少爷呢？"

张大全："他陪三少爷去西岭了！"

郯银根："西岭在哪？"

张大全："沿这条山路上前，翻过这座山就是。"

郯银根驰马而去。

41. 金鸡山、西岭。

这是一片居高临下的宽阔地带。

郯银业、郯银国骑马巡视。

郯银国："二哥，你怎么情绪不高呀？"

郯银业："我对习武弄枪不感兴趣。"

郯银国："为什么？"

郯银业："实业救国才是唯一的正确之路！"

郯银国："没有武装，怎么保障生产的安全？"

郯银业："爷爷大半辈子，也经历过多次战乱，不是没有枪杆子，也把家业兴办起来了吗？"

郯银国："大哥在这里遭到枪击，家里又发生了两起命案，这都是因为没有枪杆子才造成的灾难！"

郯银业："有了枪杆子，灾难会更大！"

郯银根驰马而来。

郯银国："大哥来了！"

郯银业、郯银国驰马迎上："大哥！"

郯银根高兴地："你们选得这块地形不错！地势平坦而险要，既可设民团总部，又可以进行实弹演习！"

郯银国："山前山后，各有一条通道。能攻能守，是个很好的战略要地。"

郯银根："银国，请金教官尽早来一趟，请他定夺。一旦确定下来，马上投入施工。俗话说，兵马未动粮草先行啊！"

郯银业："大哥，您要建一个多大规模的民团？"

郯银根："我想分两步走。第一步是一个连

的建制，大约一百人左右，成员全部是咱自己人。即是店铺的伙计、矿上和工厂的工人、府上的用人，又都是民团的士兵。第二步是一个营的建制，大约三百人，成员除了上述者外，还有板栗园和棉花种植园的农工，再加上现有银杏园的农工。他们即是农民，也是民团的成员。这样做，既可以节省开支，又能各保一方平安。一旦遇到紧急情况，还可以集中兵力共同对敌！"

郯银国："金教官明日就回河南，去筹办枪支弹药。"

郯银根："好，有了消息，马上告诉我！"

郯银国："是！"

兄弟三人驰马视察地形。

42. 夕阳西下。

郯府、四合院、卧室。

大管家走进卧室："少奶奶，您找我？"

董姝妹："仲亭叔，你请坐。"

大管家："少奶奶，您有什么吩咐？"

董姝妹："大奶奶去找过老太爷吗？"

大管家："去过。"

董姝妹："是不是为着二姨太和银之的事？"

大管家："是的。"

董姝妹："老太爷是怎么说的？"

大管家："老太爷同意了大奶奶的意见。"

董姝妹："这可是与大少爷的意见相悖呀！"

大管家："大奶奶已经去找了二爷。"

董姝妹："要把二姨太接回来？"

大管家："是。"

董姝妹："撤除监视银之的用人？"

大管家："是。"

董姝妹："岂有此理！"

大管家未语。

董姝妹："老太爷为什么会突然变卦了呢？"

大管家："只有这么做，才平息了一场分家的风波！"

董姝妹："分家？"

大管家："二爷去找了老太爷，执意要分家！"

董姝妹："这是要挟！"

郯银根略显疲惫地走进卧室。

大管家："大少爷回来了。"

郯银根："仲亭叔，你咋到这儿来了？"

董姝妹："是我让仲亭叔来的。"

大管家："少奶奶，您陪大少爷说话，我要回去伺候老爷休息了。"

董姝妹："好，你去吧。"

大管家离去。

郯银根："你找仲亭叔有什么事？"

董姝妹："母亲征得了爷爷的同意，要把二姨太接回来，并撤除对银之的监视！"

郯银根惊诧地："他们为什么要这样做？"

董姝妹："母亲说，治家要靠和，绝不能靠斗！"

郯银根愤懑地："她这是一厢情愿！树欲静而风不止，想和能和得了吗？"

董姝妹："母亲还说，家里发生的两起命案，正是因为以上错误的做法才造成的！"

郯银根愠怒："简直是本末倒置！"

董姝妹："爷爷之所以同意了母亲的意见，是因为二爷执意要分家！"

郯银根惊骇。

董姝妹："母亲去找了二爷，才平息了分家的风波。"

郯银根跌坐在椅子上。

董姝妹："事已至此，咱只有另想对策了！"

郯银根未语。

董姝妹："这么一来，看似又搅起了一团迷雾，但细心想想，对手还是很清晰的。今后，二姨太和银之必定还会生乱，但只凭他们的力量，是掀不起大浪的。他们必然会窜通马陵山的土匪，来和你作对。所以说，真正的对手只有一个，还是马陵山的土匪。咱们只要能尽快地建起民团，就能扼制住他们！这就叫'你打你的，我打我的'，咱就可以永远立于不败之地！"

郯银根："说得好！建民团才是咱的立业之本！"

董姝妹："我还要告诉你一件好消息！"

郯银根："是不是你爹爹也同意组建民团？"

董姝妹："你怎么会知道？"

郯银根："因为你爹爹也是位洞察社会，目光犀利的人。"

董姝妹："你俩是英雄相见略同啊！"

郯银根："他同意我组建民团的方案吗？"

董姝妹："同意。有你统一组建，统一指挥，统一使用，统一分摊经费。"

郯银根："太好了！金教官明天就去河南，联系购买枪支的事宜，咱们马上就有自己的武装了！"

董姝妹取出支票："这是爹爹给你的第一笔经费，到时一并结算。"

郯银根接过支票："我要好好谢谢岳父大人！"

董姝妹娇嗔地说："你呀，是见钱眼开！"不由腹部疼了一下："哎哟！"

郯银根赶忙扶住妻子："小心我的儿子！"

董姝妹撒娇地倒在丈夫的怀里。

43. 翌日。

郯府、大门外。

大管家、郯银之乘上马车。

马车驶去。

44. **马陵山、崎岖山路。**

藏秘书挥鞭跃马，驰向山寨。

十余名士兵骑马紧跟其后。

45. **银杏园。**

马车驶出银杏园。

大管家："银之少爷，你知道二姨太在哪儿吗？"

郯银之："找呗！"

大管家："天下之大，到哪儿去找？"

郯银之："咱先到碧露春旅店，问问老板娘再说。"

马车驶向古码镇。

46. **马陵山、寨门前。**

藏秘书与士兵来到寨门。

土匪甲、乙阻拦："站住！你们是干啥的？"

藏秘书："快去通报赵司令，就说县衙的藏秘书要见她！"

土匪甲笑："你要见赵司令？"

藏秘书："对！"

土匪甲："她走了！"

藏秘书："她到哪儿去了？"

土匪甲："你找不见她了！"

藏秘书："少废话！他去哪了？"

土匪甲："阴曹地府。"

藏秘书愕然："你小子找死呀？"

土匪甲："瞧你说的！我活得好好的，可赵司令早咽屁了！"

藏秘书："她死了？"

土匪甲："她要是活着，我敢这么说呀？"

藏秘书："现在的司令是谁？"

土匪甲："大名鼎鼎的潘芝莲，潘司令！"

藏秘书一怔："二寨主？"

土匪甲："现如今是大寨主！"

藏秘书："快去向潘司令通报！"

土匪甲："等着！"离去。

47. 古码镇、郯子中学、操场。

郯银根率领众人在操练。

民团的成员已扩展到近百人，其中有：

酒厂的小六子和工人们。

油坊的花油匠和工人们。

草织品厂的田大龙和工人们。

金鸡山矿的张大全和工人们。

郯子中学的郯银国、夏淑女和师生们。

48. 古码镇、碧露春旅店。

大管家、郯银之走进旅店。

老板娘迎上来："郯少爷来了！"

小翠高兴地跑上前："爹！"

郯银之诧异地："他咋成你爹了？"

小翠："你管得着吗？"

郯银之怒："我是少爷！"

小翠："我不认识你！"

大管家："小翠，你这是咋和银之少爷说话呢？"

老板娘："快请到客厅坐！"

49. 马陵山、清泉寺、大殿内。

藏秘书走进大殿。

潘芝莲起身相迎："怪不得一大早喜鹊叫，原来是藏秘书大驾光临了。"

藏秘书："没想到昔日的二寨主，如今已是司令了。真可谓是三日不见，应当刮目相看了！"

潘芝莲："藏秘书，请坐。上茶！"

冬彩捧上茶水。

潘芝莲："藏秘书，你是我的恩人，本当前去答谢，没想到你却走在我头里。不知你此次进

山，有何公干？"

藏秘书："我是为三条人命而来的！"

潘芝莲："三条人命？"

藏秘书："县监狱的男看守被杀，郯府在一夜之间连死二人。我想，潘司令不会不知情吧？"

潘芝莲："要我说呀，只有三个字：不知道！"

藏秘书："没这么简单吧？"

潘芝莲："这么说，你今天来山寨，是缉拿凶手的？"

藏秘书："是的，我是奉姚县长之命而来！"

潘芝莲："请你转告姚县长，只要他能拿出证据，我立马将凶手押送官府！"

藏秘书："我奉劝潘司令，不要拿鸡蛋碰石头！"

潘芝莲："我也奉劝藏秘书，睁大眼睛看清楚，马陵山可不是鸡蛋！"

藏秘书："告辞！"

潘芝莲："慢，上礼！"

春来将一只小木箱交给潘芝莲。

潘芝莲在藏秘书面，打开小木箱。

木箱里装满用红纸包裹的银圆。

潘芝莲："藏秘书，多谢你搭救我出狱！我潘芝莲不是个忘恩负义的人，更不是个胆小怕事之徒。今后咱们要常来常往，亲如一家，相安修好！"

藏秘书接过木箱："潘司令，咱们后会有期！"

潘芝莲："送客！"

50. 古码镇、碧露春旅店、客厅。

大管家："老板娘，你在镇上，从未见过二姨太？"

老板娘："没有。古码镇巴掌大个地，凡住镇上的人，都是抬头不见低头见。二姨太要是住在镇上，我没有不知道的。"

大管家："这就麻烦了，再到哪儿去找呢？"

郯银之站起身，欲离开客厅。

大管家："银之少爷，你到哪儿去？"

郯银之不高兴地："我去茅房也不行吗？"走出客厅。

大管家向老板娘暗使眼色。

老板娘跟出。

大管家："小翠，你在这里还行吗？"

小翠："挺好的，老板娘对我也挺关照。"

大管家："这就好。无论做啥事情，都要用心去做。久而久之，就能熟中生巧，说不定有朝一日，还能当成老板。"

小翠嘻嘻一笑："只要有爹在，我想会有那一天的。"

老板娘走进客厅。

大管家："银之少爷呢？"

老板娘："蹲坑呢，我在茅房外边等半天了！"

小翠："我去盯着！"

老板娘："不能去！一个女人蹲在茅房外边，让人笑话！"

大管家："老板娘，小翠对我说，你对她可

好哩。"

老板娘："这闺女惹人喜欢，自打她来店后，咱客房是天天满员，客人没有不夸奖她的！"

小翠："瞧您都把我说成是一朵花了！"

老板娘："本来就是朵花嘛！"

三人笑。

大管家走出客厅。

51. 碧露春旅店、茅房。

大管家走进茅房，继而急出。

52. 碧露春旅店、大门口。

大管家匆忙走到大门口，朝街上张望。

女店员："你找郯少爷？"

大管家："对！"

女店员："他早走了！"

大管家："啊？"

第二十七集

1. **古码镇、碧露春旅店。**

大管家冲女店员发火："你咋不拦住他呢？"

女店员："我咋知道呀？"

老板娘、小翠从二楼跑下："跑了？"

大管家："你连个人都看不住！"

老板娘："谁能知道他有这么多鬼心眼子？"

大管家："一眨眼的工夫，他能跑哪儿去呢？"

老板娘："他只有一个去处！"

大管家："哪？"

老板娘："鸳鸯楼！"

大管家："你去把他给我叫回来！"

老板娘："他咋能听我的呢？只能是你亲自去！"

小翠："真是狗改不了吃屎！"

老板娘："他好这一口，咋办？"

大管家："江山易改，禀性难移呀！"说完，离去。

2. **古码镇、鸳鸯楼。**

郯银之气喘吁吁地跑进鸳鸯楼。见一楼无人，悄然溜上二楼。

3. **鸳鸯楼、二楼、黑牡丹房间。**

郯银之急匆匆走进黑牡丹房间，顺手关上门。

黑牡丹惊喜地："郯少爷！"

郯银之示意她不要出声。

黑牡丹轻声地说："你这是咋了？"

郯银之："我是偷跑出来的。"

黑牡丹："有人追你？"

郯银之："大管家！"

4. **鸳鸯楼、一楼。**

大管家走进鸳鸯楼。

管事迎上："哎哟，您这位大爷来得够早的！"

大管家："老鸨呢？"

管事笑："大爷，一看您就是玩家，专点头号杀手！"

大管家："我找她有事！"

管事："没事谁来呀？"

大管家："别啰嗦，快叫她来！"

老鸨从客厅走出："是谁呀，在这里吆五喝六的？"

管事："老板，这位大爷专点您！"

老鸨笑："好胃口，姜还是老的辣！"

大管家："我是来找银之少爷的！"

老鸨惊愕地："他来了？"

大管家："我问你呢！"

老鸨："我也正找他呐！"

大管家："他没来？"

老鸨："你是谁呀？"

大管家："我是郯府的管家！"

老鸨："哟，是大管家呀！请您给银之少爷捎个话，这里的姐妹们都盼着他来呢！"

大管家转身欲走。

老鸨："别走呀，我伺候您！"

大管家哼了一声，焦急地离去。

老鸨问管事："郯少爷来了？"

管事："没有呀！"

老鸨："你没离开过这里？"

管事："我只到对门买了一盒烟。"

老鸨匆匆上了二楼。

5. **二楼、蒋凤仙房间。**

蒋凤仙正在梳妆打扮。

老鸨推门而进。

蒋凤仙："大姐，找我有事吗？"

老鸨："银之少爷呢？"

蒋凤仙惊喜地："他来了？"

老鸨："没到你这儿来？"

蒋凤仙："没有呀，他也不知道我在鸳鸯楼呀。"

老鸨："对。"

蒋凤仙："你听谁说他来了？"

老鸨："你府上的大管家，在到处找他！"

6. 二楼、黑牡丹房间。

郯银之与黑牡丹缠绵在一起。

黑牡丹："郯少爷，你没人味！"

郯银之："你再闻闻？"

黑牡丹："去！"

郯银之："想我了？"

黑牡丹："多长日子了，连个面也不见！"

郯银之："本少爷被软禁了！"

黑牡丹："谁这么大胆呀？"

郯银之："我那个该死的堂哥！"

黑牡丹："你这么怕他呀？"

郯银之："邪门了，我从小就怕他。"

黑牡丹："没出息，你就在我们姐儿仨身上有本事！"

郯银之："谁让本少爷是个多情种呢？"

黑牡丹："像你这号的，天底下少有！"

郯银之："物以稀为贵。"

黑牡丹："不害臊！你这种人是见一个爱一个，总是喜新厌旧！"

郯银之："再好吃的饭菜，天天吃也会吃腻；再爱穿的衣服，穿久了也会丢在一边；再美的风景，天天在眼皮子底下也感受不到它的美了。为啥呢？这是人的天性，天下人无不如此！"

黑牡丹："你歪理还不少哩！"

郯银之："人喜新厌旧才能进步，社会喜新厌旧才能发展。"

黑牡丹"嘻嘻"一笑。

郯银之："我说得不对？"

黑牡丹："你们这些肚子里有墨水的人就是不一样。"

郯银之："喜欢吗？"

黑牡丹撒娇地说："你真是个冤家！"把郯银之抱在怀里。

7. 二楼、蒋凤仙房间。

老鸨："他会跑到哪儿去呢？"

蒋凤仙："别瞎想了，家里人把他看得这么严，他连家门都出不来！"

老鸨："大管家在到处找他，就说明他偷跑出来了！"

蒋凤仙："要是真的跑到古码镇，他别无去处。"

老鸨："咋没见着他人影呢？"

蒋凤仙微微一笑："依我看呀，他准是让三妹给抢到马陵山去了！"

老鸨笑："给三妹当面首去了！"

蒋凤仙有些酸楚地："别瞎说！"

老鸨："萝卜白菜，各有所爱。三妹最喜欢的就是白面书生！"

8. 鸳鸯楼、大门内、外。

潘芝莲只身一人，骑马而至。

管事迎到门外："潘司令，您好！"

潘芝莲翻力下马，走进鸳鸯楼："大姐呢？"

管事："在二姨太房间里。"

潘芝莲走上二楼。

9. 二楼、蒋凤仙房间。

老鸨笑嘻嘻地："我真替郯少爷担心。"

蒋凤仙："担心啥？"

老鸨："三妹厉害着呢，郯少爷可不是对手！"说完，"咯咯"地笑起来。

潘芝莲推门而入："啥事呀，你俩这么高兴？"

老鸨惊喜地："说曹操，曹操到，我俩正说你呢！"

潘芝莲："说我？"

蒋凤仙忙起身："三妹，你快请坐。"

潘芝莲入座："你俩在说我啥呀？"

老鸨："说你不仅当了司令，而且还交了桃花运！"

潘芝莲："桃花运在哪呀？"

老鸨："当然是郯少爷了！"

潘芝莲："我今天就是为此事而来的。"

老鸨："噢？"

潘芝莲："我想请二姐回趟郯府，让银之少爷来一趟。"

蒋凤仙诧异地："他没和你在一起？"

潘芝莲："没有呀！"

蒋凤仙："他从郯府偷跑出来了！"

潘芝莲:"他在哪?"

老鸨:"我俩还以为,你把他接到山上去了呢?"

潘芝莲担心地:"他不会出什么事吧?"

蒋凤仙:"不会吧?"

潘芝莲:"他还有别的去处吗?"

蒋凤仙:"没有。"

老鸨恍然地:"哎呀,他就在鸳鸯楼!"

蒋凤仙:"噢?"

老鸨:"你俩跟我来!"

三人走出房间。

10. 二楼、黑牡丹房间。

郏银之、黑牡丹睡在一起。

传来叩门声。

黑牡丹欲出声。

郏银之惊骇地捂住她的嘴。

传来老鸨的声音:"牡丹,开门。"

黑牡丹轻声地:"是妈妈。"

郏银之:"别开门!"

黑牡丹:"为啥?"

郏银之:"说不定还有大管家呢!"

老鸨的声音:"开门呀!"

黑牡丹:"咋办?"

郏银之:"不开!"

老鸨的声音:"你再不开,我就砸门了!"

黑牡丹:"不开不行了!"

郏银之抱着衣裳,钻到床下。

黑牡丹整理着乱发,把门打开。

老鸨、蒋凤仙、潘芝莲走进客房。

老鸨:"你为啥才开门?"

黑牡丹:"我睡着了。"

潘芝莲二话未说,一把将郏银之从床下拽出!

郏银之惊讶地看着潘芝莲和蒋凤仙。

潘芝莲走到黑牡丹身边,连抽她两个耳光!

黑牡丹恐惧地站在一边。

郏银之:"这事不怪她!"

潘芝莲更加恼怒,猛地拔出匕首,顶着黑牡丹的喉咙。

老鸨赶忙上前:"牡丹,还不赶快认错!"

黑牡丹扑通跪地:"潘司令,我错了!"

潘芝莲:"今后再敢和郏少爷在一起,我就宰了你!"

黑牡丹:"我再也不敢了!"

潘芝莲:"滚一边去!"

黑牡丹吓得躲到一边。

老鸨:"三妹,你和银之少爷回自己房间吧。"

潘芝莲:"咱们一块去,我还有事要说!"

老鸨、蒋凤仙、潘芝莲、郏银之走出客房。

黑牡丹看着走去的潘芝莲,恶狠狠地说:"我早晚要杀了你!"

11. 鸳鸯楼、一楼、潘芝莲房间。

潘芝莲、蒋凤仙、老鸨、郏银之,走进房间。

管事送来茶水。

潘芝莲余怒未息,怒视着郏银之。

郏银之胆怯地垂着头。

蒋凤仙坐在一旁不语。

老鸨:"三妹,别生气了,赶紧和郏少爷说悄悄话吧。"

潘芝莲看了一眼蒋凤仙,然后对郏银之说:"你给我听好了,往后不准你和任何女人睡!要是再被我发现,我见一个杀一个!"

郏银之赶忙点头。

蒋凤仙的心里猛缩了一下。

老鸨:"郏少爷,你真有福气,潘司令是多在乎你呀!"

郏银之又赶忙点头。

蒋凤仙:"银之,还不赶快亲亲潘司令?"

郏银之怯懦地站起身,但未敢上前。

蒋凤仙:"三妹,快发话呀!"

潘芝莲:"亲吧!"

郏银之上前,亲了潘芝莲一口。

老鸨暗示蒋凤仙。

二人悄悄走出房间,并随手关上门。

12. 郏府、西院、客厅。

大管家匆匆走进客厅。

郏文博:"把二姨太接回来了?"

大管家:"没有。"

郏文博:"没有?"

大管家:"一到古码镇,银之少爷就不见

了！"

郯文博："你不是和他在一起吗？"

大管家："他说去上茅房，一转眼就溜走了！"

郯文博："找找他呀？"

大管家："我能不找吗？大街小巷都找遍了，也没见他人影！"

郯文博："瞧你把这事办的，不光没把二姨太接回来，连银之也看丢了！"

大管家："我再派人去找！"

13. 古码镇、鸳鸯楼、潘芝莲房间。

潘芝莲、郯银之睡在床上。

郯银之："没想到你当了司令！"

潘芝莲："我当司令，你当军师。从今以后，马陵山就是咱的了！"

郯银之："郯府的家产呢？"

潘芝莲："你还想留在郯府？"

郯银之："我发誓要当郯府的掌门人！"

潘芝莲："好，我保准帮你做成！"

郯银之："宝贝，你也总不能一辈当山大王吧？等我做了掌门人，就用八抬大轿，把你接进郯府，去做第一夫人。"

潘芝莲："此话当真？"

郯银之："当真，因为你是我最喜欢的女人！"

潘芝莲："你这个小白脸，还真是有情有义。"

郯银之："你知道吗，眼下我堂哥正在竖杆子拉队伍！"

潘芝莲："噢，咋一点动静也没有呢？"

郯银之："他们已经在联系购买枪支了！"

潘芝莲："真的？"

郯银之："是我亲耳听见的。"

潘芝莲："太好了！"激动地走下床："马陵山正缺枪呢！"

郯银之："你想劫枪？"

潘芝莲："对，我做梦都想弄到枪！他既然给我送上门来了，我咋能不要？这是我求之不得的事情！"

郯银之："你打算如何下手？"

潘芝莲："你只要能探听到具体日子和路线，我自有办法！"

郯银之："让二姨太和我一起回去吧？"

潘芝莲："郯府不是把她赶出来了吗？"

郯银之："我这次出来，就是奉命接她回府的。"

潘芝莲："你不会是另有所图吧？"

郯银之："别忘了，咱们是在办大事！我一个人势单力薄，她回去也能相互有个照应！"

潘芝莲："你可要给我放规矩点！"

郯银之："你就把心放肚里吧！"

潘芝莲："你一旦探听到消息，要马上告诉我。"

郯银之："我俩要是出不了郯府，咋办？"

潘芝莲："我派人去取。"

郯银之："自打郯府出了命案，外人是进不去的！"

潘芝莲："这咋办？"

郯银之："我把消息写在纸上，扔到后花园的墙外，你每天要派人去看！"

潘芝莲："这办法好！"

郯银之："也就是这几天的事，你千万要派个心细的人去！"

潘芝莲："就这么办，我等候你的佳音！"

14. 沂河县、县衙、办公室。

藏秘书走进办公室："县长！"

姚月亭："事情办得怎么样？"

藏秘书："马陵山更换寨主了！"

姚月亭："兵变了？"

藏秘书："对，二寨主杀了赵嬷嬷，当了司令！"

姚月亭："这帮土匪，一点人性也没有！"

藏秘书："这个女人矢口否认郯府的事！"

姚月亭："你是怎么说的？"

藏秘书："我说，谁要想和官府做对，那可是鸡蛋碰石头！"

姚月亭："她咋说？"

藏秘书："她说，马陵山可不是鸡蛋！"

姚月亭："太猖獗了！"

藏秘书："我当时就气炸了肺，当场对她下了战书！"

姚月亭："你说派兵去围剿他们？"

藏秘书："对！"

姚月亭："你怎么能擅自做主呢？"

藏秘书："她枪击郯先生，杀人越狱，又害死郯府两名用人，罪大恶极，我恨不得一枪毙了她！"

姚月亭："你呀，年轻气盛！你走的时候是咋说的？你不是说，咱要与马陵山相安无事，把杀人凶犯推到共产党身上，你怎么又变卦了呢？"

藏秘书："县长批评的对！我当时正在气头上，才说了派兵消灭他们！可事后一想，真要是围剿他们，咱也办不到。马陵山，山叠山，峰套峰。他们钻进深山里，到哪儿找去？再说，咱在明处，他们在暗处，弄不好咱就成了活靶子！一旦结下仇，咱就甭想再睡一个安稳觉了！"

姚月亭："就是嘛！为了郯府的俩用人，咱犯不上！"

藏秘书："咱也得给郯府一个回话呀！"

姚月亭："你去一趟吧，就按咱说好的办。"

藏秘书："我去不妥，毕竟是两条人命，还是我陪您亲自去一趟为好。"

姚月亭："好吧，咱明天去一趟！"

15. 古码镇。

一辆马车驶出古码镇。

马车上坐着蒋凤仙、郯银之。

16. 沂河县、县衙门口。

姚月亭、藏秘书上了马车，驶去。

护兵们骑马尾随其后。

17. 郯子中学、操场。

郯银根亲自率民团成员在习武。

习武毕，众人休息。

郯银国大声说道："咱们请董事长，给大家舞趟剑好不好？"

众人高呼："好！"

郯银国将宝剑捧给郯银根。

郯银根持剑，拱手施礼，舞起剑来。他身如骄燕，闪、跃、腾、挪，丝丝入扣。剑法由缓入疾，剑锋熠熠生辉，脚步虎虎生风！

众人发出不断地喝彩声和掌声。

18. 郯府、西院、客厅。

郯银之、蒋凤仙走进客厅。

郯文博惊喜："凤仙！"

蒋凤仙急步上前："二爷！"哭泣。

郯文博宽慰地："回来了，应该欢喜才是呀。"

蒋凤仙泣声地："你知道我流落在外，吃了多少苦吗？"

郯文博："委屈你了。"

郯银之："爹，往后别再让人家拿你当枪使，做这种蠢事了！"

郯文博喃喃地："不做了，不做了。"

郯文博："凤仙，先回去把房间收拾收拾，中饭我给你接风。"

蒋凤仙："我不愿离开您。"

郯文博："之儿，你去告诉厨子，多做几个菜，中饭送到这儿来。"

郯银之离去。

蒋凤仙扑在郯文博的怀里。

郯文博紧紧地抱着蒋凤仙。

蒋凤仙："我不在家，谁伺候您呀？"

郯文博只是长叹了一声。

蒋凤仙："我天天挂着您，怕您吃不好，睡不好。"

郯文博："你走后，我也是魂不守舍的。"

蒋凤仙："您咋想起又把我接回来了？"

郯文博："这件事，多亏了大奶奶，是她去找的老太爷。"

蒋凤仙诧异地："噢？"

郯文博："你应该去好好谢谢她。"

蒋凤仙："黄鼠狼给鸡拜年，她又想要啥心思？"

郯文博："大奶奶是一番好意。"

蒋凤仙闪出一丝冷笑："现如今，哪有这么好心的人？"

郯文博："不能把人都想得这么坏。"

蒋凤仙："现如今的人，坏是正常的，也是真的。好才是反常的，也是假的。"

郯文博："无论是假的还是真的，你都应该去谢谢大奶奶。"

蒋凤仙："行，我也假的真的一块谢。"

19. 郯府、后院、卧室。

大管家走进："老爷，姚县长来了！"

郯耀庭："他人呢？"

· 389 ·

大管家："在前院大厅等您。"

郊耀庭："根儿在家吗？"

大管家："不在。"

郊耀庭："我真不想见这个赃官。"

大管家："这咋行呢？老爷，您还是快去吧。"

郊耀庭长叹一声："仲亭，你先备份礼候着。"

大管家："是。"

20. 郊府、前院、大厅。

姚月亭拍拍桌子，又摸摸椅背："这都是红木的吧？"

藏秘书："县长，您闻闻这条仙几阵阵香味，它是檀香木的！"

姚月亭："真是家大业大呀！"

藏秘书："要不咋称是沂河首富呢？"

姚月亭感叹地："我这名堂堂县长，哪里能赶得上一个土财主！"

藏秘书："县长，他比您差远了！您手中有权呀，自古以来，权就比钱大！"

郊耀庭在大管家的陪同下，走进大厅："姚县长！"

姚月亭："郊公，您好呀？"

郊耀庭："姚县长，快请坐。"

宾主入座。

姚月亭："郊公，我这次来，一是为府上遭到命案表示慰问，二是相告对此案的侦探情况。"

郊耀庭："让您费心了。"

姚月亭："银根贤侄到县府报案，令我大吃一惊，没想到府上竟被连伤二命！我即刻派藏秘书亲自侦破此案，他不辞辛苦，终于有了点眉目。藏秘书，你给郊公详细地禀报一下吧。"

藏秘书："郊府发生了命案，姚县长当作头等大事来抓，命我一定破案，缉拿凶手。我首先派暗探打入马陵山，经过仔细地侦察，没有发现任何可疑之处。紧接着，我又率兵去了马陵山，再次去追查此案！他们说，马陵山历来和郊府是修好的，无论是大少爷的婚事，还是送还银之少爷下山，她们都是以礼行事的。即使那次二寨主夜袭酒厂，也被司令下令阻止。马陵山绝不会无缘无故地潜入郊府，杀害两名用人！由此看来，

郊府的命案并非是她们所为。我们又加大了侦察力度，果然有其所获。最近共产党活动频繁，姚县长也不断接到上级的通报，共产党在沂河也建立了地下支部，他们专门与豪门富商做对，打土豪，分田地，穷人当家做主人，这就是他们蛊惑人心的口号！郊府的命案，必定是他们所为，以此达到警告乡绅，笼络人心之目的！"

郊耀庭茫然："我咋听得这么悬乎呀？"

藏秘书："他们的行为是很够悬乎的，来无踪去无影，全部是地下活动！"

郊耀庭："照你这么说，这案子还能破吗？"

藏秘书："当然能破，只是不能过于着急。"

郊耀庭："我明白了。"

姚月亭："还请郊公多多体谅他们的苦衷呀！"

郊耀庭："藏秘书辛苦了，不管案子能不能破，我都表示感谢。"

藏秘书："请郊公放心，我们会尽力而为的！"

姚月亭："郊公，卑职还有公务在身，告辞了。"

郊耀庭："仲亭，礼品呢？"

大管家捧上礼品。

郊耀庭接过，交姚月亭："姚县长，你们费心了，这是我的一点心意，请您收下。"

姚月亭接过："藏秘书，咱们收了郊公的礼，你可要尽心尽力地去办这个案子呀！"

藏秘书："遵命！"

21. 日挂西天。

郊府、西院、卧室。

郊文博在酣睡。

蒋凤仙睁着眼睛，躺在他的身边。

22. 西院、卧室外。

郊银之悄悄走到卧室门口。

23. 西院、卧室内。

郊银之将身子探进室内，向蒋凤仙打着手势。

蒋凤仙轻轻地从郊文博身边爬起，惦着脚尖走出卧室。

24. 西院、卧室外。

蒋凤仙轻声地："你怎么来了？"

郯银之："我有急事。"

蒋凤仙："不是说好，我晚上去找你吗？"

郯银之："你晚上千万不能来！"

蒋凤仙："为啥？"

郯银之："潘芝莲告诉我，她晚上要越墙而入！"

蒋凤仙："啊？她说一定会来吗？"

郯银之："不知道。她一旦来了就麻烦了！"

蒋凤仙："晚上我在房间等你，你见机行事吧！"

郯银之："我现在就要到大门口盯着堂哥，一定要探听到运枪的日期。"

蒋凤仙："你快去吧！"

郯银之离去。

蒋凤仙又悄悄走回卧室。

25. 郯府、大门内。

郯银之匿身在隐蔽处。

26. 月色朦胧。

郯府一派静谧。

27. 月夜。

郯府、大门内、隐蔽处。

郯银之依然眺望着大门口。

28. 月夜。

郯府、大门外。

马蹄声嗒嗒，郯银根骑马而至，翻身下马。

用人接过缰绳。

郯银根走进府门。

29. 月夜。

郯府、大门内。

郯银之紧盯着郯银根。

30. 月夜。

郯府、四合院、卧室。

郯银根走进卧室。

董姝妹周到地伺候丈夫。

31. 月夜。

四合院、卧室外。

郯银之躲在暗处窃听。

32. 月夜。

四合院、卧室内。

董姝妹："你怎么回来得这么晚呀？"

郯银根："我领着民团在习武。"

董姝妹："我若不是有身孕，也一定会去的。"

郯银根："三弟的未婚妻夏淑女老师，就是女中英杰！"

董姝妹："他们两个真是天作之合。"

郯银根："爷爷说，春节前就给二弟和三弟，一块举办换帖仪式。"

董姝妹："等马小姐和夏女士进了家门，我们就是三妯娌了。"

郯银根："你这个大嫂该咋做呀？"

董姝妹："我作为长子长孙的媳妇，当然要身为表率了。"

郯银根："母亲年轻的时候就是这样。"

董姝妹："可父亲和你就不一样。"

郯银根："人各有志。"

董姝妹："你劳累了一天，早点睡吧。"

郯银根："对，明天清早我还要领着民团习武呐。"

33. 月夜。

四合院、卧室外。

郯银之活动着站麻了的双腿，欲离开，听到谈话声又止住脚步。

34. 月夜。

四合院、卧室内。

董姝妹："还有件事忘记告诉你。"

郯银根："什么事？"

董姝妹："银之把二姨太接回来了。"

郯银根："噢？"

董姝妹："她是绝不会偃旗息鼓的，还不知又会生出啥幺蛾子，说不定还要和马陵山联系，你要加快民团的步伐才行。"

郯银根："万事俱备，只欠东风了！只要买到枪支，民团就马上竖旗！"

董姝妹吹熄灯。

35. 月夜。

四合院、卧室外。

郯银之悄悄离去。

36. 月夜。

四合院外。

郯银之刚走出院门。

不远处传来脚步声。

郯银之藏身于树丛后。

郯银国急匆匆走进四合院。

37. **月夜。**

四合院内。

郯银国叩门："大哥，我是银国。"

38. **月夜。**

四合院、卧室内。

郯银根："是三弟。"

董姝妹："你不是刚和他分开吗？"

郯银根："肯定有什么急事。"

董姝妹将灯点燃。

郯银根打开房门。

郯银国走进。

董姝妹关上房门。

39. **月夜。**

四合院、卧室外。

郯银之匿身暗处窃听。

40. **月夜。**

四合院、卧室内。

郯银根："你这么晚来，出了啥事？"

郯银国："金教官来电话了！"

郯银根："他怎么说？"

郯银国："他把枪支联系好了！"

郯银根："这么快？"

郯银国："他说，请您马上把货款送去，钱一到就发货！"

郯银根："运输咋办？"

郯银国："金教官说，走旱路最快，早晨发车，当天夜里就能到达。为了安全，他还联系了一辆军用卡车，直接送来！"

郯银根："太好了，我和你一块回去！"

41. **月夜。**

四合院、卧室外。

郯银之慌忙离去。

42. **月夜。**

西院、蒋凤仙卧室。

蒋凤仙穿着整齐地在等待着。

传来轻轻地叩门声。

蒋凤仙迅速地打开房门。

郯银之闪身而进。

蒋凤仙立即关上房门，抱住了郯银之。

郯银之："别，我有急事要对你说！"

蒋凤仙松开手："她要来？"

郯银之："我探听到了买枪的日期！"

蒋凤仙惊喜："太棒了！很急吗？"

郯银之："老大跟老三连夜去古码镇了！"

蒋凤仙："你要尽快告诉马陵山才行！"

郯银之："我就是为此事来找你的。"

蒋凤仙："潘芝莲今夜能不能来？"

郯银之："腿长在她身上，我哪知道呀？"

蒋凤仙："深更半夜的，咱俩谁也去不了马陵山呀？"

郯银之："老天爷保佑，让她赶快来吧！"

蒋凤仙："她要是来不了，又该咋办呢？"

郯银之："急死我了！"

蒋凤仙："急有啥用，还是要赶快想法！"

郯银之突然想起："哎呀，我差点忘了！"

蒋凤仙："你干嘛呀，一惊一乍的？"

郯银之："快给我纸和笔！"

蒋凤仙："干啥用？"

郯银之："在古码镇，我和潘芝莲说好了一个联系办法。"

蒋凤仙："啥办法？"

郯银之："我把消息写在纸上，扔到后花园的墙外，她每天都会派人来的！"

蒋凤仙："快写！"

43. **旭日东升。**

古码镇、码头。

一艘客轮停靠码头。

乘客纷纷乘上客轮。

郯银根、刘之声、给郯银国、夏淑女送行。

郯银国："大哥，还有什么要嘱咐的事吗？"

郯银国："你俩到达省城后，马上改乘火车，明天清晨就到达郑州了。"

刘之声："你们要随时来电话，把情况告诉我们。"

郯银根："还有，押运枪支回来，一定要注意安全。从河南到山东，路途遥远，再加上到处都有土匪，稍有不慎就会招至横祸。"

郯银国："我明白。"

郯银根："刚才刘校长已经嘱咐过了，回来的路上要沿途打电话，千万不要怕麻烦！"

郯银国："我记住了。"

郯银根："夏老师，辛苦了，你们一路保重！"

郯银国、夏淑女踏上客轮。

客轮发出长鸣，驶离码头。

郯银根、刘之声向客轮挥手致意。

44. 郯府、后花园墙外。

这是一片荒芜的土地。

冬彩扮作村姑，沿墙外寻找。

远处的小树林里。

土匪甲、土匪乙牵马等待。

墙外的杂草间，有一块裹着纸团的石头。

冬彩赶忙捡起，展开一看，不由惊喜，疾步走向小树林。

45. 古码镇、郯子中学、操场。

郯银根率民团习武。

46. 郯子中学、校长办公室。

一年轻教师走进办公室："校长，您找我？"

刘之声关上房门，轻产地："通知支部成员，马上赶到'三友铁厂'开会！"

年轻教师："是！"

47. 马陵山、崎岖山路。

冬彩、土匪甲、乙纵马驰向山寨。

48. 古码镇、三友铁厂。

沿街是铁厂的店铺。

店铺内、外摆放着各类农具和生活器具。

店铺的后面是个宽敞的院落，师傅们在锻造着各种铁具。

厂长石大柱站在店铺外，张罗着生意。

刘之声、年轻教师、永昌商号的樊掌柜、卖水汉许大头，陆续走进'三友铁厂'。

49. 马陵山、清泉寺。

潘芝莲与众匪徒一起习武。

春来捧着披风、端着茶壶，侍立一边。

冬彩、土匪甲、乙急匆匆走进寺院。

潘芝莲："有消息吗？"

冬彩："有！"

潘芝莲："进大殿说！"

50. 清泉寺、大殿。

潘芝莲、冬彩、春来走进大殿。

冬彩将纸条交给潘芝莲。

潘芝莲看了看纸条，又交还冬彩："我认它，它不认识我！上面写得啥呀？"

冬彩读纸条："潘司令：郯银根在河南购买枪支，今日送款，明、后日将枪运回，走旱路，一辆军用卡车。"

潘芝莲兴奋地："哈哈，咱又钓到了一条大鱼！"

春来："司令有福呀，这叫旗开得胜！"

潘芝莲："咱马陵山缺的就是枪支弹药，只要咱把这批货劫到手，天王老子咱也不怕了！"

春来："司令，这回郯少爷立了大功！他对你是有情有义，忠心耿耿！"

潘芝莲："这就叫'千男好找，一夫难寻'啊！"

春来发出咯咯的笑声。

潘芝莲："四妹，你怎么不说话了？"

冬彩："不知司令如何去劫这批货呢？"

潘芝莲："抢呗！"

冬彩："在哪里抢？"

潘芝莲："他们走旱路，当然要找个合适的地方下手！"

冬彩："又怎么下手呢？"

潘芝莲："凭咱手里的家伙！"

冬彩笑着摇摇头。

春来："四妹，你是咋想的？"

冬彩："兵法上讲，知己知彼，百战不殆！"

潘芝莲："没错，咱不是已经知道了日期、走旱路、一辆军用卡车吗？"

冬彩："如今兵荒马乱，大路上跑得军用卡车无数，咱要拦截哪一辆呢？总不能都拦吧？要是该拦的没拦，不该拦的拦了，不但抢不到货，弄不好就要惹出大乱子！"

春来："四妹说得在理！"

潘芝莲："你说该咋办？"

冬彩："混水摸鱼！"

潘芝莲："混水摸鱼？"

冬彩："现在到处是鱼龙混杂，鱼目混珠，咱就让弟兄们扮成国军，设路卡，印公文，以查走私军火和通共匪的名义，拦截每辆军用卡车，谅他插翅难逃！"

春来高兴地："四妹，你可真有办法！"

潘芝莲亢奋地："老四的鬼心眼子就是多！好，就按你说的办！"

51. 古码镇、郯子中学、操场。

郯银根率民团体操练。

52. 古码镇、三友铁厂、客厅。

刘之声正在召开'中共沂河支部'委员的会议。

石大柱、樊掌柜、许大头、年轻教师在座。

郯银根："同志们，除夏淑女同志外，沂河支部的成员全到齐了，下面我先传达省委的会议精神。"

53. 马陵山、清泉寺。

潘芝莲、冬彩、春来，给三十余名土匪，更换着国军的服装。

54. 古码镇、郯子中学、教室。

民团成员济济一堂。

郯银根在黑板上写了六个大字："足兵、足食、民信"。

民团成员迷茫地望着黑板。

郯银根："孔夫子有个学生叫子贡，他问孔子，怎样才能治理好一个国家呢？孔子就说了'足兵、足食、民信'这六个字。这是啥意思呢？足兵就是要有强大的军队，足食就是要丰衣足食，民信就是要有统一的信仰。子贡问，要是去掉一条呢？孔夫子说，可以去掉足兵。子贡又问，要是再去掉一条呢？孔夫子说，可以去掉足食。唯一不能去掉的就是民信，因为一个国家再有强大的军队，富足的生活，一旦老百姓对政府失去了信赖，那么这个国家就名存实亡了！"

众人议论纷纷。

郯银根："我想治理国家是如此，治理一支队伍也应是如此！"

55. 古码镇、三友铁厂、客厅。

刘之声："总之，目前的局势十分严峻。日本占领东北三省后，仍贼心不死，蠢蠢欲动。国民党部队又在大举进攻解放区。省委指示我们不仅要壮大组织，还要尽快地建立地方武装，以应对反动势力的入侵。眼下，郯先生组建了民团，这是一件大好的事情，我们要做好工作，积极配合。石大柱同志，你要把铁厂的工人发动起来，不仅要赶制大刀长矛，还要生产地雷手榴弹！许

大头同志，你要迅速地把码头党小组建立起来，不仅码头是咱的战略要地，而且码头工人更是咱们的中坚力量！樊志刚同志，古码镇是商贾云集的地方，你要把商会团结在我们的周围，不仅要牢牢地抓住这支同盟军，而且还要大胆地发展组织，壮大我们在商界的势力！大家还有什么意见？"

石大柱："请党组织放心，我们会想一切办法，尽早地把地雷和手榴弹造出来！"

许大头："建立码头党小组的条件已经成熟，我马上着手这项工作！"

樊志刚："我原先对在商界发展党员有些顾虑，现在有了明确指示，就可以大胆地行动了！"

刘之声："还有一件事需要支部讨论一下，我与夏淑女同志介绍郯银国同志加入党组织，请举手表决。"

众人举手："同意！"

56. 夜。

列车在奔驰。

57. 清晨。

郑州火车站。

郯银国、夏淑女走出火车站。

金振宗迎上。

58. 古码镇、郯子中学、郯银国办公室。

郯银根接听电话完毕。

刘之声走进办公室："是银国的电话？"

郯银根："他们乘坐的军用卡车，已经从郑州启程了！"

59. 延绵的国道上。

一辆军用卡车在疾驶。

郯银国、夏淑女坐在驾驶舱里。

金振宗与四名士兵坐在蓬着帆布的卡车上。

卡车在疾驶。

60. 马陵山、崎岖的山路。

潘芝莲、冬彩率领身穿国军服的土匪，驰马离开山寨。

61. 古码镇、郯子中学、郯银国办公室。

郯银根守在电话机旁。

62. 乡间大道。

潘芝莲、冬彩、众土匪纵马奔驰。

63. 国道上。

郯银国、夏淑女乘坐的军用卡车在疾驶。

64. 古码镇、郯子中学、郯银国办公室。

郯银根守在电话旁。

65. 沂河县境。

沂蒙山将两县分开。

国道从山涧中穿过。

潘芝莲、冬彩率领土匪到达县境。

66. 山东、省城。

郯银国、夏淑女乘坐的军用卡车驶进省城。

67. 古码镇、郯子中学、郯银国办公室。

郯银根、刘立先守在电话旁。

电话铃骤响。

郯银根接电话。

电话里传来郯银国的声音："大哥，我是银国！"

郯银根："你们到达了什么地方？"

郯银国的声音："我们已经到达省城。"

郯银根："你们要在省城，改换水路！"

郯银国："为什么？"

郯银根："因为鲁南土匪很多，而且活动频繁。为了安全，不能再走旱路，一定要改换水路！"

郯银国："好，我们改水路！"

郯银根："我在码头等你们！"放下电话。

刘之声："郯先生，您的决定是正确的！"

郯银根："不怕一万，就怕万一啊！之声兄，咱们要马上去联系运输车辆！"刘之声："您在这里守着电话，我去码头办这件事。"离去。

68. 沂河县界。

穿越山涧的国道上，设着路卡。

一辆军用卡车驶来。

土匪们拦住卡车。

女扮男妆的潘芝莲，向车上人出示公文。

土匪甲跳上卡车检查。

其他土匪持枪而立。

土匪甲跳下卡车，向潘芝莲示意。

潘芝莲挥手放行。

土匪搬开路障。

卡车驶去。

潘芝莲疑惑地："难道他们走得不是这条

路？"

冬彩："只要是走旱路，必走这条路，因为只有这条路，才能跑汽车。"

潘芝莲："我们拦了十多辆车，咋毫无踪影？"

冬彩："火车还经常误点，更何况是汽车？"

潘芝莲："今天非等到它不可！"

69. 日挂西天。

沂河上。

客轮在行驶。

郯银国、夏淑女伫立在甲板上。

夏淑女："快到家了！"

郯银国："一路上，我的心都提到喉咙了！"

夏淑女："有啥可怕的？一个革命者，随时都要准备献出自己的生命。"

郯银国："淑女，我要求加入党组织的事，你们研究了没有？"

夏淑女："等咱回去后，你就知道了。"

郯银国感慨地："我们兄弟三人，都在黑暗中探寻救国之路。我主张教育救国，二哥主张工业救国，而大哥坚定不移地要走农村之路。现在我才认识到，只有共产党才能救中国，只有推翻反动政府，建立红色政权，人民才能真正得到幸福，国家才能真正富强！"

夏淑女欣喜地依偎在郯银国的怀里："银国，我们不仅是相亲相爱的恋人，而且更是志同道合的亲密战友。"

客轮行驶，溅起层层浪花。

70. 夜幕降临。

沂河县境。

潘芝莲在焦急地等待。

71. 月夜。

古码镇、码头。

客轮靠岸。

郯银根、刘之声在等待。

郯银国、夏淑女、在乘客中走下客轮。

郯银根、刘之声迎上。

郯银国："大哥！刘校长！"

郯银根："金教官呢？"

郯银国："他在船上看守货物。"

刘之声："一路顺利吗？"

夏淑女："很顺利!"

许大头与码头工人，将货仓里的一个个木箱搬下客轮，又装到卡车上。

金振宗最后一个下船。

郊银根："金教官，您辛苦了!"

金振宗："把货运到哪里?"

郊银根："金鸡山。"

72. 月夜。

沂河县境。

潘芝莲："他娘的，咋还没个影呢?"

冬彩："郊少爷的消息，会不会不准确?"

潘芝莲："不会吧? 日期，军用卡车、走旱路，多详细呀!"

冬彩："他们是不是不敢走夜路呀?"

潘芝莲："一群书呆子，胆小如鼠!"

土匪甲："司令，咱先撤回去吧?"

冬彩："不行! 他们要是来了，咋办?"

潘芝莲："真是他娘的骑虎难下!"

土匪甲："弟兄们都饿坏了!"

冬彩："深更半夜的，到哪里去弄吃的?"

潘芝莲："我不是和大家一样吗?"

冬彩："养兵千日，用兵一时，到天亮再说!"

73. 一轮朝阳染红了金鸡山。

西岭、宽阔地带。

金振宗执教民团骑马射击。

郊银根、刘之声、郊银国、夏淑女、小六子、花油匠，田大龙、张大全，都在队列之中。

74. 古码镇、三友铁厂、后院。

炉火熊熊。

石大柱和工人师傅们汗流浃背，锻造大刀长矛。

75. 马陵山、崎岖山路。

潘芝莲、冬彩率土匪沮丧地回到马陵山。

76. 夕阳落山，晚霞似火。

民团战士仍在操练。

清脆的枪声，划破山峦。

77. 一轮朝阳冉冉升起。

金鸡山、西岭、宽阔地带。

鞭炮齐鸣。

沂河民团的旗帜迎风招展。

近百人的民团战士整齐地排列着。

有的持枪，有的手持大刀或长矛。

金振宗下达口令："立正!"跑步至郊银根面前："报告董事长，队伍集合完毕，请指示!"

郊银根："稍息!"

金振宗下达口令："稍息!"跑步入列。

郊银根："民团战士们，我们'沂河民团'从今日起，正式成立了!"

众战士："苦练本领，守卫家园!"

洪亮的声音，在山谷中回荡。

郊银根："我任命: 金振宗教官为民团团长!郊银国为民团副团长! 团部下设四个支队: 小六子、花油匠、田大龙、张大全，分别任支队长!民团的性质是，生产、练兵两不误。平时，各守一方平安; 战时，集中兵力，统一指挥，共同对敌! 目前，我们是一个连的兵力! 明年开春，我们就要发展成一个团的兵力! 大家都知道，老虎长得像猫，但猫不是老虎。人人都害怕老虎不怕猫，可当猫长得像老虎那么大的时候，谁见了都会望而生畏，胆战心惊! 眼下咱还是只猫，明年开春咱就要长成一只老虎了!"

众人笑。

郊银根："俗话说，无规矩不成方圆。国有国法，家有家规，部队更应该有铁的纪律! 下面请金团长宣布民团的纪律!"

众鼓掌。

78. 郊府、东院。

蒋凤仙走进东院。

小萍迎上："哟，二姨太，您回来了?"

蒋凤仙："大奶奶呢?"

小萍："在卧室看书呢。"

蒋凤仙："你去通报一声，我看望她来了。"

小萍："是。"

79. 东院、卧室。

董兰君在看书。

小萍走进卧室："大奶奶，二姨太要见您。"

董兰君："请她进来吧。"

小萍走门口："二姨太，大奶奶请您进来。"

蒋凤仙走进卧室："大奶奶，我给您请安来了。"

董兰君："快请坐。小萍，上茶。"

蒋凤仙入座。

小萍捧上茶。

蒋凤仙："大奶奶，我听二爷说，这回多亏了您，我才能回到府上。"

董兰君："回来就好。"

蒋凤仙："我一辈子也忘不了您的恩情。"

董兰君："一家人咋说两家话呢？俗话说，吃一堑长一智，你应该记住这次教训。自从你进了这个家门，心态就从来没有平稳过。为了家财，你明里暗里地和我斗，现如今又和根儿没完没了，甚至还串通土匪动了枪，多可怕呀！人呀，都有阴阳两面，就看哪面占上风？就拿我来说吧，根儿刚成掌门人的时候，我恨得咬牙切齿，那就是阴面占了上风。想想做得那些事，也挺后悔的。人生在世要随遇而安，顺其自然。只要能把心态放正了，无论遇到啥事就不会心烦意乱了，喘口气也觉着舒坦。"

蒋凤仙："大奶奶，您说的都是些智理明言呀！"

董兰君："银之最近怎么样？"

蒋凤仙："他还能怎么样？整天无所事事，愁眉苦脸的。"

董兰君长叹一声："我再给根儿说说，要给银之安排个事做。"

蒋凤仙："说一千道一万，大奶奶就是心善呀！"

董兰君："你喝茶。"

蒋凤仙："嗳。"

80. 郯府、后院、客厅。

大管家匆匆走进客厅："老爷，我回来了。"

郯耀庭："都安排妥了？"

大管家："安排妥了。两名死者的家人，按照大少爷的吩咐，女人们去了编织厂，男人们有的去了矿上，有的去了酒厂和油坊。"

郯耀庭："要好好善待人家。"

大管家："您放心，我都做了交代。"

郯耀庭："根儿已经好几天没回家了吧？"

大管家："我听少奶奶说，大少爷最近一直忙着建民团的事。"

郯耀庭："也不知建得咋样了？"

大管家："等大少爷回来，一问便知。"

81. 郯府、后院。

郯银根走进后院。

82. 后院、客厅。

大管家："老爷，好像是大少爷回来了！"

郯银根走进客厅："爷爷！"

郯耀庭："根儿，几天不见，爷爷想你了！"

郯银根从怀中掏出一把手枪："爷爷，您看！"

郯耀庭见枪，吓了一跳："啊？"

郯银根双手捧着枪："爷爷，这是给您的！"

郯耀庭："我要它干啥？"

郯银根："防身呀！"

郯耀庭："快把它收起来，我看见它头晕！"

郯银根对枪爱不释手。

郯耀庭："买了多少把？"

郯银根："十支短枪，五十支长枪。"

郯耀庭："够用吗？"

郯银根："不够！"

郯耀庭："那咋办？"

郯银根："还有大刀和长矛呢！等明年开春，矿上有了资金就再买它一批。"

郯耀庭："好呀，只要咱手上有了家伙，就胆壮气粗了！"

大管家："大少爷，这么多枪支，您是咋运回来的？"

郯银根："先是走旱路，然后又换成水路，就这么平平安安地货到手了！"

郯耀庭："根儿，再把它拿给我看看。"

郯银根："爷爷，您不是害怕吗，就别看了。"

郯耀庭像个孩子："不，我要看！"

郯银根把手枪捧到爷爷面前。

郯耀庭胆怯地碰了它几下。

郯银根笑。

郯耀庭："这把枪是给我的？"

郯银根："您敢用？"

郯耀庭拿起枪，摆弄了一番，就要扣扳机。

郯银根一把按下。

枪响！

子弹打在地上。

众人惊愕！

83. 后院、客厅外。

窃听的郯银之急速离去。

84. 后院、客厅内。

郯耀庭心有余悸："咋一弄就响了？"

郯银根："爷爷，您打开保险了！"

郯耀庭："快仔细说给我听听。"

郯银根："您还要啊？"

郯耀庭："要！"

85. 郯府、西院、郯银之卧室。

郯银之惶恐地推开门，走进卧室，不由惊叫一声："啊！"

蒋凤仙伫立在他的面前。

郯银之："你吓死我了！"

蒋凤仙："你咋吓成这样？"

郯银之："枪，枪！"

蒋凤仙："你咋了？"

郯银之："爷爷开了枪！"

蒋凤仙："啊，他有枪？"

郯银之喝了杯中茶，长长地吁了一口气："堂哥把枪买回来了！十支短枪，五十支长枪！"

蒋凤仙惊骇："这么说，潘芝莲没能把枪劫到手？"

郯银之："他们是改从水路回来的！"

蒋凤仙沉默无语。

郯银之："我要赶紧把这个消息告诉马陵山！"

蒋凤仙："你想找死呀？"

郯银之："我还是用老办法，把纸条偷偷扔到墙外，家里人是不会知道的！"

蒋凤仙："我不是说家里人，我是指潘芝莲！"

郯银之："我咋听不明白？"

蒋凤仙："你想咋对她说？"

郯银之："我如实告诉她。"

蒋凤仙："她能相信吗？"

郯银之："这是事实呀？"

蒋凤仙："这个女人疑心最大，她会把你说的话当成鬼话的！"

郯银之："这怎么可能呢？"

蒋凤仙："我问你，你为啥不事先把改水路的事告诉她？"

郯银之："我也是刚听说的！"

蒋凤仙："谁作证？你的堂哥能为你作证吗？"

郯银之："笑话！"

蒋凤仙："既然无人作证，她就会怀疑你给了她一个半真半假的情报，你就跳进黄河洗不清了！"

郯银之呆若木鸡。

蒋凤仙："我断言，她今天晚上必来。你要三缄其口，装着啥也不知道。她一定会让你再去探听，等此事过去以后你再告诉她，就会完全脱离干系了！"

郯银之："对，对！"

蒋凤仙："你要记住，和这帮土匪打交道要格外慎重，绝不能被她们牵着鼻子走。咱要做的是煽风点火，利用她们和郯银根斗，两败俱伤才好呢！你别昏了头，咱要的不是占山为王，而是郯府的家产！"

郯银之："只要你待在我身边，我的头永远是清醒的！"

蒋凤仙："往后听我的话就行。"

郯银之："我早就养成习惯了。"

第二十八集

1. **夜。**

月明星稀。

郯府、后花园、墙外。

潘芝莲骑马而至。她翻身下马,将马拴在树桩上,又取出绳索,抛上墙头。她身轻如燕,一跃而上。她又将绳索抛入院内,顺绳而下。

2. **月夜。**

郯府、西院、郯银之卧室。

郯银之睁着双眼躺在床上,听着院内的动静。

传来轻轻的叩门声。

郯银之一骨碌从床上爬起,打开房门。

潘芝莲闪身而进。

郯银之随即关上房门。

3. **月夜。**

西院、郯银之卧室外。

蒋凤仙蹑脚至窗下,窃听。

4. **月夜。**

西院、郯银之卧室内。

郯银之欲拥抱潘芝莲。

潘芝莲将他推开。

郯银之:"你咋不高兴啊?"

潘芝莲:"我问你,你给我的情报是真的还是假的?"

郯银之:"当然是真的!"

潘芝莲:"我在沂河县界等了一天一夜,连个狗屁影子也没见着?"

郯银之:"这怎么会呢?"

潘芝莲:"我正要问你呢!"

郯银之:"你怀疑我提供了假情报?"

潘芝莲:"不是怀疑,原本就是!"

郯银之笑。

潘芝莲:"你笑什么?"

郯银之:"我笑自己净干蠢事!潘司令,请

你回答,给你假情报对我有什么好处?是能得到你的封赏,还是能成为郯府的掌门人?"

潘芝莲无语。

郯银之:"我再问你,一个读书人再愚钝,也不会去做惹恼两头的事吧?"

潘芝莲哑然。

郯银之:"我早知今日,何必当初!潘司令,咱们今后井水不犯河水,你当你的司令,我做我的贱民,我情愿在郯府忍气吞声,再也不会求你相助,去争夺郯府的掌门人了!"

潘芝莲破怒为笑:"给我使小性子了?"

郯银之佯装悲伤。

潘芝莲:"哟,还想哭鼻子抹泪呀?"

郯银根哽咽地:"你太伤我的心了!"

潘芝莲:"你真是个文弱书生,连一点委屈也受不了。"

郯银之委屈地:"我是老鼠钻风箱,两头受气。"

潘芝莲:"小白脸,你这个样子真让人心动。"欲拥抱郯银之。

郯银之轻轻把她推开:"你还怀疑我吗?"

潘芝莲笑着摇摇头。

郯银之把潘芝莲揽在怀里。

5. **月夜。**

郯银之卧室外。

蒋凤仙恨得咬牙切齿!

6. **月夜。**

郯银之卧室内。

郯银之:"你又在想啥?"

潘芝莲:"我仍在想那批枪!"

郯银之:"你呀,就不应该从沂河县界撤走,要是他们晚到个一天半日的,你不就把到嘴边的肉扔掉了?"

潘芝莲:"我当时也这想,可弟兄们实在

坚持不住了。再说，我们穿着国军的服装，又怕时间一长惹出事来就麻烦了。"

郯银之："事到如今，又该怎么办呢？"

潘芝莲："你听到民团有啥动静没有？"

郯银之："没有。"

潘芝莲："看来他们的枪还未到，天一亮我就带弟兄们再去县界！"

郯银之："这边若有消息，我会及时把纸条扔到墙外！"

潘芝莲淫荡地："天不早了，别说了！"

二人相拥在一起。

7. 月夜。

郯银之卧室外。

蒋凤仙捡起一块石头，朝窗户扔去！

8. 月夜。

郯银之卧室内。

潘芝莲"噗"的一声吹熄灯，手持匕首窜出卧室。

9. 月夜。

郯银之卧室外。

潘芝莲闪身暗处，四处张望。

整个院落一片寂寥。

郯银之胆怯地走到潘芝莲身边。

潘芝莲轻声地："快回屋去！"

郯银之："你呢？"

潘芝莲："我不能再待了！"

郯银之："我不让你走！"

潘芝莲："听话！"迅速离去。

10. 月夜。

郯府、后花园。

潘芝莲进入后花园，攀绳翻越墙头。

尾随其后的蒋凤仙，露出狡黠的笑。

11. 金鸡山、矿区、矿长办公室。

张大全从包里取出一把手枪："郯先生，这是董事长让我转交您的。"

郯银业："我要它干什么？"

张大全："防身之用。"

郯银业："我不需要。"

张大全："这……"

郯银之："我刚才到矿上去了，咱们的日产量还可以再提高一倍，你要抓紧时间招募一批工

人，经过培训立即上岗。"

张大全："是。"

郯银业："还有，老太爷安排来的那两个人，你要好生善待。"

张大全："是。"

郯银业："你去吧。"

张大全："郯先生，这枪？"

郯银业："我不要。"

张大全："郯先生，您亲自把它交还董事长吧。"

郯银业无奈地将手枪放进抽屉。

张大全离去。

王教授的助理走进办公室："郯先生，您找我？"

郯银业："你和我一块去县城切割厂。"

王助理："何时？"

郯银业："现在。"

王助理："什么事？"

郯银业："北平的程教授派来了高级工程师，帮助咱们再进一步提高切割工艺。"

王助理："太好了，程教授是给咱们雪中送炭呀！"

二人走出办公室。

12. 金鸡山、矿长办公室外。

一辆马车驶来。

王助理："来人了！"

马车驶至办公室前。

金凤、银凤从马车上走下。

郯银业惊喜，赶忙迎了上去。

银凤："二少爷，你这是想去哪儿呀？"

郯银业："我是来迎接你们的。"

银凤："姐，你信吗？"

金凤腼腆地："我信。"

银凤："好呀，还没过门呢，胳膊肘就朝外拐了？"

金凤："又瞎说，我的胳膊肘不是朝着你吗？"

众人笑。

王助理："郯先生，您陪客人说话，我一个人先去吧。"

郯银业："代我向北平来的客人问好。"

王助理离去。

郯银业："二位小姐，请进办公室。"

银凤："姐夫，你陪我姐说话吧，我要去找他了！"

郯银业："方技术员刚从你府上回来两天，就想成这样了？"

银凤："哼，要不是为了我姐，他回来一天也不行！"

金凤："好厉害的一张嘴。"

银凤笑着离去。

金凤随郯银业走进办公室。

13. 金鸡山、矿长办公室内。

郯银业给金凤端上茶水："你今天怎么突然来了？"

金凤："妹妹要来。"

郯银业："你不愿来？"

金凤："你说呢？"

郯银业："不知道。"

金凤："不知道就不知道呗。"

郯银业："我爷爷说，春节前，咱两家就换帖了。"

金凤："我爷爷也说了。"

郯银业："换帖那天，你去我家吗？"

金凤："你欢迎吗？"

郯银业："欢迎。"

金凤莞尔一笑："不欢迎，我也去。"

郯银业："相亲、换帖、成亲，封建程序太烦琐了，春节前结婚不就得了？"

金凤亲昵地："你提出来呀。"

郯银业："挺不好意思说的。"

金凤："你还是不着急。"

郯银业："金凤，等咱们结了婚，就搬到这儿来住。你帮我一起开矿山，建工厂，办企业！"

金凤："你想得挺美。"

郯银业："你愿意被关在大宅院里？"

金凤："不是我愿意不愿意，而是爷爷、婆婆能不能答应？"

郯银业："自己的命运，干嘛要被别人控制着？"

金凤："你不是这样吗？"

郯银业："我只听大哥的。"

金凤："还不是一样？"

郯银业："不一样。我大哥虽然是郯府的掌门人，但他从来不去控制别人的命运。"

金凤："噢？"

郯银业："一千个人就会有一千种命运，有的人大富大贵，有的人数米下锅；有的人志如鸿鹄，有的人碌碌无为。为什么同样的人，命运却有如此大的区别呢？这不在于出身是富有还是贫穷，也不在于顺境还是逆境，观念才是决定一个人命运的根本因素。有什么样的观念，就会有什么样的出路。"

金凤："什么是观念呀？"

郯银业："观念是一个人对待事物的认识，是一切人生财富的心里根源。就说这个矿吧，虽然经历了三起三落，但大哥终于把它建成了，因为在他心里有一个牢固的观念，那就是'输一时往往赢一世'。懂得输，才会赢。乍听起来谁都明白，而真正做起来，不同的人则有不同的结局。楚霸王项羽兵败乌江，别姬自刎；可是一代枭雄曹操惨败赤壁，但他却带着很少的人马逃回北方，又东山再起！还有，为蝇头小利就闹得鸡飞狗跳的人，其人生必定布满荆棘；那些宽宏大量，心怀若谷的人，其人生必定是'道是无情却有晴'。"

金凤："你说得真好！"

郯银业："这都是大哥，平时经常对我们讲的。"

14. 金鸡山、矿区、发电厂。

银凤跟随在方技术员身后，维修着设备。

方技术员："你别动！"

银凤："瞪啥眼呀？"

方技术员："有电！"

银凤："你不怕，我也不怕！"

方技术员："我学过《电力学》！"

银凤："我学过《百家姓》《三字经》《论语》《大学》和《中庸》！"

方技术员："这是两码事！"

银凤："三码事，也不能瞪眼呀！"

方技术员气得涨红了脸。

银凤扑哧一笑："常和女人生气的男人没出息！"

方技术员气得躲到一边。

银凤又跟上去，用手捋着他的后背，嘟囔着："谁让你不让我碰机器哩！"

方技术员不理睬。

银凤板着脸："你真生我的气呀？"

方技术员不语。

银凤捧着他的肩膀："冲我笑一个！"

方技术员："我正忙着！"

银凤："笑一个再忙！"

方技术员被逼无奈，尴尬地笑了一下。

银凤："皮笑肉不笑，丑死了！"

方技术员趁银凤不在意，故意用螺丝刀碰了一下火线。

火线发出一道闪光。

银凤吓得惊叫一声。

方技术员佯装倒地。

银凤惊骇，扑在他身上："你咋了？你醒醒，你醒醒啊！"

方技术员猛得抱住银凤，吻了一下。

银凤恍然："你赔，你赔！"

方技术员就势坐在她的身边："银凤，春节前，郯先生和你姐就要换帖了，咱俩啥时候换呀？"

银凤调皮地："咱俩不用换。"

方技术员："为啥？"

银凤："因为你已经是俺马家的人了！"

方技术员未待反应。

银凤亲了他一口，笑着跑去。

15. 古码镇、沂水河畔。

岸边的河水，倒映着郯银国、夏淑女的身影。

二人依偎地坐在银杏树下。

郯银国望着远处向前行驶的客轮，眼前又浮现出在党旗下宣誓的情景：

夜。

郯子中学、校长办公室。

窗户被窗帘遮蔽。

洁白的墙上，挂着鲜红的党旗。

郯银国等人站列一排。

刘之声领着众人在党旗下，进行庄严的入党宣誓。

客轮发出长鸣。

郯银国收回思绪的网。

夏淑女："你流泪了？"

郯银国抹去幸福的泪水。

夏淑女："你在想什么？"

郯银国："我在想自己的誓言。"

夏淑女轻声地唱起《国际歌》。

郯银国倾听着歌声。

巍峨的泰山。

奔腾的黄河。

碧绿的银杏树上，缀满金灿灿的银杏果。

16. 春节前夕。

郯府、杏林书斋。

远处不时传来零散的爆竹声。

郯文渊伏在书案边，挥毫泼墨。

他正在书写着王安石的《元日》：

爆竹声中一岁除，
春风送暖入屠苏。
千门万户曈曈日，
总把新桃换旧符。

董兰君走进书斋，默然地站在丈夫的身后。

郯文渊书写完毕，发现了妻子："夫人，你何时来的？"

董兰君："大爷，您的字愈发的遒劲浑厚了！"

郯文渊："听着窗外的爆竹声，方知春节已经来临。一时兴起，故题此书。"

董兰君朗读书案上的绝句：

爆竹声中一岁除，
春风送暖入屠苏。
千门万户曈曈日，
总把新桃换旧符。

这首《元日》绝句，立意清新，文情并茂，一派除旧迎新，欢欣鼓舞的景象，跃然纸上。王安石不愧是一位伟大的文学家。"

郯文渊："只可惜他误入仕途，还搞什么变法，最终被削官为民，在悲愤中死去。不由使我想起包拯嘱咐秦香莲的话，他把三百两纹银交给秦香莲，对她说：'孩子读书勿做官。'此乃智理明言啊！"

董兰君："历朝历代，有几人能像大爷这样，只求功名不愿做官的人呢？因为做了官，才能有了天！"

郯文渊："正因如此，好官遭厄运，赃官遍地行，许多人才成于斯败于斯也。"

董兰君："大爷，我今日是来告诉你一件大喜事的。"

郯文渊："什么喜事？"

董兰君："银业和银国，明天就要同时举办换帖仪式了。"

郯文渊高兴地："媳妇都是何方人士？"

董兰君："银业的未婚妻，是河西马家的大小姐。银国的未婚妻是他的同事，郯子中学的夏女士。"

郯文渊："夏女士家在哪里？"

董兰君："江西。"

郯文渊朗声笑道："这位夏女士和王安石还是老乡哩！"

17. 郯府、前院大厅。
宾客满门。
郯耀庭、郯文渊、郯银根、郯银业、郯银国，接待着来客。
客人中，有马老太爷、刘之声、姚月亭、董炎君。

18. 郯府、东院、客厅。
女眷们欢聚一堂。
董兰君、肖毓芬、董妹妹接待着客人。
客人中，有马太太、姚太太、金凤、银凤、夏淑女。

19. 郯府、西院、客厅。
郯文博阴沉着脸。
郯银之一声不吭。
蒋凤仙："本是同根生，判若两姓人；共在一个院，却是两重天！"
郯文博长长地吁了一口气。
郯银之："真是欺人太甚！"
郯文博："脚底下的泡是自己走的，你又能怨谁呢？"

蒋凤仙："银之是有一些不到之处，但都是因为心情郁闷所至。就像院子里的树，为啥有的长歪了？因为它被挤在旮旯里，它要想看见太阳，就得歪着身子往上长！"

郯银之："爹，您看看，东院的势力越来越大，天天是欢声笑语。而咱西院呢，都被挤兑成啥了？前些日子，您都成了孤家寡人。如此下去，别说是旮旯，甚至连个立足之地也没有了！"

郯文博不语。

郯银之："我还是那句话，当务之急是立马分家！爹，您别再棉花耳朵了，人家说了几句好听的，您就退回来了！"

郯文博："屁话！我退回来，不是因为东院，而是因为你！"

郯银之："因为我？"

郯文博："分了家，你能干成啥？"

郯银之："赚钱的买卖有的是！"

郯文博："建赌场，开妓院？"

郯银之："有啥不行？啥赚钱多干啥！"

郯文博："杀人抢劫来钱多，你当土匪去？"

郯银之不语。

郯文博："浪子当家，饿死全家！"

蒋凤仙："二爷，还有一句古训，浪子回头金不换！"

郯银之："就是嘛！"

蒋凤仙："二爷，我也赞成不分家！"

郯银之："你？"

蒋凤城："改朝换代历来事，皇帝老子轮流坐！咱争得不是一星半点，而是全部家产！二爷，只要您狠下心来，就没有办不成的事！"

大管家急匆匆而来："二爷，老爷叫您赶紧过去，换帖的仪式就要开始了！"

郯文博："不去！"

大管家："这？"

郯文博怒吼："不去！"

20. 郯府、前院、大厅。
郯耀庭依然在陪着客人说话。
马老太爷："郯公，您今天……"
姚月亭打断地："马老太爷，您今天要改称呼了！"
马老太爷恍然："对对对，亲家！"

郯耀庭："亲家!"

众人笑。

马老太爷："亲家,您今天笑的脸上,就跟院子里的菊花一样啊!"

郯耀庭："说起菊花,我想起一首诗。"

马老太爷："亲家,您还会作诗呀?"

郯耀庭喝了一口香茶,高声朗道:

土花能白又能红,
晚节犹能爱此工。
宁可抱香枝头老,
不随黄叶舞秋风。

众人鼓掌。

姚月亭："好诗!'宁可抱香枝头老,不随黄叶舞秋风'。真是晚霞红似火,满目青山夕照明!郯公,此诗可是您老所作?"

郯耀庭："我肚子里可没有墨水,这是我的长孙给我写的。"

众人的目光投向郯银根。

姚月亭："贤侄是满腹文才呀!"

郯银根："自幼受父亲教诲,不敢侈谈文才。"

众人的目光又投向郯文渊。

姚月亭："文渊先生乃清末秀才,学富五车,才高八斗,令人钦佩!"

郯文渊："根儿自幼聪慧,孺子可教也。"

姚月亭："文渊先生教子有方,如今三位公子都已成家立业,可敬可贺!"

马老太爷对郯耀庭："亲家,你好福气呀,三个孙子都攀亲了,没啥心事了,该享清福了!"

郯耀庭："人老了,总有操不完的心。四个孙子,虽说三个成了亲,可还有一个是单身呢。"

大管家走进大厅,与郯耀庭耳语。

郯耀庭不悦地："扶不起的刘阿斗!"

郯银根："爷爷,别让客人久等了,仪式开始吧。"

郯耀庭："开始!"

郯银根大声唱道:"奏乐!"

喜乐齐鸣。

鞭炮声阵阵。

21. 郯府、西院、客厅。

唢呐声、鞭炮声阵阵传来。

郯文博："把门窗关上!"

蒋凤仙关上门窗。

郯银之："爹,您赶快拿个章程吧!"

郯文博不语。

郯银之："您说话呀!难道咱还让东院随意捏呀?"

郯文博："你们都走吧,让我静一会儿!"

郯银之："爹!"

郯文博不语,只是挥了挥手。

蒋凤仙示意。

二人走出客厅。

22. 郯府、前院、大厅。

喜乐声、鞭炮声。

郯银业、金凤,郯银国、夏淑女,向前辈和诸位来宾行鞠躬礼。

23. 郯府、西院、郯银之卧室。

蒋凤仙跟随郯银之走进卧室。

郯银之："你看老爷子那个窝囊气劲儿!"

蒋凤仙："不能指望他了!"

郯银之："你说咋办吧?"

蒋凤仙："还是要借钟馗打鬼!"

郯银之："给马陵山写信?"

蒋凤仙："对!"站立窗口听着传来的鞭炮声:"咱也要叫东院里听听响声!"郯银之取出笔墨。

蒋凤仙："我说,你写!"

24. 马陵山。

潘芝莲率土匪正围剿猎物。

狼、狍子、山鸡、野兔,已经捕猎许多。

冬彩："司令,咱今天是大获全胜!"

潘芝莲："让弟兄们过个痛快年!"说着,又一枪击中一只野兔。

春来："司令真是好枪法!"

潘芝莲："派几个弟兄,到村里再去弄几头猪来!"

春来："是!"

潘芝莲："告诉弟兄们多走几步路,兔子不吃窝边草!"

春来："是!"骑马离去。

潘芝莲继续纵马狩猎。

不少猎物死在她的枪下。

土匪甲与春来骑马而来。

春来:"司令,按照你的吩咐,弟兄们已经下山了!"

土匪甲:"报告司令,郯少爷又给您写来情报!"

冬彩接过。

潘芝莲:"念!"

冬彩展开纸条,读道:"司令,多日不见,独守空房,甚是思念。"

春来插话:"司令,你这位小白脸,还真是个多情种!"

潘芝莲沾沾自喜:"读书人就是讨人喜欢。往下念!"

冬彩继续读道:"我已探听到,运来的枪支放在金鸡山,民团把守甚严。"潘芝莲插话:"他娘的,我非把它弄到手不可!"

冬彩接着读:"年关将近,何不夜袭酒厂和油坊,犒赏三军!"

春来:"好主意!"

潘芝莲:"往下念!"

冬彩:"完了。"

潘芝莲接过纸条,高兴地:"不错!小白脸写了三件事,大家看该咋办呀?"春来:"这三件事都要办!第一件,小白脸想你,你要去会会人家。第二件,枪藏在金鸡山,咱要把它夺过来。第三件,夜袭酒厂和油坊,给弟兄们过个肥年!"

冬彩:"依我之见,除第一件事外,其他两件皆不可为。"

春来:"为什么?"

冬彩:"郯银根成立民团,就是为了看家护院。民团刚刚成立,士气正旺,更何况他们手中还有枪。我们此时行事,有悖兵法!"

潘芝莲:"我的看法恰恰与你相反!正因为民团是刚刚组建,压根就毫无战斗能力!再说,郯银根一个舞文弄墨的书生,咋懂得训练士兵?尽管他们有了枪,怕是还不知道如何拉拴呢?"

春来:"司令说得对,他们拿着枪吓唬人还行,要是动真格的就完了!"

土匪甲:"怕是有的人听见枪响,就吓得拉稀了!"

众土匪笑。

土匪乙:"司令,下命令打吧!弟兄们都等钱花呢!"

潘芝莲:"好!咱们兵分三路:我带五十人,上金鸡山夺枪!大寨主、二寨主各带二十人,洗劫酒厂和油坊!"

春来:"何时动手?"

潘芝莲:"这是一次大的行动,各路人马都必须做好充分准备。定于三天后,同时下山!"

众人:"是!"

25. 金鸡山、西岭、山坳里。

石大柱与工人们,人抬肩扛运来地雷。

金振宗指导埋地雷的方法。

郯银根蹲在地图前,用笔画着。

郯银国:"大哥,刘校长说,请您抽空去趟郯子中学。"

郯银根:"有急事吗?"

郯银国:"不知道。"

郯银根:"春节前太忙了,等过完节再说吧。"

郯银国:"刘校长还说,春节前要加强防范,警惕土匪作乱!"

郯银之:"我也正在考虑此事。"

金振宗兴奋地走来:"董事长,地雷埋好了!"

郯银根:"试它一家伙!"

金振宗下命令:"准备,炸!"

石大柱拉了引线。

地雷爆炸,伴随剧烈声响,石子被炸飞!

众人欢呼。

石大柱:"团长,您再试试手榴弹吧?"

金振宗:"董事长,您说呢?"

郯银根:"一定要注意安全!"

石大柱:"没事!"

金振宗首先投掷一枚。

手榴弹又是一声巨响!

郯银根高兴地握着石大柱的手问:"大柱,你是怎么造出来的?"

石大柱憨厚地笑笑:"都是金团长手把手教的。"

金振宗："我也是比着葫芦画瓢，先拆个真的，一看就明白了。虽说咱造的土地雷、土手榴弹不如真的好看，但威力不比真的差！"

郯银根："石大柱，你的铁匠铺变成军工厂了！"

众人笑。

郯银根把地图铺到众人面前："你们看，这是咱的指挥部，能不能在画红圈的这些地方埋上地雷？再在画三角的地方设火力点？"

金振宗惊诧地："董事长，您学过军事？"

郯银根："我是瞎琢磨的。"

金振宗："您的部署完全符合作战要求！虚中有实，实中有虚。尤其是设火力点的地方，不仅地势险要，而且具备天然的工事屏障。"

郯银根："这么说，是可行的？"

金振宗："完全可行！"

郯银根："金团长，您就布置兵力吧！"

金振宗："现在？"

郯银根："对！历年来，春节前是土匪活动猖獗的时候，我们既然有了民团，就要做到万无一失！"

金振宗："好，我马上去做全面部署！"离去。

郯银根："银国，你要亲自去趟古码镇，布置商铺做好节前的防范工作！"

郯银国："是！"

郯银根："石大柱，你能造出地雷和手榴弹，还能不能造出子弹来？"

石大柱："我想过，很难！"

郯银根："你再琢磨琢磨。"

石大柱："行啊！"

郯银根投掷了一棵手榴弹。

手榴弹的爆炸声，在山谷中回荡。

26. 古码镇、祥茂商号、客厅。

小六子、花油匠、田大龙、老板娘，静静地坐在客厅里。

郯银国："春节前是各店铺最忙的时候，也是货款进账最多的时候。董事长再三叮嘱，要必须做好安全的防范工作。我讲三点：一，无论哪个店铺，都要把每日的货款存到镇上的票号里，不准搁置在店里。二，你们每天都要睡在各自的

店铺里，并要安排至少两人值夜班。一旦遇到情况不仅要当机立断，更重要的是沉着应战。三，碧露春旅店是指挥部，我就住在那里。总之，咱们要百倍警惕，分兵把守，统一指挥，协同作战！大家听明白了吗？"

众人："听明白了！"

郯银国："还有什么困难吗？"

小六子："没有！如今咱有了枪，还怕他个球！"

花油匠："虽说咱有了枪，可伙计们从来没有经历过阵势，就怕到时候拉不开枪拴了！"

石大龙："咋会呢？每个店铺都有民团的骨干，只要他们稳住神，就能稳定军心！再说，大多数伙计都经过金教官的严格训练，乱不了阵！"

郯银国："你们回去先召集骨干碰个头，把几十个伙计分成班，骨干是班长，一级带一级，丝丝入扣，捆绑在一起的筷子就不容易折断了！"

花油匠："这是个好办法！"

石大柱与工人们一起，扛着麻袋走进客厅。

郯银国："石厂长，你们这是扛得啥呀？"

石大柱从麻袋里取出一颗手榴弹："你看！"

小六子惊讶："手榴弹？"

郯银国："太好了！石厂长，你教给大家怎么用？"

众人围拢在石大柱身旁。

27. 夜。

马陵山。

潘芝莲、春来、冬彩，率土匪兵分三路，朝山下进发。

28. 夜。

金鸡山、某火力点。

张大全与两名矿工在值岗。

金振宗骑马巡视："张支队长！"

张大全："到！"

金振宗："其他两个火力点的情况怎么样？"

张大全："报告团长，按照您的指示，每个火力点都安排了两个人值夜岗！"

金振宗："好！如果遇到情况，一律鸣枪报警！"

张大全："是！"

29. *夜。*

古码镇、祥茂商号。

小六子与两名伙计在值班。

30. *夜。*

古码镇、聚元隆商号。

花油匠与两名伙计在值班。

31. *夜。*

古码镇、草织品厂。

田大龙与两名工人在值班。

32. *夜。*

碧露春旅店、客房。

郯银国在读书。

郯银根走进。

郯银国赶忙站起："大哥，您怎么没回家呀？"

郯银根："我刚从家里回来，今天我就住在这里了。"

郯银国："家里怎么办？"

郯银根："我和仲亭叔都一一做了安排。"

郯银国："您累了一天了，早点歇着吧。"

郯银根："读得什么书啊？"

郯银国："《哲学的贫困》。"

郯银根："噢？"拿起书翻着。

郯银国："这是马克思在一八四七年写的，列宁称它是第一部成熟的马克思主义著作。他明确指出，要实现解放全人类的伟大使命，必须建立独立的工人阶级政党。"

郯银根："农民呢？"

郯银国："十年后，马克思在总结革命经验时，又提出农民是无产阶级的天然同盟军。"

郯银根："它符合中国的实际吗？"

郯银国："它是放立四海而皆准的真理。"

郯银根："刘之声先生也给我读过一本书，叫《湖南农民运动考察报告》，是毛泽东先生写的，它才是中国的实际情况。中国是一个农业国家，产业工人的力量是比较薄弱的，真正的实力是在农村。"

郯银国："所以，您才把毕生的精力放在农村。"

郯银根："对。"

夏淑女提着食盒走进客房，不由一愣："大哥，您也在呀？"

郯银国："天这么晚了，你怎么来了？"

夏淑女："刘校长说，他在学校值班，就让我到这儿来了。"

郯银根站起身："你们谈吧。"欲走。

夏淑女："大哥，我买了宵夜，您快吃吧。"

郯银根："我吃过了。"离去。

夏淑女："大哥咋对我这么严肃啊？"

郯银国笑："在我们这里，大伯哥和弟媳妇是很少讲话的。"

夏淑女"嘻嘻"一笑。

郯银国取出宵夜，大口地吃着。

33. *夜。*

金鸡山。

潘芝莲率土匪来到金鸡山。

34. *夜。*

古码镇。

春来、冬彩率土匪进入古码镇。

35. *夜。*

金鸡山。

潘芝莲率土匪，沿三条崎岖的山路朝西岭攀登，形成一个包围的架势。

36. *夜。*

古码镇。

春来率土匪直奔聚元隆商号。

冬彩率土匪朝祥茂商号而去。

37. *夜。*

金鸡山、西岭、火力点。

工人甲隐约发现情况，不由紧张起来，他拿枪的手在发抖。

张大全："你咋了？"

工人甲："土，土匪！"

张大全二话未说，就朝天放了一枪！

潘芝莲与众土匪立即卧倒。

土匪甲轻声地："司令，他们发现我们了？"

潘芝莲："沉住气，枪是朝天放的！"

土匪乙："他娘的不会玩枪，准是走火了！"

金振宗闻枪声，冲到火力点，发现了敌人："张大全，马上去集和队伍！"张大全："是！"急速离去。

金振宗命令工人甲："去点燃地雷的引线！"

工人甲迟疑。

金振宗声色俱厉地："快去!"

工人甲："是!"离去。

潘芝莲见无动静，下达命令："上!"

众土匪发起冲锋!

工人甲点燃了引线。

金振宗开枪射击。

众土匪还击。

地雷爆炸。

各火力点，枪声响成一片。

地雷连续爆炸。

土匪的第一次冲锋被压下。

金振宗下达命令："准备手榴弹!"

潘芝莲隐蔽在山石后面。

土匪甲："司令，咋办?"

潘芝莲："他娘的，这些人有名人指点!"

土匪乙："没想到，这批小子还有地雷呐!"

火力点上，民团战士个个握紧手榴弹。

金振宗："大家不要慌，一切听从我的命令!"

山石后面，潘芝莲大喝一声："上!"

土匪又发起冲锋。

火力点上，金振宗大声吆喝着："大家沉住气! 听我的命令!"

土匪边射击边向上冲。

火力点上，金振宗大喊一声："打!"

一颗颗手榴弹掷了出去!

有的土匪被炸死，有的被炸伤。

一颗手榴弹落在潘芝莲身边。

土匪甲冲了上去，把潘芝莲扑倒在地。

手榴弹未响。

潘芝莲捡起一看："没拉弦!"随手扔了回去。

手榴弹在火力点不远处爆炸。

张大全负伤。

金振宗又连掷几颗手榴弹。

颗颗在土匪间炸响!

潘芝莲下达命令："撒!"

土匪溃逃。

火力点上，金振宗率民团战士仍严阵以待。

38. **夜**。

古码镇、祥茂商号。

战斗已打响。

冬彩率土匪撞击木门。

伙计们将大方桌顶在门上。

小六子从窗口朝外射击。

冬彩的子弹射向窗口。

39. **夜**。

古码镇、聚元隆商号，后院。

土匪爬上墙头。

花油匠开枪射击。

土匪又跳下墙去。

墙外，春来命令着："再给我上!"

墙内，花油匠顺墙根听着动静，他朝墙外掷出了一颗手榴弹。

墙外，正在搭人梯爬墙的土匪，听到一声爆炸，全部卧倒在地。

墙内，花油匠又朝墙外扔出一颗手榴弹。

墙外，正欲爬起的土匪，又听到一声巨响!

40. **夜**。

碧露春旅店。

郏银根："银国，你马上去草织品厂，命令田大龙率队伍支援油坊!"

郏银国："是!"离去。

郏银根："夏老师，你马上去学校，率领队伍支援酒厂!"

夏淑女："是!"离去。

郏银根："小翠，你马上去铁匠铺传达我的命令，命令石大柱率队伍立刻赶到这里!"

小翠："是!"离去。

41. **夜**。

古码镇。

激烈地枪声划破夜空。

各商铺战战惊惊地倾听着街上的枪声。

42. **夜**。

古码镇、鸳鸯楼。

黑牡丹、一品香、风摆柳，簇围在老鸨的身边。

老鸨惊恐地："今儿夜里这是咋了?"

黑牡丹："会不会是潘司令下山了?"

老鸨："往日也没这么多枪声呀?"

一品香："听动静，好像是在街西头？"

风摆柳："你听，后街也有枪声！"

老鸹："动静不小啊！"

传来了更加激烈的枪声！

43. **夜。**

古码镇。

刘之声、夏淑女率队伍，奔向祥茂商号。

44. **夜。**

古码镇。

郯银国、田大龙率队伍，奔向聚元隆商号。

45. **夜。**

古码镇。

石大柱率队伍，奔向碧露春旅店。

46. **夜。**

古码镇、祥茂商号。

刘之声下令："打！"

民团战士向土匪开枪射击！

冬彩惊诧！

土匪丙："四寨主，我们被包围了！"

冬彩："快撤！"

土匪骑马溃逃。

刘之声率队伍追击。

47. **夜。**

古码镇。

冬彩率土匪刚出古码镇。

从道路两旁又射来一排子弹。

郯银根、石大柱接连掷出手榴弹。

冬彩负伤，落荒而逃。

48. **夜。**

古码镇、聚元隆商号。

郯银国、田大龙率民团战士，朝土匪射击！

春来大惊失色："快逃！"

郯银国朝土匪掷出手榴弹。

一名土匪尚未骑上马，便被炸死。

马被惊吓，拖着土匪狂奔！

49. **夜。**

古码镇。

枪声喧嚣的古码镇，顿时沉寂下来。

不少店铺，悄悄打开店门张望。

寂静的街道上，只有民团战士在走动。

50. **一轮朝阳冉冉升起。**

古码镇又恢复了往日的繁华。

51. **古码镇、郯子中学、操场。**

民团战士整齐地排列在操场上。

郯银根、刘之声走来。

金振宗向战士下达口令："立正！"跑步上前："报告董事长，沂河民团集和完毕，请指示！"

郯银根："稍息！"

金振宗："是！"跑回队列前，下达口令："稍息！"

郯银根："将士们，咱们的民团刚刚建立，就经历了一场战斗洗礼，打出了威风，打出了声望！"

众人鼓掌。

郯银根："我想，在咱这支队伍里，除了金团长，其他人恐怕都是第一次参加战斗吧？有的人甚至是第一次听到枪响！所以呀，战斗一打响，就慌了神，没拉弦就把手榴弹扔出去了，让人家又给扔回来，炸伤了咱自己。"

众笑。

郯银根："大姑娘坐轿头一回嘛，这不足为怪。过年放鞭炮，猛不丁地一响还被吓一跳哩，更何况是真枪实弹？依我说，个个都是好样的！我曾说过，猫像老虎，可人害怕老虎不怕猫。今天咱这只猫虽然还没变成老虎，可也让人知道这只猫的厉害了！大家说，对不对？"

众人："对！"

郯银根："打了胜仗，就要犒赏三军。我已告诉了各支队长，他们会对你们论功行赏的！下面请刘校长讲话！"

众人鼓掌。

刘之声："咱沂河民团轰动了古码镇，风声会很快传到县城，传遍全省！俗话说，有理走遍天下。依我看，现如今是有理难行，只有有力才能腰直气壮，威震天下！"

众鼓掌。

52. **沂河县、县衙、后宅、书房。**

姚月亭在摆弄古玩。

姚太太捧上香茶。

姚月亭不由被妻子的容貌所吸引。

姚太太莞尔一笑:"不认识了?"

姚月亭:"夫人,你穿上这件旗袍,真是雍容华贵,风度翩翩呀!"

姚太太:"这就是郏府换帖的那天,大奶奶送给我的。"

姚月亭:"美哉,美哉!"

姚太太从腕上摘下手镯:"你看,还有一副镯子。"

姚月亭将镯子又戴在夫人的手上:"纤纤玉手,令人心旷神怡!"

藏秘书匆匆走进书房:"县长,咱县出大事了!"

姚月亭:"出什么大事了?"

藏秘书:"马陵山的土匪夜袭金鸡山和古码镇,遭到郏银根民团地猛烈还击,双方打得非常激烈,民团还动用了地雷和手榴弹!"

姚月亭:"最后结果呢?"

藏秘书:"马陵山的土匪死伤七人,落荒而逃!"

姚月亭连声说:"没想到,没想到!"

姚太太:"藏秘书,民团是郏府的大少爷组建的?"

藏秘书:"对!"

姚太太:"咋没听说过呢?"

藏秘书:"我也是刚知道。"

姚月亭:"不得了,不得了!一夜之间,就在咱眼皮子底下冒出来个民团!"

姚太太:"这个大少爷,真是个了不起的人!"

姚月亭:"这一仗打得好!藏秘书,你马上给专署的邵专员呈报公文。"

藏秘书:"怎么写?"

姚月亭:"我说你记。"

姚太太将笔墨放桌上。

藏秘书记录。

姚月亭:"连日来,马陵山的土匪经常滋事扰民。为了让百姓过个祥和的春节,县政府动员民众,利用民间的力量,利用民间的财力,组建民团,并在古码镇向马陵山的土匪进行围剿,首战告捷。全县民众欢欣鼓舞,称赞国民政府是,为人民大众着想的政府,是为民众办实事的政府!"

藏秘书:"县长真是智慧超群呀!"

姚月亭:"你今天就把公文发出去!"

藏秘书:"县长,有个问题您考虑过没有?"

姚月亭:"什么问题?"

藏秘书:"目前,共产党活动频繁,这支民团武装一旦被他们所利用,那将是后患无穷啊!"

姚月亭笑:"共产党是最讲究阶级的,他们依靠的泥腿子,要打倒的是土豪劣绅。像郏府这样的富绅,是他们革命的对象。这支民团不仅成不了共产党的武装,而且还能成为消灭他们的力量!"

藏秘书:"我明白了。"欲走。

姚月亭:"还有,给郏府送块匾,上写'凛然正气'四个大字,以示褒奖。"

藏秘书:"是!"

53. 马陵山、清泉寺、大殿。

潘芝莲满脸沮丧。

春来:"司令,胜败乃兵家常事,何必如此烦恼呢?"

冬彩的胳膊上吊着绷带:"这次失败,在于轻敌!咱既不知道民团火力的情况,又忽视了他们的士气,在两眼漆黑的情况下盲目出兵,哪有不失败之理?"

潘芝莲:"是呀,没想到他们会有如此强大的火力,更没有想到他们如此会用兵。死伤了七个弟兄,连四妹也身负重伤!"

春来:"司令,我听说,有颗手榴弹就落在你的身边,多亏了没拉弦,不然的话,该有多悬呀!"

潘芝莲:"这是老天爷警告我,压根就不该打这一仗!"

春来:"司令,这一页掀过去了,你说一说咱今后该咋办吧?"

潘芝莲:"四妹,你说呢?"

冬彩:"根据民团目前的情况,咱不能硬攻,只能智取!"

潘芝莲:"噢?"

冬彩:"郏银根绝不会想到,在他的身边有我们的定时炸弹!可惜的是,司令只把它当作玩物,而没有充分发挥它的威力。自古以来,堡垒往往是从内部攻破的，咱为啥不从他内部下手呢？"

春来："你是指银之少爷？"

冬彩："还有他的小妈二姨太，这个女人阴险狡诈，狠如蛇蝎！如果和他们携起手来，里外夹击必胜无疑！"

潘芝莲："他们二人虽然是郯府的人，但已名存实亡，郯银根早就把他们打入另册了！"

冬彩："正因如此，咱们的复仇之心不可操之过急。虽说郯氏兄弟之间存在隔阂，但是在郯银之的身上流得毕竟是郯家的血，只要他能耐住性子，佯装规规矩矩，很快就能取得信任。这么做，不仅可以发挥郯银之和二姨太的作用，而且还能给郯银根造成一种平安无事的假象，麻痹他的戒心。到那个时候，咱就给他来个出其不意，里应外合，斩首马下！"

潘芝莲顿时云消雾散："好！四妹，就按你说得做！从明日起，你俩统帅弟兄们操练，我只身潜入郯府，与郯银之和二姨太共谋灭曹大计！"

春来："司令，你独闯虎穴，千万注意安全！"

潘芝莲："你俩放心，他郯银根就算浑身是眼，也休想看到我的身影！"

54. 郯府、大门前。

鼓乐齐鸣。

两名士兵抬着巨匾走进府门。

藏秘书尾随其后。

郯耀庭、郯银根迎出。

家人、用人簇拥身后。

蒋凤仙、郯银之也在其中。

郯银根有意冲他们扫了一眼。

蒋凤仙、郯银之的心里，都不由一阵冷战。

藏秘书将匾交给郯耀庭。

郯耀庭陪藏秘书走进前院大厅。

55. 古码镇、码头。

一艘客轮缓缓靠岸。

郯银业、金凤，郯银国、夏淑女，伫立码头等待。

郯杏琳、郯杏花，随乘客走下客轮。

郯银业、金凤、郯银国、夏淑女迎了上去。

郯杏琳、郯杏花惊喜地看着金凤和夏淑女。

郯银业忙介绍："这是你们未来的二嫂，金凤小姐。"

郯银国："这是你们未来的三嫂，夏淑女老师。"

郯杏琳："我叫杏琳，她叫杏花。金凤小姐，夏女士，你们好！"

郯杏花："堂姐，你叫错了，应该叫二嫂、三嫂，你们好！"

众人笑。

郯银业："快上车吧，爷爷在家等急了！"

众人分乘两辆马车。

马车驶去。

56. 郯府、西院、郯银之卧室。

郯银之："情况不妙呀！"

蒋凤仙："看架势，潘司令肯定是吃了败仗！"

郯银之："她会不会怪罪到我身上？"

蒋凤仙："凭什么？"

郯银之："就是那批枪呗！"

蒋凤仙："你又不知道他们是怎么运回来的？"

郯银之："对对，我只知道运枪的日期，军车、走旱路，别的啥也不知道！"

蒋凤仙："我倒不担心她们，我担心的是郯银根！一想起他看咱俩的眼神，心里就发怵！"

郯银之："他会不会已经知道了，是咱给马陵山送的情报？"

蒋凤仙："不是咱，是你！"

郯银之不悦地："还没犯事呢，你就朝外推呀？"

蒋凤仙："我不是这意思！"

郯银之："你是啥意思？"

蒋凤仙："好了！争这些有啥用？"

郯银之："是你引起的！"

蒋凤仙："是我错了，行吧？"

郯银之："你还没回答我呢！"

蒋凤仙："啥呀？"

郯银之："郯银根是不是已经知道了，是咱给马陵山送的情报？"

蒋凤仙："不会！"

郯银之："啥根据？"

蒋凤仙："他要是真知道的话，咱俩还能这样？"

郯银之："他那眼神不对！"

蒋凤仙："他是在猜疑！"

郯银之："太渗人了！"

蒋凤仙："你给我好好听着，最近在西院里好好待着，不准跨出院门一步，等躲过这阵风声再说！"

郯银之心不在焉地应着。

蒋凤仙："你在想啥呀？"

郯银之："我这不是在听你说话吗？"

57. 郯府、后院、客厅。

郯耀庭笑得合不拢嘴。

郯银根、董姝妹，郯银业、金凤，郯银国、夏淑女，郯杏琳、郯杏花，簇围在爷爷周围。

大管家将银杏、板栗、花生、红枣，端在众人面前。

郯银根："仲亭叔，您快坐，我来！"

郯耀庭："仲亭，坐到我身边来！"

大管家："老爷，瞧您今天乐的！"

郯耀庭："你看看，我子孙满堂啊！"

董姝妹："爷爷，这人还没到齐呢！"

郯耀庭："你是说还有银之？"

董姝妹："除他外，还有人呀！"

郯耀庭："还有谁呀？"

董姝妹："还有我的两个妹夫，高公子和欧阳啊！"

郯耀庭："对对对！杏琳，杏花，他们两个咋没来呀？"

郯杏琳腼腆未语。

郯杏花："爷爷，您身边又多了两个孙子媳妇，还不知足呀？高公子和欧阳家的老人要都像您，连俺俩也回不来了！"

郯耀庭："对对对，孙子就和孙女不一样！"

郯杏花撅起嘴："重男轻女！"

众人笑。

大管家："老爷，您是真有福气，转眼就要四世同堂了！"

郯杏花："爷爷，等我大嫂有了孩子，还是您给起名字呀？"

郯耀庭："那当然，你姊妹六个都是我起

的！"

郯杏花笑："爷爷，您把银杏树全起完了，从根到叶，从果到花，您还能起啥呀？"

郯耀庭："多了！生个重孙子，叫果仁；生个重孙女，叫果苗。还有呢，果圃呀，果汁呀，果皮呀，果心呀……"

郯杏花打断地："真好听呀！今后咱郯家的孩子算是和银杏树搅到一块了！"

众人大笑。

58. 春节。

郯府院内，挂满大红灯笼。

从府门、院门到房门，贴满大红喜对。

大管家与用人们忙忙碌碌。

59. 除夕夜。

鞭炮声不断。

郯府、前院、大厅。

郯耀庭坐在大厅的首位。

大管家仁在他的身后。

郯文渊、郯文博、郯银根、郯银业、郯银国、郯银之，坐在大厅的左侧。董兰君、肖毓芬、蒋凤仙、董姝妹、郯杏琳、郯杏花，坐在大厅的右侧。男佣、女佣分别站在两边。

在鞭炮声中，郯文渊、郯文博，给郯耀庭磕头拜年。

郯银根、郯银业、郯银国、郯银之，给郯耀庭磕头拜年。

董兰君、肖毓芬、蒋凤仙，给郯耀庭磕头拜年。

董姝妹、郯杏琳、郯杏花，给郯耀庭磕头拜年。

郯耀庭让大管家把红包，分别交给四个孙子、两个孙女和董姝妹。

众人的脸上都洋溢着节日的欢笑。

60. 正月十五。

古码镇、繁华的街道上。

各商铺门前张灯结彩。

四村八乡的百姓涌进古码镇。

鞭炮声此起彼伏。

锣鼓声、唢呐声连绵不断。

《耍龙灯》《跑旱船》《踩高跷》《玩故事》沿街而过。

戏台前，挤满了人。

舞台上正在演出"拉魂腔"《西厢记》。

婉转悠扬的群腔，博得阵阵叫好声。

沂河岸边，龙舟竞相献艺。

围观的人群争先恐后。

郯银根、刘之声漫步在岸边。

刘之声："古码镇不愧为小苏杭啊！"

郯银根："劳苦大众也只有这几天是欢乐的日子。"

刘之声："要想彻底解决农村的问题，只有经过阶级斗争，打倒土豪劣绅，平分土地，建立红色的人民政权，才能使劳苦大众过上富足的生活。"

郯银根："我读过梁漱溟先生的著作，他认为治重病不能用猛药，只有逐步推行经济变革，振兴乡村教育，提高农民的素质，才是改造乡村乃至整个中国的唯一途径。"

刘之声："当今的社会条件怎么允许呢？目前，德国法西斯已发动了战争，欧洲被战火笼罩。在亚洲，日本军国主义不仅占领了我国东北三省，而且正蠢蠢欲动，想要吞并整个中国。形势非常严峻，中日战争一触即发，我们应该有这种思想准备才行啊！"

鞭炮声、为龙舟竞发的呐喊声，淹没了他们的谈话……

第二十九集

1. **湛蓝的天空，飘浮着几抹白云。**

一行大雁又飞回北方。

大地复苏，山花绽放。

银杏园里，泛出一片翠绿。

鸟儿沐浴着朝阳，发出清脆的叫声。

沂河两岸，又迎来一个春天。

2. **老神树下。**

老神树生机盎然，似乎又焕发出青春。

郯耀庭、大管家，在给老神树浇水。

小莺子支着拐杖，欢快地走来："老爷爷！"

郯耀庭："小莺子，你别跑，别跑！"

小莺子气喘吁吁地跑到郯耀庭面前："老爷爷，你又给老神树浇水呀？"郯耀庭："春雨贵似油，老天爷不下雨，老神树渴了。"

小莺子："我也给它喝水！"用勺子从水桶里舀水。

悦耳的鸟鸣声。

小莺子："小鸟叫得真好听。"

郯耀庭："小鸟是在和你说话呢。"

小莺子："它和我说得啥？"

郯耀庭："它说呀，小莺子，咱俩比赛唱歌吧！"

小莺子笑："你骗人！"

郯耀庭："真的。它还说，小莺子，你唱得不如我唱得好听！"

小莺子："小鸟只会叫，它哪会唱歌呀？"

郯耀庭："是你听不懂呗。"

小莺子："你说，它唱得啥？"

郯耀庭一时语塞："你问仲亭爷爷！"

大管家赶忙说："问我干啥呀？"

小莺子笑："哼，你俩谁也不知道，对不对？"

大管家："小莺子，你老爷爷知道！"

小莺子拉着郯耀庭的手："你说呀！"

郯耀庭支吾地："小鸟唱着歌。"

　　　　沂水河，好地方。
　　　　银杏园，是家乡。
　　　　我和小莺比唱歌，
　　　　谁的歌声最响亮？

大管家："真不赖！"

小莺子："比就比！老爷爷，我给它唱啥？"

郯耀庭："就唱那《小樱桃》！"

大管家："真有一套！"

小莺子："老爷爷，俺这就给你唱！"

郯耀庭："对，好好唱，把小鸟比下去！"

小莺子放开喉咙，唱起来：

　　　　一只小船向南摇，
　　　　船头坐着小樱桃。
　　　　满船百果亮闪闪，
　　　　樱桃心里乐陶陶。
　　　　沂河更比银河好，
　　　　神仙妙笔也难描……

3. **广袤的田野。**

郯银根与果农们在栽种板栗树苗。

果农甲："大少爷，等咱这片板栗园长起来，那可是不得了！"

果农乙："俺听说，想当年慈禧太后吃的，就是用板栗面做的窝窝头。"

郯银根："等咱这片板栗树结出栗子，就让大家吃个够！"

果农乙："那大家伙不就都变成皇帝了？"

果农丙："当那玩意儿干啥？天天遭人骂！"

众人笑。

郯银根："三锁，你告诉咱银杏园的人，一

定要好好待承从丁家疃迁过来的乡亲。"

三锁："知道了。"

郊银根："还有，等栽完这片林子，除留下几个人管理外，其他人马上去村北种植棉花。"

三锁："是不是晚点了？"

郊银根："不晚。我问过爷爷，晚播种可以减缓苗期病虫害的发生。"

果农甲："老东家说得对，四月底前后播种正合适。"

郊银根："再就是咱民团训练的事，在农忙时季该咋办？我想听听大伙的意见。"

果农乙："农忙时节，民团训练的事就得停下来。人误地一时，地误人一年啊！"

果农丙："停下来咋行？农忙时可以轮流去训练！"

三锁："这办法也不行！轮流训练，不就把抢种期拉长了？依我看，大家伙辛苦点，白黑抢地里的活，省出个七八天，集中训练！"

果农甲："这办法行！"

众人："我赞成！"

"就这么办吧！"

郊银根："三个臭皮匠，赛过诸葛亮。既然大伙都赞成这个办法，我也表个态，大家伙在农忙时节的工钱，按'计时'结算。"

众人议论纷纷："没想到！没想到！"

"大少爷怕咱吃亏，才想出这么个办法来！"

"大少爷真是个厚道人呐！"

三锁激动地："大伙听着，大少爷心里装着咱，咱就要对得住大少爷！既然工钱按'计时'算，那谁也不能磨洋工，咱得凭良心干活！"

众人："没说的！"

"大少爷，您放心，人心都是肉长的！"

"说得对！人心齐，泰山移！"

"咱们快干活吧！"

郊银根："三锁，你把大伙每天干的时间，都记在本子上，十天一结账。"

三锁："行！"

4. 郊府、后院、客厅。

郊银之走进客厅："爷爷，您找我？"

郊耀庭："坐吧。"

郊银之入座。

大管家端上茶。

郊耀庭："我听说，你这阵子，一直在安心读书？"

郊银之："是的。"

郊耀庭："都读些什么书啊？"

郊银之："《论语》《孟子》《老子》《庄子》。"

郊耀庭："读了这么多书？"

郊银之："我牢记着爷爷的教诲，少壮不努力，老大徒伤悲。咱们郊家，在您的苦心经营下，不容易到了这个样子，没人传承，就会家世无望的吗。我都二十多岁了，至今一事无成。若再像从前那样，在这个家后悔晚矣！"

郊耀庭："你真是这么想的？"

郊银之："是的。如今爷爷健在，我尚能丰衣足食。一旦爷爷百年之后，我将依赖何人？到那时，我就像落叶一样随风飘零了。"

郊耀庭："你呀，终于明白了事理。常言说，浪子回头金不换。只要你励志图强，还为时不晚。"哎！这个家呀，还是有望的，爷爷高兴呀！

郊银之长叹一声："难呀！"

郊耀庭："难在何处？"

郊银之："我在庄子的《山木》篇里，读到这么一个故事。"

郊耀庭："讲给爷爷听听。"

郊银之："有一天庄子去见魏王，他穿着破烂的衣裳，鞋上绑着草绳。魏王问他，你怎么这样困顿呀？庄子说，这不是困顿，是贫穷。读书人有道德理想而不能实行，那才叫困顿。比如在树林间跳跃的猿猴，它们稳坐在树枝上，唯我独尊，自得其乐，连好猎手也对它们毫无办法。可是要把它们放到荆棘丛中，它们只能是胆战心惊，哪还能发挥自己的才能呢？一个人若是生不逢时，要想不困顿又怎么可能呢？"

郊耀庭高兴地："之儿，看来你真是在读书啊！你用不着困顿，只要你走正路，爷爷保证你有事情做！"这个家，一个人都不会受冷落的。

郊银之忙起身："谢谢爷爷！"

郊耀庭："虽说十个指头不一般齐，可哪一个都连着心。你呀，就是爷爷的一块心病。"

郊银之："孙儿不孝，给您增添了许多烦心

的事。"

郯耀庭:"仲亭,把我给之儿的物件取出来。"

大管家取出一套檀香木的文房四宝:"之儿,我很早就准备了两套檀香木的文房四宝也是咱郯家的传家之宝呀。其中一套,已经给了你大堂哥。这一套一直给你留着,拿去吧。"

郯银之郑重接过,给爷爷深深一躬:"谢爷爷!我一定把他保护好,传承好!"

5. 郯府、西院、郯银之卧室。

郯银之走进卧室,不由怔在那里。

潘芝莲、蒋凤仙坐在卧室内。

郯银之赶忙关上房门。

潘芝莲:"小白脸,从你爷爷那里回来了?"

郯银之:"你从马陵山又回来了?"

蒋凤仙:"潘司令压根就没走。"

郯银之:"没走?"

潘芝莲:"对呀,我一直在你小妈屋里。"

郯银之:"你胆子真大!"

蒋凤仙:"银之,快说说,老太爷叫你去干啥?"

郯银之满脸堆笑:"瞧,这是爷爷送给我传家的礼物!"

潘芝莲接过,不屑一顾:"这有啥稀奇的?"

郯银之:"对于读书人来说,这是最贵重的礼品!对于这个家呀,证明老太爷对我有传承人的心呀!"

蒋凤仙高兴地:"这么说,你已经取得了他们的信任?"

郯银之:"老天爷不负有心人呀!"

蒋凤仙:"潘司令,你的目的达到了!"

潘芝莲冷冷地:"噢?"

蒋凤仙:"你不是说,在这个家要让银之取得他们的信任,打入到他们的内部吗?"

潘芝莲:"没错!"

蒋凤仙指着文房四宝:"这不是明摆着吗?"

潘芝莲:"那你告诉我,郯银根有多少支枪?有多少颗地雷和手榴弹?他们的人马有多少?又是怎么分布的?"

蒋凤仙无语。

潘芝莲:"就是因为你们上次提供的情报不

准确,才导致了我的惨败,死了七个弟兄,至今士气萎靡不振!"

郯银之:"这怎么能怪我们呢?"

潘芝莲:"不怪你们,我还去怪郯银根呀?"

郯银之:"曹营的事,真是难办的很呀!"

潘芝莲:"郯少爷,你开了个好头,不过这才是刚刚开始。你要乘胜追击,想办法钻到郯银根的肚子里,尽快摸清民团的火力。到那时,我就给他来个一锅端,这个家也就是你的了!"

郯银之:"好!我提议咱们喝一盅,预祝胜利!"

蒋凤仙:"不行!潘司令,你在这里确实不安全,还是早点上山吧!"

潘芝莲不悦地:"想撵我走啊?"

蒋凤仙:"没这意思。"

潘芝莲:"小白脸,摆上!我今儿不走了,就睡在你这儿。"

6. 一眼望不到边的棉田。

绿油油的棉苗,长势喜人。

郯银根和棉农们一起,给棉田浇水。

三锁:"大少爷,您看这棉花苗长得多好呀!"

郯银根:"要是把田间管理再跟上去,今年准是个大丰收。"

三锁:"收这么多棉花,往哪儿卖呀?"

郯银根:"有闺女还愁嫁不出去?这些还不够卖呢!"

三锁:"乖乖!"

郯银根:"眼下,无论是板栗园还是这块棉田,急需要解决的是水啊!"

三锁:"可不呗,这么大的一片棉田,只靠两口水井咋行呢?到了结挑的时候,水供不上去就完了。"

郯银根:"要防患于未然。三锁,你组织人力打井,这里打三口,板栗园增加两口。"

三锁:"敢情好,多了这五口水井,咱就是遇到大旱年也不用犯愁了!"

郯银业骑马而来。

三锁发现地:"二少爷来了!"

郯银根迎了上去。

郯银业翻身下马:"大哥!"

郯银根："二弟，你怎么来了？"

郯银业："上海的王教授来了电话，他说和钱老板后天就到。"

郯银根："还说什么了？"

郯银业："王教授是来看矿的情况，钱老板关心的是棉田。"

郯银根思考、未语。

郯银业高兴地看着辽阔的棉田："了不起，真是了不起！"

郯银根仍在思考、未语。

郯银业钦佩地看着大哥。

郯银根："你咋了？"

郯银业："大哥，您做得每件事都是大手笔，令我佩服得五体投地。"

郯银根："没想到老实巴交的银业，也学会说恭维话了！"

郯银业羞涩地笑了一下。

郯银根："王教授和钱先生来得正是时候，有件事我要和你商量一下。"

郯银业："什么事？"

郯银根："我想在上海开一个珠宝店，把咱切割出来的金刚钻石做成饰品，不仅要打开上海市场，若有可能的话，再推到香港去！"

郯银业："您不是原本打算开发北平市场吗？"

郯银根："就珠宝饰品而言，上海的市场远远超过北平。"

郯银业："可咱们对上海毕竟是陌生的。"

郯银根："相识的人不在于多，而在精。钱先生的经营之道是绝顶精明，王教授又有厚实的背景，更何况还有钱小姐，只要咱们紧紧依靠他们两家，咱在上海就一定能很快打开局面！"

郯银业："大哥，我听您的！"

郯银根："趁他们这次来鲁之机，试探一下再确定。"

郯银业："好吧。"

7. 古码镇、码头。

郯银根、郯银业、郯银国、金凤、夏淑女，在码头上等待。

客轮缓缓地停驶在码头。

王教授、王太太，钱运昌、钱太太、钱小漪，走下客轮。

郯银根、郯银业、郯银国、金凤、夏淑女，迎了上去。

彼此相互致意。

用人们接过皮箱。

郯银根热情地："没想到王太太也大驾光临！"

王太太："侬勿晓得，侬拉四介头统统对我讲，山东哪能哪能哉，我倒要来看看到底哪能？"

钱小漪："伯母，你要讲普通话，他们听不懂上海话。"

王太太笑："来赛，我的普通话讲得邪其灵光！"

众人笑。

王教授偷偷地瞪了她一眼，但未敢说话。

钱太太："郯先生，这两位小姐是……"

郯银根："这是我二弟的未婚妻，金凤小姐。这位是我三弟的未婚妻，夏淑女小姐。"

王太太打量金凤和夏淑女："哎哟哟，嘎漂亮，在上海滩也少来兮！"

钱小漪问郯银根："你的夫人呢？"

郯银根："她在寒舍恭候诸位。"

8. 银杏园。

三辆马车行至银杏园。

王太太兴致盎然地下车，走进碧绿的银杏林。

众人跟进。

钱小漪："伯母，美不美呀？"

王太太亢奋地："哎哟哟，美得不得了！天邪其蓝，空气邪其好，树邪其绿，人邪其爽！"

钱小漪："你这次是不是应该来呀？"

王太太："阿拉都不想回去啦！"

王教授轻声地："神经病！"

王太太："侬讲啥子？"

钱小漪："伯父说你特别高兴！"

王太太旁若无人，抱着王教授跳起来："嘭嚓嚓，嘭嚓嚓……"

众人笑。

王太太尴尬地笑笑："嘿嘿，勿好意思。"

9. 郯府、大门外、外。

三辆马车停驶门前。

众人下车。

王太太处处觉着新鲜，她好奇地望着古色古香的府门："好派头！"

郯银根："诸位请！"

众人走进府门。

王太太被这深宅大院吸引住了，惊讶地："郯先生，这都是侬屋里厢？"郯银根未听懂。

钱小漪："伯母，这就是郯先生的家，秀才府邸。"

王太太："哎哟哟，勿得了，勿得了！"

郯银根："王太太，等吃过饭，我领您在院子里到处走一走。"

王太太："灵光！"

10. 郯府、前院、大厅。

硕大的圆桌周围，主宾欢聚一起。

圆桌上摆满丰盛的饭菜。

郯耀庭、郯银根、郯银业、郯银国、董姝妹、金凤、夏淑女；王教授、钱运昌、王太太、钱太太、钱小漪，围坐在圆桌旁。

郯耀庭端起酒杯："诸位先生和太太能到我家来做客，我非常高兴。此酒是我家自己酿制的，请大家品尝。干杯！"

王太太品了一口："哉！老爷子，侬屋里厢也烧老酒呀？"

钱运昌："王太太，郯公家有个很大的酒厂，此酒用乾隆时代的配方，用沂河水酿制，清香爽口，名曰'沂河御液'。"

王太太："侬讲乾隆皇帝来过？"

郯银根："乾隆皇帝六下江南，不仅都路经此地，而且都曾在这里暂住，前后逗留过十余天。每次不仅赦免沂河两岸百姓的赋税，而且还留下大量的诗词名对，和家喻户晓的民间故事。"

王太太更加来了兴致："侬快讲给阿拉听听！"

王教授赶忙打断："好了，大家正在吃酒，你搞什么搞？"

王太太夺下他手中的酒杯："侬当心点！"

王教授不敢再言语。

郯银根："王太太，大家干一杯酒，我再讲！"

王太太："来赛！"

众人笑、干杯。

郯银根："不知王太太是愿听乾隆爷的诗词名对，还是民间故事？"

王太太："故事，我小辰光就听阿拉妈讲故事！"

郯银根："乾隆皇帝南巡住在这里，随从们挑选美女到驾前伺候。有一位姑娘豆蔻年华，长得如花似玉。这姑娘生性老实，十分腼腆。乾隆和她在一起很是高兴，问她：'你要什么封？'姑娘听成了'外面是什么风？'她立刻跑到门外看了看天气，回禀皇帝说：'万岁，没什么风。'拂晓之前，皇帝又问她一遍，姑娘依然如实回答：'没有风。'皇帝叹口气说：'不用封就不封了。'因此，这姑娘就没有被册封成嫔妃或贵人，但她终生未嫁。"

王太太笑："戆蠢！"

郯银根"皇帝过意不去，就建了一座占地五亩的大红门宅院，赏赐给这位姑娘。"

王太太："这个大红门宅院在啥地方？"

郯银根："县城北关，三槐树的后面。"

王太太高兴地："阿拉要去摆相！"

男佣们用托盘，又端来四个菜。

郯耀庭："这是银杏宴：'银杏叶炒鸡蛋''银杏八宝鸭''蜜汁银杏''银杏八宝饭'，请诸位品尝。"

王教授："夫人，这些菜，你没吃过吧？"

王太太："味道遐其哉！"

11. 青山绿水。

大红门宅院。

金凤、夏淑女陪同王太太、钱太太、钱小漪游览。

朱红色的大门。

插花兽形门楼。

凤凰戏牡丹的影壁墙。

12. 蓝天白云。

绿油油的棉田。

郯银根陪同钱运昌视察棉田。

钱运昌与棉农交谈。

郯银根与钱运昌漫步在棉田野里。

13. 老神树下。

茂密的树冠上，系满红布飘带。

香烟袅袅。

夏淑女向王太太、钱太太讲解着老神树。

金凤点燃香烛。

王太太、钱太太鼎礼朝拜。

14. 金鸡山、矿区。

工人们在紧张地劳动。

郊银业、王教授的助手，陪同王教授巡视矿区。

王教授望着新建的矿区和拓展的道路，感慨地："金鸡山虽然依旧，但面目已经全非了！"

郊银业："此矿能有今日，是您和程教授的功劳！"

王教授："非也！是你令兄矢志不渝的精神感动了我们，他就像是一团火炙烤着每一个人！"

郊银业："是的，他不仅是我的长兄，而且也是我的老师。"

王教授："你们家由他支撑，会更加兴旺发达的。"

郊银业："王教授，我想和您商量一件事。"

王教授："什么事？"

郊银业："我们想在上海开一家珠宝店，把切割好的钻石，加工成饰品就地销售，您认为可以吗？"

王教授："又是你令兄的主张？"

郊银业："是的。"

王教授："很难。"

郊银业："难在何处？"

王教授："据我所知，上海的宝石业被大亨所垄断，外乡人是很难插进脚去的。"

郊银业："就没有别的办法吗？"

王教授："不晓得，因为我从未涉足过这个领域。"

郊银业："原来是这样。"

王教授："郊先生，咱们再到县城去看一看切割厂吧！"

郊银业："好的！"

15. 沂水河上。

一只游艇缓缓地行驶在河面上。

金凤、夏淑女陪同王太太、钱太太、钱小漪坐在游艇上，边听歌女的小曲，边饱览岸边的风光：

伟岸耸立的红石崖。

红墙绿瓦的古梅园。

随风摇曳的两岸垂柳。

在空中飞翔的色彩斑斓的水鸟。

歌女委婉地唱道：

> 淡淡晴云雨后开，
> 斜阳半落古城怀。
> 山衔倒影风光美，
> 沂河春暖雁飞来……

16. 晚霞似锦。

古码镇、碧露春旅店、王教授住的客房。

王教授给夫人按摩脚。

王太太："哎哟哟，疼死人。"

王教授："去游玩还穿高银鞋，脚能不累？"

王太太："穿布鞋成啥样子？"

王教授："要面孔就不要脚！"

王太太仍处在亢奋中："依晓得吧，今朝玩得邋其高兴！"

王教授："没白来吧？"

王太太："没想到这里，有这么多好摆厢的地方。山美，水美，人也美！"

王教授："你是井底之蛙，外面的世界大得很！"

传来敲门声。

王太太赶忙穿上鞋子。

王教授："请进。"

郊银根、钱小漪走进。

王太太："郊先生，快请坐！"

小翠端来茶水、离去。

郊银根："王太太，这是专门为你熬制的冰糖银杏茶，解热去火。"

王太太喝了一口："哉！"

王教授："郊先生，我今天去了切割厂，切割的工艺不错。"

郊银根："王教授，我正为此事来找您。"

王教授："是不是想在上海开珠宝店的事？"

郊银根："是。"

未待王教授开口，王太太抢话说："侬个想法灵光呀！"

• 419

钱小漪："王太太，您讲慢点，说普通话。"

王太太说着生硬的普通话："在上海，我认识很多有钱的阔太太，她们都要买宝石钻戒、耳坠、项链。"

郯银根取出一颗钻石："王太太，你看这颗钻石咋样？"

王太太接过，惊讶地："太漂亮了！我常去珠宝店，还没见过这么好的！"郯银根："噢？像这样的钻石镶嵌在戒指上，太太们会喜欢吗？"

王太太："依拉能把侬的铺子抢光了！"

郯银根："王教授，这样好的生意，咱为啥不能在上海开家珠宝店呢？"王教授："不是不能开，而是开不得！"

王太太："为啥开不得？"

王教授："上海的珠宝店，都是有势力的人开的！"

王太太："他们能开的，咱们也能开的！"

钱小漪："王太太说得对，再大的势力也赶不上虞会长的势力大！"

王太太："我干爹的派头大得很，我谁也不怕！"

郯银根："只要虞会长发句话，咱们的店就开起来了！"

王教授："郯先生，虞会长要是不发话呢？"

王太太发怒："侬闭嘴！这桩事体不用侬管！"

王教授欲开口。

王太太冲他瞪大眼睛。

郯银根赶忙劝解："都是我不好，惹二位生气了。"

王教授对夫人："你把钻石还人家！"

郯银根："不，这是我送给王太太的一份礼物。"

王太太："真的？"

郯银根："不成敬意，请您笑纳。"

王太太："郯先生，你的店想哪能开呢？"

郯银根："我想，这个店请钱小姐帮我打理，请王太太做帮办。你们二位各占店铺的一个股份，年终分红。"

王太太惊喜地："我还能分红？"

郯银根："这就是您的辛苦费嘛。"

钱小漪："您只分红，不承担风险。"

王太太："郯先生，我保准你把这个店办成！"

郯银根："谢谢您！"

钱小漪对郯银根："你放心吧，回到上海，我和王太太就去办理这件事。"

郯银根："我恭候佳音！"

王教授坐在一旁，敢怒而不敢言。

17. 夏日过早的来临。

天气异常闷热。

郯府、四合院、卧室。

董姝妹拖着笨重的身体，打开所有窗户。

传来蝉的咕噪声。

董兰君走进卧室。

小萍提着食盒跟在后面。

董姝妹："姑妈。"

董兰君："今天感觉怎么样？"

董姝妹："小宝宝直踹我的肚子。"

董兰君："看样子，也就是这几天的事了。"

小萍已摆好饭菜："少奶奶，快趁热吃吧。"

董兰君："这是你最爱吃得栗子鸡。"

小萍："大奶奶还特意嘱咐，多放了些醋。"

董兰君笑："酸儿辣女，过不了几天我就要抱孙子了。"

董姝妹边吃边说："最好能往后拖两天，等他回来再生。"

董兰君："银根和银业去上海，有十多天了吧？"

董姝妹："明天就半个月了。"

董兰君："咋待这么久？"

董姝妹："他走的时候说，等珠宝店一开业，就马上回来。"

从远处隐隐传来雷声。

董兰君："天又要下雨了。"

董姝妹："今年不知咋搞的，一进入七月，雨水就没断过。"

董兰君："再这么下，沂河又要发大水了！"

18. 雨。

古码镇、鸳鸯楼、潘芝莲房间。

潘芝莲、蒋凤仙、老鸨在饮酒。

蒋凤仙："三妹，你打算啥时候动手啊？"

潘芝莲："我正要问你呢？"

蒋凤仙："问我？"

潘芝莲："我两眼漆黑，怎么动手？"

蒋凤仙："银之不是把情况都告诉你了吗？"

潘芝莲："那些情况都是明摆着的，还用他说？"

蒋凤仙："你还想了解啥情况？"

潘芝莲："我听说，郯银根最近又增添了不少枪支弹药！"

蒋凤仙："是吗？"

潘芝莲："你在他眼皮子底下，却啥也不知道！"

蒋凤仙："我根本就见不着他的人。"

潘芝莲："你就是能见着他，他也不会告诉你！你要眼观四路，耳听八方！二姐这么聪明，还需要我教吗？"

老鸨："二妹，老三说得对呀。郯府几十口子人，就是几十张嘴，哪有不透风的墙？"

潘芝莲："二姐，是你把郯银之支走的吧？"

蒋凤仙赶忙申辩："三妹，你别冤枉我，他要去当科长，是他自己的心愿。"

潘芝莲："他不回郯府住，也是他的心愿？"

老鸨："郯少爷不回家住了？"

蒋凤仙："是的，他住在县衙里边。"

潘芝莲："大姐，你今天就去县衙告诉他，从今以后必须住在家里！不然的话，别说我对他不客气！"

蒋凤仙："外边下这么大雨，还是我去吧。"

潘芝莲："不，让大姐去！"

19. 雨借风势越下越大，风借雨威越刮越猛。

沂水河波涛汹涌。

河堤出现险情。

20. 狂风暴雨。

老神树下。

郯耀庭踉踉跄跄地跑来。

沂水河的洪水声，一阵紧似一阵地传来。

郯耀庭立于老神树下，使出全身力气，敲响巨钟！

浑厚的钟声在狂风暴雨中激荡。

21. 银杏园与沂水河的接壤处。

洪水冲破堤岸。

郯银根率乡亲们抢险筑坝。

危机时刻，刘之声、郯银国率民团战士前来增援。

人们和洪水展开搏斗。

河堤终于被修复。

人们依然严阵以待。

22. 雨。

银杏园、卧棚。

郯银根、郯银国、刘之声，走进卧棚。

雷声、雨声、风声、洪水的波涛声。

刘之声神情严峻地："郯先生，我要告诉你一个不幸的消息！"

郯银根："什么消息？"

刘之声："昨日，日本帝国主义在卢沟桥又发动了侵华战争！"

郯银根大惊！

刘之声："自从他们侵占我国东北三省后，日本陆军参谋本部继续将四十万兵力运入关内，并制定了《在华北行使兵力时，对华战争指导纲要》，终于在昨日发生了卢沟桥事变！"

23. 战争。

硝烟弥漫的战场。（资料）

激战中叠印字幕：

"一九三七年七月、卢沟桥事变"

"一九三七年八月、天津沦陷"

"一九三八年一月、济南沦陷"

24. 古码镇、郯子中学、校长办公室。

刘之声愤怒地一拳击在桌子上："济南沦陷是韩复榘为保存实力，屡不遵命所造成的！日军未经过大的战斗，即渡过黄河，占领了济南和青岛！"

中共沂河支部成员：石大柱、樊掌柜、许大头、夏淑女、年轻教师，人人义愤填膺！

刘之声："在民族存亡的关键时刻，我们的任务是什么呢？"取出《论持久战》："毛主席在《论持久战》中说：'如此伟大的民族革命战争，没有普遍和深入的政治动员是不能胜利的。动员了全国的老百姓，就造成了陷敌于灭顶之灾的汪洋大海，造成了弥补武器等缺陷的补救条件，造成了克服一切战争困难的前提。'同志们，我们的任务就是要充分地发动群众，壮大自己的力量。目前，国共第二次合作，我们要抓住这一时机，团结一切抗日的力量，抗击日寇的侵略!"

夏淑女："古码镇不仅商业密集，而且是山东和江苏的接壤之地，也是水陆要道。济南沦陷，日寇很快就能到达这里，形势已迫在眉睫，我们必须要加快快步伐才行!"

樊掌柜："经过前段工作，在商界不仅发展了党员，而且也交了一批进步的朋友。可以说，已经打下了一个坚实的基础!"

许大头："码头工人中党员居多，发动群众还是比较容易的。"

石大柱："民团的事情怎么办？虽说郯先生是位爱国志士，但民团毕竟不是党领导的武装。还有，仅管民团的势力在不断壮大，郯先生又购买了一批枪支，但凭目前的实力，仍无法和鬼子硬打硬拼！再说，金鸡山不是个屯兵之地，也无法和鬼子周旋打游击!"

刘之声："大家都说得很好，我的意见有三点：一，在座的都是支部委员，你们要带领几十名党员，像火种一样分布到沂河两岸，去发动群众。二，要调动商界的力量，出钱出力，支援抗战。三，要更加紧密地团结郯银根先生，使民团武装为我所用。这件工作已经刻不容缓，有我和夏老师亲自去做!"

夏淑女："大家还有什么意见吗？"

众人："没有。"

刘之声："好，大家分头行动吧!"

25. 郯府、四合院、卧室。
董姝妹在分娩。
董兰君、金凤、夏淑女、小萍，侍立床前。
接生婆在接生。

26. 郯府、四合院、客厅。
郯银根在翘首以盼。
从卧室里传来婴儿的啼哭声。
郯银根喜出望外。
小萍匆匆跑进客厅："大少爷，少奶奶给您生了一个千金!"

郯银根："好!"急速走出客厅。

27. 四合院、卧室。
郯银根兴冲冲走进卧室。
董姝妹微笑地看着丈夫。
董兰君把婴儿抱给儿子。
郯银根抱着女儿，高兴地说："我今天开始当爹了!"

董兰君："根儿，快给我孙女起个名字吧!"

郯银根："娘，我爷爷早就起好了!"

董兰君："叫啥呀？"

郯银根："叫郯果苗。"

董兰君："郯果苗？"

郯银根："就是银杏苗的苗。"

董兰君："老太爷真有一套!"

众人笑。

28. 郯府、四合院。
大管家陪同刘之声走进四合院："刘先生，请您在客厅稍等一下。"

刘之声走进客厅。

大管家走至卧室门口："大少爷，刘先生来了!"

郯银根走出卧室："他人呢？"

大管家："在客厅等您。"

29. 四合院、客厅。
郯银根走进客厅："刘先生，您怎么来了?"

刘之声："恭喜，恭喜!"

郯银根："大家同喜。"

大管家端上茶水。

刘之声："郯先生，咱们出去走走好吗?"

郯银根："好的。"

30. 沂水河畔。
郯银根、刘之声坐在一棵百年银杏树下。
沂河水波涛滚滚。

刘之声："郯先生，今天是您喜得千金之日，本不该前来打扰，但战火已经烧到家门，我不得不来和您共商大事。"

郯银根发出一声长叹："我也是几日彻夜未眠，因为我用心血创建的一切将要付之东流。原本想积累更多的财富，在农村实现改变中国的宏愿，不曾想这条路将要被战争所摧毁。多灾多难的中国呀，又将进入漫漫的黑夜。"

刘之声："日寇所到之处，凶残地屠杀，禽兽般地奸淫妇女，疯狂地掠夺，严重地破坏，把百姓投入到水深火热之中！"

郯银根："这样的政府还有何用？必将被世代所唾骂！"

刘之声："面对民族存亡的关键时刻，不知郯先生做何打算？"

刘之声："前途迷惘，愿听之声兄指点迷津。"

刘之声："愚兄之见有三：保护资产，转移家眷，壮大武装。"

郯银根："请之声兄详谈。"

刘之声："一，郯先生家大业大，尚有一个钻石矿，这些资产绝不能落入日寇之手。除固定资产外，其他财产应想方设法潜埋或转汇海外。二，郯府家眷甚多，女眷落入日寇之手会不堪设想，您应借助自己的关系将家眷迁移。三，要壮大民团武装，保卫家乡，抗击日寇！"

郯银根陷入了沉思。

刘之声："郯先生尚有异议？"

郯银根："不，之声兄想得已经很周全了。"

刘之声："只是金鸡山地形单薄，不易藏兵。只有屯兵马陵山，才能易攻易守和日寇周旋！"

郯银根："马陵山是土匪久居之地，岂肯轻易让出？"

刘之声："他们也是炎黄子孙，面对外族的侵略，难道能无动于衷？"

郯银根："他们若是仍不肯合作呢？"

刘之声："那就消灭他们！"

郯银根："这是难以做到的。"

刘之声："我已想好对策！"

郯银根："噢？"

刘之声："引蛇出洞，擒贼擒王，杀一儆百，逼其就范！"

郯银根："之声兄言之有理，我要亲自去趟马陵山，对他们动之以情，晓之以理，齐心携手，共同抗日。"

刘之声："郯先生，您绝不能贸然行事。"

郯银根："我与马陵山还是打过交道的。"

刘之声："潘芝莲不同于赵嬷嬷，她对您早已耿耿于怀，你在金鸡山就遭到过她的枪击！"

郯银根："依您之见呢？"

刘之声："您可以先给她写一封信，试探一下她的态度，咱们再做出决定！"

郯银根："好！"

31. 夜。

郯府、后花园。

潘芝莲翻墙跃入院内。

32. 夜。

郯府、西院、郯银之卧室。

郯银之阴沉着脸。

蒋凤仙："瞧你这张哭丧脸！"

郯银之："我他娘的就是倒霉，这个科长才当了几天，眼看就又要完了！"

蒋凤仙："你呀，今生今世也没有当科长的命！"

郯银之看看怀表："她是说今天要来吗？"

蒋凤仙厌烦地："不知道！"

郯银之："不知道叫我回来干啥？"

传来轻轻叩门声。

郯银之赶忙打开房门。

潘芝莲闪身而进。

蒋凤仙："你俩说话吧，我走了。"

郯银之关上房门："别走，我还有事要和你们商量！"

潘芝莲："啥事？"

郯银之："日本人打进济南府了！"

潘芝莲一怔："你听谁说的？"

郯银之："县衙里已经乱成了一锅粥！"

潘芝莲："姚月亭不是有队伍吗？"

郯银之冷笑："堂堂国民政府咋样？东北三省、整个华北、连天津、济南、青岛都陷落了！一个小小的沂河县政府，就能挡得住日本的军队？"

潘芝莲："日本人一旦打进沂河县，咱们又该咋办呢？"

郯银之："咱们要商量的就是这件事！"

潘芝莲："二姐，你是咋想的？"

蒋凤仙："常言道，有奶就是娘！"

潘芝莲："投靠日本人？"

蒋凤仙："对！日本人打进来，人生地不熟的，他们也需要中国人给他办事才行！"

郯银之："当汉奸？那要遭万人唾骂的！"

蒋凤仙发出阴冷地："谁骂就砍谁的头！"

郯银之倒吸一口凉气。

蒋凤仙："我的郯少爷，十年河东十年河西，你梦寐以求的郯府掌门人，只有靠日本人才能实现！"

潘芝莲："对，郯银根就是有天大的本事，也是泥菩萨过河，自身难保了！"

蒋凤仙："三妹，只要马陵山更换成日本人的旗，你仍旧是司令！"

潘芝莲："二姐，就按你说的办！"

蒋凤仙恨之入骨："郯银根，我要让你不得好死！"

郯银之恐惧地看着面前的两位女人。

33. 古码镇、码头。

郯银根、郯银业、郯银国伫立码头等待。

客轮停靠码头。

郯杏琳、郯杏花在逃难的人流中，走下客轮。

郯银根兄弟三人迎上。

郯杏琳悲痛地："堂哥，省城沦陷了！"

郯银根："走，咱们先到旅店！"

34. 天空布满乌云。

沂水河在狂风中卷起层层浪花。

35. 古码镇、碧露春旅店、客厅。

门窗紧闭。

郯银根、郯银业、郯银国、郯杏琳、郯杏花，兄妹五人聚在一起。

郯银根："杏琳，高公子一家的情况怎么样？"

郯杏琳："高部长去了南京，高健带着她的母亲去了香港。"

郯杏花："高公子要杏琳姐一块去香港，可她执意要回来。"

郯银根："司马一家的情况呢？"

郯杏琳："仍在省城。"

郯银根："太危险了。"

郯杏花："民众银行和瑞士银行有业务往来，受到日本外务省的保护。"

郯杏琳："堂哥，情势已经十分危机，日军已从省城南下了！"

郯杏花："大哥，咱家咋办呢？"

郯银根："你俩回来得正好，咱们一起商量个办法。"

郯银业："大哥，我们听您的，您说吧。"

郯银根："银业，你马上把各店铺、工厂和矿上的钱都汇拢起来，明天和杏花返回省城，通过民众银行汇存瑞士银行！"

郯银业："好！"

郯银根："你俩要快去快回，然后和杏琳一起带着全家的女眷，或走南京或走上海，去香港找高公子！"

郯银业："是！"

郯银根："银国，你要和刘之声先生多商量，把民团的事情办好！"

郯银国："大哥，您给马陵山的信写好没有？"

郯银根："我已经派人送去了！"

郯银业："大哥，赶快把民团解散吧！日本人一来，咱家的买卖都停了，还要民团干什么？不然的话，日本人见咱们有枪支弹药，会招惹很大的麻烦！"

郯银根愠怒："你这是什么话？在民族存亡的关键时刻，难道你眼睁睁地看着国土沦丧，而无动于衷吗？难道任凭日军凶残地屠杀同胞，禽兽般地奸淫妇女，疯狂地掠夺我们的财富吗？中国政府腐败无能，但中国人是不好惹的！孟子曰：'生，亦我所欲也；义，亦我所欲也；二者不可得兼，舍生而取义者也'！"

郯银国："对，清代女侠秋瑾曾说：'手提白刃觅敌贼，舍身救民是圣贤'！一位女子尚且如此，更何况我们是堂堂七尺男儿！"

郯银业不再说话。

郯银根："杏琳，你和杏花就暂时住在这里。家里，人多嘴杂，一旦走漏风声，就难以弥补了！"

郯杏琳："我明白。"

36. 马陵山、清泉寺、大殿。

土匪甲匆匆跑进大殿："司令，郯府的大少爷派人送来一封信！"

潘芝莲："噢，他给我写信干什么？黄鼠狼给鸡拜年，没啥好心！"

冬彩接过。

土匪甲离去。

潘芝莲："念!"

冬彩念信："'司令台鉴:日寇大兵压境,战火烧至门前。国土沦丧,生灵遭受涂炭。四万万同胞齐下泪,一片丹心图报国。壮心欲填海,苦胆为忧天。我民团愿意与司令齐心携手,屯兵马陵山抗击日寇。上继我祖先炎黄之威名,下有其子孙共负国难一洗国耻!不知司令意下如何?期候佳音!郏银根书'。"

潘芝莲哈哈大笑:"郏银根想拿我当猴耍呀?"

春来:"司令,我看他是一片诚意。"

潘芝莲:"你想引狼入室?"

春来:"人家是要与咱携手,共同抗日!"

潘芝莲阴沉着脸:"你懂个屁!"

春来欲怒。

冬彩向她示意。

春来抑制住愤怒。

冬彩:"司令,鬼子一旦打进沂水县,你将做何打算呢?"

潘芝莲:"更弦易章,投靠日本人!"

春来:"当汉奸?"

潘芝莲:"我不管这些,只要能保住马陵山就行!"

冬彩:"你这么做,弟兄们会答应吗?他们的家都分布在各个村庄,一旦遭到日寇的奸淫烧杀,你又将如何面对他们?"

潘芝莲冷笑:"我管他们,谁来管我呀?"

冬彩欲再劝说。

潘芝莲打断地:"好了!这件事就这么定了!谁不愿意干就滚蛋!谁要是和我成心过不去,我就用它来说话!"(指枪)

春来、冬彩不再言语。

37. **夜。**

马陵山、独龙涧。

土匪甲与十几名弟兄,簇围在冬彩和春来的周围。

38. **夜。**

一块山石后。

潘芝莲在窃听。

39. **夜。**

独龙涧。

冬彩:"弟兄们还说了些啥?"

土匪甲:"弟兄们还说,司令要是投靠日本人,他们就下山回家!"

土匪乙:"当了土匪就遭人恶骂,要是再当了汉奸,家里人在村里就活不下去了!"

土匪丙:"司令把弟兄们当傻瓜,口口声声说是要保住马陵山,其实她是要保住自己的司令!"

土匪丁:"四寨主,快拿章程吧,不然的话,弟兄们就要走光了!"

春来:"四妹,你别再忧虑了!"

众土匪都注视着冬彩。

潘芝莲突然出现在众人面前,她手中的枪顶在冬彩的脑门上。

众人惊骇!

潘芝莲发出阴冷地笑:"没想到吧?四妹,你想聚众谋反呀?"

春来朝潘芝莲身后喊了一声:"郏先生!"

潘芝莲一惊,刚一回头。

冬彩甩手一枪,击毙潘芝莲!

春来:"四妹!"

冬彩:"大姐!"

二人抱在一起。

土匪甲:"四寨主,我们大伙都听您的!"

冬彩:"命令弟兄们到清泉寺集合!"

土匪甲:"是!"

号角声回荡在山峦的夜空。

40. **郏府、后院、客厅。**

郏耀庭:"根儿,再没有别的办法可想了吗?"

郏银根:"爷爷,国将不存,奄有其家呀?"

郏耀庭心如铅重:"走吧,都走吧……"

郏银根悲怆地:"爷爷,孙儿就是使出浑身解数,也无力回天啊!"

郏耀庭讷讷地:"我知道,我知道。"

郏银根:"爷爷!"

郏耀庭:"根儿,把门窗都关上!"

郏银根关上了门窗。

郏耀庭从夹皮墙内捧出木匣,他将木匣打

开，取出那颗重达281、25克拉的金刚钻石：
"根儿，这是咱家的镇宅之宝啊！我今天把它交
给你，千万不能落入他人之手啊！"

郯银根双膝下脆："爷爷，我不会辜负您重
托的！"

41. 古码镇、码头。

郯银业、郯杏花踏上客轮。

郯银根、郯杏琳伫立码头挥手致意。

42. 郯府、大门内外。

郯银之正欲出门。

郯银国、冬彩骑马而来。

郯银之急忙匿身暗处，窥视。

郯银国、冬彩走进郯府，直奔四合院。

郯银之尾随。

43. 郯府、四合院、客厅。

郯银根、刘之声在交谈。

郯银国匆匆走进客厅："大哥，马陵山的四
寨主来了！"

郯银根："快请进！"

冬彩走进客厅。

郯银根、刘之声起身相迎。

宾主落座。

郯银根："请问四寨主，可曾收到了我的
信？"

冬彩："收到了。"

郯银国："大哥，四寨主是来请咱民团上山
的！"

郯银根："是潘司令的主张？"

郯银国："潘司令已经不存在了，如今四寨
主是马陵山的司令！"

郯银根诧异地："这是怎么回事？"

冬彩："她违背弟兄们的意愿，要卖国求荣
投靠日本人，被弟兄们处决了！"

郯银根惊诧："真乃是得道多助，失道寡助
啊！"

44. 四合院、客厅外。

躲在客厅后窗外窃听的郯银之，吓出了一身
冷汗！他匆匆离去。

45. 马陵山、崎岖山路。

郯银根、刘之声、郯银国、金振宗率领民团
战士向马陵山进发。

46. 马陵山、寨门前。

唢呐声声。

鞭炮阵阵。

冬彩、春来率土匪列队相迎。

郯银根率队伍走进寨门。

47. 郯府、西院、郯银之卧室。

蒋凤仙手提皮箱，推门而进："你还愣着干
啥？赶快收拾东西呀！"

郯银之未动："我不想走！"

蒋凤仙着急地："我的少爷，你咋还犯傻呀？
郯银根一旦知道了咱和潘芝莲的关系，咱就没命
了！"

郯银之犹豫着。

蒋凤仙："四寨主那个臭婊子，会把咱的所
有事情都告诉郯银根的，咱要是再不走就来不及
了！"

郯银之："可咱们到哪儿去找日本人呢？"

蒋凤仙："鼻子底下就是路，听到哪儿有枪
炮声就朝那儿奔！"

郯银之一跺脚："是死是活，听天由命吧！"

蒋凤仙："快收拾东西！"

郯银之胡乱向皮箱里塞着。

48. 马陵山、清泉寺外。

民团战士和土匪整齐地排列着。

郯银根站在石级上，大声地讲着："总之一
句话：国家兴亡，匹夫有责！"

冬彩举臂高呼："打倒日寇，保卫家园！"

众人随呼："打倒日寇，保卫家园！"

郯银根：郯银根指着身后的两面大旗，一面
是"沂河抗日先锋团"，一面是一个硕大的
"家"字旗。"从今天起，咱这支队伍更名为
'沂河抗日先锋团'！大家要抗牢这面旗帜，这个
家字旗，就是我的战斗的所有指南，一切都是为
了他，为了他，我郯银根亲任团长，刘之声任主
任，金教官任参谋长。下设两个营、两个部。郯
银国任一营营长，田大龙任副营长。冬彩任二营
营长，春来任副营长。石大柱任兵工部部长，负
责制造地雷、手榴弹、大刀梭镖、弓箭长矛。攀
掌柜任后勤部部长，负责筹款筹粮。弟兄们，国
有国法，军有军规。下面请参谋长宣读纪律！"

众人鼓掌！

49. **乡间大道。**

一辆马车在疾驶。

马车上坐着郯银之和蒋凤仙。

50. **夜。**

蒙蒙细雨。

郯府、四合院、卧室。

董妹妹抱着苗苗在啜泣。

郯银根："妹妹，听话，还是跟着二弟走吧。"

董妹妹："我不走，我死活都要和你在一起！"

郯银根："孩子怎么办？留在这里太危险了。"

董妹妹："我让弟妹把孩子带走。"

郯银根："这怎么行呢？孩子正在吃奶，她是离不开你的。"

董妹妹哭泣。

郯银根："你看这样行不行？你带着孩子先随二弟走，等孩子断奶后你再回来，咋样？"

董妹妹："我走后你咋办？我确实放心不下。"

郯银根："你就是在家，我也总不能待在你的身边呀？放心吧，我身边还有三弟和弟妹，他们会照顾我的。"

董妹妹："爷爷走吗？"

郯银根："走。"

董妹妹："父亲呢？"

郯银根："他是不肯走的。"

董妹妹："父亲不肯走，母亲怎肯离开？"

郯银根："我对母亲说，我会照顾好父亲的。"

董妹妹悲痛欲绝，呜咽起来。

51. **夜。**

细雨绸缪。

郯府、杏林书斋、书房。

郯文渊望着窗外蒙蒙细雨，脱口吟诵王安石的《入塞》一诗：

> 荒云凉雨水悠悠，
> 鞍马东西鼓吹休。
> 尚有燕人数行泪，
> 回身却望塞南流。

董兰君凄楚地："王安石的这首诗，写的是多么伤感啊！天上落着凄凉的雨，地上河水呜咽地流向远方。乐曲终止了，彼此洒泪而别。给宋朝使臣送行的燕地百姓，远望南方，不禁回身伤心落泪。"

郯文渊茫然地望着窗外，眼里流下两行热泪。

董兰君走到丈夫身边："文渊，你和我一起走吧！"

郯文渊微微摇摇头。

董妹妹："我也不走了！"

郯文渊："不可！你留在此地凶多吉少，何苦白白送掉一条性命！"

董兰君："那你怎么办？"

郯文渊指着一排排的书："有它们和我朝夕相处足矣。"

董兰君哽咽地："文渊！"

郯文渊："兰君，不必过于悲伤。这只不过是短暂地离别，相聚之日是不会长久的。"

董兰君："文渊，我不在你的身边，你要多多保重。"

郯文渊眼里浸着泪水，朝妻子点头。

52. **夜。**

细雨绵绵。

郯府、西院、肖毓芬卧室。

肖毓芬虔诚地念佛。

郯文博心情沉重地走进卧室："毓芬！"

肖毓芬忙起身："你怎么来了？"

郯文博："二姨太带着之儿跑了！"

肖毓芬惊愕："到哪儿去了？"

郯文博："不知道。"

肖毓芬："造孽呀！"

郯文博长叹一声："根儿找过你吗？"

肖毓芬："他让咱俩和家人一起，出去躲避战乱。"

郯文博："你答应了？"

肖毓芬点头："杏琳也和咱们一块去。"

郯文博："好，你们去吧。"

肖毓芬："你不去吗？"

郊文博："我不去。"

肖毓芬："为什么?"

郊文博："我再走了,之儿回来又找谁呀?"

肖毓芬："他要是不回来呢?"

郊文博："他会回来的。兵荒马乱的,他哪有安身之地呀!"

肖毓芬："他心里压根就没有你我,你还对他抱有奢望!"

郊文博眼含热泪："他无论咋不对,也毕竟是咱西院的根啊!"

肖毓芬："文博,我不能让你一个人留下!"

郊文博："你走吧,等之儿回来,我和他一块再去找你们。"

肖毓芬无奈地点头。

53. **郊府。**

几辆马车一字排开。

郊银根指挥用人们,纷纷将行李装上马车。

54. **银杏园。**

郊耀庭孑身一人呆立在银杏林里,苍老的手抚摸着一棵棵银杏,回头看到院门影壁上的那个硕大的"家"字,他显得是那么悲伤和凄凉。

55. **四世同堂树下。**

郊耀庭老泪纵横："这些年,我看着你们一天天长大,如今四世同堂了,可又有啥用呢……五十多年前,我逃荒到了这里安了家,没想到今天我又要背井离家逃荒去了……"呜咽地哭出声。

银杏林谠风中沙沙作响。

56. **郊府。**

郊杏花搀扶着母亲,一步三回头地看着那个影壁上的家字走出东院。

郊杏琳搀扶着母亲,依依不舍地看着那个影壁上的家字走出西院。

金凤搀扶着董姝妹,眷恋地看着那个影壁上的家字走出四合院。

小萍抱着苗苗跟在身后。

郊银业、大管家匆匆走出后院。

郊银根迎上:"爷爷呢?"

大管家:"我在收拾东西,老爷就不见了!"

郊银根:"二弟,你安排家人上车,我去找爷爷!"离去。

第三十集

1. 老神树下。

小莺子在树下，神情忧伤地一根一根地拔着草。

郏耀庭步态踉跄地来到老神树下。

小莺子高兴地："老爷爷，是你吗？"

郏耀庭："小莺子，是我，是我。"

小莺子冲老爷爷跑去。

郏耀庭也朝小莺子紧跑了几步。

小莺子扑在郏耀庭的怀里。

郏耀庭抚摸着小莺子的头，喃喃地："想老爷爷了？"

小莺子："你为啥好几天不来了？"

郏耀庭："老爷爷忙。"

祖孙二人坐在老神树下。

小莺子不高兴地："我天天来，一直等到太阳落山，也见不着你的人影！"

郏耀庭："老爷爷错了。"

小莺子："往后改不改？"

郏耀庭："往后……"

小莺子："咋不说话了？"

郏耀庭哽咽。

小莺子："老爷爷，你在干啥？"

郏耀庭抑制住情感："我在听你说话呀。"

小莺子："老爷爷，我要告诉你一件事，你对谁也不许说！"

郏耀庭："我记住了。"

小莺子："昨天夜里，俺爹和俺娘打起来了！"

郏耀庭："为啥呀？"

小莺子："俺爹说，想把那两棵银杏树卖了，买头牛耕地。俺娘说，一下雨屋就漏，还是先盖房子吧。他俩谁也不让谁，就打起来了！"

郏耀庭的心里一阵酸楚。

小莺子："老爷爷，你说他俩谁对呀？"

郏耀庭："你说呢？"

小莺子："依俺说呀，俺爹说得对。你不想想，一个家呀，买了牛就能种好地，种好地就能多打粮食，多打粮食就能糊口多卖钱，有了钱明年盖房子还不行吗？"

郏耀庭的眼里浸着泪花。

小莺子："老爷爷，俺说得不对吗？"

郏耀庭："对，地是咱庄稼人的命根子，天下之家呀，都盼着能过上好日子。"取出钱："小莺子，把这些钱交给你爹。往后的日子会越来越难，等你家揭不开锅的时候，就用它来救救急。"

小莺子："俺不能要你的钱。"

郏耀庭："拿着。"把钱装进小莺子的口袋。

小莺子过意不去："老爷爷，您春天给我讲的那个"家"字的故事俺还记着呢，我天天用手指头在枕头上比画着……我在给你在这老神树画一画你看对不？"

郏耀庭："好，老爷爷看着呢写吧！"

小莺子一面用那双小手在老神树上写着家字，一边唱起老爷爷教给她的家字歌："上面一个屋，下面一头猪，屋强猪儿肥，屋塌猪命无，有国才有家，有家才有猪。"

小莺子的歌声清脆嘹亮。

郏耀庭的脸上流着泪水。

郏银根大步流星地跑来："爷爷，快走吧，全家人都在等您。再晚了，就赶不上这班船了！"

小莺子："老爷爷，你要到哪儿去呀？"

郏耀庭："我要出趟远门。"

小莺子："啥时候才能回来？"

郏耀庭未语。

小莺子哭着抱住郏耀庭："老爷爷，俺不让你走！"

郏银根："小莺子是个乖孩子，听话。"欲拉开小莺子。

郯耀庭大喝一声："别动她！"

郯银根惊诧地看着爷爷。

郯耀庭："根儿，我不走了。"

郯银根："爷爷！"

郯耀庭悲痛欲绝："我这把年纪了，不能离开银杏园，不能离开老神树，不能离开乡亲们，不能离开故土啊！"

郯银根哭泣："爷爷！"

郯耀庭迈着苍老的步态，走到巨钟跟前，颤抖的手敲响了巨钟！

钟声在无垠的上空激荡。

2. **郯府、院内。**

沉重的钟声悠悠传来。

董兰君等人背后的家字前仰望着老神树上方的天空。

3. **老神树下。**

郯耀庭仍在敲着巨钟。

乡亲们聚集在老神树前。

四村八乡的人们，络绎不绝地朝老神树聚拢。

众人屏住气息，凝视着郯耀庭。

郯耀庭走到孙子身边："根儿，乡亲们都来了，你该讲话了！"

郯银根："爷爷！"

郯耀庭："去吧！"

郯银根走上石级，声音哽咽地："乡亲们，日本军国主义全面发动了侵华战争，大片国土沦丧，省城也沦陷了！"

众人惊诧不已，炸锅般地议论纷纷。

郯银根："政府无能，百姓遭殃。日寇所到之处，奸淫烧杀，血流成河，家破人亡，妻离子散！鬼子已经从省城出动，转眼就到咱古码镇。摆在咱们面前的只有两条路：要么任人宰割，要么奋起反抗！乡亲们，咱沂河两岸的人，从老辈起就不是孬种，腰杆子是硬的。宁可站着死，绝不趴着生！"

乡亲们骚动起来。

有人高喊："和小鬼子拼了！"

"誓死不当亡国奴！"

"沂河人不是不好惹的！"

"杀一个够本，杀俩赚一个！"

群情激愤！

郯银根："乡亲们，咱民团已经占领了马陵山，为了咱的家，准备和日寇决一死战！大伙眼下要做两件事：一是把家里的粮食藏好，把老人、孩子和女眷安顿好。在沂河两岸挖地窖子也行，上山躲避也行，千万不要扎堆！二是有志男儿参加民团，同心协力抗击日寇。让小鬼子竖着进来，横着出去！"

乡亲们又骚动起来。

有的如干柴点燃；

有的如失魂落魄；

有的愁肠百结；

有的左顾右盼。

有的说，这个家真的要完了吗！

郯银根："乡亲们，国破家就亡，为了保卫这个家，事不宜迟，赶快行动吧！"

骄阳似火。

老神树钟声传承，苍劲挺拔。

4. **古码镇、码头。**

客轮、小船拥塞码头。

郯银根、郯银国、夏淑女，在码头相送。

郯银业、董兰君、肖毓芬、董姝妹、金凤、郯杏琳、郯杏花，怀抱苗苗的小萍，与亲人们洒泪告别，继而登上客轮。

客轮发出沉重的鸣笛声，缓缓驶离码头。

郯银根望着渐渐远去的客轮，眼里涌出热泪。

5. **马陵山、独龙涧。**

"沂河抗日先锋团"和"家"字旗，迎风招展。

金振宗率领战士们在进行军事操练。

喊杀声震荡山谷。

炉火熊熊。

石大柱与战士们一起，锻造兵器。

6. **马陵山、清泉寺。**

郯银根、刘之声接待着一批批四邻八村赶来报名的年轻人。

7. **郯府、前院、大厅。**

郯耀庭接待着邵专员和姚月亭。

大管家捧上茶水。

郯耀庭："邵专员大驾光临，不知有何贵

干?"

邵专员："我是受上级派遣,特来会见大少爷。"

郯耀庭："当前时局如何?"

邵专员："国家时局不妙啊!整个华北几乎全部沦陷,上海、南京也危在旦夕。"

郯耀庭："难道中国就这么亡了吗?"

邵专员："不会的,蒋委员长已发出全面抗战的命令!全国的有志之士同仇敌忾,纷纷建立武装,誓与日寇一以死战!"

姚月亭："大少爷就是有志之士,邵专员为了抗日之事,前来拜访他。"

郯银根、郯银国匆匆走进大厅。

邵专员起身相迎。

郯银根："邵专员、姚县长请坐。"

宾主入座。

邵专员："郯先生,我听说您创建的'沂河抗日先锋团',日益强大?"

郯银根："是的。"

邵专员："郯先生之举,令邵某十分钦佩,也引起了国民政府的高度重视。我今天就是受上级的指示,特来给郯先生送委任状。"

郯银根诧异地："委任状?"

邵专员取出委任状,宣读:"国民政府第三行政督察公署,特任命郯银根先生为抗日救国军少校团长。"

郯银根："邵专员,请您谅解,我郯银根从不加入任何党派。组建'沂河抗日先锋团',是为了保护家乡父老,是民族气节之使然。此委任状,银根绝不能承受。"

邵专员面色尴尬:"郯先生,这是国民政府对您的器重,万不可推辞。"

郯银根："请您转告上级政府,有无此委任状,'沂河抗日先锋团'都会恪尽职守,抗击日寇的!"

邵专员："这个……"

郯银根："请邵专员将委任状收回。"

邵专员："也好,郯先生淡泊名利,精神实属可佳!这样吧,为表示国民政府对您的诚意,特配给你们一百条枪,三千发子弹!"

郯银根高兴地:"邵专员,您这是雪中送碳呀!"

邵专员："不置于门外了?"

郯银根："我是韩信用兵,多多亦善!"

众人笑。

8. 烈日炎炎。

国道上。

载满日军和伪军的卡车,一辆接一辆地向南挺进。

日军第五师团第九旅团的少佐木村角荣,坐在吉普车上。

穿着军服的郯银之、蒋凤仙坐在他的身后。

木村角荣说着生硬的中国话:"你们是什么地方的人?"

郯银之笑容可掬:"我们是古码镇的。"

木村角荣:"是盛产银杏的地方吗?"

郯银之:"是。"

木村角荣:"有个银杏园,你们知道吗?"

郯银之:"知道,它就在沂水河边上。"

木村角荣:"我就要见到我的同学了!"

郯银之诧异地问:"您的同学?"

木村角荣没再说话。

郯银之与蒋凤仙疑惑地相互对视了一眼。

木村角荣闭上了眼睛,在他眼前出现了在大学时的情景:

春。

早稻田大学、校园里。

郯银根在教木村角荣、山口岫美学习汉语。

钱小漪给他们拍着照片。

夏。

海水浴场。

木村角荣、山口岫美和郯银根、钱小漪,在波光粼粼大海游泳。教室里。

木村角荣、山口岫美和郯银根、钱小漪在静静地温习功课。

秋。

公园里。

有几株结满黄灿灿果实的银杏树。

郯银根在银杏树下,给木村角荣讲着银杏的知识。

冬。

富士山,银装素裹。

木村角荣、山口岫美和郯银根、钱小漪，在做滑雪运动。

草稻田大学、教室。

木村角荣、山口岫美、郯银根、钱小漪参加毕业典礼。

大海码头。

郯银根、钱小漪与木村角荣、山口岫美洒泪而别……

卡车在向南进发。

9. **沂蒙山、山间国道。**

行进在国道上的日军，遭到猛烈地炮击！

木村角荣指挥着日军还击。

硝烟弥漫。

枪炮声震耳发聩。

郯银之、蒋凤仙吓得躲在卡车后面。

日军死伤惨重。

木村角荣："藤田纯一郎，这是什么部队？"（日语）

藤田纯一郎："共产党的一一五师！"

木村角荣："要求旅团大佐，马上空中支援！"（日语）

藤田纯一郎："是！"（日语）

战斗仍在激烈地进行！

十余架日军的飞机由远处飞来。

山头上的枪声戛然而止。

飞机朝山头狂轰滥炸。

天空渐渐暗了下来。

10. **夜。**

沂河县衙。

郯银之、蒋凤仙引领日军进驻县衙。

指挥部设在原姚月亭办公室。

郯银之、蒋凤仙与日伪军布置着指挥部。

木村角荣、滕田纯一郎走进指挥部，对郯银之："这个地方很好！"

郯银之："只要您满意，我就很高兴！"

木村角荣命令藤田纯一郎："你们不要休息，连夜拿下古码镇！"（日语）

藤田纯一郎："是！"（日语）

翻译："郯队长，你俩别愣着，快走呀？"

郯银之问木村角荣："我俩也去？"

木村角荣："古码镇是你的家，当然要去！"

藤田纯一郎："开路！"（日语）

郯银之、蒋凤仙随同藤田纯一郎和翻译走出指挥部。

11. **夜。**

古码镇。

整个古码镇没有一丝光亮。

日军的卡车驶进古码镇。

不少店铺的掌柜透过窗棂，心惊胆战地窥视着街上的动静。

12. **夜。**

郯子中学。

整座学校已经空空荡荡。

郯银之、蒋凤仙引领日军进驻学校。

指挥部设在原校长办公室。

郯银之、蒋凤仙与日伪军布置着指挥部。

藤田纯一郎走进指挥部。

翻译紧随其后。

郯银之："藤田先生，这个地方可以吗？"

藤田纯一郎："他在说什么？"（日语）

翻译："他问您满意不满意？"（日语）

藤田纯一郎："很好！"（日语）

翻译："藤田队长很满意！"

郯银根："藤田先生还需要什么，尽管吩咐。"

翻译对藤田纯一郎："他问您还需要什么？"（日语）

藤田纯一郎："他可以走了！"（日语）

翻译："郯队长，你可以走了。"

郯银之点头如捣蒜："凤仙，咱们走吧。"

蒋凤仙欲走。

藤田纯一郎拦住："你要留下！"（日语）

郯银之："这……"

藤田纯一郎大吼一声："出去！"（日语）

翻译："郯队长，咱们走吧！"

郯银之敢怒而不敢言，随同翻译走出指挥部。

蒋凤仙淫荡地走近藤田纯一郎。

13. **夜。**

郯子中学、原教务长办公室，如今已经改为宿舍。

郯银之躺在床上，翻来覆去难以入睡。

翻译："睡不着了?"

郏银之长叹一声。

翻译："郏队长,后悔了?"

郏银之不语。

翻译冷笑一声:"你这是自找的,把这么漂亮的老婆白白地送给人家。"

郏银之愠怒:"别说了!"

翻译:"朝我发火有啥用?有本事就把老婆夺回来!"

郏银之把头埋到枕头底下。

翻译:"想开点,我看你老婆也不是个正经人。听老哥一句话,天下的女人都是他娘的水性阳花!"

14. 又是一个炎热的夏日。

郏府、后院、卧室。

郏耀庭躺在床上不住地咳嗽。

郏银根帮爷爷服药。

郏耀庭长叹一声:"也不知道你娘她们到哪儿了?"

郏银根:"您放心吧,我二弟做事是很稳妥的。"

郏耀庭:"也不知道啥时候,才能再和她们见面?"

郏银根:"我想不会太久的。"

郏耀庭:"老天爷保佑咱们这个家,躲过这一劫吧!"

郏银根:"爷爷,您还是到山上躲一躲吧。"

郏耀庭:"我不去。我要是想躲的话,早就跟你娘她们走了。"

郏银根:"鬼子已经占领了古码镇,您在家里太危险了。"

郏耀庭:"你爹和你二叔咋样了?"

郏银根:"我爹同往日一样,仍在读书。我二叔也病倒了,只抽烟不吃饭。"

郏耀庭:"他这是在糟践自己!"

郏银根:"我派了人专门伺候他。"

大管家匆匆走进卧室:"大少爷,有个日本人来府上找您!"

郏耀庭大惊:"鬼子开进来了?"

大管家:"只来了一个,不是穿军装的,他说是大少爷的同学,叫木村角荣。"

郏银根惊喜:"他怎么来了?"

郏耀庭:"谁呀?"

郏银根:"他是我在日本早稻田大学,读书时的同学。爷爷,咱家向日本出口的银杏树,就是他帮着做成的这笔生意。"

大管家:"大少爷,他在前院大厅等着呢。"

郏银根:"爷爷,我去见见他。"

郏耀庭:"你要格外小心。"

15. 郏府、前院、大厅。

西装革履的木村角荣,在欣赏着影壁上的那个硕大的"家"字和大厅里的字画。

郏银根走进大厅:"木村!"

木村角荣:"银根!"

二人拥抱。

郏银根:"快请坐!"

木村角荣:"我非常想念你!"

郏银根:"我也是!"

木村角荣:"钱小漪小姐好吗?"

郏银根:"她回到上海去了。"

木村角荣:"她没有嫁给你?"

郏银根:"没有。"

木村角荣:"为什么?"

郏银根:"我们都各自结了婚。"

木村角荣:"太遗憾了。"

郏银根:"山口岫美好吗?"

木村角荣:"我们结了婚,还生了一个女儿。"

郏银根:"我祝贺你们!"

木村角荣:"我来中国之前,她再三叮嘱我,一定要看望你和钱小姐。"

郏银根:"谢谢。"

木村角荣:"我们终于见面了,而且是在你的家里!"

郏银根:"木村,你是不是随同侵华日军一起来的?"

木村角荣:"我们不谈这些好吗?"

郏银根面露不悦之色。

木村角荣:"我刚才在来的路上,看到一大片银杏林,它就是银杏园吗?"

郏银根:"是的。"

木村角荣:"我们去银杏园好吗?"

郯银根："好的！"

16. 烈日当空。

蝉声阵阵。

银杏园。

郯银根、木村角荣走进银杏园。

木村角荣亢奋地："太美了，我好像走进了童话世界！"

郯银根："木村，我非常感谢你，帮我在日本做成了银杏树的生意！"

木村角荣："你的银杏树运到日本，被各大公园抢购一空！"

郯银根："你没见到过这么大的银杏园吧？"

木村角荣："你的家乡太美了！"

郯银根："木村，你还没有有回答我，你是不是参加了侵华战争？"

木村角荣点头。

郯银根暴怒："你为什么要这样做？"

木村角荣："日本的青壮年男子，都要应征入伍。"

郯银根："你们是不可饶恕的罪人！"

木村角荣不语。

郯银根："我们在一起读书的时候，亲如兄弟，共同畅想着美好的明天。可是，你们今天像禽兽一样，侵略我国领土，掠夺我国财富在我们的国家，屠杀我国人民！木村，难道你没有祖国，没有生身父母，没有同胞姐妹？当你的祖国被强盗占领，当你的父母被屠杀，当你的姐妹被奸淫，你是什么样的感受？你的心会不会流血？你要不要拿起武器奋力反抗？木村，你令我痛心，我没想到你也参加了侵华战争，你的双手沾满了我同胞的鲜血，你是刽子手而不再是我的同学！从今日起，我们是水火不容的仇敌！"

欲愤然离去。

木村角荣大喝一声："站住！"

郯银根止住脚步。

木村角荣心情沉重地："我会下命令，保护你的这个家。"

郯银根："可你有保护千千万万个中国人民的家吗？"

木村角荣："要想停止战争，我是无能为力的。"

郯银根愤然而去。

17. 古码镇。

藤田纯一郎指挥日军，洗劫了古码镇。

祥茂商号遭洗劫！

永昌商号遭洗劫！

泰记车行遭洗劫！

间半楼遭洗劫！

18. 鸳鸯楼。

日伪军冲进鸳鸯楼。

老鸨和妓女乱作一团。

蒋凤仙、郯银之气冲冲赶来。

蒋凤仙鸣枪！

日伪军惊诧！

蒋凤仙："藤田纯一郎队长命令，鸳鸯楼将设为旅团慰安所，任何人不得进入！"

一名日军冲上："你是什么人？"（日语）

蒋凤仙从口袋里取出一张命令。

日军看命令："是！"（日语）然后冲日伪军一挥手："开路！"

日伪军离去。

老鸨毕恭毕敬地看着一身戎装的蒋凤仙。

蒋凤仙笑眯眯地："大姐，你没想到吧？"

老鸨阿谀奉承地："二妹，你摇身一变，变成日本人的红人了！"

黑牡丹、风摆柳、一品香围拢过来。

蒋凤仙骄横地："咳咳这个家呀'十年河东十年河西，我蒋凤仙再也用不着提心吊胆地过日子了，我想叫谁今天死，他就活不到明天！"

老鸨："是，是！"

蒋凤仙："你们都给我好好听着，从今天起这里就是甲等慰安所，专门伺候日本军官的。他们撇家舍业到咱这里，你们要尽心尽力地伺候他们！"

众妓女气得咬牙切齿。

郯银之站在一旁不语。

蒋凤仙怒喝："你们听到没有？"

老鸨赶忙应着："听见了，听见了。"

一名妓女转身便走。

蒋凤仙："站住！"

妓女未曾理彩。

蒋凤仙怒不可遏，抬手就是一枪！

妓女被击毙！

众人大惊！

蒋凤仙若无其事。

19. 古码镇、街道。

死神笼罩着古码镇。

街道上横着几具尸体。

亲人们撕肝裂胆地恸哭声，撕碎着人们的心！

不远处的房屋在燃烧，浓烟滚滚令人窒息。

乌云密布。

雷声隐隐。

20. 闪电过后，紧接着是滚动地雷声。

马陵山、清泉寺、大殿。

郯银根、刘之声主持着会议。

郯银国、夏淑女、金振宗、樊掌柜、小六子、石大柱、春来、冬彩等人参加会议。

与会者，个个义愤填膺！

郯银根一掌击在桌子上："禽兽，禽兽！古码镇遭到灭顶之灾，民不堪命，备受荼毒；店破房焦，满目疮痍。日寇暴行，令人发指！乡亲们在血雨腥风中眼睁睁地看着我们，到了我们弹上膛刀出鞘，报仇雪恨的时候了！"

樊掌柜："中国人不是好惹的！"

小六子："宁可横着死，绝不站着生！"

石大柱："杀死小鬼子，为乡亲们报仇！"

冬彩："团长，你就下命打吧！"

郯银根："养兵千日，用兵一时，为了国恨家仇，就要以血还血，以牙还牙，用鬼子的头祭典同胞的灵魂！我决定，今晚夜袭古码镇！"

刘之声："下面有参谋长宣布作战方案！"

21. 夜。

大雨倾盆。

古码镇、郯子中学。

郯银根率部队来到郯子中学。

杀死值岗的哨兵。

部队进入大院。

金振宗指挥，兵分几路，包围了日伪军宿舍。

战斗打响！

22. 雨夜。

郯子中学、日军指挥部。

藤田纯一郎从睡梦中惊醒，持冲锋枪冲出屋外。

蒋凤仙从后窗逃跑。

23. 雨夜。

郯子中学、院内。

藤田纯一郎以墙做掩护，疯狂地扫射。

郯银国冲着藤田纯一郎掷出手榴弹。

手榴弹爆炸。

藤田纯一郎负伤。

一排子弹射向郯银国。

金振宗一把将他推开，开枪还击。

24. 雨夜。

伪军宿舍。

小六子率战士冲进。

伪军死伤过半。

先锋团战士缴获大量武器。

25. 雨夜。

日军宿舍。

日军的机枪从门、窗，朝外射击。

先锋团战士遭到日军顽强抵抗。

冬彩身体矫健，窜至窗外，将手榴弹掷入窗内。

手榴弹爆炸！

郯银根命号兵吹响军号。

先锋团战士撤出郯子中学。

藤田纯一郎挣扎爬起，带伤指挥。

日伪军从郯子中学追出。

26. 雨夜。

古码镇、桥头。

郯银根率战士边打边退，冲过桥头。

藤田纯一郎率日伪军追至桥头。

刘之声一声令下。

战士们拉响地雷。

地雷在日伪军间接连炸响。

藤田纯一郎下命令收兵。

电闪雷鸣。

雨越下越大。

27. 沂河县、县衙、日军指挥部。

木村角荣接电话："是，是！"

藤田纯一郎手吊绷带，伫立在木村角荣的面前。

木村角荣放下电话:"旅团大佐命令,一定要消灭马陵山先锋团!"(日语)

藤田纯一郎:"是!"(日军)

木村角荣:"胜利冲昏了你的头脑,骄兵必败,哀兵必胜,导致了你们这次战斗的失败!"(日语)

藤田纯一郎:"是!"(日语)

木村角荣:"知己知彼,方能百战不殆。消灭马陵山的先锋团,不是一件容易的事情。你要首先搞清楚马陵山的地形,然后采用土八路虚实结合的作战方案,才能攻其不备,出奇制胜!"(日语)

藤田纯一郎:"是!"(日语)

木村角荣:"你不要忘记我们是在中国作战,你要依靠中国人,他们机智多谋。离开他们,我们就寸步难行!"(日语)

藤田纯一郎:"是!"(日语)

木村角荣:"你尽快制定作战方案,我要求旅团派飞机协同作战!"(日语)

藤田纯一郎:"是!"(日语)

28. 马陵山、独龙涧。

金振宗率领战士,进行游击战训练。

山石边。

郯银根:"初战告捷,战士们的斗志很旺盛!"

刘之声:"你我也是第一次和日军作战,这次胜利不仅消除了战士们的恐日心理,而且会在广大群众中产生巨大影响,更加坚定了战胜日寇的信念!"

郯银根:"古码镇的鬼子不会善罢甘休,我们应该做好保卫马陵山的准备。"

刘之声:"这是非常必要的!我建议,要马上召开连排以上干部会议,总结胜利的经验,研究保卫和部署马陵山的作战方案。"

郯银根:"好!"

29. 古码镇、郯子中学、日军指挥部。

蒋凤仙已脱去戎装,又穿上得体的旗袍,浓妆艳抹,更加妖冶。

郯银之冷冷地:"你应该在鸳鸯楼谋生才对!"

蒋凤仙:"吃醋了?"

郯银之:"我咋敢呀?你现在是藤田纯一郎的压寨夫人!"

蒋凤仙突然变脸:"你除了在女人身上花费心思,还懂什么?这些年来,我们在郯府看尽了白眼,受尽了凌辱,末了沦落成丧家之犬!是上天有眼,给我们派来了救星,日本人是咱的救命稻草啊!郯府掌门人的宝座近在咫尺,只要咱死抱着日本人的大腿,你就能稳稳当当地坐在这张椅子上!"

郯银之长叹一声:"咱俩呀,是地地道道地卖家,卖国求荣!"

蒋凤仙:"只要能得到荣,你管他卖什么家,什么国呀?"

郯银之站起身:"既然是被逼上梁山,也就没有退路了!"欲走。

藤田纯一郎匆匆走进指挥部。

翻译紧随其后。

郯银之赶忙敬礼。

藤田纯一郎看着漂亮的蒋凤仙:"美人!"(日语)

翻译:"太君非常喜欢你。"

蒋凤仙:"藤田队长才是我心中的男人。"

藤田纯一郎:"她说什么?"(日语)

翻译:"她说,你是她最喜欢的男人。"(日语)

藤田纯一郎高兴地:"我要把你带到日本去!"(日语)

翻译:"太君说,他要娶你当老婆。"

蒋凤仙撒娇地坐在藤田纯一郎的怀里。

藤田纯一郎:"你们都坐下,详细说一说马陵山的情况。"(日语)

翻译:"坐下吧,太君要了解马陵山的地形!"

30. 马陵山、山巅一隅。

郯银之、蒋凤仙、藤田纯一郎、翻译,都装扮成农民,攀上马陵山。

一名先锋团的战士发现了他们:"站住!"

蒋凤仙:"大兄弟,我们是后山疃的。鬼子进了村,杀人放火!我们是逃出来的,大兄弟,我们要投奔先锋团!"

战士:"你们走错路了,从这里朝右拐,过

了独龙涧，就能找到清泉寺了。"

藤田纯一郎绕到战士身后，将战士勒死，推下山崖。

31. 马陵山、山巅隐蔽处。

藤田纯一郎持望远镜，察看地形。

郏银之、蒋凤仙不时向藤田纯一郎指点着。

藤田纯一郎在地图上标着方位。

32. 马陵山、清泉寺、大殿。

郏银根主持着军事会议。

墙上挂着硕大的地图。

金振宗站在地图前，布置着作战方案："我们在清泉寺设个空城计，不留一兵一卒。独龙涧是我们的第一战场，要准备充足的手榴弹、滚木雷石，和带火的弓箭。卸甲营是我们的第二战场，当敌人钻进口袋，用火力封锁住他们的退路，把敌人逼到豹公墩！这里是我们的第三战场，也就是我们的地雷阵，对敌人进行狂轰滥炸！钟声是进入阵地的命令，军号是向敌人发起冲锋，锣声是鸣金收兵。指挥部设在独龙涧的断臂崖，统一指挥，各自为战。如遇特殊情况，以五色旗为信号。大家听明白没有？"

众人齐声："听明白了！"

郏银根站起："我命令，一营布兵独龙涧！"

郏银国站起："是！"

郏银根："二营进入卸甲营！"

冬彩站起："是！"

郏银根："三营占据豹公墩！"

小六子站起："是！"

郏银根"兵器部和后勤部把守自己的阵地！"

石大柱、樊掌柜站起："是！"

郏银根："你们记住，不到万不得已，绝不许开枪！"

石大柱、樊掌柜："是！"

郏银根："下面请刘主任讲话！"

众人鼓掌。

刘之声站起："弟兄们，为了保卫这个家，咱古码镇一仗打出了军威，打出了声望！短短数日，咱先锋团就发展到近千人！沂水河两岸的乡亲们看到了希望，可是日本鬼子也把咱当成了眼中钉肉中刺，一场恶仗是不可避免的！刚才团长和参谋长，给大家部署了一个完整的作战方案，

但我们绝不能轻敌，稍有不慎就要吃大亏，亏本的生意咱是不做的！我要强调的一点是，战场上的形势瞬息万变，大家要机动灵活地把握战机，避免阵地战，保护自己，消灭敌人！"

众人鼓掌。

许大头兴冲冲地跑进大殿："报告团长，又有三十几个年轻人上山，要求参加先锋团！"

刘之声："团长，我去看看。"

郏银根："好，以老带新，把新来的战士分到各个营去！"

刘之声："是！"离去。

郏银根："大家还有什么建议？"

众人："没有了！"

郏银根："分头行动吧！"

众人离去。

郏银根、金振宗留在大殿。

夏淑女匆匆走进："报告团长，发现了一个可疑情况！"

郏银根："说！"

夏淑女："独龙涧的哨兵失踪了！"

郏银根："噢？"

金振宗："开小差了？"

郏银根："不会吧，士气正旺，怎么会开小差呢？"

金振宗："他是几营的？"

夏淑女："二营的。"

金振宗："根子原本就不正！"

郏银根叮嘱夏淑女："你去把情况调查清楚！"

夏淑女："是！"

33. 马陵山、独龙涧。

郏银国、田大龙率一营进入阵地。

34. 马陵山、卸甲营。

冬彩、春来率二营在阵地部署滚木雷石。

35. 马陵山、豹公墩。

小油子、花油匠率三营埋设地雷。

36. 马陵山、黑龙潭、山洞里。

石大柱率战士赶制军火。

37. 马陵山、庞涓沟。

樊掌柜率战士隐蔽着一个个装有粮食的洞口。

38. 夜。

郏府、后院、卧室。

郏耀庭不停地咳嗽。

大管家慌里慌张地跑进："老爷，二爷病得很重！"

郏耀庭："请大夫了吗？"

大管家："请了。"

郏耀庭挣扎着爬起："我去看看。"

大管家："老爷，您……"

郏耀庭："快走吧！"

39. 夜。

郏府、西院、卧室。

老中医在给郏文博号脉。

郏耀庭、大管家走进，站立在床边。

郏文博："爹，您来了。"

郏耀庭："别说话。"

郏文博闭上了眼睛。

郏耀庭随老中医走到外间："大夫，病人咋样？"

老中医："吃几副药再说吧。"

郏耀庭长叹一声。

40. 夜。

金鸡山、矿区。

这里早已人去矿空。

郏银根痛苦地伫立在洞口。

石大柱和工人们朝洞里装着炸药。

郏银根泪眼模糊的眼前，闪现出以下情景：

金鸡山。

众人热火朝天地忙着开工前的最后准备。

一拉溜新的帐篷已经搭成。

新建的电厂已经拉上围墙。

山坡上的道路已经竣工。

工人们开凿炮眼，铁锤发出叮当声。

程教授、王教授、方技术员分头忙活着。

郏银根、郏银业指挥工人竖着木杆，挂着横幅。

金鸡山。

又是一个艳阳天。

沉寂的山峦变成一片沸腾。

新建的电厂发出隆隆声。

军乐队穿着整齐的服装。

吹鼓手的唢呐上拴着红绸。

郏耀庭、郏文渊、郏文博接待着姚月亭、藏秘书。

郏银根三兄弟分头接待着方老太爷、董炎君、刘之声、夏淑女。

董兰君、肖毓芬、董姝妹接待着姚夫人、马太太、金凤、银凤。

金鸡山、山坡上。

郏银根走到二位教授面前："二位教授，咱们可以开始了吗？"

程教授看着王教授。

王教授："可以开始了！"

军乐齐鸣。

唢呐声阵阵。

金鸡岭、山坡上。

郏银根冲乐团又一挥手。

乐团戛然而止。

郏银根冲乐团挥手。

郏银根大声喊道："矿区人员马上撤离！"

矿区间的几名工人躲岩洞。

郏银根："点炮！"

一工人点燃炮稔。

闪回的情景消失。

石大柱走到郏银根面前："团长，可以点燃炮稔了吗？"

郏银根哽咽地："点吧！"

石大柱点燃炮稔。

矿洞发出巨大的爆炸声！

金刚石矿被摧毁了！

郏银根发出了呜咽声。

41. 马陵山、崎岖山路。

木村角荣、藤田纯一郎率日伪军，朝山寨进发。

一块山石后，两名先锋队战士发现日军。

战士甲："我在这里盯着，你快去报告！"

战士乙急速离去。

42. 马陵山、清泉寺、大殿。

郏银根、刘之声、金振宗正在地图前商议军务。

战士乙气喘吁吁跑进大殿："报告，日军进山了！"

郏银根:"有多少人?"

战士乙:"黑压压的一片!"

刘之声:"他们是倾巢而出了!"

郏银根:"密切注意日军的行踪!"

战士乙:"是!"离去。

郏银根、刘之声、金振宗大步走出清泉寺。

43. 马陵山、清泉寺外。

苍劲的古松上,悬挂着老神树上的那口巨钟。

郏银根敲响巨钟。

钟声在山峦中回荡!

44. 马陵山、独龙涧。

在钟声中,战士们严阵以待。

45. 马陵山、卸甲营。

在钟声中,在搬运滚木雷石。

46. 马陵山、豹公墩。

在钟声中,战士们撤离地雷区。

47. 马陵山、崎岖山路的丁字路口。

藤田纯一郎纯一郎:"停止前进!"(日语)

队伍停了下来。

藤田纯一郎取出地图查看。

蒋凤仙:"太君,左边是山前,直达清泉寺。右边是山后,直达独龙涧。"

翻译:"报告少佐,她说……"

木村角荣:"不用翻译!"

翻译:"是!"

木村角荣:"藤田队长,你不是来过吗?"(日语)

藤田纯一郎:"是!"(日语)

木村角荣:"是去山前还是山后?"(日语)

藤田纯一郎:"山后!"(日语)

木村角荣朝右一指:"前进!"(日语)

日伪军直奔山后。

48. 一块巨石后面。

紧盯日军的先锋团战士甲,发现日军朝山后而去,大惊!他奋不顾身的欲跑去报信。

枪响!战士甲被击中!

49. 马陵山、独龙涧、断臂崖。

这里是先锋团的指挥部。

郏银根、刘之声手持望对镜,观察着山前的动静。

隐约传来一声枪响。

郏银根:"枪声!"

刘之声:"好像是从山寨前传来的?"

二人继续观察。

50. 马陵山、通往清泉寺的山路上。

一派静谧。

51. 马陵山、断臂崖。

刘之声:"怎么毫无动静?"

郏银根:"鬼子在耍什么花招?"

金振宗大汗淋漓地跑来:"团长,鬼子从后山上来了!"

郏银根大惊!

刘之声:"我们要马上调整作战方案!"

郏银根:"参谋长,你的意见呢?"

金振宗:"我多亏留了一手,不然就要大意失荆州了!"

郏银根:"快说!"

金振宗:"把第一战场设成空城,把兵力后撤一个山头,其他战场不变!"

郏银根把五色旗交金振宗:"快下达命令!"

金振宗:"来不及了,我要亲自去部署!"

刘之声:"我去吧!"

金振宗:"不,只有我去才能办妥!"急速离去。

52. 马陵山、后山。

木村角荣、藤田纯一郎率日伪军,小心翼翼地攀山。

53. 马陵山、独龙涧。

金振宗、郏银国率战士急速转移。

54. 马陵山、后山。

木村角荣、藤田纯一郎率日伪军登上后山顶。

木村角荣:"停止前进!"

队伍停了下来。

藤田纯一郎诧异地看着木村角荣:"队伍为什么停下?"(日语)

木村角荣:"我们没有遭到任何阻击,你不觉得奇怪吗?"(日语)

藤田纯一郎笑:"他们犯了一个大错误,把兵力埋伏在山前的清泉寺周围,没想到我们是从后山进攻的!"(日语)

木村角荣未语。

藤田纯一郎："少佐，这是他们两个人的功劳！"（日语）

蒋凤仙、郯银之不知可否地笑着点头。

木村角荣："报告旅团大佐，派飞机轰炸清泉寺！"（日语）

藤山纯一郎："是！"

55. 马陵山、独龙涧的后一个山头。

金振宗、郯银国率战士进入阵地。

56. 马陵山的上空。

日军的飞机由远而来，对清泉寺及周围进行狂轰滥炸！

大火弥漫。

硝烟滚滚。

57. 马陵山、后山。

木村角荣："前进！"

日伪军进入独龙涧。

独龙涧沉寂无声。

日伪军沿独龙涧进入九道弯。

58. 马陵山、九道弯。

山峰上，郯银国居高临下，大喝一声："打！"

枪声、手榴弹的爆炸声响成一片。

木村角荣："不要恋战，冲出去！"（日语）

日伪军死伤一片，冲出九道弯。

金振宗："弟兄们，把敌人逼进卸甲营！"

冲锋号响起！

郯银国："冲啊！"

先锋团战士沿九道弯追杀敌人！

木村角荣："机枪掩护！"（日语）

几挺机枪朝先锋团战士疯狂扫射。

冲在前面的郯银国中弹！

日伪军中的郯银之发现，惊呼："三哥！"

蒋凤仙："快走！"

郯银国摔倒在地。

夏淑女冲了上去："银国，银国！"

日伪军边打边撤，又进入卸甲营。

59. 马陵山、卸甲营。

冬彩站在山腰，大吼一声："打！"

一排手榴弹过后，紧接着是滚木雷石！

日伪军如临天兵天将。

带火的弓箭射向日伪军。

沟底燃烧起大火！

日伪军死伤惨重。

木村角荣、藤田纯一郎率惨兵败将逃出卸甲营。

田大龙率战士追杀！

日伪军慌不择路，又钻进了豹公墩。

60. 马陵山、豹公墩。

隐身在山石后的小六子，用手指吹响口哨。

先锋团战士拉响了地雷。

地雷在日伪军中间连环爆炸。

日伪军死伤大半。

小六子率战士追击。

发了疯的日军给予强烈还击！

小六子中弹牺牲。

山间传来锣声。

花油匠背起小六子，撤离阵地。

61. 夕阳如血。

马陵山又恢复了宁静。

九道弯。

战火依然在燃烧。

硝烟依然在弥漫。

夏淑女紧紧抱着郯银国的尸体恸哭不止。她无论如何也不相信心爱的人就这样离去了，她的眼前出现了许多往日美好的回忆：

沂水河畔。

二人倾诉着心声。

党旗下。

郯银国庄严地宣誓。

郯府、后院、客厅。

郯银根、郯银业、郯银国、董姝妹、金凤、夏淑女，和爷爷笑成一团。

马陵山、黑龙潭。

郯银国、夏淑女跃入水中。

郯银国半晌没露出水面。

夏淑女吓得大声喊叫。

郯银国从身后抱住了她。

夏淑女热吻郯银国……

回忆的画面消失。

夏淑女悲痛欲绝。

郯银根站在三弟的面前，泪如泉涌："三

弟！"他把郯银国揽在怀里，哭泣着："三弟
……"

泪水滴在郯银国的脸上。

郯银根抽搐的脸上泪水横流："三弟……"

62. 夜幕降临。

满天星斗。

清泉寺冒着浓浓的黑烟。

庭院里摆放着郯银国、小六子等十几具先锋
团战士的尸体。

郯银根、刘之声、金振宗、夏淑女等人向烈
士致哀。

战士们高举火把，队列里发出了哭泣声。

郯银根点燃香烛，插进香炉。

刘之声鸣枪！

枪声划破夜空。

63. 月夜。

郯子中学、日军指挥部。

藤田纯一郎铁青着脸。

郯银之沮丧地坐在一边。

翻译胆战心惊地伫立着。

蒋凤仙："冤有头债有主，死了这么多皇军，
祸根就是郯银根！"

翻译："她说，郯银根是杀死皇军的凶犯！"
（日语）

藤田纯一郎："郯银根？"（日语）

翻译："他是马陵山先锋团的团长。"（日
语）

藤田纯一郎走到郯银之身边："你叫郯银之，
郯银根是你什么人？"（日语）

翻译："队长，他是郯银根的堂弟。"（日
语）

藤田纯一郎勃然大怒，把战刀架在郯银之的
脖子上！

翻译："队长，他和郯银根势不两立，是不
共戴天的仇人！"（日语）

藤田纯一郎收起战刀："郯银根？他是木村
少佐的朋友？"（日语）

翻译："木村少佐是郯银根在日本读书时的
同学。"（日语）

藤田纯一郎："原来如此，木村少佐命令我
保护他的家庭。不！他是大日本帝国的敌人！"
（日语）

蒋凤仙问翻译："他在说啥？"

翻译："他说郯银根是日本人的敌人！"

蒋凤仙："对！擒贼先擒王，要想消灭先锋
团，一定要先杀郯银根！"

翻译："队长，她说只有杀了郯银根，才能
消灭先锋团！"（日语）

藤田纯一郎走到蒋凤仙面前："你有办法
吗？"（日语）

翻译："怎么才能杀死他？"

蒋凤仙："我自有办法！"

64. 郯府、后院、卧室。

郯耀庭咳嗽不止，他几次欲从床上爬起，但
却无能为力。

大管家惊慌地跑进卧室："老爷，二爷不行
了！"

郯耀庭大惊："快扶我起来！"

大管家扶郯耀庭下床，又帮他穿上长衫。

65. 郯府、后院。

郯耀庭踉踉跄跄走出卧室。

蒋凤仙、郯银之身着便装走进后院。

郯耀庭惊喜："之儿！"

郯银之扑到爷爷身边："爷爷！"

郯耀庭："快，你爹不行了！"

郯银之惊！

蒋凤仙哽咽地："老太爷，银国死了！"

郯耀庭："你说啥？"

蒋凤仙："鬼子围剿马陵山，银国被打死
了！"

郯耀庭抓住郯银之："这是真的？"

郯银之哭着点头。

郯耀庭悲怆地喊了一声："我的银国呀！"口
吐鲜血。

大管家："老爷，老爷！"

一男佣慌里慌张跑来："老太爷，二爷咽气
了！"

众人惊！

郯耀庭栽倒在地："快去马陵山，叫根儿回
来……"

蒋凤仙对男佣："快去！"

男佣应声离去。

大管家："老爷，老爷!"

郯耀庭垂上了眼睛。

郯银之："爷爷!"

66. 古码镇、郯子中学、日军指挥部。

藤田纯一郎在室内来回踱着步子。

蒋凤仙、郯银之、翻译凝视着他。

藤田纯一郎："你肯定郯银根会回家吗?"（日语）

翻译："太君问你，郯银根一定能回家吗?"

蒋凤仙："一定会! 郯银根是个孝子，更何况他最挚爱的是他的爷爷!"

翻译："队长，她说郯银根一定会回家的!"（日语）

藤田纯一郎："怎样才能抓到他?"（日语）

翻译："你用什么办法抓到他?"

蒋凤仙："要神不知鬼不觉，把兵埋伏在银杏园!"

翻译："她说把兵悄悄地埋伏在银杏园!"（日语）

藤田纯一郎："集合队伍，向银园出发!"（日语）

67. 月夜。

银杏园。

藤田纯一郎、蒋凤仙、郯银之、翻译、日伪军，埋伏在银杏园。

蒋凤仙指挥伪军，在路上设了绊马索。

旷野一片静谧。

郯银根、田大龙、花油匠、男佣驰马而来。

蒋凤仙一挥手。

伪军扯起绊马索。

郯银根的坐骑被绊倒。

日伪军冲上!

田大龙、花油匠开枪射击!

日伪军还击!

田大龙、花油匠被击中!

郯银根被擒!

男佣驰马落荒而逃!

68. 晨。

马陵山、清泉寺、断壁残垣的大殿。

刘之声、金振宗、夏淑女彻夜未眠。

夏淑女："也不知团长他们情况如何?"

金振宗："怎么会一点消息也没有呢?"

夏淑女："会不会是老太爷的病情加重了?"

刘之声："不可大意，要马上派人去察看情况!"

夏淑女："我去吧?"

刘之声："白天行动，危险很大!"

夏淑女："我扮作村姑，可以遮人耳目。"

刘之声："你要格外谨慎，快去快回!"

夏淑女："是!"

69. 古码镇、郯子中学、日军指挥部。

藤田纯一郎、蒋凤仙、郯银之、翻译四人碰杯!

蒋凤仙嗲声嗲气地："藤田队长，你打算怎么处置郯银根呀?"

翻译："她问你如何处置郯银根?"（日语）

藤田纯一郎："我要他像你们一样，为皇军服务。"（日语）

翻译："太君要他投降。"

蒋凤仙笑："他和我们可不一样，誓死也不会投降的。"

翻译："郯银根不会与皇军合作!"（日语）

藤田纯一郎："酷刑面前没有硬汉!"（日语）

翻译："给郯银根施酷刑!"

蒋凤仙："队长，留着郯银根是个祸害，必须立即处决! 不然的话，不仅马陵山会来救他，木村少佐知道后也会把他放了!"

翻译："队长，必须立即处决郯银根! 马陵山会劫狱，木村少佐也会放了他!"（日语）

藤田纯一郎："你们说得很有道理! 按你们中国人的话说，要先礼后兵。给他一天的时间考虑投降，他若不肯的话，今晚就杀掉他!"（日语）

翻译："白天劝他投降，若不答应，今晚就杀掉他!"

蒋凤仙举杯："队长，咱们大家干一杯!"

70. 古码镇、郯子中学、临时牢房。

这是一处里外间的平房。外间是审讯室，里间是牢房。

郯银根被关押在牢房里。

藤田纯一郎、蒋凤仙、郯银之、翻译走进审

讯室。

郊银根被押出牢房。

郊银之胆怯地站在藤田纯一郎的身后。

郊银根怒视着蒋凤仙。

蒋凤仙冷笑："大少爷，你还想对我发威风呀？"

郊银根："败类！"

蒋凤仙："咱们斗了这么多年，今天终于有结局了吧？"

郊银根："像你这种下贱的女人，不会有好结局的！"

蒋凤仙："笑话！你还想和我斗吗？可惜你没有那一天了！"

郊银根："我即使死在你的枪下，中国人也不会饶恕你的！"

藤田纯一郎："他们在说些什么？"（日语）

翻译："她正在劝他投降呢。"（日语）

藤田纯一郎："郊先生，你应该像他们一样，和我们愉快地合作。"（日语）

郊银根："藤田，天底下有猎人和豺狼合作的吗？夜袭古码镇，马陵山之战，你不是已经看到谁是胜利者吗？中国之大，处处是古码镇，遍地是马陵山，难道你不心惊胆战吗？"（日语）

藤田纯一郎："郊先生，你真的是不怕死吗？"（日语）

郊银根："求生是人的本能，但求生的方法不同。"（日语）

藤田纯一郎："你是什么方法？"（日语）

郊银根："只有消灭你们，中国人才能顶天立地的活着！"（日语）

藤田纯一郎："用刑！"（日语）

日本兵将郊银根绑在柱子上，炙热的烙铁烫在他的胸口上。

郊银之吓得闭上眼睛。

蒋凤仙："没出息！"

藤田纯一郎："郊先生，你还是不同意合作吗？"（日语）

郊银根平静地："竹死不变节，花落有余香。"（日语）

藤田纯一郎怒："郊先生，识时务者为俊杰，

我只给你一天的时间考虑！"（日语）愤然而去。

蒋凤仙、郊银之、翻译尾随其后。

71. 郊府、后院、卧室。

郊耀庭生命垂危。

大管家、报信的男佣站立床前。

郊耀庭高烧中发着吃语："根儿，根儿……"

大管家："老爷，您静下心来睡一会儿吧。"

郊耀庭合上眼睛。

大管家与男佣走到外间："你去找几个人，先把二爷的尸体入殓吧。"

男佣："老太爷这里呢？"

大管家："我在这里守着。"

男佣欲离去。

72. 郊府、后院。

夏淑女急匆匆地走进后院。

大管家、男佣迎出。

大管家："夏老师，您怎么来了？"

夏淑女："大少爷呢？"

大管家："大少爷他……"

夏淑女："他怎么了？"

男佣："我们走到银杏园，中了鬼子的埋伏，田大龙、花油匠被打死，大少爷被抓走了！"

夏淑女惊愕！

大管家："夏老师，你们快想办法去救大少爷啊！"

夏淑女："仲亭叔，我马上就赶回马陵山去！"

73. 夜。

古码镇、郊子中学、临时牢房。

郊银之战战兢兢来到牢房，他杀死看守，打开门上铁锁："堂哥！"

郊银根不理。

郊银之："堂哥，你快跑吧！"

郊银根诧异地看着郊银之。

郊银之："快，快跑呀！学校外边有匹马，你快逃命吧！"

郊银根冲出牢房。

74. 夜。

古码镇、郊子中学外。

郊银根驰马而去。

75. **夜。**

古码镇、郯子中学、临时牢房外。

郯银之神情恍惚地走出牢房，与蒋凤仙不期而遇。

蒋凤仙诧异地："你到这儿来干什么？"

郯银之惊恐地："我，我……"

蒋凤仙急步走进牢房。

76. **夜。**

牢房内。

蒋凤仙只见卫兵的尸体，不见郯银根踪影，大惊失色！她拉响警笛。

77. **夜。**

郯子中学、院内。

探照灯把整个院子照得通亮。

日伪军集合在院内。

藤田纯一郎走出指挥部。

蒋凤仙："有人放跑了郯银根！"

翻译："太君，有人把郯银根放跑了！"（日语）

藤田纯一郎惊骇："是谁？"（日语）

翻译："是谁把他放跑的？"

蒋凤仙愤怒地指着郯银之："是他！"

郯银之吓得浑身发抖。

藤田纯一郎凶狠地走到郯银之面前。

郯银之瘫倒在地。

藤田纯一郎面目狰狞，挥起战刀劈死了郯银之！

郯银之一双未闭的眼睛，凝视着蒋凤仙。

78. **夜。**

马陵山、崎岖山路。

郯银根纵马狂奔。

刘之声、金振宗、夏淑女率队伍下山。

冬彩发现地："主任，前边有人！"

刘之声下达命令："隐蔽！"

队伍隐蔽山路两侧。

郯银根驰马而来。

刘之声惊喜："是团长！"

众人迎上去。

郯银根翻身下马："你们这是干什么去？"

刘之声："去营救您！"

郯银根："谢谢大家！不过，你们的举动太

冒险了！"

刘之声："马陵山不能没有你啊！"

郯银根："咱们上山吧！"

众人调转马头，奔向山寨。

79. **骄阳似火。**

银杏园。

藤田纯一郎、蒋凤仙率日伪军杀向郯府。

80. **郯府、后院、卧室。**

大管家跌跌撞撞跑进卧室："老爷，不好了，鬼子冲进府里来了！"

郯耀庭大惊！继而，又平静下来："仲亭，扶我起来，帮我穿上长衫。"

81. **郯府。**

日伪军占领了郯府。

藤田纯一郎、蒋凤仙、翻译直奔后院。

82. **郯府、后院、客厅。**

郯耀庭正襟威坐在红木椅上。

大管家站在他的身后。

藤田纯一郎、身穿军服的蒋凤仙、翻译冲进客厅。

蒋凤仙："老太爷，皇军来了！"

郯耀庭不予理睬。

藤田纯一郎："老先生，我想请你去古码镇。"（日语）

翻译："郯老先生，藤田请你去古码镇做客。"

郯耀庭平静地："不去。"

蒋凤仙："老太爷，你这是何苦呢？只要你劝说大少爷和皇军合作，咱郯府就平安无事了。"

郯耀庭声色俱厉："滚开！"

蒋凤仙笑："你的火气还这么旺呀？不去也行，你只要把那颗金刚钻石交给皇军，也能保住你这条命！"

郯耀庭又恢复了平静："你是在做梦吧？"

蒋凤仙："你别不识抬举！"

郯耀庭闭上了眼睛。

藤田纯一郎大怒："把他带走！"

两名日军冲上。

大管家护住郯耀庭："你们不能这么做，老爷正在生病啊！"

藤田纯一郎朝大管家就是一枪！

鲜血从大管家的胸膛流了出来！

郏耀庭："仲亭！"

大管家："老爷，我不能伺候您了……"倒地。

郏耀庭颤抖的手掏出手枪，但未打响，他用尽最力气，朝藤田纯一郎扑去！

藤田纯一郎开枪！

郏耀庭中弹倒地！

藤田纯一郎大吼着："把郏府烧掉！"（日语）

翻译："烧掉郏府！"

蒋凤仙赶忙乞求："不能烧，不能烧！藤田队长，我和他们斗了一辈子，为的就是要当郏府的掌门人啊！"

藤田纯一郎："烧掉！"

日本兵点燃了房屋！

83. **郏府。**

一片火海。

84. **郏府、杏林书斋。**

大火漫延至杏林书斋。

郏文渊手捧书卷，朗声读道：

秦时明月汉时关，

万里长征人未还。

但使龙城飞将在，

不教胡马度阴山。

大火裹着浓浓黑烟。

郏文渊透过熊熊大火，遥望着马陵山的方向，悲怆地："根儿，你走的路是对的……"

大火吞噬了书房。

85. **马陵山。**

乌云密布。

雷声隆隆。

苍松劲柏在大风中摇曳。

黑龙潭的瀑布飞流直下，溅起层层浪花。

86. **马陵山、山巅。**

郏银根面朝郏府的方向，泪如雨下。那棵老神树和影壁上硕大的"家"字闪烁在眼前！

刘之声、金振宗、夏淑女及先锋团的战士们，悲壮地站立在他的身后……

尾　声

画外音："四十七年后，郯氏第四十七代孙郯果苗，以联合国粮食计划署官员的身份来到中国，回到银杏园祭祖。四十七年前，显赫一时的郯府大院已经荡然无存，然而那株三千岁的老神树加更苍劲挺拔，枝繁叶茂，眼前又闪烁着郯家大院影壁上的那个硕大的"家"字。它注视着历史的沧桑，沂水河两岸的变迁……"

与画外音的同时叠印以下画面：

首都机场。

近五十岁的郯果苗走下客机。

万亩银杏园。

郯果苗在政府官的陪同下，眼含热泪地抚着上百年的银杏树。

老神树下。

郯果苗在香案前，进香叩拜……

"家"字拉近全幕。

全剧终。

2016 年 6 月 6 日峻稿